HERBJØRG WASSMO

Die siebte Begegnung

HERBJØRG WASSMO
Die siebte Begegnung

Roman

Aus dem Norwegischen
von Holger Wolandt

LUCHTERHAND

2 3 4 5 05 04 03 02

Die Originalausgabe erschien 2000
unter dem Titel *Det sjuende møte*
bei Gyldendal Norsk Forlag, Oslo.

Satz: Filmsatz Schröter, München
Druck und Bindung: Pustet, Regensburg

ISBN 3-630-87113-5

MEINEM MENSCHEN

....

1

Hatte er vielleicht geglaubt, daß sie da zwischen ihren Bildern stehen und ihn begrüßen würde und daß seine Orchidee die einzige Blume wäre?

Hatte er vielleicht sogar geglaubt, daß sie zu ihm stürzen und ihm sagen würde, sie habe sich darauf gefreut, ihn wiederzusehen?

Viele Leute waren gekommen. Leute von der Presse. Fotografen. Offenbar verfügte die Galerie über eine exklusive Gästeliste. Einige Gesichter kannte er aus der Zeitung und aus dem Fernsehen. Von manchen hätte er nie geglaubt, daß sie sich für Kunst interessierten.

Gleich hinter der Tür stand ein Tisch mit schwarzem Filztuch. Jeder streckte die Hand aus und erhielt ein langstieliges Glas, das dann unterschiedlich geschickt balanciert wurde, während Hände zu drücken waren und Floskeln ausgetauscht wurden, die Losungsworten glichen. Ein Ritual, das der gegenseitigen Bestätigung diente.

Sensation lag in der Luft. Ein Mann mit einer Fernsehkamera auf der Schulter warf sich regelrecht hinein. Hinter ihm führte ein dunkel gekleideter, langbeiniger Typ seltsame Verrenkungen auf. Unerschrocken bahnten sich die beiden einen Weg durch die Menschenmenge und verschwanden im nächsten Raum.

Sie befand sich wohl da drinnen, vermutete Gorm und drängte sich, so rücksichtsvoll es ging, hinter den Kameraleuten her.

Ein Mann kletterte auf eine weiße Kiste, in der wahrscheinlich einmal eine Skulptur gewesen war, und klatschte in die

Hände, damit Ruhe einkehrte. Gorm glaubte zuerst, er sei der Galerist. Nach einer Weile merkte er, daß es sich nur um den Sprecher des Galeristen handelte.

Die Leute im großen Ausstellungsraum lauschten andächtig. Das Publikum auf dem Gang hingegen palaverte noch ein paar Sekunden weiter.

Der Mann hieß zu diesem wichtigen Ereignis willkommen: Rut Nessets erster Einzelausstellung in Norwegen. Er sprach davon, daß sie noch vor wenigen Jahren eine unbekannte norwegische Künstlerin gewesen sei. Aber nachdem sie ein Bild in New York verkauft habe, sei ihr sozusagen über Nacht die Welt zu Füßen gelegen. In den letzten Jahren habe sie unter anderem in Berlin, New York, Melbourne und Paris ausgestellt, und jetzt sei der Galerie die Ehre zuteil geworden, ihre Bilder auch in ihrer Heimat zu präsentieren.

Gorm fühlte sich daran erinnert, wie er als kleiner Junge den Globus im Büro seines Vaters betrachtet hatte. Er drehte sich auf seiner schiefen Achse, wenn der Vater ihm einen kleinen Schubs gab, um dem Sohn eine Freude zu machen. Er fragte sich, wie es Rut wohl inmitten dieses Getümmels ergehen mochte.

Er konnte sie nirgends entdecken. Nicht einmal ein Haarbüschel konnte er zwischen den Köpfen ausmachen, das eindeutig Rut zuzuordnen gewesen wäre. Sie war nicht sonderlich groß. Eher klein. Und es war schließlich nicht einmal sicher, daß sie da war, auch wenn alles nur ihretwegen stattfand.

Er blieb vor einem der Bilder stehen, das in den Zeitungen für große Aufregung gesorgt hatte. Es hieß »Altarbild« und hatte sowohl Abscheu als auch Beifall geerntet, als es in Berlin ausgestellt worden war.

Es zeigte einen Geistlichen in vollem Ornat, der einer Frau

mit Nonnenhaube und Häschenmaske beischlief. Zwischen den Brüsten hielt sie einen Jungen, der in Dollarnoten gehüllt war. In einer rundlichen Faust hielt er eine Granate, in der anderen eine weiße Taube. Um die Häschenohren der Frau schwebte eine Glorie oder Dornenkrone, die aus halb erigierten Penissen geflochten war.

Gorm riß sich von dem Bild los und entdeckte in der offenen Tür zum Büro einen dunkel gekleideten Mann. Das war vermutlich der Galerist. Mit verschränkten Armen stand er da. Der Kopf war glatt rasiert und das Gesicht unbeweglich. Sogar der Schweiß verhielt sich diszipliniert, er lief senkrecht die Schläfen hinunter.

Als ihm einer der Fotografen respektlos ins Gesicht blitzte, funkelte es golden. Er trug einen Ring im Ohr. Ein Bruch mit der Geschäftsmäßigkeit und eine Legalisierung des Künstlerischen. Die Kleider waren trendig, kein klassischer Anzug von Ferner Jacobsen. Gorm, der sich eher unfreiwillig mit Herrenoberbekleidung auskannte, vermutete, daß die Jacke von Gucci stammte und möglicherweise in Rom gekauft war. Schnitt und Qualität wie auch die diskrete Präsenz des Mannes deuteten darauf hin, daß er sich auf seinen eigenen Geschmack verließ.

Gorm hatte keinerlei Grund, Ruts norwegischen Galeristen nicht zu mögen, mußte sich aber eingestehen, daß er sämtliche Galeristen Ruts herzlich verabscheute, seit er im ekelhaftesten Wochenblatt des Landes den Skandalartikel über sie und den deutschen Galeristen gelesen hatte. Sie hatte eine enge Beziehung zu ihm gehabt. Mehr als das, es wurde festgestellt, daß sie diesem Mann ihre Bedeutung zu verdanken hatte. Und nach einer aufreibenden Trennung beschuldigte er sie jetzt, ihre eigenen Gemälde von seinen Wänden gestohlen zu haben.

Die Menge setzte sich in Bewegung, und Gorm folgte dem Strom in den mittleren Saal. Da sah er sie.

Das lange Haar war verschwunden. Das wenige, was übrig war, hatte sie rot gefärbt. Sie trug ein Gewand aus schwarzer, wehender Seide. Auf der rechten Schulter war die Blüte einer weißen Orchidee befestigt. Hatte sie die von seinem Blumengruß abgezwickt?

Die Unterarme und der nackte Hals leuchteten weiß. Die Temperatur im Saal schien ihr nichts auszumachen, auch wenn sie nicht gerade glücklich wirkte. Sie sah aus, als hätte ihr eben jemand »Platz!« oder »Stillgestanden! Dort! Genau dort!« zugerufen. Und sie reagierte darauf, indem sie nach unten oder zur Seite sah, als würde sie denken: Laß sie deinen Blick nicht erhaschen. Halt die Hände still. Zeig ihnen nicht, daß du lebst. Sollen sie sich zusammenscharen, nach Luft schnappen und Sekt trinken. Sollen sie die Wände entlangsprudeln und ihre Rollen spielen. Verlier nicht die Nerven, bald ist es vorbei.

Ihr Gesicht wirkte unbewegt, fast mürrisch. Sie hätte genausogut der Beerdigung eines verhaßten Verwandten beiwohnen können. Es sah aus, als hätte sie sich selbst gemalt und dann ausgeschnitten, um das Bild genau hierher zu stellen.

Um sie herum schwirrte es. Wie ein Insektenschwarm vor dem Angriff. Ein paar davon waren gewöhnliche Stubenfliegen, nur etwas herausgeputzt. Andere hatten ganz offensichtlich einen Stachel und gierten nur danach, ihn irgendwo einzusetzen. So etwas wie Feuerfliegen gab es auch. Sie glitzerten. Jetzt standen sie vor Ruts erstaunlich großen Gemälden und glitzerten hysterisch: »Seht mich an, seht mich an, seht mich an!«

Der Mann wollte Rut dazu überreden, zu ihm auf die weiße Kiste zu steigen, damit alle sie sehen könnten. Aber sie benahm sich so, als wäre sie gerade aus einer Taubstummenanstalt entlassen worden, ohne irgend etwas gelernt zu haben. Keine noch so kleine Handbewegung. Sie sah nicht einmal auf.

Gorm drängte sich weiter vor. Der Mann kündigte einen bekannten Schauspieler an, der ein Gedicht eines Gegenwartsautors lesen sollte. Eine Huldigung an den Teil des Landes, aus dem die Künstlerin stammte.

Das Gedicht war lang und hatte, soweit Gorm das beurteilen konnte, nichts mit den Gemälden zu tun. Dafür lieferte es die exotische Beschreibung einer Sturmflut und der Dinge, die das Meer zu allen Zeiten an sich gerissen und in die Tiefe gezerrt hatte. Der Schauspieler bemühte sich, gefühlvoll zu wirken. Es gelang ihm nicht. Er wurde unruhig, verhaspelte sich und las noch pathetischer.

Rut hielt sich wie eine Ballettänzerin, die auf das Orchester wartet. Das rote Haar schien Funken zu sprühen. Gorm vermutete, daß sie sich wünschte, das Ganze möge verdammt noch mal endlich ein Ende nehmen. Er mußte lächeln.

Da drehte sie sich um und ließ ihren Blick auf ihn fallen. Als hätte sie während der ganzen aufgeblasenen Veranstaltung nur darauf gewartet, ihn auf frischer Tat bei einem Lächeln zu ertappen.

Gorm hatte das Gefühl, lange durch die Dunkelheit gefahren zu sein, und plötzlich kam das Gegenlicht aus dem Nichts. Blendende Scheinwerfer. Er spürte ihre Augen auf der Haut seines Gesichts. Aber *sah* sie ihn?

Ihre Lippen verzogen sich, langsam, etwas zitternd. Der Lippenstift war nicht ganz gleichmäßig aufgetragen. Sie lächelte. Ihre Haut wirkte matt, wie Kalkstaub auf Leinen. Als hätte man sie gerade aus einer Krypta gezogen, in der sie jahrelang keine Sonne zu Gesicht bekommen hatte.

Als die Lesung endlich vorbei war und alle klatschten, ließ sie sich in einen anderen Saal führen, in dem er weitere Bilder hinter noch mehr Menschen und Köpfen ausmachen konnte.

Er wollte wieder in ihre Nähe gelangen. Was sollte er sagen? Wußte er nicht schon lange, was er sagen sollte?

Immer mehr Menschen strömten durch die Tür in den hintersten Raum. Dichter und dichter. Und wenn sie keine Luft mehr bekam? Erstickte? Sie würde ersticken.

Er wollte sich einen Weg freikämpfen, die anderen, wenn nötig, niedertrampeln. Verstanden sie denn nicht? Sie konnte sich gegen diese Horden nicht verteidigen. Gab es in dieser Stadt keinen Anstand? Nur Roboter? Einen strömenden Schleim widerlicher Gaffer?

Es wäre schön gewesen, sie zu befreien. Aber er tat es nicht. Statt dessen bewegte er sich gegen den Strom ins Freie. Er zündete sich eine Zigarette an und inhalierte tief. Sein Puls normalisierte sich wieder.

Ein bläulicher Schatten kroch zwischen den Bäumen hindurch und die Holzverkleidung der alten Villa hinauf. Das Gitter schimmerte grau vor dem orangen Geflacker der Partyfackeln neben den Torpfosten. In der ehrwürdigen Umgebung kam er sich als der vor, der er war: ein Fremder.

Er erkannte, daß er am Vortag anderthalb Stunden mit dem Flugzeug unterwegs gewesen war, nur um mitzuerleben, wie die Kunstinteressierten und Mäzene Oslos Rut fertigmachten. Und jetzt stand er da in seinem eigenen Zigarettenrauch wie ein selbsternannter Idiot.

Er trat die Zigarette zwischen Absatz und eisigem Pflasterstein aus und ging wieder ins Haus. Schob sich die Wände entlang. Die Leute umgab ein Geruch aus Schweiß, Parfüm und Rasierwasser.

Eine Bemerkung über eines der Bilder drang an sein Ohr. Sie stammte von einem Mann in einem grauen Anzug mit Schlips und Einstecktuch aus demselben Seidenstoff. Rot mit schwarzen Punkten. Er wandte sich an seinen Nebenmann in Lederjacke mit Halstuch und zerzaustem Haar.

»Ich verstehe nicht, was sie will.«

»Es ist ja gar nicht sicher, ob sie überhaupt etwas will«, sagte der mit der Lederjacke herablassend.

»Sie will schockieren, aber künstlerisch entgleitet es ihr vollkommen. Die Augen da zum Beispiel: Die Pupillen sind fast fotografisch wiedergegeben, und der Rest des Gesichts zerfließt. Na?«

Der andere zuckte mit den Achseln. Er stolzierte mit Block und Stift herum, als wollte er sagen: Damit kenne ich mich aus.

Das Bild, das den Mann im Anzug beschäftigt hatte, zeigte einen Mann mit nacktem Oberkörper. Er lehnte an einem Lattenzaun oder einer Wand und hatte den Kopf leicht in den Nacken gelegt. Der Blick war in sich gekehrt, gleichzeitig konzentriert. Er sah auf etwas außerhalb des Bildes. Auf die Künstlerin? Die Arme waren mit nach oben gekehrten Handflächen vorgestreckt. Als würde er um Gnade flehen oder um etwas bitten. Ein nacktes, gezeichnetes Antlitz. Das Bild endete direkt unter dem Nabel. Ein Mann ohne Unterleib, der Stärke signalisierte und um Aufmerksamkeit bat.

Nach dem Menschenauflauf zu urteilen, war es das Bild daneben, dem die eigentliche Aufmerksamkeit galt. Es konnte sich um den unteren Teil desselben Mannes handeln. Ein nackter Unterkörper auf ein A gekreuzigt. Füße und Unterkörper waren mit großen Nägeln an das A geschlagen. Die Öffnung der Penisspitze war ein dunkles, starrendes Auge. Unwillig sah Gorm weg. Da fiel sein Blick auf die Orchideen, die er geschickt hatte. Er konnte nicht sagen, ob eine Blüte abgebrochen worden war.

Über den Blumen hingen zwei der Bilder, die im Katalog abgebildet waren. Das eine zeigte einen Mann, der sich an einem Glockenstrang festklammerte. Die Gestalt trug leuchtendrote Gewänder. Der Kirchturm im Hintergrund war minzgrün.

Das andere zeigte eine Frau, die auf Wasser ging. Der eine Fuß war im Begriff zu sinken. Auch hier bildeten die Farben einen Kontrast zum Motiv der Gefahr. Der Augenblick vor dem Fall, vor dem Ertrinken.

Er drängte sich in den hintersten Raum. Rut wurde von einem Mann mit Kamera auf der Schulter und von einem Fernsehreporter flankiert. Ein dritter Mann stand etwas im Hintergrund.

Sie sah gequält aus, posierte aber ganz ruhig vor einem Bild mit einem Frauenkopf in einer Schale. Die Wundoberfläche war sehr realistisch wiedergegeben. Das Gesicht war abgewandt, aber das eine Auge war zu erkennen. Es handelte sich um ein Selbstporträt.

Wie zufällig traten einige Neugierige näher heran, und die Gespräche verstummten, als die Aufnahme begann.

»Rut Nesset, wie fühlen Sie sich? Wie ist es, sich mit den Gemälden endlich auf vertrautem Terrain zu befinden?« begann der Fernsehreporter mit einem zweideutigen Lächeln.

»Ich weiß nicht, sie sind ja gerade erst gehängt worden.«

»Aber über einige ist ja bereits geschrieben worden, auch in norwegischen Zeitungen, oder?«

»Ist das so.«

Es entstand eine Pause. Der Journalist wartete offenbar darauf, daß sie noch etwas sagen würde. Sie tat es nicht.

»Die Bilder haben einige Aufregung verursacht. Besonders

als Sie ›Altarbild‹ in einer Berliner Kirche bei einer Ikonenausstellung zeigen wollten.«

Ruts bleiches Gesicht war ernst.

»›Altarbild‹ ist eines meiner religiösesten Bilder. Eine Jungfrau ist dazu verurteilt zu gebären, weil die Menschen jemanden brauchen, den sie kreuzigen können.«

»Die Kirche wollte es also nicht? Können Sie nicht verstehen, daß manche das für Blasphemie halten?«

»Ich höre, was sie sagen, und ich bin nicht ihrer Meinung.«

»Diese Gemälde, ist das die Arbeit von drei Jahren?«

»Nein, nur ein Teil davon.«

»Sie malen schnell?«

»Nein, das nicht, aber unentwegt.«

»Wie ist es, in Berlin zu malen?«

»Ich stehe doch immer im Atelier«, sagte sie und lächelte rasch.

»Aber Sie befinden sich doch auch in der Stadt, Sie empfangen Impulse und pflegen Umgang mit Leuten, die in der Kunst etwas bedeuten, nicht?«

»Das kommt vor, aber dann male ich nicht.«

Der Fernsehreporter versuchte es verzweifelt mit einer anderen Strategie.

»Malen Sie auf etwas Neues hin?«

»Nein, ich male immer alte Motive.«

»Was für Ideen haben Sie im Augenblick?«

»Das kann ich Ihnen nicht erklären.«

»Sind Sie oft in Nordnorwegen, um sich inspirieren zu lassen?«

»Nein.«

»Wie kommen Sie ohne die nordnorwegische Natur zurecht?«

»Haben Sie die Bilder überhaupt gesehen?«

Der Journalist hatte seine Fassung schnell wiedererlangt.

»Aber Wurzeln sind doch wichtig, oder?«

»Sicher.«

»Sie haben kein bewußtes Verhältnis dazu?«

Rut zog die Brauen hoch.

»Diese Art von Bewußtsein in der Arbeitssituation ist etwas für Polizei, Politiker und Pädagogen. Leute, die aufpassen müssen, damit sie keine Katastrophen verursachen.«

»Es wird gesagt, es sei eine bewußte Entscheidung gewesen, daß Sie nicht in Norwegen arbeiten und ausstellen.«

»Ich stelle doch gerade in Norwegen aus.«

»Aber das hat gedauert.«

»Alles dauert.«

»Aha, interessant. Die Hälfte Ihrer Gemälde ist bereits verkauft?«

»Ja.«

»Aber ohne daß Sie bewußt etwas dazu beitragen?«

»Ich trage mehr konkret als bewußt dazu bei. Ich male.«

»Mehrere große Gemälde sind als Privatbesitz gekennzeichnet. Wollen Sie damit öffentliche Verkaufszahlen umgehen?«

Sie verlagerte ihr Gewicht auf den rechten Fuß, und Gorm bemerkte, daß sich der Blick, den sie dem Fernsehreporter zuwarf, verhärtete.

»Nein. Sie stehen einfach nicht zum Verkauf.«

»Wissen Sie, wo Ihre Bilder einmal hängen werden?«

»Nein, aber ich weiß immer, wer der erste Käufer ist.«

Sie weiß, daß ich das Bild des Dalmatiners habe, dachte Gorm.

»Stört es Sie, daß Leute in Ihre Bilder investieren, um Geld zu verdienen?« fragte der Journalist.

»Dann müßte ich aufhören, sie zu verkaufen.«

»Und das tun Sie nicht. Sie haben also eine Beziehung zum Geldverdienen?«

»Die haben Journalisten doch wohl auch.«

»Aber die verdienen nicht so viel wie Rut Nesset«, grinste der Journalist.

»Vermutlich malen sie auch nicht so gut.«

Die Umstehenden lachten.

»Es heißt, daß Sie Mitglieder Ihrer Familie malen, daß der fliegende Mann mit dem Kirchturm im Hintergrund Ihr verstorbener Bruder ist.«

»Aha.«

»Sie bestreiten nicht, daß Sie vom Selbstmord Ihres Bruders inspiriert worden sind?«

»Das war kein Selbstmord, das war Mord.«

Der Mann von der Regie hob die Hand.

»Stop!«

Der Fragesteller zuckte zusammen. Die Kamera wurde angehalten. Die Leute sahen zur Seite oder auf das nächste Gemälde.

»Sind wir fertig?« fragte Rut.

»Nein, wir beginnen noch einmal neu«, sagte die Regie von der Seite her und wollte, daß sich alle wieder in Positur stellten.

»Ich friere«, sagte Rut und ging zur Tür.

Die Leute wichen ihr aus. Die Stille war mit Händen zu greifen.

»Das war's«, murmelte der Mann von der Regie und sah den Fernsehreporter wütend an.

»Was machen wir jetzt?« sagte dieser sehr leise, ohne jemanden anzuschauen.

»Wir lassen die Kamera laufen.«

»Die Bilder?« fragte der Kameramann.

»Bilder und Leute. Egal, was, wir brauchen mindestens dreieinhalb Minuten. Fang schon an!«

Gorm folgte ihnen in den Hauptsaal. Er erhaschte einen Blick auf sie, als sie auf dem Weg ins Büro am Galeristen vorbeiging.

Die Fernsehleute beruhigten sich und filmten die Gemälde. Ein paar Journalisten bemühten sich, durch die Bürotür zu gelangen. Ein Mann versuchte sie daran zu hindern, gab aber auf. Sie durften passieren. Weitere Journalisten schöpften Mut. Auch sie gingen ins Büro.

Die Stimmung war wie gelähmt gewesen, jetzt wurde überall lautstark geflüstert. Alle sahen so aus, als hätten sie etwas, worüber sie reden mußten. Nicht über Kunst oder über das, was vorgefallen war. Nein, kleine private Dinge, die ihnen eben in den Sinn gekommen waren. Die letzte Begegnung beispielsweise. Oder ein gemeinsamer Bekannter, der erkrankt war.

Die Zeit verging, und einige strebten zum Ausgang.

Da wurde die Bürotür auf einmal mit solcher Wucht aufgerissen, daß sie gegen die Wand knallte. Heraus stürzte Rut mit einem gelben Poncho über dem Arm. Ihr auf den Fersen war eine stark geschminkte, elegant gekleidete Dame, hinter der wiederum der Mann kam, der Rut dem Publikum vorgestellt hatte. Sein Versuch, sich würdevoll zu bewegen, wirkte seltsam. In der Tür standen ein wütender Fotograf sowie ein Journalist mit tropfnassem Gesicht und Hemd.

Die Dame sprach viel zu laut, obwohl sie sich Mühe gab zu flüstern. Sie legte Rut eine Hand auf die Schulter und erinnerte sie an das Interview.

»Nein«, erwiderte Rut und ging geradeaus weiter.

Die Dame nahm sie am Arm und versuchte es erneut.

»Aber das Fernsehen? Die Nachrichten und …«

Die Leute genossen den Augenblick. Ein Skandal? Zumindest nah dran.

»Zum Teufel!« hörte er Rut sagen, während sie sich mit einer raschen Bewegung in dem Poncho versteckte. Dann war sie nur noch ein Stück flatternder Wollstoff auf der Flucht.

Die elegant gekleidete Dame sah sich mit einem entsetzten, weißen Lächeln um und bat alle, sich doch bitte noch ein Glas Sekt zu nehmen.

Als Gorm auf die Straße trat, war Rut verschwunden. Es gab keine Spur von ihr. Während er eine Runde um die Häuser in der Nachbarschaft ging, kam es ihm so vor, als würde sie ihn die ganze Zeit anstarren. Zwei verzweifelte, dunkle Augen. Hatte sie ihn gesehen?

Nein, entschied er. Sie hatte genug damit zu tun gehabt, wegzukommen. Das war nicht *die siebte Begegnung*, wie er sie sich erträumt hatte.

Es hatte angefangen zu schneien. Dicht. Er ging zur Galerie zurück. Dort war fast niemand mehr. Nachdem er die Gemälde ein weiteres Mal betrachtet hatte, beschloß er, das Bild der Frau, die auf Wasser ging, zu kaufen.

»Das ist in Privatbesitz«, sagte die Dame liebenswürdig, als er sich an sie wandte.

»Das weiß ich. Kann ich eine Adresse bekommen? Eine Telefonnummer? Dann kann ich selbst Kontakt aufnehmen.«

Der Mann, der Rut vorgestellt hatte, kam dazu.

»Tut mir leid. Alle Verkäufe geschehen durch uns.«

»Können Sie dann vielleicht ausrichten, daß ich wegen dieses Bildes gerne verhandeln würde?« erwiderte Gorm, so ruhig er konnte.

Der Mann nickte. Gorm reichte ihm seine Karte.

»Ich wohne bis morgen im Grand Hotel. Sie kann dort eine Nachricht für mich hinterlassen, falls ich nicht da sein sollte.«

Nun nickten beide höflich, und die Dame nahm die Karte.

Es schneite noch dichter. Er ging in ein Lokal mit einer idiotischen Einrichtung und hysterischer Musik. Dort aß er faden gebeizten Lachs mit halbrohem Kartoffelgemüse.

Dann ging er ins Hotel und zog sich die nassen Schuhe aus. Jedesmal, wenn er das Wort Telefon dachte, meinte er es klingeln zu hören. Und jedesmal stand das Telefon da, ohne einen Ton von sich zu geben.

Später, als er entdeckte, daß in der Minibar kein Bier mehr war, sagte er sich, daß sie auch nicht anrufen würde. Er legte sich in Kleidern aufs Bett, starrte zum Kronleuchter hinauf und stellte fest, daß seine Zehen unangenehm kalt waren.

Nach einer Weile holte er sich eine Flasche Sodawasser. Von allen Getränken ist Sodawasser das schlimmste, dachte er.

Da kam ihm die Idee. Er suchte das Briefpapier des Hotels hervor und schrieb:

»Liebe Rut, der Dalmatiner und ich müssen Dich sehen. Außerdem hätte ich gerne die Frau, die auf dem Wasser geht. Bis morgen bin ich hier im Hotel, aber eine Nachricht ans Büro erreicht mich immer. Gorm.«

Er schrieb ihren Namen und die Adresse der Galerie auf den Umschlag. Ehe er ihn zuklebte, legte er noch seine Karte dazu.

Jetzt weiß sie zumindest, was los ist, dachte er und schaltete die Fernsehnachrichten ein. Er bekam nicht mit, worum es ging, aber ganz am Schluß gab es einen kurzen Bericht von der Ausstellung. Er spürte seinen eigenen Herzschlag.

Ruts kreidebleiches Gesicht tauchte auf dem Bildschirm auf. Die Lippen zitterten leicht. Der Schwung ihrer Lippen war deutlich und zum Greifen nahe. Zwischen den dunklen und kräftigen Brauen lag eine tiefe Falte. Dichte Wimpern, die an den Spitzen etwas verklebt waren. Sie hatte kleine, helle Sommersprossen auf ihrer markanten Nase.

Er versuchte, sich ihr Bild einzuprägen. Das struppige rote Haar. Die Sehnen am Hals. Das kräftige Kinn. Aber vor allem die Augen. Dunkel, weit offen und nackt. Er beugte sich vor und hielt den Atem an.

Das eigentliche Interview war kurz. Sie brachten nur den Anfang, ehe es eskaliert war. Die Aufnahmen der Gemälde waren gut, soweit er das beurteilen konnte. Damit konnte sie durchaus zufrieden sein. Aber sie hatten sich gerächt, indem sie ihr Gesicht in bloßstellender Nahaufnahme gezeigt hatten.

Erst jetzt, als er ihre Augen im Fernsehen sah, verstand er ihre kontrollierte, bodenlose Verzweiflung in vollem Ausmaß.

Es muß ihr aufgegangen sein, während sie dort stand, dachte er. Daß alles schiefgelaufen ist. Sie hätte ihnen nichts von sich preisgeben dürfen. Nur die Gemälde. Sonst nichts.

Er rief bei der Rezeption an und fragte, ob es irgendeine Nachricht für ihn gebe. Ein verblüffter Portier teilte ihm mit, daß man alle eintreffenden Nachrichten sofort an ihn weiterleiten werde. Bisher sei aber nichts da.

Er sah sich einen Film über zwei Familien in Rom an, die sich gegenseitig umbrachten, aber es gelang ihm nicht, herauszufinden, wer die Hauptperson war. Alle waren furchtbar wütend und schrien nur. Er bekam davon Kopfschmerzen, sah sich das Ganze aber trotzdem bis zum Schluß an. Keiner der Männer überlebte.

Als er endlich eingeschlafen war, träumte er unruhig. Ein Mafioso mit einer in eine Nikon-Kamera eingebauten Maschinenpistole verfolgte ihn bei Ebbe auf einem menschenleeren Strand. Der Mann war auf der Jagd nach dem Gemälde des Dalmatiners. Es war so klein, daß Gorm es in die Tasche stecken konnte.

Er wachte mehrere Male auf. Jedesmal glaubte er, den Alptraum endlich losgeworden zu sein. Aber er kam wieder. Das einzige Detail, an das er sich, abgesehen von seiner Angst, erinnerte, war, daß der Mafioso ihn überwältigte und das Gemälde an sich riß. Da bekam es wieder seine volle Größe. Der weiße Hund mit den dunklen Flecken kam von der Bildfläche auf ihn zugeflogen, während er ihn mit Ruts Augen anstarrte.

Offenbar hatte er doch Frieden gefunden, denn es war bereits nach neun, als er aufwachte.

Als Stammgast bekam er mit dem Frühstückstablett die Tageszeitung. Auf der ersten Seite war ein Bild von ihr. »Flüchtete von eigener Vernissage.«

Auf den hinteren Seiten fand Gorm weitere Bilder und einen Artikel. Während er las, wurde ihm plötzlich übel. Eilig faltete er die Zeitung zusammen und ging ins Bad.

Später, viel später, rief er unten bei der Rezeption an und bat, ihm die wichtigsten Zeitungen aufs Zimmer zu bringen. Genausogut konnte er es gleich hinter sich bringen.

Wie er befürchtet hatte, waren die anderen Zeitungen schlimmer. »Skandal!« und »In Kriegsstimmung«. Es hieß, sie habe einem Journalisten, der ein paar Worte mit ihr habe wechseln wollen, Weißwein ins Gesicht geschüttet. Dann habe sie der Kamera eines Fotografen einen Stoß versetzt, so daß diese zu Boden gefallen sei. Ein großes Bild zeigte Rut, wie sie gerade schwungvoll ein Glas auf eine undeutliche männliche Gestalt kippt. Der Wein war wie eine neblige Woge zu sehen.

Als Gorm alles gelesen hatte, schämte er sich. Nicht für sie, sondern vor sich selbst. Weil er dasaß und von ihr in der Zeitung las. Weil Tausende von Menschen dasselbe taten. Ohne im geringsten zu verstehen, wie alles gewesen war. Er schämte sich, weil die Leute so etwas die ganze Zeit lasen. Weil sie ohne das gewissermaßen gar nicht mehr leben konnten.

Sobald man ins Rampenlicht trat, weil man eine Persönlichkeit darstellte oder etwas erreicht hatte, war man öffentliches Eigentum. Alle hatten dann offenbar das Recht, einen in Stükke zu reißen. Auch wenn man sich verteidigte, wie Rut das getan hatte, konnte man nie gewinnen.

Plötzlich sah er eine Szene vor sich: die Eröffnung von Grandes neuem Geschäftshaus. Der ganze Aufsichtsrat, alle Angestellten und eine große Gruppe Kunden standen herum, während ihm ein Journalist die Frage stellte: »Ist es richtig, daß Sie mehrere Jahre lang ein Verhältnis mit der Geliebten Ihres Vaters hatten?«

Er spürte sein Unbehagen regelrecht körperlich. Einen Augenblick sah er auf die Zeitungen, die auf dem Bett ausgebreitet waren. Dann ging er zum Angriff über. Eine nach der anderen knüllte er sie zusammen und stopfte sie in den Papierkorb. Als das getan war, stellte er das ganze erbärmliche Zeug vor die Tür und schloß ab. Dann nahm er den Telefonhörer und wählte die Nummer der Galerie.

Die Dame war am Apparat.

»Mein Name ist Nesset. Ich bin Rut Nessets Bruder. Ich muß mit ihr reden. Besonders seit ich heute die Zeitung gelesen habe. Es ist wichtig.«

»Sie ist nicht hier.«

»Leider habe ich mein Adreßbuch verloren und erinnere mich weder an Adresse noch Telefonnummer. Ist es möglich –

könnten Sie mir helfen? Es ist wichtig«, sagte er noch einmal.

Eine Pause entstand. Er hörte sie mit jemandem sprechen.

»Wir haben ihre Nummer auch nicht. Es tut mir leid.«

»Aber die Adresse?«

Stille. Mißtrauische Stille.

»Sie sind ihr Bruder?«

»Ja, für die Ausstellungseröffnung kam ich leider zu spät. Der Flug fiel aus. Eine Notlage, verstehen Sie.«

Neues Gemurmel.

»Sie wohnt in der Inkognitagate.«

»Wo?« fragte er, und der Kugelschreiber des Hotels zitterte.

Er schrieb sich die Hausnummer auf und dankte aufrichtig.

Das Haus war eine alte dreistöckige Villa mit Turm. Kleiner Vorgarten, Hecke und schneebedeckte Bäume. In allen Fenstern zur Straße brannte Licht, im Erdgeschoß jedoch nur sparsam. Er klingelte ganz oben. Hier stand: R. Nesset.

Während er wartete, konzentrierte er sich, die ersten Worte lagen ihm bereits auf der Zunge. Aber nichts geschah. Drinnen war alles still. Er klingelte erneut. Keine Reaktion. Klingelte ein drittes Mal. Wartete. Klingelte beim Nachbarn im Erdgeschoß und wartete wieder. Ging dann die Treppe hinunter und in den Vorgarten.

Der Schnee fiel dicht. Er legte den Kopf in den Nacken und versuchte durch die Fenster etwas zu sehen. Schneeflocken legten sich auf sein Gesicht und schmolzen. Außer auf den Brillengläsern. Einen Augenblick später sah er nichts mehr.

Es mußte doch jemand da sein! Er putzte die Brille mit einem nicht ganz sauberen Taschentuch und ging rückwärts bis an den schmiedeeisernen Zaun heran, um besser sehen zu können. Es half wenig. Er überquerte die Straße, damit er eine bessere Perspektive bekam. Nur Licht und große Gemälde im ersten Stock. Keine Menschen. Kein roter Schopf.

Gorm wurde wütend. Fürchterlich und lautlos wütend. Er ging wieder die Treppe hoch und klingelte mehrere Male. Bei so häßlichen Schlagzeilen mußte sie doch zu Hause sein! Er sah auf die Uhr und nahm sich vor, drei Minuten lang in regelmäßigen Abständen zu klingeln.

Nach fünf gab er auf und steckte die eiskalten Finger in die Manteltasche. Dort lag der Brief, mit dem er eigentlich in die Galerie hatte gehen wollen. In der Tür war ein Schlitz mit Messingklappe. Einen Augenblick später lag der Brief auf der Innenseite. Er konnte ihn, wenn er sich bückte und durch den Schlitz schaute, gerade noch sehen. Dann ließ er die Klappe zufallen.

Auf der Straße schlug er den Mantelkragen hoch und dachte, daß sie wahrscheinlich den ersten Flug nach Berlin oder New York genommen hatte.

Er stapfte an prächtigen Stuckfassaden entlang, unter verschneiten Bäumen und Türmen mit Spitzen. Wütend dachte er, daß er den Leuten hier auch die Einkäufe hätte bringen können, die Post und die Zeitung. Sogar gratis hätte er es machen können, da er ohnehin auf dem Weg zu Ruts Wohnung in der Inkognitagate war.

Er ging durch eine Seitenstraße zum Bogstadvei und blieb vor einem Schaufenster mit vielerlei Kerzen stehen. Kleine und große Kerzen, dicke und dünne. Servietten, Kerzenmanschetten und Kandelaber.

Partyfackeln! dachte er.

Die Dämmerung war blau, und es schneite nach wie vor. Er spähte durch den Briefkasten. Da lag er immer noch. Der Brief. Niemand schloß auf, als er klingelte. Er starrte auf das Schild, das besagte, daß das Haus vom Sicherheitsdienst Securitas bewacht wurde.

Dann ging er in den Vorgarten und stellte die Fackeln auf. Er hatte alle gekauft, die vorrätig waren. Vier große Tüten voll. Dann begann er mit dem Anzünden. Ab und zu richtete er sich auf und betrachtete sein Werk. Nicht lange, nur ein paar Sekunden.

Einige Leute schauten von der Straße aus neugierig über den Zaun. Ein Paar blieb stehen und sah ihm über die Hecke hinweg lächelnd zu.

Die Streichhölzer gingen ihm aus, und so zündete er die übrigen Lichter an den bereits brennenden an. Er verbrannte sich. Nach jedem Licht hob er den Kopf, um nachzuschauen, ob jemand im Fenster auftauchte. Niemand zeigte sich.

Als er fertig war, blieb er unter einem hohen, dick mit Schnee bedeckten Zierstrauch stehen. Dann ging er die Treppe hinauf und klingelte wieder. Ohne Resultat.

Die Flammen tanzten. Sie mußte doch sehen, daß das schön war!

Der Geschäftsmann Gorm Grande machte Sachen, die er noch nie zuvor gemacht hatte. Ihretwegen benahm er sich wie ein kleiner Junge, der Sehnsucht hatte. Sie mußte das doch sehen!

Da kam ihm noch eine Idee. Er stellte die Fackeln in einem bestimmten Muster auf, sah dabei die ganze Zeit die Augen des Dalmatiners vor sich.

Ein Flugzeug schrieb einen goldenweißen Streifen an den Himmel, der nur bruchstückhaft durch die Wolken hindurch zu sehen war.

Jetzt sitzen sie dort oben und sehen nach unten, dachte er. Sie sehen, daß ich versucht habe, in Ruts Vorgarten ein glühendes Auge zu zeichnen.

Die Tür der Nachbarvilla ging auf. Eine alte, verkrümmte Gestalt schlurfte in karierten Pantoffeln auf ihre herrschaftliche Vortreppe. In wohlgewählten, aber erzürnten Worten forderte sie ihn dazu auf, die Fackeln zu löschen. Andernfalls werde sie die Polizei rufen.

»Es könnte brennen!« sagte sie.

Gorm löschte die Fackeln nicht, mußte sich aber eingestehen, daß er zu feige war, sich festnehmen zu lassen. Er tat also so, als hätte er nichts gehört, steckte die Hände in die Manteltaschen und ging.

Während er mit langen Schritten den Bürgersteig entlanghastete, überkam ihn eine Enttäuschung, die er nicht ertragen konnte. Ein Kummer, der in Wut umschlug. Er sah das Securitas-Schild an der Tür vor sich. Sie war da drin, aber sie schloß nicht auf. Warum?

Ich kann doch nicht einfach gehen, ehe ich das weiß. Ich komme da rein! dachte er und blieb abrupt stehen.

2

Natürlich erinnerte sich Rut nicht an ihre eigene Geburt.

Es schauderte sie nur, sobald sie daran dachte. Das war das Abscheulichste, was sie sich vorstellen konnte. Geboren zu werden. Scham und Schmutz, Gottes Strafe und Heimlichtuerei. Blutige und eklige Lumpen.

Sie hätte gern an den Storch geglaubt. Sie konnte sich jedoch nicht erinnern, daß sie je einen Anlaß dazu gehabt hätte. Die Wände waren zu dünn, und die Dielenbretter hatten sogar Spalten.

Am schlimmsten war trotzdem, daß sie als erste gekommen war. Daß Jørgen hatte warten müssen. Es war ihre Schuld, daß Jørgen so geworden war. Sie hatte das die ganze Kindheit lang gehört. Erst wollte keiner von ihnen kommen, dann hatte sie sich vorgedrängelt.

Kurze Zeit, nachdem sie lesen gelernt hatte, glaubte sie, daß einige wenige Auserwählte unbefleckte Geburten hatten. So wirkte es jedenfalls in den Büchern. Dort kamen die Kinder ordentlich hintereinander und wurden sofort in Spitzendekken verpackt. Sauber und ohne einen Laut wurden sie zur Taufe getragen. Aber das war in den Büchern. Dort hatte weder die Heldin noch sonst jemand einen Unterleib.

Der Prediger und Mutter hatten beide einen grauenvollen Unterleib. Das wußten alle, auch wenn darüber nicht gesprochen wurde.

Wenn sie die Schachtel mit den Wachsmalkreiden öffnete und die rote Farbe sah, dachte sie oft daran, daß sie sich an Jørgens Kopf vorbeigezwängt und ihn dadurch beschädigt hatte. Nicht außen, denn außen war Jørgens Kopf viel besser als ihrer. Aber innen. Sie sah alle Nerven und Blutgefäße vor sich, die kaputtgedrückt worden waren. Vermutlich war alles zu einem roten Brei geworden. Manchmal erinnerte sie das an die Mißgeburten der Mutter. Alle Mißgeburten waren rot und so schmachvoll, daß man nicht über sie sprechen konnte. Aber man vergaß sie, jedenfalls bis zum nächsten Mal. Jørgen konnte man nicht vergessen.

In aller Heimlichkeit malte sie Jørgens Geburt. Ehe sie damit begann, hatte sie das Gefühl, die einzige auf der Welt zu sein, die das konnte. Aber das Bild wurde nicht so, wie sie es wollte. Sie wollte es schön machen und begreiflich. Sie dachte, es würde so aussehen, daß sie es Großmutter zeigen könnte. Aber es wurde nur rot und schwarz. Und irgendwie wütend. Sie versuchte es viele Male, ohne daß es ihr gelang.

Schließlich knüllte sie das Papier zusammen und legte es in den schwarzen Herd in der Küche. Trotzdem verspürte sie immer eine seltsame Spannung, wenn sie in die Schachtel sah. Als lägen alle Köpfe, Gedanken und Dinge, ja die ganze Welt in dem kräftigen Geruch der Kreiden verborgen.

Die Wasserfarben ließen sich in unendlichen Nuancen mischen. Die Farbe, die sie in einem Augenblick mischte, war einzigartig, von ihr, Rut, geschaffen. Oft sehnte sie sich nach den Farben. Noch ehe sie die Schachtel oder den Kasten mit den runden Tiegeln, jeder auf seinem Platz, öffnete, nahm sie den Geruch wahr. Nicht nur als eine Ahnung in der Nase, sondern wie einen Geschmack im Mund.

Rut saß an einem altmodischen Pult, das aussah, als wäre es mit der Axt aus einer einzigen Wurzel herausgehauen. An dem Pult konnten zwei sitzen, und die Platte ließ sich hochheben. Ganz oben, hinter der Platte, war das Pult eben. Es gab zwei

Vertiefungen für Tintenfässer und zwei für Stifte. Im übrigen war alles schräg, und man konnte nichts ablegen außer Blätter und Bücher, die nicht zu glatt waren. Alles, was keinen Platz in den kleinen Vertiefungen fand, fiel, rollte oder kullerte die Schräge hinunter. Federhalter, Stopfball, Bindfadenknäuel, Murmeln, Wachsmalkreiden.

Erst spürte sie ein Kribbeln unter der Haut, dann brach ihr der Schweiß aus, als die Wachsmalkreide herunterfiel. Zunächst dieses kullernde Geräusch. Danach das widerliche Knacken, mit dem sie auf dem Boden auftraf.

Als sie nach unten sah, lag die rote Kreide dort. Zerbrochen.

Sie war den Tränen nahe und hoffte, daß niemand es sah. Wer heulte, hatte verloren. Jørgen half ihr, das Lesebuch unter die Platte zu legen. Da wurde sie ebener. Dann legten sie den Kopf auf einen Arm und malten los. Aber die ganze Zeit konnte sie nur an die zerbrochene Kreide denken.

Jørgen seufzte unzufrieden, weil die Platte jetzt so hoch war. Aber niemand verlangte, daß er etwas tun sollte. Er war dort, weil Rut dort war, und er begriff, daß er stillsitzen mußte.

Ella sah vom Nachbarpult aus zu. Ihre Kreiden fielen dauernd auf den Boden, aber sie kümmerte das nicht. Für Ella war das nicht gefährlich, sie war ein Einzelkind.

Vorher hatte sie viereckige Kreiden gehabt, die rutschten meist nicht den schrägen Pultdeckel hinunter. Aber auf die runden konnte man sich nicht verlassen.

Als der Lehrer vorbeiging, fragte sie, warum der Pultdeckel so unpraktisch sei. Er sah auf die Kreide und schüttelte den Kopf. Aber er war nicht wütend, denn er lächelte, als er sagte, er wisse es nicht.

Das half Rut auch nicht weiter. Sie fand es seltsam, daß er nicht einmal das wußte, obwohl er Lehrer war.

Sie fragte ihn, ob sie etwas von dem Pflaster bekommen

könnte, das er immer im Schrank liegen hatte. Dann flickte sie, so gut es ging, die rote Kreide zusammen. Aber sie nutzte sich schnell ab, und das Pflaster war immer im Weg. Das kam daher, daß vieles von dem, was sie malen wollte, rot war.

Ella meinte, sie könne doch Jørgens Kreide nehmen. Auf einen so dummen Vorschlag ging Rut gar nicht erst ein. Als ob jemand Jørgen etwas wegnehmen könnte. Ella schlug vor, Rut solle Meer und Himmel malen, um Rot zu sparen.

Rut versuchte es, aber das Bild widersetzte sich ihr, ohne daß sie so recht gewußt hätte, warum.

»Mal doch einen Neger«, sagte Ella.

Rut malte ein Negergesicht mit Goldringen in den Ohren und einem orangen Mund, genau wie den Schwarzen Peter im Kinderspiel. Aber das Bild war nichts Besonderes. Es war nur ein Ersatz.

Schließlich tauschte sie ihre grüne Kreide gegen die rote von Ella, die unbeschädigt war. Aber Ella bereute es und wollte sie zurückhaben. Als Rut sich weigerte, begann sie zu weinen.

Der Lehrer wurde erst etwas nachdenklich, dann böse. Er sagte, es sei verboten, Kreiden zu tauschen. Die Kreide sei Eigentum der Schule.

Rut packte alle Kreiden in die schon etwas mitgenommene Schachtel und ging zum Katheder vor, knickste und gab dem Lehrer das Eigentum der Schule. Er wollte es nicht haben und sagte, sie solle aufhören, wegen einer Nichtigkeit zu quengeln. Da es nicht sie gewesen war, sondern Ella, die gequengelt hatte, konnte Rut nichts machen.

In der Pause wollte sie Ella auf dem Klo einschließen, ohne daß es jemand sah, aber Ella ging nicht aufs Klo. Statt dessen trat ihr Rut auf den Fuß, als sie sich wieder aufstellten. Ella weinte und sagte, der Fuß sei kaputt.

Rut mußte Entschuldigung sagen. Aber sie legte zwei Finger übereinander und schloß die Augen, es galt also nicht.

Von dem Tag an begann Rut alle Münzen zu sammeln, deren sie habhaft werden konnte, um für Farben zu sparen, die nicht Eigentum der Schule waren. Sie war sich klar darüber, daß das zu den Dingen gehörte, von denen der Prediger sagte, dafür komme man in die Hölle. Aber das erschien ihr in so weiter Ferne, daß sie es trotzdem tat.

In den Hosen von Männern waren immer Münzen. Und natürlich in der Blechbüchse über dem Herd. Onkel Aron zog sich immer die Hose aus, ehe er sonntags seinen Mittagsschlaf hielt, weil es die Tante mit den Sonntagshosen so genau nahm. In langen, weißen Unterhosen drehte er ein paar Runden durch die Küche, um die Zeitung und seine Brille zu suchen. Dann ließ er sich auf die Couch in der Stube fallen und fing an zu schnarchen, ohne ein einziges Wort gelesen zu haben.

Währenddessen lagen seine Hosen ordentlich über einem Stuhl beim Ofen. Sie mußte es so einrichten, daß sie einen Augenblick mit ihnen allein war. Sie erbot sich, dem Onkel die Haare zu kraulen, bis er einschlief. Für so etwas hatte man schließlich Kinder.

Mehrere Sonntage gelang es Rut nicht, mit den Hosen allein zu bleiben, weil es regnete und weil eines der anderen Kinder ständig in der Stube herumstrich. Da entging ihr viel Geld.

Der Prediger behielt beim Mittagsschlaf die Hosen an, weil er dafür nicht ausgeschimpft wurde. Man konnte jemanden, der erleuchtet war, nicht ausschimpfen. Außerdem hatte er nie lose Münzen in der Tasche. Rut fand, daß er sein Kleingeld ebenso hütete wie seine Schäfchen.

Die Blechbüchse gehörte der Mutter und war für Notfälle. Dieses Geld konnte sie natürlich nicht nehmen. Auch nicht das Geld aus Portemonnaies, die herumlagen. Das war Diebstahl. Und für Diebstahl kam man nicht nur in die Hölle, da konnte man in die Besserungsanstalt geschickt werden.

Rut redete sich ein, daß das, was sie vorhatte, eine Art Kollekte war, denn schließlich handelte es sich nicht um Papiergeld.

Tante Rutta verwahrte das Milchgeld in einer Kautabakdose auf dem Fensterbrett. Aber davon konnte man nichts nehmen, denn jede Woche rechnete sie genauestens aus, was jeder einzelne Liter kostete.

Dann waren da die Sammellisten für die Mission. Ella ging mit ihnen herum, aber Rut mochte nicht von Tür zu Tür gehen. Die Leute waren unberechenbar. Das beste war, Abstand zu halten. Aber wenn es um glänzende Zehnöremünzen ging oder ab und zu sogar Fünfzigöremünzen, da konnte man ihnen schon einmal näher kommen.

Die Kinder stachen für jede Zehnöremünze, die sie sammelten, ein Loch. Das Loch war wie eine Quittung. Eine durchlöcherte Liste ergab fünf Kronen für die Mission. Sie benutzten eine Stopfnadel. Rut überlegte, daß sie ohne weiteres eine Nähnadel benutzen könnte – vielleicht fand sie ja auf die Schnelle keine Stopfnadel. Mit einer Nähnadel ergaben sich fast unsichtbare Löcher.

So kam es, daß sie auf die nächste Versammlung des Missionsvereins ging. Alle sangen und bekamen süßes Hefegebäck und dünnen Kakao. Als die Vorsteherin die Listen und das Geld einsammelte und fragte, ob es neue, fleißige Helferinnen in Gottes Auftrag gab, hob Rut zögernd die Hand.

Dann war sie dabei. Ging in die Häuser, zu den Fischern und überallhin. Eigentlich sollten die Erwachsenen selbst das Loch stechen, wenn sie etwas spendeten, aber so genau ging es nicht. Einige waren sparsam und gaben nur ein paar Zehnöremünzen, und dann wollte man sie gewissermaßen nicht weiter belästigen. Außerdem preßte sie die Listen zwischen zwei Lexikonbänden, so daß fast nicht zu sehen war, ob da schon von vorher Löcher waren.

Am einfachsten war es bei denen, die eine Lesebrille hatten. Meist hatten sie keine Lust, wegen der Brille noch einmal ins Haus zu gehen. Sie ließen sie einfach in aller Eile auf der Treppe selbst stechen.

Nach wenigen Tagen hatte sie zwei Kronen und zwanzig Öre auf eigene Rechnung eingesammelt. Trotzdem wurde sie von der Vorsteherin gelobt, weil sie fünf Kronen für die Mission zusammenbekommen hatte. Alle knieten nieder und dankten Gott für das viele Geld. Rut dankte im stillen extra. Das war selbstverständlich.

Als sie das süße Hefegebäck mit der einen Rosine aß, die ihr am Gaumen festklebte, sagte die Vorsteherin, daß das Geld an kranke und hungernde Kinder in Afrika gehen würde.

Ella fragte, ob sie Neger seien. Die Vorsteherin bestätigte das, sie seien aber trotzdem Menschen, und Gottes Gnade ruhe auf ihnen.

Ella erzählte, daß Rut so gut Neger malen könne, das sei unbeschreiblich. Das wollte die Vorsteherin auf jeden Fall auch sehen. Sie trug ihr auf, bis zum nächsten Mal einen Neger zu malen. Rut blieb nichts anderes übrig, als zu nicken. Es lohnte sich nicht, zu widersprechen.

An dem Tag, an dem die Austernfischer zurückkehrten und mit ihrem dummen, unsinnigen Gekreische herumstolzierten, hatte Rut sechs Kronen und zehn Öre eingesammelt. Aber sie wußte nicht, was eine Schachtel Wachsmalkreiden kostete. Sie mußte aufs Festland, um das herauszufinden.

Oft wünschte sie sich, jemanden zu haben. Jemanden, mit

dem sie über alles mögliche hätte reden können und der das, was sie sagte, nicht peinlich oder seltsam fand. Sie hätte so gern nach verschiedenen Dingen gefragt. Ja, denn mit Jørgen hatte es keinen Zweck, er wurde nur traurig, weil er nichts wußte.

Es hätte nichts ausgemacht, wenn er nicht sofort eine Antwort gewußt hätte. Wenn sie nur irgend jemandem alles hätte erzählen können. Einem Menschen wie Großmutter zum Beispiel.

Aber Großmutter kam nicht in Frage. Rut brauchte jemanden, der nicht fand, daß Kollekte Diebstahl war, und der nicht fragte, wie sie den Leuten, beispielsweise dem Prediger, erklären wollte, wie sie sich so teure Farben leisten konnte.

Er mußte vielleicht stärker sein als sie, denn das brauchte sie. Aber sie wollte genauso klug sein. Sie stellte sich vor, daß er vorschlagen würde, sie solle weitersparen, damit sie außerdem noch einen Malkasten kaufen konnte. Dann würden sie zusammen im Dachgeschoß sitzen und malen. Sie hatte mehrere Pappschachteln, die sie zerschneiden konnte. Daraus konnten Bilder werden.

Ab und zu säße er ganz still da und dächte nur nach, während Rut malte. Anschließend sagte er dann schon mal: »Meine Güte, das ist aber schön geworden!« Oder: »Niemand hier hätte so etwas machen können! Nur du.«

Aber so einen Menschen gab es nicht, wenn sie ihn sich nicht zusammendichtete.

Gelegentlich versuchte sie, Jørgen zu diesem bestimmten Menschen zu machen. Aber Jørgen blieb sich immer treu. Er machte Unordnung, schnitzte an seinen Holzstücken, schniefte und fragte. Zwischendurch war er immer wieder so ruhig, daß sie glaubte, er sei gar nicht mehr da. Aber sie wußte ja, daß er immer dort war, wo sie war.

Er verstand nicht immer alles, was sie ihm erklärte. Trotzdem verlangte sie, daß er antwortete, wenn sie etwas fragte. Es kam vor, daß er ganz verzweifelt war, weil er keine Antwort geben konnte. Wenn Jørgen weinte, konnte Rut das im ganzen Körper spüren. Als weinte sie selbst.

Oft sah er sie nur an. Als sänne er darüber nach, was die Leute über ihn sagten. Daß er nur ein armer Idiot war.

An dem Tag, an dem Rut neunundzwanzig Kronen und siebzig Öre auf eigene Rechnung gesammelt hatte, war plötzlich Schluß. Als sie zur Versammlung der Missionsgesellschaft kamen, empfing sie eine fremde Dame im Windfang. Die Vorsteherin war am Vorabend zu Bett gegangen, und jetzt war sie tot!

Die Kinder machten große Augen, legten das Geld auf das Brett der Milchzentrifuge und schlichen wieder nach draußen.

Rut war die letzte in der Schlange, weil sie die Kleinste war. So war der Brauch. Sie war also noch gar nicht im Windfang gewesen, als die Großen schon wieder ins Freie kamen. Bis auf die Treppe roch es nach saurer Milchzentrifuge und toter Vorsteherin.

Als sie gingen, fragte Ella sie, ob sie kein Geld gesammelt habe. Ehe sie es sich noch anders überlegen konnte, hatte sie bereits gesagt, sie hätte es vergessen. Auf dem Heimweg vergoß Ella wegen der Vorsteherin ein paar Tränen. Das gehörte sich so. Aber Rut konnte nicht. Sie hatte fünf Kronen in der Tasche.

Am Tag danach war es bereits, als hätte sie alles vergessen, und Ella fragte auch nicht, ob sie das Geld weggebracht habe. Das war seltsam, denn Ella erkundigte sich sonst immer danach, was die anderen taten. Selbst tat sie nie etwas. Dadurch unterschieden sich die Leute vermutlich. Wer etwas tat, war immer der Böse.

Am Samstag nachmittag las der Prediger laut aus der *Lofotpost* vor, daß Bergljot Anker heimgegangen sei. Er faltete die Hände, schloß die Augen und murmelte ein Gebet, das er mit einem klagenden »Amen« beendete.

Rut wußte nicht, daß die Vorsteherin so geheißen hatte. Mutter sagte es ihr. Das hörte sich merkwürdig an. Bergljot Anker? Rut mußte fragen, warum man den Toten in den Zeitungen ihre Berufsbezeichnungen wegnahm. Der Prediger erzählte, daß Vorsteherin nur ein Spottname gewesen sei, den die Gottlosen ihr gegeben hätten, weil sie ein so guter Mensch gewesen sei und Geld für die Mission gesammelt habe.

Rut hatte nie gemerkt, daß die Frau keine richtige Vorsteherin war. Sie wollte auch nicht ohne weiteres glauben, daß alle Kinder, die sie Vorsteherin genannt hatten, gottlos waren. Aber das sagte sie nicht.

An jenem Tag, an dem Rut Onkel Aron erzählt hatte, wie es bei dem Schiffbruch wirklich zugegangen war, den der Prediger im Krieg erlitten hatte, hatte sie begriffen, daß Väter nicht immer die Wahrheit sagten, da konnten sie noch so sehr Prediger sein.

»Die Deutschen schossen. Wir wurden torpediert«, hatte der Prediger gesagt.

Aber der Onkel erzählte sehr überzeugend von einer Schäre und schüttelte den Kopf, als Rut die Deutschen erwähnte.

Irgendwie wußte sie, daß die Geschichte des Onkels die richtige war. Denn wenn ein Boot auf eine Schäre auflief, dann brauchte es keine Deutschen, damit ein Leck entstand.

Am Sonntag, nachdem sie von der Vorsteherin in der *Lofotpost* gelesen hatten, stand Rut auf dem Hügel oberhalb des

Hauses und dachte an das Wort Zahnschmerzen. Gleichzeitig spürte sie, daß es fürchterlich weh tat. Wenn sie den Finger in den Mund steckte, konnte sie ihn auf den fraglichen Backenzahn legen. Ganz sicher.

Sie trabte nach Hause und nahm den Rasierspiegel des Predigers von der Wand. Der Zahn leuchtete weiß in dem roten Munddunkel. Ein ganz gewöhnlicher, unförmiger, steinharter Zahn. Aber er tat weh. Fürchterlich. Der Schmerz ergriff von ihrem ganzen Kopf Besitz, machte sich darin zu schaffen, schimpfte und beschwerte sich. Es ging um die Vorsteherin. Daß die Vorsteherin tot war und wer wohl daran die Schuld trug. Das Geld? Hatte sie etwa die Finger gekreuzt, als sie zu Ella sagte, sie hätte es vergessen? Und war sie so kindisch, zu glauben, daß das gegen das Schlimmste helfen würde? Glaubte sie etwa, daß das gewöhnliche Zahnschmerzen waren?

Mutter, Eli und Brit konnten nichts sehen. Auch der Prediger nicht. Aber er schimpfte in Gottes Namen auf Mutter, weil sie Rut Sirup aufs Essen schüttete.

»Du gibst den Kindern Zuckerzeug und Sirup. Weißt du, was Zucker kostet? Ein armseliges Kilo Zucker? Klein und eingebildet ist sie, aber verfaulte Zähne, die ausfallen, ehe sie konfirmiert wird, das hat sie. Unser Herr allein weiß, wie das weitergehen soll«, jammerte er.

Der Prediger hatte etwas von einem Heiligen, wenn er ziemlich hart die Faust auf den Tisch knallte und verzweifelt war. Das lag wohl an den schwarzen Locken und den blitzenden, dunklen Augen. Aber Rut tat so, als hörte sie ihm nicht zu. Mutter ebenfalls, obwohl ihr anzusehen war, daß nicht viel fehlte, und sie hätte sich gewehrt. Das hatte nichts mit dem zu tun, was der Prediger sagte, sondern damit, wie er es sagte.

Ehe Mutter sich wehrte, versuchte sie immer nachzudenken. Und wenn sie auf diese Art nachdachte, entgleisten ihr die Gesichtszüge. Mutter reagierte auf zwei Arten, wenn der Prediger eine Strafpredigt hielt. Entweder dachte sie nach, und dann sagte sie nichts. Oder sie wehrte sich. Rut wußte nicht, was schlimmer war.

Beides wirkte hoffnungslos. Kam gewissermaßen viel zu spät. Der Prediger ging einfach. Aber vorher bat er immer noch um Gottes Frieden für dieses Haus des Zorns. Und sie saßen dann da. Meist Jørgen, Mutter und sie. Eli und Brit befanden sich nicht im Haus des Zorns, wenn sie nicht mußten.

Rut dachte oft, wenn Villy, der der Älteste und bereits erwachsen war, nicht zur See gefahren wäre, dann wäre er auf ihrer Seite und gegen den Prediger. Aber es war ihr nicht ganz klar, ob das zu mehr oder zu weniger Streit geführt hätte.

Dieses Mal wehrte Mutter sich nicht. Sie setzte sich hin und weinte. Jørgen setzte sich neben sie und strich ihr über die schon nicht mehr ganz frische Dauerwelle. Ihre Frisur wurde dadurch noch flacher. Rut hatte nicht die Kraft, zuzuschauen. Das taten Brit und Eli auch nicht. Als der Prediger endlich nach draußen ging, war Mutters Gesicht verquollen und rot.

Am Abend, als sie ins Dachgeschoß stiegen, um sich hinzulegen, unterhielten sich Eli und Brit flüsternd über das, was ihre Mutter zum Weinen gebracht hatte. Daß der Prediger gesagt hatte, sie erwarteten Zuwachs. Und daß das viel zu teuer sei.

Genau diese letzte Bemerkung ließ ihre Zahnschmerzen verschwinden.

Am folgenden Morgen war Mutter fort. Eli und Brit gingen vor der Schule allein in den Stall. Der Prediger war noch nicht aufgestanden, als sie sich auf den Weg machten. Es hatte keinen Sinn, ihn zu wecken, wenn Mutter nicht da war.

Als sie aus der Schule kamen, war sie immer noch nicht zurück, und der Ofen war kalt. Eli und Brit meinten, sie müßten sie suchen. Sie sahen mißmutig aus. Der Prediger ebenfalls. Er fragte alle, sogar Jørgen, wieso Mutter nicht gekommen sei. Das war merkwürdig, da er sie schließlich als letzter gesehen haben mußte.

Schließlich sagte Rut, Mutter habe vielleicht gehen müssen, weil er gesagt habe, sie erwarteten Zuwachs. Das war ganz falsch. Er packte sie am Ohr und drehte es herum. Sie spürte, daß sich am Ohrläppchen etwas löste. Aber sie wollte ihm nicht zeigen, wie ihr die Tränen in die Augen schossen, und ballte nur in ihren Anoraktaschen die Hände zu Fäusten. Da er nichts mehr fand, wofür er sie hätte bestrafen können, begann er darüber zu reden, was die Nachbarn wohl dachten, wenn ihre Mutter einfach so davonlief.

Jørgen sagte nichts. Eli flüsterte, sie glaube nicht, daß irgend jemand davon wisse. Brit war auch dieser Meinung. Das beruhigte den Prediger. Trotzdem sagte er noch einiges, während er Eli, Brit und Rut eine nach der anderen ansah. Fragte, ob sie verstünden, wie das sei, eine verrückte Frau zu haben. Eine Frau, die alles mögliche ausheckte. Eine verrückte Frau und verrückte Kinder, die nicht niederknieten, um die Gnade Gottes zu empfangen.

Sie fanden sie im Birkengestrüpp auf der anderen Seite des Moors und konnten sehen, daß sie lange dort gelegen hatte. Immerhin konnte sie noch reden. Murmelte, sie habe sich den einen Fuß schwer verstaucht. Sie wußten nicht, wie schlimm es war, begriffen aber, daß sie nicht gehen konnte.

Es blieb ihnen nichts anderes übrig, als sie in dem schwarzen, alten Mantel nach Hause zu schleppen. Er riß an den Nähten. Rut wußte bereits vom Vorjahr, daß es nicht der schmerzende Fuß war, der den Mantel hinten so rot machte.

Der Prediger schneuzte sich in die Hand. Er weinte und redete gleichzeitig. Das sei ihm alles zuviel, sagte er und machte Mutter Vorwürfe. Sie habe Gott getrotzt, sein Schöpferwerk zerstört. Und jetzt könne das ganze Dorf sehen, daß sie verrückt sei, da man sie an einem Montag nachmittag, obwohl so viel zu tun sei, vom Fjell herunterschleppen müsse. Bei den anderen Weibern sei das nicht so. Nur bei seinem! Was sie dazu zu sagen habe?

Solange die Häuser weiter weg waren, sprach er laut. Daß eine Mörderin den Zorn Gottes zu gewärtigen habe. Aber als sie zum Sørgården kamen, begann er vor sich hin zu fauchen, so daß sie kein Wort verstanden.

Da machte Mutter sich in ihrem Mantel ganz schwer und sagte mit dieser tonlosen Stimme, die sie manchmal hatte: »Laßt mich liegen. Holt den Handkarren!«

Der Prediger ließ so abrupt los, daß Mutter ins Heidekraut plumpste. Die Kinder ließen ebenfalls los. Das war schon egal. Als der Prediger außer Hörweite war, schloß Mutter die Augen und wimmerte etwas. Eli und Brit knieten sich neben sie und sagten im Chor: »Ist ja gut, ist ja gut.« Rut brachte das nicht fertig. Und daraufhin machte Jørgen auch nichts.

Onkel Aron kam allein. Er sprach leise und tätschelte Mutter das Kinn. Als er sah, daß der Mantel hinten rot war, senkte er den Kopf und sagte: »Ach je, ach je.« Dann hob er sie auf den Karren.

Die Mädchen hielten den verletzten Fuß, während der Onkel den Karren zog. Trotzdem wurde sie ordentlich durchgerüttelt. Aber sie jammerte nicht.

Es gelang ihnen, sie auf das Sofa in der Stube zu bugsieren. Ans Dachgeschoß war nicht zu denken. Eli wurde zu Tante Rutta geschickt. Sie machte eine düstere Miene, als sie kam.

Die Tür zur Stube blieb geschlossen, damit niemand hören konnte, worüber sie sprachen.

Brit heizte den Ofen ein, und der Prediger begleitete Onkel Aron nach Hause. Eli flüsterte Brit etwas zu, was Rut und Jørgen nicht hören sollten, aber Rut hörte es trotzdem. Mutter sei vermutlich froh, daß es vorbei sei. Das war sie im letzten Jahr auch gewesen. Da war sie nur bis zum Stall gegangen. Der Mantel war ohnehin schon alt und abgetragen gewesen.

Der Prediger war nicht viel zu Hause, aber wenn er kam, seufzte er. Sie verstanden, was das hieß: daß er es schwer hatte mit so einer als Frau. Und das färbte gewissermaßen ab, auch wenn sie es nicht wollten. Denn es war schließlich wahr. Keine andere Frau stieg an einem gewöhnlichen Montag aufs Fjell, um sich Fuß und Mantel zu verderben.

Großmutter und Else vom Holm kümmerten sich um alles, womit Eli und Brit in Haus und Stall nicht fertig wurden. Auch wenn Else nicht viel nehme, müsse sie doch etwas dafür bekommen, sagte der Prediger. Und damit hatte er recht. Er erzählte, was sie für die Kronen, die Else vom Holm bekam, hätten kaufen können. Aber nicht, wenn Großmutter dabei war; er wartete, bis sie gegangen war.

Nach drei Tagen begann Mutter sich zu wehren. Einmal wies sie ihm sogar die Tür. Bat ihn, sich ein Auskommen zu verschaffen wie andere Männer. Er drehte ein paar Runden in der Stube, dann flüchtete er. Aber erst erklärte er Gottes Frieden in diesem »Haus des Zorns«.

Als Eli Brote zum Abendessen strich, sagte Mutter, sie solle dem Prediger nichts von dem letzten Butterklumpen geben, wenn er nach Hause komme. Den sollten die Kinder bekommen. Und zwar den ganzen, fügte sie noch hinzu. Rut begriff, daß es schlimmer war als sonst. Auch weil sich der Prediger damit abfand, als er zurückkam. Er schimpfte nicht, weil keine Butter auf dem Brot war. Hob einfach nur den Käse an einer Ecke an, ehe er aß.

Niemand sagte etwas. Niemand. Alle waren mit etwas beschäftigt. Mutter verzerrte das Gesicht, als sie sagte: »Gott hat alles aufgegessen. Er gönnt Dagfinn Nesset nicht mal die Butter auf dem Brot.«

Der Prediger legte die halbgegessene Brotscheibe zurück auf den Teller. Dann faltete er die Hände und betete für sie alle. Nannte sie alle beim Namen. Als er fertig war, nahm er die Brotscheibe auf und begann wieder zu kauen.

Mutter kniff die Augen so fest zusammen, daß sie aussah wie ein ausgewrungener Spüllappen. Aber sie sagte nichts und tat auch nichts. Als würde es sie nichts angehen, daß die Hühner Wasser und Futter brauchten und daß die Kühe gemolken und gefüttert werden mußten. Sie saß einfach da, den Fuß auf einem Hocker.

In gewisser Hinsicht hatte der Prediger recht. Sie war wahrscheinlich verrückt. Rut konnte es Eli und Brit anmerken, daß auch sie sich für Mutter schämten.

Bei Onkel Aron und Tante Rutta lachten immer alle nach einer Weile, obwohl dort auch viel geschimpft und Radau gemacht wurde. Sie lachten und schlugen sich auf die Schenkel, wie Großmutter es tat. Rut wünschte sich, Mutter würde zumindest lächeln, wenn sie schon dabeisaß. Aber nein, sie strickte nicht einmal wie die anderen Frauen.

An dem Morgen, an dem Mutter begann, durch die Stube zu hinken, hatte Rut wieder Zahnschmerzen. Dieses Mal verschwanden sie nicht.

»Du mußt zum Zahnarzt fahren!« sagte Mutter müde, nachdem sie eine Weile geklagt hatte. Und so geschah es, ohne daß der Prediger gefragt wurde, denn der war in der Stadt bei einer Erweckungsversammlung.

Mutter erklärte umständlich, wie Rut sich auf dem Festland zurechtfinden sollte. Wie sie sich benehmen und was sie sagen sollte. Sie solle nichts bezahlen, denn das gehe zu Lasten der Schulzahnpflege. Das sei ein Segen, sagte Mutter. Rut bekam trotzdem Geld für die Fähre. Eli gab ihr etwas zu essen in einer Butterbrotdose und füllte die Milchflasche, als ginge sie zur Schule.

Jørgen meinte, er habe ebenfalls Zahnschmerzen. Aber Mutter war auf dem Ohr taub, er mußte zu Hause bleiben. Als Rut an Bord des Schiffes ging, das die Inseln miteinander verband, fiel ihr auf, daß sie noch nie allein aufs Festland gefahren war.

Beim Zahnarzt roch es nach Krankheit, aber er fand kein Loch. Er sah sie nur lächelnd an und sagte, sie habe einwandfreie Zähne. In dem Augenblick, in dem er das sagte, verschwand der Schmerz, als hätte es ihn nie gegeben. Als wäre es Jesus, der da in Weiß vor ihr stand, den einen Arm ausstreckte und sagte: »Die Vorsteherin hat alles auf sich genommen. Alles ist dir vergeben. Gehe hin und sündige fortan nicht mehr, denn du bist geheilt.«

Rut sah den Prediger vor sich, der freudig mit einem »Halleluja!« einstimmte, weil sie so weiße Zähne hatte, die »vom Blut des Lammes gereinigt waren«.

Der Zahnarzt gab ihr ein Bildchen mit einem Blumenkorb und sagte, sie habe ihre Zähne immer tüchtig geputzt. Sie widersprach ihm nicht, nahm einfach das Bildchen, knickste zweimal und ließ den Geruch von Krankheit hinter sich.

Die Häuser auf dem Festland standen dicht beieinander. Aber schließlich fand sie die Buchhandlung. Von dort bezog die Schule sowohl Farben als auch Bücher.

Als sie die Türklinke herunterdrückte, begann die Türglokke stürmisch zu läuten und wollte gar nicht mehr aufhören. Sie mußte deswegen husten, schlich sich zur Ladentheke und wagte nicht, sich umzusehen.

Sie dachte, alle Regale würden auf sie herabstürzen. Als wüßten sie alles. Als hätte die Vorsteherin sie eingeweiht. Es roch so stark nach Farben, Leim und Büchern, daß ihr die Tränen in die Augen traten. Es war so hell. So unbeschreiblich hell.

Erst konnte sie kaum die Regale erkennen. Dann wurden sie deutlicher und hörten auf, gefährlich zu sein. Buchrücken, Papier, Stifte, Ordner, geheimnisvolle Schachteln und unerklärliche Rollen. Farben strömten überall hervor. Sie konnte sie nicht unterscheiden, sie kamen ihr entgegen wie Regenbogen.

Nachdem Rut viele Male geblinzelt hatte, entdeckte sie eine Person hinter der Theke, die sie an ein Schneehuhn erinnerte. Sie saß da und strickte an etwas Rotem. Rut ging auf sie zu und brachte ihren Wunsch vor.

»Guten Tag! Gottes Friede! Ich würde gerne Wachsmalkreiden kaufen.«

Die Schneehuhndame lächelte etwas und legte das Strickzeug weg. Es lag auf dem Stuhl und glühte, als wäre es gerade erst eingefärbt worden. Dann wollte sie wissen, was für Farben sie denn genau haben wollte.

Rut nahm den Rucksack ab und zog die Tabakdose mit dem Geld hervor. Dann zählte sie langsam die Münzen auf die Theke. Das Geld für die Fähre hatte sie im Anorak.

Die Schneehuhndame legte Malkästen, Wachsmalkreiden und Buntstifte auf die Theke und sagte, was sie kosteten. Vorsichtig öffnete Rut die Kästen und betrachtete die Farben. Glücklicherweise trat ein alter Mann mit Stock und einem verkniffenen Gesicht ein und beanspruchte eine Weile lang die ganze Aufmerksamkeit der Schneehuhndame.

Rut konnte sich nicht entscheiden. Einen nach dem anderen hielt sie die Kästen an die Nase. Roch daran. Wachsmalkreiden, Wasserfarben und Buntstifte. Und der saure Geruch der Milchzentrifuge der Vorsteherin? Wo kam der her?

Die Schneehuhndame kam zur Theke, legte das Geld für das Buch, das der Mann gekauft hatte, in die Kasse und sagte: »Danke vielmals.« Der alte Mann hinkte hinaus, und die Türglocke bimmelte wie verrückt.

»Dann können wir uns wieder dir zuwenden?« sagte die Dame lächelnd.

Rut deutete auf einen Bjercke-Malkasten und die Schachtel mit den Wachsmalkreiden. Die Dame rechnete aus, daß beides 25 Öre mehr kostete, als sie besaß. Rut schluckte.

»Können wir die weiße und die braune Wachsmalkreide rausnehmen?«

Die Schneehuhndame schüttelte den Kopf.

Ohne noch einmal Luft zu holen, schlug Rut vor, sie könne ein Bild malen, das sie verlosen könnten. Die Dame lächelte, schüttelte jedoch erneut den Kopf. Offenbar hatten sie auf dem Festland keine Tombola.

Schließlich öffnete sie eine Tür und rief etwas ins Innere des Hauses. Ein blinzelnder Mann erschien. Er hatte einen borstigen, schwarzen Schnurrbart, und auch in seinen Nasenlöchern wuchsen Haare.

Als die Dame ihm die Sache erklärt hatte, zog er erst am Schnurrbart und kratzte sich dann mit einem Finger auf seinem blanken Schädel. Er zog die Brauen hoch, während er Rut mehrere Male von oben bis unten musterte. Dann lachte er und meinte, das sei schon in Ordnung.

Rut begriff, daß sie alles bekommen würde. Sie bekam keinen Ton heraus. Plötzlich sah sie die Milchzentrifuge der Vorsteherin vor ihrem inneren Auge. Dann schob sie das weg, ging um die Theke herum und ergriff die schwere Hand des Mannes mit beiden Händen. Schüttelte sie, drückte sie und schüttelte sie erneut.

»Danke! Gottes Friede sei mit dir alle Tage! Amen!«

»Wo kommst du her?« fragte der Mann wie ein milder Mond über ihr.

Aber es gelang ihr nicht, darauf zu antworten. Der Hals war zu eng. Sie hob ein paarmal die Fäuste vors Gesicht, um sich zu verstecken. Anschließend packte sie all die Schätze in ihren Rucksack, der so voll wurde, daß sie die Butterbrotdose in die Außentasche stecken mußte.

Rückwärts ging sie zur Tür. Verbeugte sich und knickste. Die Schneehuhndame hatte sich in eine spitznasige, kleine Sonne verwandelt. Die beiden waren so strahlend und schön. Sie standen vor den Regenbogenregalen der Buchhandlung und waren so gut. Das war unbegreiflich.

Als sie zum Kai hinunterlief, schlug der Rucksack mit allen Farben gegen ihren Rücken. Er machte einen Lärm wie eine alte Nähmaschine, während sie an die beiden in der Buchhandlung dachte. Wenn sie einmal berühmt und reich wäre und gerade aus Amerika zurückkäme, dann würde sie hinter die Theke treten und ihnen ihre Fünfundzwanzigöremünze zurückgeben. Wahrhaftig. Sie freute sich. Sah es vor sich, in aller Deutlichkeit.

Sie würde ein himmelblaues Sommerkleid anhaben mit winzigen Rosenknospen darauf. Auf dem ganzen Rock des Kleides sollten außerdem Schmetterlinge flattern. Und die mit Kreide frisch geweißten Stoffschuhe würden so gut wie neu sein. Dazu gehäkelte Handschuhe und ein Lacktäschchen über dem Arm. Mit den Jahren würde ihr Haar so hell wie der Mondschein werden. Einmal hatte sie eine Dame mit solchem Haar gesehen. Sie würde sich über die Theke lehnen und lächeln, während sie das weiße Lacktäschchen öffnete. Dann würde sie ihnen ihre Fünfundzwanzigöremünze geben und sagen: »Danke, daß Sie mir das Geld geliehen haben!«

Und sie würden sie hereinbitten. Ins Hinterzimmer. Die Schneehuhndame würde Kaffee kochen, und Rut würde von Amerika erzählen. Amerika? Ja, Amerika. Dort wurden Leute berühmt und reich. Und sie würden herzlich lachen und sich auf die Schenkel schlagen. Dann würde es Torte geben. Eine große weiße Sahnetorte mit einer Cremefüllung aus Multebeeren. Sie konnte sich ganz genau vorstellen, wie sie schmekken würde.

Rut hielt alles einige Tage lang versteckt. Dann erzählte sie, die Vorsteherin hätte ihr Geld für die Malsachen gegeben, weil sie so viel für die Mission gesammelt hätte und weil sie große Bilder für die Tombola malen sollte.

Mutter sah sie etwas seltsam an und fragte ziemlich scharf, warum sie das nicht schon früher gesagt habe. Aber Rut redete sich damit heraus, daß sie das über all den Krankheiten vergessen hätte.

Der Prediger meinte, es wäre besser gewesen, das Geld für etwas Nützliches zu verwenden. Rut senkte den Blick und murmelte so milde, wie sie nur konnte, daß man den Willen der Toten zu respektieren habe. Da gab er nach. Und Rut kniete willig nieder und dankte Gott und der Vorsteherin.

Sie lag auf den Knien, sah hoch zu den Bartstoppeln und zu der bläulichen Haut des Predigers und dachte an die Fische, die in dem großen, dunklen Meer schwammen und über die eigentlich niemand Genaueres wußte. Nicht einmal, wie sich ihre Farben unter Wasser ausnahmen. Deutlich sah sie sie vor sich. Die großen Fische mit offenen Mäulern, in denen es weiß und rot schimmerte. Genau wie beim Prediger. Kleine Heringe schwammen zwischen spitzen Zähnen hin und her. Blau und Grau gingen ineinander über, mit einem Aufblitzen von Rot und Weiß. In alle Ewigkeit. Amen.

Rut errichtete einen Altar für die Vorsteherin. Auf einer Kiste unter Großmutters Außentreppe. Schmückte ihn mit dem Stummel einer Stearinkerze und einem alten Deckchen. Er wurde schön. Aber obwohl die Treppe fast immer regennaß war, konnte sie die Kerze nicht anzünden. Es hätte brennen können.

Allmählich vergaß sie, daß es nicht die Vorsteherin gewesen war, die ihr die Malsachen gegeben hatte. Und es war, als spielte die Vorsteherin von ihrem Himmel aus mit.

Dafür durfte Rut innerhalb von zwei Tagen nicht mehr als ein Blatt Zeichenpapier verbrauchen. So legte sie ihren ganzen Fleiß in das Bild, wie der Lehrer zu sagen pflegte. Die Bilder glühten und rochen gut. Sie stellte sie um das Bett herum auf dem Fußboden auf. Jørgen sah sie sich an. Er sagte nicht viel, aber sie konnte ihm ansehen, daß sie ihm gefielen.

Immer öfter dachte sie an den, dem sie diese Bilder eigentlich zeigen wollte und der sie vielleicht einzigartig fand. Jørgen kannte sich schließlich mit dem Malen nicht aus. Er schnitzte Holzfiguren. Und immer war es sie, die ihn lobte. So sollte es natürlich auch sein.

Aber auch sie brauchte einen Menschen. Nicht nur, damit er sich die Bilder ansah, sondern damit sie ihm alles erzählen konnte. Zum Beispiel, daß es nicht leicht war, gute Bilder zu malen, auch wenn man Malkasten und Pinsel hatte. Es war schwer. Und alles, was es gab, war ganz gewiß schon einmal gemalt worden, und zwar von Leuten, die besser waren als sie.

Wenn sie versteckt unter Großmutters Außentreppe saß, fiel ihr auf, daß sie anders war als die anderen Kinder. Aber sie war die einzige, die das wußte, und deswegen mußte sie es um jeden Preis geheimhalten. Gewiß mußte man sich schämen, weil man anders war.

Über all das hätte sie mit ihm reden können. Wenn es ihn gegeben hätte.

3

Natürlich hätte Gorm ja gesagt, falls ihn jemand gefragt hätte, ob er seine Mutter mochte.

Schließlich hatte sie sich immer an ihn geklammert, und so hätte er zustimmend genickt. Aber niemand fragte so etwas. Auch nicht, als er noch klein war. Bei den Grandes sprach man nicht über Dinge, die nur die Familie etwas angingen.

Gorm kam nie auf den Gedanken, sie zu umarmen und zu sagen: »Mutter, ich mag dich.« Je mehr ihn seine Mutter herzte und drückte, desto passiver wurde er. Wenn seine Schwestern ihn sahen, versuchte er sie flehentlich um Vergebung zu bitten. Nie laut, dafür um so inniger: »Verzeiht mir, daß ich es bin, den sie drückt.«

Solange er richtig klein war, glaubte er, es sei nicht nötig, etwas zu sagen, damit seine Schwestern ihn verstanden. Nach und nach erkannte er, daß es nicht so einfach war. Er träumte davon, Worte sagen zu können, die ihnen alles erklärten. Aber vermutlich gab es solche Worte nicht. Gorm glaubte, daß nur er andere Dinge dachte, als er aussprach.

Währenddessen klammerte sich seine Mutter an ihn und überließ seine Schwestern sich selbst. Gelegentlich sagte sie mit einem Seufzer: »Marianne und Edel, das sind Papas große Mädchen.«

Da begriff Gorm, daß er nicht Papas Junge sein konnte, weil er der seiner Mutter sein mußte.

Edel und Marianne waren nicht nur Papas Mädchen, sondern auch die schönsten Mädchen, die Gorm kannte. Er verglich sie immer mit einem Schwan und einem Kormoran. Die eine war weiß, die andere schwarz. Das war sein Geheimnis. Und dadurch gehörten sie gewissermaßen nur ihm.

Mutters Stimme vermittelte ihm oft das Gefühl, daß er etwas Wichtiges vergessen hatte. Wofür es keine Entschuldigung gab. Sie erinnerte ihn auch an den wachsamen Vogelblick seiner Schwestern, wenn sie sich abwandten und gingen. Denn für sie war bei Mutter kein Platz. Und das war sein Fehler.

In der Stimme seiner Mutter lag alles, was geschehen konnte, von Stunde zu Stunde, von Minute zu Minute. Oft gab sie ihm zu verstehen, daß er sie, ohne es zu wollen, gekränkt hatte. Einige Male sorgte diese Stimme dafür, daß er sich ganz allein fühlte. Das beruhte nicht immer auf dem, was sie sagte. Ihre Stimme konnte ganz ruhig sein, aber trotzdem ließ sie ihn merken, daß sie von ihm enttäuscht war und ihn bestrafen wollte. Oder wollte sie ihn gar verlassen?

Bei Mutters Stimme konnte ihm jederzeit übel werden. Er wußte nicht recht, ob das daran lag, daß er Angst hatte, sie würde ihn verlassen, oder daran, daß er zu entkommen hoffte. Da Gorm dieses Gefühl schon seit langer Zeit kannte, war er es gewohnt, daß ihm übel war. Er übergab sich selten.

Ziemlich früh lernte Gorm, daß ein Grande nicht irgend jemand war. Seltsamerweise gaben ihm das nicht Vater oder Großmutter, sondern seine Mutter zu verstehen. Sie erzählte ihm, Grande & Co sei das Werk seines Urgroßvaters. Über die Jahre sei es zum größten Unternehmen der Stadt geworden. Vater sei außerdem Vorsitzender der Handelskammer und Präsident des Rotary Club.

Vater sagte nicht viel. Das lag daran, daß er nicht zu Hause war, sondern an wichtigeren Orten.

»Vater mußte weg«, sagte Mutter immer. Immer mit derselben Stimme. Der Tonfall sagte Gorm, daß er ganz, ganz lieb sein mußte, weil Vater nicht dasein konnte.

Als er richtig klein war, glaubte er, daß es Vater, von dem Augenblick an, in dem er durch die Tür ging, und bis er wieder nach Hause kam, gar nicht richtig geben würde. Aber allmählich verstand er, daß er draußen in einer anderen Welt lebte. In der Mutter, die Schwestern und er keinen Platz hatten.

So lange sich Gorm erinnern konnte, hatten sie am Unabhängigkeitstag, dem 17. Mai, in Vaters Büro kommen dürfen, um durch die offenen Fenster die Parade vorbeiziehen zu sehen. Anfangs glaubte er, daß sie sich so fein anziehen sollten, weil sie in Vaters Büro erwartet wurden. Dann ging ihm auf, daß es der 17. Mai war. Trotzdem hatte er das Gefühl, daß er sich herausgeputzt hatte, um Vaters großem Zimmer mit den glänzenden Möbeln einen Besuch abzustatten.

Dort standen Regale mit zahllosen Aktenmappen und Briefordnern. Deckchen oder Topfpflanzen gab es keine, dafür aber Papierberge, die streng geordnet waren und vollkommen unberührt aussahen.

Im hintersten Zimmer, hinter dem eigentlichen Büro, standen Vaters Ledersofa, sein Ohrensessel und auf einem Tischchen sein Pfeifenständer. Und zwei schwere Aschenbecher, auf denen *Salten Dampskipsselskab* und *Vesteraalens Dampskipsselskab* stand. Von einem der Fenster aus konnte er den Hafen und alle Schiffe sehen. Hier roch es mehr nach Vater als zu Hause. Gorm begriff, daß Vater eigentlich hier wohnte.

An den Wänden hingen Gemälde von Postdampfern und Segelschiffen sowie hinter Glas Diplome und Dankschreiben. Über dem Sofa hatte ein großes Gemälde in Grau und Schwarz seinen Platz. Es zeigte einige merkwürdige, Bären ähnelnde

Männer in einem Boot, das nicht so sehr einem Boot, sondern einer Wanne glich. Es sah unheimlich aus. Vater sagte, ein Bekannter hätte es gemalt. Ein richtiger Künstler.

Jeden 17. Mai freute sich Gorm darauf, das Bild wiederzusehen. Allmählich war es nicht mehr so unheimlich, wie er einmal geglaubt hatte. Mit jedem Jahr wurde es ihm vertrauter.

Vaters Schützenpokale standen in allen Größen und Ausführungen in Reih und Glied in einem Vitrinenschrank. Sie waren stets poliert. Oben auf dem Schrank standen Wimpel mit Wappen. Hier wehte nie ein Wind, und deswegen bewegten sie sich nicht. Einige mit Troddeln ließen sich hissen. Gorm hätte gern mit ihnen gespielt. Vielleicht konnte er ja einen der Wimpel herablassen? Aber es gab nie eine Gelegenheit, zu fragen.

An diesem 17. Mai war er fast neun Jahre alt und hatte keine Lust mehr dazu.

Eine junge Dame war mit Torte und Limonade eingetreten. Vater sprach sie mit Fräulein Berg an. Sie war fast ebenso schön wie Mutter. Vielleicht sogar schöner. Auf jeden Fall glatter, außerdem hatte sie volles, dunkles Haar. Ihre Augen waren rund und funkelten. Sie erinnerte ihn an Mariannes Schlafpuppe, mit der man nicht spielen durfte, weil sie alt war und von Mutters Familie von der norwegischen Südküste stammte. Vielleicht sagte Mutter auch deswegen die ganze Zeit Fräulein Berg.

Nachdem sie die Flaschen geöffnet und den Kaffee eingegossen hatte, zog sie sich zurück.

»Ist sie neu?« fragte Mutter.

»Henriksen ist ihr Onkel. Sie ist nicht fest. Sie geht, glaube ich, aufs Gymnasium und arbeitet nur am Wochenende, um sich etwas zu verdienen.«

»Was kann sie denn?«

»Fräulein Ingebriktsen weist ihr die Arbeit zu.«

»Ein junges Mädchen, allein am Wochenende? Hier?«

»Gudrun, es ist immer jemand hier.«

Die Stimme war so wie immer, wenn er fand, daß Mutter unnötige Fragen stellte. Nicht wütend, nur etwas kurz angebunden.

Gorm trat ans Fenster. Da unten ging seine Klasse. In Zweierreihen. Sie schubsten sich gegenseitig, und gelegentlich verließ jemand, wenn das Fräulein gerade nicht hinschaute, die Formation.

Gern wäre er mit ihnen zusammen gelaufen, aber das wollte Mutter nicht.

»Für dich ist es lustiger, hier zu sein, Gorm. Von hier aus siehst du doch alles viel besser, nicht wahr?« hörte er sie sagen, als wüßte sie, was er dachte.

Er konnte nicht antworten, ohne ihr zu widersprechen, also sagte er gar nichts. Die Klassenkameraden fanden es vermutlich seltsam, daß er nicht mit ihnen zusammen ging. Sie sagten nie etwas. Aber die großen Jungen nannten ihn den Prinzen. Gorm wußte, daß sie ihn damit eigentlich ärgern wollten, aber niemand rempelte oder faßte ihn an, und so konnte er einfach weggehen.

Als der Umzug vorbei war und Vater und Mutter ihren Kaffee getrunken hatten, holten sie die Schwestern von der Schule ab und gingen nach Hause, um Eiercreme zu essen. Großmutter, die Onkel und Tanten sowie die Cousins und Cousinen kamen ebenfalls.

Alle waren entweder alt oder größer als er. Deswegen sagte er auch zu niemandem etwas. Großmutter meinte zu den Erwachsenen, daß er groß geworden sei. Dann gab sie ihm eine ganze Krone, sah dabei aber Vater an.

»Vielen Dank, Großmutter!« sagte Gorm und machte eine Verbeugung, wie er es gelernt hatte.

Er glaubte nicht, daß Großmutter das bemerkte, denn sie redete immer mit den Erwachsenen über »das Geschäft« und über »das Wetter«. Mit Mutter sprach sie darüber, daß sie Schmerzen in einem Bein hatte.

»Der Teufel hat sich im Fuß eingenistet«, sagte Großmutter und sah Mutter dabei streng an.

Mutter redete nie vom Teufel. Sie sprach nur schnelle, liebe Gebete zu Gott und Jesus. Vaterunser und so. Gorm glaubte, daß sie eigentlich an etwas anderes dachte und deswegen schnell fertig werden mußte.

Großmutters Stimme war tief und bestimmt. Sagte sie: »Zum Teufel!«, dann war das kein Fluch, sondern ernst gemeint. Mutter war nicht sehr oft im selben Teil des Wohnzimmers wie Großmutter.

Schließlich setzte sich Gorm auf einen Sessel und sah den anderen Kindern beim Spielen zu. Aber Mutter entdeckte ihn und kam, um sich an ihn zu klammern. Die Tanten sahen woanders hin und begannen eilig, sich über allgemeine Dinge zu unterhalten.

Zum Schluß gingen Vater und die Onkel ins Kaminzimmer, um zu rauchen und Cognac zu trinken. Gorm folgte ihnen und setzte sich ganz still neben die Tür. Er blätterte in einem Buch, das Vater auf dem Tisch liegen hatte und das *Norwegische Malerei 1900–1919* hieß. Auf dem Umschlag war das Bild einer nackten Frau in einem Wald. Sie sah nicht besonders froh aus. Das Buch hatte viel Text und nur wenige Bilder, die außerdem nicht in Farbe waren. Aber er schaute sie trotzdem an und überlegte sich, wie sie wohl in Wirklichkeit aussahen.

Die Onkel und Vater tranken auf den 17. Mai und den König. Und den Frieden. Die Onkel hätten sicher gern mehr getrunken, aber Vater schaute auf die Uhr und sagte, er müsse nun gehen. Es war zwar Vaters Zuhause, aber er sagte, daß er gehen müsse.

Zu seinem neunten Geburtstag hatte Gorm ein Fahrrad bekommen. Ein blaues DBS-Knabenrad mit Tasche für Flickzeug, Ölkännchen und Schraubenschlüssel, um die Muttern nachzuziehen. Die Luftpumpe ließ sich am Rahmen befestigen. Mutter war dagegen gewesen, daß er ein Fahrrad bekam. Vater hatte es jedoch im Keller versteckt, ohne daß es jemand wußte. Die Schwestern hatten im Jahr zuvor Fahrräder bekommen. Aber Edel und Marianne seien schließlich älter, meinte Mutter.

Jetzt klemmte die Klingel. Es gelang ihm nicht, ihr ein einziges Pling zu entlocken. Gorm versuchte die Kappe loszuschrauben, um sie zu ölen. Aber es ging nicht. Die Kappe ließ sich nicht bewegen.

Es war Sonntag. Man hatte ihm erlaubt, auf den Wegen im Garten zu fahren, jedoch nicht draußen auf der Straße. Dort fuhren zwar alle, aber davon wollte Mutter nichts wissen. Er könnte überfahren werden, sagte sie.

Auf den sandigen Wegen im Garten rutschten die Reifen in den Kurven weg. Anzusehen war der Sand schön, aber heimtückisch, wenn man auf ihm Fahrrad fahren wollte. Weißer Sand vom Strand, den sie in Indrefjord geholt hatten.

Jetzt hatte alles irgendwie keinen Sinn, da die Klingel streikte.

Gorm lehnte das Fahrrad gegen die Hauswand und entschloß sich, es zu wagen, Vater um Hilfe zu bitten. Mit der Klingel sei was nicht in Ordnung, wollte er sagen. Vater würde vermutlich fragen, wie es dazu gekommen sei. Und da Gorm das nicht wußte, konnte er nur antworten, daß er keine Ahnung habe. Vater würde wahrscheinlich fragen, ob er unachtsam gewesen sei. Da würde er dann den Kopf schütteln.

Gerade als er das dachte, hörte er Vaters Stimme durch ein offenes Fenster im ersten Stock. Daß er Vater auf so große Entfernung sprechen hörte, war fast unheimlich.

»Gudrun! Ich habe doch gesagt, wie es ist!« Vater sprach mit Mutter, als wäre sie ein Kind.

Dann hörte er, daß Mutter weinte. Gorm fühlte sich hohl. Ganz leer. Trotzdem schmerzte es. Er steckte die Hände in die Hosentaschen. Spürte, wie sie seinen Bauch wärmten. Das half etwas.

Ein Schmetterling flog zwischen den Aurikeln die Hauswand entlang. Er hatte braune Flügel mit einem goldenen Muster. Schmetterlinge wissen nichts, dachte er.

»Ich gehe weg!« schluchzte Mutter.

Ein weißer Streifen zeichnete sich am Himmel ab. Dann hörte er das ferne Dröhnen eines Flugzeugs. Dort oben im Flugzeug saßen Menschen. Als sei das möglich. Jeder wußte schließlich, daß man nicht in der Luft sitzen konnte. Trotzdem taten sie es.

Falls Mutter wirklich wegging, würde er sterben. Gleichzeitig wußte er, daß er nicht sterben würde. Gelegentlich war es ganz natürlich, in der Luft zu sitzen, obwohl das nicht ging. Ein anderes Mal lief man herum, obwohl man eigentlich tot war.

Jetzt wurde Vaters Stimme leiser, aber sie war noch immer so energisch wie vorher. Gorm hörte nicht, was er sagte. Er drückte sich an die Hauswand und blieb dort, den Rücken gebeugt und die Hände auf dem Bauch, stehen. Wenn er tief Atem holte und dann die Luft anhielt, konnte er vielleicht einen Augenblick in der Luft sitzen. Vielleicht konnte er dann sogar fliegen?

»Das ist eine Schande, hörst du? Das macht mich ganz krank!« sagte Mutter weinend.

»Was soll ich denn machen?« Vaters Stimme klang ungerührt. Vielleicht etwas müde. Wahrscheinlich würde er gleich ins Büro gehen, obwohl Sonntag war.

»Mach, was du willst, es ist sowieso zu spät. Die Leute reden schon«, erwiderte Mutter klagend.

Vater antwortete etwas, aber seine Stimme klang nur noch wie das Knistern eines Radios, wenn die Nadel zwischen zwei Sendern steht. Das Fenster wurde geschlossen. Alles war wieder still.

Nach einer Weile trat Vater mit Hut und Aktentasche ins Freie. Ob es ihm nun gelungen war, Mutter zu trösten, oder nicht, er war jedenfalls nicht lange zu Hause gewesen. So war es immer. Behutsam schloß er die Haustür. Seine Schritte waren weder vorsichtig noch wütend. Genau wie die Stimme erinnerten sie an Schritte aus einem Hörspiel. Ihr Echo war noch lange zu hören. Klang nur ferner und ferner.

Vater sah ihn nicht, er ging schnell und sah geradeaus. Gorm stand da und wärmte sich den Bauch, aber das hohle Gefühl blieb. Als Vaters Schritte verklangen, atmete er aus. Die Luft hatte ihren eigenen Willen.

Er stand noch eine Weile reglos da. Dann nahm er das Fahrrad und schob es zum Tor.

Die Klinke machte immer ziemlichen Lärm, also schloß er das Tor hinter sich nicht. Es quietschte in den Angeln. Einen Augenblick verweilte er mit einem Fuß auf dem Pedal, dann fuhr er die Straße hinunter.

Noch in Sichtweite des Hauses meinte er Mutter rufen zu hören: »Du darfst nicht auf der Straße fahren.« Aber das war nur Einbildung.

Jetzt ging es schnell. Er spürte den Wind durch den Pullover. Er trat noch fester in die Pedale. Je schneller es ging, desto unwahrscheinlicher wurde es, daß er Mutter rufen hörte. Als er um die Kurve vor der Bäckerei bog, war es ganz unwahrscheinlich. Fast hatte er sie vergessen.

Auf der großen Wiese war niemand. Er hatte den ganzen Fußballplatz für sich. Von einem Tor winkte ein zerrissenes Netz. Der Wind wehte eiskalt. Er fuhr sehr schnell. Große Achten. Es spielte keine Rolle, daß er sich dabei in die Kurve legen mußte. Mehrere Male stürzte er fast. Ihm wurde warm.

Als er eine scharfe Kurve quer durch eine Pfütze schlug und um das eine Tor herumraste, hätte er fast jemanden umgefahren. Er verlor das Gleichgewicht und fiel vom Fahrrad.

Das Vorderrad drehte sich weiter. Surrte und surrte. Die Speichen verschwammen und wurden unsichtbar, als schwebte die Felge in der Luft. Er spürte, daß Steinchen an seinen Handflächen klebten. Jetzt sickerte auch Blut hervor. Nicht viel.

Langsam stand er auf und zog das Fahrrad hoch. Er hatte seine Brille verloren, so daß alles neblig wirkte, aber er sah genug. Da stand ein Mädchen. Jetzt beugte sie sich vor und hob etwas aus dem feinen Kies auf.

Hastig putzte sich Gorm die Nase und blinzelte in ihre Richtung. Sie war klein. Viel kleiner als er.

»Die hätte zerbrechen können«, sagte sie und reichte ihm die Brille.

»Danke!« entgegnete er und verbeugte sich, ehe ihm aufging, daß er das nicht hätte tun sollen, weil sie noch so klein war.

»Hast du dir weh getan?«

»Nein.«

»Warum weinst du dann?«

»Tu ich gar nicht.«

»Warum fährst du so schnell, daß du hinfällst?«

»Das macht Spaß«, sagte er und setzte die Brille wieder auf.

Ihre Zöpfe trug sie als Affenschaukeln. Oben wurden sie von schwarzem Nähgarn zusammengehalten. Ihre Füße steckten in braunen Sandalen, die zu groß waren. Für Sandalen war es zu kalt, aber sie trug weiße Kniestrümpfe. Das Kleid und die offene Strickjacke waren ebenfalls zu groß. Um den Bauch trug sie einen roten Lackgürtel, der alles zusammenhielt. Ihr Gesicht war irgendwie frech, er wußte es nicht recht. Die Augen waren braun und die ganze Zeit auf ihn gerichtet. Er preßte die Lippen fest zusammen und atmete langsam durch die Nase aus.

»Niemand findet, daß es Spaß macht hinzufallen«, sagte sie.

Er antwortete nicht. Klopfte sich nur den Sand von der Hose.

»Wohnst du hier?« fragte sie nach einer Weile.

»Nicht direkt.«

»Ich auch nicht. Ich bin bei der Tante und beim Onkel, weil wir den Jørgen ins Krankenhaus bringen mußten. Sie haben ihm die Mandeln rausgenommen.«

»Wo wohnst du denn dann?«

»Auf Øya. Da kommt man mit dem Linienboot hin«, meinte sie noch und kam näher. Sie legte die Hand auf den Lenker, auf die Klingel.

Er wollte ihr gerade erklären, daß sie kaputt war, da machte sie eine rasche Bewegung mit dem Daumen. Es klingelte!

Er sah auf die Klingel und dann auf sie. Es klingelte wieder. Er mußte lachen. Die Klingel war wahrhaftig wieder in Ordnung. Abwechselnd probierten sie sie aus und lachten.

»Eben war sie noch kaputt«, sagte er.

Dann lachten sie wieder.

»Kannst du radfahren?« fragte er.

»Nein, ich hab kein Fahrrad.«

Gorm wollte gerade sagen, sie könne doch auf dem Gepäckträger sitzen, da sah er zwei große Jungen, die mit ausgreifenden Schritten auf sie zukamen. Er kannte sie vom Schulhof, sie wohnten im Schwedenhaus direkt neben der großen Wiese. Der eine trug einen Ball unter dem Arm.

»Spielst du etwa mit Mädchen?« rief der mit dem Ball. Er hatte seine Schirmmütze verkehrt herum auf.

»Nein«, erwiderte Gorm und schwang sich aufs Fahrrad. Ganz beiläufig. Schwang den Fuß über den Sattel und wollte losfahren. Aber der andere Junge hielt ihn hinten am Gepäckträger fest.

»Warte doch. Antworte ordentlich, wenn Erwachsene mit dir reden! Ist das dein Rad?«

»Ja.«

»Ich leih mir das mal«, sagte der Junge und packte den Lenker mit beiden Händen. Der andere warf sich auf den Gepäckträger.

»Du kannst solange mit dem Mädchen spielen«, sagte er grinsend.

Gorm mußte loslassen, und ihm blieb nichts anderes übrig, als zuzuschauen. Das Fahrrad war viel zu klein für die großen Jungen. Es fuhr fast auf den Felgen. Sie radelten Achten und lachten laut, wenn sie zu stürzen drohten.

Er wußte nicht, was er tun sollte. Das Fahrrad würde das vermutlich nicht überstehen. Und Mutter würde merken, daß er den Garten verlassen hatte.

Das Mädchen stand eine Weile da und schaute abwechselnd auf ihn und auf die Jungen auf dem Fahrrad.

»Sollen wir werfen?« fragte sie plötzlich.

»Werfen?«

»Ja. Auf den Telefonmast da drüben.«

Sie rannte auf den Mast zu und schritt den Abstand ab, dann zog sie mit dem Fuß einen Strich. Die weißen Strümpfe wurden an den Zehen, wo die Sandalen aufhörten, ganz braun.

»Erster!« rief sie und warf einen Stein auf den Mast. Er traf.

Die großen Jungen bremsten scharf und schmissen das Fahrrad in den Kies. Sie lachten und sagten zu dem Mädchen, sie stehe viel zu nahe dran. Dann zogen sie weiter weg einen neuen Strich und hoben jeder einen Stein auf. Der mit der Schirmmütze traf, der andere verfehlte das Ziel.

Gorm ging zu seinem Fahrrad. Es war nicht kaputt. Aber das hintere Schutzblech war verbogen. Als er sich über die Stange schwingen wollte, packte ihn jemand am Arm.

»Verschwinde jetzt nicht, verdammt, wir wollen mit deiner Liebsten um die Wette werfen.«

»Das ist nicht meine Liebste.« Gorm spürte, daß er rot wurde.

»Beweis uns das!« rief der Junge laut.

»Beweisen?«

»Ja. Triffst du den Mast, dann ist sie nicht deine Liebste. Triffst du daneben, dann ist sie's.«

Die Jungen lachten und hoben Steine auf, die sie ihm gaben. Es blieb ihm nichts anderes übrig, als sie zu nehmen. Er sah den Mast lange an. Das würde er nie schaffen. Das Mädchen war ein Stück zur Seite getreten. Stand einfach da und starrte ihn an.

Zögernd ging Gorm bis zum Strich vor. Hob den Arm und zielte. Trat einen kleinen Schritt zurück und legte all seine Kraft in den Wurf. Da! Der Stein flog durch die Luft.

Das Hohngelächter der Jungen hallte ihm in den Ohren

wider. Aber sie lachte nicht. Sie sah wütend aus. Gorm wollte nur noch weglaufen. Flüchten. Auf seinem Fahrrad. Oder zu Fuß. Wie auch immer. Aber er blieb mitten im Hohngelächter stehen.

»Dann ist sie doch deine Liebste?« spottete der mit der Mütze.

»Hat er noch einen Versuch?« fragte der andere wie ein Großer. Er hatte Pickel im Gesicht.

»Ja, aber sicher!«

»Dann mal los!« sagte der mit den Pickeln und nickte in Richtung Mast.

Gorm merkte, daß er gleich heulen würde. Das war das Schlimmste. Heulen müssen! Was würde passieren, wenn er einfach wegrannte? Sie würden ihm hinterherlaufen, ihn einfangen. Und sie würde zusehen. Er warf einen Blick in ihre Richtung. Sie hatte die Stirn gerunzelt. Dann nickte er.

»Ziel nur ordentlich, dann triffst du auch«, sagte sie ernst.

Gorm schluckte und nahm den Stein. Rückte die Brille auf der Nase zurecht und zielte. Er ließ die linke Hand wie einen Pfeil nach vorn gleiten. Deutete in die richtige Richtung, trat einen kleinen Schritt zurück und suchte sein Gleichgewicht. Wog den Stein hinter dem Kopf. Spürte genau, wo er ihn hatte. Dann holte er Luft und legte all seine Kraft in den Wurf, während er an das Flugzeug dachte. An den weißen Streifen in der Luft. Die Menschen, die da oben saßen, obwohl jeder wußte, daß das nicht sein konnte.

Der Stein traf den Mast mit einem lauten Scheppern. Gorm ließ die Arme sinken, und wollte gerade aufatmen, als die beiden großen Jungen aufschrien.

Das Mädchen lag mit blutigem Kopf auf der Erde. Blut floß über einen ihrer Zöpfe.

»Was hast du bloß angestellt?« rief der Picklige.

»Idiot«, schrie der andere.

Gorms Herz klopfte bis zum Hals. Er steckte die Hände in die Hosentaschen. Beugte sich vor und schob die Taschen bis ganz nach oben, dorthin, wo das Herz war. Das half nicht viel. So ist das also, durch die Luft zu fliegen, dachte Gorm. Er verstand es nicht. Aber er sah trotzdem, daß es so war.

»Was zum Teufel war das?« rief der Junge mit der Schirmmütze und kniete sich neben das reglos daliegende Mädchen.

»Der Stein ist vom Mast zurückgeprallt und hat das Mädchen getroffen«, sagte der Picklige ungläubig.

Zögernd ging Gorm ebenfalls dorthin. Aber nicht ganz. Lieber nicht. Sie hatte die Augen geöffnet. Vor lauter Blut und Haaren konnte man die Verletzung nicht sehen.

»Wo wohnst du?« fragte der ohne Pickel und hob sie hoch.

»Da!« erwiderte sie mit seltsam schläfriger Stimme und deutete in die Luft.

»Kannst du stehen?«

Das konnte sie halbwegs. Die großen Jungen waren so nett, sie zu stützen. Von beiden Seiten.

»Du mußt uns den Weg zeigen. Wir schieben dich auf dem Fahrrad vom Prinzen«, sagte der mit den Pickeln und holte das Rad.

Mit den Händen in den Hosentaschen blieb Gorm stehen. Er war gewissermaßen gar nicht da. Nicht wirklich. Als sie sie auf den Gepäckträger gehoben hatten und wegschieben wollten, wandte sie sich ihm zu. Der eine Zopf war jetzt ganz rot und hing gerade nach unten, der andere bildete immer noch eine Affenschaukel.

»Du hast den Mast getroffen«, sagte sie mit dieser schläfrigen Stimme.

Gorm dachte, daß er etwas sagen sollte. Zum Beispiel, daß es gut sei, daß sie nicht weine. Oder daß das nicht seine Absicht gewesen sei. Aber es gelang ihm nicht. Und dann war es zu spät. Sie waren bereits in der Mitte der großen Wiese.

Als er nach Hause kam, war nur Olga da. Sie wandte ihm den Rücken zu und spülte. Er ging an der offenen Küchentür vorbei, und sie drehte sich um und fragte: »Wie geht's?«, wie sie das immer tat. Niemand fragte nach dem Fahrrad.

Er setzte sich in die Kleiderkammer unter der Treppe in der Eingangshalle. Nicht einmal die Schuhe zog er aus. Dort drinnen roch es nach Sonntag. Nach Staub, Winterkleidern und Schuhen. Und dann noch seltsam nach etwas Traurigem. Er wußte aber nicht, was.

Es war nicht etwa, daß er geweint hätte. Denn das tat er überhaupt nicht. Warum hätte er weinen sollen? Inzwischen hatten sie ihr das Blut vermutlich abgewaschen. Schließlich war sie nicht tot. Gorm merkte, daß er die ganze Zeit, als er daran gedacht hatte, daß er jetzt kein Fahrrad mehr hatte, auch gedacht hatte, daß sie nicht tot war.

Er mußte sich etwas einfallen lassen, was er zu Mutter und Vater sagen konnte. Daß er das Fahrrad verloren hatte oder daß es verschwunden war. Es war nicht sicher, daß sie ihm glauben würden. Aber er konnte es trotzdem versuchen.

Vielleicht würden sie es vergessen. Weil Mutter weggehen würde. Das war doch wohl wichtiger als ein Fahrrad, oder? Bei diesem Gedanken wurde ihm bewußt, daß sie nicht weggehen durfte, sie durfte überhaupt nicht weggehen. Was sollte nur werden?

Irgendwie mußte er dafür sorgen, daß sie nicht nach dem Fahrrad fragten. Vermutlich war es unmöglich.

Jetzt hatten sie wahrscheinlich schon ein Pflaster auf die Wunde geklebt und ihre Haare neu geflochten. Sie hatte bestimmt jemanden, der ihr die Haare flocht. Es war gar nicht sicher, daß die Verletzung besonders schwer war. Es sah immer schlimmer aus, wenn es erst einmal blutete. Das sagte Olga immer. Einmal hatte er sich das Knie aufgeschlagen, und ehe Olga das Blut abwusch, hatte es ganz zerstört ausgesehen. Natürlich bekam die Wunde nach einiger Zeit einen dicken Grind und tat auch mehrere Tage lang weh. Aber sie war nicht gefährlich.

Olga hörte sich einen Gottesdienst im Radio an. Durch die Tür der Kammer hörte er das. Es war schlimmer, einen Stein an den Kopf zu bekommen, als sich das Knie aufzuschlagen. Aber jedenfalls war sie nicht tot. Ihre Eltern waren jetzt vermutlich böse auf ihn. Aber sie wußten nicht, wo er wohnte oder wie er hieß. Vielleicht würden ihn die Jungen verpetzen und nicht nur vom Prinzen reden, sondern auch seinen richtigen Namen preisgeben? Das wurde ihm zuviel. Er wußte nicht, wie es weitergehen sollte.

Ein großes, leuchtendes Viereck tauchte auf, als Olga die Kammertür öffnete.

»Sitzt du wieder hier und läßt den Kopf hängen?« fragte sie und zog ihn nach draußen.

Ein Junge durfte den Kopf nicht hängen lassen. Deswegen saß er auch gar nicht dort. Aber er sagte nichts.

Olga legte ihm die Hand in den Nacken und führte ihn in die Küche. Er wußte, daß sie ihn nicht verpetzen würde. Am Küchentisch gab sie ihm etwas zu essen. Aber er rührte nichts an. Da drückte sie ihm ein Plätzchen in die Hand. Eines aus Kokosmasse. Er saß da und hielt es lange fest. Nach einer Weile wurde es warm und klebrig.

Olga begann zu pfeifen. Da wußte er, daß Mutter bereits weg war und sie das Haus für sich hatten. Sie pfiff nie, wenn Mutter zu Hause war. Er legte das Gebäck nieder auf den Teller.

Olga hatte ihm den Rücken zugekehrt und schnitt etwas mit dem großen Messer. Er hörte am Geräusch, daß es das große Messer war. Hack, hack, hack klang es auf dem Schneidebrett. Schwer und hohl. So stellte er sich den Aufprall eines Tomahawks auf den Schädel eines Bleichgesichts vor.

Vermutlich saß Mutter jetzt im Bus. Oder im Postdampfer. Es war ein seltsamer Gedanke, daß er sie nicht mehr sehen würde. Wäre sie jetzt hiergewesen, hätte sie sich vermutlich an ihn geklammert und gesagt, er sei zu lange weg gewesen. Betrübt hätte sie ihn angesehen und nach dem Fahrrad gefragt. Mutter hätte er von dem Mädchen, das fast gestorben war, nicht erzählen können.

Es klingelte. Olga drehte sich um und sah ihn an. Aber er tat so, als hätte er nichts gehört. Sie seufzte und ging öffnen.

Im Flur fragte Tante Klaras Stimme nach Mutter.

»Die gnädige Frau hat Kopfschmerzen. Sie ist oben. Ich werde ihr sagen, daß Sie hier sind.«

Vielleicht glaubte Gorm, immer noch unter der Treppe zu sitzen und zu träumen, daß Olga genau das sagte. Erst als er Mutters Stimme vom Treppenabsatz hörte, begriff er, daß er wach war. Und als Tante Klara nach oben ging, empfand er wieder diese Hohlheit im Bauch und in der Brust. Als würde ein großer Stein mit aller Kraft gegen einen dicken Telefonmast geworfen, um direkt in seinen Bauch zurückgeschleudert zu werden.

Er wußte, daß sie es manchmal vergaß, sich an ihn zu klammern. Bis zum nächsten Tag. Das geschah immer, wenn »die Umstände sie zwangen«, auf ihrem Zimmer zu bleiben.

Vermutlich war heute so ein Tag. Denn es war ihr nicht gelungen wegzukommen, obwohl sie es Vater angekündigt hatte.

Sie wußte nicht, daß er das Fahrrad verloren hatte. Das war

nicht der Grund, warum sie nicht nach unten kam, um sich an ihn zu klammern. Es mußte etwas Wichtigeres sein. Etwas mit Vater. Alles, was mit Vater zu tun hatte, war unveränderlich.

Er schlich sich auf sein Zimmer. Dort war viel Platz, deswegen ließ er die Tür auch einen Spalt auf und hörte Tante Klara und Mutter reden.

»Ich weiß, daß er dich gebeten hat hierherzukommen, um mich zum Bleiben zu bewegen«, sagte Mutter anklagend.

»Nein, ich hatte einfach Lust, dich zu sehen, liebe Gudrun. Aber wenn du schon die Rede darauf bringst, ich bin schließlich nicht ganz ahnungslos. Aber es ist nicht so, wie du glaubst.«

»Ich habe nicht die Kraft, darüber zu sprechen.« Mutters Stimme war klein, klitzeklein. Trotzdem hörte er die Worte deutlich, obwohl sie weinte.

Tante Klara murmelte etwas, was Gorm nicht verstehen konnte. Mutter murmelte ebenfalls und weinte noch mehr. Nach einer Weile putzte sie sich die Nase.

»Dann muß ich wohl meine Pflicht tun. Ich bleibe wegen der Kinder. Jedenfalls bis sie konfirmiert sind. Am liebsten würde ich sterben. Sterben!«

Die Tante antwortete etwas, und Mutters Weinen ließ nach.

Gorm rechnete aus, wie lange es dauern würde, bis er konfirmiert wurde. Etwa fünf Jahre. Das war eine ziemlich lange Zeit. Er dachte daran, was geschehen würde, wenn er sich weigerte, sich konfirmieren zu lassen. Mutter würde unglücklich sein, aber sie konnte ihn dann nicht verlassen. Vater würde weiterhin ins Büro gehen.

»Ich rede mit ihm«, sagte Tante Klara.

»Ach nein, lieber nicht. Davon wird alles nur noch schlimmer. Dann bleibt er nur noch länger im Geschäft. Und schließlich ist dort … Ich wünschte mir, er wäre ein einfacher Seemann. Oder ein Fischer. Oder wie dein Edvin.«

»Da hätte es dann sicher auch was gegeben«, sagte Tante Klara mit der beiläufigen Stimme, die sie manchmal gebrauchte, wenn sie mit Mutter redete. Als sei sie eigentlich doch nicht auf Mutters Seite.

»Immer dieses lästige Geschäft«, sagte Mutter.

Gorm dachte daran, daß Mutter gesagt hatte, er solle das Geschäft übernehmen. Aus Grande & Co sollte einmal Grande & Sohn werden. »Trikotagen, alles fürs Heim, Herren- und Damenoberbekleidung. Möbel in modernem Stil.« Gorm sah die Plakate vor sich.

Da drinnen wurde noch weiter gemurmelt, dann hörte er Tante Klara sagen: »Gerhard ist nicht so, so was Schlichtes würde er gar nicht anfassen.«

Was war das Schlichte, von dem Mutter glaubte, daß Vater es anfaßte? Gorm dachte an die Dinge, mit denen Vater sich umgab. Zigarren, Zeitungen und Besteck. Und Papier und Bücher. Er gebrauchte nicht einmal seine Serviette. Die lag nach dem Essen immer noch ebenso ordentlich gefaltet da wie vorher.

Einmal hatte Gorm sich ins Bad geschlichen, um zuzusehen, wie Vater sich rasierte. Zuzusehen, wie er sich anfaßte. Aber Vater hatte nur freundlich genickt, erst in Gorms Richtung, dann in Richtung Tür. Das war alles. Direkt danach war er frisch rasiert aus dem Bad gekommen.

Gorm hatte daran gedacht, wie es sein würde, Vater über die frisch rasierte Wange zu streichen oder seine Hand auf dem Arm zu fühlen.

4

Rut dachte oft an den Jungen in der Stadt, wenn sie Jørgens neuen Anorak anschaute.

Mutter hatte ihn am selben Tag gekauft, an dem sich Jørgen die Mandeln rausnehmen lassen mußte und sie einen Stein an den Kopf bekam. Sie hatte gesagt, das sei wieder mal typisch. Nicht genug damit, daß Jørgen eine Narkose kriegen und im Krankenhaus liegen müsse, Rut müsse sich natürlich auch noch ein Loch im Kopf zuziehen, damit sie gezwungen seien, dieses vom Doktor mit drei Stichen nähen zu lassen.

Der Prediger hingegen fand es praktisch, daß sie das alles erledigt hatten, als sie ohnehin bereits in der Stadt waren. Dafür gefiel es ihm nicht, daß Mutter einen so teuren Anorak für Jørgen gekauft hatte.

Rut sprach mit niemandem über den Jungen. Irgendwie war er nicht ganz wirklich. Gewiß, sie hatte diese Narbe auf der Stirn, aber sie hatte ja selbst gesehen, daß er den Telefonmast getroffen hatte.

Die Erwachsenen glaubten, die großen Jungen hätten den Stein geworfen, obwohl diese beteuert hatten, sie nur zu ihren Eltern zurückgebracht zu haben. Rut machte es nichts aus, daß sie das glaubten.

Er hatte nett ausgesehen. Oder vielleicht nur traurig? Sie erinnerte sich, daß ein Mundwinkel ab und zu gezuckt hatte. Sie hatte ihn gerade fragen wollen, warum, aber dann waren die Jungen gekommen. Es war dumm, daß sie jetzt wahrscheinlich nie erfahren würde, warum er manchmal plötzlich ohne jeden Grund den einen Mundwinkel hastig nach oben zog.

Wenn die Jungen nicht gekommen wären, hätte er das Fahrrad vielleicht am Gepäckträger gehalten, während sie es ausprobierte. Sie hätte jedenfalls fragen können. Wahrscheinlich hätten sie dann auch nie auf den Mast geworfen. Und sie hätte sich kein Loch im Kopf zugezogen. Sie wußte immer noch nicht recht, wie das zugegangen war. Schließlich hatte er den Mast doch getroffen.

Anschließend, als sie sie von der Wiese schoben, ging ihr erst auf, was für eine Angst er hatte. So wäre es ihr auch ergangen, wenn Jørgen einen Stein an den Kopf bekommen hätte, weil sie auf einen Telefonmast werfen mußte.

Wenn Jørgen die Kapuze seines Anoraks über den Kopf zog, sah sie den Jungen vor sich. Seine Augen hinter den Brillengläsern. Er blinzelte fast überhaupt nicht. Und dieses Zucken im Mundwinkel. Als hätte ihm gerade jemand einen Hieb versetzt, aber er wagte es nicht, zu weinen. Sie glaubte schon, daß er ihr sein Fahrrad geliehen hätte.

Jørgens Anorak war blau und hatte große Taschen auf der Brust. Am Ende des Ärmelfutters saß ein zusätzliches Gummiband, damit der Schnee nicht eindringen konnte. Niemand auf Øya hatte so einen schönen Anorak.

Rut hatte ihn für ihn ausgepackt, als er noch in dem Eisenbett im Krankenhaus lag. Er wollte ihn sofort anziehen. Aber das ging nicht, weil er mit einem Rohr in der Nase dalag und ein langer Schlauch ihn mit einem Ständer neben dem Bett verband. Als er in Tränen ausbrach, machte Mutter ihm angst.

»Du kannst verbluten«, sagte sie.

Sogar Jørgen verstand, daß das eine ernste Angelegenheit war, also blieb er mit zusammengepreßten Lippen liegen und strich mit beiden Händen über den Anorak.

Nach ein paar Tagen war er das Rohr los und zog den Anorak an. Er wollte ihn überhaupt nicht mehr ausziehen. Sowohl Mutter als auch die Krankenschwestern mußten nachgeben. Selbst nachts schlief er darin.

Rut begriff sofort, daß es ihre Schuld war. Sie war auf die Idee gekommen, über den Stacheldrahtzaun zu springen. Zuerst ging alles gut. Jørgen und sie sprangen je einmal, und er war geschickter.

Dann hing er plötzlich da. Sie hörte es und wußte, was geschehen war. Jørgens neuer Anorak hatte in einem Ärmel einen langen Riß. Fast von der Schulter bis ganz unten. In diesem Augenblick sah sie die Augen des Jungen in der Stadt. Deutlich, hinter den Brillengläsern im Sonnenschein. Sie schlossen sich langsam. Als sähen sie dasselbe wie sie.

Zuerst war Jørgen untröstlich und wagte nicht, ins Haus zu gehen. Zusammen holten sie Torf und legten ihn in die Kiste im Windfang. Sie gingen zu Großmutter, um sie um Rat zu fragen, aber die war nicht zu Hause. Sie spielten Ball und saßen lange auf der Rampe der Scheune, ohne etwas zu tun.

Es begann dunkel zu werden, und Rut mußte außerdem ins Haus, um fünf Rechenaufgaben zu machen. Sie mußte ihm versprechen, daß niemand böse werden würde. Es sei ja nur ein Mißgeschick gewesen. Aber sie mußte ihn trotzdem in den Windfang führen.

Als sie den Prediger laut sprechen hörten, wollte Jørgen bereits wieder nach draußen verschwinden, und sie mußte ihn festhalten.

»Komm schon, riechst du es nicht? Frischgebackene süße Fladen«, lockte sie ihn.

Er zog den Anorak aus und knüllte ihn zu einem Ball unterm Arm zusammen. Rut versuchte ihn dazu zu bewegen, ihn aufzuhängen, aber er weigerte sich.

Sie traten genau in dem Augenblick ins Licht der Küche, als der Prediger Eli und Mutter ermahnte, mit den Gaben Gottes sparsam umzugehen. Jørgen schlich sich zur Torfkiste neben dem Ofen und hielt sein Bündel weiterhin fest.

Der Prediger stand vor dem Spülbecken und sprach mit salbungsvoller Stimme zu dem Spiegel an der Wand. Mutter brachte ihm die mit Wasser gefüllte Rasierschale. Dann füllte sie die Blechschüssel und trug sie zur Torfkiste.

»Hände waschen!« sagte sie mitten in der Ansprache des Predigers.

Rut nahm die Seife und gehorchte, aber Jørgen ließ sein Bündel nicht los.

Es war Donnerstag, und der Prediger sollte im Bethaus sprechen. Vorher rasierte er sich immer. Erst seifte er sich ein, dann zog er mit einem Finger die Wange hoch, während das Rasiermesser darüberschrappte. Die ganze Zeit verdrehte er die Augen, um zu sehen, wo das Rasiermesser gerade war.

Mutter war am Küchentisch mit etwas beschäftigt und sagte nichts. Das machte ihn nur noch sturer, was die Gaben Gottes anging. Als nur noch ein paar Schaumkleckse auf der linken Gesichtshälfte übrig waren und Mutter immer noch nichts gesagt hatte, ließ er das Rasiermesser sinken und sah traurig in den Spiegel.

Rut machte sich ganz klein. Jørgen versteckte den Anorak hinter dem Rücken und versuchte, sich im Sitzen die Hände zu waschen.

»Ich weiß nicht, ob ihr begreift, wie man sich fühlt, wenn man nicht einmal in seinem eigenen Haus und von seiner eigenen Familie respektiert wird. Ganz geduldig versuche ich mit euch über den Mehlsack zu reden. Aber bekomme ich eine Antwort? Kein Wort! Obwohl ihr wißt, daß ich den Sack vom Laden nach Hause geschafft und in die Speisekammer getragen habe. Auf meinem eigenen Rücken. Und was nützt es? Vandalisiert und vergeudet ist er jetzt!«

Erst hatte er noch glänzende Augen und eine freundliche Stimme gehabt, aber nach einer Weile gewann seine strenge Stimme aus dem Bethaus die Oberhand. Die Stimme von Gottes Strafgericht. Gott sehe alles, sagte er. Gott zeige gerechten Zorn. Wer seinen Gott nicht kenne, sei verloren.

Mutter ging hin und her und sah aus, als würde sie jeden Moment platzen. Sie stellte dem Prediger eine Kaffeetasse und den Teller mit den süßen Fladen hin. Bei der Vergeudung des Mehls ging es offenbar um die Fladen. Trotzdem aß der Prediger zur ersten Tasse Kaffee drei Stück.

Eli eilte mit der Kanne herbei und wollte ihm nachschenken, aber er hielt sie zurück.

»Die Tasse ist dreckig. Oben ist ein Rand«, behauptete er.

Eli beugte sich tief nach unten, um nachzusehen. Er schlug ihr auf die Hand, und ein Strahl Kaffee spritzte aus der Kanne. Um nicht verbrüht zu werden, sprang er auf, und der Kaffee hinterließ auf dem Boden und dem Wachstuch einen braunen Streifen.

»Du bist auch zu gar nichts gut!«

»Jetzt reicht's!« schrie Mutter und kam angelaufen.

Eli fing an zu weinen.

»Eli hat ihre Tage und braucht ihre Ruhe«, fauchte Mutter ihn an und wischte mit einem Lappen auf.

»Was für eine unreine Rede mitten in den süßen Fladen«, erwiderte er.

Ehe jemand merkte, was eigentlich geschah, hatte Mutter dem frischrasierten Prediger den vom Kaffee nassen Lappen ins Gesicht geknallt. Einen Augenblick später konnten sie braune Flecken im Gesicht und auf der Hemdbrust bewundern.

Rot im Gesicht, sprang der Prediger auf.

Jørgen versuchte durch die Tür zu verschwinden, aber der Prediger war schneller. Er packte ihn im Nacken, während er Rut anstarrte, die ebenfalls verschwinden wollte.

»Ich lebe mit dem Bollwerk des Teufels in einem Haus! Hiergeblieben, Bursche! Sieh nur, was deine Mutter getan hat!«

Er schüttelte Jørgen so heftig, daß ihm der Anorak aus den Händen fiel. Der faltete sich auf und blieb mit dem Riß nach oben auf dem Fußboden liegen. Alle sahen ihn. Und es half auch nichts, daß sich Jørgen hinter Mutters Rücken verkroch.

Rut war müde. Fürchterlich müde. Als schliefe sie bereits. Als öffnete sich der Fußboden, und sie könnte einfach hinunterfallen. Jørgen und sie. Aber sie wußte ja, daß das nicht ging.

Jørgen begann zu stottern, ehe der Prediger noch etwas gesagt hatte. Rut dachte, daß sie sagen sollte, es sei ihre Schuld. Aber sie war so müde. Das mußte schließlich erlaubt sein, lieber Allmächtiger, nur dieses eine Mal, so müde zu sein, daß man die Schuld nicht auf sich nahm.

Der Prediger schob seinen breiten Rücken vor Jørgen, so daß dieser fast hinter ihm verschwand. Dann ging es in die Stube. Von dort hörten sie das Stöhnen des Predigers und Jørgens Weinen. Rut wußte nicht, wieviel Zeit verging, bis Mutter in die Stube stürzte und die Tür hinter sich zuschlug.

Zunächst hörten die Schläge nicht auf. Aber dann drangen Mutters gellende Verwünschungen durch die Tür. Sie waren so grob, daß man sie eigentlich nur in der Finnmark verwenden konnte, wo sie herstammte. Die Deutschen hatten einmal alles verbrannt, was ihre Familie besaß, und so waren sie gezwungen gewesen, anderen zur Last zu fallen. Bis nach Amerika und Øya, sagte der Prediger immer, wenn Mutter schwierig war.

Er hatte Mutter jedoch kennengelernt, ehe die Deutschen gekommen waren. Beim einzigen Mal, als er in der Finnmark beim Fischen war. Deswegen war Villy auch in Sünde zur Welt gekommen, mehrere Monate früher, als das eigentlich hätte der Fall sein dürfen. Aber das hatte Gott Mutter sicher vergeben, da der Prediger das Fürbitten so gut beherrschte.

Villy war zur See gefahren, weil er den Prediger einmal hatte niederschlagen müssen, um tanzen gehen zu können. Er war fast so was wie ein Toter, nur daß man um ihn nicht trauern mußte.

Jetzt stieß Mutter erneut diese Verwünschungen aus. Sie wußten nicht, was geschehen würde. Gleich danach hörten sie, daß etwas Gewaltiges zu Bruch ging. Rut kam einfach nicht darauf, was es sein könnte. Es klang wie ein Bergrutsch. Dann wurde es unheimlich still.

Matt zeigte Brit aus dem Fenster. Dort draußen lief Jørgen, nur in Strümpfen und ohne Hosen. Er erinnerte an einen der Helden aus den Räuberfilmen, die vom Wanderkino gezeigt wurden. Die stürzten sich immer in einen Abgrund, um den Feinden zu entkommen. Meistens war der Held verletzt, Blut spritzte. Haare und Hemd flatterten im Wind, und die Füße traten ins Leere. Die schwarzen Locken standen senkrecht nach oben.

Er lief eine Runde über den Hof, als hätte er die Orientierung verloren. Um ihn herum spritzte es rot. Da begriff Rut, was geschehen war. Jørgen hatte sich durch das Stubenfenster geworfen.

Der Prediger erschien in der Küche und redete wie ein Wasserfall. Mutter kam hinter ihm her, die Fäuste in der Luft, und überzog ihn mit Verwünschungen, bei denen es Rut trotz ihres dicken Pullovers eiskalt wurde. Unter den Armen. Im Kopf. Eiskalt. Klebrig. Und das, obwohl sie neben dem Ofen stand.

»So geht's, wenn du teure Sachen für den armen Idioten kaufst und nicht auf ihn aufpaßt«, sagte der Prediger mit lauter, verzweifelter Stimme.

Mutter wurde tiefrot, sie, die sonst ein ganz bleiches Gesicht hatte.

»Verschwinde! Verschwinde endlich zu deiner *Elieser* und zu den Zungenrednern, und nimm deine dreckige Unterhose und dein beschissenes Hemd gleich mit! Laß dich hier nie mehr blicken. Und deinen geifernden Schwanz erst recht nicht!«

Der Prediger betete nicht für sie, wie er das sonst tat, wenn sie fluchte. Er sah nur hilflos aus. Dann fiel sein Blick auf Rut, die ihm am nächsten stand. Sie begann mit den Zähnen zu klappern. Konnte nichts dagegen machen. Aber der Prediger merkte es offenbar nicht, er breitete die Arme aus und setzte sich auf einen Hocker.

»Herr, hilf mir, Mut zu fassen! Der einzige Junge, den ich hier zu Hause habe, reißt sich die Kleider runter, wie andere eine Prise Schnupftabak nehmen. Eigentlich sollte er ins Heim, wo man richtig auf ihn aufpaßt. Aber hier sitze ich, Herr, umgeben von bösen Handlungen und gottloser Rede. Inmitten von lauter Verrückten. Ich nehme dieses Los auf mich, Herr, aber weise mir den Weg. Denn was ist das für ein Leben?«

Mutter ging auf den Ofen zu und packte den Schürhaken.

»Du sollst in der Hölle schmoren!« rief sie. »Du bist hier der Verrückte! Und das weiß der Herr, so wahr ich hier stehe!«

Drohend und mit erhobenem Schürhaken ging sie auf den Prediger zu.

»Mama, der taugt nichts, der ist viel zu klein!« schrie Eli.

Der Prediger ließ die Faust auf den Tisch knallen. Das wirkte aber wenig überzeugend. Jetzt hielt er die Augen auf Eli gerichtet.

»Du bist auch nur so ein langnasiges Gör! Vermutlich muß ich deine Nase mit dem Messer kürzen, um dich überhaupt verheiraten zu können.«

Das hatte Rut auch schon gehört. Daß Eli und sie boshaft aussähen. Daß sie lange Nasen hätten. Spindeldürre Beine. Kuhaugen. Fleckige Sommersprossen wie alte Flundern. Sie seien Wechselbälger. Dem Prediger ähnelten die Mädchen nicht. Nicht äußerlich jedenfalls. Jørgen hingegen schon. Er war schön wie ein Engel Gottes. Der Prediger auch.

Rut bekam das alles nicht unter einen Hut. Das mit dem Äußeren und dem Inneren. Denn war er so wie jetzt, dann hatte er ein Inneres, das so glitschig und schwarz war wie der volle Spucknapf unten im Laden, da konnte er noch so sehr Prediger sein.

Aber das spielte jetzt keine Rolle, schlimmer war, daß Jørgen so verstört war. Und daß er ohne Hosen davonrannte.

Als Rut zu Großmutters Haus weiter unten auf der Landzunge lief, dachte sie, daß es für alle das beste wäre, wenn Mutter den Prediger totschlüge. Aber Eli hatte recht, der Schürhaken war zu klein. Außerdem wäre der Frieden nicht von Dauer, da der Polizist Mutter ins Gefängnis stecken würde, sobald die Beerdigung vorüber war. Und dann würden sie alle unter Vormundschaft kommen.

Mit der Pinzette klaubte Großmutter die Glassplitter von Jørgen herunter. Sie sah so zornig aus, daß Rut sich hinsetzte, ohne ein Wort zu sagen. Jørgen war jetzt nicht mehr der Filmheld, er war ein Geschöpf, das man in die Luft gesprengt hatte.

Großmutter klaubte, reinigte und verband. Bald war fast kein Blut mehr zu sehen. Die blutigen Lumpen verbrannte sie im Ofen. Es zischte und roch süßlich. Rut kannte den Geruch. Gelegentlich roch es so im Haus, wenn Mutter und Eli ihre Tage hatten.

Als Großmutter fertig war, sagte sie: »Na denn« und holte Wasser in der blechernen Schöpfkelle. Sie tranken alle drei. Die Finger um den Griff der Kelle waren rot und an mehreren Stellen aufgesprungen. Der Daumennagel war bläulich und krumm. Sie hatte ihn vermutlich irgendwo eingeklemmt.

»Und?« sagte Großmutter und sah sie an.

»Er ist durchs Stubenfenster gesprungen«, sagte Rut.

»Ohne Grund?«

»Nein.«

»Wo ist deine Mutter?«

»Zu Hause, sie will den Prediger mit dem Schürhaken totschlagen. Dann will sie aber auch, daß er verschwindet, mit der *Elieser* und den Zungenrednern.«

Großmutter zog Strickjacke und Mantel über und bat sie, den Ofen nicht ausgehen zu lassen, dann eilte sie durch die Tür.

Der Prediger kam von der Andacht nicht nach Hause. Offenbar war er aufs Festland übergesetzt. Mutter ging Tante Ruttas Nähmaschine leihen. Sie wollte den Anorak flicken.

Großmutter hatte das große Backbrett in die zerbrochene Scheibe gestellt, und Jørgen weinte nicht mehr. Sein Gesicht hatte nicht so viel abbekommen. Ein großes Pflaster über der einen Braue und eins auf der Wange. Schlimmer war es mit den Armen und Händen.

Die Mädchen versuchten mit ihm über alltägliche Dinge zu

sprechen. Nachdem Rut ihre Rechenaufgaben gemacht hatte, fragte sie, ob er Schwarzer Peter spielen wolle?

Erst schüttelte er den Kopf, blieb einfach sitzen und sah geradeaus. Aber als Eli und Brit in den Stall gingen, sagte er ein paar Worte, die Rut deuten konnte. Er wollte, daß sie für ihn malte.

»Du malst Papa«, sagte er bittend. »Nicht den Prediger. Einen anderen.«

Rut ging ihre Malsachen holen und setzte sich an den Küchentisch. Nach einer Weile klagte er, das Bild sei nicht schön genug.

»Schön braucht er nicht zu sein, aber nett und friedlich. Das hast du doch selbst gesagt«, meinte sie.

»Rut kriegt das nicht hin.«

»Dann schnitz doch einen, der besser ist.«

Jørgen ging zu der Kiste im Windfang, in der er sein Holz zum Schnitzen liegen hatte. Dann holte er sein Messer und fing an. Aber die Verbände behinderten ihn. Sein Gesicht sah aus wie immer, ehe die Tränen kamen.

»Denk nicht an die Schrammen«, sagte sie.

Er legte den Kopf zur Seite und sah verzweifelt auf das Holz.

»Nicht denken«, wiederholte er energisch und schnitzte mit langsamen, gründlichen Bewegungen.

Großmutters Verbände gerieten in Unordnung, und er begann zu bluten, aber das merkte er gar nicht. Seine schwarzen Locken zitterten jedesmal, wenn er mehr Kraft anwenden mußte.

Zögernd legte Rut ein weißes Blatt Papier auf den Tisch und nahm die schwarze Wachsmalkreide. Lange waren nur die Geräusche zu hören, die sie bei der Arbeit machten.

»Schirmmütze?« fragte Jørgen.

»Nein, Lotsenmütze«, sagte sie eifrig.

»Krieg ich nicht hin.«

»Doch, das tust du.«

Er antwortete nicht, ließ einfach das Messer nagen und fressen. Unter seinen Fingern entstand eine knorrige Männerfigur. Gelegentlich seufzte er und sah sie mit zusammengekniffenen Augen an. Er drehte sie hin und her und hielt sie ins Licht. Dann schnitzte er weiter.

Als sie jemanden im Windfang hörten, sprangen sie mit ihren Sachen in den Händen auf. Sie liefen ins Dachgeschoß. Schwer atmend setzten sie sich auf ihre Betten.

»Wir haben vergessen, im Herd nachzulegen!« jammerte sie.

Jørgen nickte mutlos. Direkt danach hörten sie, wie Mutter mit den Herdringen klapperte. Aber sie beklagte sich nicht durchs Treppenhaus.

»Darf ich mir ansehen, was du geschnitzt hast?« fragte Rut.

Jørgen schüttelte den Kopf. In der Kammer durfte er nicht schnitzen. Das war nicht erlaubt.

Sie hatten sich hingelegt. Eli und Brit hörten Radio, und Mutter ließ unter den Fußbodenbrettern die Nähmaschine summen. Da hörte sie im Halbschlaf seine Stimme.

»Gott nicht nett, Gott böse.«

»Gott ist nicht böse, das ist nur der Prediger, der böse ist«, sagte Rut und erkannte in diesem Augenblick, daß es sich wirklich so verhielt.

Eine lange Zeit verging, ohne daß er antwortete.

»Er ist gar nicht so abscheulich, er gerät nur immer so außer sich, wenn's um Geld geht, verstehst du«, sagte sie, wie man jemandem, der hingefallen ist, Kampferbonbons anbietet.

Als sie endlich hörte, daß er schlief, dachte sie daran, wie alles geworden wäre, wenn Jørgen nicht so lange darauf hätte warten müssen, geboren zu werden. Aber das spielte keine Rolle. Denn sie waren zu zweit. Immer.

5

Im Augenblick war Marianne keine Schwanenschwester, sie stand mitten im Wohnzimmer und ließ die Federn hängen.

Zuerst glaubte Gorm, es hätte damit zu tun, daß Edel auf Klassenfahrt war. Aber ehe er noch ganz ins Zimmer getreten war, begriff er, daß es um ihn ging. Vater saß im Ohrensessel und beachtete sie nicht weiter, denn er las die Zeitung. Trotzdem antwortete er ganz deutlich.

»Gorm fährt mit nach Indrefjord.«

»Aber Vater!« sagte Marianne.

Vater schaute nicht auf. Er blätterte um, und sein Gesicht tauchte kurz zwischen den Zeitungsseiten auf.

»Ich nehme doch die Freundinnen mit. Die Kari und …«

»Ausgezeichnet. Gorm fährt auch mit. Ihr nehmt den Bus um 17.15 Uhr und kommt am Sonntag wieder zurück. Ich hole euch um 18.35 Uhr von der Bushaltestelle ab. Kein offenes Feuer und kein Ausflug aufs Wasser ohne Schwimmwesten.«

Haßerfüllt sah Marianne Gorm an. Er war zwölf Jahre alt und bekam gerade eine neue Stimme, konnte aber nichts machen; vor allem konnte er nichts sagen.

Wenn seine Klassenkameraden das erlebt hätten, hätten sie nur höhnisch gelacht. Torstein auch. Wie sie gelacht hatten, als er am letzten Tag vor den Ferien Blumen für das Fräulein mitbrachte, weil Mutter es so wollte. Jemanden, der mit seiner Schwester auf die Hütte fuhr, weil sein Vater das verfügt hatte, würden sie nur auslachen.

Mutter hätte ihn nicht weggeschickt. Aber sie war zur Kur, weil der Frühling so anstrengend gewesen war. In den Wochen, ehe sie gefahren war, hatte er mit ihr zusammen Bilder ins Fotoalbum geklebt.

Vater hingegen hatte kein Interesse daran, ihn zu Hause zu haben. Deswegen mußte er mit Marianne zusammen nach Indrefjord fahren. Er hätte fragen können, ob er zu Hause bleiben dürfe, wenn er ins Kino oder in die Bibliothek ginge. Er hätte alles getan. Sogar den Keller aufgeräumt, wenn es sein mußte. Aber egal, was er sagte, Vater hätte nur trotzdem weiter die Zeitungsseiten umgeblättert und gesagt, der Bus fahre um 17.15 Uhr.

Als er in seinem Zimmer stand und den Pullover und eine zusätzliche Hose in seinen Rucksack packte, konnte er seine Wut spüren. Als läge tief in seinem Innern ein großer Stein. Seine Wut war nicht wie die von Edel oder Marianne. Sie kam nicht an die Oberfläche, gehörte gleichsam nur ihm.

Marianne kramte im Nebenzimmer herum und sprach laut mit sich selbst. Sehr laut, damit er es hörte. Daß das ungerecht sei. So eine Rotznase mit sich herumschleifen zu müssen.

Gorm beschloß zu verschwinden. Abzuhauen. Was auch immer. Trotzdem warf er sich den Rucksack auf den Rücken und ging nach unten, um im Flur auf sie zu warten.

»Freundinnen« hatte Marianne gesagt. Gorm hatte nicht erwartet, daß auch zwei erwachsene Jungen mitfahren würden. Håkon war regelrecht alt, dunkel und stämmig. Jon war groß und hochnäsig. Er betrachtete Gorm gelangweilt. Kari kannte er schon. Sie sah richtig sauer aus, als sie ihn entdeckte.

»Ich mußte ihn mitnehmen«, sagte Marianne kleinlaut, als wäre Gorm ein zusätzlicher Koffer.

»Kein Wort darüber, wer sonst noch dabei ist! Pfadfinderehrenwort?« sagte sie drohend und stieß Gorm in die Seite.

Gorm wäre es nicht im Traum eingefallen, etwas auszuplaudern. Wem hätte er es auch erzählen sollen? Er versuchte nachsichtig auszusehen.

»Na ja, da kann man nichts machen«, sagte der, der Jon hieß, und ließ sich zu einem Hallo herab. Gorm erwiderte nichts und setzte sich einfach auf den ersten freien Platz.

Die vier kicherten und lachten auf der Rückbank. Die Jungen sagten Sachen, die die Mädchen fürchterlich lustig fanden. Das klang dumm.

Er konzentrierte sich auf die Aussicht. Normalerweise gefiel sie ihm. Heute war sie aber gewissermaßen woanders. Die Wut nagte noch immer irgendwo in seinem Innern. Der Bus legte sich in die Kurven, und der Stein in seiner Magengrube wurde hin und her geschleudert. Draußen flogen Bäume und Häuser durch die Luft, ohne daß das irgendeinen Sinn gehabt hätte.

Der Fahrer fuhr viel zu schnell. Wenn jemand an der Schnur zog, bremste er gewaltsam ab. Gorm hielt sich fest. Stemmte den Fuß gegen die Bank vor sich, um sicher sitzen zu können.

»Ich bezahle für diesen Platz«, bemerkte der Mann vor ihm säuerlich.

»Entschuldigung«, sagte Gorm und nahm den Fuß wieder weg.

Im selben Augenblick bremste der Bus sehr scharf, und er wurde nach vorne geschleudert. Seine Arme waren nicht dort, wo er sie vermutet hatte. Die Hände auch nicht. Das hatte wohl damit zu tun, daß er so schnell gewachsen war. Er konnte sich nicht immer merken, wo alles war. Jedenfalls nicht, wenn es sehr schnell ging, wie jetzt.

Die Stange der Bank vor ihm traf ihn an der Wange. Der Zahn auf der Innenseite war ebenfalls hart. Gorm schmeckte

Blut. Er schluckte. Marianne lachte laut. Sicher nicht über ihn, sie hatte genug mit sich selbst zu tun. Aber sie lachte.

Er hätte den Bus anhalten und aussteigen können. Versuchte es sich vorzustellen. Daß er am Straßenrand stand, während der Bus weiterfuhr.

Als sie endlich angekommen waren und Rucksäcke und Taschen zum Haus hinuntergetragen werden mußten, war er plötzlich wieder gut genug. Schwanenschwester reckte ihren Hals und sprach jetzt auch mit ihm. Man hätte fast glauben können, sie habe vergessen, daß er eigentlich gar nicht da war. Aber das dauerte nur so lange, bis er alles ins Haus geschafft hatte.

Jon und Håkon stellten die Taschen mit den Flaschen auf die Steinplatte vor der Haustür. Gorm hatte es bereits klirren hören, als sie sie vom Weg heruntergetragen hatten. Er dachte, in den Flaschen sei Limonade. Aber in den meisten war Bier. Sobald sie im Haus waren, öffnete Håkon eine Flasche und setzte sie an die Lippen. Er schüttete das Bier einfach runter.

Gorm sah ihn nur mit großen Augen an. Håkon wischte sich mit dem Handrücken den Schaum vom Mund und lächelte ihn gnädig an. Gorm sah woanders hin.

Es waren mehr Bierflaschen, als er auf die Schnelle zählen konnte. Viel mehr. Håkon ging mit ihnen zum Bach.

»Das Bier muß eiskalt sein, verdammt«, sagte er. Bei der Limonade war das nicht so wichtig, die konnte in der Diele stehen.

Die Mädchen machten Tütensuppe und schnitten Brot auf. Sie saßen am alten Klapptisch in der Küche. Gorm hätte genausogut eine Fliege sein können. Während des Essens richtete niemand das Wort an ihn. Håkon und Jon benahmen sich, als wäre das ihre Hütte. Sie rückten an die Mädchen heran, und Jon faßte Kari ganz offen an die Brust.

»Laß das, du Frechdachs!« sagte Kari, aber sie lachte.

Gorm überlegte, ob er nach draußen gehen sollte, aber dort war es kalt, obwohl es Juni war. Außerdem wollte er sich nicht nach ihnen richten. Ganz und gar nicht. Er hatte dasselbe Recht, hier zu sein, wie sie.

Die vier begannen Karten zu spielen. Håkon hatte Lust auf Strip-Poker, aber Marianne sah Gorm unter ihren langen Wimpern von der Seite her an und sagte nein.

Håkon rückte ihr auf dem alten Zweisitzersofa immer näher. Die Muskeln seiner Oberarme spannten sich unter dem dünnen Hemd. Jetzt legte er einen Arm um sie und den Mund an ihre Wange.

Der Stein bewegte sich in Gorms Magengrube. Er wippte hin und her, konnte aber nicht raus.

Sie spielten immer noch Karten. Gerade hatte Marianne das Grammophon aufgezogen, um Frank Sinatra zu hören. Die Nadel war abgenutzt. Sie kratzte. Inzwischen schlug Regen gegen die Fensterscheiben. Ein grauer Strom. Marianne gewann die ganze Zeit und lachte laut bei jedem Stich. Sinatra und Schwanenschwester beherrschten das Zimmer. Håkon hatte seine Hand auf ihr Knie gelegt.

Gorm konnte es unter dem Tisch deutlich sehen. Er saß in dem niedrigen Lehnstuhl am Fenster und las *Die drei Musketiere*. Das Ganze war nicht mißzuverstehen: Håkons Hand glitt über Mariannes Oberschenkel. Eklig sah das aus. Gorm las schnell. Die Buchstaben verschwammen.

Als er wieder aufschaute, lag Håkons Hand gierig zwischen Schwanenschwesters Schenkeln. Ganz oben. Sie hielt die Spielkarten direkt vors Gesicht.

Wußten sie, daß er sie unter dem Tisch sehen konnte? Nein,

dann würde Håkon das nicht tun. Gorm las, konnte sich aber nicht auf die Geschichte konzentrieren. Irgendwas war da mit einem Verrat. Ein Duell. Er blätterte. D'Artagnan und seine Musketiere hatten die böse Mylady gefangen. »Ich bin verloren. Ich muß sterben!« sagte sie. Sie zählen alle ihre Sünden auf. Sie ist ein Teufel in Frauengestalt.

Jon holte Bier und Limonade. Kari und er saßen immerhin beide noch auf einem eigenen Stuhl. Sie spielten Doppel. Kari und Jon gegen Marianne und Håkon. Håkon hatte seltsam verschwommene Augen und begann davon zu reden, wie es war, bei der Luftwaffe zu sein.

Die edlen Musketiere vergeben Mylady. Aber der Gerechtigkeit muß trotzdem Genüge getan werden.

»Der Gefreite ist eine Fotze!« erklärte Håkon und beendete damit seine Geschichte. Er hatte seine Hand ganz unter dem Tischtuch verschwinden lassen.

Schwanenschwester stieß ein leises »Ah« aus und versuchte gleichzeitig seine Hand wegzuschieben. Aber es war ihr nicht ernst damit. Das sah Gorm. Sie wollte die Hand dort haben. Sie wollte das! Er fühlte sich merkwürdig. Die Spucke sammelte sich in seinem Mund. Es sauste ihm in den Ohren. Das Sausen wurde eins mit dem Regen. Lief die Scheiben hinunter. Feucht. Sammelte sich in seinem Kopf und drückte gegen die Schläfen.

Der Henker hebt das Schwert und führt die Hinrichtung durch. Mylady muß sterben.

Plötzlich begegnete Gorm den Schwanenschwesteraugen. Voll von ermattetem Genuß. Sah sie ihn, Gorm? Nein. Sie sah nichts. Schnell hatte sie sich wieder gefaßt, stand auf und zog den Pullover weit über die Hüften.

Der Henker wickelt die Leiche von Mylady in seinen roten Umhang und wirft sie in den Fluß.

»Verdammt, Marianne, wir sind noch nicht fertig«, rief Håkon und wollte sie wieder auf das Sofa ziehen.

»Ich hab keine Lust mehr«, sagte Marianne leichthin und streckte die Arme über den Kopf. Håkons Augen klebten an ihrem Körper.

»Das ist nur, weil du siehst, daß ihr dieses Mal nicht gewinnt«, meinte Kari sauer.

»Ich geh hoch, auspacken«, sagte Marianne und ging auf die Tür zu. Ihre Hüften schwangen in ihren engen Hosen hin und her. Auch die Gesäßtaschen bewegten sich. Auf und nieder.

Kari stand auf und folgte ihr. Wenig später machten sie sich oben zu schaffen.

Jetzt schlug der Regen gegen das Fenster. Håkon und Jon spielten eine Partie Mau-Mau und gingen dann hinter den Mädchen her. Gorm war sich klar darüber, daß er dort oben nicht erwünscht war.

Die drei Musketiere reiten weiter. Aber nach mehreren Seiten war immer noch nichts wirklich Gefährliches geschehen.

Von oben war eine Zeitlang Knarren und Lachen zu hören. Dann kam Marianne angelaufen. Atemlos. Haare zerzaust. Mund blutrot. Sie ging in die Küche, ohne ihn auch nur eines Blickes zu würdigen. Nach und nach kamen die anderen auch. Jon und Håkon wollten das alte Zelt aufbauen, sagten sie jedenfalls.

»Aber das hat doch keinen Boden«, meinte Gorm erstaunt.

»Ein wenig Regen hat dem Acker des Bauern noch nie geschadet«, sagte Jon lachend und zog sich seine Windjacke über.

»Wir bauen es immer da drüben auf, auf der Wiese«, sagte Gorm, weil er hilfsbereit sein wollte. Er begriff nicht, daß jemand bei diesem Regen nach draußen gehen wollte, um ein Zelt aufzubauen. Aber sie lachten nur und sahen sich vielsagend an.

Er beobachtete sie durchs Fenster, ehe sie in dem Gebüsch hinter dem Haus verschwanden.

Gorm wäre nie auf die Idee gekommen, daß er diese Nacht in dem Zelt schlafen sollte. Aber Jon und Håkon warfen ihm einen Schlafsack zu.

»Auf die Plätze, fertig, los!« sagte Håkon.

»Raus mit dir, Kleiner!« meinte Jon.

Sie meinten es ernst. Gorm stand auf, um in sein Zimmer hinaufzugehen, ohne sich auf eine Diskussion einzulassen. Er reckte sich, um fast genauso groß zu wirken wie Håkon, und der Stein in ihm war wieder an seinem Platz. Dafür stiegen die Tränen hoch.

Sie kamen hinter ihm her, drängelten sich an ihm vorbei und wollten ihn nicht die Treppe hinauflassen.

»Eigenes Zimmer mit Dusche da draußen, bitteschön«, zwitscherte Håkon.

»Will ich nicht«, erwiderte Gorm leise und trat mit dem Fuß gegen den Schlafsack.

»Aber sicher willst du das!« sagte Håkon drohend und kam näher.

»Nein«, entgegnete Gorm und setzte den Fuß auf die erste Treppenstufe.

»Du hast doch nicht etwa Angst im Dunkeln, jetzt in den hellen Sommernächten?« fragte Jon höhnisch.

Gorm versuchte weiterzugehen, aber rasch kam ihm Håkon zuvor und versperrte ihm den Weg.

»Hat der Junge Angst im Dunkeln, der Ärmste?«

Gorm antwortete nicht. Er setzte sich einfach hin.

Unsanft zog Jon ihn am Arm. Kari stand kichernd in der Tür. Marianne, hinter ihr, sagte nichts.

So war es in Indrefjord noch nie gewesen, dachte Gorm.

Nie. Mit dem Stein geschah etwas. Er bewegte sich nicht nur, jetzt wollte er wirklich raus. Er stand auf und schlug nach Jon. Kräftig. Es war nicht seine Absicht gewesen, ihn so fest zu schlagen, aber es war eben passiert.

Jon fluchte und schlug zurück. Traf ihn am Kinn. Das tat weh. Gorms Hand hatte Angst und war eiskalt.

D'Artagnan hebt seine Eisenfaust und knallt sie Jon mitten ins Gesicht.

D'Artagnan wird von einem heiligen Zorn erfüllt und trifft mit beiden Fäusten.

Kari schrie auf. Unschlüssig blieb Jon stehen und fluchte. Er blutete aus der Nase.

»Gnade oder Tod?« fragt D'Artagnan ruhig und spießt Jon mit dem Blick auf.

»Aufhören.« Marianne kam aus dem Halbdunkel. Gorm spürte ihre Hand auf seinem Arm und wandte sich ihr zu.

Dort steht die böse Mylady.

»Verräter!« schreit D'Artagnan. »Verräter! Verräter!«

Myladys hübsches Gesicht erscheint gegen das goldene Haar sehr rosa.

»Laß ihn nur, wir können genausogut das Zimmer von Vater und Mutter benutzen«, murmelte sie und ging ins Wohnzimmer.

Zögernd folgten ihr die anderen. Jon wischte sich die Nase ab und sah Gorm finster an.

»Du verdammtes, zu groß geratenes Muttersöhnchen!« zischte ihm Håkon über die Schulter zu, ehe er den anderen folgte und die Tür hinter sich zumachte.

Gorm ging in die Kammer hinauf, die immer seine gewesen war. Dort gab es gerade genug Platz für ein Bett, einen Nachttisch und einen Stuhl. Vier große Bilder von Walen und Delphinen hingen über dem Bett. Und von Tarzan, der sich an einem Arm durch den Dschungel schwingt. Er war schon stark vergilbt. Die Nachmittagssonne schien immer auf seinen Lendenschurz. Wenn die Sonne schien. Heute also nicht. Sie tauchte wohl gerade da draußen irgendwo im Meer unter. Hinter den Regenfronten.

Er kletterte aufs Bett, riß das Bild von Tarzan von der Wand, knüllte es zu einem Ball zusammen und warf diesen unters Bett.

Dann unterzog er alle Bilder derselben Behandlung, ehe er sich angezogen ins Bett legte. Vielleicht kamen sie ja hoch und holten ihn, alle vier, um ihn nach draußen ins Zelt zu schleifen. Wenigstens seine Kleider wollte er dann anhaben.

Er betrachtete die leeren Wände und spürte wieder den Stein im Magen. Das tat weh. Er konnte sich nicht erinnern, jemals jemanden geschlagen zu haben. Noch dazu war Jon viel älter. Keiner hatte gewonnen. Also hatte er auch nicht verloren.

Als er die Hand auf den Bauch legte, um den Schmerz zu lindern, sah er sie vor sich. Mit Blut im Haar lag sie im Kies. Vermutlich war das das Schlimmste, was er je getan hatte; er hatte ein Mädchen so schwer verletzt, daß sie geblutet hatte. Jemand hatte das Rad noch am selben Nachmittag innen an den Gartenzaun gestellt, aber das war vermutlich nicht sie gewesen. Er wußte nicht einmal, wie sie hieß.

Ohne irgendeinen besonderen Grund wünschte er sich, sie wäre jetzt da. Schließlich war die Wunde schon lange verheilt. Aber er hätte sagen können, daß er nicht gewollt habe, daß der Stein sie treffe. Es wäre klasse gewesen, wenn sie erfahren hätte, daß er gegen Jon nicht verloren hatte. Wäre sie draußen in dem alten Zelt gewesen, dann wäre er zu ihr gegangen. Die anderen hätten ihn dann nicht weiter interessiert.

Es hatte aufgehört zu regnen, aber alles war grau, auch drinnen. Er hatte sich nicht die Zähne geputzt. *Die drei Musketiere* lagen im Wohnzimmer, und er mußte aufs Klo. Aber er hatte keine Lust, nach unten zu gehen und nach draußen schon gar nicht. Es könnte ihnen einfallen, ihn auszusperren. Er fand ein paar alte Mickymaus-Hefte im Nachttisch und zog dann doch seine Hosen aus.

Jetzt machten sie das Grammophon an. Nat King Cole, »Too Young«. Es knisterte und schepperte. Ab und zu hörte er sie lachen. Håkons rohes Gelächter drang durch die Dielenbretter. »Der Gefreite ist eine Fotze.«

Mylady tanzt da unten mit einer Riesenhand zwischen den Beinen.

Offenbar war er eingeschlafen. Merkwürdige Geräusche drangen im Schlaf zu ihm. Sie kamen durch die Wand. Atem. Stöhnen. Knarren. Flüstern.

Mit einem Mal war er hellwach. Da drinnen in Vaters und Mutters Zimmer machte es jemand. Sie machten es! Aus diesem Zimmer hatte er noch nie solche Geräusche gehört. Oder doch? Wußte er deswegen sofort, was das war? Schwanenschwester? War sie das?

Er blieb liegen und lauschte. Lange. Spürte dort unten ein warmes, zitterndes Klopfen. Nicht den Stein. Etwas anderes. Beschämend. Fast drohte es zu explodieren. Er wollte das nicht. Das war eklig. Warm – und wunderbar eklig.

Ein Schrei gellte durchs Haus. Laut und durchdringend. Im nächsten Augenblick schlug eine Tür zu, und nackte Füße schlugen gegen die Dielen. Die Tür zu seinem Zimmer flog auf und knallte gegen die Wand.

Mitten in der Kammer stand Marianne. In der Hand hielt sie ein Kleidungsstück, zusammengeknüllt. Schluchzend trocknete sie sich damit die Augen, ehe sie es überzog. Schwankend stand sie erst auf dem einen Fuß, dann auf dem andern. Sie weinte immer noch.

»Verdammt, Marianne, sei nicht dumm!« Håkons Stimme war wütend und unsicher aus dem Gang zu hören.

In Mutters und Vaters Zimmer waren alle Geräusche verstummt. Gorm versuchte, woanders hinzusehen, um es ihr, wie sie da im spärlichen Licht des Fensters stand, leichter zu machen. Weiße Haut und Goldhaar machten ihn schwindlig. Ein rasender Schwan schlug in der Kammer mit den Flügeln.

Håkon tauchte in der Tür auf und wurde mit einem scharfen Schnabel abgefertigt.

»Verschwinde!« zischte sie, packte die Überdecke und hielt sie vor sich.

»Das wollte ich nicht. Du mußt verstehen ...« Er trat ganz in die Kammer. Seine grauen Unterhosen waren ausgeleiert. Sie stammten vermutlich vom Militär.

Sie weinte wieder, stieß mit dem Kopf gegen die Wand und heulte in die Überdecke.

Eilig zog Håkon sich zurück. Er ging zum Zimmer von Marianne und Edel, ließ aber die Tür hinter sich auf. Jon kam, die Haare zerzaust, aus dem Zimmer von Vater und Mutter. Einen Augenblick lang starrte er Marianne mit aufgerissenen Augen an, dann ging er zu Håkon. Håkons wütende Stimme war zu hören. Er fluchte fürchterlich. Jon trat auf den Gang und wollte zu Marianne, um zu schlichten.

»Verschwindet nach Hause, alle beide!« schrie sie und drohte ihm mit der Faust. Als er einfach nur stehenblieb, packte sie einen alten Federballschläger und ging auf ihn los.

»Hör schon auf, Mädchen«, murmelte Jon.

Aber sie war ein weißer Henker mit einem zum Zuschlagen erhobenen Badmintonschwert und ließ die Tür mit einem

Tritt zuknallen. Im selben Augenblick rutschte die Überdecke herunter. Die Spitzen ihrer Brüste wippten. Die Verwandlung geschah vor Gorms Augen wie im Film. Er konnte seine Augen nicht von ihr losreißen. Jetzt richtete sie sich auf und schniefte.

Erst war nur Karis aufgebrachte Stimme flüsternd durch die Wand zu hören. Dann Jons. Schließlich hörte man beide. Dann wurde es still. Nicht mal ein leises Knarren oder Seufzen.

Marianne faßte den Nachttisch mit beiden Händen und schob ihn zur Tür, sah dann aber ein, daß er zu klein war, um die Tür damit zu verbarrikadieren. Sie sah auf und schaute sich in der Kammer um. Nahm den Stuhl und stellte ihn quer zwischen Klinke und Nachttisch, obwohl das bestimmt nichts genutzt hätte.

Gorm dachte, daß er ihr helfen sollte, aber das hatte vermutlich keinen Sinn, weil sie so wütend war. Sie seufzte und schniefte, dann drehte sie sich um. Als würde sie sich erst jetzt daran erinnern, daß Gorm da war. Sie öffnete die Augen ganz weit, dann schlug sie die Hände vors Gesicht und kam schluchzend zum Bett. Im nächsten Augenblick lag sie unter der Decke und schlug die Arme um ihn.

Gorm bewegte sich nicht. Sie war warm und weich, eiskalt und hart gleichzeitig. Ihre kalten Zehen an seinem Bein. Ihr Haar kitzelte ihn an der Brust und am Hals. Plötzlich war das Sein unmöglich geworden. Vollkommen unmöglich. Weder konnte er sich bewegen, noch konnte er stilliegen. Die ganze Nacht? Das konnte er nicht.

Eine Weile ließ er sich in dem merkwürdigen Duft ihres Haars und Körpers treiben. Dann dachte er darüber nach, was er tun konnte.

Schließlich gelang es ihm, etwas abzurücken. Er versuchte, die Decke über ihr auszubreiten. Vorsichtig, damit sie sich nicht genieren würde. Sie sollte es nicht einmal merken. Aber sie schniefte und hielt ihn nur noch fester. Sie waren gewissermaßen ein Körper, der auf Samt und lauwarmem Wasser dahintrieb.

Er erinnerte sich, daß sie sich zum Spaß gerauft hatten und miteinander herumgekugelt waren. Aber das war früher gewesen. Da war er klein gewesen. Das war lange her. Seine Schwestern sah er nicht einmal in Unterwäsche. In seiner Familie war das nicht so. Alle waren immer entweder angezogen oder trugen einen Bademantel. Mit Ausnahme von Mutter.

Jetzt hatte er Marianne sogar nackt gesehen. Im Licht des Fensters. Unten ein dunkleres Dreieck. Haarig. Wie auf Bildern. Gorm hatte schließlich Bilder von so manchem gesehen. Es war nicht so, als wüßte er nicht, wie sie aussahen. Aber es war trotzdem anders, es richtig zu sehen.

Håkon hatte sie ebenfalls gesehen, ehe sie sich die Überdecke umgehängt hatte. Richtig eklig, sich daran zu erinnern. Gorm hatte nie so an sie gedacht. Oder doch?

Ab und zu war er, wenn sie nicht zu Hause war, in ihrem Zimmer gewesen und hatte ihre Sachen angeschaut. In den Schubladen und so. Es war dieser Geruch dort gewesen. Nach Mädchen. Auch nach den Kleidern, die gewaschen in Schubladen und Schränken lagen. Nicht nach Parfüm wie bei Mutter. Mehr nach Haut.

Jetzt, wo er ihr so nahe war, merkte er, daß sie etwas salzig roch. Und nach Blumen. Viel stärker als die Wäsche, die sie getragen hatte. Die lag immer verstreut. Gelegentlich hatte er sie aufgehoben und angeschaut. Es war auch vorgekommen, daß er sein Gesicht in ihr vergraben hatte. Zum Trost oder so.

Jetzt schämte er sich deswegen. Weil sie ineinander verschlungen waren. So war es noch nie gewesen. Sie war schließlich seine Schwester. Und als er das dachte, sah er das eklige Gesicht von Håkon vor sich. Die ekligen Hände. Die Augen. Die »Der-Gefreite-ist-eine-Fotze«-Stimme. Håkon hatte sie begrapscht. Sie war ohne Kleider gekommen. Hatte er sie ausgezogen? Oder hatte sie es selbst getan? Hatten sie ES miteinander gemacht? War es deswegen? Nein, dann wäre sie vermutlich nicht weggelaufen.

Als er zu dem Schluß kam, daß sie unschuldig war, merkte er, daß er wieder zu atmen anfing. Sein rechter Arm war eingeschlafen. Er zog ihn vorsichtig hervor und legte ihn unter der Decke um ihre Taille. Sie räkelte sich und vergrub ihre Nase in seinem Ohr.

Es verging eine Weile. Eine Ewigkeit. Er tat so, als würde er schlafen. Gewiß schlief sie auch. Oder etwa nicht? Eine zitternde, heimliche Erwartung breitete sich in seinem ganzen Körper aus. Er gab sich alle Mühe, ganz still dazuliegen, damit sie nichts merken würde.

Da spürte er ihre Hand auf seiner. Sie bewegte sich, streckte sich, Gesicht und Oberkörper abgewandt, während sie seine Hand zwischen ihre Schenkel schob. Beiläufig. Sie schlief vermutlich. Ihre Schenkel schlossen sich um sein Handgelenk.

Ein Erdrutsch begrub ihn. Er wagte nicht zu atmen, als sie sich bewegte. Schlief sie? Nach einer Weile bewegte er vorsichtig die Finger. Er mußte es einfach tun. Er nahm einen Geruch wie von salzigen Blumen wahr.

Wieder schob sie seine Hand näher an sich heran. Vielleicht schlief sie, vielleicht auch nicht. Wollte, daß sie sich versteckten. Beieinander.

6

Tante Ada war die einzige in Nesset, die so etwas Unnützes getan hatte, wie ins Wasser zu gehen.

Einmal im Oktober saß Rut bei Großmutter und blätterte in dem alten Fotoalbum. Als ein Bild von Tante Ada auftauchte, erdreistete sie sich zu fragen: »Ist sie vom Felsen gesprungen oder vom Kai?«

»Das weiß niemand.« Großmutter strich sich über das Gesicht. »Sie haben sie treibend mit nur einem Schuh gefunden. Der andere wurde nie gefunden. Das sind Dinge, die man nicht begreifen kann. Sie ist einfach ins Wasser gegangen.«

In der Küche wurde es still. Rut sah durchs Fenster Onkel Aron. Auf unsicheren Beinen kam er unten am Bootshaus vorbei. Sie hoffte, Großmutter würde ihn nicht sehen.

»Ada war einzigartig, etwas Besonderes«, meinte Großmutter noch traurig.

Rut begriff, daß es das Gefährlichste war, was man tun konnte, wenn man etwas Besonderes sein wollte. Aber das sagte sie nicht. Einmal hatte sie Tante Rutta sagen hören, Ada sei ins Wasser gegangen, weil sie nicht den Mann bekommen habe, den sie haben wollte. Er sei bereits auf dem Festland verheiratet gewesen. Adas Unglück sei gewesen, daß sie von einem verheirateten Mann schwanger geworden sei. Das war nicht für Ruts Ohren bestimmt gewesen.

Großmutter sprach nicht über solche Dinge. Aber Tante Rutta hatte erzählt, daß Großmutter das Bild von Jesus und der Besänftigung des Sturmes aus dem vergoldeten Rahmen über der Anrichte genommen habe, um es durch ein Foto von

Ada zu ersetzen. Auf dem Foto sah sie ganz fröhlich aus, und man konnte sich nur schwer vorstellen, daß sie kurze Zeit später ins Wasser gegangen war. Sie sah dem Prediger und Jørgen ähnlich. Dunkles, gelocktes Haar und große Augen.

Der Prediger war böse geworden, weil Großmutter Jesus wegen Ada abgehängt hatte. Damals war er bereits erweckt gewesen. Aber Großmutter meinte, Blut sei dicker als Wasser. Sie zählte sogar alle auf, die sie kannte, die ein Jesusbild an der Wand hängen hatten. Aber wer hatte schon ein Bild von Ada? Niemand. Deswegen steckte sie Ada neben Großvater in den Rahmen. So sollte es sein.

»Du«, hatte Großmutter zum Prediger gesagt, »du hast nach dem unerschütterlichen Wunsch des Herrn Vater und Mutter verlassen, um bei deiner Frau auf dem Hügel oben zu leben, und dort kannst du, wenn du willst, Christus an sämtlichen Wänden aufhängen. Du bist ein glücklicher Mann, denn von deinen Kindern ist keines ertrunken.«

»War Ada genauso gläubig wie der Prediger?« fragte Rut.

»Ich weiß nicht. Das Innere der Menschen ist unergründlich«, erwiderte Großmutter düster.

»Bist du erleuchtet, Großmutter?«

»Unser Herrgott versteht mich, das genügt mir. Ich erinnere mich, daß ich, als ich klein war, Missionarin werden wollte. Aber nur deswegen, weil ich unbedingt die Welt sehen wollte. Ich habe kein Interesse daran, andere zu bekehren. Im Grunde habe ich immer nur viel an mich und an meine Kinder gedacht. Ich glaube, daß ich mich daran gewöhnt habe, unseren Herrgott für mich zu haben. Das macht die Sache auch friedlicher. Und für meine Sünden, für die schäme ich mich und die muß ich versuchen allein zu tragen.«

»Welche sind das denn?«

»Viele. Ich bin doch nur eine gebrechliche und unwissende Frau, weißt du. In der Hauptsache habe ich böse Dinge über andere Leute gedacht. Sogar über meine Familie.«

»Hast du auch böse über mich gedacht?«

»Kann schon sein. Du hast schließlich deine Ohren überall und steckst …«

»… deine lange Nase überall rein.«

»Mit der Nase, das ist nicht so schlimm, nur daß du so furchtbar stur bist. Ich glaube, Kruzifix noch mal, daß du dazu in der Lage wärst, über deine eigene Leiche zu gehen, wenn du dir einmal was in den Kopf gesetzt hast. Na ja, irgendwo wirst du das ja herhaben.«

Großmutter nahm eine Prise Schnupftabak. Das dürfe niemand sehen, sagte sie. Frauen schnupften nicht. Ihre dunklen Augen wurden zu zwei Schlitzen in ihrem Kopf. Die krumme Nase wurde in dem dunklen Gesicht überdeutlich. Sie sah immer ein wenig aus, als wäre sie gerade in ein Teerfaß gefallen. Der Mund war mürrisch und rot wie die mit Lack versiegelten Korken der Saftflaschen im Keller.

»Nein, sieh mal an!« Großmutter stand hastig auf. Sie hatte Onkel Aron entdeckt. Erst beobachtete sie ihn einen Moment durchs Fenster, dann ging sie nach draußen, um ihn hereinzuholen.

»Das mache ich, um Ruttas Nerven zu schonen«, sagte sie, als sie ins Haus kamen.

Soviel begriff Rut auch. Deswegen kam der Onkel zu Großmutter, wenn er sich in diesem Zustand befand.

Er hatte schon in der Jugend aufgehört, zum Fischen zu rudern, denn er hatte Tb gehabt. Jetzt saß er im Versorgungsausschuß. Mutter pflegte zu sagen, es sei gut, daß der Onkel auf die Handelsschule gegangen sei, da er für richtige Arbeit nicht tauge. Zum Onkel gingen alle, um sich ihre Kleider-

und Zuckermarken zu holen. Bezugsscheine. Er stempelte die Scheine. Die Leute nannten ihn Stempel-Aron.

Er, dem es so wichtig war, die Sonntagshosen auszuziehen, ehe er seinen Mittagsschlaf hielt, legte sich, wenn er voll war, einfach mit allem, was er anhatte, irgendwohin. Großmutter versuchte ihm wenigstens einige Kleider auszuziehen, ehe er sich auf das Sofa in der Stube legte. Rut mußte ihm helfen, damit er nicht über den Tisch stolperte. Ein dunkler, nasser Fleck klebte ihm die langen, weißen Unterhosen an den Körper und setzte sich das eine Bein entlang fort.

»Sollen wir ihm die auch ausziehen?« flüsterte Rut.

»Nein, um Himmels willen! Wir dürfen ihn schließlich nicht in seinem Schamgefühl verletzen.«

Die Augen von Onkel Aron waren seltsam verschwommen. Auf gewisse Art war er wach und registrierte alles, was sie taten, und trotzdem war er nicht ganz da. Mager und fremd in Hemdschößen und Unterhosen. Die tief eingesunkenen Augen wurden durch die Brillengläser groß wie grüne Garnknäuel. Ohne Brille tastete er sich wie ein Tolpatsch voran, aber Großmutter sagte immer, er sei klug. Jetzt nahm sie ihm vorsichtig die Brille ab und legte sie auf den Tisch. Sie sagte: »Schon gut, schon gut«, und der Onkel versank im Sofa und in sich.

Sie breiteten eine Wolldecke über ihm aus und machten die Tür zu, damit er seine Ruhe hatte. Ehe sie das Zimmer verließen, hielt Großmutter noch die Kuckucksuhr an. Anschließend nahm sie die nasse Hose mit in den Keller, um sie in dem Waschzuber aus Blech einzuweichen. Als sie wieder nach oben kam, seufzte sie und setzte Kaffeewasser auf.

»Rut, im Haus bist du einem wirklich eine ebenso große Hilfe wie eine Erwachsene. Ich muß dich bitten, trockene Kleider für Aron zu holen.«

»Die Tante gerät außer sich.«

»Das geht vorbei. Sie meint das nicht so. Du mußt daran denken, daß du nach ihr benannt bist. Sie hat dich zur Taufe getragen.«

»Warum habt ihr sie als Patin ausgesucht, obwohl sie immer solche Reden führt?«

»Sie flucht nie«, erwiderte Großmutter streng.

»Nein, aber sie sagt all das andere.«

»Da hast du schon recht.«

Großmutter tat Kaffee in den Kessel und behielt ihn im Auge, während sie das Wasser aufkochen ließ. Ihr weißes Haar war ihr aus dem Zopf gerutscht und kräuselte sich um ihr Gesicht. Ihre blinzelnden Augen ließen sie wütend aussehen. Aber das war sie nicht.

»Du heißt schließlich nicht nur Rut nach Rutta, sondern auch nach der in der Bibel«, sagte Großmutter und goß Kaffee in zwei Tassen. Die Keksdose mit dem weinenden Engel auf dem Deckel kam ebenfalls auf den Tisch.

»Wer ist das?«

»Die im Buch Rut. Du hast doch von ihr gehört, nicht?«

»Diese traurige Erzählung aus dem Land der Juden? Von der Frau, die in alle Ewigkeit Stroh sammeln und dann auch noch dem reichen Boas gegenüber unterwürfig sein mußte?«

»Die Geschichte ist nicht nur traurig.«

»Sie mußte sogar aufs Gesicht fallen, nur um eine lumpige Ährengarbe zu bekommen!«

»Das war dort damals eben Brauch. Ein armes Mädchen mußte sich aufs Angesicht fallen lassen, um sich gut zu verheiraten«, sagte Großmutter.

»Tante Rutta hat sich aber nicht sehr auf ihr Angesicht fallen lassen.«

Großmutter lächelte.

»Wenn es so ist, daß man sich auf sein Angesicht fallen lassen muß, um eine gute Partie zu machen, dann pfeife ich aufs Heiraten«, sagte Rut nachdrücklich.

»Das brauchst du schließlich nicht heute zu entscheiden.« Großmutter zählte die Maschen des Strumpfs, an dem sie gerade strickte. Nicht laut, nur für sich, mit spitzem Mund und hüpfendem Kinn. Zwei rechts, zwei links. »Wo ist übrigens Jørgen heute?«

»Drinnen. Er ist zum Torfteich gegangen, und seine Schuhe sind naß geworden. Sie trocknen so langsam.«

»Hätte er nicht seine Stiefel anziehen können?«

»Die sind auch naß. Seltsam, einen Namen zu haben, der so alt ist wie das Land der Juden«, sagte Rut und sah die Buchstaben vor sich. Sie glühten. Es ging nicht, einfach irgendwem davon zu erzählen. Die anderen könnten glauben, daß sie sich für etwas Besseres hielt. Man durfte die anderen nie wissen lassen, daß man sich für etwas Besseres hielt.

»Findest du, Rut ist rot, Großmutter?«

»Rot? Tja, wenn ich darüber nachdenke. Rot? Ja!«

Rut hatte ein Buch in der Bibliothek geliehen. Sie hatte nicht die Geduld gehabt, es so genau zu lesen, aber da stand etwas über Darwin, der fest daran geglaubt hatte, daß Menschen einmal Raubtiere und Affen gewesen waren. Wenn das wahr war, dann konnte es viele verschiedene Arten innerhalb einer Familie geben.

Während sie ihren Kaffee trank, dachte sie darüber nach, welches Tier Großmutter einmal gewesen sein könnte. Aber sie wollte nicht danach fragen. Es konnte mißverstanden werden. Man konnte mit Großmutter über vieles reden, aber nicht über alles.

Jørgen ähnelte einem Pferd. Er sagte nicht viel, schüttelte meist nur den Kopf und war so ungewöhnlich strahlend und schön. Und dann war da noch etwas mit den Augen. In ihnen gab es nichts Böses. Nur Trauer.

Mutter war wie ein mageres Schaf, das sich jedoch jederzeit und wenn man es am wenigsten erwartete auf die Hinterbeine stellen und blöken konnte. Sie bewegte sich grazil, sogar wenn sie den Kuhstall ausmistete, als wäre sie eine Städterin, das sagte zumindest Großmutter. Vielleicht war sie deswegen doch ein ungewöhnlicheres Tier.

Der Prediger und Tante Rutta konnten sich jeden Augenblick in Tiere verwandeln, die es auf der Insel gar nicht gab, sondern nur im Dschungel und im Land der Juden. Die Tante tat immer so, als sei sie gefährlich. Vielleicht so wie ein Nashorn? Der Prediger glich mehr einem Elefanten, war aber natürlich viel schöner. Das hatte etwas damit zu tun, daß er meist den ganzen Raum für sich beanspruchte, so daß für die anderen kein Platz blieb.

Sie versuchte sich auszudenken, welches Tier sie selbst war. Sie könnte ein Hermelin sein, das schnell zwischen den Felsen herumsprang und die Leute biß, die es wegen seines Pelzes fangen wollten.

Einmal hatte sie versucht, einem Hermelin in die Augen zu sehen, ehe es zwischen den Steinen der Gartenmauer verschwunden war. Aber es war zu schnell gewesen. Unterwegs zu einem Ort, den niemand kannte.

So will ich auch sein, dachte sie. Immer unterwegs zu geheimen Orten. Ich will Dinge tun, die niemand hier begreift. Nicht einmal Großmutter.

Aber dafür mußte sie die Insel verlassen. Zu Orten reisen, wo man nicht gezwungen war, für jemanden aufs Gesicht zu fallen.

»Trink deinen Kaffee. Du mußt trockene Hosen für den Onkel holen«, sagte Großmutter und ließ ihre Hand einen Augenblick auf Ruts Nacken ruhen. Sie fühlte sich an wie warme Birkenrinde. Rauh und weich zugleich.

»Was soll ich sagen?«

»Sag, daß es auch dieses Mal wieder vorbeigeht. Niemand hat ihn gesehen.«

»Aber die Hosen?«

»Sag einfach nur, daß er eine neue Hose braucht.«

»Ich muß nach Hause zu Jørgen. Er wartet.«

»Nein. Jetzt sind Hosen für den Onkel wichtiger!«

Rut lief den Hügel hinauf, um es hinter sich zu bringen. Sie hoffte, daß keiner, der den Onkel hatte herumtorkeln sehen, an die Tür gekommen war, um Tante Rutta auszufragen, wie Fina von der Kurve es das letzte Mal getan hatte.

Ohne Zwischenfälle kam sie bis zur Tür des Windfangs vom Haus ihres Onkels. Dort stand Tante Rutta und schüttelte Teppiche aus. Offenbar witterte sie Unrat, denn sie schaute finster in die Ferne.

»Der Onkel ist bei Großmutter. Er braucht eine Hose«, sagte Rut hastig und außer Atem.

Erst einmal schimpfte Tante Rutta, und in ihren Mundwinkeln sammelte sich Spucke. Fast als glaubte sie, es sei Ruts Schuld, daß der Onkel eine trockene Hose brauchte.

»Sag ihm, daß ich ihm den Kopf abreiße, wenn er nach Hause kommt.«

Rut antwortete nichts.

»Richte deiner Großmutter aus, daß ich Aron an der Tür des Bootshauses festnageln und kochendes Wasser auf ihn gießen werde, dann kann sie den Rest aufsammeln und unter die Hennen legen. Kaum zu glauben, daß dieses abgefeimte Weibsstück meine Mutter ist, so wie sie sich um diesen Nichtsnutz von Mann kümmert.«

»Sie ist kein abgefeimtes Weibsstück. Sie hat den Onkel auf das Sofa in der Stube gelegt, um die Nerven der Tante zu schonen!« rief Rut, ehe sie sich noch eines anderen besinnen konnte.

»Halt schon den Mund, du Predigerschlampe. Red nicht mit deiner Tante, als wär sie eine Rotznase. Hörst du!«

Blitzschnell duckte sich Rut vor der großen, flachen Hand.

»Großmutter sagt, daß es vorbeigeht und daß ihn niemand gesehen hat«, versuchte sie es noch mal, den Blick auf die Faust der Tante gerichtet.

Rutta fiel regelrecht in sich zusammen. Sie preßte die Lippen aufeinander, so daß von ihrem Mund nur noch ein grober Strich mit einer Vertiefung an beiden Enden übrigblieb. Sie hatte Grübchen, wenn sie lachte und wenn sie boshaft war. Nur etwas längere, wenn sie boshaft war. Jetzt wischte sie sich mit der Schürze übers Gesicht und ging ins Haus. Rut wartete.

»Steh da nicht so dumm rum. Die Leute könnten denken, daß ich dich nicht hereingebeten habe«, fauchte sie.

Rut trat auf der Treppe ihre Schuhe ab und ging Richtung Küche. In der Tür blieb sie jedoch stehen, während die Tante trockene Hosen in Packpapier wickelte und mit Pechdraht verschnürte. Es sollte aussehen, als sei es irgendein Paket, falls Rut jemandem begegnete.

Sie benutzten Pechdraht für alles, weil sie einmal eine ganze Spule auf einer Auktion gekauft hatten. Von der hatten sie dann zahllose Knäuel abgewickelt, und deswegen roch es im Windfang des Onkels immer nach Pech.

Als Rut gerade gehen wollte, holte die Tante ein großes Stück Makronenkuchen aus der Speisekammer und gab es ihr.

»Ich schlag dich tot, wenn du den anderen Kindern erzählst, daß ich dir das gegeben habe! Ich will vor heute abend kein einziges verdammtes Gör hier sehen!«

Onkel Aron und Tante Rutta hatten neun Kinder bekommen, aber nur sieben hatten überlebt. Zwei hatte der Herrgott zu sich genommen, als sie noch klein gewesen waren, und die übrigen waren mittlerweile alles andere als Wickelkinder. Aber Rut verstand trotzdem sehr gut, was sie meinte, denn wenn alle gleichzeitig angelaufen kamen, dann konnte es einen Riesenradau geben. Einmal hatte sie einen Kerl unten in Været grinsend sagen hören, daß Onkel Aron mit dem Herbeistempeln von Kindern ebenso schnell sei wie mit dem Stempeln von Lebensmittelkarten. Aber sie kümmerte sich nicht darum, was die anderen sagten, solange Onkel Aron ihr Onkel Aron war.

Rut begann zu essen. Der Makronenkuchen der Tante war der beste auf der ganzen Welt. Dann kam Paul und wollte natürlich ebenfalls ein Stück. Er war genauso alt wie Jørgen und Rut, spielte aber meist mit den Kindern unten im Ort.

»Verschwindet mit den ganzen Krümeln! Ich habe gerade geputzt und will keinen einzigen Krümel in meinem Haus sehen«, rief die Tante.

Sie verzogen sich auf die Treppe.

»Sag deiner Mutter, daß sie sofort herkommen soll! Wir essen Makronenkuchen und saufen Kaffee, bis wir kotzen. Vergiß das nicht, sonst prügel ich dich, daß dir Hören und Sehen vergeht!«

Paul ging mit den Hosen zu Großmutter. Trotzdem war Mutter böse, weil sie Jørgen so lange allein gelassen hatte. Als Mutter mit dieser Stimme ihren Namen sagte, war er überhaupt nicht rot. Nur spitz und grau, wie gefrorener Schneematsch im Frühling. Er bohrte sich wie eine Nadel in ihren Kopf. »Rut!«

Von ihrem Onkel erzählte sie nichts, sagte nur, Tante Rutta sei ganz schlecht gelaunt und wolle, daß sie komme.

»Was ist los?«

»Weiß nicht«, log sie.

»Hol Heu als Abendfutter! Und laß den Ofen nicht ausgehen, bis dein Vater kommt!« sagte Mutter und war weg.

Der Prediger war viel mit der *Elieser* unterwegs, um Leute zu bekehren. Das gelang ihm jedoch nicht in seinem eigenen Zuhause. Eli war einmal nahe daran gewesen, sich auf die Knie fallen zu lassen, aber Mutter hatte sie davon abgehalten. Von so etwas bekam der Prediger sehr schlechte Laune.

Er hatte eine ganz andere Stimme, wenn er am Rednerpult stand. Fremd, als würde seine Stimme von irgendwo weit über seinem Kopf kommen. Rut hatte ihn einmal zu über zweihundert Menschen auf dem Festland sprechen hören. Er war Jesus und Gott in einem. Unglaublich schön mit seinen schwarzen Locken und funkelnden Augen. Irgendwas war auch mit seinem Mund. Groß und rot. Wie der einer Frau, nur kräftiger.

Rut sah, daß die Leute ihn mochten. Sie standen und saßen um das Rednerpult herum und lieferten sich ihm beim Zuhören ganz aus. Das war beeindruckend, fast unheimlich.

Der Prediger gehört uns, aber sie dürfen ihn eine Weile ausleihen, hatte sie gedacht.

Das war bei der Andacht gewesen. Sofort als sie nach Hause kamen, war alles anders. Da war wieder Alltag, und er war derselbe, der er immer gewesen war.

Eigentlich war es das beste für Rut, wenn sie wußte, daß er irgendwo an einem Rednerpult stand und andere dazu brachte, niederzuknien. Dann war auch Mutter besser gelaunt. Heute wurde er zurückerwartet.

Jørgen saß da und zog nasses, zusammengeknülltes Zeitungspapier aus seinen Stiefeln.

»Trocken!« sagte er zufrieden und mit todernstem Gesicht.

»Nein, Jørgen, die sind noch naß«, sagte Rut und wollte neues Zeitungspapier in die Stiefel stopfen.

Aber Jørgen hatte es anders beschlossen, er riß ihr den Stiefel aus den Händen und zog ihn an. Einen Augenblick lang war sie sehr müde. Als wäre schon später Abend. Sie ließ ihn einfach gewähren.

Sie gingen in den Stall. Jørgen war groß geworden, er kam bis an die Heubündel heran, die vom Boden herabhingen.

Während sie sich abwechselnd vorbeugte und aufrichtete und ihr die steifen Halme in die Handflächen stachen, fiel ihr Blick auf das staubige Stallfenster. Die Sonnenstrahlen leuchteten auf eine Spinnwebe und erschufen sie gleichsam neu. Machten sie zu etwas Schönem. Der Staub glitzerte im Licht über zwei reglosen Fliegenleichen. Die Fliegen erinnerten an schwarze Perlen.

Das macht das Licht, dachte sie und richtete sich auf. Das Licht verändert alles. Sie fühlte sich, als wäre sie die einzige auf der Welt, die das wußte.

Mitten auf dem Fensterbrett lag eine zerlegte Fahrradklingel. Es sah so aus, als wäre die Spinnwebe daran befestigt. Das ganze Bild war so vertraut. Als wäre es von ihr.

Und mit einem Mal stand der Junge aus der Stadt mit seiner Fahrradklingel in der Hand da. Sie hörte das grelle Pling. Sah seinen Daumen den Hebel betätigen, ehe er die Klingel wieder ins Fenster legte. Jetzt wandte er ihr sein Gesicht zu und lachte. Nicht laut, mehr wie ein Atemzug.

Sie versuchte das Bild festzuhalten, um es mitnehmen zu können. Wünschte sich, die Farben einfangen zu können. Die Spinnwebe, die Klingel und den Jungen – genau so.

Dann glitt er davon, und sie hörte Jørgens Atem oben auf dem Heuboden.

7

Gorm stand vor ihnen und hatte es gerade gesagt.

Es war Nachmittag, und Vater hatte die Zeitungen noch nicht durch. Er mußte es jetzt sagen, da Mutter meinte, ihren Verwandten im Süden rechtzeitig die Einladungen schicken zu müssen.

»Ich will nicht konfirmiert werden.«

Die Zeitung wurde gesenkt, und Vaters Brille kam zum Vorschein.

»Aber Gorm.« Mutters Stimme zitterte leicht.

»Was ist das für eine Schnapsidee?« fragte Vater und faltete die Zeitung ganz zusammen.

Gorm blieb stehen, hatte aber eigentlich nichts weiter zu sagen.

»Na?« Vaters Stimme klang gefährlich ruhig. Er zog das a unendlich in die Länge.

»Das ist schon lange entschieden«, erwiderte er unsicher. Aber als er das sagte, erinnerte er sich daran, wann das geschehen war. An dem Tag, an dem er den Stein geworfen hatte, der das Mädchen am Kopf getroffen hatte. Damals hatte Mutter gesagt, daß sie weggehen würde, wenn sie erst einmal alle drei konfirmiert seien.

»Und wer hat das entschieden?« fragte Vater.

»Ich.«

»Davon hast du nie etwas erzählt«, sagte Mutter.

»Es hat auch nie jemand gefragt.«

»Gib Mutter keine unverschämten Antworten.«

»Entschuldigung.«

Gorm verlagerte sein Gewicht auf den linken Fuß.

»Es ist klar, daß du konfirmiert wirst«, sagte Mutter mit dieser lauten, schrillen Stimme, die sie immer dann einsetzte, wenn sie Angst hatte, daß Vater sie, wie sie das nannte, mißverstehen könnte.

»Nein«, erwiderte Gorm und sah auf den Fußboden.

Mutter weinte und ließ sich darüber aus, was Tante Helene und Onkel Gustav wohl sagen würden, ein Pfarrerehepaar von der Südküste, das schon zu Edels und Mariannes Konfirmation angereist war.

Gorm stand, die Hände auf dem Rücken, zwischen dem Tisch mit dem Radio und Vaters Sessel.

»Ich will nicht konfirmiert werden!«

Marianne und Edel waren aus ihrem Zimmer heruntergekommen und bemerkten das allgemeine Entsetzen. Edel starrte Gorm mit einer Art widerstrebender Bewunderung an. Marianne sagte zuerst nichts. Aber als Mutter mit gellender Stimme erklärte, daß es mit den Kindern nicht länger unter einem Dach auszuhalten sei, stellte sich Marianne neben Gorm und nahm seinen Arm.

»Ich finde es gut, daß er nicht heuchelt nur wegen der Geschenke. So mutig hätten Edel und ich auch sein sollen.«

»Niemand hat dich nach deiner Meinung gefragt, Marianne«, sagte Vater.

»Ich dachte, das hier sei eine Art Familienrat.«

»Gorm hat eine Ansicht vorgebracht, das bedeutet nicht, daß du alle Vollmachten hast.«

»Vollmachten …? Nein, aber …«

»Dann sind wir uns einig«, sagte Vater und wandte sich wieder langsam Gorm zu.

Eine Ewigkeit lang ruhten seine grauen Augen auf ihm, ohne daß es Gorm gelungen wäre, etwas anderes zu tun, als seinem Blick standzuhalten.

»Gorm, wir machen Samstag einen Ausflug nach Indrefjord.«

Samstag war morgen.

»Es soll schlechtes Wetter geben, ich glaube nicht, daß sich das lohnt«, meinte Mutter.

Darauf antwortete Vater nicht. Er hatte seinen Blick immer noch auf Gorm gerichtet.

»Pack nur genug warme Kleider ein. Und Stiefel«, sagte er und breitete endlich seine Zeitung wieder aus.

Gorm nickte. Aber erst als er oben in seinem Zimmer war, ging ihm auf, was Vater gesagt hatte. Sie beide würden nach Indrefjord fahren. Zusammen. Nur sie beide. Das war noch nie passiert.

Den Rest des Tages lief er herum und fürchtete sich vor dem Ausflug. Schließlich wurde er davon so müde, daß er sich dachte, eigentlich könne er zu Mutter auch sagen, daß er sich konfirmieren lassen würde. Was war schon dabei? Alle ließen sich konfirmieren. Warum nicht er? Aber er brachte es nicht über die Lippen. Das wäre einer Selbstaufgabe gleichgekommen. Erst so überzeugt von etwas zu sein und es dann zurückzunehmen. Er konnte einfach nicht.

Im Auto auf dem Weg nach Indrefjord fragte ihn Vater über die Schule aus. Ob es ihm dort gefiel. Wen er in Mathematik und Norwegisch hatte. Und in Sport. Gorm antwortete, so gut er konnte. Doch, es gefalle ihm. Er nannte die Namen der Lehrer, und Vater nickte, den Blick auf die Straße gerichtet. Der Belag war holprig.

Er wartete darauf, daß Vater davon anfangen würde, daß er nicht Fußball spielte. Aber er tat es nicht.

»Hast du viele Freunde?«

»Wir sind dreißig.«

»Es sind doch wohl nicht alle in der Klasse deine Freunde.« Vater lächelte.

»Ach so. Nein. Dann bleibt vermutlich nur der Torstein.«

»Nicht noch andere?«

»Im Grunde nicht.«

»Und das ist genug?«

»Vermutlich schon.«

»Er ist doch nicht oft bei uns, oder?«

Irgendwie war es beschämend, daß Torstein nicht öfter bei ihnen war. Gorm hatte das Gefühl, daß irgendwas nicht so war, wie es sein sollte.

»Was macht ihr, wenn ihr euch trefft?«

»Wir gehen ins Kino. Oder machen Hausaufgaben. Mathe. Hören uns gegenseitig Vokabeln ab und so.«

»Zuhause bei Torstein?«

»Ja.«

»Warum?«

»Das hat sich so ergeben.«

Vater nahm einen Moment den Blick von der Straße.

»Gefällt es Mutter nicht, daß du Freunde mit nach Hause bringst?«

»Das hat sie nie gesagt«, erwiderte Gorm rasch.

»Du bist ja fast wie ein Diplomat.«

»Diplomat?«

»Du verplapperst dich nicht. Und das ist gut so. Es gibt genug Leute, die zuviel reden.«

Sonst sagte Vater nichts über die Schule und über den Fußball. Auch nicht über Torstein oder Mutter. Die letzte halbe Stunde fuhren sie, ohne zu reden. Auf eine gewisse Art war das besser so, weil Gorm nicht immer wußte, welche Antwort Vater erwartete, wenn er fragte. Oft lag eine andere Frage hinter der Frage verborgen. Und auf die durfte er nicht unabsichtlich falsch antworten, bloß weil er etwas anderes erklären mußte.

Das Haus war weiß gestrichen und hatte grüne Fensterrahmen. So hatte es ausgesehen, seit er sich erinnern konnte. Oben in seiner Kammer waren alle Sachen, wie er sie zurückgelassen hatte. Der Stein und die Seeigel, an die er nie dachte, wenn er in der Stadt war, standen genau so auf der Fensterbank, wie er sie aufgestellt hatte. Die Turnschuhe waren ihm bereits im letzten Sommer zu klein gewesen. Auf dem Schemel neben dem Bett lagen alle alten Comic-Hefte mit der Seite nach oben, die er zuletzt gelesen hatte.

Als würde die Zeit stillstehen. Besonders im Haus. Der Geruch von Kaffeesatz beim Ausguß oder von alten Zeitungen auf dem Dachboden. Trotzdem war jedesmal etwas anders. Sozusagen unsichtbar und fast geruchlos, aber trotzdem lag es in der Luft. Die Farben der Tapeten konnten plötzlich anders wirken, als er sie in Erinnerung hatte. Oder der Bezug der alten Möbel verschlissener. Und die Stimmen. Die der Jungen, die bei dem winzigen Laden herumhingen, zum Beispiel. Eines Sommers hatte er auf einmal keine Angst mehr vor ihnen gehabt. Als hätte es für diese Angst keinen Platz mehr gegeben.

Als er klein gewesen war, hatte er geglaubt, daß er sich nie richtig erinnerte, weil zwischen jedem Besuch soviel Zeit verging. Draußen sah es ohnehin jedesmal anders aus. Im Sommer lag kein Schnee, und Ostern hatten die Bäume noch keine Blätter. Aber da war er noch klein gewesen. Jetzt wußte er immerhin, daß alles schon so war, bevor er kam.

Mutter wollte mitten im Winter nie nach Indrefjord und auch nie allein. Vater war oft allein dort, aber nie lange. Er jagte und fischte, sprach aber nie darüber. Zumindest nicht zu Hause.

Als er die Tür zum Windfang aufschloß, holte er tief Luft und wandte sich an Gorm.

»Hier draußen läßt es sich gut atmen. Man denkt dann nicht daran, daß man allein ist«, sagte Vater mit einem kleinen Lächeln.

Das war das Merkwürdigste, was er Vater je hatte sagen hören. Er konnte sich nicht erinnern, daß er ihn je diese Worte hatte sagen hören: Atmen. Allein.

Vater schnitt dicke Brotscheiben ab und belegte sie mit Käse und Dauerwurst. Sie aßen, ohne etwas zu sagen. Vater erwähnte ein paarmal den Wind und das Fischen, aber immer zusammenhanglos, so daß Gorm sich nicht sicher sein konnte, ob er über etwas Bestimmtes sprach. Vater sagte selten viele Sätze hintereinander wie andere Leute. Wenn er etwas gesagt hatte, wonach er vernünftigerweise einen Punkt machen konnte, gab es nichts mehr hinzuzufügen.

Mehrere Male dachte Gorm, er sollte sagen, ihm sei klar, daß sie hier draußen seien, weil er davon überzeugt werden solle, sich konfirmieren zu lassen. Aber im letzten Augenblick brachte er es dann doch nicht über die Lippen.

Am Abend, nachdem sie Fisch gegessen hatten und Vater die Zeitungen vom Vortag ein zweites Mal gelesen hatte, dachte er, daß es jetzt kommen würde. Aber es hatte den Anschein, als hätte Vater das Ganze vergessen.

Sonntag vormittag, nachdem sie alles abgeschlossen hatten, weil sie aufbrechen wollten, und auf dem Felsen vor dem Haus saßen, war Gorm überzeugt, daß Vater ihn konfirmieren lassen wollte, ohne ein weiteres Wort darüber zu verlieren.

Vater saß jedesmal eine Weile auf dem Felsen, ehe sie zum Weg hinaufgingen. Auch wenn es regnete und stürmte. Er rauchte eine Pfeife und sah in die Ferne. Gorm setzte sich neben ihn und wartete. Da geschah es.

»Du willst dich also nicht konfirmieren lassen?«

»Nein«, murmelte Gorm.

»Hast du darüber nachgedacht?«

»Ja.«

»Warum?«

»Das ... das ...«, begann er, stockte dann aber.

Er folgte Vaters Blick. Da draußen fuhren zwei Schiffe. Das eine zog eine hohe Rauchfahne hinter sich her. Das andere glitt einfach dahin.

»Schwer zu erklären?« Vaters Stimme klang fast freundlich.

»Ich glaube nicht an das alles. Das ist nur etwas, was man tut, weil alle anderen das auch tun. Reine Heuchelei.«

»Reine Heuchelei?«

»Ja. Jesu Leib und Blut, das ist doch ekelhaft«, kam es wie aus der Pistole geschossen.

Vater nahm die Pfeife aus dem Mund, er hatte offenbar einen Tabakkrümel im Mund, den er loszuwerden suchte. Wäre es jemand anders gewesen, der so dagesessen und den Mund verzogen hätte, dann hätte er sicher darüber gelächelt.

»Und du willst der Welt zeigen, daß du kein Heuchler bist?«

»Ich weiß nicht, ob die Welt das unbedingt sehen muß, aber ich habe das Gefühl, daß das alles falsch ist.«

Vater wandte sich ihm zu, und dann spürte er seine Hand auf der Schulter.

»Das ist es, was einen zum Mann macht. Entschlossenheit. Es gibt viel zu viele, die keine Entscheidung treffen können. Du hast es getan, und das ist gut.«

War das Vater, der das gesagt hatte? War das Vaters Hand? Oder bildete er sich das alles nur ein? Gorm sah auf seine

Schulter, aber der Druck der Hand war verschwunden. Vater war aufgestanden und hielt eine Hand gegen die Sonne.

»Du gehst in den Konfirmationsunterricht und machst alles, was dort von dir verlangt wird, aber du läßt dich nicht konfirmieren.«

Erst nachdem sie einige Kilometer gefahren waren, begriff Gorm, was dieses Gespräch bedeutete. Und kurz vor der Stadtgrenze sagte Vater, die Augen ruhig auf die Straße gerichtet: »Ich sage Mutter, daß es keine Konfirmation gibt. Du lernst deine Psalmen. Wir reden nicht mehr darüber. In Ordnung?«

»In Ordnung, Vater.«

Torstein lachte oft. Auf dem Schulhof konnte es passieren, daß er plötzlich und lauthals über irgend etwas lachte, was Gorm nicht sonderlich lustig fand. Beispielsweise, daß die Hosenträger des Mathelehrers hinten aus seiner Jacke hingen. Torsteins Lachen war oft schon an sich lustig, aber nicht immer.

An dem Tag, an dem er erzählte, daß er sich nicht konfirmieren lassen würde, begann Torstein ebenfalls ohne jeden Grund zu lachen. Sie hatten gerade ihre Fahrräder in den Ständer gestellt und mußten in die Stunde.

»Warum lachst du?« fragte Gorm beleidigt.

»Wie dumm darf ein Mensch sein?« fragte Torstein lachend.

»Dumm?«

»Sich nicht konfirmieren zu lassen. Wie willst du sonst zu den Geschenken und allem kommen?«

»Daran habe ich nicht gedacht. Ich meine, das brauche ich sowieso alles nicht.«

»Nein, vermutlich hast du schon alles. Oder du bekommst es, auch ohne dich konfirmieren zu lassen.«

»Jetzt bist du dumm«, sagte Gorm und lief hinein, ohne zu warten.

Als sie nach der Stunde aus der Klasse gingen, kam Torstein auf ihn zu.

»Mir ist es egal, ob du dich konfirmieren läßt. Kommst du nach der Schule zu uns nach Hause?«

»Ich hab keine Zeit.«

»Bist du beleidigt?«

»Nein.«

»Ich behaupte aber, daß du beleidigt bist.«

Sie gingen nebeneinander die Treppen hinunter und ins Freie.

»Ich bin nicht beleidigt. Kommst du zu mir nach Hause?«

»Zu euch? Warum?«

»Darum.«

Sie schlossen ihre Räder auf und bogen in die Straße ein.

»Weiß deine Mutter, daß wir kommen?«

Gorm bremste so scharf, daß die Steine nur so stoben.

»Halt den Mund!«

»Ich wollte dich nicht ärgern. Aber du sagst doch immer …«

»Kommst du mit oder nicht?«

»Werd nicht gleich sauer. Ich komme«, sagte Torstein und lachte gutmütig.

Mariannes und Edels Stimmen waren durchs ganze Haus zu hören. Mutter stand unten im Gang und sah verzweifelt hoch zum ersten Stock.

»Ich bin zu erwachsen, um noch das Zimmer mit jemandem zu teilen. Ich will ein eigenes Zimmer«, rief Marianne.

»Aber ihr habt doch immer …«, begann Mutter, dann merkte sie, daß Gorm nicht allein war.

»Jetzt nicht mehr. Sie geht mir auf die Nerven«, sagte Marianne von oben.

»Nimm deine Scheißsachen nur, und dann alles Gute«, schrie Edel.

»Aber Mädchen, immer mit der Ruhe«, sagte Mutter und lächelte Torstein gezwungen an.

Marianne lehnte sich über das Treppengeländer.

»Einfach ungeheuerlich«, sagte sie mit einer herablassenden Handbewegung in Edels Richtung. Jetzt sprach sie jedoch zu Gorm und Torstein. Mit einem Blick, der besagen sollte: »Ja, ja, laßt sie nur. Wir können schließlich nichts dafür, daß sie so kindisch ist.«

»Ich wußte nicht, daß du Gäste mitbringst«, sagte Mutter.

»Das ist doch nur der Torstein.«

Unruhig sah Mutter von einem zum andern. Torstein ging bereits wieder Richtung Haustür.

»Wir verschwinden rauf auf mein Zimmer«, sagte Gorm eilig und zog Torstein hinter sich her.

»Vielleicht paßt es heute nicht so gut, wo doch Marianne in ein eigenes Zimmer umzieht«, sagte Mutter und sah hilflos zu, wie Edel Mariannes Kleider und Sachen unter großem Radau auf den Flur warf.

»Das paßt sehr gut«, meinte Gorm und ging mit Torstein die Treppe hoch.

Marianne stand herausfordernd da und betrachtete Edels Wutanfall mit in die Seiten gestemmten Händen. Torstein bekam eine Haarbürste vors Schienbein und blieb stehen, dann fing er an zu lachen. Einen Augenblick blieb alles still, und Edel streckte ihren Kopf durch die Tür. Als sie Torstein sah, knallte sie die Tür zu.

Gorm brach der Schweiß aus. Aber Torstein hob die Bürste auf und reichte sie Marianne.

»Vielen Dank«, sagte sie und lächelte.

Gorm hob zwei Fotos von Filmstars vom Fußboden auf und legte sie ins Gästezimmer, wo sie offenbar wohnen würde. Sie stellte sich vor die Frisierkommode. Ihr Haar fiel ihr in Locken auf den Rücken und spiegelte sich.

»Soll ich die Bilder für dich aufhängen?« hörte er Torstein fragen.

»Mal sehen, erst muß ich einmal aufräumen«, antwortete sie und lächelte immer noch.

Warum sah sie Torstein so an? Dazu hatte sie doch gar keinen Grund.

»Komm!« sagte Gorm schnell.

Torstein starrte Marianne an, während er langsam hinter ihm ins Zimmer kam.

»Du hast Glück, daß du Schwestern hast«, sagte er grinsend, nachdem Gorm die Tür geschlossen hatte.

»Wieso das? Das hast du doch auch.«

»Die sind zu klein«, meinte Torstein verlegen.

Gorm verstand gut, was er meinte, ging aber darüber hinweg.

Als sie mitten in den Rechenaufgaben waren, kam Marianne ins Zimmer und fragte, ob Torstein für sie ein paar Briefe einwerfen könne, wenn er gehe. Torstein strahlte, als hätte sie ihm ein Geschenk gemacht. Das sah dumm aus. Sie hatte immer noch die Haarbürste in der Hand, stand da und spielte sich auf.

»Ich kann dir auch deine Haare bürsten«, sagte Torstein.

»Wirklich?« plapperte Marianne.

»Hör schon auf, wir müssen Mathe machen«, unterbrach sie Gorm.

»Die Herren sind beschäftigt, wie ich sehe«, sagte sie und lächelte seltsam, als sie zur Tür ging.

Als Torstein gehen wollte, fragte er, ob er am nächsten Tag wiederkommen solle.

»Morgen nicht. Das geht nicht.«

»Wann dann?«

»Mal sehen«, sagte Gorm und schlug das Mathebuch zu.

Gorm konnte es nicht vermeiden zu hören, wie er sich auf dem Flur mit Marianne unterhielt, aber er verstand nicht, was sie sagten. Sie lachten. Erst sagte Torstein etwas, worüber Marianne lachte. Dann lachten sie beide.

Den restlichen Nachmittag dachte Gorm darüber nach, ob sie wohl böse auf ihn war. Mehrere Male war er drauf und dran, zu ihr hinüberzugehen und sie zu fragen, ob er ihr helfen könne. Er sah sie vor sich, wie sie mit geschlossenen Augen auf dem Hocker vor der Frisierkommode saß. Er würde ganz ins Zimmer treten, nicht in der Tür stehenbleiben, und sie sollte ihn nicht zum Gehen auffordern.

»Willst du nicht die Bilder von den Filmstars aufhängen?« würde er sie fragen.

»Edel hat sie bekommen. Sie sind zu kindisch«, würde sie gleichgültig antworten.

Er würde nicken, denn er verstünde genau, was gemeint wäre.

»Ich habe ein Buch gelesen, das dir sicher auch gefallen würde«, wollte er sagen.

»Wirklich? Kannst du mir das Haar bürsten?«

Sie saß mit offenem Haar auf dem Hocker. Er nahm die Bürste aus ihrer Hand entgegen und ließ sie durch ihr Haar gleiten.

»Fester!«

Er wandte mehr Kraft an und hob gleichzeitig das Haar

vor jedem Strich mit der linken Hand hoch. Sie seufzte und blieb sitzen. Lange. Das merkwürdige, fast lautlose Geräusch von Haar, das gebürstet wird, machte ihn ganz benommen. Er wünschte sich, daß es nie aufhören würde.

»Danke, daß du damals nichts gesagt hast. Über Jon und Håkon«, sagte sie etwas außer Atem.

»Das war doch selbstverständlich«, meinte er nachdrücklich.

Ihr Haar war so weich in seiner Handfläche. Er mußte schlucken.

»Trotzdem vielen Dank«, würde sie sagen und sich gegen seine Hand lehnen.

Einmal, als Großmutter zum Essen kam, begann Mutter darüber zu reden, daß sie sich nach einem größeren Zusammenhang sehne. Einer inneren Stärke. Einer Stärke, die man nicht von Menschen bekommen könne. Während sie sprach, sah sie mit weit geöffneten Augen auf Vater. Gorm war sich nicht sicher, ob Vater es bemerkte oder ob er einfach nicht zuhörte.

Auf den Tellern lag Hühnerfrikassee. Gorm war plötzlich satt.

Edel schaute Mutter hilflos an. Marianne starrte auf ihren Teller und kaute. Vater ebenfalls.

Gorm dachte nur, jetzt kommt das wieder. Daß sie wegfahren wird. Die letzten Jahre war Mutter in regelmäßigen Abständen weggefahren. Zu einer Freundin im Süden, der Gorm noch nie begegnet war. Zur Kur. Zu Beerdigungen und Geburtstagen von entfernten Verwandten, die Gorm ebenfalls nicht kannte. Meist fuhr sie zur Kur.

Großmutter kaute zu Ende und schluckte, dann fragte sie ganz direkt, was denn mit einem größeren Zusammenhang gemeint sei.

Mutter legte Messer und Gabel weg und schloß halb die Augen.

»Ein größerer Zusammenhang, meine liebe Schwiegermutter, das ist der Raum, in dem nicht alles in Zeit und Geld gewogen und gemessen wird. In dem Einsamkeit und Lebensbejahung sich abwechseln können, ohne sich schämen zu müssen. In dem die Erkenntnis von Gottes Allgegenwart im Universum den einzigen wahren Reichtum darstellt.«

»Interessant«, sagte Großmutter und hob die Serviette an den Mund.

»Auf Menschen kann man sich nicht verlassen, sie weichen aus und denken an sich. Ich bin zu dem Schluß gekommen, daß man sich auf Gott verlassen muß«, sagte Mutter und starrte Vater an.

»Mach, was du willst, meine Liebe«, sagte er ruhig.

»Sollen wir das so verstehen, daß du dich wieder in einer religiösen Phase befindest?« fragte Großmutter mit einer Stimme, die Gorm schon früher gehört hatte.

Er starrte auf sein Hühnerfrikassee. Es sah fürchterlich unappetitlich aus. Vater sagte nichts.

»Seit dem letzten Mal sind in der Tat ein paar Jahre vergangen«, fuhr Großmutter lächelnd fort.

Niemand sagte etwas oder nahm Mutter in Schutz. Gorm wußte auch gar nicht, wogegen sie sie in Schutz nehmen sollten, schließlich hatte Großmutter nichts Böses gesagt.

Trotzdem war es vollkommen falsch. Großmutter nahm Mutter nicht ernst. Sie sah auf Mutter herab. Warum?

Als Gorm Marianne ansah, begriff er, daß sie etwas von ihm erwartete. Ganz klar erkannte er das. Und ehe er sich's versah, hatte er es schon gesagt. Das Unverzeihliche.

»Ich finde, Großmutter ist unverschämt. Ich glaube nicht, daß wir sie gerne hier haben.«

Großmutter wurde hochrot im Gesicht. Vater legte das Besteck weg. Fürchterlich ruhig. Gorm sah jede Bewegung. Es dauerte eine Ewigkeit.

»Gorm! Du darfst schon aufstehen.«

Gorm erhob sich. Er wußte nicht recht, wo er seine Füße hatte. Der Stuhl schrammte schrecklich über den Fußboden.

»Danke für das Essen«, flüsterte er und versuchte so zur Tür zu gehen, als wäre nichts gewesen.

»Ehe du gehst, entschuldigst du dich bei Großmutter.«

Vor Gorms Augen drehte sich alles. Er blieb stehen.

»Das ist ungerecht! Ich finde auch, daß sie das war – unverschämt. Ich habe es nur nicht gesagt«, rief Marianne.

Gorm hörte, wie sie aufstand, drehte sich aber nicht um.

»Meine Güte, Gerhard, das ist nichts, was man sich zu Herzen nehmen sollte. Wir sind hier schließlich nicht in einer Kaserne. Setzt euch, Kinder!« sagte Großmutter.

»Ich habe keinen Hunger mehr«, sagte Marianne. Sie stand jetzt direkt hinter Gorm.

»Gorm, sei so nett!« Mutters Stimme war bittend.

Gorm drehte sich um, ging den langen Weg zu Großmutter zurück und machte einen Diener.

»Entschuldigung!« sagte er laut und deutlich. Dann schwankte er wieder auf die Tür zu und machte, daß er wegkam. Marianne folgte ihm.

»Du hättest sie nicht um Entschuldigung bitten sollen!« fauchte sie.

Er antwortete nicht. Aber als sie die Treppe in den ersten Stock hochgingen, sagte er entschuldigend: »Sie ist so alt.«

Marianne blieb stehen und starrte ihn einen Augenblick an, dann begann sie zu kichern. Sie schubste ihn die Treppe hoch und hielt sich gleichzeitig den Mund zu. Dann stieß sie ihn vor sich her in ihr Zimmer. Dort blieben sie, die Arme umeinander gelegt, sitzen und lachten. Nicht laut, aber um so herzlicher.

Das Rednerpult war ein braun gestrichener, zerkratzter Holzklotz. Es wurde von einem großen, breitschultrigen Mann mit dunklen Locken überragt. Wie eine Statue, unbeweglich, mit ausgestreckten Armen und nach oben gerichtetem Gesicht. Es war vollkommen still, obwohl der Saal mehr als voll war. Längst nicht alle konnten sitzen. Vermutlich hatte die Andacht schon vor einer ganzen Weile begonnen.

Um sich herum hörte Gorm von überall her Atemzüge. Einstimmig und erschreckend. Als stünde er neben einem einzigen großen Tier mit vielen Köpfen, die gemeinsam Atem holen mußten. Hörte nur einer auf, waren alle verloren. Die Atemzüge seiner Mutter und seine eigenen waren diesem Meer aus Fremden preisgegeben.

Schwere, dunkle Gardinen waren halb vor die Fenster gezogen, und scharfe Lichtsäulen schnitten durch die Spalten und fielen auf ihre Köpfe. Alles erinnerte an einen Traum, den er einmal unter der Treppe in der Halle geträumt hatte. Er war allein und in einem fürchterlich großen Zimmer ohne Decke eingesperrt. Er sah die Wolken sehr schnell über sich hinwegziehen, konnte jedoch nicht in die Freiheit gelangen.

Eine junge Dame stand auf und überließ Mutter ihren Stuhl. Die Umstehenden sahen sie unruhig an. Ihre Blicke sagten ihm, daß Mutter und er störten. Plötzlich bemerkte er, daß Männer und Frauen durch den Mittelgang voneinander getrennt saßen. Er zog sich nach rechts zurück und blieb an der Wand stehen.

Ziemlich viel Zeit verging, und immer noch hatte der Mann am Rednerpult die Augen geschlossen. Gorm begriff nicht, wie es ihm gelang, so lange mit über dem Kopf gefalteten Händen dazustehen. Plötzlich öffnete er die Augen und streckte ihnen die Hände hin. Sein Mund verzog sich zu einem weißen Lächeln, und die Augen funkelten.

»Der Herr sei gelobt! Daß du und du und du – und DU heute den Weg hierher gefunden hast.«

Gorm hatte das seltsame Gefühl, daß der Mann mit ihm sprach, also sah er auf den Fußboden, der ziemlich abgenutzt und schmutzig war. Ein brauner, platt getretener Handschuh lag neben dem nächsten Stuhl.

»Komm freimütig mit deiner Not nach vorne vor das Angesicht Gottes, komm mit deiner Trauer und deiner Sünde. Der Herr wird dich immer empfangen. Für Ihn ist keine Trauer oder Sünde zu klein oder zu groß. Er sieht durch dein Herz, Er liest deine Gedanken, Er hat dich bereits gesehen, mein Freund. Er hat dich alle Tage und Jahre angesehen. Er sieht die Leere in den Kümmernissen dieser Welt. Er sieht durch das Fenster der Ewigkeit, aber Er vergißt nicht, daß du ein schwacher Mensch bist. Und Gottes Zärtlichkeit und Liebe in Christi Namen ist groß. Er weiß um deine Not und deine Verzweiflung. Dich und keinen sonst hat Er für seine Sorge und Gnade auserwählt. Fühle die Kraft, die Er in deinem Herzen ausübt!«

Neben Gorm rief ein alter Mann: »Halleluja! Halleluja!«

Ein scharrendes Geräusch verbreitete sich von den vordersten Reihen nach hinten. Die Leute ließen sich in einer großen Wellenbewegung auf die Knie fallen. Manche ganz zu Boden. Ein seltsames Gemurmel erfüllte den Saal. Gorm spürte, daß sein Herz schneller schlug und daß seine Hände schweißnaß waren.

Der Mann hatte das Rednerpult verlassen, jetzt ging er herum und faßte die Leute an, während er mit Gott sprach, als würde dieser neben ihm stehen. Jetzt befand er sich genau neben der Stuhlreihe, in der Mutter auf dem äußersten Platz saß. Der Mann mit Gott blieb stehen, legte Mutter beide Hände auf die Schultern und verweilte.

»Lieber Gott! Offenbare dich dieser Frau in deiner unendlichen Gnade. Herr, ich, der Geringste von allen, bitte dich, erlöse diese Frau. Schenke ihr die Freimütigkeit, vor deinem Angesicht niederzuknien. Erbarme dich ihrer.«

Jetzt beugte er sich über sie und sagte etwas, was Gorm bei dem allgemeinen Gemurmel nicht verstehen konnte. Mutters Lippen bewegten sich. Der Mann beugte sich noch näher an sie heran und ergriff ihre beiden Hände. Gorm kam es wie eine Ewigkeit vor, bis er zwischen den Bankreihen weiterging.

Mutter hatte ihr Gesicht in die Hände gelegt. Jetzt suchte sie in ihrer Handtasche nach einem Taschentuch. Gorm beschloß auszubüxen. Er konnte nicht anders. Er ging über den Mittelgang zu ihr.

»Ich gehe nach draußen!« flüsterte er, aber offenbar hörte sie ihn nicht. Ihre Lippen bewegten sich lautlos.

»Mutter, wir gehen!« sagte er und wollte sie mitnehmen.

Aber sie sah ihn nicht. Ihre Augen folgten dem dunklen, verrückten Mann im grauen Anzug. Die ganze Zeit ging er zwischen den Bänken entlang und faßte die Leute an, während er abwechselnd mit Gott und den Menschen redete. Leute fielen auf die Knie. Einige weinten.

Gorm zog sich zurück, Schritt um Schritt. Als er glaubte, neben der Tür zu stehen, drehte er sich um. Da stieß er unsanft mit jemandem zusammen. Einem Mädchen.

»Entschuldigung«, murmelte er.

»Das macht nichts«, erwiderte sie laut und deutlich, als würde sie sich um all das Göttliche, das da vorging, nicht kümmern.

Sie sah ihn ernst an. Da war was mit dem Gesicht. Oder

war es die Stimme? Eine merkwürdige Mädchenstimme. Die Augen waren fast schwarz. Er merkte, daß er rot wurde, und wollte am liebsten aus der Tür rennen. Aber er blieb stehen.

Ein dicker, brauner Zopf wand sich wie eine schlafende Schlange auf ihrer Brust und war am Ende etwas gelockt, wo er von einem Stück Schnur zusammengehalten wurde. Das wirkte altmodisch. Wäre sie in seine Klasse gegangen, hätte man sie deswegen vermutlich gehänselt. Oder etwa nicht? Etwas an der Art, wie sie ihn ansah, ließ ihn vermuten, daß sie nicht oft gehänselt wurde.

Das Kleid war ebenfalls altmodisch. Sicher war es selbstgenäht. Mit Spitze am Halsausschnitt. Edel hätte so ein Kleid nie angezogen. Er wurde sich bewußt, daß er sie anstarrte und daß sie zurückstarrte. Im Nu hatte sie sich an die Jacke, den Kragen, ans Haar, an die Wange und wiederum an die Jacke gefaßt. Aber es hatte nicht den Anschein, als genierte sie sich, sie war nur unruhig. Gewissermaßen bereits unterwegs.

Als sie den Kopf leicht abwandte, bemerkte er eine ziemlich tiefe Narbe auf ihrer Stirn. Sie leuchtete ihm direkt am Haaransatz weiß entgegen. Sofort dachte er an sie, die den Stein an den Kopf bekommen hatte!

Er merkte, daß er noch stärker errötete. Seine Handflächen waren ganz naß. Schlucken half. Dachte er zumindest.

»Ich muß mit der Sammelbüchse die Runde machen«, sagte sie, als hätte er sie gebeten, sich zu erklären. Als wäre das mit dem Stein gestern gewesen.

Sie verschwand hinter einer Tür, die er bisher noch nicht bemerkt hatte. Sie war braun und dunkelgrün und um die Klinke herum ganz abgegriffen. Die Klinke hing schief herunter, als sei innen im Mechanismus eine Schraube verlorengegangen. So hing die Klinke wohl schon eine ganze Weile.

Gorm wußte nicht, daß er an sie gedacht hatte. Jetzt, wo sie auf der anderen Seite der Tür war, konnte er sich eingestehen, daß er an sie gedacht hatte.

Sie war verändert. Nicht mehr so kindlich. Vermutlich ging ihm jetzt zum ersten Mal ernsthaft auf, daß Menschen sich veränderten. Er auch. Natürlich hatte er das immer gewußt. Aber er konnte sich nicht erinnern, je darüber nachgedacht zu haben. Erst jetzt. Erkannte sie ihn wieder?

Sie war anders als die Mädchen, die er kannte. Deutlicher. Nicht nur, weil sie auf gewisse Art ihm gehörte, seit er sie mit einem Stein am Kopf getroffen hatte. Es war etwas anderes. Er verstand das sofort, als sie sagte, es mache nichts, daß er sie angestoßen habe. Das hätte sie gar nicht zu sagen brauchen. Überhaupt nicht.

Während er dastand und auf die Türklinke schaute, wurde sie gewissermaßen einzigartig. Beim bloßen Gedanken an sie wurde ihm warm. Fast war er froh, daß sie sich auf der anderen Seite der Tür befand. Denn es fiel ihm schwer, einen klaren Gedanken zu fassen, wenn sie so dastand und ihn mit ihren schwarzen Augen anschaute. Niemand, den er kannte, hatte solche Augen.

Wäre es nicht so dumm gewesen, hätte er das zu ihr sagen können. Daß sie schöne Augen hatte. Nein, er würde nicht sagen, daß sie schön waren. Alles mögliche konnte schön sein. Sogar Knöpfe an einer Bluse. Er würde das Wort »merkwürdig« gebrauchen. Er glaubte nicht, daß er dieses Wort jemals zuvor verwendet hatte. Du hast merkwürdige Augen, würde er sagen.

Aber wie würde sie das aufnehmen? Gefiel es Mädchen, wenn ihnen jemand sagte, sie hätten merkwürdige Augen? Er blieb neben der Tür stehen und wartete. Nicht davor, wo sie ihn sofort sehen würde. Mehr nach links, so daß sie selbst entscheiden konnte, ob sie ihn bemerken wollte oder nicht.

Schließlich kam sie zusammen mit zwei anderen Mädchen zurück. Sie trugen die Büchsen für die Kollekte. Sie warf ihm einen Blick zu und nickte. Überaus deutlich. Das war nicht mißzuverstehen. Er nickte zurück. Es war die Art, wie sie sich ihm zuwandte. Er war sich ganz sicher. Sie hatte er mit dem Stein getroffen.

Jetzt ging sie mit der Sammelbüchse zwischen den Bänken entlang. Hände streckten sich ihr entgegen. Jedesmal, wenn sie danke sagte, beugte sie den Nacken. Er sah nackt aus über der Spitzenborte. Nicht im mindesten froh. Er konnte das nicht erklären, nicht einmal sich selbst, aber es war, als würde er jetzt auf eine andere Art denken. Nicht nur über altmodische Zöpfe und Kleider, sondern auch über das Wichtige. Das, was die Menschen einzigartig machte.

Vielleicht war sie göttlich? Das war sie vermutlich, sonst hätte sie an einem solchen Ort nicht die Kollekte durchgeführt. Aber das machte nichts, auch das nicht.

Die Spendenfreudigkeit der Leute wollte kein Ende nehmen. Dann begannen sie zu singen. »Weise mir den Weg, mein Erlöser, damit ich dir besser nachfolgen kann.«

Aber schließlich hatte sie ihre Runde gemacht und stand wieder neben ihm. Er hätte sie an der Schulter berühren und sie fragen können, wie sie hieß. Aber natürlich tat er das nicht. Er suchte in der Hosentasche nach ein paar Münzen, um sie in die Büchse zu werfen. Er hatte nur Zehnöremünzen.

Im selben Augenblick kam eines der anderen Mädchen, die gesammelt hatten, auf sie zu.

»Dein Vater will mit dir reden.«

»Ich komme«, sagte sie zu der anderen, sah aber dabei ihn an.

Es gelang ihm, die Zehnöremünzen in die Büchse fallen zu lassen, ohne rot zu werden, aber es gelang ihm nicht, das über ihre Augen zu sagen. Jetzt, wo sie vor ihm stand, hätte er nur wie ein Dummkopf geklungen.

»Hast du dein Fahrrad zurückbekommen?« fragte sie.

»Fahrrad?«

»Ja, das war doch deins, oder nicht?«

»O ja. Das stand dann einfach da. Warst du das?«

»Nein, aber die Jungen haben gesagt, daß sie es abgeben würden. Sie wußten, wo du wohnst.«

Er nickte. Die Freundin zerrte an ihr und wiederholte, daß ihr Vater auf sie warten würde.

»Sag ihm, ich komme«, sagte sie und schob sie zur Seite.

Sie blieb stehen und sah ihn an. Er begriff, daß sie nur seinetwegen verweilte. Daß sie darauf wartete, daß er etwas sagen würde. Das machte ihn ganz befangen. Trotzdem wollte er, daß es so bliebe. Er fuhr sich mit der Zungenspitze über die Lippen und versuchte, sich etwas einfallen zu lassen, was er sagen könnte. Egal, was. Er hatte schon Mädchen lachen hören, wenn Jungen etwas Lustiges gesagt hatten. Er wollte sie gern lachen hören.

»Du heißt doch nicht Prinz, oder? Sie nennen dich den Prinzen.«

Einen Augenblick lang wurde ihm siedend heiß. Warum sagte sie das? Er hatte geglaubt, daß sie so etwas nicht sagen würde, daß sie nur richtige Dinge sagte. Aber sie war ganz ernst und sah nicht so aus, als wolle sie ihn verspotten. Er wußte nicht, was er antworten sollte.

»Ich heiße Rut«, sagte sie und legte den Kopf zur Seite. Der Zopf wurde hinterhergezogen und legte sich im Halbkreis um ihr Gesicht. Es war bemerkenswert, das mit anzusehen.

»Ich heiße Gorm Grande«, sagte er schließlich und verbeugte sich leicht. Sofort als er das getan hatte, begriff er, wie dumm das aussehen mußte. Daß er sich verbeugte.

»Oh!« sagte sie und seufzte. »Ich muß jetzt gehen.«

Sie trat einen Schritt zurück, dann drehte sie sich um und ging auf das Rednerpult zu. Gorm folgte ihr mit dem Blick, während sie an der Wand entlangging. Die Leute sangen: »Glückselig, glückselig die Seele, die Frieden gefunden hat! Doch keiner kennt den Tag, ehe die Sonne nicht untergeht.« Es war ruhiger geworden.

Rut! Sie hieß Rut. Er hatte das Gefühl, das die ganze Zeit gewußt zu haben.

Jetzt sprach sie mit dem schwarzhaarigen Mann und stellte die Sammelbüchse auf den Tisch neben dem Rednerpult. Der Mann beugte sich zu ihr herunter und sagte etwas.

War das ihr Vater? Wie war es wohl, einen Vater zu haben, der die Leute dazu brachte, auf die Knie zu fallen?

Als sie sich auf die Zehenspitzen stellte, um dem Mann etwas ins Ohr zu flüstern, sah Gorm ihren Körper. Er hatte vorher nur ihr Gesicht gesehen. Nur die Augen. Sie war fürchterlich schmal um die Taille. Ihr Rücken zeichnete sich nur als dünner Bogen unter ihrem Kleid ab. Er machte einen Schritt nach vorn. »Auf der Erde gibt es keine Seele so selig, daß ihr Geschick sich nicht vom Morgen bis zum Abend ändern könnte«, sangen sie.

Da fiel sein Blick auf Mutter. Sie war vollkommen in sich zusammengesunken und hatte den Kopf in den Händen vergraben. Er hatte sie ganz vergessen. Wieso saß sie so da? Ihr selbst hätte das sicher nicht gefallen, sich so dasitzen zu sehen. Vater auch nicht. Ganz und gar nicht.

Mutter stand auf, ging auf Ruts Vater zu und dankte ihm mit beiden Händen. Das große weiße Lächeln des Mannes verschluckte Mutter. Jetzt beugte er sich über sie und sagte: »Gott sei gelobt, du hast die Gnade empfangen.« Die Stimme war stark und tief. Er faßte sie unter dem Kinn und hob ihren

Kopf hoch. Mutter war fürchterlich bleich und hatte einen starren Blick.

Plötzlich war alles falsch. Ganz falsch. Rut hätte nicht so einen Vater haben sollen. Oder – nein, Rut hatte das Recht, jeden beliebigen Vater zu haben, das war es nicht. Aber Mutter hätte nicht dort sein sollen. Er mußte dem ein Ende machen. Nur weg. Ehe er sich's versah, stand er auf dem Bürgersteig und atmete tief durch.

Dort blieb er eine Weile stehen und dachte an sie. Rut. Er wußte nicht recht, was er dachte. Aber er sah sie vor sich. Ganz deutlich. Er hatte das Gefühl, ein großes Loch in sich zu haben, weil es ihm nicht gelang, wieder hineinzugehen.

Als Mutter nach draußen kam, war sie ruhig und heiter.

»Was für ein gesegneter Sommerabend. Danke, daß du mich begleitet hast«, sagte sie.

Er antwortete nicht. In einem Garten schwankten die Ebereschen. Es war windig.

»Gott ist gut, daß er uns Männer wie Dagfinn Nesset schickt. Die Einsamkeit ist nicht mehr so schwer, lieber Gorm. Das Leben kann doch noch einen Sinn haben. Aber man muß sowohl den Mammon als auch den Hochmut hinter sich lassen. Man muß sich Seinen Armen anvertrauen. Ich muß dir das sagen. Du weißt, daß ich von den Nächsten nur dich habe. Verstehst du mich, Gorm?«

»Ja, Mutter.«

»Ich weiß, daß das viel verlangt ist, aber könntest du bitte Vater nichts davon erzählen? Nicht, daß du lügen sollst, wenn er dich fragt, das ganz und gar nicht.«

Gorm antwortete nicht.

»Ich mußte ihm doch erklären, daß du nicht konfirmiert werden wolltest, er wollte damals doch nicht nachgeben. Du erinnerst dich? Er dachte nur daran, was Großmutter sagen würde, weißt du. Vater versteht nicht alles. Er muß an so vieles denken. Könntest du zusehen, daß das unter uns bleibt?«

»Ja. Solange er nicht danach fragt«, sagte er und wunderte sich darüber, daß Mutter nicht einmal bemerkte, daß sie log.

Er hätte sich nicht um Mutter kümmern sollen. Er hätte drinnen bleiben sollen, bis Rut Zeit hatte, sich mit ihm zu unterhalten. Nächstes Mal, wenn er sie traf, wollte er vorschlagen, irgendwo hinzugehen, wo niemand war. Damit sie sich über alles mögliche unterhalten konnten. Oder ins Kino. Und sie würde ihn mit ihren dunklen, ernsten Augen ansehen und sagen, daß sie das gern tun könnten. Er würde das schon schaffen.

8

Ich habe ein paar Öre, die ich beiseite geschafft habe, und an denen möchte ich noch etwas Freude haben, ehe ich weiterziehe.«

Sie saßen in Großvaters Hütte und teilten die Möweneier, die sie am Wochenende gesammelt hatten. Von den Männern hatte nur Onkel Aron mitgeholfen. Aber alle Frauen und Kinder saßen da und hörten zu. Rut wußte, was Großmutter sagen würde. Sie schaute nach unten auf die gesprenkelten Eier und vermied es, jemanden anzusehen.

»Rut wird jetzt sechzehn, und ich finde, daß sie auf die Realschule gehen soll. Das hat nichts damit zu tun, daß ich Rut lieber mag als euch alle, aber sie hat schließlich kein Interesse an irgendwas anderem als an diesen Büchern. Ja, und am Malen natürlich. Ich finde schon lange, daß jemand aus der Familie auf die Schule gehen sollte, aber bisher war niemand dabei, der so eindeutig dafür geeignet gewesen wäre und für nichts anderes getaugt hätte. Nicht vor Rut jedenfalls.«

Alle Kinder sahen Rut an. Mutter legte mit einem Löffel Möweneier in kochendes Wasser. Tante Rutta zog langsam ihre Schürze aus und hängte sie zum Trocknen über den Ofen.

Auf dem ganzen Fußboden lagen in Bottichen und anderen Gefäßen grünschimmernde Eier. Der Fang war gut dieses Jahr. Die Eier wurden danach aufgeteilt, wie viele Personen sich in jedem Haushalt befanden. Tante Rutta und Onkel Aron bekamen immer die meisten, und trotzdem gab es nicht jedes Jahr ein Ei für jedes der Kinder. Großmutter war allein, aber ihre Zuteilung bestand nie aus weniger als fünf Eiern. Das war eine alte Regel, die bedeutete, daß Großmutter den Kindern, die nicht selbst ein Ei bekamen, eines abgab.

Onkel Aron saß am Fenster und zündete seine Pfeife an. Seine Wangen dellten sich ein. Er sog lautstark.

»Ein guter Gedanke, Frida. Die Rut hat Talent, ich habe ihre Bücher angeschaut«, sagte der Onkel. Er war außer Großmutter der einzige, der sich für Ruts Schulbücher interessierte.

Mutter legte Eier in Topf Nummer zwei. Sie wollten den Fang dieses Jahres sofort probieren. Das taten sie immer. Wasserdampf lag in der Luft. Die Fenster waren beschlagen, und Wassertropfen bahnten sich einen Weg über die Scheiben.

»Jørgen bleibt allein, wenn Rut weggeht«, sagte Mutter vom Herd her.

Rut empfand eine Gefühllosigkeit im ganzen Körper. Sie hatte schon gelesen, daß Menschen hassen konnten, und jetzt kam sie zu dem Schluß, falls sie überhaupt etwas haßte, so war es Mutters Stimme in genau dem Augenblick, in dem sie sagte: »Jørgen bleibt allein, wenn Rut weggeht.«

»Es wäre besser, wenn du das Geld für dich sparen würdest, Mama«, sagte Tante Rutta. »Mädchen heiraten doch sowieso. Das haben meine bisher auch getan, und bei Rut wird das nicht anders sein. Und dann ist alles für die Katz, und das Geld ist weg. Es nützt nichts, sich der Natur zu widersetzen.«

Rut dachte an Eli, die bereits verheiratet gewesen war, noch ehe sie, Rut, sich hatte konfirmieren lassen. Sie saß mit einem Fischer und zwei Kindern irgendwo in Møre, und wenn sie an Mutter schrieb, dann ging es um das Wetter und daß sich ihr Haus nicht vernünftig heizen lasse. Brit hatte ebenfalls gerade geheiratet und wohnte unten in Været bei ihren Schwiegereltern. Sie erwartete ihr erstes Kind und war beim Eiersuchen nicht dabeigewesen. Jetzt saß sie auf einem Schemel und strickte etwas Hellgrünes. Tante Rutta hatte also recht. Sie widersetzten sich der Natur nicht.

Offenbar saßen alle Frauen auf Øya da und warteten auf etwas, wenn sie erst einmal konfirmiert waren. Warteten auf den Sommer und auf die Feste im Versammlungslokal, warteten darauf, daß sie jemand mitnahm, warteten darauf, zu heiraten, warteten auf das erste Kind. Warteten auf Pakete oder Briefe. Dann warteten sie darauf, daß sie Weihnachten hinter sich hatten oder daß der Wind nachließ.

Großmutter war wahrscheinlich die einzige, die aufgehört hatte zu warten. Oder vielleicht hatte sie sich immer widersetzt, obwohl sie ebenfalls Mann und Kinder gehabt hatte. Als Rut Großmutter gegenüber erwähnt hatte, daß sie nicht ihr ganzes Leben auf Øya sitzen wolle, hatte diese ihr recht gegeben. Kein einziges Mal hatte sie davon gesprochen, daß Rut nach einer Frau benannt war, die auf ihr Angesicht fallen mußte, um verheiratet zu werden. Als ob Großmutter diese ganze Geschichte vergessen hätte.

Keines der Kinder sagte was. Nicht einmal Paul, der ebenfalls mit der Volksschule fertig war.

»Ich sage das jetzt, während mir alle zuhören, damit es keine Mutmaßungen wegen dieser Öre gibt, die Rut bekommt. Ich schreibe alles in einem Buch auf. Und an dem Tag, an dem es um das Erbe von Anton und Frida von Nesset geht, wißt ihr genau, wie sich alles verhält. Das Buch lege ich in die Anrichte unter die Silberlöffel, damit ihr nicht zu suchen braucht. Da steht dann, was die Rut bekommen hat und was die anderen Cousins und Cousinen nicht gekriegt haben. Das gefällt mir einfach, daß eine von uns weiterlernen soll. Dem Anton hätte das auch gefallen. Alle in der Familie sind mir gleich lieb, auch wenn sie nichts anderes tun, als zum Fischen zu rudern und Brot zu backen. Es dauert nicht mehr lange, bis es auch für sie einen Platz geben wird. Da werden dann nicht mehr nur die Pfarrerskinder oder die, die etwas Großes werden sollen, weiterlernen. Auch solche wie wir. Wartet's nur ab.«

So wurde es entschieden. Rut würde aufs Festland fahren, um Deutsch zu lernen wie die Nazis und Englisch wie die Filmstars. Ganz unnütz. Und das Geld? Das kam tröpfelnd, von hier und dort. Beerenpflücken und Kartoffelernte, Fladenbacken und Putzen. Rut und Großmutter sparten, wo es nur ging, angefangen von Zehnöremünzen bis zu Dauerwurst.

Der Prediger kam von einer Andacht in der Stadt zurück und nahm die Sache bemerkenswert ruhig, rief nicht einmal Gott an. Er steckte ihr sogar einige Kronen zu.

Jørgen hingegen verstand nichts. Für Jørgen bedeutete wegfahren entweder, daß sie zusammen wegfuhren, oder, daß er am Kai saß, bis sie zurückkam. Nur sehr selten war es passiert, daß er eine Nacht schlafen mußte, ehe sie zurückkam, aber damit kam er zurecht.

Rut dachte, daß Eli und Brit nicht hätten heiraten müssen, wenn es ihnen eingefallen wäre, Großmutter auf ihre Seite zu bringen. Aber dann hätte es sich Großmutter nicht leisten können, ihr zu helfen. Sie tröstete sich damit, daß die anderen beiden vielleicht mehr Lust dazu gehabt hatten zu heiraten, als die Schule zu besuchen. Aber sie war nicht sicher.

Rut konnte zwar nicht leugnen, daß auch sie einen Unterleib hatte, aber der wollte nicht heiraten und Kinder bekommen. Auf Øya hatte sie keinen einzigen gesehen, mit dem zusammen sie es sich vorstellen konnte, einen Unterleib zu haben. Ganz und gar nicht. Wie hätte er verstehen sollen, daß sie nur daran dachte, wie sie hinaus in die Welt kommen konnte? Und an Farben. Bilder. Bilder, die sich veränderten. Großartige Bilder, die eine ganze Welt für sich waren, obwohl man sie einrahmen und an die Wand hängen konnte. In die großen Säle. Säle, wie sie auf Øya noch niemand gesehen hatte. Auch sie nicht.

Gelegentlich hatte sie ein schlechtes Gewissen, weil sie andere beiseite schob, um selbst weg- und vorwärtszukommen. Seit sie geboren worden war. Erst war es Jørgen gewesen. Jetzt hatte sie begriffen, daß Großmutter nur genügend Münzen für ein einziges Realschulexamen hatte. Und das sollte Rut bekommen.

Nur eine echte Schwierigkeit gab es. Jørgen. Er hatte alle Gespräche mit angehört und alle Vorbereitungen mit angesehen. Im August, als Rut ihren großen Pappkoffer packte, packte er seinen Rucksack. Alles mögliche, wovon er meinte, daß ein Mensch es unbedingt brauchte. Muscheln und gute Holzkloben, aus denen man Figuren schnitzen konnte. Und das Messer.

»Bude«, sagte Jørgen mit leuchtenden Augen.

An dem Tag, an dem Rut abfuhr, überredete sie Paul dazu, Jørgen auf die Hochebene mitzunehmen, um im Fluß zu fischen. Eine andere Lösung gab es nicht.

Mutter schrieb und erzählte von seiner Trauer, als er nach Hause kam und begriff, daß sie ihn reingelegt hatte. Er hatte den Rucksack genommen und war am Strand entlanggegangen oder hatte stundenlang auf dem Kai gestanden. Mutter schrieb kurz und ohne die Sache auszuschmücken. Deswegen war wohl alles auch so deutlich.

Rut sah den gebeugten Rücken in der verschlissenen Windjacke vor sich. Die rotgefrorenen Ohren und die Hand, die sich ständig einen Tropfen von der Nase wischte. Das schwarze, gelockte Haar, das vom Wind platt gedrückt wurde und wie ein Wimpel auf seinem Kopf lag. Und die geballten Fäuste. Jørgen hielt die Hände ständig zu Fäusten geballt.

Mutter schrieb immer ein paar Worte über Jørgen. Wenn die Fähre erwartet wurde, saß er auf einem Stein am Kai und sah übers Wasser. Und sobald das Schiff hinter der Landzunge zum Vorschein kam, begann er irgendeine seltsame Melodie zu singen, unterbrach sich jedoch immer wieder und schlug sich auf die Schenkel.

»Rut!« rief er und deutete.

Sie wurde nicht erwartet, aber niemand brachte es über sich, ihm das zu sagen. Jedenfalls nicht mehr seit dem Tag, als sie seinen Wutausbruch erlebt hatten, als jemand beiläufig gesagt hatte, daß Rut nicht kommen würde. Der Schaum stand ihm vorm Mund, während er unentwegt brüllte. Sie mußten ihn mit einem Stock vom Kai jagen, um ihre Ruhe zu haben. Auf dem Kai hielten sich schließlich kleine Kinder auf und überhaupt. Es könnte ihm schließlich einfallen, sich zu rächen.

Mutter schrieb, daß sich die Leute hinter ihrem Rücken unterhielten, wenn sie in den Laden ging. Daß Jørgen Nesset in ein Heim für solche wie ihn gehöre.

Zu Beginn öffnete Rut Mutters Briefe nicht immer an dem Tag, an dem sie eintrafen. Allmählich merkte sie jedoch, daß sie dann an nichts anderes denken konnte, sie konnte es also genausogut gleich hinter sich bringen. Sie schloß die Tür ihrer Bude zu und weinte, bis sie mit dem Lesen fertig war. Danach konnte sie sich niemandem zeigen und machte sich deswegen an ihre Aufgaben.

Als Rut im Herbst in den Kartoffelferien nach Hause kam, folgte ihr Jørgen auf Schritt und Tritt und verlangte, im selben Zimmer schlafen zu dürfen, obwohl beide ein eigenes Zimmer gehabt hatten, seit Brit ausgezogen war.

Er wäre fast ins Wasser gesprungen, um so schnell wie möglich zu ihr zu kommen, nachdem er sie erst einmal gesehen hatte. Die Gangway wurde angelegt, und er rannte an Bord, ohne sich darum zu kümmern, daß Leute an Land wollten.

»Du hättest deinen Bruder nicht im Stich lassen sollen«, sagte ein Mann, der fast umgerannt worden wäre.

Sie antwortete nicht, nahm nur Jørgens harten Arm und zog ihn hinter sich her.

Großmutter stellte fest, wie schmal Rut um die Taille und an den Armen geworden war, als sie in ihre Küche trat.

»Du bist viel zu dünn geworden.«

»Die Leute auf dem Festland brauchen nicht so viel.« Rut lächelte.

»Paß bloß auf, daß du nicht ganz verlorengehst«, murrte Großmutter und strich die selbstgemachte Butter dick auf das süße Weißbrot.

In einem großen braunen Umschlag hatte Rut alle Klassenarbeiten mitgebracht, für die sie Noten bekommen hatte. Großmutter las alles mit spitzen, zusammengepreßten Lippen. Rut sah aus dem Fenster und trank Kaffee. Ab und zu warf sie einen verstohlenen Blick auf Großmutter, die sich so anstrengte, daß sie ganz finster aussah.

»Das ist gut genug, das darf Aron auch sehen«, sagte Großmutter endlich und schlug sich auf die Schenkel.

Rut nahm die Blätter wieder und legte sie in den Umschlag zurück. Sie fühlte sich so merkwürdig leicht. Eigentlich wollte sie mit Großmutter noch über die Bilder reden, die sie dabeihatte. Aber offenbar war diese jetzt mit Ruts Angelegenheiten fertig.

»Mit Aron ist das seltsam«, sagte Großmutter, »wenn ich es nicht besser wüßte, hätte ich glauben können, er sei der Sohn von Anton. Aus ihm hätte wirklich was werden können, wenn er nicht Tb bekommen hätte. Bereits vor dem Krieg war mir klar, daß er zu was andrem taugt, als für das Versorgungsamt Bezugsscheine zu stempeln.«

Für die Bilder blieb keine Zeit. Großmutter war nicht mehr wie früher für sie da. Rut gehörte nicht länger auf die Insel. Sie war nur zu Besuch, während die anderen, und das waren viele, Großmutter jetzt mit Beschlag belegten. Rut hatte das Ihre bekommen. Ihr Anteil stand in Großmutters Kladde in der Anrichte.

Die Welt war voller Menschen, die jemanden brauchten. Fürchterlich voll von ihnen. Den Rest mußte sie allein tun.

Der Kunstlehrer ging in einem grauen Kittel, die Hände auf dem Rücken, zwischen den Pulten entlang. Es sah nicht aus, als würde es ihm sonderlich gefallen, Kunstlehrer zu sein. Die Jungen meinten, daß er am liebsten nur Werken unterrichten würde. Aber er lobte Ruts Bilder, und deswegen mochte sie ihn, obwohl er meist übellaunig war. Sie gewöhnte sich daran, daß es wie ein Vorwurf klang, wenn er etwas Positives sagte.

Eines Tages lieh er ihr ein Buch über Perspektive und Schatten.

»Du brauchst nicht zu glauben, daß du was kannst, ehe du das hier nicht gelernt hast«, brummte er.

Nach der Schule ging sie in die Buchhandlung und sah sich alles an, was sie gut hätte brauchen können. Aber sie begnügte sich damit, einen Kohlestift und richtiges Zeichenpapier zu kaufen.

In ihrer Bude stellte sie verschiedene Dinge auf die Fensterbank und ließ die Sonne darauf scheinen, während sie sie zeichnete. Die Geranie der Wirtin, die ihre Blüten hängenließ, so daß sie sie erst gießen mußte. Sie warf einen komplizierten

Schatten. Der Hund aus Glas vom Haushaltswarenversand war da schon einfacher. Großmutter hatte ihn einmal bestellt und ihr zu Weihnachten geschenkt.

Rut war erstaunt, wie schnell die Zeit verging. Sie zeichnete noch lange, nachdem die Sonne bereits verschwunden war. Sie hatte gleichsam das Bild im Kopf mit Schatten und allem.

Sie wollte versuchen, etwas Lebendes zu zeichnen, nicht nur den Krimskrams in ihrer Bude. Sie lockte die Katze ihrer Zimmerwirtin zu sich und brachte sie dazu, sich auf die Fensterbank zu setzen, indem sie ihr Milch auf einer Untertasse gab. Sie schleckte die ganze Milch auf und putzte sich eine Weile, dann sprang sie plötzlich zu Boden und ging miauend zur Tür. Die Zeichnung war erst halb fertig.

Den Rest der Woche ging sie nicht weg, nachdem sie aus der Schule kam, sondern zeichnete nur. Natürlich hätte sie Papier und Kohlestift auch mit nach draußen nehmen können, dort gab es genügend Motive. Aber vielleicht würden die Leute sie anstarren und sich fragen, ob mit ihr etwas nicht in Ordnung sei. So ließ sie es sein.

Fast täglich dachte Rut daran, daß sie jemanden bräuchte, dem sie die Zeichnungen zeigen könnte. Aber auch jemanden, an den sie sich anlehnen könnte. Die Jungen in der Schule waren zu kindisch. Manchmal stellte sie sich vor, daß sie einen Ausflug in die Stadt machte, um ihn aufzusuchen. Die meisten würden ihr schon sagen können, wo Gorm Grande wohnte.

Sie erinnerte sich an das eine fürchterliche Mal, als sie mit dem Prediger bei der Andacht gewesen war. Die Sammelbüchse hatte alles zerstört. Er war einfach weggegangen, als wäre sie Luft gewesen. Um seinen Mundwinkel hatte es aber bei dieser Gelegenheit ebenfalls gezuckt. Deswegen war sie sich auch vollkommen sicher gewesen, daß er es war. Den Stein hatte er nicht erwähnt, obwohl sie sich zu erkennen gegeben hatte. Leute, die große Geschäfte besaßen, vergaßen vermutlich schnell. Mutter seufzte immer, wenn sie von den Reichen sprach.

Rut hatte jedoch keine Ahnung, was sie tun sollte, wenn sie erst einmal in Erfahrung gebracht hatte, wo er wohnte. Sie konnte schlecht klopfen und nach ihm fragen.

Statt dessen tanzte sie jeden Samstagabend Rock and Roll. Einer der Jungen aus der Klasse besaß einen Plattenspieler, den er zu den Schülerabenden mitbrachte. Da ging wirklich die Post ab. Das Leben verging so schnell, während sie swingte. Je schneller, desto besser. Richtig schnell sollte es gehen. Das gefiel ihr. Mit wem sie tanzte, war nicht so wichtig.

Sie sparte am Essen, um sich Schuhe nur zum Tanzen kaufen zu können. Gelegentlich kam ihr in den Sinn, daß der Prediger sie vermutlich nach Hause geholt hätte, wenn er gesehen hätte, wie sie swingte und ihr schwarzer Taftrock dabei waagerecht abstand. Aber er sah es nicht. Das Beste am Festland war, daß niemand von Øya sie sah.

Mutter schrieb, daß Großmutter Großvaters Hütte an einen Fremden vermietet hatte, der kein Norwegisch sprach. Die Leute fanden das seltsam. Sie hatten immer ein Auge auf ihn, seit er mit einem Seesack und einem weißen Hund mit schwarzen Punkten an Land gesprungen war. Nicht nur Großmutter hatte auf ihn gewartet, denn es hatte sich bereits herumgesprochen, daß sie die Hütte vermietet hatte. Jørgen hatte vier Tage lang Brennholz gesägt und im Windfang aufgestapelt, damit der Mann nicht in Kälte und Regen hinaus mußte, um Brennmaterial zu holen.

Mutter schrieb, sie finde es ekelhaft, daß die Leute im Laden stünden und sich überlegten, wieviel Miete Großmutter wohl verlange. Der Prediger habe versucht, sie danach zu fragen, aber Großmutter habe so getan, als hörte sie ihn nicht. Deswegen wüßten sie auch nicht, was sie sagen sollten, wenn die Leute tratschten.

Rut begriff, daß der Prediger es nicht richtig von Großmutter fand, einen fremden Mann aufzunehmen, auch wenn er nicht bei ihr im Haus wohnte. Aber das Ganze sei trotzdem ein Segen, schrieb Mutter, denn Jørgen habe sich sofort mit dem Hund angefreundet. Bereits nach einer Woche seien der Hund und er unzertrennlich gewesen. Ständig sei er beim Engländer. Es nütze auch nichts, ihn um einen Gefallen zu bitten.

Sie schrieb auch, wie sie das immer tat, daß es Jørgen nicht besonders gut ergangen war. Die Leute hatten angefangen, ihn den verrückten Jørgen zu nennen, nachdem Rut die Insel verlassen hatte. Ehe der Hund nach Øya gekommen war, war er herumgelaufen und hatte Selbstgespräche geführt. Gelegentlich hatte er auch gerufen, ohne daß da jemand gewesen wäre. So schlimm war es vorher nicht gewesen. Groß und kräftig war er auch geworden. Und dann hatte er immer dieses Schnitzmesser dabei. Mutter glaubte, daß die Leute Angst vor ihm hatten. Tante Rutta fand, daß er nicht mehr mit dem Messer herumlaufen sollte, und Mutter wußte keinen Ausweg. Deswegen war das mit dem Hund auch ein Segen. Damit Jørgen den Leuten von Været nicht in die Quere kam.

Aber der Engländer brachte Jørgen dazu, Sachen für ihn zu erledigen, deswegen wußten sie auch nie, wo er war. Oder er ging mit ihm in den Laden, um auf die Sachen zu deuten, die er haben wollte. Der Fremde war nicht in der Lage, auch nur eine einzige Konserve richtig zu benennen. Es war merkwürdig, daß Jørgen trotzdem wußte, was er haben wollte, und nur darauf zu zeigen brauchte.

Mutter glaubte, daß die Leute sich an den Mann gewöhnen würden, wäre da nicht der große Hund. Niemand auf der Insel hatte so eine Bestie. Bald war der Zeitpunkt gekommen, die Schafe auf die Weiden zu lassen, und man schickte den Lehrer, damit er den Mann ermahnte, den Hund angeleint zu halten. Es bewirkte nicht viel. Dann schickten sie den Lehrer noch einmal und trugen ihm auf zu sagen, wenn sie den Hund irgendwo ohne Leine aufgreifen würden, dann würden sie ihn entweder erdrosseln oder erschießen. Das half.

Viele fanden es verdächtig, daß ein erwachsener Mann einfach nur mit einem Notizblock herumstreifte, auf dem er herumkritzelte. Nicht einmal über das Wetter konnte man sich mit ihm unterhalten. Gott im Himmel mochte wissen, wovon er lebte. Wenn ihn jemand ausfragen wollte, wer er war und wo er herkam, sah er ihn nur lächelnd an und zupfte sich am Bart.

Mutter schrieb jetzt häufiger als sonst. Und die Briefe handelten vom Engländer, dem Hund und Jørgen. Was wollte er nur auf der Insel? Im Laden gab es immer wieder eine neue Theorie. Daß er aus dem Gefängnis ausgebrochen sei. Daß er aus Australien komme. Dort werde schließlich Englisch gesprochen, wußte jemand. Amerikaner sei er wohl nicht, meinte Mutter. Die Amerikaner würden die Worte anders singen. Es wäre interessanter gewesen, wenn er aus Amerika gekommen wäre. Der Lehrer war sich sicher, daß der Mann nicht gesucht werde, sondern ein Künstler auf Reisen sei.

Aber die Leute kamen sich beobachtet und abgemalt vor. Ja, sie meinten sogar, daß er sich über sie lustig mache. Großmutter teilte das Mißtrauen gegen den Fremdling nicht. Sie sprach nur darüber, daß er das Dach der Hütte repariert hatte, ohne sich bezahlen zu lassen. Es war dichter als je zuvor. Mutter freute sich für Jørgen, deswegen kümmerte sie alles andere nicht.

Nachdem sie Mutters Brief gelesen hatte, sah Rut Jørgen vor sich, wie er mit einem alten Mann und einem angeleinten Hund am Ufer entlangging. Sie wünschte sich, daß der Mann richtig lange bleiben würde.

Rut war auf einem Schulausflug in der Stadt. Darauf hatte sie sich lange gefreut. Sie schliefen in Schlafsäcken in einer Schule.

Abends ging sie mit Bodil und Anne aus ihrer Klasse ins Kino. Während sie durch die Straßen schlenderten, dachte sie daran, daß sie ihn treffen könnte. Sie hielt es nicht für sehr wahrscheinlich, aber passieren konnte es schließlich. Besonders als sie darauf warteten, daß der Film beginnen würde. Sie wünschte es sich. Und gleichzeitig graute ihr davor. Während des ganzen Films dachte sie daran, daß er möglicherweise vor der Tür stand und rauchte, wenn sie nach draußen kämen. Und was sollte sie dann tun? Dann fiel ihr ein, daß er vielleicht gar nicht rauchte. In diesem Fall würde er nicht dort stehen, sondern direkt nach Hause gehen.

»Suchst du jemanden?« fragte Bodil, als sie aus dem Kino kamen.

»Nein, warum?«

»Du renkst dir fast den Hals aus.« Bodil lachte.

Klar hätte sie das sagen können. Mehr beiläufig. Daß sie nach Gorm Grande Ausschau halte, weil sie ihn von früher kenne. Da würden sie dann große Augen machen und fragen, ob er etwa mit Grande & Co in der Storgate verwandt sei. Nein, das wäre wirklich zu dumm, also sagte sie nichts.

Sie trafen andere Jungen, mit denen Bodil und Anne sich

unterhielten. Die Jungen ulkten, und die Mädchen lachten viel. Ein lautes, merkwürdiges Gelächter. Sie lachten im Grunde nicht, weil sie das, was die Jungen sagten, lustig fanden, sondern weil es von ihnen erwartet wurde. Ab und zu lachte Rut ebenfalls. Aber sie dachte die ganze Zeit daran, was sie gesagt hätte, wenn einer von ihnen Gorm Grande gewesen wäre.

Als sie in ihrem Schlafsack auf dem Fußboden des Klassenzimmers lag, kam ihr in den Sinn, daß sie gern ein Foto von ihm besessen hätte. Er ließ sich vermutlich leicht zeichnen. Ihr jedenfalls würde es nicht schwerfallen. Aber sie kannte sein Gesicht nicht gut genug.

Am nächsten Morgen stand sie am Fenster des Klassenzimmers und wartete darauf, daß sie am Waschbecken an die Reihe kam. Die Luft war schneidend kalt. In der Nacht hatte es geregnet. Der Frühling war launisch wie immer.

Plötzlich sah sie eine Gestalt über den Schulhof gehen. Einen großen, dünnen Jungen mit gebeugtem Kopf. Sein blondes Haar wehte im Wind, und die Lederjacke sah teuer aus. Braun mit einem grünen Stoffkragen. Es war die Art, wie er ging. Er sah furchtbar erwachsen aus. Mit einem einzigen Gedanken im Kopf lehnte sie sich aus dem Fenster: Gorm Grande.

Er ging so schnell. Als er durch das Portal verschwand, war der Platz auf einmal wieder grau und leer. Schulhöfe in Städten waren nichts Erstrebenswertes. Sie sagte sich, daß sie nicht sicher sein konnte, ob er es gewesen war. Ganz im Gegenteil, vermutlich war es ein anderer gewesen. Sie hatte ja nicht einmal sein Gesicht ordentlich gesehen, weil die Entfernung zu groß gewesen war.

Wenn sie nur etwas näher gestanden hätte, hätte sie darauf achten können, ob sein Mundwinkel zuckte. Aber das tat er vermutlich nicht ständig. Möglicherweise nur ab und zu. In diesem Fall wäre sie genauso weit gewesen, weil sie ihn bei der Andacht nur daran erkannt hatte. In zwei Jahren hatte er sich wahrscheinlich nicht so sehr verändert, aber vermutlich war er es trotzdem nicht gewesen. Es hätte irgend jemand sein können.

Warum hatte sie ihm übrigens nicht hinterhergerufen? Wenn er sich umgedreht hätte, hätte sie gewußt, ob er es war. War sie etwa in dem Augenblick, in dem sie angenommen hatte, er sei es, vollkommen gelähmt gewesen?

»Gorm!« hätte sie rufen können, und dann hätte er sich umgedreht, und sie hätte gesehen, ob er es war. Sie hätte winken und sagen können: »Warte, ich komm raus.« Und dann hätte sie ruhig die Treppen hinabgehen und ihn begrüßen können. Er hätte sie vermutlich gefragt, was sie hier mache. Auf so etwas ließ sich leicht antworten. So wären sie miteinander bekannt geworden. Aber vermutlich war er es gar nicht gewesen.

Sie sagte zu den Lehrern, sie müsse ihre Tante besuchen und könne deswegen nicht mit ins Museum gehen. Das war kein Problem, aber sie meinten, sie hätte das auch früher sagen können.

Als sie allein war, fragte sie die erste, die sie traf, wo die Grandes wohnten. Die alte Dame deutete die Straße entlang und erklärte es ihr.

Rut wiederholte den Straßennamen und die Beschreibung des Hauses im stillen, während sie lostrottete. Aber als sie dort ankam, wo es sein mußte, wagte sie nicht, durchs Tor zu gehen, um auf dem Namensschild nachzusehen, ob es wirklich das richtige Haus war.

Es war ein großes, weißes Haus mit zwei Türen Richtung Straße und vielen Fenstern. Es lag in einem Garten. Die Bäume hatten noch keine Blätter, aber überall blühten gelbe und blaue Krokusse.

Sie blieb an der Straßenecke in einigem Abstand vom Tor stehen. Die ganze Zeit sah sie vor sich, wie die Haustür aufging und er heraustrat. Sie wußte nicht, wie lange sie so dagestanden hatte. Aber niemand kam. Sie konnte nicht sehen, ob jemand zu Hause war, denn dünne, weiße Gardinen hingen vor sämtlichen Fenstern.

Als es anfing zu regnen, knöpfte sie auch noch den oberen Knopf zu. Allmählich spürte sie, wie der Regen durch den Mantel drang. Es tropfte schwer von den Ebereschen, die die Wege zum Haus säumten.

Konnte sie reingehen und fragen, ob er zu Hause war? Nein, das war unmöglich.

Als sie gerade gehen wollte, glitt ein Auto an ihr vorbei und blieb vor dem Tor stehen. Als erstes kam ein roter Regenschirm zum Vorschein. Dann kamen zwei rote Pumps mit hohen Absätzen. Das Mädchen, das sie trug, war kaum älter als sie. Das lange, blonde Haar fiel ihr über die Schultern, und ihr Kostüm war vermutlich der letzte Schrei. Sie lachte über etwas, was der junge Mann am Steuer gesagt hatte, dann machte sie die Wagentür zu und hüpfte zwischen den Pfützen zum Tor.

Als die andere stehenblieb, zog sich Rut zum Lattenzaun des Nachbarn zurück.

»Suchst du jemand?« Die Stimme war nicht unfreundlich, eher erstaunt.

»Nein, ich bin nur zufällig hier vorbeigekommen«, sagte Rut und wollte gehen.

»Du siehst aus, als könntest du einen Schirm brauchen. Ich geh sowieso grad rein, du kannst den hier haben.«

Rut sah an sich herunter und war sich sehr bewußt, wie kläglich sie sich in den Augen der anderen ausnehmen mußte.

Sie war die schönste Frau, die Rut je gesehen hatte. Sie hätte den Schirm gern angenommen, blieb dann aber doch stehen und schüttelte nur den Kopf.

»Na, dann nicht«, meinte die Fremde etwas enttäuscht und öffnete das Tor. Als sie oben auf der Treppe stand, blieb sie stehen und hielt Rut den Schirm noch einmal hin.

Der Regen trommelte inzwischen auf die Straße. Aber Rut gelang es nicht, sich zu bewegen.

Die Fremde öffnete die Tür und trat rückwärts ein, während sie den Schirm zusammenklappte und ausschüttelte. Einen Augenblick später schlug die Tür hinter ihr zu.

Rut drehte sich um und ging. Ihre Schuhe waren vollkommen durchweicht, und sie war wütend. Erst wußte sie nicht, warum. Dann wurde ihr klar, daß sie sich ärgerte, weil eine andere mit so großer Selbstverständlichkeit in das Haus gehen konnte, in dem Gorm Grande wohnte.

9

Als Gorm am 18. Mai von der Abiturfeier zurückkehrte, bekam seine Mutter das, was sie einen Zusammenbruch nannte.

Es war sechs Uhr morgens. Er hatte den Schlüssel verloren und traktierte so lange den Klopfer, bis der Nachbar ans Fenster kam. Dann stand sein Vater in einer diffusen Menge blauer und weißer Streifen in der Tür. Als er versuchte, Vaters sechs oder acht Augenpaare zu fixieren, ging Gorm auf, daß er ernsthaft betrunken war.

Sein Vater zog ihn in die Eingangshalle und schloß die Tür ab. Marianne kam im roten Morgenmantel die Treppe herab. Ihre Haare schleiften irgendwie über die Treppenstufen. Es gelang ihm nicht, ihr Haar dazu zu bringen, auf dem Kopf zu bleiben. Die Stimmen, auch die seiner Mutter, schrappten über ihn hinweg wie aus Lautsprechern.

Mutters Weinen war das letzte, woran er sich erinnern konnte, ehe er bemerkte, daß Marianne einen Eimer neben sein Bett stellte. Sie beugte sich über ihn und sagte etwas, und er nahm einen seltsamen Duft wahr. Wie von Heidekraut. Alles drehte sich. Marianne auch. Also schloß er die Augen und lag ganz still.

Das Erwachen war eine Art Tod. Das war auch der einzige vernünftige Grund, warum sein Vater sich in seinem Zimmer befand. Aber er war nicht tot, die Übelkeit und die Kopfschmerzen waren nur zu deutlich.

Vage erinnerte er sich an Mutters Tränen und an die verschwimmenden Morgenmantelstreifen. Er befürchtete das

Schlimmste. Aber alles, was geschah, war, daß sein Vater ein Glas Wasser auf den Nachttisch stellte und Kopfschmerztabletten daneben legte. Ohne die Augen ganz zu öffnen, nahm er Vaters Bewegungen undeutlich wie in einem Kriminalfilm wahr. Keine Stimme, keinen schlüssigen Beweis. Nichts. Nur ein Wasserglas und sechs Tabletten auf dem Nachttisch. Dann war er wieder weg.

Gorm lag eine Weile still, bis er zwei Tabletten und ein paar Schluck Wasser herunterbekam. Aber die Übelkeit hatte ganz von ihm Besitz ergriffen. Das einzige, was er tun konnte, war, ganz still auf dem Rücken zu liegen und die Stunden vergehen zu lassen. Jedesmal, wenn er die Augen öffnete, mußte er durch ein Ritual, das damit begann, daß das Zimmer kreiste und er selbst sich in freiem Fall über der Deckenlampe befand, die glücklicherweise nicht an war.

Nachdem die Übelkeit ihren Höhepunkt erreicht und dann wieder abgeflaut war, schaute er auf die Uhr. Zehn nach drei. Der Wecker stand auf dem Nachttisch und dröhnte ihm in den Ohren. Er hätte ihn gern weggestellt, aber das war unmöglich, also schloß er die Augen und hoffte, daß es ihm das nächste Mal, wenn er es versuchen wollte, etwas bessergehen würde. Und vielleicht war er dann auch irgendwann nächste Woche gesund genug, um aufzustehen.

Am Abend trat Marianne ein, ohne anzuklopfen. Er tat so, als schliefe er. Erst als er den Druck ihres Körpers auf der Matratze spürte und begriff, daß sie sich gesetzt hatte, öffnete er die Augen.

»Wie geht's?« Ihre Stimme war leise, fast freundlich.

»Gut.«

»Willst du was zu essen? Eine Cola?«

»Nein. Nur etwas Wasser.«

Sie stand auf und ging zum Waschbecken, um sein Glas zu füllen, dann setzte sie sich wieder aufs Bett und legte ihm die Hand auf die Stirn. Sie war kühl und etwas feucht von dem Wasserglas.

»Mit wem hast du gefeiert?«

»Mit der Klasse.«

»Niemand Spezielles?«

Er antwortete nicht. Mutter hatte sie wohl geschickt, damit sie ihn ausfragte.

»Torstein?«

»Der auch.«

»Mädchen?«

»Hör schon auf!«

Sie fragte nicht weiter, sondern streckte sich nach seiner Jacke, die über einem Stuhl hing. Wenig später hielt sie ein ungeöffnetes Päckchen Kondome in der Hand.

»Hattest du keine Verwendung dafür?« fragte sie mit merkwürdiger Stimme.

Er hatte nicht die Kraft, wütend zu werden, schloß einfach die Augen und schwieg.

»Hast du dich deswegen so betrunken?«

»Hör auf«, murmelte er.

»Ich glaube schon, denn es ist nicht deine Art, dich vollaufen zu lassen.«

»Aber es ist deine Art, meine Taschen zu durchsuchen?« Er öffnete die Augen und sah sie an.

»Das war Zufall.«

»Zufall? In den Taschen von anderen Leuten zu wühlen? Was hattest du erwartet? Einen gebrauchten Präser?«

»Die sind rausgefallen, als ich dir ins Bett geholfen habe. Außerdem bist du mein Bruder.«

»Genau.«

»Was meinst du damit?«

»Du hast nichts in meinen Taschen verloren. Wir sind kein Paar.«

Sie wurde bleich und erhob sich langsam.

»Nein, ich hab einen Freund. Und heut abend gehn wir ins Kino.«

Von diesem Jan wußte er schon seit einer Weile. Am vergangenen Sonntag war er zum Essen gekommen. Mutter mochte ihn, und Vater hatte mehrere Male das Wort an ihn gerichtet. Irgendwas über sein Jurastudium. Wahrscheinlich heiratete Marianne ihn, sie mußte nur erst noch Krankenschwester werden.

Gorm schloß die Augen und hörte, daß sie Richtung Tür ging. Dann versank er in einem leeren Sausen. Als wären an den Wänden unsichtbare Saiten, die in einer so hohen Frequenz schwangen, daß er den Ton nicht hören konnte.

Was hatte sie gesagt? »Hast du dich deswegen so betrunken?« Er streckte die Hand nach dem Wasserglas aus, aber es kippte um. Das ganze Kopfkissen war naß. Er stand auf und stöhnte, fegte das Kissen auf den Fußboden und legte sich flach hin. Das war eigentlich genauso gut.

An allem, was am 17. Mai bis spät in die Nacht passiert war, hatte er regen Anteil genommen. Dann war Torstein mit Gunn verschwunden, und alles war sehr schnell gegangen. Vage erinnerte er sich an eine Taxifahrt und an häßliche Räume mit Kreppapiergirlanden in Rot, Weiß und Blau. Das Licht war wie spitze Eiszapfen durch hohe Fenster gefallen. Im Grunde konnte er sich an das Licht am besten erinnern. Und an ein Gefühl der Leere. Daß nichts irgendeinen Sinn hatte. Alles war ein einziges Durcheinander. Danach erinnerte er sich an nichts mehr, bis sein Vater ihn ins Haus gelassen hatte.

Hatte er sich mit den Kondomen etwas erhofft? Mit dieser Gunn? Denn sie hatte er doch haben wollen, oder? Nein, verdammt! Wie würde es ihm jetzt wohl gehen, wenn sie ihn vorgezogen hätte? Besser oder schlechter? Ganz sicher schlechter. Er hätte sich zum Idioten gemacht, denn er war sicher schon ziemlich voll gewesen, als sie auf der Bildfläche aufgetaucht war. Er konnte sich nicht einmal daran erinnern, daß er mit ihr geredet hatte. Außerdem zog sie Torstein vor.

Am 19. Mai stand Gorm zur üblichen Zeit auf und klopfte, ehe er in die Schule ging, an die Tür seiner Mutter. Ein schwaches »Herein«, und dann mußte er es nur noch hinter sich bringen. Vermutlich konnte nichts schlimmer sein.

»Entschuldige, daß ich so betrunken nach Hause gekommen bin«, sagte er ohne weitere Umschweife.

Sie begann nicht zu weinen. Im Gegenteil, sie saß vor dem Frisierspiegel und sah ihn streng an. Das war eine solche Erleichterung, daß er das Bedürfnis hatte, weitere Zugeständnisse zu machen.

»Das war dumm von mir. Entschuldigung!«

»Ich hatte einen Zusammenbruch. Das darf nie wieder passieren. Nie!«

»Nein, Mutter.«

Die Episode wurde in die Kammer gesperrt, wo all die Dinge lagen, für die man sich zu schämen hatte und über die nie gesprochen wurde. Die Bemerkung »Wir sind kein Paar« lag ebenfalls dort.

Er versuchte eine Gelegenheit zu finden, seinen Vater ebenfalls um Entschuldigung zu bitten, aber der ganze Sommer verging, ohne daß sie allein gewesen wären.

An dem Tag, an dem er eingezogen wurde und sein Vater ihn zum Bus fuhr, war der Augenblick endlich gekommen. Wie immer sagte sein Vater kein Wort während der Fahrt. Die Straße war glatt, und Schneeregen schlug gegen die Windschutzscheibe.

»Entschuldige, daß ich damals betrunken nach Hause gekommen bin und alle geweckt habe«, sagte Gorm aus heiterem Himmel. Da wurde ihm klar, daß er sich gründlich auf diese Worte vorbereitet hatte.

Sein Vater sah aufmerksam und ohne zu antworten auf die Kreuzung. Es verging so viel Zeit, daß Gorm schon glaubte, er habe entweder nichts gehört oder das Thema sei tabu.

»Mutter hat sich das sehr zu Herzen genommen«, sagte sein Vater schließlich.

»Ja.«

»Mit solchen Sachen mußt du warten, bis du auf der Handelshochschule in Bergen bist. Beim Militär kommt man dafür in den Bau.«

»Aber ich ...«

»Sonst ist darüber nichts zu sagen.«

Die Zurechtweisung war sehr bestimmt. Sein Vater gehörte nicht zu den Leuten, die etwas vergaben. Gorm wußte nicht, womit er eigentlich gerechnet hatte. Vielleicht hatten Wasserglas und Kopfschmerztabletten ihn erwarten lassen, daß sein Vater ihm entgegenkommen oder ihn zumindest ansehen würde. Aber sein Vater fuhr.

Beim Militär gewöhnte er sich daran, die Welt neu zu sehen. Und nicht nur das, auch er war ein anderer. Den Gorm Grande, mit dem er es sich immer eingerichtet hatte, gab es nicht mehr. Er konnte seinen Namen nennen, ohne daß jemand glaubte, ihn zu kennen. Die braune Uniform machte ihn zu einem der anderen. Er konnte entkommen. Zwar nur in langweilige Routine und idiotische Vorschriften, aber auch in eine Art Gemeinschaft, in der Narrenfreiheit herrschte.

Er war nicht darauf vorbereitet gewesen, daß er sich so fühlen würde, wenn er seine Mutter nicht mehr um sich hatte. Es war wie ein unerlaubtes, aber entspanntes Gefühl der Freiheit.

Es konnte schwierig sein, die anderen rund um die Uhr um sich zu haben, aber er verstand, daß es nicht nur ihm so ging. Er war den Jungen in der Baracke genauso im Weg wie sie ihm.

Die kahle Stube für sechs Männer mit drei Stockbetten und drei doppelten Spinden, einem Tisch am Fenster und sechs Stühlen war in jedem Fall übersichtlich. Abgesehen davon, daß Ordnung herrschen sollte und nach elf Uhr abends Stille, wurde nichts Besonderes von ihm erwartet.

Über jedem Bett hing eine Lampe, und wenn er frei hatte, konnte er sich dort ausstrecken und lesen. Sogar abends, denn die anderen schliefen nicht mehr als er.

Von zu Hause hatte er *Kleiner Lord* von Johan Borgen mitgenommen. Erst lag es einfach nur herum. Dann nahm er seinen Mut zusammen und begann zu lesen, obwohl ihn die anderen seltsam ansahen. Merkwürdigerweise sagten sie nichts.

Er folgte dem Schicksal des vaterlosen, verwöhnten Wilfred. Wie er sich gegen einen alten Tabakhändler durchsetzte, log und falsche Briefe schrieb. Es war befreiend, von einem wohlerzogenen jungen Mann zu lesen, der Dinge tat, die man nicht tun sollte.

Sein Vater oder seine Mutter hatte das Buch gekauft. Er fragte sich, ob sie es auch gelesen hatten. Besonders die Seiten, auf denen beschrieben wurde, wie sich Wilfred in Frauen verliebte, die älter waren als er. Offenbar war eine von ihnen schon die Geliebte von Wilfreds Vater gewesen. Es fiel ihm auf, daß seine Eltern Bücher lasen, über die sie mit seinen Schwestern und ihm nicht sprachen. Vielleicht sprachen sie nicht einmal miteinander über diese Bücher?

Gorm machte eine Entdeckung. Je weniger er in der Baracke sagte, desto geringer war das Risiko, sich lächerlich zu machen. Er hörte zu und antwortete, wenn ihn jemand etwas fragte, im übrigen gab es genug Leute, die die Unterhaltung in Gang hielten. Er machte Witze darüber, daß er besser strammstehen als mit einer Waffe umgehen könne. Die anderen in der Baracke lachten gutmütig, ohne weiter auf seine Unzulänglichkeit einzugehen. Sie waren es offenbar nicht gewöhnt, daß Leute sich selbst nicht ganz ernst nahmen.

Er glaubte nicht, daß er sich wirklich mit ihnen würde anfreunden können. Nicht weil er sie nicht gemocht hätte, denn das tat er auf gewisse Art, sondern weil sie über Dinge sprachen, die ihn nicht interessierten. Er lachte auch nicht über dieselben Sachen. Trotzdem fühlte er sich in ihrer Gesellschaft wohl. Weil sie keine Erwartungen an ihn hatten.

Mädchen, Autos und Motorräder waren die Themen in der Baracke. Und Geld. Wie man im Nu reich werden könnte. Ein paar redeten ständig nur darüber, wie betrunken sie bei verschiedenen Gelegenheiten gewesen waren. Ein Zustand, um den sie Gorm nicht beneidete. Keiner erzählte von sich oder seiner Familie. Deswegen gab es auch keinen Grund, warum er sich hätte ausgeschlossen vorkommen sollen, wenn er es nicht tat.

Am ersten Samstag, an dem er Urlaub hatte, mußte er einen Verrückten festhalten, der sich unbedingt prügeln wollte. Es gelang Gorm, ihm die Arme auf dem Rücken festzuhalten und ihn zum Wagen der Militärpolizei zu begleiten, der vor der

Baracke wartete. Als er wieder reinkam, merkte er, daß ihn die Kameraden mit anderen Augen ansahen.

Falls es wirklich mal Krieg gibt, dachte er, komme ich vielleicht doch zurecht.

In der Nacht, nachdem er die Anforderungen für das Schützenabzeichen bestanden hatte, träumte er, er sei mit einer Menge Menschen, die er nicht kannte, auf Übung. Überall waren Leute, sie hingen in Bäumen, die mit Rauhreif überzogen waren, bewegten sich auf schweren, vereisten Skiern vorwärts oder schlugen die Arme übereinander, um sich warm zu halten. Auf der Ebene um sie herum standen braune Zelte in Flammen. Er hörte jemanden da drinnen um Hilfe rufen, als wäre jemand eingeschlossen, aber er konnte sich nicht entschließen, ihm herauszuhelfen. Es war, als sei er nicht Herr über seine Bewegungen.

Plötzlich kam ein Mädchen in einem hellen Sommerkleid auf ihn zu und gab ihm ein Gewehr. Das machte ihn wieder lebendig, und er war in der Lage, sich zu bewegen. Er legte an und zielte auf sie, verfehlte sie aber aus nächster Nähe.

Er taumelte rückwärts, während sie ihn mit zwei dunklen Augen anstarrte. Je weiter er zurückwich, desto näher kamen ihm ihre Augen. Ohne daß sie ein Wort sagte, wußte er, daß sie gekommen war, um ihm etwas Wichtiges zu erzählen. Aber es gelang ihm nicht, auf sie zuzugehen, denn er schämte sich dafür, nicht getroffen zu haben.

Da sah er, daß sie ein blutiges Loch in der Stirn hatte. Im selben Augenblick fiel sie auf den Rücken und blieb mit ausgestreckten Armen in einer Schneewehe liegen. Gesicht und Augen verschwanden im Schnee, aber das rote Loch stülpte sich nach außen und wuchs ihm entgegen. Wie eine Blume. Sie blieb stehen und schwankte auf einem schwarzen, dürren

Zweig über dem ausgestreckten Körper in dem dünnen Kleid. Sie trägt keine Uniform, dachte er erstaunt.

Schweißgebadet wachte er auf, mit demselben Gefühl, das er auch als Junge nach Alpträumen gehabt hatte. Während er dalag und den gleichmäßigen Atemzügen der anderen lauschte, begriff er, daß sie das war. Er hatte von Rut geträumt.

Die ganze Woche über, während sie in Wind und Schneegestöber eine Übung durchführten, tauchte sie in seinen Gedanken auf. Warum hatte er von ihr geträumt? Das war doch alles so lange her, damals war er noch ein kleiner Junge gewesen. Nicht einmal gekannt hatte er sie. Und während sich ihre Gesichtszüge auf der weiten Schneefläche abzeichneten und die dunklen Augen ihn aus dem Gebüsch ansahen, fragte er sich, wo sie wohl war. Genau in dieser Sekunde.

Am darauffolgenden Wochenende besuchte er eine Tanzveranstaltung. Plötzlich war sie da. Stand in einer dunklen Ecke mit dem Rücken zu ihm und wirkte einsam. Die Geräusche um ihn herum verschwanden. Die Stimmen. Die Musik. Der Saal verschwand. Alles, nur nicht die Gestalt in der Ecke. Er spürte, wie sich sein Körper bewegte, als hätte er sich schon vor langer Zeit darauf eingestellt.

Es dauerte sehr lange, dorthin zu kommen, wo sie stand. An allen Menschen mußte er vorbei. Endlich war er dort. Sie stand bei zwei anderen Mädchen, die ihn ansahen. Er holte tief Luft und wollte sie vorsichtig an der Schulter berühren und zum Tanzen auffordern.

Über ihrem Kopf hatte jemand einen großen Nagel in die Wand geschlagen. Vermutlich schon vor langer Zeit. Als sie sich ihm zuwandte, richtete er die Augen auf den Nagel. Um ihn herum war alles so leer. Das war nicht Rut, sondern eine andere. Mit blauen Augen und blondem Haar.

Er konnte nicht tatenlos vor ihr stehenbleiben, und da ihm nichts anderes einfiel, forderte er die Fremde zum Tanzen auf.

Sie war nicht sonderlich groß, er beugte sich also zur Begrüßung zu ihr herab. Sie war weich und warm und legte ihre Hand in seinen Nacken, ohne daß sie sich gekannt hätten. In seinem Kopf leierte die Stimme der Tanzschullehrerin: »Die linke Hand der Dame liegt immer auf dem Arm des Herrn.« Er faßte sie ordentlich um die Taille. So ließen sie sich in etwas, was er für Tango hielt, treiben. Ziehharmonika und Gitarre waren sich in dieser Frage ebenfalls nicht einig. Die Gitarre war seiner Meinung.

Sie ließ sich lächelnd von ihm führen und sah zu ihm hoch. Als er mit ihr vor dem großen Nagel in der Wand eine Drehung machte, dachte er an Rut, und seine Hoffnungslosigkeit schlug in Wut um. Er drückte die Fremde noch enger an sich.

Sie tanzten den ganzen Abend, und als sie sich trennten, wäre es natürlich gewesen zu fragen, ob sie ihn wiedersehen wolle. Aber er fragte nicht. Und als sie ihm diese Frage stellte, brachte er eine ausweichende Antwort vor, um wegzukommen.

Trotzdem ging er in dasselbe Lokal, als er das nächste Mal Urlaub hatte. Else, so hieß sie, war ebenfalls dort, und sie tanzten wieder miteinander. Da die Arztfamilie, bei der sie als Haushaltshilfe arbeitete, verreist war, ging er mit auf ihr Zimmer.

Erst kochte sie Kaffee und zeigte ihm Fotos von ihrer Familie. Anschließend setzte sie sich zu ihm auf die Couch. Sie kam ihm so nahe, daß er sie einfach anfassen mußte. Er begriff, daß sie das alles bereits kannte, denn sie benahm sich viel geschickter als er, tat aber so, als wäre gar nichts dabei. Ganz gelassen.

Seltsam, so nahe an Haut zu sein, die nicht seine eigene war. Sie war weich und an einigen Stellen flaumig. Ihr Mund war warm, aber ihre Hände waren kalt. Sie hatte umständliche Kleider. Knöpfe und Gürtel. Er merkte, daß sie die Luft anhielt und auf seine Hände wartete. Das machte ihn gleichzeitig schwindlig und sicher.

Er wollte sich zurückhalten, um alles besser mitzubekommen, aber plötzlich ließ es sich nicht mehr aufhalten. Immerhin gelang es ihm ohne Zwischenfälle, das Kondom überzustreifen. Sie hatte das Licht ausgemacht, trotzdem war ihm unwohl.

Einen Augenblick lang dachte er, daß es nicht so war, wie es sein sollte, aber plötzlich war alles zu spät. Er vergaß sie gewissermaßen. Ließ sich von ihrer Haut verschlucken. Kurz davor sah er wieder den Nagel in der Wand. Wie rasend schlug er ihn ein.

Anschließend wußte er nicht recht, wie es ihr ging, denn sie sagte nichts. Und was hätte sie schon sagen sollen? Er spürte ihren Blick, während er sich anzog, und empfand eine Art Traurigkeit, mit der er nicht allein sein konnte. Deswegen ging er zu ihr, umarmte sie und fragte, ob sie ihn wiedersehen wolle.

»Ja«, flüsterte sie und schmiegte sich an ihn.

Sie sprachen nicht mehr über das, was geschehen war.

»Du bist so höflich«, flüsterte sie, als er gehen wollte.

Er hätte sich gewünscht, daß sie etwas anderes gesagt hätte. Was, wußte er nicht. Aber etwas anderes, etwas Einzigartiges. Und um das aufzuwiegen, sagte er, sie sei schön. Er wußte nicht, warum er das sagte, denn das wäre nicht nötig gewesen. Aber es freute sie, also war doch etwas Gutes dabei herausgekommen.

Während er dastand und sie küßte, dachte er daran, daß sie nicht Rut war. Und als er wieder durchs Tor des Kasernengeländes trat, beschloß er, ihr zu schreiben, daß er sie nicht mehr treffen könne.

Die anderen saßen in der Baracke und unterhielten sich über Mädchen. Sie spielten Karten, während sie ihre Reden schwangen. Odd, mit dem sich Gorm das Etagenbett teilte, hatte ihn zusammen mit Else auf dem Tanzvergnügen gesehen.

»Steiler Zahn«, sagte er und pfiff durch die Zähne.

Gorm merkte, daß ihm das gefiel. Er nahm es als Beweis, daß Else es wert war, sich mit ihr abzugeben. Aber ihm fiel nichts ein, was er hätte erwidern können.

»Läßt sie dich ran?« fragte Odd.

»Ranlassen?« Gorm begriff gar nichts.

Die anderen lachten laut.

»Geht's zur Sache?« rief der, den sie Lippe nannten, weil er eine große Schnauze hatte.

Gorm sah einen Augenblick auf seine Karten. Er hatte Kreuzas und Herzkönig. Aber das nützte ihm im Augenblick wenig.

»Warum fragst du?« meinte er schließlich.

»Es fiel mir nur auf, weil du so vollkommen leer ausgesehen hast, als du wieder in die Kaserne gekommen bist. Ich dachte, daß sie dich ziemlich rangenommen hat.«

Alle außer Gorm lachten. Er ordnete seine Karten neu. Die Pikzwei war jetzt ganz am Rand.

»Es ist nicht gut, über Frauen zu tratschen«, sagte er, so ruhig er konnte; etwas anderes fiel ihm nicht ein.

Sie nahmen das ganz gelassen hin. Eine Weile konzentrierten sie sich wieder auf die Karten. Aber Gorm hatte das Interesse verloren. Er konnte sich nicht an Elses Gesicht erinnern, nur daran, daß sie ein Muttermal am Nabel hatte.

Odd stieß ihn plötzlich in die Seite.

»Gorm, du bist dran.«

»Da bin ich mir nicht so sicher«, meinte Gorm ernst und legte das Kreuzas auf den Buben.

Sie lachten wieder alle, gutmütig und laut. Es ist gar nicht so schwierig, dachte Gorm. Kurze Bemerkungen, die sie zum Lachen brachten. Aber er durfte nicht zuviel trinken, jedenfalls nicht bis zur Besinnungslosigkeit.

Gorm schickte Else nie den Brief, daß sie sich nicht mehr sehen könnten. Im Gegenteil, er traf sie regelmäßig, während er beim Militär war. Das ergab sich einfach so.

Gelegentlich lagen sie erst auf der Couch und tranken den Kaffee anschließend. Wollte er es umgekehrt, dann ging es auch. Wenn sie sich wieder angezogen hatten, sprachen sie über alles mögliche. Er versuchte zu antworten, wenn sie etwas fragte, im übrigen war es ihm wichtiger, sie anzufassen, als zu reden.

Es war gewissermaßen so, als sei Else ebenfalls beim Militär, nur in einer anderen Kaserne, und deswegen waren sie gezwungen zusammenzubleiben, solange der Wehrdienst dauerte.

Trotzdem war er fast immer traurig, wenn er an sie dachte. Besonders danach, wenn er sich wieder angezogen hatte. Er wollte nicht, daß sie ihm das anmerkte und glaubte, es sei ihre Schuld. Deswegen brachte er ihr Geschenke mit. Es war schön, mitzuerleben, wie sie sich darüber freute. Ein Silberschmuck, eine abschließbare Schatulle mit Spiegel und ein apricotfarbener Mohairpullover. Besonders gut gefiel ihr ein Gürtel aus Kupfer, mit dem ihre Taille wirkte wie die einer Ameise.

Abgesehen von dem, was sich auf der Couch abspielte, wenn die Arztfamilie verreist war, war das das Beste. Wenn sie sagte: »Gott, wie schön, das kostet doch sicher ein Vermögen?« Und zu sehen, wie sie sich freute.

Er verstand nicht, wie er anfangs hatte glauben können, sie sei Rut. Ich muß aufpassen, dachte er, denn ich sehe Sachen, die gar nicht da sind. Ein paarmal, als er Else gegenübersaß und sie ansah, fragte er sich, warum er überhaupt bei ihr war.

Ist das so? dachte er und schämte sich, weil er so dachte. Ist da nicht mehr?

10

Am letzten Junisonntag kam Rut vom Festland zurück.

Sie hatte viele Pappkartons dabei, denn sie war mit der Schule fertig. Jørgen war nirgends zu sehen, also fragte sie den Mann, der neben ihr am Kai stand, nach ihm.

»Der Jørgen ist immer bei dem Engländer auf der Hütte«, sagte Peder von der Post und warf den gestreiften Sack über die Reling, als die Fähre bereits vibrierte und vom Kai ablegte.

Jørgen kam mit einem Hund, der am Handkarren angeleint war, den Hügel herab. Sein Gesicht wurde von einem breiten Lächeln erhellt, als er sie sah. Er stellte den Karren ab und kam mit ausgebreiteten Armen auf sie zu. Sie ließ sich auf die Schulter klopfen und an sich herumzerren und versuchte zu deuten, was er sagte.

»Wessen Hund ist das?«

»Von Michael! Und Jørgen!« sagte er und umarmte sie erneut.

Er untersuchte Ärmel und Kragen ihres Mantels. Die Taschen. Kehrte das karierte Futter nach außen und bewunderte es. Hob Taschentuch und Kleingeld auf, die herausgefallen waren. Steckte alles wieder in die Tasche.

Der Hund wollte bei allem dabeisein und sprang ebenfalls an Rut hoch. Da kam Jørgen wieder zu sich.

»Egon! Sitz!« sagte er streng und richtete sich wieder auf.

Rut machte große Augen. Jørgen gab einen Befehl. Einem großen Hund. Und der Hund gehorchte.

Zusammen mit der kleinen Schar am Kai gingen sie los. Jørgen zog ihre Sachen hinter sich her, und der Hund trottete neben ihnen. Er sah zu, daß er Rut und den Hund zwischen sich und den anderen hatte. Ab und zu blieb er stehen und nahm mit einem strahlenden Lächeln Ruts Arm.

»Rut! Nicht wegfahren?«

»Nein! Geh weiter!« erwiderte sie freundlich und stieß ihn an.

Er lachte laut, ließ den Karren los und zog etwas aus der Tasche. Einen winzigen Hund aus Holz. Weiß mit schwarzen Flecken. So klein, daß sie ihn mit der Hand umschließen konnte.

»Danke, der ist schön«, sagte sie.

Jørgen legte den Kopf in den Nacken und lachte.

»Nicht wegfahren! Nein!«

Rut kam mit einer Lieferung von Großmutter. Eier, Milch und Brot in einem Korb. Fühlte sich wohl in ihrem Pepitarock. Sie hatte ihn von Eli geerbt, die nach der letzten Schwangerschaft ziemlich zugenommen hatte. Aber er war immer noch in Mode. Es war ein warmer Junitag, und Rut schwitzte unter dem schwarzen Lackgürtel.

Der Hund war vor der Hütte angeleint und bellte laut. Aber sie hatte keine Angst vor einem Tier, das mit Jørgen auf gutem Fuß stand, und trat näher heran.

Der Fremde, der an die Tür kam, hielt etwas in der Hand. Zwei Pinsel. Ein braungebranntes Gesicht, eingerahmt von einer Mähne und einem Vollbart. Rut hatte noch nie einen Mann mit so vielen Haaren gesehen. Halblang, gelockt, verfilzt. Bart und Haupthaar waren wohl einmal dunkel gewesen, jetzt waren sie grau. Er war sicher über dreißig, vielleicht schon vierzig.

Hemd und Hose wiesen Farbflecken in allen Schattierungen auf. Das Hemd war gestreift. Blau und lila. Sämtliche Knöpfe fehlten. Aber er hatte die Vorderteile vor der Brust übereinandergelegt. Sie wurden von breiten Hosenträgern aus dunkelbraunem Leder gehalten. Als würden diese Träger den ganzen Mann zusammen und in Schach halten.

Sie spürte seinen Blick, und es war, als würde jemand etwas aus ihr herausreißen und in die mickrige Birke hängen, so daß alle es sehen konnten. Sie merkte, daß sie errötete, reichte ihm aber trotzdem Großmutters Korb und sagte: »Bitte schön.«

Er nahm das Essen entgegen und erwiderte etwas auf englisch. Die Worte klangen irgendwie knorrig, und sie nahm einen merkwürdigen Geruch wahr. Farbe, Terpentin? Er trat zur Seite, als wolle er sie hereinbitten. Die Sache war doch erledigt, er hatte die Lieferung entgegengenommen. Trotzdem besann sie sich erst wieder, als sie bereits an ihm vorbei und eingetreten war.

In der Hütte herrschte Halbdunkel. Das Fenster war so klein. War es immer so klein gewesen? Sie sah, daß überall Bilder standen. Farbtuben und Pinsel bedeckten die winzige Arbeitsplatte der Küche. Sie ging auf zwei der größten Bilder zu und hockte sich davor. Auf dem einen war ein merkwürdiges Gebirge, das keinem Gebirge ähnelte und trotzdem eins war. Häuser in kräftigen Farben waren gewissermaßen von innen nach außen gekehrt.

Auf dem anderen Bild war ein Mensch. Jørgen! Er hatte Jørgen gemalt. Hatte ihren Bruder wahrgenommen, der bei niemandem etwas galt. Ihm war er wichtig genug, um auf einem Bild verewigt zu werden. Einem großen Bild.

Der Mann war ein mächtiger Schatten in der Türöffnung. Gegen die Sonne erschien er ganz schwarz. Seine Augen und Zähne funkelten, als er näher kam.

Sie senkte den Blick und richtete ihn auf seine Beine. Nackte Füße in ausgelatschten Sandalen. Die Zehennägel hatte er sich schon lange nicht mehr geschnitten. Die waren wohl zu weit unten. Vielleicht dachte er ja nicht an so was. Ein Mann, der so viel Leinwand und so viele Pinsel und Tuben besaß, hatte wohl anderes im Sinn als seine Zehennägel.

Sie lenkte den Blick auf das Bild von Jørgen. Ein »Oh« kam ihr über die Lippen. Es war mehr ein Atemzug.

Er stand jetzt neben ihr. Das Licht von der Tür bildete ein gelbes Rechteck auf dem Fußboden. Sie hörte ihn oberhalb von sich etwas sagen. Über Jørgen, daß es ihm gefalle, gemalt zu werden. Daß er so still sitze wie eine Statue. Der Fremde fuchtelte mit den Pinseln, als stellten sie eine natürliche Verlängerung seiner Hand dar. Plötzlich legte er sie auf den Tisch und winkte sie zum Fenster.

Zögernd folgte sie ihm. Er deutete auf etwas dort draußen. Auf die Fjellkette? Das Meer? Sie verstand nicht. Da spürte sie seine Hand auf ihrem nackten Arm. Eine braune Hand mit langen Fingern. Sein Handgelenk war mit kurzen dunklen Haaren bedeckt, die unter seinen Manschetten verschwanden. Sie fühlte sich seltsam. Als wollte sie entkommen und gleichzeitig auch wieder nicht.

Seine Hand lag dort. Die Finger waren leicht gekrümmt und formten über ihrem Arm eine Muschel. Eine dunkle, schwere Muschel mit Farbklecksen.

Nach einer Stunde hatte sie immer noch nicht alle Bilder richtig angesehen. Ab und zu sagten sie etwas. Sie in ihrem Schulenglisch. Zuerst wurde sie immer feuerrot, wenn sie nach den Wörtern suchen mußte. Allmählich ging es besser.

Er erzählte, er wohne in London. Daß er immer Lust gehabt habe, nach Norwegen zu fahren. Mehrere Male sagte er Lofoten und schmatzte. Als wäre das was zum Essen. Und Øya! Sie verstand, daß ihm das Licht gefiel. Rut hatte nie daran gedacht, daß das Licht hier ungewöhnlich sein könnte. Aber da er, der sicher das Licht auf der ganzen Welt gesehen hatte, das sagte, mußte es wohl so sein.

Sie sagte, es sei gut für Jørgen, daß er sich mit seinem Hund angefreundet habe. Er erklärte, der Hund gehöre einem norwegischen Freund, der sich nicht um ihn kümmern könne, da er krank geworden sei. Er sei nach einem Maler benannt, der Egon heiße. Er lachte, als er von Egon sprach, obwohl er doch gleichzeitig erzählte, daß der Freund krank sei. Aber vielleicht handelte es sich ja nicht um einen guten Freund. Er wollte den Winter über in Großvaters Hütte wohnen, denn er wollte Schnee malen.

Rut erinnerte ihn vorsichtig daran, daß Schnee weiß sei. Als er lachte, hatte sie schon Angst, er würde sie für dumm halten. Aber schnell war er wieder ernst und erklärte, daß er auch das Licht in der Polarnacht malen wolle, über den Schneewehen. Sie nickte, kam sich aber immer noch dumm vor.

Als sie erwähnte, daß sie gerne zeichne, wollte er ihr etwas zeigen. Sie begleitete ihn zu den großen Steinen am Strand, auf denen er seine Staffelei stehen hatte. Er mischte Weiß und Blau auf der Palette und malte mit kühnem Schwung schnell etwas auf die Leinwand. Ab und zu korrigierte er sich mit einem Lumpen, dem Daumen oder Handrücken.

Sie folgte allen seinen Bewegungen, und ihr gingen die Augen über. Es dämmerte ihr, daß sie hier einen lebenden Maler bei der Arbeit sah.

Rut vergaß, daß sie nicht so gut Englisch sprach. Sie redete drauflos. Fragte. Warum er die Farben gerade so mische. Wie denn das Licht in London sei. Oder warum er für den Himmel denn nicht die richtige Farbe verwenden würde. Und er antwortete. Kniff wegen der Sonne die Augen zusammen. Er hob seinen ramponierten Strohhut einen Augenblick vom Kopf, nur um ihn dann wieder über die Ohren zu ziehen. Er deutete auf Großvaters Hütte. Auf das Fjell. Das Meer und die Inseln. Die Trockengestelle für den Fisch. Boote, die weit draußen fast nicht vom Fleck zu kommen schienen. Schließlich deutete er auf seinen eigenen Kopf.

Sie verstand, daß er erklärte, während des Malens veränderten sich die Farben in seinem Kopf. Und sie begriff plötzlich, daß das tatsächlich so sein mußte. Nur indem man sich der Farben bemächtigte, konnte ein Bild einzigartig werden.

Ab und zu lächelte er breit. Er war höchst lebendig, und trotzdem kam es ihr in den Sinn, daß sie ihn sich vielleicht nur einbildete. Sie war erleichtert, als er wieder etwas zu ihr sagte. Die Stimme und die Sandalen, die im nassen Ufersand herumplatschten, waren wirklich.

Sie ertappte sich dabei, daß sie wie ein Kind dachte. Zum Beispiel, daß sie endlich verstand, warum Großvater mit Großmutter und seinen Kindern nicht hatte zusammenwohnen können. Weil er eine Hütte für den Künstler hatte bauen müssen. Er hatte gewußt, daß Rut das einmal brauchen würde.

So oft es ging, lief Rut unter einem Vorwand zur Hütte hinunter. Gelegentlich auch zusammen mit Jørgen, der den angeleinten Hund abholte. Dann waren Michael und sie allein. Regnete es, waren sie drinnen. Regnete es nicht, stand er am Ufer und arbeitete.

Sie schmeckte seinen Namen. Michael. Sie sagte ihn nicht, dachte ihn aber.

Er spannte ihr ein Stück Leinwand auf einen Rahmen und gab ihr Farben und Pinsel. Sie wollte ihm danken, aber es gelang ihr nicht richtig. Sie hätte ihm für so viel danken müssen. Deswegen sagte sie es nur ganz schnell und beiläufig und fühlte, wie sie erbebte, als sie auf seine Hände sah. Sie entschloß sich, ihm irgendwann etwas zu schenken. Etwas Richtiges. Wenn ihr etwas eingefallen war.

Er hielt ihren Arm unter dem Ellbogen, um ihr zu zeigen, wie sie stehen sollte, damit Schulter und Handgelenk nicht ermüdeten. Sie versuchte zu verstehen, was er sagte. Aber die Worte flogen davon. Da war nur seine Hand. Deutlich. Warm. Sie hatte plötzlich einen Kloß im Hals und dachte, daß sie besser gehen sollte. Entkommen. Aber er sah nicht aus, als merkte er etwas, und erklärte einfach weiter. Sie konnte nicht weg. Als er sie endlich losließ, war sie fast erleichtert.

Rut bedeckte die Leinwand mit Grün und Weiß, dann mischte sie zwei Rottöne und malte mit ihnen nach rechts versetzt Großvaters Hütte. Tat so, als könnte sie das alles. Malte mit breiten Pinselstrichen, wie sie es bei Michael gesehen hatte. Erst einmal waren die Farben das Wichtigste. Den Rest phantasierte sie dazu. Aber nach einer Weile fand sie ihre Pinselstriche viel zu grob und trocken. Entweder war der Pinsel zu breit oder ihre Hand zu hart. Plötzlich war sie ganz verzweifelt und ließ die Arme hängen.

»*Turpentine?*«

Er kam zu ihr. Legte den Kopf zur Seite und betrachtete die Leinwand. Dann nahm er ihr den Pinsel ab und tauchte ihn in Terpentin. Bei dem Geruch wurde ihr ganz leicht im Kopf. So wenig war nötig, um fast übers Meer schweben zu können. Terpentin. Als er ihr den Pinsel zurückgab, legte sie den Kopf in den Nacken und lachte.

Michael betrachtete sie lächelnd, ehe er zu seiner eigenen Leinwand zurückging.

Die meiste Zeit sagten sie nichts. Waren beide mit ihrem Bild beschäftigt. Als es zu regnen begann, sagte er, sie solle ins Haus gehen, er selbst spannte sich ein altes Segel an drei Pfosten über die Staffelei.

Rut setzte sich in der Hütte neben das Fenster und malte Großvaters Schnupftabakdose und drei tote Fliegen, die auf der Fensterbank lagen. Ihr war es lieber, nahe an die Dinge, die sie malen wollte, heranzukommen. Draußen war so viel. Michael war draußen.

Gerade als sie gehen wollte, weil sie das Vieh füttern mußte, trat er ein und lobte sie. Zeigte ihr einen Schatten, den sie übersehen hatte, aber lobte sie trotzdem. Legte ihr wie davor die Hand auf den Arm. Nur einen Augenblick. Dann steckte er die Hände in die Taschen und sah sie fragend an.

Sie nickte. Sein graues, gelocktes Haar war schwer vom Regen.

Als sie nach Hause ging, kam plötzlich der Prediger hinter den Büschen hervor. Sein Gesicht war düster und verzerrt.

Rut blieb stehen.

»Du kommst spät! Weißt du, daß deine Mutter heute abend die Kühe selbst holen mußte? Der Jørgen ist mit diesem Hund auch nur noch überall und nirgends, und du treibst dich rum wie ein Flittchen. Die Leute reden schon, das kann ich dir sagen. Sie sagen, daß du zu allen Tages- und Nachtstunden bei diesem Burschen bist. Eine Schande! Hast du denn gar kein Schamgefühl? Weißt du nicht, warum die Ada ins Wasser gegangen ist? Was? Hast du die Strafe Gottes vergessen? Die heiligen Männer im Land der Juden nennen solche wie dich eine Hure!«

Er stand so dicht vor ihr, daß sie Tröpfchen seiner Spucke im Gesicht spürte und jedes Wort überdeutlich hören konnte. Aber sie begriff nicht, daß es um sie ging. Er konnte doch nicht sie meinen, oder? Die Freude über die Schnupftabaksdose und die Fliegenleichen auf der Leinwand wurde aus ihrem Kopf verdrängt. Die Stimme des Predigers fraß sich dort hinein und wetterte. Er fuhr alle Geschütze auf, sogar das Jüngste Gericht.

Hure. Das wurde man nicht so einfach los. Es kam mit nach Hause und folgte ihr in den Stall. War dort, während sie den Milcheimer nahm und einen Blick auf ihre Mutter warf, die bei der zweiten Kuh saß. Das Wort mahlte in ihrem Kopf, während sie auf Mutters rote Hände und ihr bleiches Gesicht unter dem Kopftuch sah.

Plötzlich spürte sie Mutters Müdigkeit in ihren eigenen Gliedern. Die kraftlose Scham mehrerer tausend Jahre. Totgeburten.

Rut lehnte die Stirn gegen das warme Tier und zog an den Zitzen. Die Milch spritzte und zischte in den Eimer. Zischte und zischte.

Der Prediger kam in den Stall und baute sich zwischen ihrer Mutter und ihr auf. Sie hörte ihn das Wort noch einmal sagen. Hure.

Erst zuckte ihre Mutter zusammen, und die Kuh wurde unruhig und wollte ausschlagen. Sie stand halb auf, als hätte er ihr eine Ohrfeige gegeben. Dann setzte sie sich wieder auf den Melkschemel und rief, er solle schweigen.

Aber er schwieg nicht, er stand groß und aufrecht über ihnen, während die Worte aus ihm hervorströmten. Für etwas anderes als seine Predigt war kein Platz. So war es immer gewesen. Aber nie so stark wie jetzt. Nie mit so blutigem Ernst. Die Vorträge des Predigers waren nie direkt für sie bestimmt gewesen. Erst jetzt.

Sie stand auf und blieb mit dem Eimer in der Hand unmittelbar vor ihm stehen. Aber das war zu nah. Viel zu nah. Sie hatte nicht die Kraft, irgendwas von dem zu tun, wonach ihr der Sinn stand. Und der Prediger füllte den ganzen Stall aus. Die ganze Welt.

Rut öffnete den Mund, um Luft zu bekommen. Da geschah es. Sie entleerte sich über den Stallboden. Entledigte sich des Predigers über den Stallboden. Kotzte ihn aus wie altes, verdorbenes Essen. Sie stellte den Milcheimer ab und krümmte sich, damit nicht Mutters Kittelschürze den schlimmsten Schwall abbekommen würde.

Der Prediger sprang blitzschnell zur Seite, und der Vortrag hatte ein Ende. Mehrere Male öffnete und schloß er den Mund. Dann drehte er sich um und ging.

Sie wischte sich mit dem Handrücken über den Mund und blieb stehen, während ihre Mutter die beiden Kühe fertig melkte. Nichts wurde gesagt. Sie trugen die Eimer über den Hof und in den Windfang.

Rut wusch sich Hände und Gesicht unter dem Wasserhahn. Dann zog sie Schürze und Kopftuch über, legte das Tuch über den Seiher und ließ die Milch hindurchsickern. Das Geräusch war so nackt.

Das Abendlicht fiel durch die offene Tür und die vier kleinen Scheiben des Windfangfensters. Die Lichtkegel kreuzten sich über dem Milchstrahl, der schäumend das Tuch traf. Als würde eine Verwandlung stattfinden. Das Licht verwandelte alles. Ließ Schönheit entstehen. Selbst aus dem Widerlichsten. Und als sie das dachte, fiel ihr ein, daß Michael das Licht auch in der dunklen Zeit malen wollte. Über dem Schnee. Das sollte der Prediger nicht in den Schmutz ziehen.

Es war Zeit für die Heuernte. Rut arbeitete wie eine Maschine. Aber sie erwiderte kein Wort, wenn sich der Prediger an sie wandte. Sie rechte, stellte das Heu zum Trocknen auf, schaffte es von den Wiesen und rechte dann wieder Heu zusammen. Jørgen fuhr das Heu in die Scheune, und der Prediger gab Anweisungen.

Ihre Mutter half überall. Sie sah aus, als käme sie nicht mal zum Atemholen. Rut hatte kein Mitleid. Das ging sie nichts an, solange sie dem Prediger nicht widersprach.

Die Worte des Predigers über sie und Tante Ada wuchsen mit jedem Tag. Irgendwann würde alles platzen. Oder noch besser: explodieren. Sie skizzierte es auf ihrem Zeichenblock und legte ihn dann in die unterste Schublade der Kommode.

Die Arme und Beine des Predigers losgerissen vom Körper. Die weißen Zähne hatten sich einzeln in einen Baumstamm gebohrt, das schwarze Haar, das nicht grau werden wollte, obwohl er viele Jahre älter sein mußte als Michael, wickelte sie um den Kadaver eines Schafs in der rechten unteren Ecke. Der Totenschädel rollte nackt und weiß über den Weg zum Stall. Die gerade Nase und die breiten Schultern, auf denen er nie etwas trug, flogen wie Kleinholz durch die Luft. Eine grauschwarze Explosion mit blutroten Konturen. Die Augen nagelte sie an einen Bretterzaun. Braun und glänzend ragten sie hilflos wie Nägel zwischen den Jahresringen auf.

Jedesmal, wenn sie frische Unterwäsche brauchte, sah sie das Bild dort liegen. Mehrere Tage lang erinnerte es sie daran, daß sie etwas tun mußte. Und so faltete sie es zusammen und nahm es mit in den Stall, als sie wußte, daß sie dort allein sein würde.

Sie roch den scharfen, warmen Geruch von Kuhmist, als sie die Falltür über dem Dung öffnete. Das Bild schob sie zwischen einen Balken und die Fußbodenbretter. Dann richtete sie sich auf und betete ein Vaterunser, beendete es aber mit einem: »Lieber Gott, der du bist mein, Amen.«

Nach dem Abendessen ging Jørgen allein zu Michael und dem Hund. Sie begleitete ihn nicht.

Auf Armen und Schultern bekam sie einen Sonnenbrand.

Abends begutachtete sie die Bescherung und cremte sich mit Melkfett und Sauermilch ein. In den Nächten lag sie wach und sah die Sonne die Wände heraufklettern, während sie an das Licht auf Michaels Pinseln und Staffelei dachte. Und an seine Hände.

Als fast das ganze Heu in der Scheune war, machte sich der Prediger endlich wieder auf den Weg zu seinen Andachten. Jetzt konnten sie wieder leichter atmen. Das Gesicht der Mutter glättete sich. Sie wurde größer. Ihr knorriger Körper richtete sich auf. Sie sprach mit ihnen, ohne etwas Besonderes zu wollen und auch nicht mehr in diesem scharfen und gleichzeitig jammernden Tonfall.

Die Großmutter war allerdings die ganze Zeit unbekümmert gewesen und hatte auch für alle das Essen gekocht. Beim Heumachen aßen sie bei ihr. Nachdem der Prediger weg war, wurden die Mahlzeiten zu Ruhepausen. Sie konnten in Frieden kauen. Schlucken. Über Beiläufigkeiten reden. Ob es Regen geben würde. Daß die Fähre bald kommen würde. Daß Großmutter dem Pferd einen neuen Umschlag um die Schramme am Schenkel machen mußte, die sich entzündet hatte.

Rut erwog, das Bild unter dem Stallboden zu betrachten, ließ es aber dann sein. Entschloß sich, es in Frieden verrotten zu lassen.

Jørgen ging aus sich heraus und sah nicht mehr so finster drein. Von der Arbeit in der Sonne war er kupferbraun. Wenn die Leute ihn nur mit der Heugabel sahen, wie er die schweren Ballen anhob und auf den Wagen warf, ahnten sie nicht, daß er wirr im Kopf war. Erst wenn er zu reden anfing, merkten sie es. Und wenn er wütend oder richtig froh war. Tausend kleine Dinge passierten dann mit seinem Gesicht und seinen

Bewegungen, wenn man genau hinsah. Bewegungen, die niemand sonst auf Øya machte.

Am Samstag, nachdem der Prediger weggefahren war, regnete es zum ersten Mal seit drei Wochen. Der Bach durch den Hafengarten sprudelte munter. Die Regentonne war im Handumdrehen halb voll. Drinnen und draußen roch es nach frischgemähtem Klee. Rut eilte rastlos von einem zum andern. Dann faßte sie sich ein Herz und ging den matschigen Weg zu ihrer Großmutter hinunter.

»Ich kann mit dem Essenskorb zu Michael gehen«, sagte sie und schüttelte sich die Regentropfen aus den Haaren.

Die Großmutter betrachtete sie prüfend, als wären sie einander fremd und begegneten sich zum ersten Mal.

Auf dem Küchentisch lagen fünf frische Brote. Die Großmutter hob eines nach dem anderen hoch. Hielt es einen Augenblick in der Hand und legte es dann wieder hin. Das dritte Brot wickelte sie in ein Küchentuch. Dann holte sie sechs Eier und legte alles zusammen in den Korb.

»Jeder ist seines Glückes Schmied. Junge Mädchen machen oft dumme Sachen. Das weißt du genausogut wie ich. Getratsche ist Gift. Es kann Leben kosten.«

Großmutter sagte nicht: »Denk an Ada«, aber Rut wußte, daß sie genau das meinte.

»Er bringt mir das Malen bei. Er gibt mir Leinwand, und …«

»Mag sein. Aber denk daran, wie hoch der Preis ist. Hier auf der Insel wird niemand verschont.«

Die Großmutter schob ihr den Korb über den Tisch zu und nickte. Rut blieb noch etwas stehen.

»Was denkst du, Großmutter?«

»Ich finde, daß du tun sollst, was dein Herz und dein Verstand verkraften. Schließlich bist du diejenige, die es aushalten muß. Wenn dir das Malen wichtig ist, dann sollen die Leute halt reden. Aber wenn das Malen erst an zweiter Stelle kommt oder vollkommen unwichtig ist, hätte ich Lust, dir für deine Dummheit ein paar hinter die Ohren zu geben.«

Rut konnte sehen, daß er sich freute, weil Jørgen und sie kamen. Er zeigte ihnen, was er gemalt hatte. Fragte, ob sie mit der Heuernte fertig seien. Gab ihnen Saft und Kekse. Plötzlich nahm er einen Skizzenblock aus einem Koffer unter dem Bett hervor und legte ihn auf den Tisch vor sie hin.

Rut blätterte vorsichtig. An den Rändern war er ganz vergilbt. Michael saß vor dem Tisch. Er wirkte fremd. Anders. Eifrig und etwas unruhig erklärte er, das seien Skizzen aus Paris und Rom. Viele Körper. Mit und ohne Köpfe und Arme. Ihr war, als müsse sie Scham empfinden bei all dieser Nacktheit, obwohl er darauf hinwies, daß es sich um Statuen handele.

Der Hund winselte, und Jørgen legte ihn an die Leine und ging nach draußen. Als sich die Tür hinter ihm schloß, kamen die Worte des Predigers und legten sich über die Skizzen. Sie versuchte sie zu verscheuchen, aber es war, als klebten sie an allem, was sie betrachtete. Nur mit Mühe verstand sie, was Michael sagte. Trotzdem nickte sie und tat so, als wäre nichts.

Der Regen trommelte auf das Wellblechdach, und Michael zeigte ihr Kunstbücher. Sie waren vielgelesen und zerfleddert. Er hatte sie wohl auf allen seinen Reisen dabeigehabt. Eines hatte einen schwarzen Umschlag. *Egon Schiele* stand in ungleichmäßiger Schreibschrift darauf.

Das Titelbild zeigte einen Menschen in einem roten Clownskostüm. Ungelenke Striche für Arme und Beine. Der Kopf fand fast keinen Platz auf dem Bild. Das Gesicht war nach unten geneigt und der Blick abgewandt. Sie konnte nicht entscheiden, ob es sich um einen Mann oder eine Frau handelte, aber die Gestalt bemühte sich, etwas Dunkles überzuziehen. Der Hintergrund war weiß. Das machte alles sehr deutlich. Einsam.

Der Text war auf deutsch. Sie blätterte. Nackte und halbnackte Menschen. Junge und ein paar alte. Ein alter Mann mit zerzaustem Schnurr- und Backenbart. Ein fürchterlich dünnes Mädchen mit Haar unten. Eine Strichzeichnung eines sitzenden jungen Mädchens mit über den Knien gefalteten Händen und teilweise heruntergerollten Strümpfen.

Michael deutete auf das Bild und fragte, ob sie nicht finde, daß das eine mutige Linienführung sei. Sie sah genauer hin und nickte. Daß jemand so zeichnen kann, dachte sie. Wahrscheinlich können das nur Leute im Ausland oder welche, die nicht nach Hause kommen müssen. Leute wie Michael.

Einige der Bilder waren von Kindern oder von Kindern, die trotzdem keine Kinder waren. Einige zeigten den Künstler selbst. Er sah verrückt aus. Oder wütend. Auf einigen der Bilder glichen seine Augen denen des Predigers. Das machte sie traurig. Alles war so nackt.

Michael sah vermutlich nur die Linien, nicht, wie sie auf die Leute wirkten. In dieser Beziehung war er wie ein Kind. Wie Jørgen. Und sie? Sie wandte sich etwas von ihm ab. Blätterte und schaute.

Während sie die Bilder von Egon Schiele ansah, überkam sie eine seltsame Traurigkeit, weil sie inzwischen achtzehn Jahre alt war und immer noch niemanden getroffen hatte, dem sie ihre Gedanken anvertrauen konnte.

Michael betrachtete nicht mehr die Bilder, sondern sie. Als sich ihre Blicke begegneten, fragte er sie, ob sie sich das Buch leihen wolle. Aber so ein Buch hätte Rut nie mit nach Hause nehmen können. Sie schüttelte den Kopf und versuchte ihm zu erklären, daß auf den Bildern bei ihnen zu Hause nur das

Jesuskind nackt sein dürfe. Offenbar verstand er das, denn er lachte.

Rut gefiel es nicht, daß er lachte. Zum Ausgleich dachte sie, daß die Zeichnungen von Egon Schiele etwas ganz anderes waren als Michaels Statuen. Schieles Linienführung ließ alles lebendig erscheinen. Sie bahnte sich ihren Weg und brachte die Figuren dazu, vom Papier aufzustehen und in die Welt hinauszugehen.

Einige Modelle sahen ihr verblüffend ähnlich. In diesem Augenblick hörte sie seine Stimme. Die Worte waren nicht mißzuverstehen.

»Model? Jørgen, or somebody, must be with us, if you like?«

Sie wurde knallrot, wandte sich ab und wußte nicht, was sie sagen sollte. Er deutete auf das Buch und fragte erneut. Sie schüttelte den Kopf, ohne ihn anzusehen. Gleichzeitig wußte sie es. Sie wollte. Sie wollte die sein, die gesehen wurde. Wollte die sein, die Michael dazu brachte, so lebendig zu zeichnen wie Schiele. Wäre sie nur woanders gewesen! In einer Stadt. In einem anderen Land. Dann hätte sie sagen können: Zeichne mich! Male mich! Sieh mich!

Sie konnte kaum atmen. Mußte sofort gehen. Er rief etwas hinter ihr her, als sie zur Tür ging. Eine Entschuldigung. Sie dürfe nicht böse sein, er habe sie nicht kränken wollen. Sie sei schön. So gern würde er ein schönes Bild malen. Sie verstand jedes Wort, zeigte es aber nicht. Drehte sich nicht um. Sah ihn nicht an.

Auf dem Bett zu Hause in ihrer Kammer begann sie zu zittern. Sie ging zum fleckigen Spiegel über der Waschschüssel und betrachtete ihr Gesicht.

Er hat gesagt, daß ich schön bin, dachte sie.

In der Nacht stand sie auf der Hochebene und sah über das Meer und die Ufer. Da kam Gott aus den Wolken herab, er kletterte ein altes Fallreep herunter. Dann stand er, das Gesicht in den Wolken, direkt vor ihr. Als sie nach unten sah, entdeckte sie, daß Gott Michaels nackte Zehen in ausgelatschten Sandalen hatte. Die Zehennägel waren zu lang und nicht ganz sauber. Sie wollte etwas über seine Zehennägel sagen, bekam aber kein Wort heraus. Gott trug eine altmodische Schultafel.

»Zeichne die!« sagte er und deutete auf seine Zehennägel.

Dann verdunkelte sich der Himmel, und sie war wieder allein, die Tafel in den Armen. Sie war so schwer, daß sie sie gegen den einzigen Baum lehnen mußte, der dort oben wuchs. Sie überlegte, daß sie den Weg finden mußte, wußte aber gar nicht, wohin sie gehen sollte. Als sie so dastand und sich daran zu erinnern versuchte, wo sie herkam, damit sie in die entgegengesetzte Richtung gehen konnte, um anzukommen, hörte sie, wie etwas zerbrach. Sofort war ihr klar, daß das nur die Tafel sein konnte. Aber sie sah sie nicht, hörte nur, daß es weit unten klirrte. Sie beschloß, daß sie dieses Geräusch hinter sich lassen mußte. Sonst würde sie womöglich auch noch fallen, weil sie Gottes Tafel zerbrochen hatte. Aber sie steckte fest. Ihre Füße steckten im grünen Gras fest.

Zitternd erwachte sie. Die Decke lag auf dem Fußboden. Sie stand auf und ging zu dem winzigen dreieckigen Fenster. Das Dach und der Schornstein der Hütte waren im Regen gerade noch zu sehen. Vom Meer zog Nebel auf. Die Landschaft zerfloß darin wie in weißem Wollgras.

Sie schlich sich zu dem alten Spiegel. Schwarze Flecken beeinträchtigten das Spiegelbild. Was hatte Michael gesehen? Auf der Spiegelfläche sah sie nur zwei weit geöffnete Augen.

Hatte er gesehen, daß sie gezittert hatte? Nein. Sie spürte das Beben überall. Aber das Spiegelbild war unbeweglich. Sie ging zu ihren Kleidern, die auf einem Stuhl lagen. Die Dielenbretter knarrten. Es war verrückt, sich nachts herumzutreiben.

Sie zog das karierte Sommerkleid an und einen Pullover darüber. Mit nackten Beinen schlich sie die Treppe hinunter und aus dem Haus. Sprang über das nasse Gras und hinter dem Nadelholzgebüsch und den Findlingen bei Großmutters Kartoffelacker vorbei. Umrundete den Felsen und setzte den Weg am Ufer entlang fort. Niemand durfte sie sehen.

Der Hund knurrte, als sie sich näherte. Michael kam an die Tür und hielt sich ein Hemd vor. Als sie sah, daß er nackt war, wußte sie nicht, was sie tun sollte. Sie war noch nie einem nackten Mann begegnet, nicht einmal einem, der sich beiläufig ein Hemd vorhielt.

Er trat ins Dunkel und flüsterte etwas. »Komm.«

Da sie ihren Entschluß gefaßt hatte, ehe sie von zu Hause weggegangen war, und bereits auf Großvaters Schwelle stand, hätte es dumm ausgesehen, wenn sie sich einfach umgedreht hätte und weggelaufen wäre. Michael machte es vermutlich nichts aus, daß er nackt war. Bestimmt hatte er sich in Rom so manche Statue angesehen und außerdem noch zahllose Kunstbücher.

Sie huschte ins Haus. Aber als das getan war, wußte sie nicht mehr weiter. Sie schloß die Augen und öffnete sie dann wieder. Schnell. Sah ihn an, wagte aber gleichzeitig nicht, ihn anzusehen. Ihr Blick wurde vom Fußboden und seinen Zehennägeln angezogen.

Er warf das Hemd aufs Bett und zündete seine Pfeife an, ohne etwas zu sagen. Sah sie nicht an, ging einfach hin und her und rauchte seine Pfeife. Das dauerte eine Ewigkeit. Rut merkte, daß ihr die Tränen kamen. Lautlos, denn sie schämte sich so.

Er setzte sich an den Tisch und sagte etwas mit leiser Stimme. Sie verstand die Worte nicht. Aber sie waren wohl als Trost gemeint. Sie wischte sich über die Nase und übers Gesicht.

Als er aufstand und zu ihr kam, wurde es gefährlich. Fürchterlich gefährlich. Er machte eine Handbewegung, die sie zurückweichen ließ. Aber plötzlich war es, als würde er aufwachen. Rasch ging er zu dem Tisch mit den Arbeitssachen. Einen Augenblick später hatte sie einen Skizzenblock und einen Kohlestift in den Händen.

Er zündete beide Petroleumlampen an, zog sich einen Stuhl heran und machte eine Handbewegung, die wohl besagen sollte: »Komm näher.« Aber er sagte es nicht, nickte nur und setzte sich ans Fenster.

Sie ging zu ihm in das Bild hinein. Der Lichtschein war ein Schock, sie blinzelte und machte einen Schritt zurück, um ihr Gesicht in Sicherheit zu bringen. Zögernd zog sie den Stuhl zu sich heran.

Der Kohlestift in ihrer Hand. Er zitterte. Sie hob den Blick. Er hielt ihr seine Handflächen hin. Als hätte er sagen wollen: »Hier bin ich. Nimm mich! Brauche mich!«

Und plötzlich sah sie mit seinen Augen. Die Schenkel. Das zwischen den Beinen im Halbdunkel. Unwirklich, aber deutlich. Die Schultern, der Bart. Das gelockte Haar auf der Brust. Die Schatten im Gesicht. Er hob die Pfeife in ihre Richtung und lächelte erneut.

Das Kleid war vom Regen feucht geworden. Ihre Füße waren naß. Sie spürte die Kälte, beachtete sie aber nicht weiter. Während sie die ersten vorsichtigen Striche zog, bekam sie am ganzen Körper eine Gänsehaut. Ihre Finger legten sich um den Kohlestift. Die Hand gehorchte ihr. Sie war Rut und war auch wieder nicht Rut. Gewissermaßen hörte alles auf. Sie saß ganz still, und nichts anderes als ihre Striche waren wirklich. Sie waren das einzig Wirkliche im ganzen Zimmer.

Nach einer Weile stand er auf und kam, um sich das Bild anzusehen. Sie reichte ihm den Block. Er legte den Kopf zur Seite. Bekam tiefe Falten zwischen den Brauen. Hielt den Block ins Licht und nickte. Er sah froh aus.

»*Good! Very, very good.*«

Er deutete und erklärte. Etwas mit Perspektive und Abstand. Sie nickte und wollte es verbessern. Aber er schüttelte den Kopf. Nächstes Mal. Dann redete er weiter, als sei nichts Besonderes vorgefallen. Als würde er dort in Kleidern stehen. Einiges verstand sie, aber nicht alles. Er war ihr zu nahe, und er zog sich nicht an. Es war kalt in der Küche, sogar für sie. Trotzdem spürte sie, daß ihre Wangen glühten. Warum zog er sich nicht an? Sie waren doch fertig. Sie wollte gehen.

Da ging er weg und legte im Ofen nach. Er blieb mit dem Rücken zu ihr stehen und wartete, daß es auflodern würde. Eine lange, gebogene Linie führte von oben im Nacken bis ganz nach unten.

Nach einer Weile beugte er sich vor und öffnete die Luke vor der Feuersglut. Mit einer schwungvollen Bewegung warf er Kohlen in den Ofen. Schwarzer Rauch quoll ihm entgegen. Der Feuerschein beleuchtete ihn, als stünde er zwischen Fakkeln. Leckte an ihm. Knisterte und knackte. Er warf die Ofentür zu und drehte sich zu ihr um. Etwas lag in seinen Augen. Eine Frage. Oder Bitte. Er deutete auf seine Nacktheit. Zeigte auf sie. Wies auf den Skizzenblock.

Es war wie ein Sog. Sie wurde hineingezogen und wirbelte herum, immer schneller. Willenlos. Es war so stark, daß sie loslassen konnte. Deswegen war sie schließlich hier.

Rut zog den Pullover und das Kleid über den Kopf. Zögerte, ehe sie auch noch ihre Unterwäsche abstreifte. Währenddessen sah sie ihn kein einziges Mal an und blieb anschließend mit gesenktem Kopf stehen.

Er verschloß die Tür mit dem Haken und zog die alten Gardinen vor. Die Gardinenringe klirrten gegen die Messingstange. Als sie aufsah, war er bereits damit beschäftigt, den großen Skizzenblock aufzuschlagen. Dann zog er die Staffelei über den Fußboden und stellte den Block darauf.

In dem Augenblick, in dem er sie ansah, begriff sie, daß es um etwas anderes ging. Das war nicht der Blick von jemandem, der sie nackt sah. Das war der Blick von jemandem, der etwas Bemerkenswertes entdeckt hatte, das er zeichnen wollte.

Er zeigte ihr, wo sie sich hinsetzen sollte, ohne sie zu berühren, und gab ihr Großmutters Korb, damit sie ihn auf den Schoß stellen konnte, als wüßte er, daß das wichtig für sie war. Dann forderte er sie auf, den Pferdeschwanz zu lösen. Ihr Haar war immer noch feucht vom Regen. Er zeigte ihr, wie sie es mit den Fingern kämmen sollte. So! Zeigte ihr, wie sie sitzen sollte. Die Beine ausgestreckt und leicht geöffnet. Etwas über den Korb gelehnt und den einen Arm unter der Brust. Sie folgte seinen Händen mit den Augen. Sie waren so dunkel.

Er ging um sie herum. Maß sie mit den Augen. Zündete sich wieder die Pfeife an. Ging nochmals um sie herum. Zog die Gardinen etwas zurück. Neigte ein wenig den Kopf und stellte sich hinter die Leinwand.

Die Zeit war ein unbeweglicher blauer Schatten. Er zündete die dritte Lampe an. Schürte das Feuer im Ofen. Fragte, ob sie Durst habe. Oder friere. Sie schüttelte den Kopf. Einmal trat er zu ihr und veranlaßte sie, das Kinn zu heben, ohne sie anzufassen. Starrte eine ganze Weile auf ihren Kopf, ehe er wieder hinter seiner Staffelei verschwand.

Er konnte so viel von dem, was sie lernen wollte. Wußte so viel von dem, was sie brauchte. Sie wünschte sich, er möge sie endlich richtig erkennen. Sehen, daß sie ihm etwas im Austausch dafür bot, daß er Leinwand und Farben mit ihr teilte. Oder war es gar nicht deswegen? War nur dieses Beben daran schuld? Daß sie sich wünschte, er würde zu ihr kommen und sie am Kinn fassen? Und zwar wirklich?

Aber er kam nicht. Der Arm hob und senkte sich. Das Kratzen des Kohlestifts war kaum zu hören. Er schlug den Skizzenblock um. Fing neu an. Betrachtete dieses Bemerkenswerte hinter ihr. Ihre Rückseite. Für die sich bisher noch nie jemand Zeit genommen hatte.

Nach einer Weile wollte er, daß sie sich an die Kissen auf dem Bett lehnte. Sich ganz zurücklehnte. So, genau. Ohne Großmutters Korb fühlte sie sich nackt. Fürchterlich nackt. Sie wollte sich zudecken. Suchte mit der Hand, fand aber nichts. So blieb sie einfach liegen. Die Überdecke juckte im Rücken. Sie war aus gestrickten Quadraten aus grober Wolle zusammengesetzt. Hilflos sah sie ihn an. Jetzt besaß er sie. Besaß das ganze Bild von ihr.

Er legte Kohlen nach. Die Funken stoben über das Dach. Sie konnte sie vorm Fenster aufs Gras fallen sehen. Schwarze Asche in einem gefährlichen Funkenregen. Er schürte viel zu stark. Plötzlich sah sie vor sich, wie alles Feuer fing und sie sich ins Freie retten mußten. Nackt. Alle kamen angelaufen und sahen sie. Sie sah sich und Michael mit den nackten Linien von Schiele. Das machte ihr furchtbare Angst. Sie begann zu lachen. Hörte selbst, daß das nicht ihr Lachen war. Es gehörte jemandem, der schon etwas den Verstand verloren hat. Je besser sie den Brand sah, desto mehr lachte sie.

Er hielt inne, erst verblüfft, dann ließ er die Hand mit dem Kohlestift sinken.

»*All right, all right*«, sagte er.

Sie versuchte es ihm zu erklären, und ein bißchen verstand er offenbar, denn er lächelte kurz. Als er plötzlich einen Schritt an der Staffelei vorbei machte und das Licht auf ihn fiel, sah sie es. Er war verändert. Er hatte sich aufgerichtet. Jetzt stand er mitten im Zimmer und deutete auf sie. Er war nicht wirklich. Vor allem nicht wirklich. Und erst die Augen. Konnte wohl jemand solche Augen malen oder zeichnen?

»*You must go now, Rut! It's just morning*«, hörte sie.

Schnell stand sie auf und ergriff das Kleid, das vom Stuhl gerutscht war. Sie zog sich in Windeseile an. Beschämt. So furchtbar beschämt. Alles war ihre Schuld. Soviel verstand sie. Sie hatte das Bild verdorben.

Als sie an ihm vorbei und durch die Tür wollte, griff er nach ihrem Handgelenk und flüsterte etwas, was sie nicht verstand. Die Wärme seines nackten Körpers war allzu nahe. Seine Brust. Die Arme und Hände.

»*Coming back?*« hörte sie seine Stimme. Dunkel. Merkwürdig. Sie erlebte das alles, und gleichzeitig war es nicht wirklich. Deswegen reckte sie sich und legte ihre Stirn an seine Brust. Es stach etwas.

Da war er plötzlich überall. Warm und zwingend.

»Nein!« schluchzte sie auf und schlug um sich.

Er ließ sie sofort los und murmelte etwas mit der Stimme des Mannes hinter der Staffelei. Er war zwei. Zwei verschiedene. Der eine war ständig auf der Jagd nach Schieles Linienführung. Den anderen durfte man nicht reizen, denn er war nicht besser als sie selbst.

Sie wußte nicht, wer von den beiden die Tür öffnete und sie hinausließ.

Es vergingen mehrere Tage, bis Rut wieder zur Hütte hinunterging. Sie sah ihn durch das dreieckige Fenster ihrer Kammer, wenn er mit Skizzenblock und Staffelei den Strand entlangwanderte. Der Hund sprang abwechselnd vor und hinter ihm her. Dann verschwanden sie hinter den Felsblökken.

Sie brachten das restliche Heu ein, und ihre Mutter war guter Laune. Jørgen war bei Michael, wenn er nicht gerade Heu auflud oder in die Scheune fuhr. Eines Abends steckte er Rut einen Zettel von Michael zu. Er wolle ihr noch etwas über die Malerei beibringen, wenn sie Lust habe. Draußen in der Sonne. Jørgen könne ihr zeigen, wo er sei, schrieb er.

Glaubte er, sie habe Angst vor ihm? Hatte sie Angst? War ihre Angst so groß, daß sie nicht wollte, daß er ihr das Malen beibrachte? Nein. Sie mußte sich nur entschließen. *So* groß war ihre Angst nicht!

Er stand in seinen fleckigen Hosen und mit seinem riesigen Strohhut da und malte die Inseln, die Trockengestelle für den Fisch und die Mole. Das Bild war einerseits treffend, andererseits auch wieder nicht. Hatte auch für sie Malsachen mitgenommen. Hatte also an sie gedacht, ehe er die Hütte verließ. Daß sie kommen könnte.

Jørgen war die ganze Zeit dort. Schnitzte und machte seine Sachen. Warf ab und zu Stöcke, die der Hund apportierte. Aber er war nie weit weg. Als hätte ihm Michael das aufgetragen. Geh nicht weg, Jørgen, sie braucht dich.

Eines Abends, als Jørgen Onkel Aron dabei half, das Bootshaus zu teeren, erledigte sie rasch das Spülen und Aufräumen und sagte zu ihrer Mutter, sie wolle auf die Hochebene. Nur um auch in diesem Jahr einmal oben gewesen zu sein.

Michael saß mit einer Rolle englischer Zeitungen auf dem

Brunnendeckel, als sie kam. Er habe ein Paket erhalten, sagte er und bot ihr englische Pralinen an. Sie nahm sich ein paar und setzte sich in gebührlichem Abstand von ihm hin.

Er wollte wissen, wohin sie unterwegs sei, da sie einen Rucksack dabeihatte. Auf die Hochebene? Er wußte nicht, welcher von den grünen Hügeln die Hochebene war. Sie zeigte es ihm. Erklärte ihm, wo der Pfad verlief und wie lange es dauerte, dort hinaufzukommen. Und runter? Eine halbe Stunde.

Rut spürte seine Augen auf sich. Als lausche er ihren Worten, während er an etwas ganz anderes dachte. Zum Beispiel warum sie zu seiner Hütte heruntergekommen war, obwohl sie den Pfad nach oben nehmen wollte. Aber sie konnte sich nicht weiter darum kümmern, welche Fragen er sich stellte, denn nur heute abend half Jørgen dem Onkel beim Anstreichen. Und als er ihr in die Augen sah und sie fragte, ob sie wolle, daß er sie begleite, nickte sie.

Er hatte einen Schnitt am Arm direkt über dem Handgelenk. Es hatte sich noch kein Schorf gebildet. Zwei Mücken hatten es auf das Blut abgesehen. Kreisten, wollten landen, stiegen auf, kreisten wieder. Er wedelte mit der Hand und stemmte seine Ellbogen auf die Knie. Die ganze Zeit, während sie den Mücken mit den Augen folgte, spürte sie, wie sein Blick auf ihr ruhte. Schließlich wurde es unerträglich.

Da setzte er sich neben sie und legte ihr seine dunkle Hand in den Nacken. Sie schloß sich fest und warm um ihren Kopf, als gehörte sie dorthin. Nicht hart, eher wie ein kräftiger Flügel. Sie lehnte sich dagegen. Lehnte sich dagegen und hoffte, daß es nie enden möge. Seine Augen, die auf ihr ruhten, wurden immer größer und dann eins mit dem Himmel. Wurden immer blauer, bis sie jeden Widerstand aufgab. Da stand er auf und ließ sie los.

Sie schnallte sich den Rucksack um und begann zu gehen.

Nach einer halben Stunde holte er sie ein. Er hatte eine Umhängetasche mit Malsachen vor der Brust und den Hund an der Leine. Sie ging voraus, bis sie den Felsspalt erreichte, in dem die Schafe bei Unwetter Schutz suchten. Dort kroch sie hinein und setzte sich auf einen grasbewachsenen Felsabsatz. Er folgte ihr und setzte sich neben sie. Der Hund machte es sich im Dunkeln hinter ihnen bequem.

Sie konnten sämtliche Häuser und die Hafenbucht sehen und dahinter weit über den Fjord bis zur Fahrrinne für die großen Schiffe. Das Meer hatte nur kleine Höcker, und wegen des guten Wetters war es etwas diesig. Erst saßen sie da, ohne etwas zu sagen. Dann spürte sie seinen Blick auf sich.

Sie schaute weiter in die Ferne, als würde sie es nicht bemerken. Sie meinte zu schweben. Es spielte keine Rolle, daß er zwei war – in einer Person. Es spielte keine Rolle, daß sie vor dem, der nicht malte, eigentlich Angst hatte.

Der erste, der, der nicht gefährlich war, wußte alles über die Malerei, das Zeichnen und die Perspektive, er war in so vielen Städten der Welt gewesen. Kannte so viele Menschen. Sicher auch viele Maler. Er wußte von Schulen, in denen man alles über Farben und Perspektive lernen konnte. In denen man alles lernen konnte, was sich eigentlich nicht erlernen ließ, weil vor einem selbst noch niemand das gemacht haben durfte. Jedenfalls nicht, ehe sie es gemalt hatte.

Es spielte keine Rolle, daß das nicht dieser Michael war, der da gerade neben ihr atmete. Der ihr Gesicht in die Hände nahm und ihr das Haar aus der Stirn strich und ihr dabei so nahe kam, daß sie es nicht einmal wagte, die Spucke zu schlukken, die sich in ihrem Mund gesammelt hatte.

Da sagte er es. Berührte die Narbe auf ihrer Stirn und fragte, woher sie die habe. Seine Stimme verschwand, als sie Gorm über den Schulhof in der Stadt gehen sah. Er trug eine braune Lederjacke mit grünem Kragen. Jetzt drehte er sich um und hob die Hand.

»Die hab ich schon immer«, sagte sie und stand auf.

11

Jeder Handel von Bedeutung nimmt in Bergen seinen Anfang, deswegen mußt auch du dorthin«, sagte sein Vater.

Von etwas anderem war nie die Rede gewesen. Als sei dies der Sinn von Gorms Existenz. Es würde drei Jahre dauern, aber er las die Fächeraufstellung, ohne brauchbare Gegenargumente zu finden.

Vielleicht war es Vaters »Warte nur, bis du nach Bergen kommst«, was ihn glauben machte, dort die Freiheit zu finden. Worin diese Freiheit bestand, außer sich zu betrinken, wußte er nicht so recht. Aber Torstein würde auch nach Bergen gehen.

Der Vater sprach über die Norwegische Handelshochschule, als wäre er mit ihr verwandt oder, noch besser, als pflegte er mit ihr Handelsbeziehungen. Er selbst hatte sie direkt vor dem Krieg zwei Jahre lang besucht.

Sogar seine Mutter hatte Positives über Bergen zu sagen. Dort war sie seinem Vater begegnet, als sie bei einer Tante wohnte, um Modistin zu werden. Wenn der Vater zuhörte, erzählte sie, daß sie ihn dort getroffen habe. Aber wenn er nicht dabei war, beschrieb sie die Stadt und die Hüte. Abschließend pflegte sie dann immer noch seufzend zu sagen, daß sie Vater getroffen und geheiratet habe, und »daß Marianne«.

Der Name blieb in der Luft hängen, als versuchte sie ihn herumzudrehen und wieder in den Mund zu stecken. Die Stimme klang, als erwähnte sie ein unaussprechliches Unglück. Die wenigen Male, die Marianne vollkommen verstummte und gleichsam schrumpfte, waren, wenn die Mutter erzählte, warum sie nicht Modistin geworden war.

Es hatte den Anschein, als wüßte sein Vater nicht, wie alles zusammenhing. Seine Mutter hatte ganz sicher erwähnt, daß sie eigentlich in Bergen war, um zu lernen, wie man Hüte nähte, aber sein Vater war wohl nicht in der Lage gewesen, darauf Rücksicht zu nehmen.

Die Schwestern sprachen nicht über seine Zukunft, waren weder für noch gegen seine Pläne. Während er beim Militär gewesen war, hatten sie wieder damit begonnen, sich vielsagend anzusehen und zu lachen. Marianne war inzwischen ausgelernte Krankenschwester, verlobt und würde Frau Anwalt Steine werden. Insgeheim mochte Gorm diesen Jan nicht, ohne genau zu wissen, warum. Der Bursche hatte ihm schließlich nichts getan.

Es war lustiger, mit Edel zusammenzusein. Sie begegnete grundsätzlich allem und jedem mit Kritik, besonders denen, die über dreißig waren. Außerdem predigte sie ständig, daß die Welt bald zugrunde gehen werde, weil die Amerikaner richtige Schweine seien. Auf diese Gedanken war sie in Oslo bei den Vorbereitungen für die Zulassungsprüfung gekommen. Besonders die Mutter mußte ihre überlegene Weltsicht ausbaden.

»Pfui, Mutter«, war eine stehende Redewendung, wenn der Vater nicht anwesend war.

»Du mußt zusehen, daß du langsam erwachsen wirst, meine Liebe«, meinte die Mutter.

»Was hast du eigentlich für die Zulassungsprüfung gelernt, wenn dir doch nichts anderes als ›Pfui, Mutter‹ einfällt?« wollte Gorm wissen.

Sie warf ihm ein Sofakissen an den Kopf, damit waren sie quitt. Aber ihm war klar, daß sie beide nicht wußten, was sie mit ihrem Leben anfangen sollten. Edel fehlte das Zeug zu dem Entschluß, endlich von zu Hause auszuziehen. Gerade bevor Gorm nach Bergen abreisen wollte, besorgte ihr der Vater eine Stelle im Büro eines Geschäftsfreundes in der Stadt.

Seine Mutter bestand darauf, ihn zu begleiten, um seine Bude in Augenschein zu nehmen, die sanitären Verhältnisse und die Gegend, wie sie sich ausdrückte. Sie wohnte im Hotel und schien unbegrenzt Zeit zu haben.

Jeden Nachmittag und Abend mußte er ihr bei der Einrichtung seiner Bude helfen. Er hatte kaum Zeit, die Bücher zu kaufen, die er brauchte, oder jemanden kennenzulernen.

Die häßlichen Gardinen fand sie fürchterlich, den Teppich gesundheitsgefährdend. Er mußte dringend gewaschen werden. Die sanitären Verhältnisse waren halbwegs in Ordnung. Ihre Unterhaltung mit dem Hauswirt berührte ihn peinlich. Als sie Gorm mitteilte, daß sie jetzt Gardinen und noch ein paar andere Dinge kaufen wolle, damit es einigermaßen »gemütlich« werde, wie sie das nannte, hatte Gorm genug, ohne selbst ganz zu wissen, wo er diese Unverblümtheit hernahm.

»Hör schon auf! Die Gardinen sind mir recht!«

Seine Mutter zuckte zusammen, als hätte er sie geschlagen, und Tränen traten ihr in die Augen.

»Ich will doch nur dein Bestes und bin den weiten Weg mitgekommen, um dir zu helfen.«

»Das weiß ich«, murmelte er und zog sich seine Jacke über, um mit ihr neue Gardinen kaufen zu gehen.

Als ihm keiner ihrer Vorschläge gefiel, meinte sie, er sei seinem Vater fürchterlich ähnlich.

Wahrscheinlich hasse ich sie, dachte er erstaunt und ließ sie entscheiden.

Sie kauften fertige Gardinen, die ihr gefielen, und er trug

sie nach Hause. Sie kletterte die Stehleiter seines Vermieters hoch, um sie aufzuhängen, während er die Leiter festhielt. Es hätte leicht passieren können, daß ihm die Leiter auf einmal entglitt und sie herunterfiel. Aber es war wenig wahrscheinlich, daß sie sich etwas Schlimmeres als einen Beinbruch zuziehen würde. Dann würde er auch noch jeden Tag mit Blumen ins Krankenhaus laufen müssen. Oder, noch schlimmer, sie in ihrem Hotelzimmer besuchen.

Er hob den Blick und stellte fest, daß Waden und Schenkel seiner Mutter allmählich aus der Form gerieten und daß sich kleine Schweißflecken unter den Armen an ihrer weißen Seidenbluse abzeichneten. Sie war schlank und trug elegante Kleider, aber ihr Hals begann alt zu werden. Er konnte sich nicht erinnern, das schon einmal bemerkt zu haben. Es war wie ein Schock, daß sie ihm deswegen nicht leid tat.

Als sie wieder auf dem Boden stand, Kostümjacke und Schuhe anzog und meinte, daß sie sich jetzt wirklich ein anständiges Essen verdient hätten, kam er sich vor wie ein böser Mensch.

Sieben Tage lang lief er mit einem ständigen Druck hinter den Schläfen und der Stirn herum. Er konnte an nichts anderes denken als an ihre baldige Abreise. An den Vormittagen auf der Handelshochschule kam es ihm vor, als hätte er Pause.

Am letzten Abend aßen sie im Hotel. Er hatte Durst und bestellte sich vor dem Essen Bier. Sie wollte nur Wasser.

»Willst du nicht einen Schluck Wein zum Essen trinken, Mutter?«

»Nein danke, heute nicht. Ich fahre doch morgen«, sagte sie und seufzte.

»Dann trinke ich auch nur Bier.«

»Ich finde, daß du ziemlich viel Bier trinkst«, sagte sie, als der Kellner außer Hörweite war. »Du hast, was Alkohol betrifft, ein Problem, lieber Gorm.«

Der Druck hinter seinen Schläfen wurde plötzlich übermächtig, er hielt ihn nicht mehr aus.

»Vielleicht gelingt es mir auch einfach nicht, in deiner Gesellschaft meine Persönlichkeit zu entfalten?« Er fixierte ihre Brauen. Dunkel und wohlgeformt. Selbst bei der Verwandlung, die ihr Gesicht durchmachte, während er sprach, blieben sie schön. Das Kinn wurde kraftlos, die Falten um den Mund zeichneten sich deutlicher ab, und ihr Blick wurde unstet. Dann füllten sich ihre Augen mit Tränen. Mit einer würdigen Bewegung, die er von früher kannte, zog sie ein Taschentuch aus ihrer Handtasche.

»Ich dachte, dies würde ein nettes Essen werden«, sagte sie und trocknete sich die Augen.

»Das habe ich auch geglaubt«, erwiderte er, so ruhig er konnte, aber der Druck hinter seinen Schläfen hatte zugenommen. Sein Kopf schien jeden Augenblick explodieren zu wollen.

Sie tut mir nicht leid, dachte er, aber es ging ihm deswegen nicht besser.

»Ich werde nicht auf deine Vorwürfe eingehen«, sagte sie.

Er vermied es zu antworten.

»Ich will, daß dieser Abend gemütlich wird«, sagte sie mit diesem Ich-opfere-mich-Lächeln.

Sie glaubt es auch noch selbst, dachte er und klappte die Speisekarte zu. Der Kellner kam, um die Bestellung aufzunehmen.

»Ich habe leider jeglichen Appetit verloren, ich esse nur ein Stück Kuchen und trinke eine Tasse Kaffee, aber der junge Mann ißt natürlich die Lammkeule, die Sie empfohlen haben.«

Gorm traute seinen Ohren kaum. Das hier war etwas Neues. Sie vertraute dem Kellner an, daß nicht alles war, wie es hätte sein sollen. Mit einem vielsagenden Lächeln nahm er die Bestellung auf. Gorm sah ganz offen auf seine Armbanduhr und rechnete aus, wie lange er anstandshalber sitzen bleiben mußte, ehe er auf seine Bude gehen konnte.

»Ich will, daß du weißt, daß ich dir deine Unverschämtheit verziehen habe, denn ich gehöre nicht zu den Leuten, die anderen etwas nachtragen. Immer habe ich zuallererst nur an andere gedacht. Und jetzt sehe ich, daß es dir nicht gutgeht, lieber Gorm.«

Er hatte das Gefühl, die Verbindung zwischen Kopf und Rückenmark würde durchtrennt. Ich werde hier vermutlich ganz still dasitzen, bis ich einfach vom Stuhl falle, dachte er und fragte sich, ob sie wohl zu diesem Zeitpunkt bereits abgereist wäre. Oder ob er ihre Verzweiflung mit ansehen mußte, wenn er vor aller Augen vom Stuhl fiel. Von den Nachbartischen wurde bereits zu ihnen herübergeschaut. Die Blicke waren eindeutig.

»Du kannst doch nicht so rücksichtslos sein, vom Stuhl zu fallen«, wollte sie gerade sagen. Und als er das dachte, erwachte er aus seiner Erstarrung und ihm gelang ein Lachen.

»Worüber lachst du?«

»Ich weiß nicht«, sagte er lachend und fragte sich, ob vor ihm jemand seine Mutter wohl so oft belogen hatte wie er.

Aber nicht nur sie hatte er belogen. Er war in ein ganzes Geflecht von Lügen geraten. Else, beispielsweise. Er hatte versprochen, ihr zu schreiben, hatte aber nicht Wort gehalten. Mehrere Wochen waren vergangen, ohne daß er geschrieben hatte. Und jetzt log er wieder. Als sei das ein Sport, den er weiterentwickelt hatte, als er beim Militär gewesen war.

Unruhig sah seine Mutter auf ihre Hände, faßte das Besteck an, die Serviette. Seufzte und machte eine hilflose Bewegung mit dem Kopf. Er kannte diese Bewegung viel zu gut. Sie verband sich mit einer Reihe von Ereignissen seit seinen Kindertagen, als es nur Mutter und ihn gegeben hatte. Ihn und Mutter. Damals hatte er immer Zeuge ihres Kummers und ihrer Unzufriedenheit sein müssen. Und diese Reihe von Erfahrungen sagte ihm, daß er verloren hatte. Sie tat ihm tatsächlich leid. Jetzt, in diesem Augenblick.

Das Essen wurde serviert, und als er nicht viel aß, bekam er zu hören, das sei rausgeworfenes Geld, eine so schöne Mahlzeit für jemanden zu bestellen, der nichts esse. Er war jedoch nicht mehr empört oder wütend. Das einzige, was er tun konnte, war, die Einrichtung zu betrachten und die Menschen um sich her zu beobachten. Wenn sie etwas sagte, nickte er. Wenn sie etwas fragte, antwortete er, was von ihm erwartet wurde.

Nach einer Weile meinte sie, das Dessert könne sie vielleicht herunterbekommen, falls es nicht zu mächtig sei. Mit einem zufriedenen Lächeln nahm der Kellner die Bestellung auf. Dann richtete er seinen Blick auf Gorm.

»Nein danke, für mich nichts.«

»Nimm doch ein Dessert, um mir Gesellschaft zu leisten«, bat sie ihn lächelnd.

Er holte tief Luft.

»Zweimal Karamelpudding«, sagte er, den Blick auf das Tischtuch gerichtet.

Am nächsten Tag begleitete er sie zum Kai der Hurtigrute. Sie erzählte, daß sie in der Nacht nicht geschlafen habe, weil sie den Eindruck gewonnen habe, Gorm sei nicht froh darüber, sie in Bergen bei sich zu haben.

Gorm sagte sich, es sei ohnehin bald vorbei, und widersprach freundlich, um ihr gefällig zu sein und es sich auch leichter zu machen. Da begann sie zu weinen.

»Entschuldigung, Mutter!« murmelte er, ohne sich an etwas Bestimmtes erinnern zu können, wofür er hätte um Entschuldigung bitten müssen. Ein Lastwagen brauste dröhnend an ihnen vorbei. Er wollte gerade sagen, daß sie gutes Reisewetter bekommen würde.

»Ich wäre jetzt gerne noch einmal jung, genau wie du«, schluchzte sie.

Ihre ganze Erscheinung hatte etwas Kraftloses. Es war ansteckend, und mehr, um das zu verbergen, als aus Freundlichkeit drückte er ihren Arm, gab ihr sein Taschentuch und begleitete sie die Gangway hinauf.

»Ich bringe nur meiner Mutter den Koffer an Bord«, sagte er zu dem Offizier, der die Fahrkarten kontrollierte.

»Abfahrt ist in zehn Minuten«, sagte der Offizier und ließ sie an Bord.

Sie hing schwer an seinem Arm, während er ihr half, ihre Kajüte zu finden.

»Für die jungen Leute von heute ist es leicht. Es ist nicht einmal Krieg. Und die Zeiten sind soviel besser. Ich hätte nie geheiratet, weißt du. Aus mir hätte was werden können, ich hatte Talent. Viele fanden, daß ich Talent habe.«

»Das wissen wir doch, Mutter.«

»Nicht ihr, sondern du. Die anderen, dein Vater auch, wissen nichts. Wollen auch nichts wissen. Ich bin in meinem eigenen Haus eine Fremde.«

»Hier ist es, Mutter«, sagte er und öffnete die Tür der Kajüte.

»Jetzt schlägst du auch diesen Ton an. Als ob ich nicht …«

»Entschuldigung, das wollte ich nicht. Willst du an Deck gehen, um beim Ablegen zuzusehen?«

Sie schüttelte den Kopf und putzte sich die Nase.

»So wie ich aussehe, kann ich mich niemandem zeigen«, flüsterte sie.

Als er sich aus ihren Armen befreit hatte und sie allein ließ, weinte sie immer noch.

Er starrte auf die Reihen genau gleicher Kajütentüren, während er durch die Korridore hastete. Zahlen setzten sich in seinem Kopf fest. Sechs, Sieben, Acht, Neun. Zehn. Dort wo seine Zunge hätte sein sollen, war immer mehr Schleim. Er schluckte seinen eigenen Schleim. Die Türen, die Messingtürklinken. Die Säcke mit der Schmutzwäsche am Ende der Korridore. Der dunkle Schmutzrand, der sich an den Treppenleisten festgesetzt hatte. Ohne nachzudenken, schluckte er das alles, während er an Deck eilte.

Der frische Wind, der ihm ins Gesicht schlug, ließ ihn nach Luft schnappen. Gierig. Dann bemerkte er die Geräusche. Lärm vom Kai. Rufe. Gelächter. Motorbrummen. Kisten, die an Bord gehievt wurden. Mitten auf der Gangway blieb er einen Augenblick stehen, öffnete den Mund und bewegte die Zunge. Das half. Er wußte nicht recht, wogegen. Aber es half.

Dann spürte er die Kaiplanken unter den Sohlen. Die Gangway wurde weggenommen. Die Reling geschlossen. Sie war nirgends zu sehen. Aber irgendwie wußte er, daß sie da war. Sie wollte sich nur nicht zu erkennen geben. Als die Motoren den schwarzen Rumpf erbeben ließen und das Wasser durch die Schrauben weiß zu schäumen begann, hob er die Hand.

So stand er da, bis das Schiff ganz gewendet hatte und in See stach. Nach und nach wurde der Streifen des Kielwassers ruhiger und verwandelte sich in zwei gleichmäßige weiße Pflugscharen. Sein Arm in der Luft fühlte sich an wie ein abgestorbener Ast. Trotzdem blieb er stehen wie ein Zinnsoldat, bis er sich ganz sicher war, daß sie ihn nicht mehr sehen konnte.

Ein paar Stunden lief er ziellos die Straßen entlang. Er hätte Torstein von einer Telefonzelle aus anrufen können. Aber er wußte nicht, was er hätte sagen sollen, wenn Torstein ans Telefon gegangen wäre. Als hätte er für lange Zeit sämtliche Worte aufgebraucht.

Es wäre schön gewesen, wenn er einen Menschen gehabt hätte. Einen richtigen Menschen. Egal, welchen. Nur, um ehrlich über alles reden zu können oder auch schweigen. Jetzt, wo seine Mutter weg war und ihm trotzdem keine Ruhe ließ, wußte er, daß er sich selbst am meisten dafür verachtete, daß er ihr ähnlich war: Auch er hatte niemanden.

Die steilen Gärten. Die Zäune. Die Bäume. Vorbei und vorbei. Es flimmerte grün und gelb. Er versuchte an die Handelshochschule zu denken, die Bücher, die neuen Gesichter.

Aber Mutters Gesicht war stärker. Und hinter ihr standen diffuse Schatten von Else. Er versuchte einen Brief zu planen. Versuchte ihn aus den Baumwipfeln heraufzubeschwören, aus den Wolken. Aber es gelang ihm nicht. Jedes Wort an Else mußte falsch klingen. Denn sie bedeutete ihm nichts mehr.

Er ging in ein Café und bestellte sich eine Tasse Kaffee. Aus einem Radio auf einem Regal ertönte ein Kirchenlied. Ihm ging auf, daß er geglaubt hatte, in Bergen würde er frei sein, und nun saß er da und wünschte sich nur, ein besserer Mensch zu sein.

Ein Zettel lag zusammengeknüllt im Aschenbecher. Er glättete ihn und sah, daß es sich um eine Einkaufsliste handelte. Kaffee, Brot, Papiertaschentücher, drei Meter Spitze. Offenbar hatte vor ihm eine Frau an seinem Tisch gesessen.

Kirchenlieder und Spitze, dachte er.

Er fand einen Stift in der Jackentasche, drehte den Zettel um und schrieb: »Geht das allen so? Daß sie sich nach dem sehnen, was sie nicht haben? Nach diesem einen Menschen.

Der dich versteht, ohne es gegen dich zu verwenden. Der nicht verlangt, dich zu besitzen, und den du deswegen nicht anlügen und vor dem du auch nicht davonlaufen mußt. Gibt es ihn? Oder ist das nur etwas, was du einem Menschen andichtest, dem du bei einer Andacht begegnet bist?«

12

Der Knall hallte von Felsen und Bergen wider.

Jørgen und Rut standen neben dem Findling in Großmutters Kartoffelacker. Jørgens Augen spiegelten das blaue Abendlicht. Er riß sie auf und sah Rut hilflos an.

Sie stellte den Korb ins Gras und sprang den Abhang hinunter. Jørgen holte sie ein und übernahm die Führung. Als sie Michael auf der Steinplatte vor der Hüttentür auftauchen sah, war sie sehr erleichtert. Warum sie geglaubt hatte, der Schuß habe ihm gegolten, wußte sie nicht recht.

Er war offenbar damit beschäftigt gewesen, sich zu rasieren. Die eine Seite seines Gesichts war bereits nackt, die andere war noch von seinem Vollbart bedeckt. Mit herabhängenden Hosenträgern lief er vor der Hütte herum.

Als er sie sah, rief er etwas, was sie nicht verstand. Er spähte das Ufer und den Weg entlang, der im Gebüsch verschwand. Plötzlich ging er mit eiligen Schritten auf die andere Seite des Brunnens. Dort blieb er einen Augenblick reglos stehen und bückte sich dann.

Rut versuchte mit Jørgen Schritt zu halten, aber er war zu schnell. Jetzt richtete Michael sich auf und lief um den Brunnen herum. Sie sah, daß er den Rasierer immer noch in der Hand hielt. Sein Haar stand senkrecht in die Luft, als versuchten fremde Kräfte ihn daran zu hindern, etwas Unüberlegtes zu tun. Er schüttelte hilflos den Kopf. Seltsame Worte drangen aus seiner Kehle, während er die Wiese herunterrannte. Lauter und lauter rief er, und das Echo klang bedrohlich.

Schwer atmend lief Rut hinter Jørgen her zum Brunnen. Dort blieben sie stehen. Der Hund lag, alle viere von sich gestreckt, mit offener Schnauze auf der Seite. Ein dünnes, rotes Rinnsal sickerte zwischen der nassen Zunge und den scharfen Zähnen hervor. Jørgen kniete sich hin und vergrub seine Finger in dem kurzhaarigen Fell. Von kleinen Schluchzern unterbrochen, redete er mit dem Tier auf seine eigene Art. Inständig bat er es, doch wieder aufzustehen. Nicht später, sondern sofort.

Jørgen hatte schon viele Kadaver gesehen. Schafe, Kälber und alte Kühe. Meerestiere und Fische, Hühner und Schneehühner. Bestimmt wußte er, daß sein Kommando nichts bewirken würde. Trotzdem machte er starrköpfig weiter.

»Los! Steh auf! Jetzt! Sofort!« Er stieß und schüttelte, ohne etwas auszurichten und voller Verzweiflung. Schließlich nahm er den Hund in die Arme und trug ihn zu einem Felsabsatz. Noch nie hatte Rut jemanden so traurig gesehen. Er legte sich den Körper und die Beine auf den Schoß und plazierte den Hundekopf vorsichtig auf seinem Knie. Dann beugte er sich mit seinem kräftigen Oberkörper über das Tier und wiegte sich hin und her. Während er etwas in das Fell murmelte, was sowohl ihn als auch das Tier trösten sollte.

Klee, Timotheegras und Grasbüschel wuchsen üppig neben dem Brunnen und drohten den Weg zu überwuchern. Im Sand, wo der Hund gelegen hatte, zeichneten sich noch die Umrisse seines Körpers und seiner Pfoten ab. Es sah aus wie ein Rostfleck, der hier und da rote Bläschen schlug.

Jørgen saß immer noch vornübergebeugt und wiegte den Hund auf seinem Schoß.

Auf dem Uferpfad lief eine dunkle Gestalt mit hängenden Hosenträgern, die an einen sich windenden Schlangenmenschen erinnerte, und stieß häßliche Laute aus.

»Damn you! Devils! Norwegian devils! Burn in hell! In hell! In hell! I tell you: In hell!«

Die Worte gellten und wurden von allen Felsen zurückgeworfen. Er rief so laut, daß die Großmutter über die Hügel gelaufen kam, um zu sehen, was los war. Sie lief so schnell, daß ihr Atem pfiff, als sie endlich bei ihnen war. Rut und sie setzten sich rechts und links neben Jørgen und die Hundeleiche.

»*Norwegian devils! Burn in hell!*«

Rut wiederholte die Worte halblaut, während Großmutters »Herrgott, Herrgott!« sich ihnen anzuschließen schien.

Jørgen trug den Hund ins Bootshaus und legte ihn auf ein Lager aus Kartoffelsäcken, die im Meer ausgewaschen waren. Er ließ nicht mit sich reden und knurrte nur, wenn Rut ihn berühren wollte. Der Prediger kam auch, suchte aber schnell wieder das Weite. Sie wußte nicht, ob er verstanden hatte, was Jørgen da immer wieder rief.

»*Norwegian devils! Burn in hell!*«

Sie hatte ihn noch nie so deutlich etwas sagen hören. Es fiel ihr auf, daß Kräfte in Jørgen steckten, die sie noch nie wahrgenommen hatte. Die Großmutter versuchte mit ihm zu reden. Aber er wollte weder den Hund loslassen noch mit ihr kommen. Von Michael sahen sie nichts mehr, er hatte die Jagd nach dem Jäger aufgenommen.

»Wer hat das getan?« fragte Rut, ohne mit einer Antwort zu rechnen.

»Der Paul von der Rutta ist mit dem Gewehr am Stall vorbeigekommen. Ich habe etwas zu ihm gesagt, aber er ist einfach durch das Tor in Richtung Hafengarten. Der arme Junge, was hat er bloß angestellt.«

»Warum hat er das getan?«

»Samstag nacht hat er sich im Jugendhaus geprügelt, weißt du. Jemand hat ihn gefragt, ob eine Ada in der Familie nicht genug ist.« Großmutter seufzte.

»Eine Ada?«

»Sie haben dich wohl mit dem Korb über die Wiese zum Engländer gehen sehen.«

Rut blieb die Spucke weg.

»Er kann mich nicht einfach als Ausrede benutzen, um Michaels Hund zu erschießen.«

»Sie haben ihn vielleicht darum gebeten.«

»Wer?«

»Das hat er nicht gesagt.«

»Ist er verrückt geworden?«

»Die Menschen tun viele unvernünftige Dinge. Paul war immer etwas voreilig. Und dann war er auch immer versessen darauf, überall dabeizusein. Als würde er nie genug bekommen. Nicht zu Hause, nicht auf dem Kai und schon gar nicht im Jugendhaus. Er läßt sich vermutlich leicht zu allem möglichen überreden.«

»Verteidigst du ihn?«

»Ich verteidige ihn, aber nicht, was er tut. Ich verteidige dich auch, Rut, aber nicht alles, was du tust.«

Man müsse den Glauben haben, daß alles einmal vorbeigehe, sagte die Großmutter. Aber Rut verließ sich nicht darauf, also trug sie Wolldecken und Felle hinunter ins Bootshaus. Bereitete auf ein paar leeren Fischkisten ein Lager. Bereitwillig legte Jørgen den Hund darauf. Er heulte nicht mehr, wollte aber auch nicht mit ihr reden.

Sie setzte sich zu ihm und wartete auf Michael. Als er nicht kam, ging sie ihn suchen. Die Tür der Hütte stand offen, und drinnen war es eiskalt. Schluchzend und in sinnloser Hast rückte sie die Marmeladengläser mit den Pinseln auf der Arbeitsplatte hin und her.

Ein großes Bild stand falsch herum gegen die Wand gelehnt. Sie ging hin und drehte es um. Das waren ihr Körper und ihr Kopf. Fast das ganze Bild war in Weiß und Grau. Trotzdem lebte es. Michael hatte ihr nie erzählt, daß er sie malen würde. Sie hatte geglaubt, er habe die Skizzen in dieser einen Nacht gemacht.

Ein trunkener Stolz erfüllte sie. Aber im nächsten Augenblick begann sie zu zittern. Hatte jemand das Bild gesehen? Paul?

Sie lehnte das Gemälde ganz hinten gegen die Wand und vier andere Bilder davor. Dann nahm sie zwei Stearinkerzen und eine grüne und eine braune Saftflasche und ging wieder hinunter zum Bootshaus. Eine scharfe Mondsichel hing am dunklen Himmel, und ein Gefühl der Unwirklichkeit machte sie ruhig.

Jørgen merkte nicht, daß sie kam. Ganz still lag er bei dem Hund. Als sie die Tür hinter sich schloß, war es stockdunkel, aber mit den Kerzen ging es. Sie stellte sie auf den Sandboden neben die Pritsche aus Fischkisten, dann kroch sie hinter Jørgen in den alten wattierten Militärschlafsack.

Sie hatten schon alle möglichen absonderlichen Dinge getan, Jørgen und sie, aber noch nie Totenwache bei einer Hundeleiche gehalten. Das Lager war hart und uneben. Es roch nach Fisch, Tang und Teer, wohin sie ihre Nase auch wandte. Durch die undichten Türen und Wände zog es. Aber das spürte sie irgendwie nicht.

Nach einer Weile hörte sie, daß Jørgen schlief. Sie blieb liegen und lauschte den kleinen Wellen auf dem Kieselstrand. Ewig gurgelndes Seufzen. Als käme es aus dem Weltraum und nicht vom Strand in Nesset.

Sie waren Sandkörner, Jørgen, Rut und ein toter Hund. Kleine, unsichtbare Körner auf einem trüben Meeresgrund. Und ein ewiges Rauschen der Wellen, die kamen und gingen.

Es war nie ganz gleich. Ein leicht abweichender Rhythmus. Ein Sog oder eine winzige Veränderung, die mit Jørgens Atemzügen verschmolz.

Vermutlich mußte man hart liegen und ganz unten am Ufer Totenwache bei einem Hund halten, um das Universum zu hören, dachte sie.

Der Wind hatte aufgefrischt und schon längst die Stearinkerzen ausgeblasen, als Michael die quietschende Tür des Bootshauses öffnete. Graues Morgenlicht strömte herein. Rut war wach, aber Jørgen bekam einen solchen Schreck, daß er im Nu mitten auf dem Sandboden stand. Sie zog sich ihre Pulloverärmel über die klammen Hände und setzte sich darauf.

Michaels Gesicht leuchtete ihr im Halbdunkel weiß entgegen. Er breitete die Arme aus und war nicht mehr so wütend. Seine Stimme zitterte, als sei er den Tränen nahe. Er habe nicht gewußt, daß sie dort seien, sonst wäre er schon früher gekommen, sagte er und strich sich mit den Händen über das Gesicht. Großmutter habe ihm erzählt, daß Jørgen den Hund nicht verlassen wolle.

Rut kroch ganz aus dem Schlafsack, wußte aber nicht recht, was sie tun sollte. Fröstelnd setzte sich Jørgen wieder neben den Hund. Er breitete die Felle ordentlich über ihm aus und wimmerte. Auf Michael mußte das einen merkwürdigen Eindruck machen. Und einen Augenblick lang begriff Rut, wie es war, Jørgen zum ersten Mal zu begegnen und zu merken, daß er nicht so war wie alle anderen.

Michael redete ihn auf englisch an, als glaubte er, Jørgen würde jedes Wort verstehen.

»*We must bury Egon*«, sagte er und legte Jørgen vorsichtig einen Arm um die Schultern.

Als er keine Antwort bekam, wiederholte er seine Worte langsam und deutlich, ohne Jørgen dabei loszulassen. Es dauerte nicht lange, bis beide zu weinen begannen, als gälte die Trauer einem Menschen und nicht einem Hund.

Während sie sie ansah, hatte Rut wiederum das Gefühl, daß alles nicht ganz wirklich sei.

Michael hob das Fell hoch, so daß der Hundekopf zum Vorschein kam. Er war mit offener Schnauze erstarrt. Die Zunge ragte heraus. Jørgen packte sie und versuchte vergebens, sie in die Schnauze zu schieben. Das war ein merkwürdiges Bild. Die rauhe Zunge in Jørgens vorsichtiger Hand. In dem grauen Licht, das durch die Bootshaustür hereinströmte.

Sie ging zu ihnen.

»Michael will ihn begraben«, sagte sie leise und zog Jørgens Hand von dem Kadaver weg. Hielt sie fest, auch um sie zu wärmen. Er war so kalt. Jetzt wandte er sich ihr zu und schielte ins Licht. Schlug die Wolldecken zur Seite, so daß der Hund ganz vor ihnen lag.

Im nächsten Augenblick funkelte Jørgens Messer. Ohne sie anzusehen, machte er einen sauberen Bauchschnitt. Von der Kehle bis zum Schwanz, ohne daß die Eingeweide hervorgequollen wären. Dann begann er dem Hund das Fell abzuziehen. Behutsam und mit sicherer Hand. Als hätte er die ganze Nacht an nichts anderes gedacht. Rut kam es nicht in den Sinn, die Wolldecken und die Felle in Sicherheit zu bringen. Statt dessen hielt sie den Kadaver fest, damit er ganz ruhig lag.

Zuerst war in Michaels Gesicht Staunen und Bewunderung zu lesen. Dann hatte er begriffen, worum es ging, und bald waren sie zu dritt am Werk. Sie hielten das Fell fest, damit Jørgen nicht daneben schnitt. Das dauerte, und kein Wort wurde dabei gesprochen.

Michael und Jørgen trugen den abgehäuteten Kadaver in einem Sack zu den schütteren Birken und hoben ein tiefes Grab aus. Schließlich legte Jørgen genauso vorsichtig, wie er die Grube gegraben hatte, die Heidekrautbüschel wieder auf den Hügel.

Sie präparierten das Fell mit Salz und nagelten es, die Haare nach innen, auf der Innenseite der Bootshaustür fest. Das hatte Jørgen schon mehrmals getan. Mit Schafspelzen und einmal mit einem Rentierbalg.

Sie gingen in die Hütte und wuschen sich nacheinander die Hände. Jørgen war ruhig. Hätte sie es nicht besser gewußt, hätte sie glauben können, er habe alles bereits vergessen.

Als er gerade Wasser in den Kaffeekessel füllte, sagte Michael, daß er abreisen würde.

Rut fiel nichts ein, womit sie diese Worte hätte verhindern können, aber es war ohnehin zu spät. Sie wollte ihn fragen, wohin er wollte. Aber daraus wurde nichts. Während sie schwarzen Kaffee tranken und Kekse aßen, begann er darüber zu sprechen, daß ihn die Leute der Insel vermutlich haßten.

Sie hätte ihm gern widersprochen. Aber daraus wurde ebenfalls nichts. Es kam ihr in den Sinn, daß Haß auf englisch nicht so stark war wie auf norwegisch. Aber sie war sich nicht sicher.

Michael nahm ihre Hand, obwohl Jørgen dabei war, und fragte sie, ob sie verstehe, warum er abreisen müsse. Sie nickte. Trank von dem glühendheißen Kaffee und nickte. Als die Tasse leer war, stand sie auf und ging zur Tür.

»Auf Wiedersehen!« sagte sie in die Luft.

Sie hörte, daß er hinter ihr herging, drehte sich aber nicht um.

»Rut ...«

Er sagte »Rut« nicht so wie die anderen. Das r war so deutlich. In seiner Sprache wurde es gesungen. Sie öffnete die Tür und trat ins Freie. Jørgen blieb bei Michael. Sie dachte, daß sie darüber froh sein konnte.

Auf dem Weg zu den Häusern fiel ihr ein Vogel auf, den sie noch nie zuvor gesehen hatte. Er saß auf der Erde und stieß einen klagenden Ruf aus. Grau und gelb und mit einer zerzausten Federkrone auf dem Kopf. Auf dem ganzen Weg nach Hause dachte sie an diesen Vogel.

Nachdem Michael abgereist war, hatte Jørgen nur noch sie. Er half ihr bei der schweren Arbeit oder saß neben der Theke und schnitzte. Sie wußte nicht recht, wie sie dort hingeraten waren. Aber es hatte damit angefangen, daß Krämer-Edvin sich den Fuß gebrochen und nicht mehr ein noch aus gewußt hatte. Also hatte ihre Großmutter ihm versprochen, daß Rut im Laden aushelfen würde.

Sie mußte in einem blauen Kittel mit weiß abgesetzten Taschen hinter der Theke stehen. Sie fügte sich. Maß, wog und rechnete zusammen, während sie sich den neuesten Klatsch anhörte. Aus den Ecken, durch die Tür zum eiskalten Lager, in dem der Wind vom Meer direkt durch die Sprünge im undichten Fußboden blies.

Sie erfuhr, daß auf der Insel alles danebenging. Mit dem Fang, dem Wetter, den Frauen. Entweder gebaren sie gerade oder bekamen irgendein verdammtes Fieber, so daß die Männer nicht zu den Lofoten oder den eigenen Fanggründen fahren konnten, ohne ständig darüber nachdenken zu müssen, wie wohl alles werden würde. Die Kinder schnappten auch alles auf, von Röteln bis hin zu Keuchhusten. Sogar den Pfarrer und den Lehrer erwischte eine üble Bronchitis, die kein Ende nehmen wollte. Darunter litten sowohl der Gottesdienst als auch die Erziehung. Als wäre die ganze Insel von etwas befallen. Sogar das Pferd des Pfarrers starb im Stall, nachdem es zwölf Jahre lang treu gedient hatte.

Schnee gab es keinen, nur auf den höchsten Gipfeln, was für sich genommen ein Segen war, denn so mußten die Leute nicht Schnee schippen, bis sie krumm wurden, und dann die viel zu schwere Last vom Pferd ans Ufer ziehen lassen und ins Meer kippen. Wäre nicht das mit der Erde gewesen. Daß sie gefroren war.

Eines Tages saß sogar die Großmutter auf der Bank neben der Tür.

»Ich glaube, daß der Frost das Innere der Erde erreicht hat. Das taut nie mehr. Was soll nur mit den Setzkartoffeln werden? Und mit dem Blaubeer- und Preiselbeerkraut, das blühen und Beeren tragen soll? Sollen wir uns etwa mit erfrorenen Schlehen und Preiselbeeren vom Vorjahr begnügen? Und was wird mit den Multebeeren? Wie können wir hoffen, daß diese elenden Stiele aus der gefrorenen Erde wachsen sollen, um an sonnigen Herbsttagen goldene Früchte zu tragen?«

»Ich wage kaum an die Preise zu denken, geschweige denn davon zu reden«, sagte Ellas Mutter, die an der Theke stand und gerade bezahlen wollte. »Auf der *Elieser* habe ich gehört, daß eine große Sünde immer großes Unglück mit sich bringt«, meinte sie noch.

»Niemand ist ohne Sünde«, erwiderte Großmutter.

»Die Sünde kommt immer an den Tag!« sagte die andere, und Rut kam es so vor, als starrte sie sie über die Theke hinweg direkt an.

Zwei Tage vor Heiligabend erhielt Jørgen die Nachricht, daß aus London ein Paket für ihn eingetroffen sei. Kurz vor Feierabend ging Rut mit ihm auf die Post. Jørgen glaubte wohl, daß es sich um ein großes Paket handeln würde, denn er hatte den

Schlitten dabei. Auf die Frage von Post-Peder, welche wichtigen Leute er denn draußen in der großen weiten Welt kenne, antwortete er nicht.

Als er nach Hause kam, trug er das Paket einfach am Prediger und an der Mutter vorbei in seine Kammer. Als Rut ihm nicht schnell genug folgte, kam er noch einmal herunter und zog sie nach oben.

Sie sah ihm zu, wie er mit großer Mühe versuchte, die Knoten zu lösen.

»Messer«, sagte Rut ungeduldig.

Er schüttelte den Kopf und versuchte es wieder. Aber der Knoten saß ganz fest. Zum Schluß zog er dann doch das Messer hervor, fuhr aber erst mit dem Daumen über die Klinge, um zu prüfen, ob es nicht stumpf geworden war. Er lachte leise, als sich eine rote Linie zeigte.

Einen Augenblick später breitete er ein weiches, weißes Fell mit schwarzen Flecken aus. Der Kopf war erhalten. In den Augenhöhlen lagen glitzernde schwarze Glasaugen. Er legte die Hand auf das weiche Fell und erkannte es sofort wieder. Hob das Fell von Egon an die Wange und lachte laut. Es war schön präpariert und mit dickem, dunkelbraunem Flanell gefüttert.

Eine glänzende Weihnachtskarte, die sich wie ein Buch öffnen ließ, fiel aus dem Fell.

»Dear Jørgen, here is our Dalmatian, Egon. For ever yours, Michael.«

Ein Paket für Rut gab es auch. Leinwand, Ölfarben und Palette. Und das Buch über Egon Schiele. Ein kurzer Brief steckte in der Leinwandrolle. Er wünsche ihr für die Zukunft Glück und würde gerne von ihr hören. *»About everything.«* Er hatte seine Adresse in großen Druckbuchstaben geschrieben, als hätte er Angst, sie würde sie übersehen oder nicht entziffern können. Im übrigen war seine Schrift klein und ungelenk.

Rut legte jede Woche Geld beiseite. Die Großmutter war ihre Bank. Zu Hause war ihr Geld nicht sicher. Das hatte sie bereits am ersten Zahltag bemerkt. Ihre Mutter fand, daß sie für sich bezahlen müsse, da sie jetzt selbst Geld verdiene. Es war offensichlich, daß ihr der Prediger bei dieser Rechnung geholfen hatte.

Rut gab ihrer Mutter die Hälfte von ihrem Lohn ab. Aber das mußte genügen. Als ihre Mutter sie um mehr bat, weil die Kronen nicht reichten, schüttelte sie ohne weitere Diskussion den Kopf. Die Mutter warf ihr vor, sich in nichts von ihrem Vater zu unterscheiden. Auf so etwas reagierte sie schon überhaupt nicht. Aber das ganze Haus wurde eiskalt und klamm.

Das Ersparte reichte ohnehin nicht, um in die Stadt zu fahren und auch noch Abitur zu machen. Vaterunser und Gebete wirkten bei so etwas nicht. Jedenfalls nicht bei heiratsfähigen Mädchen wie ihr. Niemand aus der Familie hatte auf der faulen Haut gelegen und gelernt, nachdem er erwachsen geworden war. Der Prediger lag ihr ständig in den Ohren, daß Müßiggang ein Fluch sei. Sie nahm das nicht so schwer. Vorläufig war sie die einzige aus der Familie, die jede Woche einen festen Lohn bekam.

Die Großmutter legte das Geld in die Anrichte. An die heimliche Stelle zu den sechs Silberlöffeln im Flanellbeutel. Jede Woche wurden die Fächer für die Löffel etwas dicker. Einige ähnelten bereits kleinen Würsten. Die Großmutter hatte nie ein Wort darüber verloren, aber Rut wußte, daß ihre eigenen Ersparnisse bei den Gabeln lagen.

»Es wird mir nie gelingen, genug Geld zusammenzubekommen«, sagte Rut irgendwann im Frühling mutlos.

»Irgendwie mußt du es schaffen.«

»Auf der Realschule habe ich gehört, daß man ein Darlehen beim Staat beantragen kann, wenn man Lehrer werden will. Aber ich will schließlich nicht Lehrerin werden.«

»Was willst du denn werden?«

»Ich will Bilder malen.«

»Verleiht der Staat auch Geld für so was?« wollte die Großmutter wissen.

»Das glaube ich nicht«, erwiderte Rut mutlos.

»Dann mußt du halt Lehrerin werden. Danach kannst du immer noch weitersehen. Man muß erst mal anfangen. Das ist das wichtigste. Bevor alles zu spät ist. Das Leben ist wie ein Ungeheuer mit vielen Köpfen. Ehe man sich's versieht, hat es einen aufgefressen.«

»Fühlst du dich so?«

»Ich? Ganz und gar nicht. Davon kann nicht die Rede sein. Nein, bei euch Jungen ist das schlimmer. Du mußt einfach bei denen vom Staat Bescheid sagen, daß du Geld leihen willst.«

»Und zu Hause?«

»Sollen sie sich nur aufregen. Sieh zu, daß du wegkommst. Wird es zu schlimm, dann muß eben ich mit ihnen reden.«

»Wenn ich es schaffe, dann bekomme ich ein Darlehen für vier Jahre. Aber das Leben in der Stadt kostet auch Geld. Das wird teuer.«

»Es kann dich auch teuer zu stehen kommen, hier auf der Insel zu bleiben«, murmelte ihre Großmutter und rettete den Kaffeekessel vorm Überkochen.

Rut nahm sich die Tage, an denen die Aufnahmeprüfung stattfand, im Laden frei. Glücklicherweise war der Prediger unterwegs, um zu missionieren. Mutter hatte keine großen Einwände.

Jørgen trauerte, als er begriff, daß er nicht mitdurfte. Aber sie versprach, ihm etwas Schönes aus der Stadt mitzubringen. Für jeden Tag, den sie weg sein würde, malte sie einen Strich an die Stallwand. Jeden Abend sollte er einen Strich über ihren machen. So würde er wissen, an welchem Tag er an den Kai gehen mußte.

Sie zog etwas Geld zwischen Großmutters Löffeln hervor. Genug, um damit das Zimmer zu zahlen, das ihr die Schule besorgt hatte. Das billigste. Sie mußte es mit zwei anderen Mädchen teilen, die aus demselben Grund in der Stadt waren.

Bodil, Turid und sie wohnten zusammen. Sie büffelten, versuchten die Nerven nicht zu verlieren und schliefen auf zehn Quadratmetern. Die winzige Dusche und das Waschbecken teilten sie sich mit sieben anderen. Die alte Dame, die die Herrlichkeit besaß, schimpfte alle aus, weil es in der Diele nach Haarspray und Parfüm stank.

Turid verteidigte sie. Sie wußte auf alles eine Antwort. Beispielsweise, daß es in der Diele nach gekochtem Kohl rieche und daß das wirklich nicht ihre Schuld sein könne.

Eines Abends ging Rut allein am Grande-Haus vorbei. Der Garten war schöner als beim letzten Mal. Es war Sommer, und es regnete nicht. Alles war so ordentlich. Üppige Rabatten und Wege aus Muschelsand. Sie ging sehr langsam und tat so, als hätte sie in der Gegend zu tun. Zweimal. Er kam nicht nach draußen. Aber vielleicht würde sie jetzt vier Jahre in der Stadt sein.

Dann war der Tag gekommen. Sie traten an, damit das Urteil gesprochen werden konnte. Um zwölf Uhr wurden die Listen in der Eingangshalle ausgehängt. Es roch nach Staub und Nervosität. Alle Kandidatinnen und Kandidaten scharten sich mit gereckten Hälsen zusammen und versuchten den eigenen

Namen zu finden. Heute waren die Namen nicht in alphabetischer Reihenfolge aufgelistet, sondern nach erreichter Punktzahl.

Erst glaubte Rut, ihr Name sei nicht dabei, dann las sie endlich nach der langen Reihe von Jungen, die zuerst standen, ihren Namen. Nesset war mit einem s geschrieben und Rut mit zwei t. Aber sie war gemeint, denn niemand anders hieß so.

Sie war erlöst. Von der Insel, dem Laden mit dem eiskalten Lager, dem Prediger und allem anderen. Dieser Gedanke explodierte in Weiß und Gold. Verwandelte sich dann aber in einen dunklen Fleck. Auf diesem Fleck saß zusammengekauert Jørgen mit dem Dalmatinerfell über den Knien.

Erst als sie ein paar von den Mädchen vor Enttäuschung schluchzen und einige von den Jungen geknickt zur Tür gehen sah, begriff sie, wie froh sie sein konnte. Bodil und Turid waren ebenfalls unter den Auserwählten, die Geld vom Staat leihen durften.

Sie gingen ins Café am Hafen, um Sahneschnitten zu essen. Turid war sehr hübsch, und heute trug sie auch noch einen fürchterlich kurzen Rock. Außerdem hatte sie die Angewohnheit, ihre Fußrücken und Handgelenke zu verbiegen, als wäre sie Marilyn Monroe.

Rut betrachtete die beiden und versuchte ihrer Unterhaltung zu folgen. Sie hatte mit ihnen zusammen gebüffelt und im selben Zimmer geschlafen, aber sie kannte sie nicht. Jetzt waren sie bereits Teil ihres Lebens. Ihres funkelnagelneuen Stadtlebens.

Turid lachte darüber, daß dem Mann hinter Rut ein Tropfen von der Nase im Schnurrbart hing. Bodil verzog hinter vorgehaltener Hand das Gesicht. Rut betrachtete den regenbogenfarbenen Strohhalm in ihrer Colaflasche und hatte das Verlangen zu weinen, weil sie so froh war.

Sie ging an Land und ließ sich von Jørgen umarmen. Das Geschenk bestand aus einem Buch mit Hundebildern und zwei Tüten Kampferbonbons. Sie überredete ihn, ihren Koffer auf dem Handwagen nach Hause zu schaffen, ehe er das Paket öffnete. Sie selbst ging direkt zur Großmutter.

»Ich geh mit dir mit«, sagte sie, als sie erfahren hatte, daß Rut die Prüfung bestanden hatte.

Rut ging immer schneller den Hügel hinauf, um es möglichst rasch hinter sich zu bringen.

»Immer mit der Ruhe, es ist schließlich niemand gestorben«, sagte die Großmutter schwer atmend und hatte Mühe, Schritt zu halten.

Mehr wurde nicht gesagt, aber sie sahen sich an, ehe sie eintraten.

Jørgen, die Mutter und der Prediger saßen beim Abendessen. Jørgen stand auf und kam mit ausgestreckten Armen auf Rut zu. Einen Moment lehnte sie sich an ihn.

Der Prediger bat sie, sich doch zu setzen. Auf einem Teller lagen sieben halbe Salzheringe. Das Licht schillerte auf ihrer Haut. Die Kartoffeln qualmten. Die Mutter rückte ihren Stuhl etwas zur Seite und nickte.

»Stell noch zwei Teller auf den Tisch, Rut. Das reicht für alle.«

Rut zog sich den Mantel aus und deckte für die Großmutter und für sich. Abgesehen von Jørgens Schmatzen war es still. Ihre Mutter starrte aufs Essen und rückte unruhig hin und her.

Dem Prediger war eine Gräte zwischen den Zähnen steckengeblieben. Er biß auf das Ende eines Streichholzes und benutzte es dann als Zahnstocher. Die Großmutter aß eine Kartoffel und ein großes Stück Hering und schob dann den Teller beiseite.

Der Prediger faltete die Hände. Die anderen taten es ihm gleich.

»Herr, wir danken dir für deine unermeßliche Liebe. Daß du uns auch heute Speis und Trank beschert hast. Amen!«

Die anderen stimmten in sein Amen ein. Die Großmutter richtete den Blick auf die Lampe über dem Tisch. Sie war nicht an.

»Ihr fragt ja gar nichts?«

Die Mutter und der Prediger sahen die Großmutter an. Rut sah auf den Hering, der übriggeblieben war. Er war an den Rändern rötlich.

»Die Rut soll aufs Lehrerseminar. Sie darf Geld vom Staat leihen. Sie muß es erst zurückzahlen, wenn sie eine Arbeit gefunden hat.«

Jørgen blickte von einem zum andern. Er hörte, was die Großmutter sagte, aber verstand er es auch? Für Jørgen war die Zeit immer gleich. Er verstand nicht, daß etwas erst später geschehen würde.

Der Prediger starrte die Großmutter an. Sein Kinn zitterte. Die Mundwinkel hingen nach unten. Er nahm die Brille ab.

»Wer steckt dahinter?«

»Sie hat alle Prüfungen bestanden, weißt du. Die Rut ist gescheit.«

Die Mutter begann abzuräumen.

»Gib die Kartoffelschalen dem Schwein.« Sie nickte Jørgen zu, der aufstand und sich den Blecheimer geben ließ.

Der Prediger seufzte und stützte die Hände auf die Knie.

»Wie lange dauert das?«

»Vier Jahre«, erwiderte die Großmutter leichthin.

Die Mutter legte Reisig in den Ofen, um Wasser heiß zu machen. Es knisterte. Rut sah Jørgen zum Stall gehen. Er hatte nichts begriffen, denn er ging ganz unbeschwert.

»Und das habt ihr zwei zusammen ausgeheckt?« Die Stimme des Predigers klang belegt.

»Ich weiß nicht, ob man von aushecken reden kann. Du mußt die Dinge so nehmen, wie sie nun einmal sind.«

»Und der Jørgen? Was wird aus ihm?« fragte die Mutter hinten beim Spülbecken.

»Die Rut kann nicht die ganze Zeit auf den Jørgen aufpassen. Diese Bürde ist für sie zu groß.«

Ihre Großmutter hatte diese Stimme. Diese Widersprecht-mir-nicht-Stimme. Bei ihr wurde es Rut ganz warm. Sie hielt sie alle aufrecht und schaffte Ordnung.

Der Prediger seufzte schwer.

»Es ist sehr wichtig, Dagfinn, du mußt für sie beten!« Jetzt klang Großmutters Stimme freundlich.

Der Prediger sah sie erst nur entsetzt an. Aber sie nickte ihm aufmunternd zu, und so faltete er zögernd die Hände, schloß die Augen und gab sich einem gemurmelten Gebet für Ruts Zukunft hin. Als er aufhören wollte, sagte die Großmutter, daß er das mit den Gefahren und Sünden des Stadtlebens nicht vergessen dürfe.

»Bewahre Rut vor Sünden und Ausschweifungen«, betete der Prediger.

»Amen!« sagte die Großmutter lächelnd.

13

Er sah sie mit einer flachen Holzkiste mit Lederhandgriff in der Wartehalle stehen.

Ungeduldig schaute er auf die Tür, durch die die ersten Gepäckkarren gerade hereinrollt wurden. Die Augen waren so, wie er sich daran erinnerte. Dunkel und mit einem ungeduldigen Ausdruck. Ein paarmal biß sie sich auf die Lippen und sah auf die Uhr. Das Gesicht war etwas nackt, als hätte sie gerade geweint. Das Haar trug sie wie Farah Diba hochgesteckt, aber auf einer Seite hing es unordentlich herab. Eine Halssehne war deutlich auszumachen, als sie sich reckte. Das hatte eine seltsame Wirkung auf ihn. Verschlug ihm den Atem und machte ihm gute Laune. Wie hatte ihm nur entgehen können, daß sie in derselben Maschine war?

Er trat ein paar Schritte näher und war sich jetzt ganz sicher. Das war Rut. Als er auf sie zuging, überlegte er, was er sagen wollte. Da drehte sie sich um und ging auf die Toilettentür zu. Er blieb stehen und stellte sich dort auf, wo sie ihr Gepäck holen mußte. Er brauchte schließlich einfach nur hallo zu sagen und zu fragen, ob sie ihn wiedererkannte.

»Holt dich jemand ab?« konnte er fragen.

Als sie wieder aus der Tür trat, kam gleichzeitig der Gepäckkarren. Alles stürzte sich auf ihn, und Gorm verspürte ein idiotisches Herzklopfen, als er sich durch die Menge zu drängen versuchte, um zu ihr zu kommen.

»Sollen wir zusammen ein Taxi nehmen?« konnte er fragen.

Immer noch waren viele Leute zwischen ihnen, aber irgendwie war es ihr geglückt, bis zu dem Karren vorzudringen. Offenbar war ihr Koffer ziemlich schwer, aber niemand half ihr.

Jetzt hätte er dort sein sollen, um ihn herunterzuheben. Aber sie schaffte es selbst. Auf dem Koffer war ein Aufkleber, auf dem »London« stand.

Jetzt dreht sie sich um und sieht mich, dachte er. Aber sie tat es nicht. Er wußte nicht, ob er ihren Namen laut genug sagte. Er hätte rufen können. Er sah vor sich, wie sich ihr Mund zu einem Lächeln verzog, als sie sich darüber klar wurde, daß er es war. Ein dicker Mann stand jedoch vor ihm und versperrte ihm den Weg.

Sie nahm sämtliches Handgepäck in eine Hand, um den Koffer tragen zu können. Besonders fröhlich sah sie nicht aus.

Er war jetzt etwas näher herangekommen und sagte ihren Namen noch einmal. Aber sie sah nicht in seine Richtung. Im nächsten Augenblick hatte sie bereits ihr ganzes Gepäck durch das Gedränge am Ausgang geschleppt.

Er zwängte sich an allen Menschen vorbei, um sie einzuholen. Als er nur noch eine Armlänge von ihr entfernt war, packte ihn jemand an der Hand und klagte darüber, daß er spät dran sei. Es war sein Vater. Als er wieder zur Tür schaute, war sie verschwunden.

Nur mit Mühe bekam er die Worte über die Lippen, die von ihm erwartet wurden.

»Hattest du eine gute Reise?« fragte sein Vater.

»Ja, ausgezeichnet. Und Mutter? Wie geht es ihr?«

»Die Operation ist gut verlaufen. Sie ist froh, daß du nach Hause kommst. Wo ist dein Gepäck?«

»Warte.« Gorm eilte zum Gepäckkarren und holte seinen Koffer.

Er spürte den Blick seines Vaters, als sie zum Ausgang gingen, aber keiner der beiden sagte etwas. Sie schritten kräftig aus, als marschierten sie im selben Heer und durften nicht aus dem Gleichschritt geraten. Vorwärts! Marsch!

Als sie an der Schlange der Leute vorbeikamen, die auf ein Taxi warteten, sah er sie wieder. Er wurde langsamer und ließ den Vater vorgehen. Sie stand mit dem Rücken zu ihm, beugte sich vor und legte die Holzkiste auf den Rücksitz. Der Wind rüttelte an ihrer Farah-Diba-Frisur, und ihr braunes Haar wurde fächerförmig hochgerissen, als sie sich in das Taxi setzte.

»Rut!«

Einen Augenblick lang glaubte er, sie hätte ihn gehört, aber die Autotür war bereits mit einem dumpfen Knall zugeschlagen. Durch die Scheiben bemerkte er, daß sie ein scharfgeschnittenes, markantes Profil hatte. Sie verwendete keinen Lippenstift, aber ihr Mund hatte trotzdem deutliche Konturen, als wären die Umrisse tätowiert.

Dann beschleunigte das Taxi und war weg.

Im Auto auf dem Weg nach Hause verschwand die Straße, und Ruts Gesicht tauchte in der Windschutzscheibe auf. Das Bild breitete sich aus, bis es auch ihn einschloß. Er nahm gerade ihren Koffer vom Gepäckkarren. Sie erkannte ihn und reichte ihm die Hand. Als sie sich in der Windschutzscheibe ansahen, spürte er ganz deutlich, wie sie war. Warm und etwas rauh. Nicht sehr, nur etwas. Hauptsächlich weich.

»Guten Tag, Rut, kennst du mich noch?«

»Guten Tag, Gorm.« Sie lächelte. »Ist lange her, was?«

Ihre Stimme war noch dieselbe. Etwas dunkel.

»Mir hat deine Stimme gefehlt«, sagte er.

Sie lächelte stärker, antwortete aber nicht.

»Warst du auf Reisen?« fragte er.

»In London.«

Sie bewegte die Hand, aber er ließ sie nicht los, blieb einfach stehen. Er dachte, daß er sie noch lange so halten wollte.

»Da war wirklich viel los. War die Maschine voll?«

Die Stimme seines Vaters war ein Schock. Gorm schluckte. »Bis auf den letzten Platz.«

Seine Mutter hatte einen eindringlichen Brief geschrieben und ihn gebeten, sofort nach Hause zu kommen, wenn die Sommerferien begännen. Sie sei nicht ganz gesund, und Edel und Marianne seien beide zu beschäftigt. Den Vater erwähnte sie nur mit einem Satz: »Dein Vater hat viel zu tun.«

Es war bereits Juli, und Gorm hatte eigentlich mit Torstein und zwei Mädchen eine Wanderung über die Hardanger-Hochebene unternehmen wollen. Die eine war Vivi-Ann, die er auf einem Studentenfest kennengelernt hatte. Aber den Brief seiner Mutter konnte er nicht ignorieren. Er hatte zu Hause angerufen und versucht seine Lage zu erklären, aber sie hatte zu weinen begonnen, und er hatte es aufgegeben. Vier Tage vor der Wanderung kam das Ticket, das sie gekauft hatte, und alles war entschieden.

Diese beiden Jahre in Bergen hatte er es sich auferlegt, ihre Briefe sehr gründlich zu lesen, ehe er sie in dem altmodischen Ofen auf seiner Bude verbrannte. Wenn er versuchte, sie nicht weiter zu beachten, sie einfach auf dem Schreibtisch liegenließ oder unter seine Bücher schob, hatten sie die Angewohnheit, in seiner Erinnerung aufzutauchen, wenn es ihm am allerwenigsten paßte.

So war es auch kurz vor seiner Heimreise gewesen. Er hatte Vivi-Ann ins Kino eingeladen. Gerade als der Held die Heldin küßte und er Vivi-Anns Hand hielt, tauchte der Brief seiner Mutter vor seinem inneren Auge auf.

Anschließend, als sie im Café saßen, sagte er, daß er die Wanderung auf der Hardanger-Hochebene doch nicht machen könne.

»Warum das?« fragte sie entsetzt.

»Ich muß früher nach Hause, als ich dachte.«

»Aber warum?«

»Krankheitsfall in der Familie.«

Ungläubig starrte sie ihn an. Ihr Gesichtsausdruck sagte ihm, daß sie seine Erklärung nicht glaubte. Sie fragte nicht, wer erkrankt war, und die Unterhaltung wurde mühsam. Irgendwie wünschte er sich, sie würde wütend, so daß er gezwungen wäre, zu sagen, es sei wegen seiner Mutter. Andererseits war er auch froh, daß er nichts zu erklären brauchte. Während er sich noch überlegte, was er sagen sollte, erfüllte ihn auf einmal eine große Mutlosigkeit.

Das Bild des Briefes klebte sich auf Vivi-Anns Gesicht. Als könnte sie irgend etwas dafür, daß er ihn nicht verbrannt hatte. Als trüge sie eine Mitschuld daran, daß der Bogen Papier mit der tadellosen, geschwungenen Schrift immer noch auf seinem Schreibtisch lag, wo er ihn sehen mußte, wenn er wieder auf seine Bude kam.

Nachdem er sie nach Hause begleitet hatte, eilte er auf seine Bude zurück, um den Brief zu verbrennen. Anschließend empfand er die übliche Erleichterung und ging zur nächsten Telefonzelle, um Vivi-Ann anzurufen. Er mußte etwas nach Worten suchen. Dann dankte er ihr für den schönen Abend, merkte jedoch, daß sie sehr kurz angebunden war. Nachdem er aufgelegt hatte, überkam ihn diese Sehnsucht, die er oft verspürte, die Sehnsucht nach einem Menschen, der verstand, was er zu sagen suchte.

Er hätte das Ticket zusammen mit einem Brief zurückschicken können, in dem er erklärte, daß die Tour mit den Kameraden lange geplant gewesen sei und er deswegen nicht nach Hause kommen könne. Er wäre schließlich nicht dabei, wenn sie den Brief bekäme. Aber es würde nichts nützen. Ihre Stimme würde dann wie ein Schleier über der ganzen Hardanger-Hochebene liegen.

Am nächsten Morgen rief sein Vater an und sagte, seine Mutter solle in drei Tagen operiert werden.

»Warum das?« wollte Gorm entsetzt wissen.

»Der Magen«, erwiderte der Vater kurz.

»Aber warum?«

»Irgendwas ist nicht so, wie es sein soll. Das wird schon wieder. Aber sie will, daß du nach Hause kommst.«

Damit war es entschieden. Er mußte fahren.

Seine Mutter lag geschminkt und frisiert in einer neuen, gelben Bettjacke da. Hätte er nicht gewußt, daß sie operiert worden war, hätte er gar nichts gemerkt. Aber sie war etwas bleich und hatte dunkle Ringe um die Augen.

Sein Vater ging auf den Korridor, um eine Vase für die Blumen zu holen, die sie mitgebracht hatten, und Gorm bemerkte, daß er seinen Vater so noch nie gesehen hatte.

Die Mutter streckte ihm die Hände entgegen, und Gorm beugte sich vor und umarmte sie. Der merkwürdige Krankenhausgeruch schlug ihm entgegen und verdrängte seine Mutter fast, obwohl er auch ihr Parfüm riechen konnte.

»Wie geht's?« fragte er.

»Sehr gut«, erwiderte sie gespielt unbekümmert. »Jetzt warten wir nur noch die Proben ab.«

»Die Proben?«

»Ja, damit wir wissen, daß es kein Krebs ist.«

Auf gewisse Art war es falsch, daß der Vater ausgerechnet jetzt mit Rosen in einer Vase in der Tür stand. Das Bett paßte nicht zu seiner Mutter. Die Wand hinter dem Nachttisch war verschrammt, und das offene Fenster mußte dringend geputzt werden. Er sah das mit ihren Augen. Die verschossenen Gardinen. Das kann nicht lustig sein mit diesen häßlichen Gardinen, dachte er.

»Krebs?«

»Es kommt schließlich vor, daß solche Magenschmerzen Krebs sind«, sagte sie und legte ihre Hand auf seine.

»Der Darm auch?« Gorm zog sich einen Stuhl ans Bett und setzte sich.

»Jetzt reden wir nicht mehr davon. Wie geht es dir, mein Junge?«

»Mir? Gut. Aber welcher Darm ist es denn?«

»Meine Güte! Wie unappetitlich. Nichts, worüber man reden sollte. Reine Routine. Ich hätte dieses Wort nie in den Mund nehmen sollen. Krebs. Vater wird auch immer ganz nervös, wenn er es hört. Aber ich habe das nur gesagt, weil die Ärzte davon gesprochen haben. Aus keinem anderen Grund. Mir fehlt nichts. Jedenfalls nicht jetzt. Laß uns von was anderem reden.«

Der Vater stellte die Vase auf den Nachttisch. Die Rosen waren zu lang, oder die Vase war zu kurz. Sie würde umfallen, also stellte der Vater sie an die Wand. Sehr stabil sah das nicht aus.

»Stell sie ins Fenster, da bekommen sie mehr Licht«, meinte die Mutter, ihre Stimme klang müde.

Der Vater tat, was sie gesagt hatte. Die Rosen blieben an den Fensterrahmen gelehnt stehen. Eine Weile lang versuchte Gorm sie im Auge zu behalten.

»Setz dich einen Moment, Gerhard«, sagte die Mutter.

Der Vater setzte sich, behielt den Mantel jedoch an. Es irritierte Gorm, daß sein Vater den Mantel nicht auszog. Er konnte sich nicht erinnern, daß es ihn früher gestört hätte, was sein Vater tat oder nicht tat. Darüber war nie ein Wort zu verlieren gewesen. Heute irritierte es ihn. Die rastlosen Bewegungen, die Hände, die die Hosenbeine glattzogen, in die Taschen fuhren, den Schlips zurechtrückten, durchs Haar strichen. Der verstohlene Blick auf die Uhr. Wahrscheinlich hatte sich sein Vater bei ähnlichen Anlässen immer so benommen, aber Gorm hatte es noch nie zu interpretieren versucht.

»Ich habe Olga gebeten, dein Zimmer ordentlich aufzuräumen, bevor du nach Hause kommst«, sagte der Vater.

»Das war wirklich umsichtig von dir, Gerhard.«

Sie zog die Decke etwas weiter hoch, als würde sie frieren, ehe sie fortfuhr.

»Ist Post für mich gekommen?«

»Nein, sonst hätte ich sie mitgebracht. Erwartest du was?«

»Nur die Antwort vom Kurhotel. Ob sie dieses Jahr auch einen Platz haben.«

Hier ist es grau, dachte Gorm. Die Sonne scheint durch graues Glas. Die Rosen stehen auf der Fensterbank und wollen umfallen. Vater will seinen grauen Mantel nicht ausziehen, und Mutter will ins Kurbad. Hier sitze ich und bin die graueste von allen Gestalten in diesem Zimmer. In Grauheit geboren. Wer bin ich, daß ich so grau bin, daß ich nicht einmal die Kraft habe, etwas dagegen zu tun?

Wenn Mutter hier liegt und stirbt, während Vater im Mantel danebensitzt, weil er eigentlich woanders sein will, dann werde ich einfach zuschauen und keinen Finger rühren.

Hastig stand er auf und ging zum Fenster.

»Ich finde, wir sollten auch Edel und Marianne verständigen«, sagte er.

»Nein, nein, das ist es nicht wert.« Mutters Stimme klang hektisch.

»Ihr habt schließlich auch mich angerufen.«

Im Zimmer wurde es still. Er drehte sich nicht um.

»Das wollte ich schon die ganze Zeit«, sagte der Vater kurz.

Diese knappe Art verriet Gorm, daß sein Vater sich in diese Angelegenheit nicht einmischen wollte.

»Wollt ihr, daß ich anrufe?« fragte Gorm.

»Gute Idee«, meinte der Vater noch knapper. In dem Moment, in dem die Worte verklangen, war es bereits so, als wären sie nie gesagt worden.

»Wie ihr wollt«, meinte die Mutter.

Nach vier Tagen kam sie nach Hause. Wie eine alte Frau stieg sie die Treppe zum ersten Stock hoch und war meist auf ihrem Zimmer. Sowohl die Großmutter als auch Tante Klara machten kurze Besuche.

Gorm saß oft bei ihr. Sie war wie sonst sehr gepflegt und weinte nicht, jedenfalls nicht, wenn er da war, redete aber beängstigend wenig.

An dem Tag, an dem sie zur Kontrolle gegangen war, wie sie das nannte, konnte er sehen, daß sie geweint hatte. Sein Vater blieb den ganzen Abend zu Hause und saß die meiste Zeit oben bei ihr.

Edel kam von der Südküste nach Hause. Sie war sonnengebräunt, aber besorgt. Gorm hatte sie noch nie so besorgt gesehen. Beleidigt war sie auch, weil man nicht früher nach ihr geschickt hatte. Am Telefon hatte sie zwar verraten, daß sie von Mutters Operation gewußt und es vergessen hatte, aber daran erinnerte er sie nicht.

Am nächsten Morgen hörte er durch die offene Tür, wie sie sich mit dem Vater im Eßzimmer unterhielt, als er zum Frühstück nach unten kam.

»Es ist, als hätte Mutter nur ein Kind, und das ist Gorm. So ist es immer gewesen«, sagte Edel.

»Sie ist krank, nicht du.«

Gorm ging ins Eßzimmer und sagte guten Morgen.

»Wir reden gerade von dir«, meinte Edel.

»Ja, das habe ich gehört.«

»Wie geht es ihr? Du warst doch bestimmt schon bei ihr?« fragte sie.

»Sie hat sich gerade übergeben«, antwortete er und goß sich eine Tasse Kaffee ein.

Eilig stand der Vater auf und ging nach oben.

»Ist das etwa der barmherzige Samariter, der mir da gegenübersitzt«, sagte Edel und preßte die leere Eierschale zu einem Ball zusammen.

Gorm antwortete nicht. Sie hatte rosa Nagellack und ziemlich lange Nägel. Der Nagel des linken Zeigefingers war abgebrochen und etwas schief.

»Weißt du, was ihr fehlt?« fragte sie provozierend.

»Ich glaube, daß sie Magenkrebs hat und daß sie nicht wissen, ob sie wirklich alles herausgeschnitten haben.«

»Hat sie dir das gesagt?«

»Nein. Das ist meine Vermutung.«

»Die ist zutreffend«, sagte sie spitz.

»Wie willst du das wissen?«

»Vater hat es mir gestern erzählt.«

»Erzählt? Dir?«

»Ja.«

Sie hatte schwarze Pünktchen auf den Nasenflügeln. Die kamen von zu fetter Haut, dachte er. Vater hat ebenfalls fette Haut. Er hatte noch nie bemerkt, wie Leute mit fetter Haut aussahen, erst in diesem Moment. Einfach eklig.

»Glaubst du, das ist gefährlich?« fragte sie.

»Nicht, wenn sie ihr alles herausoperiert haben.«

Sie saß da und zerkrümelte den Eierschalenklumpen zwischen den Fingern.

»Ich glaube, daß sie todkrank ist«, sagte sie plötzlich.

Gorm stellte die Tasse weg und sah auf.

»Hast du vor, ihr das zu sagen?«

»Wenn das sonst niemand tut, dann schon.«

»Dann bist du also die Mutigste von uns, weil du dich dafür rächen willst, daß du ihr gleichgültig bist, wie du glaubst?«

Er wußte nicht, woher er die Kraft nahm, ihr das zu sagen, aber es war genau das, was er dachte. Er hätte noch mehr sagen können. Beispielsweise, daß sie vierundzwanzig Jahre alt war und sich aufführte wie eine Dreizehnjährige und daß sie fette Haut hatte.

»Diese Familie ist nicht gut«, sagte sie, als hätte sie ihn durchschaut. Dann schob sie ihren Teller in die Mitte des Tisches und sah ihn hilflos an.

Während sie so dasaßen, fühlte er sich gegen seinen Willen für sie verantwortlich, trotz allem, was gesagt worden war. Sie ist meine Schwester, dachte er erstaunt. Sie tut so, als würde Vater nur ihr gehören, aber sie weiß, daß man sich darauf nicht verlassen kann.

»Irgendwas in diesem Haus ist von Grund auf faul. Das spüre ich. Sie wird sterben.«

Edel beugte sich über den Tisch und legte den Kopf in die Arme. Sie zitterte am ganzen Körper. Er berührte sie an den Schultern. Vorsichtig, während er hörte, daß Olga in der Anrichte Geschirr stapelte. Einen Augenblick lang dachte er daran, daß Olga am meisten über sie alle wußte.

»Kannst du dich etwa daran erinnern, daß wir uns in dieser Familie jemals über irgend etwas schiefgelacht hätten? Was? Nein, das kannst du nicht.«

»Gerade jetzt ist es für Mutter am schlimmsten, nicht für uns. Oder?«

»Ich glaube, man wird krank, wenn man sein ganzes Leben in diesem Haus verbringt«, schniefte sie.

»Das müssen wir doch nicht.«

»Du schon!« Sie starrte ihn an und vergaß zu weinen.

Aber die Mutter erholte sich über den Sommer. Sie ging wieder fast so wie früher die Treppe hoch. Gorm begleitete sie auf kleinen Spaziergängen.

Marianne kam ebenfalls einige Tage nach Hause, um ihre Mutter zu sehen, wie sie sagte. Sie hatte neuerdings etwas Fernes und Strenges. Sie sagte nicht viel über diesen Jan Steine, den sie Weihnachten geheiratet hatte. Aber über die Wohnung in Trondheim. Und über Gegenstände. Sie erzählte ihrer Mutter sehr viel über ihre Möbel, ohne daß diese sonderliches Interesse daran gezeigt hätte.

Sofort wenn die Rede davon war, wie es der Mutter ging, wurde Marianne zur Krankenschwester.

»Erhöhte Temperatur am Abend ist ganz normal, Mutter«, sagte sie beispielsweise mit freundlicher, resoluter Stimme. Einer Stimme, die nahelegte, daß sie wußte, was zu sagen war. Deswegen konnte Marianne auch an ganz andere Dinge denken.

Trotz ihrer selbstsicheren Art wußte Gorm, daß es Marianne nicht gutging. Sie hatte einen Zug um den Mund, der nicht nur daher kam, daß sie sich um ihre Mutter sorgte. Aber sie wollte sich ihm nicht mehr wie früher anvertrauen. Sie bat ihn nie mehr in ihr Zimmer, um sich mit ihm zu unterhalten.

Edel und Marianne fuhren wieder ab. Edel nach Oslo, um Englisch zu studieren.

Der Vater verbrachte wieder die meiste Zeit im Büro. Auch

abends war er nicht zu Hause. An einigen Samstagen fuhr er nach Indrefjord.

Gorm reservierte ein paar Stunden jeden Tag, um für die Handelshochschule zu lernen. Bei schönem Wetter machten seine Mutter und er einen Spaziergang, und er mußte sich anhören, welche Zukunftspläne sie für ihn hatte.

»Wenn du dann wieder nach Hause kommst«, sagte sie ständig.

Er sah dieses Nachhausekommen als eine unendliche Zahl von Nachmittagen, an denen er von der Grande-Villa zur Mole spazieren würde, erfüllt von einem Gefühl der Ohnmacht und von schlechtem Gewissen.

Einmal, als sie auf der Mole waren, wollte seine Mutter ihn etwas ganz im Vertrauen fragen, wie sie das nannte. Sie fragte, ob er in Bergen eine Freundin hätte. Das machte ihn verlegen, als hätte sie ihn in der Dusche überrascht.

»Nein«, sagte er und dachte an Vivi-Ann.

»Es sind ein paar Briefe an dich gekommen, nachdem du nach Bergen gefahren warst. Ich habe sie natürlich umadressiert. Du hast sie doch bekommen, oder?«

»Ja.«

»Die waren doch von einer jungen Dame, nicht?«

»Ich erinnere mich nicht«, log er und versuchte sich an Elses Gesicht zu erinnern. Nach zwei Jahren war das schon nicht möglich.

»Es ist wichtig, daß man richtig wählt«, sagte Mutter.

Gorm war ganz ihrer Meinung. Aber er sagte es nicht.

Ein englisches Segelboot lag im Hafen. Sie gingen hinunter, um es sich anzusehen. Imponierend. Mindestens vierzig Fuß lang. Schöner Rumpf.

Während er mit seiner Mutter untergehakt am Kai stand, sah er plötzlich eine freche, kleine Hand die Leiste umklammern, die die Luke zur Kajüte umgab. Eine Frau kam nach oben. Ihr Haar war vom Wind zerzaust. Im selben Augenblick fühlte er sich auf den Flugplatz vor vielen Wochen zurückversetzt. Er sah die Hand von Rut Nesset, als sie ihren Koffer vom Karren gehoben hatte.

Die Enttäuschung tat geradezu körperlich weh. Sie war es nicht.

Er hatte gedacht, daß sie vielleicht irgendwo in der Stadt wohnte. Möglicherweise waren sie sogar auf der Straße aneinander vorbeigegangen, ohne sich zu sehen. War das vorstellbar?

Mehrere Abende war er auf gut Glück in die Cafés gegangen, eins nach dem anderen. Das war in dieser Stadt allerdings schnell erledigt. Der Gedanke, sie könnte in der Stadt sein, machte ihn auch jetzt wieder rastlos, aber sie war wohl direkt vom Flugplatz nach Hause auf ihre Insel gefahren.

Auf dem Rückweg machte er mit seiner Mutter einen Umweg über die große Wiese. Der Telefonmast stand immer noch da. Es war seltsam, ihn wiederzusehen.

Warum war sie wohl in London gewesen? Der Holzkasten, der ihr Handgepäck gewesen war, hatte ihn an die Kiste erinnert, die ein Maler in Bergen immer auf seinem Fahrrad mit sich herumschleifte. Malte sie?

Den ganzen Sommer hatte er an sie gedacht. Ihre Augen waren so deutlich. Einige Male sah er sie morgens vor sich, ehe er noch richtig wach war. Er hätte das gern irgendwie beschrieben. Nur für sich. Er hätte es aufschreiben können, wenn er nur die richtigen Worte gefunden hätte. Aber sie mußten neu sein. Niemand durfte sie vor ihm gedacht oder gesagt haben.

Der Mund. Er erinnerte ihn an die wilden Himbeeren hinter dem Haus in Indrefjord. Nur fester und mit einem ganz anderen Versprechen.

»Gorm, es ist Zeit, daß du dich im Geschäft zeigst«, sagte Vater.

Sie saßen am Eßtisch, und die Mutter hatte gerade festgestellt, der Herbst sei doch eine wehmütige Zeit. Besonders für jemanden, der den ganzen Sommer krank gewesen sei.

Gorm begriff, daß er sich schon längst im Geschäft hätte zeigen sollen. Daß sein Vater nur gewartet hatte, bis er erwachsen genug war, das selbst einzusehen. Und daß er nun ungeduldig war, weil Gorm sich nicht als so erwachsen erwiesen hatte.

»Wann?« fragte Gorm.

»Zum Beispiel morgen um acht.«

Sie gingen zusammen, und der Vater stellte ihn dem Büropersonal und einigen von den Verkäuferinnen vor, als hätten sie ihn noch nie gesehen.

»In einem Jahr ist er hier. Dann ist er mit der Handelshochschule fertig«, sagte der Vater nachdrücklich.

Um Punkt elf trat eine dunkelhaarige Dame mit Brötchen und Kaffee ein. Sie trug einen kurzen Rock und war schön auf eine selbstbewußte Art. Gorm fiel partout nicht ein, wo er sie schon einmal gesehen hatte.

»Das hier ist Fräulein Berg«, sagte der Vater. »Sie ist gerade Anwältin geworden und nur über die Ferien hier.«

Nach einer Weile kam sie noch einmal herein und fragte, ob sie auch noch Kopenhagener wollten.

»Ja, heute nehmen wir die Kopenhagener auch noch. Bestellen Sie sich einen mit«, sagte der Vater und lächelte. Irgendwie war die Situation merkwürdig, ohne daß Gorm so recht gewußt hätte, warum.

Der Vater zeigte ihm die Pläne für den Ausbau des Geschäfts. Zwei zusätzliche Stockwerke und ein Seitenflügel. Bei der Stadt mußte eine Baugenehmigung beantragt werden. Der

Vater machte sich Sorgen, daß es Kräfte im Stadtrat geben könnte, die zu verhindern suchten, daß der neue Flügel in Richtung Hafenbassin gebaut wurde.

»Einige sind der Meinung, daß Grande & Co auch so schon groß genug ist«, meinte sein Vater vielsagend. »Man muß nur die richtigen Leute finden, die dann den Stadtrat davon überzeugen, daß das ein Irrtum ist. Ich übereile nichts. Alles braucht seine Zeit. Aber ich will jetzt, daß du anfängst, hier zu arbeiten, wenn du zu Hause bist.«

»Ich hab doch von nichts eine Ahnung«, sagte Gorm.

»Na ja, das hatte ich damals auch nicht. Aber alles wird irgendwann einmal zur Routine. Ich denke, daß du dich vom ersten Tag an gründlich mit den Bilanzen vertraut machen solltest. Und daß du die restlichen Ferien stets von acht bis vier im Büro sein solltest. Drinnen bei Henriksen bekommst du einen Schreibtisch.«

»Aber sitzt da nicht Fräulein Berg?«

»Nein, sie ist in der nächsten Zeit verreist«, erwiderte sein Vater schnell. »Wenn ich verreist bin, kannst du auch hier sitzen. Wenn du irgendwelche Fragen hast, dann wende dich einfach an Fräulein Ingebriktsen. Sie weiß Bescheid, und sie sagt dir auch, was du tun sollst. Samstag reise ich geschäftlich nach Oslo.«

Am Nachmittag ging Gorm in Mariannes Zimmer. Das hatte er schon lange vorgehabt, wollte sich aber nicht irgendwelchen Fragen aussetzen, falls ihn jemand sah. Aber seine Mutter schlief, und sein Vater wollte Überstunden machen.

Immer noch hing ihr Geruch im Zimmer. Er öffnete den Kleiderschrank. Der Stapel kaum getragener Kleider, an den er sich aus den Zeiten erinnern konnte, als sie noch zu Hause gewohnt hatte, war weg. Nur noch eine Hose lag unten im

Schrank, ansonsten war er leer. Was Ordnung anging, waren Edel und sie grundverschieden. Edel ließ ihre Zimmer immer vollkommen chaotisch zurück.

Sogar das Regal war aufgeräumt. Nach Größe geordnete Mädchenbücher und Stapel alter Frauenzeitschriften. Dazwischen standen Regine Normanns Märchenbuch und *Victoria* von Knut Hamsun. Neben dem Geschichtsbuch aus dem Gymnasium fiel sein Blick auf den erotischen Roman von Agnar Mykle, *Das Lied vom roten Rubin*.

Er fand es erstaunlich, daß das Buch einfach so im Regal stand, wo es doch einen solchen Skandal verursacht hatte. Er erinnerte sich, daß es sich immer unweigerlich bei den Seiten öffnete, die alle lesen wollten. Und er meinte sich auch zu erinnern, daß ihre Mutter von der Existenz dieses Buches nichts wissen durfte. Es war eine Art stillschweigende Übereinkunft: Was die Mutter nicht wußte, tat ihr auch nicht weh. An dieser Übereinkunft war auch der Vater beteiligt, obwohl nie etwas gesagt wurde.

Ganz richtig öffnete sich das Buch willig auf Seite 34. Erst nahm er es mit in sein eigenes Zimmer, dann überlegte er es sich anders. Er war jetzt erwachsen genug, um die Bücher zu lesen, die er lesen wollte, also nahm er es mit ins Wohnzimmer. Als er seinen Vater kommen hörte, zwang er sich dazu, ruhig weiterzulesen, ohne sich jedoch konzentrieren zu können.

Der Vater trat ein und grüßte geistesabwesend. Dann ging er überraschenderweise direkt zur Hausbar und goß sich einen Whisky ein. Sein Vater genehmigte sich nie einen Drink auf nüchternen Magen, wie er zu sagen pflegte.

»Irgendwas nicht in Ordnung?« fragte Gorm.

Der Vater stand mit dem Rücken zu ihm und wirkte seltsam gebeugt. Als sei ihm seine Jacke zu groß. Gorm hatte ihn offenbar lange nicht mehr richtig angeschaut. Ein großer, schlanker Mann mit zu kräftigen Armen und Schultern in Anbetracht seines Berufs, das war sein Vater. Plötzlich bemerkte Gorm, daß er fürchterlich dünn geworden war. Und rastlos. Nicht nur deswegen, weil er im Geiste bereits woanders unterwegs war, nein, auch dort, wo er sich befand, fühlte er sich überhaupt nicht wohl. Als hätte sein Vater verstanden, was er dachte, richtete er sich auf und leerte das Glas in einem Zug.

»Nicht in Ordnung? Nein, was in aller Welt sollte denn sein?«

Er ging zu seinem Stuhl in der Ecke, öffnete den oberen Hemdknopf und zog den Schlips aus. Danach nahm er die Zeitung, die auf dem Tisch lag und setzte sich bequem hin. Gorm saß auf dem Stuhl seiner Mutter, und dadurch waren sie sich ziemlich nahe. Er konnte sehen, daß die Halsschlagader seines Vaters stark pochte.

Plötzlich legte er die Zeitung weg und sah Gorm an.

»Was liest du übrigens?«

Gorm merkte, daß er rot wurde. Das ärgerte ihn.

»Agnar Mykle«, murmelte er.

»Agnar Mykle. So, so. Wir waren gleichzeitig auf der Handelshochschule. Er war ein Jahr unter mir.«

»Hast du ihn gekannt?«

»Nein, das kann ich nicht behaupten. Wir bewegten uns nicht in denselben Kreisen. Meistens war er mit den Schülern von Studienrat Bull zusammen. Außerdem war er jünger. So etwas wie ein radikaler Dandy. Fehl am Platz. Aber er hatte Glück bei den Frauen und war außerordentlich gewandt. Das war er wirklich.«

Hier lachte der Vater auf eine listige Art, die Gorm noch nie gehört zu haben meinte.

»Damals wußten wir schließlich noch nicht, was in ihm steckte. Natürlich mußte ich lesen, was er geschrieben hatte. Später.«

»Das hier?« Gorm hielt das Buch hoch.

»*Das Lied vom roten Rubin.* Ach ja, das ist schon eine ganze Weile her.« Der Vater lächelte. »Das hat wirklich für einige Aufregung gesorgt. Wo hast du das her?«

»Aus dem Bücherregal.«

»Ach so. Und jetzt liest du es noch mal.«

»Ich glaube nicht, daß ich es je ganz gelesen habe.«

»Bergen hatte wirklich einiges für sich«, sagte der Vater mit einem abwesenden Blick.

»Hat es dir gefallen?« fragte Gorm.

»Was?«

»Das Buch.«

»Tja. Ich erinnere mich nicht. Es war wohl mehr der Skandal.«

»Hattest du das Gefühl, daß er modern schreibt? Daß es irgendwie auch um dein Leben geht?«

»Ganz und gar nicht!« Mit einer energischen Bewegung nahm der Vater die Zeitung wieder auf.

14

Rut erwachte davon, daß Jørgen nach ihr rief.

Seine Stimme war rauh und gepreßt, als würde ihm jemand die Luft abdrücken. Er stand oben auf einer Art Turm und rief durch eine Öffnung, durch die er sich gerade hindurchzwängen wollte. Der Ruf hallte über alte Dachziegel hinweg und wurde metallisch zurückgeworfen. »Ruuut!« Unten auf der Erde hatte ihr Name etwas von rostigem Eisen.

Mit ausgestreckten Armen und Beinen flog er ihr entgegen. Ein schwarzer Schatten vor dem blauen Himmel. Sie hörte ein dumpfes Geräusch und spürte einen starken Druck auf ihrem Körper. Als würde sie platt gewalzt. Ausgelöscht.

Gleichzeitig war es nicht sie, sondern Jørgen. Auf einer riesigen Eisenplatte zerdrückt. Ein unerträglicher Schmerz in großer Stille. Das Herz setzte einen Schlag aus und hämmerte dann weiter, während sie sich zusammenrollte und zu atmen versuchte.

Als es ihr endlich gelang, sich schweißnaß im Bett aufzusetzen, wußte sie zunächst nicht, wo sie war. Dann fiel ihr wieder ein, daß das ihr dreizehnter Morgen in London war.

Michael schlief mit halboffenem Mund und einer Hand auf der nackten Brust. Dunkles, lockiges Haar schmiegte sich in seine Halsbeuge. Den Bart hatte er sich abrasiert, weil sie kommen würde.

Sie hatten sich in den zwei Jahren, in denen sie das Lehrerseminar besucht hatte, geschrieben. Und nachdem er ein großes Gemälde verkauft hatte, hatte er ihr ein Flugticket geschickt. Den ganzen Sommer wollten sie malen und Galerien, Parks und Museen besuchen.

Das war die Welt. Freiheit. Jetzt wußte sie, was das war. Sie wollten mit dem Zug an die Küste fahren und in einem kleinen Haus wohnen, das Freunden von ihm gehörte.

Über dem großen, schmutzigen Dachfenster trieben die Wolken dahin. Wie in einem Reigen. Noch war es nicht ganz hell. Es war seltsam, daß es im Sommer überhaupt dunkel wurde.

In ein paar Stunden würden sie in dem Kellerpub frühstücken. Starken Tee mit Milch. Toast und Butter. Die sich überlagernden Gerüche von Abgasen, Staub, frischgetoastetem Brot und vorbeihastenden Menschen wiedererkennen. Dieser seltsame Geruch blieb einem noch lange, nachdem man wieder ins Haus gegangen war, in den Nasenlöchern hängen. Er kam durch offene Fenster und Lüftungsklappen und erinnerte in nichts an irgend etwas, was ihr bisher begegnet war.

Sie hatte Michael gefragt, ob er das auch rieche. Er hatte gelacht und erklärt, daß alle großen Städte so röchen. Dann hatte er sich vorgebeugt und sie auf die Nase geküßt, obwohl alle es sehen konnten. Aber niemanden kümmerte das, und niemand glotzte.

Am Vorabend hatten sie vor dem Café auf der anderen Straßenseite gesessen. Die Geranie auf ihrem Tisch war nicht gegossen, und die Blätter waren schon ziemlich braun. Eine Blechdose diente als Aschenbecher. Trotzdem fand sie es irgendwie schön. Seltsam und fremdartig. Die Orangenschalen, die Dosen und das herumwirbelnde Papier auf der Straße waren schön. Die alten Pferde, eher schmutzige Gäule, waren schön. Die merkwürdigen hohen Busse. Die Parks mit den hohen Zäunen. Die schmalen Häuser, die sich aneinanderdrängten. Als befände man sich in einem alten Gemälde.

Sie stellte die Füße auf den Boden und nahm das Haar auf

der einen Seite zusammen. Wo sie darauf gelegen hatte, war es ziemlich naß. Als eine kleine Brise durch das Fenster wehte, bekam sie eine Gänsehaut.

Das Atelier war gleichzeitig Wohnzimmer, Küche und Schlafzimmer. Ein Ausguß, eine Gasflamme zum Kochen, ein Tisch. Klappstühle und zwei uralte Lehnstühle mit hervortretenden Sprungfedern. Staffeleien. Zahllose Gemälde an den Wänden. Ein großes Brett auf Holzböcken war mit Tuben, Gläsern und Pinseln bedeckt. Eingetrocknete, rissige Farbflecken überall. Der Geruch von Terpentin, ungewaschener Bettwäsche und altem Kaffee. Bier. Und dann dieser große Geruch, der überall war, draußen wie drinnen. Er lag auf den Menschen und ihrer Geschichte.

Der Traum saß ihr immer noch in den Gliedern. Die Beklemmung. Aber es war nur ein Traum. Sie ging zum Wasserhahn und trank, dann schlich sie sich wieder zum Bett und legte sich neben Michael. Er drehte sich zu ihr und umarmte sie im Schlaf. Seine Haut war trocken und warm. Sie wollte den Traum vergessen. Heute will ich genauso fröhlich sein wie gestern, dachte sie.

In diesem Augenblick begannen die Kirchenglocken zu läuten. Vielstimmig. Dröhnend, leise, hell und dunkel. »Ruuut! Ruuuuut!« riefen sie.

Michael argumentierte und beschwichtigte, aber sie gab nicht nach, bis er sie zum Telegrafenamt begleitete und ihr half, im Büro von Onkel Aron anzurufen. Er war mittlerweile bei der Gemeindekasse angestellt.

Sie hatten keine Nummer, und sogar Michael hatte Probleme, der Dame am Schalter zu erklären, wo sie anrufen sollte. Rut fand das so ermüdend, daß sie wütend wurde. Erst recht, als die Dame bei ihrem stotternden Englisch die Geduld verlor. Aber schließlich erfuhren sie doch eine Nummer, und es hieß, daß sie auf eine Leitung warten müßten.

Eine Ewigkeit saßen sie auf einem Ledersofa in einem schmutzigen Wartezimmer, in dem ein ständiges Kommen und Gehen herrschte. Endlich durfte sie in eine enge, stickige Kabine treten. Sie nahm den Hörer ab, und durch das Knistern hörte sie Onkel Arons Stimme hallo sagen.

»Onkel! Hallo! Ich bin es, Rut. Ist mit Jørgen alles in Ordnung?«

Es wurde still. Nur Knistern und Rauschen wie von Wogen und Wind.

»Ist mit Jørgen alles in Ordnung?« fragte sie noch einmal.

»Nein, Rut.«

Die Stimme des Onkels wurde in ihrem Ohr größer, fraß sich in ihren Kopf, den Hals hinunter und preßte ihr die Brust zusammen.

»Was ist los?«

»Wenn du kannst, dann komm nach Hause. Wir brauchen dich hier.«

»Ist er krank?«

»Er ist abgestürzt.«

»Ist er im Krankenhaus?«

»Nein, es ist schlimmer. Wir können nicht ...«

Die Verbindung wurde unterbrochen. Sie ließ den Hörer fallen, blieb stehen und sah zu, wie er hin und her baumelte. Kreise und Achten. Hin und her. Dann schwankte sie nach draußen. Michael ging in die Kabine und legte den Hörer auf.

Das letzte, woran sie sich erinnerte, bevor sie an Bord des Flugzeugs ging, war der Geruch von Terpentin und Tabak. Michaels Gesicht war bereits weg oder wurde eins mit seiner weißen Leinenjacke.

Irgendwann in der Luft dachte sie, daß es Jørgen jetzt vermutlich besser hatte. Der Rest der Reise war eine nicht enden wollende Leere. Einmal dachte sie auch daran, wie ängstlich sie gewesen war, als sie nach London geflogen war. Jetzt setzte sie jeden Muskel ein, um das Flugzeug schneller ans Ziel zu bringen.

Als sie nach der letzten Etappe endlich gelandet war und auf ihren Koffer wartete, meinte sie zu hören, daß jemand in der Schlange ihren Namen sagte. Aber sie hatte wenig Zeit, die Fähre auf die Insel legte bald ab, deswegen drehte sie sich nicht um. Sie hatte auch nicht die Kraft, jemanden zu treffen. Hatte nichts zu sagen, ehe sie nicht wußte, wie es Jørgen ging.

Bereits als sie die Gangway hinaufstieg, wußte sie, daß es schlimmer nicht sein konnte. Karl, der Mann, der die Trossen einholte, grüßte nicht. Als wollte er nicht sehen, daß sie kam. Vielleicht war Jørgen ja im Krankenhaus in der Stadt, und sie fuhr vergebens auf die Insel?

»Was ist mit Jørgen?« fragte sie ihn.

Aber der Mann wandte sich ab, als wäre sie Luft. Es war unmöglich, jemand anders zu fragen, denn niemand sprach mit ihr.

Das Gefühl, daß alles immer noch ein Teil des Traums sei und deswegen warten müsse, veranlaßte sie, sich auf Deck hinzusetzen. Auf die Kiste mit den Schwimmwesten. Dort verstärkte sich das Gefühl. Als wäre sie unsichtbar, eine Art Gespenst, von dem die anderen sich fernhielten, damit ihnen das unbehagliche Gefühl erspart blieb, durch sie hindurchgehen zu müssen.

Dasselbe geschah, als die Fähre am Kai anlegte. Niemand grüßte. Sie lehnte ihre Sachen gegen die Wand des Lagerschuppens und rannte den Hügel hinauf. War sie fort gewesen, oder bildete sie sich das nur ein? War es hundert Jahre her, daß sie diesen Weg zuletzt entlanggerannt war?

Die Mutter hatte ihr den Rücken zugewandt, als sie eintrat. Sie mußte sie gehört haben, drehte sich aber nicht um. Der Prediger gab ihr mit einem leeren Blick die Hand. Dann sank er weinend auf einem Hocker in sich zusammen.

Der Kaffeekessel stand auf einer Platte, und es stank nach verbranntem Kaffeesatz. Die Tülle war bereits braun angelaufen.

»Wo ist er?« fragte sie außer Atem.

»Auf dem Heuboden«, sagte ihre Mutter mit welker, aber deutlicher Stimme.

Rut stürzte aus dem Haus und die Rampe zum Heuboden hoch.

Sie hatten Kerzen angezündet. Er lag unter Großmutters altem Laken mit der Lochstickerei. Ein Zipfel seiner Sonntagshose und seine feinen Schuhe schauten hervor.

Erst stand sie einfach nur da. Dann schlug sie das Laken zurück, und ein lebloses, fremdes Gesicht, das dem von Jørgen glich, kam zum Vorschein.

Im nächsten Augenblick umfing sie ein barmherziges Dunkel. Als sie versuchte aufzustehen, versagten ihr die Füße. Sie spürte nichts mehr, bis sie in den Armen ihrer Großmutter lag. Sie wußte nicht, wie sie dorthin gekommen war, aber irgendwie waren sie sich auf der Treppe zum Windfang begegnet, und Großmutters Arme hielten sie zusammen.

»Wie ist das passiert?«

»Komm, jetzt gehen wir erst mal rein«, sagte die Großmutter.

Sie schwankten ins Haus wie zusammengewachsen. Sie gingen bis zum Sofa in der Stube, als wäre Sonntag oder ein

Feiertag. Der Prediger und die Mutter kamen hinterher. Durch die Küchentür stank es nach Kaffee. Stank es nach Bethaus, Losverkauf und Kollekte.

»Sagt mir, was …«

»Er ist Samstag ausgegangen«, sagte ihre Mutter hart.

»Ausgegangen?«

»Er ist vom Kirchturm gefallen.« Großmutters Stimme war so klein.

Der Prediger wandte ihr sein graues Gesicht zu.

»Sie haben ihm angst gemacht. Sie wollten ihn kriegen.«

»Wie, ihn kriegen?«

»Sie haben ihn beschuldigt … die Ella.« Mit schweren Schritten ging der Prediger durchs Zimmer und hielt sich am Tisch fest. »Sie sagen, er hätte … sie genommen«, flüsterte er und sank in sich zusammen.

Rut spürte, daß etwas in Stücke ging. Sie hörte, daß er da etwas Unbegreifliches sagte. Es hatte den Anschein, als könnte sie sich nicht mehr bewegen. Nichts mehr sehen.

Trotzdem rannte sie in die Küche zu dem weißemaillierten Herd. Streckte die Hand aus und nahm den Kaffeekessel von der Platte. Irgendwie mußte sie diesen üblen Gestank loswerden. Sie verbrannte sich, ohne es zu spüren. Packte den glühendheißen Kessel erneut, und erst als sie das Aluminium scheppern hörte, das auf der Steinplatte vor der Tür aufschlug, spürte sie den Schmerz.

Sie drehte den Hahn auf und hielt die verbrannten Finger unters Wasser, während ein fremdes Lachen stoßweise aus ihrer Kehle drang.

»Das ist nicht wahr«, sagte sie lachend und ging wieder in die Stube.

»Was ändert das schon? Sie haben es sich eben in den Kopf gesetzt«, sagte die Mutter mit weinerlicher Stimme.

»Das können sie nicht, denn das ist nicht wahr!«

»Das ist nur, weil du zu diesem Kerl nach London gefahren bist. Du hättest nach Hause kommen sollen!« Die Mutter lief im Zimmer hin und her und warf ihr bitterböse Blicke zu.

»Sei nicht so unvernünftig, Ragna«, bat die Großmutter.

Rut starrte ihre Mutter an. Diese Worte. Die konnte man nicht zurücknehmen. Sie taumelte auf die Treppe des Windfangs und stieß einen Schrei aus, der kein Ende nehmen wollte. Wie von einem singenden Telefondraht überm Fjell. Weithin war er zu hören.

Ruts Kopf fühlte sich an wie ein Vogelschädel, der von den Wellen blank gewaschen wurde. Er hatte so lange am Strand gelegen, daß außer ein paar weißen Einbuchtungen und Aushöhlungen nichts übriggeblieben war. Leicht wie ein Nichts lag er da, während die Menschen vorbeigingen. Der Dorfpolizist und der Pfarrer am Nachmittag. Die Verwandten am Abend. Großmutters Worte im Nieselregen: »Sie haben natürlich unrecht. Genauso wie ein Richter einen Unschuldigen verurteilen kann oder wie ein Verbrecher nie verurteilt wird, weil ihn niemand gesehen hat. Menschen auf einer einsamen Insel können in ihrem Unverstand einen Unschuldigen in den Tod jagen. Das ist es, was wir verstehen müssen, denn wir können den Jørgen nicht wieder zum Leben erwecken. Dagfinn, ich glaube, das war der einzige Grund, warum du Prediger geworden bist. Du sollst für sie beten. Bete, sage ich! Denn ich kann das nicht!«

Eine Weile saß Paul in der Küche und war gleichzeitig ein weinender Cousin und ein Fremder, der Hunde erschoß. Jetzt redete er darüber, was er sich alles wegen dieses verrückten Jørgen hatte anhören müssen.

Den Leuten sei unwohl, wenn jemand laut redend und lachend mutterseelenallein die Wege entlangkomme. Einer, der noch dazu ein Hundefell verehrte, als wäre es eine Altardecke, der glaubte, daß es wer weiß was sei. Sie sagten, daß ihn die Fürsorge schon längst hätte aus dem Verkehr ziehen müssen. Schließlich laufe er mit einem Schnitzmesser herum. Lange hätten sie schon beobachtet, daß er ständig der Ella nachstellte.

»Damit kannst du jetzt wirklich Ruhe geben, Junge«, sagte Onkel Aron. Er war grau im Gesicht und nüchtern.

Tante Rutta hatte eine wunde Unterlippe, weil sie ständig darauf biß, während sie mit irgend etwas herumhantierte. Sie machte sich am Arbeitstisch in der Küche zu schaffen.

Dazwischen wurde es immer ganz still. Es war nur das Rascheln der Kleider zu hören. Es gab nicht genug Stühle für alle, deswegen saß jeder, wo es gerade ging. Das Fenster stand auf, und es rauschte in der Eberesche. Sie lehnte sich im Südwestwind über Mutters verblühten Rhabarber.

Der Prediger saß am Küchentisch oder stand am Ausguß und füllte ein Wasserglas, aus dem er einen Schluck trank, ehe er den Rest unter dem tropfenden Hahn ausleerte. Mehrere Male sagte er, er sei froh, daß sie gekommen seien. Er räusperte sich. Offenbar versuchte er sich vorzustellen, daß er seinen Anhängern eine Bußpredigt hielt.

»Ich habe es immer gesagt, der Tanz im Jugendhaus ist an allem schuld. Sauferei und Radau. Und jetzt das. Allein der Herr, unser Schöpfer, weiß, was wir jetzt tun sollen«, sagte der Prediger, dann versagte ihm die Stimme.

»Hör schon auf, Dagfinn«, schluchzte Tante Rutta. »Irgendwas muß man sich schließlich gönnen, wenn alles so schlimm ist. Wir hatten mit Birkenlaub, Johanniskraut und Gänseblümchen geschmückt. Es war wie im Wald, wirklich schön. An den Wänden und auf der Bühne. Wir waren alle dort,

Junge und Alte. Ja, natürlich nicht du. Du warst ja schon immer was Besseres. Aber den Hauch des Sommers hast du sicher auch schon verspürt. Das ist schon seltsam, die Frömmler waren auch nicht besser als die andern, als es darum ging, den Jørgen zu jagen. Da waren alle zur Stelle, auch die Leute aus dem Bethaus. Eine richtige Meute mit Stecken, solchen, auf denen das Heu zum Trocknen aufgehängt wird, und sogar ein paar mit Sensen. Zwei hatten ihr Gewehr dabei. Die ganze Nacht sind sie marschiert wie die Soldaten, war ja hell genug, und haben gerufen und gesucht wie verrückt. Und wo warst du, wo du doch so gut Reden halten kannst? Warst du da, um sie zur Vernunft zu bringen?«

»Mach ihm das Herz nicht noch schwerer«, sagte Onkel Aron.

Der Prediger legte das Gesicht in die Hände und verteidigte sich nicht.

»Ich muß jetzt endlich erzählen dürfen, was eigentlich los war. Rut weiß schließlich überhaupt nichts«, sagte Tante Rutta und putzte sich die Nase.

»An dem Abend hatte ich schon so ein ungutes Gefühl. Nicht das Rheuma, was anderes«, sagte die Großmutter.

»Was ist passiert?« Rut zitterte so sehr, daß sie kaum verständlich sprechen konnte.

»Es war, als fast alle auf der Tanzfläche waren«, fuhr die Tante fort. »Arons Ziehharmonika war eine Idee verstimmt, aber nur zwei Töne. Mit der Mandoline und der Gitarre klang es wie ein ganzes Orchester. Da kam jemand rein und rief, im Bootshaus sei etwas Fürchterliches passiert. Einige grinsten nur und wollten nichts hören. Es gab schließlich Labskaus und Kaffee mit Schnaps. Aber dann sagte jemand, daß der Jørgen … Und der Vater von Ella kam gerade vom Ufer und war vollkommen außer sich. Er hatte sich den Pullover abgestreift und schrie, er würde den Idioten totschlagen, und wenn das das letzte sei, was er in seinem Leben tue. Und Ella wollte nicht aus dem Bootshaus kommen und auch niemanden dort unten sehen. Auch ihre Mutter nicht. Und die Männer wurden auf einmal hellhörig, was der Vater von der Ella sagte, und dann rotteten sie sich zusammen wie die Soldaten.«

Tante Rutta erzählte und weinte gleichzeitig, während sie einen Arm um Ruts Mutter gelegt hatte, die dasaß, als gehörte sie nicht dazu.

Rut versuchte zu begreifen, was da gesagt wurde.

»Was wollte Ella im Bootshaus?« fragte sie mit Mühe.

»Sie sagten, er hätte sie dort hineingezerrt«, sagte Paul leise.

»Der Jørgen hat nie irgendwen irgendwohin gezerrt, das weißt du sehr gut.«

»Aber er war dort, sie waren alle beide dort. Ihr Vater, der Evert, hat sie selbst gefunden.«

»Und was hatte der Evert dort zu suchen?«

»Aber Rut, das weiß ich doch nicht. Vermutlich hat sie um Hilfe gerufen.«

»Und diesen Hilferuf will er bis hoch ins Jugendhaus gehört haben?« schrie Rut.

»Laß uns vernünftig sein«, sagte der Prediger unerwartet. Er stand mitten in der Küche und rang die Hände.

»Man kann nicht so laut rufen, daß es so weit zu hören ist«, sagte Rut.

»Der Evert hat dic Ella doch immer bewacht. Sie haben doch nur sie«, meinte Onkel Aron.

»Was meinst du damit?« fragte Rutta.

»Der Evert hätte jeden verprügelt, den er nicht für gut genug gehalten hätte. Aber die Schande war vermutlich zu groß, daß sie ausgerechnet den Jørgen mochte.«

»Meinst du, daß sie freiwillig ...?« sagte die Tante entgeistert.

»Ja!« sagten die Großmutter und Rut gleichzeitig.

Mit leerem Blick sah Paul auf den Fußboden.

»Warst du bei der Jagd dabei?« fragte Rut ihn plötzlich.

»Nur zu Anfang.«

»Und wo warst du dann?«

»Er kam her und hat alles erzählt«, sagte der Prediger.

»Warum hat niemand mit ihnen geredet? Sie aufgehalten?« flüsterte Rut.

»Du hättest ja selbst hier sein und mit ihnen reden können«, warf Paul ein und wischte sich den Schweiß von der Stirn.

»Schiebt euch nicht gegenseitig die Schuld zu, das nützt niemandem. Auch dem Jørgen nicht«, sagte die Großmutter und ging zu Paul. Sie versuchte ihm einen Fussel von der Schulter zu zupfen, während ihnen beiden die Tränen herunterliefen.

Es wurde so still. Die Mutter schien eins mit der Wand zu werden. Rut glaubte nicht, daß sie hörte, was gesagt wurde.

»Aber was hat die Ella selbst gesagt?« fragte Onkel Aron nach einer Weile.

»Mit ihr hat niemand geredet«, sagte Paul.

»Was hat der Polizist gesagt, er war doch hier?« Der Onkel ließ nicht locker.

»Er sagte, es sei unmöglich, in solchen Dingen Partei zu ergreifen. Aber daß es traurig sei und daß wir sein Mitgefühl hätten«, sagte der Prediger.

»Niemand hat also aus Ellas Mund gehört, was man dem Jørgen zur Last legt?« rief Rut und packte den Prediger am Arm.

»Wie sollen wir das wissen?« antwortete er und schob sie

weg. »Weder deine Mutter noch ich waren im Jugendhaus. Wir gehen nicht an solche Orte. Jetzt siehst du, was der Teufel anrichtet. Wie die Sünde um sich greift und uns alle bestraft.« Er schloß die Augen, hob die ineinander verkrampften Hände an die Stirn und begann zu beten.

»Herr, sei barmherzig! Sieh in Gnade auf uns herab, beschütze uns vor dem Bösen und vor der Sünde. Laß deinen Geist über dem Jørgen schweben, wo er jetzt auch sein mag. Vergib ihm, was er getan hat. Vergib uns allen! Amen.«

Als er »Amen« sagte, warf sich die Mutter auf ihn und hämmerte mit den Fäusten auf ihn ein. Erstickte Laute drangen über ihre Lippen. Lauter und lauter, zum Schluß brüllte sie nur noch.

Der Prediger ließ die Arme fallen. Er stand da, ließ die Schläge über sich ergehen und atmete schwer. Die anderen sahen zu. Etwas anderes konnte man nicht tun. Schließlich sagte Großmutter: »Ragna, meine Ragna. Ist ja gut, Kind. Ragna. Ragna.«

Aber die Mutter wollte nicht hören. Sie schrie und schlug, schlug und schrie. Der Prediger keuchte. Aber er blieb mit hängenden Armen stehen. Als würde er nicht begreifen, daß sie ihn schlug.

Nachts war Rut im Jugendhaus. Der Prediger gab ihr einen Telefonhörer ohne Kabel. Aber sie legte ihn weg, weil sie auf der Bühne stand und alle Blätter des Birkenreisigs malen sollte, das sie in Bottichen an den Wänden aufgestellt hatten. Es war nicht leicht, über all diese Blätter einen Überblick zu behalten.

Sie dachte, daß Jørgen sie für sie zählen könnte, aber dann fiel ihr ein, daß Jørgen bei so vielen Birkenblättern ebenfalls den Überblick verlieren würde.

Der Vater von Ella tanzte mit dem Prediger. Er hatte hervortretende blaue Adern auf der Stirn und an den Schläfen. Plötzlich waren alle Männer der Insel da, auch Onkel Aron. Ellas Vater drohte mit einer blau angemalten Sense und führte die Schar an. Das ganze Fischerdorf, die ganze Gemeinde, die ganze Insel, sogar die, die sich nie im Jugendhaus blicken ließen, waren gekommen.

Der Polizist hob die Ziehharmonika des Onkels hoch. Die Lederlasche war nicht eingehakt, und das Instrument öffnete sich mit einem lauten, klagenden Geräusch. Eine Wand krachte zu Boden, und die Schar stürmte zum Bootshaus. Hinter ihnen kam ein guter Wind auf. Die Sonne funkelte in allen Stecken und Sensen. Seltsamerweise trug der Pfarrer ein Gewehr.

Es waren so viele. Rut stand auf der Bühne und wußte bereits, wie schrecklich die Sache ausgehen würde. Schulter an Schulter gingen sie durch das grüne Gras, und das Johanniskraut wurde von ihnen platt getreten.

Nichts wird je wieder wie früher sein. Wenn das vorbei ist, wird hier auf Øya keiner mehr ein Gesicht haben, dachte sie. Es wird nur noch Rücken und Sensen geben. Sie werden nie mehr etwas sehen können, denn sie haben keine Augen mehr. Über ihnen stand ihr Atem wie Rauch. Wie der Dampf aus dem Apparat zum Schwarzbrennen, den sie bei Onkel Aron gesehen hatte. Der war vermutlich inzwischen kaputt. Es stank ziemlich. Das war wohl der Grund, dachte Rut, als sie oben auf der Bühne stand.

Sie wollte malen, konnte aber nicht, da sie die Anzahl der Blätter vergessen hatte. Sie wurde müde, wie sie so dastand und ihnen hinterhersah. Sie kamen nie beim Bootshaus an, um es hinter sich zu bringen. Sie wurden nur ständig betrunkener und wilder und mit jedem Schritt zahlreicher.

Jetzt gingen sie über die Hochebene und dann an Großmutters Kartoffelacker vorbei. Sie gingen überall, hintereinander oder in Keilform, wie die Waldameisen. Abwechselnd waren sie fürchterlich groß und winzig klein. Es begann dunkel zu werden und zu schneien. Sie waren wütend und schliffen die Sensen, daß es nur so sirrte. Jørgen weinte bei jedem Zug des Schleifsteins, aber das hörten sie nicht.

Allmählich, als sie müde wurden und der schwarz gebrannte Schnaps seine Wirkung verlor, wurden sie stiller, marschierten aber trotzdem mit dem Rücken zu ihr weiter. Sie wußte, wie es ausgehen würde, aber es gelang ihr nicht, die Birkenblätter zu malen, sie stand einfach da und sah zu.

Sie war auf dem Kirchturm und sah sie von Osten über den Friedhof kommen. Sie trugen Mehlsäcke über dem Kopf. Gras oder Gräber waren keine mehr zu sehen, denn die Mehlsäcke standen dicht an dicht. Sie war Jørgen und war trotzdem sie selbst.

»Auf einer Insel kann sich auf Dauer nichts Lebendes verstecken«, schrien sie zu ihr hoch.

»Verrückter Jørgen! Verrückter Jørgen!« rief Ellas Vater, er stieg bereits die Turmleiter hoch und war so nahe, als säße er in ihrem Ohr.

Da spürte sie Jørgens Hand auf ihrer, warm und hart, und sie wußte, daß keine Zeit zu verlieren war. Das kleine Fenster wurde größer, als wollte es ihnen helfen. Dann kamen ihnen Dachziegel und der Friedhof entgegen.

Mit ausgebreiteten Armen glitten sie nach unten. Sie bekam Angst und griff nach einer der Schlingen am Glockenstrang. In ihrem Handgelenk tat es einen kräftigen Ruck, und sie mußte loslassen. Sie glitten über das Dach des südlichen Querschiffs und hinunter aufs Langhaus.

Als sie an der Stelle vorbeirutschten, an der zwei Ziegel

fehlten, begannen die Glocken zu singen. Schwer, leicht. Ding, dong. Diesen Klang kannte sie. Das war nicht gefährlich.

Jetzt waren sie in der Luft. Erst fürchterlich schnell, dann langsam. Jørgen und sie glitten dahin wie auf einer Woge außerhalb der Bojen. Sie waren zusammen. Es ließ sich schön und leicht atmen, und sie dachte, daß das nie zu Ende gehen durfte. Sie schwebten hoch über den Gräbern mit den Gußeisenplatten, über weißen und grauen Grabsäulen und über all den winzigen roten Ameisenmenschen.

»Das ist nicht gefährlich, wir schweben, siehst du«, sagte sie und wollte ihm folgen.

Erst fand sie ihn nicht. Als gelänge es ihr nicht, etwas zu sehen. Dann lag er auf der rostigen Grabplatte des Dorfpolizisten Trane, das Gesicht nach unten und Arme und Beine seltsam verrenkt. Und trotzdem war das nicht Jørgen, das war sie selbst.

Die Ameisenmenschen mit den Mehlsäcken über dem Kopf ließen die Sensen fallen und begannen mit ihren winzigen Händen unter ihrer Nase zu graben. Unter dem Kinn. Sie gruben und gruben und wurden nicht fertig. Sie spürte ihren Atem und hörte den Prediger beten.

Dann schlug ihr die Erde entgegen, über Augen und Nase, und alles wurde dunkel. Sie spürte, daß ihr ganzer Körper fort war. Aber immer noch hallte das Metall nach.

So ist es also zu sterben, dachte sie.

Rut ging den Weg entlang zu Everts Haus. Das letzte Stück, auf dem sie von den Fenstern aus gesehen werden konnte, reckte sie sich.

Asta stand in derselben Schürze wie auch sonst am Arbeitstisch in der Küche. Als sie sah, wer zur Tür hereinkam, wurde sie bleich und mußte sich setzen.

»Ich muß mit der Ella reden«, sagte Rut.

»Sie liegt oben und ist krank. Und du weißt, warum!«

Die Stimme war spitz und selbstgerecht.

»Ich muß trotzdem mit ihr reden.«

»Das kannst du nicht.«

»Ich muß!«

»Verschwinde nach Hause, du freches Gör! Ihr habt Unheil genug angerichtet!« sagte Asta jammernd.

Rut holte tief Luft und ging in Schuhen die Treppe hinauf. Asta lief hinter ihr her und versuchte sie zurückzuhalten. Rut war stärker, sie schüttelte Astas Arm ab und war im Nu oben.

Beim Anblick von Ella hätte Rut fast den Mut verloren. Nackte Füße, nur im Unterrock und mit leerem Gesicht.

Asta schimpfte wie ein Austernfischer, dessen Nest bedroht wird, und Rut schob sie nach draußen und legte den Haken vor. Ellas Gesicht und Astas Hämmern an der Tür lähmten sie. Sie wußte kaum noch, warum sie eigentlich gekommen war.

Wie im Halbschlaf sah sie sich um und erinnerte sich daran, daß Jørgen und sie mehrere Male bei Ella übernachtet hatten, als sie klein gewesen waren. In einem anderen Leben. Einem Leben, in dem Ella und Asta immer nett zu Jørgen gewesen waren. Nett. Sie hielt diesen Gedanken fest, während sie sich den einzigen Stuhl heranzog und sich setzte.

»Ella, schrei, wenn sie dir was tut!« rief Asta, bevor sie langsam die knarrende Treppe hinunterging.

Ella stand immer noch da und starrte sie an. Sie hatte ein kleines, niedliches Gesicht, das von rötlichen Locken umrahmt wurde. Sie glich einer Puppe. Zu ihrer Stupsnase paßte ein Mund, der immer etwas offenstand, als fiele ihr Blick stets auf etwas, was sie nie zuvor gesehen hatte.

»Ich freß dich schon nicht«, sagte Rut.

Ella nickte, blieb aber trotzdem in der Ecke stehen.

»Kannst du dich nicht auch setzen? Ich muß mit dir reden, verstehst du.«

Ella streckte die Hand nach ihrer Strickjacke aus, zog sie zögernd über und knöpfte sie dann bis zum Hals zu, bevor sie sich auf die Bettkante setzte. Die dünnen Beine schauten unter dem lachsroten Unterrock hervor, und die Zehen waren noch ganz kindlich. Rut schluckte.

»Der Jørgen ... er hat dir doch nichts getan, oder?«

Ella sah nach unten und fingerte an einem ausgefransten Knopfloch ihrer Jacke herum, antwortete aber nicht.

»Weihnachten hat er davon geredet, daß du und er euch treffen würdet und daß du so nett bist. Du hättest ihm übers Haar gestrichen und ihm verschiedene Kleinigkeiten gegeben ...«, versuchte es Rut vorsichtig.

Ellas Lippen begannen zu zittern, dann legte sie das Gesicht in die Hände. Erstickte Laute drangen zwischen ihren Fingern hervor.

»Du hast gewußt, daß er dort ist?« fragte Rut.

»Was meinst du?« schluchzte Ella auf.

»Du hattest ihn gebeten, dich im Bootshaus zu treffen, während alle beim Tanzen waren?«

Ella nahm ihre Hände herunter und sah sie ängstlich an.

»Geh jetzt!«

»Das ist doch nichts Schlimmes, Ella. Er hat mir erzählt, daß du auch willst, daß er dich streichelt. Er hat noch mehr gesagt ...«

»Du lügst! Der Jørgen sagt so was nie.«

Rut antwortete nicht.

»Hat er das gesagt, bevor du hergekommen bist?« flüsterte Ella verzweifelt.

Rut starrte sie an. Entweder hatte ihr niemand erzählt, daß Jørgen tot war, oder sie wollte es nicht wahrhaben.

»Ella. Was sie ihm vorwerfen, das hat sich dein Vater ausgedacht, oder?«

»Ich weiß nicht, was er sagt, ich sitze einfach nur hier oben.«

»Du mußt herunterkommen. Du mußt sagen, wie es gewesen ist. Daß der Jørgen nichts Schlimmes gemacht hat.«

Ella antwortete nicht, aber die Art, wie sie zu Boden sah, wie sie die Hände rang, wie sie die nackten Knöchel aneinanderrieb – das sprach für sich.

»Die Männer haben den Jørgen gejagt, als wäre er ein Verbrecher. Aber das wolltest du doch nicht, oder?«

Ella schüttelte den Kopf und krallte die Zehen in die Dielenbretter.

»Du mußt sagen, wie es wirklich war, sonst glauben noch alle, was dein Vater behauptet. Daß Jørgen dich vergewaltigt hat.«

»Du lügst! Papa sagt so was nicht. Er jagt auch niemanden.«

»Er war dabei. Sie haben den Jørgen über die ganze Insel gejagt und dann den Kirchturm rauf. Er hatte solche Angst, daß er gesprungen ist. Der Jørgen ist tot.«

Ella riß die Augen auf. Sie flossen über ihr ganzes Gesicht, über die verblichene Tapete und den geblümten Bettbezug. Sie verlor gleichsam die Beherrschung über ihre Mundwinkel. Das ganze Gesicht fiel herunter und zerbrach.

Rut beugte sich vor zu ihr. Ganz innen in der linken Iris war ein schwarzer Punkt, wie ein Loch. Ella hat ein Loch im Auge, dachte sie.

»Lüg mich nicht so gemein an.«

»Ich wär froh, wenn ich lügen würde.«

Ella zog ihre Füße an sich heran und rollte sich wie ein Ball auf dem Bett zusammen.

»O Gott! Das darf nicht wahr sein. Was soll ich tun?«

»Komm runter und sag den Leuten, wie es gewesen ist.«

Unten hörten sie Evert. Dann kam er auch schon die Treppe hoch.

»Der Papa«, sagte Ella mit einer Stimme wie ein verängstigtes kleines Kind.

Es rüttelte an der Tür, aber der Haken hielt.

»Macht auf!«

Rut stand auf, zögerte aber noch. Da sprang die Tür so hart auf, daß sowohl Haken als auch Hakenöse zu Boden fielen. Evert stand mitten im Zimmer. Ihm lief der Schweiß herunter, und er atmete schwer.

Sie erinnerte sich daran, daß er an Asthma litt. Er hatte etwas Grauenhaftes und Fahles, als er ihren Arm packte und sie nach draußen ziehen wollte. Er hat einen Asthmaanfall, und ich bin dafür verantwortlich, dachte sie und klammerte sich am Bettpfosten fest. So fest, daß das Bett mit Ella von der Wand rutschte.

»Laß mich los!« schrie sie ihm ins Ohr. »Die Ella muß erzählen dürfen, wie das zwischen dem Jørgen und ihr war. Daß sie ein … Liebespaar waren.«

»Die Ella ist nicht die Freundin von irgendeinem Idioten«, kreischte Asta und war mit einem Sprung und mit erhobener Hand im Zimmer. Sie gab Rut eine schallende Ohrfeige.

Es brannte, als hätte sie sich verbrüht.

»Der Jørgen war ein Mensch, aber ihr zwei, ihr seid verrückt!« schluchzte sie und hielt sich mit beiden Händen am Bett fest.

»Bist du dir im klaren darüber, was die Ella durchgemacht hat?« fauchte Evert.

»Das ist nicht Jørgens Schuld, das ist nur eure Unvernunft. Hättet ihr euch vernünftig benommen und die beiden in Ruhe gelassen, dann wär gar nichts passiert.«

»Alle haben darüber geredet, daß er ihr dauernd nachgestellt hat. Eine Schande war das! Er hat uns zum Gespött gemacht!« Everts Atem ging jetzt stoßweise und klang halb erstickt.

»Tratsch und Bösartigkeit sind eine Schande, aber nicht, daß die Ella sich um den Jørgen gekümmert hat. Ich will, daß sie sagt, daß er sie nicht – vergewaltigt hat.« Rut mußte regelrecht Anlauf nehmen, um das Wort überhaupt über die Lippen zu bringen.

Ella lag mit dem Gesicht nach unten und hämmerte mit den Fäusten auf die Matratze. Sie zitterte am ganzen Körper.

»Siehst du nicht, was du anrichtest«, zischte Asta und wollte erneut zuschlagen, aber ihr Mann fiel ihr in den Arm.

Rut beugte sich über Ella und murmelte wie Großmutter: »Ist ja gut, ist ja gut, wein nicht.« Sie wiederholte es immer wieder, bis die Worte Wirkung zeigten und Ella ruhiger wurde.

»Er hat dich nicht vergewaltigt«, flüsterte sie nach einer Weile.

»Verschwinde endlich!« zischte Asta und kniff sie in den Arm.

»Antworte!« flüsterte Rut, Ellas Rücken vor sich.

»Wag nicht, ihr zu drohen. Außerdem hilft das nicht«, sagte Evert, und Spucketropfen trafen Rut auf der Wange.

Ella setzte sich auf. Sie sah keinen von ihnen an, sondern aus dem Fenster. Ihre Stimme war ruhig und klar.

»Ihr habt mir nicht gesagt, was passiert ist. Er hat mir nie was getan!«

Evert keuchte und vergrub die Fäuste tief in den Taschen, dann drehte er sich ganz zu Rut um.

»Du läßt die Ella mit der Schande sitzen. Findest du das richtig? Du schiebst ihr die ganze Schuld zu, obwohl ihr auf

Nesset einen ausgewachsenen Idioten herumlaufen und ungestraft alles tun laßt.«

»Weißt du, wen man bestrafen sollte? Dich! Weil du Gerüchte in die Welt setzt, die Menschen in den Tod treiben! Dich! Weil du deine Tochter unterm Dach einsperrst! – Ella, geh weg von hier! Hier kannst du nicht bleiben!«

Rut rannte die Treppe runter und nach draußen. Am Brunnen und am Stall vorbei. Da merkte sie erst, wie schnell sie rannte. Sie hatte wieder dieses Gefühl, ein blank gescheuerter Vogelschädel am Strand zu sein. So leicht. Alles wurde undeutlich und bedeutungslos.

Eli und Brit und ihre Männer kamen zur Beerdigung. Sie waren wie Fremde und bevölkerten das ganze Haus, obwohl nicht einmal ihre Kinder dabei waren.

Der Prediger betete viel und laut. Die Mutter war blicklos. Ging zwischen dem Arbeitstisch in der Küche, dem Ausguß und dem Stall hin und her, fast ohne zu reden. Niemand brachte sie dazu, auf den Heuboden zu Jørgen zu gehen.

Die Großmutter sprach mit allen. Sie zog die neue Bluse an und die Brosche, die sie einmal vom Großvater bekommen hatte. Überall hatte sie etwas zu tun, auch im Laden. Sie sollten nur nicht das Schlimmste glauben, auch wenn es so aussehen konnte. Denn Ella hatte Rut gesagt, daß Jørgen ihr nichts angetan hatte.

Großmutter sprach über den Polizisten, der jetzt nicht auch noch Streit wollte, wo sowieso schon alles so schlimm war. Über den Haß, der alles zum Verdorren brachte, und wohin er führen konnte. Überall habe sie Kaffee bekommen, nur nicht bei Evert, sagte sie. Asta gehe es schlecht, man habe sie dort gar nicht hereingelassen.

»Das verstehen sie, daß es ernst ist, wenn ich an einem

Mittwoch mit der Seidenbluse komme. Das ist so, verstehst du, Rut, man muß den Leuten in die Augen sehen und mit ihnen sprechen. Einig oder uneinig, Freund oder Feind. Man muß sich ihnen stellen. Sonst bleibt einem nur, ins Wasser zu gehen oder vom Kirchturm zu springen. In unserer Familie waren das schon zwei zuviel.«

»Großmutter! Sie haben ihn umgebracht!«

»Auch darüber müssen wir wegkommen«, sagte die Großmutter und schneuzte sich kräftig.

Es war der Abend vor dem Begräbnis, und sie saß auf einem Melkschemel vor dem Sarg und band einen Kranz aus Gänseblümchen, Klee und Glockenblumen. Das dauerte so lange, daß Rut zu ihr hochging, um nach ihr zu sehen. Sie sei gerade fertig, sowohl mit dem Weinen als auch mit dem Kranz, sagte sie.

»Komm jetzt ins Haus, Großmutter, wir wollen essen.«

»Ja, ist das nicht seltsam, daß sich die Leute einfach hinsetzen und essen, obwohl der Jørgen hier liegt. Ich auch, obwohl alles nach zerkauter *Lofotpost* schmeckt. Vermessen und unverständlich ist das«, sagte Großmutter und legte den Kranz in eine wassergefüllte Blechschale.

Kaum einer gab Jørgen das letzte Geleit. Aber sie standen hinter den Gardinen, als sie ihn mit Großmutters Pferd zum Friedhof hinunterfuhren. Rut dachte, daß es gut war, daß Evert mit seiner Familie nicht direkt am Weg wohnte. Ella saß sicher immer noch unterm Dach.

Die Großmutter hatte verfügt, daß sie und Rut ebenfalls den Sarg tragen würden.

»Das ist keine Arbeit für Frauen«, wandte der Prediger verzagt ein, aber die Großmutter gab nicht nach.

Dann lehnte sich die Kirche über sie. Rut vermied es, auf

den Turm zu sehen. Trotzdem war er da. Weiß und trostlos mit seinen schrillen Glocken. Ihre Zähne klapperten. Sie biß sie zusammen und versuchte, das Klappern zu unterdrücken, aber es ging nicht.

Er war schwer. Der Handgriff aus Metall schnitt in ihre Handfläche ein. Onkel Aron ging glücklicherweise vor ihr. Er war stark. Sie stellten den Sarg auf die Bretter, die über der Grube lagen, und ergriffen die vorbereiteten Seile. Sie sahen sich kurz an, damit sie gleichzeitig anzogen. Der Prediger, die beiden Schwager, der Onkel, die Großmutter und sie.

Dann zog der Totengräber die Bretter weg, und Rut hatte das Gefühl, als zöge der Sarg ihre Arme in die Tiefe. Erdklumpen polterten auf Großmutters Kranz. So sollte es sein. Aber Jørgen hätte es trotzdem nicht gefallen.

Der Pfarrer verwendete den Holzspaten und sagte mit lauter, ruhiger Stimme seinen Spruch. Es hörte sich an wie ein Spiel. Wie wenn Kinder ein Katzenjunges oder einen Vogel begraben.

Die Erde rieselte herab. Drei Krähen machten einen gewaltigen Lärm hinter dem Zaun, da dort jemand Abfall ausgeleert hatte. Ein Schwarm Möwen kam mit weit offenen, gelben Schnäbeln und starken Flügeln angeflogen. Sie hatten Sonnenflecken auf den Federn.

Eli und Tante Rutta weinten. Die Großmutter stand in den schwarzen Schuhen, die sie nur an schönen Sommertagen trug, an der Grabkante. Großmutter könnte ganz leicht in die Grube fallen, dachte Rut. Alle würden nur dastehen und glotzen, ohne etwas zu unternehmen. Schließlich müßte sie wohl selbst wieder herausklettern. So ist das hier.

Aber Großmutter fiel nicht hinunter. Ihr Rücken war schwarz und gebeugt. Das Kopftuch war ebenfalls schwarz. Das kleinste der Dreiecke zeigte nach außen, und grauer

Schafsflor hing an den Fransen. Das hätte sie sicher gestört, wenn sie es gewußt hätte.

Der Pfarrer stimmte »So nimm denn meine Hände« an. Seine Nase war von einem deutlichen Netz geplatzter Äderchen überzogen. Einer Karte ähnlich. Eine Unzahl krummer, blauer Wege. Die Schuhspitzen des Predigers waren mit Erde bedeckt. Nicht ganz schwarzer Erde, sondern Erde, die mit Ufersand durchsetzt war.

Hinter Mutters gebeugter Gestalt ragte wie ein riesiger Schirm ein Farn auf, hinter dem wiederum die Dünung funkelte. Die Wellen schlugen genau dort gegen die Felsen, wo der Stein für die Fischer stand, die auf See geblieben waren. Ein hilfloser, grauer Stein, der versuchte, sich in den Himmel zu recken. Direkt neben der Kirchenmauer, dort, wo es fast immer schattig war, schimmerte das Gras dunkelgrün.

Als sie aufsah, kam Jørgen vom Kirchdach herunter. Er breitete die Arme aus und flog. Der Wind verschaffte ihm ordentlichen Auftrieb. Er segelte in dem weißen Hemd, das sie ihm einmal in der Stadt gekauft hatte, übers Meer.

Er hatte es bei seinem Treffen mit Ella im Bootshaus angehabt. Es war fast unbeschädigt gewesen, aber voller Flecken: Blut, Moos und Rost.

Großmutter hatte die Flecken ausgewaschen und es gebügelt. Um es ihm anziehen zu können, hatte sie es am Rücken aufschneiden müssen. Jetzt brauchte es Jørgen, um hoch über die Inseln hinwegzusegeln.

Am Tag darauf waren nur noch Eli und Rut da. Rut packte ihren Koffer. Sie betrachtete Jørgens Sachen. Das Hundefell, das Messer und das Kästchen mit den kleinen Sachen darin. Schneckenhäuser, Gräten von einem riesigen Dorsch, mit denen sich die Zukunft vorhersagen ließ. Ein Messingknopf.

Winzige Tiere, die er geschnitzt hatte. In einem ordentlich gebügelten Taschentuch fand sie einen kleinen Hund, wahrscheinlich der Versuch, eine Kopie des Egon, den er ihr einmal geschenkt hatte, zu verfertigen. Mit unglaublicher Präzision hatte er die Figur bemalt.

Zeitungsausschnitte mit Bildern verschiedener Menschen, die er gesammelt hatte, lagen in einem grauen Umschlag. Aus irgendeinem Grund mußten ihm die unbekannten Gesichter gefallen haben. Eine markante Nase, hervorstehende Wangenknochen, ein stechender Blick oder was immer es sein mochte.

Dazwischen lag ein Bild von Ella, das in der Schule aufgenommen worden war. Mit Mädchenschrift stand auf der Rückseite: »Für Jørgen von Ella.« Er hatte es ihr Weihnachten gezeigt. Sie legte es in einen Umschlag und schrieb Ellas Namen darauf. Es war das beste, wenn sie es zurückbekam.

Einen Augenblick lang überlegte sie, ob ihre Mutter wohl Jørgens Sachen haben wollte oder ob sie sie mitnehmen konnte. Sie wollte nach unten gehen und fragen, wußte aber nicht recht, wie.

»Ich hab ein paar Kleinigkeiten von Jørgen gefunden, kann ich die mitnehmen?« fragte sie Mutters Rücken, als sie wieder nach unten kam.

Hastig drehte sich die Mutter um. Ihr hing Spucke in den Mundwinkeln, obwohl sie noch gar nichts gesagt hatte. Die Augen waren ausdruckslos.

»Nimmst du das Hundefell mit?«

»Nicht, wenn du es hierbehalten willst«, erwiderte Rut.

»Nimm es nur. Der Engländer war nicht gerade ein Segen. Er hat dich von hier weggelockt.«

»Und die anderen Sachen?«

»Nimm sie nur. Nichts kann mir den Jørgen zurückgeben. Warum fragst du danach?«

»Ich fahre heute nachmittag«, antwortete Rut und goß sich eine Tasse Kaffee ein.

»Du kannst hier nicht einfach so verschwinden, mitten in allem Unglück. Die Heuernte ist nicht vorbei. Wovon willst du überhaupt leben?« fragte der Prediger.

»Ich werde mir in der Stadt eine Arbeit suchen, bis das Seminar wieder anfängt.«

»Mutter könnte dich hier gebrauchen.«

»Sie war schließlich auch nicht zu Hause, als ihr Bruder noch lebte, warum dann jetzt?« fragte die Mutter hart.

»Mama!« Eli war entsetzt.

Rut schluckte den schwarzen, bitteren Kaffee herunter.

»Ja, ich nehme es auf mich«, hörte sie sich sagen. »Es war meine Schuld, daß der Jørgen gestorben ist. Wäre ich hier gewesen, dann hätten die Männer ihn nie auf den Kirchturm gejagt. Erst hätten sie mich mit ihren Sensen und Gewehren fertigmachen müssen. Bist du jetzt zufrieden, Mama?«

»Gib mir den Jørgen zurück, dann bin ich zufrieden.«

Als sich ihre Blicke begegneten, entstand eine große Leere zwischen ihnen.

»Niemand hätte was tun können. Was hätten wir denn tun sollen?« fragte der Prediger und breitete hilflos die Hände aus.

»Nie hast du etwas getan, weder für die Kinder noch für mich!«

»Mama, bitte, wir haben gerade den Jørgen begraben«, flüsterte Eli.

Da begann der Prediger durch die Küche zu schreiten und Gott anzurufen. Das Ganze endete mit einem Lamento über die Mutter und alles, wofür sie stand.

Damit war alles wieder beim alten.

Rut ging hoch, ihren Koffer und ihre Malsachen holen. Von

dort ging sie direkt in die Diele, um sie nicht noch einmal sehen zu müssen. Die Tür schloß sie so behutsam, wie sie konnte.

Sie ging bei ihrer Großmutter vorbei, um sich zu verabschieden, sagte aber nichts über ihre Mutter.

»Willst du so schnell wieder fahren? Was willst du denn im Sommer in der Stadt?« fragte die Großmutter überrascht.

»Ich suche mir Arbeit.«

»Und ich habe keine einzige Öre, die ich dir mitgeben könnte, Kind. Vielleicht später. Kommst du noch mal nach Hause, bevor die Schule wieder anfängt?«

»Nein. Kann nicht Vater was für mich mitbringen?«

»Das muß dann wohl so gehen. Du mußt auf dich aufpassen. Und schreiben. Sonst bleibt mir schließlich nichts, außer zu lesen, was du schreibst. Deine Karte aus London steht in der Stube auf der Anrichte, komm, sieh sie dir an.«

Sie gingen in die Stube. Seitlich an das Foto von Ada gelehnt stand eine Karte mit einem Bild des Big Ben. Rut hatte das Gefühl, gleich in Tränen ausbrechen zu müssen. Aber nicht jetzt. Großmutter gab ihr fünf Kronen, obwohl sie kein Geld hatte. Als sie die Schublade gerade wieder schließen wollte, fiel Ruts Auge auf ein kleines Foto von Großmutter und Jørgen. Er war nicht älter als zwölf oder dreizehn. Sie saßen auf der Treppe des Holzschuppens und hielten beide ein Kätzchen im Schoß. Ihr Haar war zerzaust, und sie sahen froh aus.

»Kann ich das haben?«

»Ja, nimm es nur. Vielleicht kannst du es ja vergrößern lassen? Für mich dann auch einen Abzug.«

»Ja.«

»Deine Mutter hat dir doch was zu essen mitgegeben?« fragte die Großmutter, als sie wieder in der Küche standen.

»Im Augenblick bringt sie es vermutlich nicht fertig, an so was zu denken.«

»Du hättest ja selbst dran denken können. Essen kaufen ist teuer.«

»Ja.«

Die Großmutter packte Brot und verschiedene andere Sachen in eine Margarineschachtel.

»Da hast du schwer zu tragen.«

»Das macht nichts«, sagte Rut und umarmte sie, während der Kloß in ihrem Hals immer dicker wurde.

Das lag an diesem Geruch von Schnupftabak, Kampfer und Brot.

Wieder saß Rut auf der Kiste mit den Schwimmwesten. Vor dem Bug schäumte es, und im Gesicht spürte sie winzige Tropfen. Øya blieb immer weiter zurück. Sie hatte die Insel noch nie so grün gesehen. Mit dem Gipfel über der Hochebene und den Wiesen unten bildete sie ein grünes Dreieck, das im wilden Meer verankert war. Auf der anderen Seite, dort, wo sie hinwollte, waren die Berge bleigrau und standen fest in Reihen. So ist die Welt eigentlich, dachte sie.

Sie brauchte eine Stunde, um den Koffer, die Margarineschachtel und ihre Malsachen auf ihr Zimmer zu schleppen. Sie ruhte überall aus, wo man sich hinsetzen konnte. Die Straße, in der das Grande-Haus lag, war ein Umweg. Außerdem konnte sie dort nicht auf der Treppe sitzen. Alles war eingezäunt.

Nachdem sie in die Stadt gezogen war, war sie oft an dem Haus vorbeigegangen. Jedenfalls zu Anfang. Aber sie hatte ihn nie gesehen. Sie sagte sich, es sei kindisch, an einen Jungen zu denken, den man gar nicht kenne. Das war es ja auch. Sie sprach nie über ihn. Nach und nach wurde sein Bild undeutlicher.

An diesem Abend, während sie sich durch die Stadt schleppte, war sein Gesicht ganz deutlich. Die Grübchen in den Wangen. Die Augen genau so, wie sie sich von der Andacht her erinnerte. Grün und melancholisch.

Dann ging ihr auf, daß sie an Gorm dachte, den sie gar nicht kannte, und nicht an Michael, der so nett war.

Vielleicht saß er jetzt gerade im Café. Oder stand an der Staffelei. Sie sollte ihm schreiben und von Jørgen erzählen. Nicht jeder hatte jemanden, dem er einen Brief schicken konnte.

Sie legte das Hundefell in den alten Korbstuhl, setzte sich aber nicht darauf, sondern zog sich aus und legte sich sofort hin. Die Wolldecke roch nach alter Bettwärme aus der Zeit, bevor sie nach London gefahren war. Bevor Jørgen vom Kirchturm geflogen war.

Sie sah sich selbst im Bett. Gott trat in einem grauen Mantel ein, mit der Sense des Predigers über der Schulter. Er nahm ihr die Decke ab, tauchte ihren breitesten Pinsel in rote Farbe und malte der Länge nach einen Strich auf ihren Körper, vom Scheitel bis zum Unterleib. Dann schnitt er sie entzwei, rollte die eine Seite zusammen und nahm sie mit. Sie lag im Durchzug, fror auf der Schnittfläche und dachte, daß es nicht richtig war, daß sie trotzdem lebte.

Sie versuchte aufzuwachen und wollte gleichzeitig nur schlafen. Immer. Die Uhr zeigte auf sechs. Sie setzte sich in den Korbstuhl und deckte sich mit dem Hundefell zu. Sie hatte vergessen, an Michael zu schreiben, bevor sie sich hingelegt hatte.

Etwas später, während sie auf dem Klo am Flur saß, begann ihr Herz fürchterlich schnell zu schlagen, als hätte sie Angst. Aber das war es nicht. Als sie hörte, daß das Haus allmählich erwachte, zog sie an der Schnur und beeilte sich, wieder in ihr Zimmer zu kommen.

Die Arbeit für die Stadtgärtnerei war schlecht bezahlt, das Geld reichte nicht einmal für die Miete. Sie ging zur Wirtin und bat um Stundung, bis ihr Studiendarlehen eintreffen würde.

»Du bist dünn geworden«, sagte die Wirtin.

Rut sah an sich herunter und schämte sich.

»Was verdienst du bei der Gärtnerei?«

Rut erzählte es. Die Wirtin verdrehte die Augen und fragte, was sie denn essen würde. Darauf wußte sie keine Antwort. Vielleicht glaubte die Wirtin ja, sie würde Essen stehlen. In diesem Augenblick ging ihr auf, daß diese Möglichkeit tatsächlich bestand. Auf dem Markt. Dort lagen die Waren schließlich einfach herum. In Bäckereien und Lebensmittelgeschäften war das schon schwieriger. Aber dort ließe sich sicher auch stehlen.

»Kannst du putzen?« fragte die Wirtin.

»Ja, einigermaßen.«

Man sollte lieber nicht übertreiben.

»Du kannst in den drei leeren Zimmern und in meiner Wohnung Großputz machen, dann brauchst du keine Miete zahlen, bis dein Darlehen kommt. Aber mach es auch ordentlich.«

Das war die Lösung. An den Abenden und bis in die hellen Nächte hinein. Starke Lauge und rote Hände. Harken und Erde am Vormittag. Als sie mit dem Putzen fertig war und in Ruhe bis zum 15. Oktober in ihrem Zimmer wohnen konnte, ging sie ins Kino. *Eva* mit Jeanne Moreau und Stanley Baker. Über zwei Menschen, die gegenseitig von ihren schlechten Eigenschaften angezogen wurden, stand zumindest in der Reklame.

Aber sie war so müde, daß sie einschlief und erst wieder erwachte, als alle aufstanden, um zu gehen. Zu dumm, daß sie gutes Geld zum Fenster rausgeworfen hatte. Aber der Prediger wußte schließlich nichts davon.

Auf dem Heimweg dachte sie daran, wie es wohl wäre, reich zu sein. Das tat sie fast immer, wenn sie im Kino gewesen war.

Die Todesanzeige mit dem Kreuz hatte sie ausgeschnitten. Jørgen Nesset ist jäh aus unserer Mitte gerissen worden, stand da. Ihr Name war ebenfalls zu lesen. Sie legte die Anzeige in das Buch über Schiele. Auf diese Art sah sie sie fast jeden Abend.

Das brachte sie dazu, noch einmal gründlich darüber nachzudenken, daß sie Lehrerin werden würde. Sich um die Kinder anderer Leute kümmern. Nicht um solche wie Jørgen. Sie hatte ihm die Buchstaben beigebracht und ihn in die Schule mitgenommen. Die Lehrer hatten sich daran gewöhnt, denn er hatte niemanden gestört. Kaum etwas gesagt, wenn er nicht gefragt wurde.

Die Kinder, die sie in der Schule unterrichten würde, wären frech, verwöhnt und tüchtig. Sie würde ihnen bereits im Herbst in Übungsklassen gegenüberstehen.

Der Prediger hatte Jørgen in einem Heim unterbringen wollen. Rut erinnerte sich, daß er damit gedroht hatte, sich vom Abgrund am Rand der Hochebene zu stürzen, wenn sie ihn wegschicken würden. Aber hätte er das wirklich getan?

Das Foto von ihrer Großmutter und Jørgen stand auf dem Bücherregal bei der Schlafcouch. Eines Abends holte sie ihre Zeichensachen hervor. Skizzierte die Umrisse mit Kohlestift und malte sie dann mit Pastellkreide aus. Die Stunden vergingen. Das Gesicht ihrer Großmutter wurde am deutlichsten. Als sie sich hinlegte, beschloß sie, am nächsten Abend nur Jørgen zu malen.

Trotzdem waren es abwechselnd Großmutters Gesicht und

der Dalmatiner, die sie aufs Papier bannte. Jørgen hatte sich entzogen. Nach der Arbeit von vielen Abenden hatte sie endlich einen Entwurf, den vielleicht sogar Michael gelobt hätte. Als sie ihn an die Wand hängte, sah sie, daß der Dalmatiner Jørgens Augen hatte.

Sie bekam ihr Studiendarlehen und kaufte neue Ölfarben. Der Terpentingeruch war so stark, daß die Mitbewohnerin auf der anderen Seite des Flurs klagte. Mehrere Wochen lang befand sich Rut wie in einem Rausch und brauchte nichts anderes.

Immer wieder hatte sie Jørgen gezeichnet, und trotzdem gelang es ihr nicht, Leben in sein Gesicht zu bringen. Schließlich machte sie eine Skizze von ihm mit abgewandtem Gesicht. Der Nacken gelang ihr. Er senkte den Kopf und wollte sein Gesicht vor ihr verstecken.

An dem Nachmittag, an dem sie einen Brief und alte Skizzen von Michael bekam, war es, als löste sich etwas in ihrem Kopf. Er schickte ihr einen ganzen Skizzenblock aus der Zeit, die er auf Øya gewohnt hatte. Als wüßte er, was sie brauchte.

Fast alle Zeichnungen zeigten Jørgen in Bewegung, zusammen mit Egon oder allein. Sie saß lange da und sah sie sehr genau an, ehe sie den Brief Wort für Wort las.

Michael schrieb, London sei grau geworden, seit sie abgereist sei. Mehrere Tage lang habe er nichts anderes getan, als um Jørgen zu weinen. Aber jetzt arbeite er wieder viel, und das müsse sie ebenfalls tun. Jeden Tag denke er an sie und hoffe, daß sie sich bald wiedersehen könnten.

Sie ließ den Brief offen auf dem Tisch liegen, während sie ihre Malsachen hervorsuchte. Vor einigen Tagen hatte sie sich eine Sperrholzplatte im Saal fürs Werken geben lassen und sie antwerpenblau und weiß grundiert. Jetzt kopierte sie die Skizze, die ihr am besten gefiel, darauf.

Im Hintergrund wuchs ein schiefer Kirchturm in rohem Umbra. Da war das Bild in ihrem Kopf auch schon fertig, und sie konnte Permanentrosa und Weiß auf die Palette nehmen. Jørgens große, offene Handflächen ließen sich damit ausfüllen. Sie verdeckten Gesicht und Oberkörper. Als Modell verwendete sie ihre eigene Hand. Die Lebenslinie war kräftig, lang und nicht unterbrochen.

Sie sehnte sich danach, sein Gesicht malen zu können. Aber das ging noch nicht. Statt dessen tröstete sie sich damit, daß sie alle Farbennamen auf den Tuben kannte.

Von ihrem Studiendarlehen kaufte sie nicht nur Ölfarben, sondern auch ein gebrauchtes, grünes Radio, Modell Kurér. Und sie fuhr Weihnachten nicht nach Hause. Beides waren sündige Handlungen.

Ihre Großmutter schrieb, sie müsse nach Hause kommen. Aber ihre Mutter schrieb nicht, also blieb sie, wo sie war. Der Prediger brauchte nicht zu erfahren, daß sie das Radio auf Raten gekauft hatte. Die Hälfte hatte sie sofort bezahlt. Den Rest wollte sie abbezahlen, wenn sie das Darlehen für das nächste Halbjahr bekam.

Es war, als hätte sie einen Gefährten, der zu ihr sprach. Sie konnte sich zwar nicht mit ihm unterhalten, aber es brachte sie auf andere Gedanken.

Sie legte ihre Hand darauf, wenn sie morgens aufstand und wenn sie aus dem Seminar kam. Strich über den Lautsprecher, ehe sie das Radio anmachte. Drehte und suchte. Kurzwelle, Langwelle und Mittelwelle. Radio Luxemburg nachts. Die Beatles, Jim Reeves und die Rolling Stones. »Baby Love« von den Supremes. Rut arbeitete nacheinander alle Radioprogramme durch. Das Zimmer war endlich ihr Zuhause geworden.

Mehrere Abende in der Woche leistete sie es sich, im Corner zu essen. Große Portionen und billig. Der Nachtisch war inklusive. Schwabbelige rote Götterspeise. Milchreis und Schokoladenpudding. Außerdem hatte sie immer Essen auf dem Zimmer. Sie machte es sich auf dem Bett gemütlich, las und aß.

Da der Prediger immer darüber geklagt hatte, sie wäre zu kantig und man würde sie deswegen nicht verheiraten können, bekümmerte es sie nicht weiter, daß ihre Wangen und Hüften runder wurden.

Im Januar, an dem Tag, an dem sie ihr Praktikum beginnen sollte, probierte sie den einzigen Rock, den sie dabei tragen konnte. Er war viel zu eng geworden. Der Reißverschluß ging nicht mehr zu. Einen Augenblick lang stand sie ratlos da, weil sie wußte, daß ihr Betreuungslehrer es nicht mochte, wenn die Mädchen in Hosen kamen. Aber sie konnte nichts machen, also zog sie Hosen an und ließ es darauf ankommen.

Während sie eine Erdkundestunde in der vierten Klasse hielt, vergaß sie ganz, was sie anhatte. Und am Ende des Tages, als der Betreuungslehrer die Stunden beurteilen sollte, war sie ganz ruhig, denn sie fand, daß sie ihre Sache gut gemacht hatte.

»Gute Vorbereitung, großes Lob für die Schaubilder. Guter pädagogischer Aufbau, gute Ausnützung der Zeit. Die Schüler waren aufmerksam«, meinte er sachlich. Dann nahm er die Brille ab und starrte ihr in die Augen.

»Aber Ihre Kleidung, Fräulein Nesset! Männerhosen sind keine Kleider für eine Lehrerin! Ich habe das bereits gesagt, und mir wäre es lieber, wenn ich es nicht noch einmal sagen müßte. Unkorrekte Kleidung wirkt sich negativ auf die Zensur für das Praktikum aus.«

Rut hatte keinen Grund, daran zu zweifeln, daß er es ernst meinte. Er hatte eine schwangere Studentin des Unterrichts verwiesen, weil sie nicht verheiratet war.

Als sie wieder auf ihrem Zimmer war, probierte sie den Rock ein weiteres Mal an. Der Reißverschluß ließ sich immer noch nicht schließen. Die nächste Stunde des Praktikums hatte sie am Donnerstag. Es war bereits Montag. Sie mußte etwas unternehmen.

Aber wo sollte sie einen Rock auftreiben, der nicht mehr als dreißig Kronen kostete? Sie hätte das Radio nie kaufen dürfen!

Die Straßen waren von Schneematsch bedeckt, und der Wind trieb ihr den Schnee ins Gesicht. In den zwei Geschäften, in denen sie zuerst gewesen war, hatte sie nichts gefunden. Entweder waren die Sachen zu teuer gewesen oder hatten ihr nicht gepaßt.

Zögernd betrat Rut das Kaufhaus Grande & Co. Die Weihnachtsdekoration hing noch. Ein nickender Weihnachtsmann saß in roten Samtkleidern hinter dem Eingang und hielt ihr erstarrte Gipsgrütze mit einem aufgemalten gelben Butterklecks hin. In langsamem Tempo ließ er einen Holzlöffel über der Schüssel kreisen, ohne auch nur einmal etwas zu erwischen. Zwei Engel tanzten unruhig, aber synchron, in der Zugluft vor der Tür.

Rut sah ihren Betreuungslehrer vor sich und dachte daran, daß sein Hemd überm Bauch drei Nummern zu klein war. So gesehen saßen sie im selben Boot. Der Unterschied bestand darin, daß sein Praktikum bereits benotet war und er außerdem Männerkleider tragen durfte.

Sie ließ die Verkäuferin nicht aus den Augen. Jetzt war sie mit einem Kunden beschäftigt, der einen Hund an der Leine hinter sich herschleifte. Eilig nahm Rut drei Röcke von ihren Bügeln, legte sie über den Arm und verschwand in der Umkleidekabine. Hinter dem Vorhang hielt sie die Luft an und lauschte auf die Stimme der Verkäuferin. Sie war weit weg. Wahrscheinlich hinten bei der Kasse.

Der Vorhang war zu kurz. Konnte man sie von außen sehen? Sie zog die nassen Stiefeletten aus. Wahrscheinlich konnte man ihre Waden sehen. Die lange Hose zog sie ebenfalls aus.

Ihr Herz klopfte. Die Stimme der Verkäuferin, war sie näher gekommen? Sie probierte den schönsten Rock an – über den Kopf, so daß es unter dem Vorhang nicht zu sehen war.

Alle drei Röcke paßten. Fürchterlich teuer waren sie außerdem. Mit schwarzem Taft gefüttert. Ihr Atem übertönte jetzt ihre Herzschläge. Sie mußte eine Entscheidung treffen. Eilig entfernte sie den Preiszettel von dem schönen grauen. Feine Gabardine mit einem Schlitz hinten.

Einen Augenblick lang stand sie ratlos da, dann riß sie den Preiszettel in kleine Fetzen und steckte diese in die Manteltasche. Die Hose rollte sie ganz fest zusammen und packte sie in ihre Schultasche. Unter das Religionsbuch für die fünfte Klasse. Sie ging gerade noch rein.

Plötzlich hörte sie draußen die Verkäuferin.

»Kann ich Ihnen helfen?«

Hatte sie lange dort gestanden? Rut schluckte.

»Nein, danke.«

Sie hielt die Luft an, aber ihr Herz hämmerte. Jetzt ging sie gewiß weg. Aber wie lange? Rut machte sich bereit, nahm die beiden Röcke über den Arm, holte ein paarmal tief Luft und ging nach draußen.

Die Verkäuferin stand mit einem merkwürdigen, ekligen Lächeln vor ihr. Rut merkte, daß ihre Hände zitterten. Ihre Lippen auch. Sie versuchte auf etwas hinter der Verkäuferin zu sehen. Da war aber nichts.

»Ich hänge sie schon auf«, sagte die Verkäuferin.

»Danke!« sagte Rut und reichte ihr die Röcke.

Im nächsten Augenblick, sie war schon auf dem Weg zur Tür, nahm eine Hand ihren Arm. Die Tasche. Die Verkäuferin sagte irgendwas. Rut versuchte mit aller Macht, ihr eine Antwort zu geben. Aber es ging nicht.

Die Verkäuferin war so nahe. Deutete auf die Tasche. Nahm sie. Wühlte in den Schulbüchern und in dem Hosenbündel. Stellte die Tasche auf den Boden. Richtete sich auf und knöpfte ihr den Mantel auf.

Rut schwebte davon. Sie war nicht mehr. Die Verkäuferin deutete auf den neuen grauen Rock. Der Ausgang war auf der anderen Seite des Globus. Alles löste sich auf. In der Brust. Im Kopf. Diese peinliche Kreatur war nicht sie.

Unter Pappweihnachtsmännern wurde sie eine Treppe in ein Büro hinaufgeführt. Ein Mann saß hinter einem Schreibtisch und maß sie mit dem Blick. Bat sie, Platz zu nehmen. Aber Rut konnte sich nicht setzen. Sie sah den Stuhl, auf den er deutete, aber die Bewegung, die nötig gewesen wäre, war ihr unmöglich. Keinesfalls hätte sie sich so zusammenreißen können, daß es ihr gelungen wäre, sich zu setzen.

Der Mann sah sie an und sprach von Ladendiebstahl, und die Verkäuferin wiederholte die letzten Worte jedes Satzes. Er fragte, ob sie bezahlen wolle. Dieses eine Mal würden sie Gnade vor Recht ergehen lassen. Aber nächstes Mal würden sie sie bei der Polizei anzeigen. Er sah sie fragend an.

Sie schüttelte den Kopf und hob beide Hände, als hätte er sie mit einer Pistole bedroht. Sie hatte kein Geld. Verstand er das denn nicht?

»Sie müssen den Rock wieder ausziehen.«

Er befahl ihr den Rock wieder auszuziehen. Hier?! Meinte er etwa hier? Vor dem Büroschreibtisch? Vor den Augen eines alten Mannes? Unmöglich!

Eine Tür öffnete sich, und auf einmal war ein Mann mehr im Zimmer. Jetzt waren sie drei gegen einen. Rut sah auf seine Schuhe. Schwarz und glänzend. Lange Beine in Anzughosen. Sie hob den Blick zu seiner Brust. Die Farbtöne waren jung. Es war wichtig, ihn nicht anzusehen. Nicht das Gesicht. Nicht die Augen.

Da drüben standen die Füße und der Unterkörper der Verkäuferin. Sie hatte eine Flötenstimme, dünne Beine und hohe Absätze. Der Rocksaum zitterte leicht, während sie dem, der zuletzt gekommen war, alles erzählte und erklärte.

»Nun gut. Und wo ist das Kleidungsstück?« unterbrach sie der Jüngere schließlich, und seine Beine kamen näher. Da war was mit seiner Stimme. Als hätte sie die schon mal gehört. Vielleicht war aber auch nur mit ihren Ohren etwas nicht in Ordnung.

Die Verkäuferin erklärte, daß Rut den Rock anhabe.

»Haben Sie etwas anderes, was Sie anziehen können, Fräulein?« sagte die Stimme über den jungen Anzugbeinen.

Rut nickte.

»Sie können sich hier drinnen umziehen«, sagte er und öffnete die Tür zu einem riesigen Büro.

Als sie dort drinnen war, hörte sie seine Stimme durch die geschlossene Tür. Dann wurde alles still. Am liebsten hätte sie sich unter den großen Schreibtisch schlafen gelegt. Gleichzeitig sehnte sie sich nur danach, wegzukommen. Die Müdigkeit pochte überall in ihrem Kopf. Sie zog sich um, aber ihre Hände wollten ihr nicht recht gehorchen. Irgendwo in ihrer Brust saßen der Prediger, die Großmutter und Gott. Nein, der Mann hinter dem Pult hatte von der Polizei gesprochen.

Endlich war sie fertig und taumelte in das erste Büro. Der junge Mann stand mit dem Rücken zu ihr am Fenster. Sie legte den Rock über einen Stuhl. Langsam drehte er sich zu ihr um. Sie versuchte, ihren Blick auf seinen Krawattenknoten zu fixieren.

In dem Augenblick, in dem er sich räusperte, sah sie sein Gesicht, ohne es zu wollen. Wenn jemand sie gefragt hätte, welche Augenfarbe er habe, hätte sie das nicht beantworten können. Sein Blick war zu stark.

Es zuckte in seinem Mundwinkel, genau wie beim ersten Mal, als sie ihn gesehen hatte. Es war Gorm Grande. Er kam auf sie zu, nahm den Rock vom Stuhl und nickte.

»Komm, wir gehen wieder hier rein.«

Sie ging vor ihm her, und er schloß die Tür. Einen Augenblick lang blieben sie stehen und sahen sich an. Das Blut schoß ihr ins Gesicht. Wie hatte sie nur so dumm sein können, zu Grande zu gehen, um Röcke anzuprobieren?

»Ich weiß nicht, was für einen Grund du hast. Aber du hast doch einen?«

Sie nickte. Stand einfach da und nickte und konnte sich seinem Blick nicht entziehen. Als er sich mit der Zunge über die Lippen fuhr, tat sie automatisch dasselbe.

»Willst du dich nicht einen Moment setzen?« Er deutete auf den Stuhl vor dem schweren Schreibtisch. Sie setzte sich. Zerfloß. Ein Fleck auf dem gepolsterten Stuhl mit den glänzenden Armlehnen.

»Ein Glas Wasser?«

Sie nickte und überlegte sich, ob sie türmen sollte, als er das Wasser holen ging. Aber dann blieb sie sitzen. Als er zurückkam und ihr das Glas reichte, hatte es einer von ihnen nicht mehr eilig. Sicher sie.

»Nur keine Aufregung«, sagte er und setzte sich auf die Schreibtischkante.

Sie trank und trank. Im Nu war das Glas leer. Es war ein dünnes Glas mit einem Blattmuster um den Rand.

»Du kannst den Rock mitnehmen.«

Hatte sie richtig gehört? Ja. Das machte sie ganz verzweifelt. Und noch etwas anderes erfaßte sie, eine kalte Wut. Sie stellte das Glas weg. Er trug einen gestreiften Schlips. Blau mit schwarzen und weißen Querstreifen. Sie konzentrierte sich auf die Streifen. Schüttelte den Kopf und wollte nur aufstehen, um wegzukommen.

»Kannst du mir deine Adresse geben?«

Warum wollte er ihr erst den Rock geben, nur um sie dann doch noch anzuzeigen?

»Ich kann auch selbst zur Polizei gehen. Ruf nur an und sag, daß ich komme.«

»Nicht deswegen«, sagte er und reichte ihr einen Bleistift und einen Block. »Ich muß wissen, wo ich den Rock hinschicken soll.«

Es war ihm ernst. Sie nahm den Bleistift, preßte ihn aufs Papier und schrieb. Um ihr Zittern unter Kontrolle zu bringen, drückte sie zu hart auf. Die Spitze brach ab. Ein lautes, dummes Geräusch. Jetzt fange ich an zu weinen, dachte sie.

Er reichte ihr einen neuen, frisch gespitzten Bleistift. Sie wollte weiterschreiben, aber es ging nicht. Er nahm ihr den Bleistift aus der Hand und sah sie fragend an. Sie flüsterte ihre Adresse, und er schrieb sie auf. Mit Druckbuchstaben. Wie eine Maschine.

Eine Tür wurde geöffnet, und ein Mann, der Gorm ähnlich sah, trat ein.

»Ich habe gehört, daß hier so einiges vorgefallen ist, während ich bei der Versammlung war. Ist die Verhandlung beendet?« fragte der Mann streng.

»Ich wollte die Kundin gerade nach draußen begleiten«, sagte Gorm und nahm schnell den Rock vom Tisch.

Draußen auf dem Korridor blieb er stehen. Es zuckte in seinem Mundwinkel.

»Sollen wir durch den Hinterausgang gehen?«

»Nein danke«, flüsterte sie und rannte los.

Auf der Straße erinnerte sie sich daran, daß er kurzgeschnittenes, blondes Haar hatte, das oben leicht gelockt war. Die Finger der Hand, mit der er geschrieben hatte, waren schlank und die Nägel schlampig geschnitten gewesen.

Als sie auf ihr Zimmer kam, ließ sie sich auf das Hundefell sinken, ohne das Radio anzumachen. Schande! dachte sie. Und ein Weinen, das nichts mit ihr zu tun zu haben schien, brach aus ihr hervor, während sie Gorms Augen vor sich sah.

Am nächsten Tag schwänzte sie das Praktikum. Schwänzen war der Anfang vom Ende. Sie lag im Bett und redete sich ein, sie sei todkrank, als es an der Tür ihres Zimmers klopfte. Sie lag reglos da und tat so, als sei sie nicht zu Hause.

»Hier ist ein Paket für dich«, hörte sie die Zimmerwirtin rufen.

»Könnten Sie so nett sein und es vor die Tür legen«, sagte sie mit schwacher Stimme.

»Bist du krank, brauchst du was?«

»Nein danke, das ist nur was, was gerade umgeht. Ich will nicht, daß Sie sich auch noch anstecken.«

»Sag Bescheid, wenn du was brauchst.«

»Danke, aber das geht vorbei.«

Sie lauschte, bis die Zimmerwirtin gegangen war, dann stand sie auf. Vor der Tür lag ein in braunes Papier eingeschlagenes Paket. Ihr Name war mit einer kräftigen, steilen Handschrift darauf geschrieben. Das r ihres Vornamens war viel größer als die anderen Buchstaben. Auf dem Paket klebten keine Briefmarken. Er hatte es vermutlich mit Boten geschickt.

Im Paket lag eine Karte. Die Schrift wurde vor ihren Augen ganz undeutlich, obwohl er deutlich geschrieben hatte. »Kann ich dich treffen? Ruf unter der Nummer 21719 an und frag nach mir.«

Der Rock verbrannte ihr die Finger. Aber sie zog ihn trotzdem an. Lief den ganzen Vormittag damit in ihrem Zimmer herum. Dachte nur an Gorm, Taftfutter und Schlitz. Die weiche Gabardine. Sie hatte ihn an, während sie ihre Praktikumsstunde vorbereitete.

Ehe sie sich gegen elf hinlegte, hatte er aufgehört, auf ihren Hüften zu brennen. Hätte sie nicht Angst gehabt, ihn zu zerknittern, hätte sie in ihm geschlafen. Jetzt gehörte er ihr.

»Kann ich dich treffen?« Was meinte er damit? Warum hatte er sie nicht gleich gefragt? War er wirklich? Oder gab es ihn nur, damit sie begriff, wie sehr sie sich zu schämen hatte?

Ihr Betreuungslehrer war zufrieden. Über den Rock sagte er kein Wort. Rut hatte von Josef und seinen Brüdern erzählt. Sie stand vor den Schülern und spielte ihnen das Ganze vor. Das war gar nicht schwer, sie mußte nur an den Prediger denken, und dann ging es wie geschmiert. Und der Rock fiel glatt und genau, wie er sollte, über ihre Hüften.

Auf dem Heimweg ging sie in die Telefonzelle neben der Bäckerei, legte die Münzen auf den Apparat und wählte die Nummer. Dann hörte sie eine Frauenstimme, die »Hallo« sagte. Rut wußte nicht, was sie erwartet hatte, aber es war ihr unmöglich, etwas zu erwidern.

»Hallo, ist da jemand?« fragte die Stimme mit einem Dialekt aus dem Süden.

Rut bekam einen ganz trockenen Mund. Taub. Ehe sie es sich noch anders überlegen konnte, hatte sie schon aufgelegt.

Einen Augenblick lang stand sie einfach nur mit gesenktem Kopf da.

Die Scheibe auf der rechten Seite war zerbrochen. Nasser Schnee wirbelte in die Telefonzelle und bedeckte das zerfledderte Telefonbuch. Als sie die Tür öffnete, kam ihr der Wind brüllend entgegen. Sie hielt den Mantelkragen mit der Hand zusammen und ging weiter.

15

Als sie allein im Büro waren, wollte er ihr gerade erzählen, daß er sie im Sommer auf dem Flugplatz gesehen hatte.

Da kam sein Vater herein, und es war zu spät. Er glaubte im Grunde nicht, daß sie so eine war. Und es gelang ihm auch nicht ganz, sie so zu sehen. Er kannte das Sprichwort, daß Gelegenheit Diebe macht, und er wußte nicht so recht, wie Diebe aussahen oder warum sie stahlen. Ihr Vater war schließlich Prediger. Was würde passieren, wenn er davon erführe?

Gorm konnte sich nicht vorstellen, was ihn dazu hätte bringen können, sich in eine solche Situation zu begeben.

Er sah sie vor sich, wie sie dagestanden hatte. Strand und Fräulein Ebbesen hatten über sie geredet, als wäre sie ein Tier, das der Sprache nicht mächtig ist, während sie geradeaus gestarrt hatte.

Als sie allein gewesen waren, hatte ihn das unbändige Verlangen überkommen, sie zu umarmen. Und als sie ihre Adresse hatte aufschreiben wollen und so gezittert hatte, daß er weiterschreiben mußte, hatte er so ein seltsames Gefühl unter dem Brustbein gehabt. Dort, wo alles weich war.

Ihre Hand war so klein, und die Finger waren so dünn. Trotzdem wirkten sie stark. Um die Knöchel wurde die Haut weiß. Und er hatte ja damals gesehen, wie sie ihren Koffer hochgehoben hatte. Als er den Bleistift nahm und ihr Handgelenk leicht streifte, empfand er das Verlangen, ihr näher zu kommen. Ihre Haut auf seiner zu spüren. Wilde Gedanken, wie er sie treffen könnte, wenn das alles vorüber war, wirbelten ihm durch den Kopf.

Er konnte ihren Körper nicht sehen, da sie einen Mantel trug. Aber sie wirkte anders als im Sommer. Runder. Und da war noch etwas. Er wollte so gerne herausfinden, was. Als hätte sich eine Tür einen Spaltbreit geöffnet. Wie, wußte er nicht. Nur daß er auf die andere Seite wollte.

Sein Vater hatte ihn den Rest des Tages fast wie einen Kameraden behandelt.

»So, so, der Junior hat sich um einen Ladendiebstahl gekümmert. Nicht schlecht, Gorm. Gar nicht schlecht!«

Gorm wurde verlegen, weil ihn einige Angestellte hören konnten. Als sie allein im Büro waren, sagte er, wie es sich verhielt: »Ich habe ihr den Rock geschenkt.«

Der Vater sah mit einem fassungslosen Blick auf.

»Du hast der Diebin gegeben, was sie gestohlen hatte?«

»Ja.«

»Kennst du sie?«

»So halb. Ich bin ihr schon mal begegnet.«

»Ein weiches Herz bei Geschäften mit Frauen?«

»Sie war verzweifelt.«

»Das kann ich mir vorstellen. Nun gut. Das darf sich nicht wiederholen.«

»Nein.«

»Warum hast du es mir erzählt?«

Gorm wurde rot.

»Ich hielt es für das beste, wenn du es weißt. Außerdem war es nur ein Kleidungsstück.«

»Für uns beide schon. Das bleibt aber unter uns. Ein Geschäftsmann ist nicht so gutmütig. Verstanden?«

»Ja.«

Sein Vater wurde unruhig und sah auf die Uhr.

»Gut. Ich fahre nach Indrefjord, ich muß dort was erledigen«, sagte er und schraubte seinen Füllfederhalter zu.

»Kannst du Mutter ausrichten, daß ich erst Montag nachmittag nach Hause komme?«

Einen Augenblick später stand sein Vater im Mantel und mit der Hand auf der Türklinke da.

»Ist es jetzt im Januar in Indrefjord nicht zu kalt?« fragte Gorm.

»Sag nur, daß ich am Montag wieder da bin.« Dann war er fort.

Die Sache mit dem Rock hatte er zwar mit Fassung getragen, so als wären sie Freunde, die ein Geheimnis teilten. Aber er verlangte dafür eine Gegenleistung. Eine Nachricht an Mutter.

Als Gorm allein war, setzte er sich auf den Stuhl seines Vaters und schrieb an Rut. Er wollte die Nachricht zu dem Rock legen und den Boten beauftragen, das Paket abzugeben. Die kribbelnde Vorfreude auf ihren Anruf ließ ihn das andere nicht so schwer nehmen. Sein Vater hatte vergessen, daß er bereits abgereist wäre, wenn er aus Indrefjord zurückkam. Er hatte vergessen, sich zu verabschieden.

Gorm sagte es sofort, bereits als er sich in der Eingangshalle den Mantel auszog. Seine Mutter kam aus dem Eßzimmer, rieb sich die Hände und meinte, die Kälte sei schon ins Haus gedrungen.

»Vater ist nach Indrefjord gefahren.«

Sie ließ die Hände sinken, und ihr Blick wurde unruhig.

»Ach so.«

»Er kommt Montag wieder.«

»Da bist du doch schon weg«, sagte sie tonlos und wandte sich ab.

Er war bereits auf der Treppe, als sie weiterredete.

»Hat er gesagt, mit wem er gefahren ist?«

»Er ist allein gefahren.«

»Hat er das gesagt?«

»Ja«, antwortete Gorm bestimmt.

Als er in sein Zimmer kam, fiel ihm ein, daß sein Vater keineswegs gesagt hatte, er fahre allein. Erst die Nachfrage seiner Mutter hatte ihm das deutlich gemacht. Warum fragte sie?

Er sah die Zukunft nach der Handelshochschule vor sich. Im Geschäft als Junior mit Vaters »Ein Geschäftsmann ist nicht so gutmütig. Verstanden« und mit Mutter daheim.

Er hatte das starke Bedürfnis zu fliehen. Sofort. Er wollte nicht jemand sein, der nichts anderes zu tun wagte als das, was von ihm erwartet wurde. Aber was wollte er eigentlich? Wäre er überhaupt in der Lage, auch nur eine Einlegesohle zu stehlen?

Die letzten Tage, bevor er nach Bergen fuhr, blieb er abends zu Hause und lauschte aufs Telefon. Und jedesmal, wenn es klingelte, mußte er sich wieder damit abfinden. Daß es nicht sie war.

Allmählich sagte er sich, daß sie den Brief wohl als eine Beleidigung aufgefaßt hatte. Sie glaubte sicher, er erwarte eine Gegenleistung für den Rock. Deswegen rief sie ihn auch nicht an.

Spät am letzten Abend war das Haus von all dem Warten zu einer leeren Hülse geworden. Er sagte seiner Mutter gute Nacht und ging nach oben. Es war seine eigene Schuld, dachte er. Er hätte den Rock selbst abgeben sollen. Dann hätte er gesehen, wie sie seine Frage nach einem Wiedersehen aufnahm.

»Willst du mit mir Kaffee trinken gehen?« hätte er fragen können.

Wieso war er nur so feige und schüchtern, daß ihm nicht

einmal die einfachsten Dinge gelangen? Lag es daran, daß es um sie ging? Oder war er so?

Ehe er sich hinlegte, fiel ihm etwas ein, das er irgendwo gelesen hatte. Er ging zum Regal und blätterte eine Weile auf gut Glück. Dann erinnerte er sich daran, daß es in diesem Sommer gewesen war, und er begann in *Das Lied vom roten Rubin* von hinten her zu suchen.

Die Seiten waren steif und klebten zusammen, als wäre er der einzige, der Seite 123 jemals aufgeschlagen hatte. Dort, in dem Kapitel, das denselben Titel wie das Buch hatte, fand er es:

»Das Meer ist der Feind und der Tod. Das Meer ist unendlich. Das Meer ist alles, was die Erde nicht ist. Das Meer ist leer und ohne Bedeutung.«

Und weiter unten:

»Es gibt Stunden im Leben eines Menschen, in denen man sich rettungslos verloren glaubt und in denen Zeit und Ewigkeit bedeutungslos sind.

Da kann es dann passieren, daß ein Mensch zum Hafen geht und dort ein Schiff sieht, das am Kai liegt.

Das ist das Schiff.«

Im Frühsommer, kurz vor dem Abschlußexamen, ging Gorm zum Heuerbüro. Er unterzog sich allen möglichen ärztlichen Untersuchungen und Impfungen. Die Probe der Wassermannschen Reaktion bewies, daß er nicht an Syphilis litt. Das hätte er auch nie für möglich gehalten.

Er durfte sich Reederei und Schiff aussuchen. Aber da er nicht so genau wußte, was er wollte, übernahm der kurzsichtige Seebär hinter dem Schreibtisch die Initiative und gab ihm eine Heuer als Schiffsjunge auf der *MS Bonneville*.

Während er für das Examen lernte und danach feierte, gelang es ihm, nicht daran zu denken, daß seine Eltern von seinen Zukunftsplänen nicht die geringste Ahnung hatten.

Auch Torstein erfuhr es erst am letzten Abend. Sie waren zusammen in der Stadt, und Gorm erzählte es ihm beiläufig in einem Nebensatz.

»Zur See?!« rief Torstein. »Obwohl du das einträglichste Geschäft der Stadt übernehmen sollst? Hast du den Verstand verloren?«

»Ich glaube nicht.«

»Was sagt dein Vater dazu?«

»Er weiß noch nichts davon.«

Torstein wischte mit dem Handrücken den Schaum von den Lippen und bekam den Mund nicht mehr zu.

»Er weiß nichts davon? Bedeutet das … daß du einfach abhaust, sozusagen?«

Gorm zuckte mit den Achseln, aber Torsteins Ausdrucksweise gefiel ihm nicht. »Nenn es, wie du willst.«

»Das kann nicht dein Ernst sein! Zur See! Nach vierzehn Tagen bist du wieder zu Hause, darauf wette ich.«

»Das geht nicht.«

»Was soll das heißen: Das geht nicht?«

»Ich kann nicht mehr nach Hause fahren«, grinste Gorm, aber ihm war doch etwas mulmig.

»Meinst du, daß sie das so ernst nehmen?«

»Eine Katastrophe.«

»Warum zum Teufel tust du es dann?«

»Ich kann nicht einfach nur tun, was sie bestimmt haben«, sagte Gorm. »Ich muß mir meine Sporen verdienen.«

»Sporen?«

»Ich habe einen Aufkleber auf einem Koffer gesehen, ein Segelboot im Hafen, und dann habe ich in einem Buch ein paar Zeilen über das Meer gelesen.«

Torstein betrachtete ihn mit einer Art unwilliger Bewunderung.

»Für dich ist alles zum Greifen nahe, und du wirfst es einfach weg, um zur See zu fahren! Verdammt! Und wenn er dich enterbt?«

»Können wir von was anderm reden?« sagte Gorm, und es gelang ihm sogar ein Lachen.

»Wann fährst du?«

»Morgen.«

»Warum hast du nicht schon früher was gesagt? Sind wir etwa keine Freunde?«

»Doch.«

»Schreibst du?«

»Mach ich.«

Als er das sagte, fiel ihm ein, daß er reichlich Papier mitnehmen mußte. Gelbe Notizbücher, die er in die Tasche stekken konnte. Schreibblöcke und Lesestoff.

Am nächsten Tag schickte er, statt anzurufen, ein Telegramm nach Hause: »Reise in die Staaten. Brief folgt.«

Als nach einer Stunde von zu Hause angerufen wurde, ging er nicht an den Apparat. Das schlechte Gewissen war nicht so groß, daß er damit nicht leben konnte. Eigentlich war er unbeschwerter als sonst. Als hätte ihn seine Entscheidung mit einem Schlag befreit.

Das Gepäck bestand aus einem Seesack mit dem Allernotwendigsten, dazu ein paar Romane. Erst würde er fliegen, und bei der Route wurde ihm ganz schwindlig. Oslo, Reykjavík, New York, Los Angeles.

Er kam sich vor wie einer, der ein Wunder bewirkt hat, aber noch nicht weiß, ob er es auch überleben wird, und in diesem Zustand folgte er den anderen die Treppe zur Maschine hinauf. Der gültige Paß und das Visum steckten in seiner Innentasche. Er schwebte fast den Mittelgang entlang. Jeder einzelne Muskel schien sich zu freuen. Arme und Beine. Perfekt. Kontrolle. Jetzt war er er selbst. Er war Gorm, der entschieden hatte, daß es nach Amerika gehen würde.

Von Island aus, während er darauf wartete, daß ihn Loftleidir nach New York bringen würde, schickte er eine Karte nach Hause. Im Telegrammstil teilte er mit, daß er auf dem Weg in die USA sei, daß sein Examen wahrscheinlich gut ausgefallen sei und er seine Sachen mit Vorauskasse nach Hause geschickt habe. Da keine Entschuldigung genügen würde, fing er damit gar nicht erst an. Dafür dankte er ihnen, daß sie es ihm ermöglicht hatten, zu studieren. Zum Schluß schrieb er noch deutlich den Namen der Reederei und des Schiffes.

Plötzlich fiel ihm ein, was Vater als letztes zu ihm gesagt hatte. »Sag nur, daß ich am Montag wieder da bin.« Allein und zwischen Fremden, die an ihm vorbeihasteten, begann Gorm zu lachen.

In New York, während er versuchte, sich auf dem unbekannten Flughafen zurechtzufinden, hatte er das Gefühl, endlich in sich selbst zu ruhen. Egal, was er jetzt tat oder wo er war, er war Herr seiner selbst. Das gab ihm das vage Gefühl, unbesiegbar zu sein. Als ihn eine ältere Dame in der Schlange freundlich ansah, merkte er, daß er dastand und lächelte.

Der Ernst der Lage kam ihm erst zu Bewußtsein, als er über einem Flickenteppich erwachte, der Amerika sein mußte. Er war eingeschlafen, nachdem er mehrere Gläser Captain Morgan getrunken hatte. Kopf und Glieder taten ihm weh.

Im Traum war seine Mutter nackt die ganze Storgate entlanggelaufen, hatte geweint und seinen Namen gerufen. Eine Menge Menschen waren auf dem Marktplatz. Er versuchte wegzulaufen, aber Vaters Augen sahen ihn aus sämtlichen Fenstern voller Verachtung an.

Nachdem sie gelandet waren, fiel Gorm auf, daß alle Flughäfen gleich waren. Schilder, Absperrungen und Gänge, die alle Passagiere wie Vieh in bestimmte Richtungen schleusten. Immerhin gab es einem eine gewisse Sicherheit, und er hatte es sich schließlich selbst ausgesucht.

Er sah den Agenten, der ein Schild mit dem Namen der Reederei vor sich hertrug, und war gewissermaßen angekommen.

Das Schiff lag in San Pedro, zusammen mit alten Frachtseglern und Segelbooten. Der Agent zeigte auf ein weißes Gebäude, über dem die norwegische Fahne wehte, und meinte, das sei die Seemannsmission und er solle sich das Gebäude merken.

Der Kapitän war ein untersetzter Mann mit lebhaften Augen. Sein Alter war schwer zu schätzen. Vielleicht vierzig. Aber dem Dialekt nach kam er ganz eindeutig aus Bergen. Er maß Gorm einen Moment lang mit den Augen, ehe er die Musterungspapiere durchsah.

»Erste Reise mit dreiundzwanzig?«

Gorm nickte.

»Da hast du dir viel Zeit gelassen,um dich zu diesem Entschluß durchzuringen.«

»Ich war auf der Handelshochschule.«

Der Mann zog die Brauen hoch. Er verzog den Mund zu etwas, was wohl ein Lächeln sein sollte. Er sah aber eher so aus, als hätte er etwas Klebriges zwischen den Fingern.

»Daraus würde ich hier keine große Nummer machen, wenn ich du wäre.«

Als er »große Nummer« sagte, schnarrte seine Stimme gewaltig. Gorm wollte gerade antworten, aber der Kapitän polterte bereits weiter.

»Paß?«

Gorm zog seinen Paß aus der Innentasche, und dieser wurde kommentarlos in Augenschein genommen.

»Schiffsjunge Grande. Die Heuer ist 395 Kronen im Monat. Das müßte reichen. Du kannst das Geld zwischen Los Angeles und Vancouver zweimal in der Woche aufnehmen.«

»Aufnehmen?«

»Wir nennen das so. Die Heuerliste liegt in der Messe aus, und der Funker sammelt sie ein und gibt dann das Geld gegen Unterschrift aus. Noch was?«

Gorm ahnte zwar, daß da noch viel mehr war, wußte aber nicht genau, was, also schüttelte er den Kopf.

Er sollte sich eine Kajüte ganz unten mit einem Schiffsjungen teilen, der ebenfalls seine erste Reise machte. Einem Sechzehnjährigen, mit dem er erst nach einer Woche Augenkontakt bekam. Sie nannten ihn »der Jung«. Er stammte aus Hamar und machte nicht viel Aufhebens. Genau das war eine Erleichterung.

Sie wollten nach Norden bis San Francisco und anschließend über den Pazifik nach Hongkong.

San Francisco! Das Golden Gate, die Brücke, die aus dem Frühnebel auftauchte. Die Cablecars auf den steilen Straßen. Autos, die mit Ziegelsteinen hinter den Reifen geparkt waren, um nicht davonzurollen. Häuser wie kleine Schlösser und Burgen. Menschen mit unterschiedlichen Hautfarben und Sprachen. Das pulsierende Leben am Hafen und in den Kneipen. Das war die Welt!

Auf See hatte er sich vorgenommen, alle Feigheit hinter sich zu lassen und von der Seemannsmission aus zu Hause anzurufen. Mit feuchten Händen wartete er darauf, daß er eine Leitung bekommen würde, und der Geruch von Zimt und etwas widerlich Süßem, der eigentlich in seine Kindheit gehörte, stieg ihm in die Nase.

Was er sagen wollte, hatte er in dem gelben Notizbuch aufgeschrieben, das er immer bei sich trug. Er hatte versucht vorherzusehen, was sie fragen würden. Seine Mutter. Oder sein Vater. Der Vater war unberechenbar.

Marianne ging ans Telefon. Als sie seine Stimme hörte, begann sie sofort zu weinen.

»Gorm!« Metallisches Knistern, als würde sie aus dem Weltraum mit ihm sprechen.

»Marianne! Bist du zu Hause?«

»Ja, ich fange hier im Krankenhaus an. Alles ist nur ... Der Jan und ich, wir ... Und Mutter verbringt viel Zeit im Bett.«

»Ist sie krank?«

»Auch nicht mehr als ich.« Die Stimme klang gehässig.

»Ist Edel auch da?«

»Die! Pah! Die ist über alle Berge, ihr seid doch beide über alle Berge. Wo bist du?«

»In San Francisco.«

»Meine Güte! Da wäre ich jetzt auch gern! Wie kannst du nur?«

Die knisternde Nähe. Ihre Stimme. Er sah Marianne in ihrem Festtagskleid und mit ihrer Abiturientenmütze vor sich. Vor dem Altar im Brautkleid. Ihr Gesicht, als sie sich umdrehte. Triumphierend. Und bei anderen Gelegenheiten, wenn ihr etwas nicht gepaßt hatte, mürrisch und unnahbar. Und jetzt quer über Amerika und den Atlantik sah er, wie sich ihre Mundwinkel nach unten zogen und ihr Gesicht einen beleidigten, fast höhnischen Ausdruck annahm, was jeden Kontakt unmöglich machte.

»Kann ich mit Vater sprechen?« fragte er vorsichtig.

»Vater und du, ihr seid doch aus demselben Holz geschnitzt! Alle Männer sind aus demselben Holz geschnitzt!« schrie sie, ehe die Leitung unterbrochen wurde.

Dann stand er mit dem tutenden Hörer in der Hand da. Es hatte keinen Sinn, also legte er ruhig auf und sagte sich, es sei ganz in Ordnung, etwas niedergeschlagen zu sein. Ein Gefühl, das zu erwarten gewesen war, schließlich hatte er zu Hause angerufen. Er hatte gehofft, daß er die Stimme seines Vaters hören und erfahren würde, was er dachte. Aber es hatte nicht geklappt.

Die Jungs lasen Zeitungen aus der Heimat. Einige hatten Post bekommen. Sie versuchten eine stille Ecke zu finden. Sogar die harten Burschen aus Rotterdam wurden ganz brav, wenn es um die Briefe ging, die sie erwarteten.

Einige bekamen nichts. Wie er. Andere versuchten lautstark, mit ganzer Seele Billard und Tischtennis zu spielen. Gorm machte sich über Kaffee und Waffeln her. Das hatte eine seltsam heilende Wirkung.

Am Abend schrieb er trotzdem nach Hause. Es war besser, den Brief auf die Post zu bringen, ehe sie wieder in See stachen. Er formulierte unbeschwert Sätze über Wetter und Wind und zählte die Namen der Städte auf, die sie auf der anderen Seite des Pazifiks anlaufen würden. Hongkong, Manila, Singapur.

In einem Nebensatz erwähnte er, daß es in der *Sjøfartstidende* jeden Donnerstag Schiffsmeldungen gebe, falls sie wissen wollten, wo er sich gerade befinde. Das Telefongespräch mit Marianne erwähnte er nicht.

Während er schrieb, hatte er das Gefühl, ein Dankschreiben für ein Geschenk zu verfassen, das ihm eigentlich nicht gefallen hatte, damit er es nachher gleich wieder vergessen konnte.

Auf den Umschlag schrieb er sowohl Mariannes Namen als auch den seiner Eltern.

Hinter San Francisco bestand die Welt nur noch aus Meer. Die *MS Bonneville* war ein schwimmendes Samenkorn in einer riesigen, trägen Bewegung.

Gorm wurde zusammen mit dem Ersten Steuermann zur Hundewache eingeteilt, was offenbar ungewöhnlich war. Aber bald begriff er, daß es mit der Nüchternheit an Bord nicht zum besten bestellt war. Also zog man einen unerfahrenen dreiundzwanzigjährigen Schiffsjungen einem beschwipsten Veteranen vor.

Der Erste Steuermann war ein besonnener Mann mit scharfen Augen. Wahrscheinlich nicht älter als fünfunddreißig. Gorm gefielen die Stille der Nacht und die Wachen auf der Back oder der Brücke.

Sie hatten gutes Wetter mit einem unglaublichen Sternenhimmel. Er nahm das ganze Himmelsgewölbe mit unter Deck und in seinen Schlaf hinein. In den ersten Wochen war der Sternenhimmel, sowohl im Traum als auch in wachem Zustand, das Wichtigste in seinem Leben. Er beschloß, sobald er wieder an Land war, Bücher über die Himmelskörper zu kaufen.

In der Messe verhielt er sich unauffällig. Das Sagen hatten drei Matrosen aus Rotterdam, denen er nicht so einfach aus dem Weg gehen konnte, wie sich zeigte. Sie benutzten Schiffsjungen, die ihre erste Fahrt machten, als Diener und Prügelknaben. Gorm, der in dieser Art von Unterwerfung keine Übung hatte, machte grobe Fehler. Als einer der Matrosen ihn dazu aufforderte, nach nächtlichen Ausschweifungen das Erbrochene in seiner Kajüte aufzuwischen, ging er einfach weiter, ohne zu antworten.

Er bekam eine Ohrfeige, daß ihm schwarz vor Augen wurde, und dann wurde er samt Eimer und Lappen ziemlich unsanft unter Deck befördert. Offenbar mußte er es einfach hinter sich bringen. Das Leben auf See war alles andere als nur Sternenhimmel. Gorm hatte noch nie in seinem Leben Erbrochenes aufgewischt, nicht einmal sein eigenes, und begann das Abenteuer, auf das er sich eingelassen hatte, mit ganz neuen Augen zu sehen.

In der Nacht, auf Wache, bemerkte der Steuermann das blaue Auge und den eingerissenen Mundwinkel.

»Das war eine Art Bestrafung, weil ich mich geweigert habe, Matrosenkotze aufzuwischen.«

»Die Rotterdam-Bande?«

»Ja.«

»Die mustern vor der nächsten Tour in San Francisco ab. Auf dem Pazifik darfst du dir jetzt einfach nichts anmerken lassen. Es würde dir auch nicht helfen, wenn ich dich unter meine Fittiche nehme. Dann werden sie nur noch infamer.«

Gorm versuchte sich in das Leben an Bord einzuordnen. Der Jung hatte angefangen zu reden und verehrte Gorm das Bild einer halbnackten Frau mit Schmollmund in rosa Slip, der bis in ihre Ritze gerutscht war. Er nahm das Bild und bedankte sich, hängte es aber nicht auf.

In der Messe sah er die Gesichter an und überlegte, mit wem er den Landurlaub verbringen wollte. Nach einer Weile bemerkte er, daß er Mißtrauen erregte. Eines Abends saßen ein paar Matrosen auf der Luke vor dem Achterdeck und spleißten Taue, übten Knoten und sprachen übers Schweißen.

Gorm setzte sich zu ihnen und erzählte nach einer Weile unvorsichtigerweise von seiner Begegnung mit dem Sternenhimmel. Es klang irgendwie falsch. Einer der Matrosen, Bubben, grinste. Das steckte an. Man warf sich vielsagende Blicke zu.

»Na klar, du bist nur in der Welt unterwegs, um die Sterne zu zählen«, sagte der Matrose, und alle lachten laut und sahen ihn provozierend an.

Er hatte inzwischen gelernt, daß es darum ging, möglichst schlagfertig zu sein. Aber er beschloß, die Sache auf sich beruhen zu lassen und sich nicht zu wehren, solange sie ihn nicht schlugen oder anders dazu zwangen. Was er dann tun würde, war ihm nicht ganz klar.

Die Hundewache von Mitternacht bis vier war die beste. Fast keine Stimmen. Das Gesicht des Ersten Steuermanns, wenn sie sich jede Stunde ablösten. Einer auf dem Ausguck, einer am Ruder. Bei schlechtem Wetter seitlich auf der Brücke.

Auf den Wachen bei Tag wurde das Schiff instand gehalten, erst der Rost abgeklopft und dann mit Mennige und anschließend mit normaler Farbe gestrichen. Legte er sich hin, schlief er sofort ein. Tag und Nacht verschwammen auf dem Weg zu einem Ort, von dem er nicht mehr wußte, als in alten Schulbüchern stand.

Dieser Ort war ganz anders, als er es sich vorgestellt hatte. Erst einmal der Geruch. Dieser unbestimmbare Gestank, ehe sie überhaupt etwas sahen. Und dann dieses unwirkliche Gefühl, auf Deck zu stehen und Hongkong aus Meer und Dunst aufsteigen zu sehen. Das entschädigte für alles. Wälder von Kränen wie furchterregende Dinosaurier, kalte Bauwerke und Wellblechschuppen in einem einzigen Chaos. Menschengewimmel. Lichter. Es war wie ein Märchen und dauerte trotzdem nur einen kurzen Augenblick.

Auf See war die Wirklichkeit begrenzt, einige wenige Gesichter huschten auf dem Weg zur Wache oder zur Messe vorbei, und die eine oder andere Lachsalve oder Zote war zu hören.

Eigentlich war das Leben eine einzige, riesige Bewegung. Das Meer. Ein Knirschen von Gegenständen. Ein ewiges Geräusch. Als winselten und jammerten die Stahlplatten des Schiffes, als wäre das Baumaterial einmal mitsamt den Wurzeln irgendwo herausgerissen und dann umgeschmolzen worden, damit es sich über Wasser halten konnte.

Die Wirklichkeit an Bord war eng und gleichzeitig grenzenlos. Im Hafen war sie sinnlos kurz und hatte einen herben Geruch.

Er hatte einerseits das Gefühl, es würde den Rest seines Lebens so weitergehen, andererseits begriff er, daß alles nur eine Frage der Zeit war. Wenn ihn jemand gefragt hätte, ob er einsam sei, hätte er »Nicht besonders« geantwortet und das auch gemeint.

An die Einsamkeit hatte er sich gewöhnt. Eigentlich konnte er bereits damit umgehen, bevor er zur See gefahren war.

Auf dem Stillen Ozean bemerkte er schon, daß der Blick, der ihm im Spiegel begegnete, dem der anderen immer ähnlicher wurde. Blinzelnd, nach innen gekehrt. Seine Verhaltensmuster glichen den ihren. Scheinbar ohne einen Gedanken. Schweigen. Oder Wortwechsel, die an das laute Brüllen vor Futtertrögen erinnerten. Damit die Stimmen überhaupt zu hören waren und die Befehle ausgeführt wurden.

Da er nicht den Rang hatte, Befehle zu erteilen, blieb es ihm auch erspart zu brüllen.

Nach der ersten Tour ging die Rotterdam-Bande an Land, und nicht nur Gorm atmete auf. Jede Freiwache begann er mit einem Eintrag in das gelbe Notizbuch. Aus seinen Aufzeichnungen konnte er schließen, daß er wahrscheinlich mehr Angst vor ihnen gehabt hatte, als er sich zunächst hatte eingestehen wollen.

In Stichworten notierte er Gedanken sowie die Position des Schiffes, ohne dafür einen anderen Grund zu haben als den, daß es ihn beruhigte. Alles, angefangen mit zufälligen Erlebnissen bis hin zu Kleinigkeiten, die ihm gerade einfielen, schrieb er auf.

Das Buch hatte er immer in der Tasche, denn der Gedanke, der Jung könnte darin lesen, gefiel ihm nicht. Einige Male staunte er über sich selbst, weil er über Menschen schrieb, denen er nie begegnet war, die er aber merkwürdigerweise trotzdem in- und auswendig kannte.

Er konnte nicht sagen, ob das vollkommen dämlich war oder geradezu notwendig. Aber auf seine Freiwachen begann er sich ganz anders zu freuen als früher.

Anfangs fragte er sich oft, ob der Jung womöglich an die anderen weitertratschte, welche Bücher er las, um sich bei ihnen beliebt zu machen. Aber schon bald, nachdem die Rotterdam-Bande abgemustert hatte, hörte er auf, daran zu denken.

Liebe ist eine einsame Sache und *Kleiner Lord,* das er jetzt ein zweites Mal las, hatte er aus Bergen mitgenommen. *Der alte Mann und das Meer,* auf englisch, erbte er von einem Passagier, einem amerikanischen Chinesen, den sie von San Francisco nach Hongkong mitnahmen. Er hatte dem Mann einige Gefälligkeiten erwiesen, seine Schuhe geputzt und Drinks geholt. Hemingway nahm er sogar in die Messe mit, ohne sich um den Spott der anderen zu kümmern.

Sein eigenes Notizbuch durfte niemand sehen. Es kam vor, daß er sich fragte, wie es jemandem einfallen konnte, sich hinzusetzen und etwas aufzuschreiben, mit dessen Lektüre andere dann ihre Zeit verbringen sollten? War das nicht extremer Größenwahn? Ja, das war vollkommen verrückt. So gesehen waren Hoel, Sandemose, Borgen, Mykle und Hemingway alle verrückt.

In San Pedro sollten sie einen neuen Funkoffizier an Bord nehmen. Schon vorher ging das Gerücht um, daß es sich um eine Frau handele. Gorm klopfte gerade unterhalb der Reling Rost vom Schiffsrumpf, als sie an Bord kam. Plötzlich stand eine große, dunkelhaarige Dame in Uniform vor der Gangway und besprach sich mit dem Agenten. Weiße Bluse mit Schulterstücken, schwarzer Schlips und Rock.

Aus der Vogelperspektive, von dort oben, wo Gorm hing, ließ ihr Busen ihren Unterkörper verschwinden. Als sie den Kopf hob und hochsah, hatte es den Anschein, als würde er einfach in der Luft schweben.

Er stand ihr zum ersten Mal gegenüber, als er sich Geld für Malaysia auszahlen lassen wollte. Sie beugte sich gerade über den Tisch und korrigierte etwas auf der Liste. Ihre Bewegungen waren energisch. Daß sie nicht saß, hatte dieselbe Wirkung.

»Und? Wer ist der nächste?« hörte er sie in unverkennbarem nordnorwegischem Dialekt sagen.

»Gorm Grande. 200 malaysische«, sagte er und sah ihr in die Augen.

Sie war nicht viel älter als er. Die Brüste drängten aus der Bluse. Die Goldstreifen wirkten imponierend. Der Rock war verwirrend kurz. Er merkte, daß er rot wurde.

»So viel! Ich muß nachsehen, ob du damit nicht ins Minus kommst«, entgegnete sie.

»Ich glaube, das geht schon noch.«

»Meine Güte! Bist du auch von da oben?«

»Schon möglich. Wo sind Sie her?«

»Aus Sortland. Und du?«

Er erzählte es ihr und ärgerte sich, daß er immer noch rot war. Sie überprüfte offenbar sein Geburtsdatum, denn sie zog ihn damit auf, daß er zu alt sei, um noch als Schiffsjunge zu fahren.

»Ich muß zusehen, daß ich allmählich befördert werde«, meinte er und trat aus der Schlange.

Da sie in der Offiziersmesse aß, sah er sie erst wieder, als ihm das Geld für Penang ausgehändigt wurde. Er war der letzte in der Schlange, und dann waren sie einen Moment allein.

»Hast du Pläne, wo du hinwillst, wenn du an Land kommst?« fragte sie.

»Ich schließe mich einfach den anderen an.«

»Kneipen und Mädchen?«

»Nun ...«

»Hier ist es nicht so tückisch wie in Port Swettenham. Da fangen sich die Jungs meistens was ein, und der Funkoffizier muß sie dann zum Doktor schicken.«

Er sah sie von der Seite an und überlegte, ob er lächeln sollte.

»Das ist eine ernste Angelegenheit. Wirklich nicht angenehm. Als würde man Glasscherben pinkeln. Bist du schon mal in Penang gewesen?«

»Nein.«

»Ich kann dir die Stadt zeigen. Wir können eine Fahrradrikscha mieten.«

Gorm merkte, daß ihm der Mund offenstand.

»Dann bleibt's dabei«, sagte sie und sammelte ihre Listen ein.

Als er in die Kajüte kam, war der Jung nicht da, und er

konnte aufatmen. Nach einer Weile nahm er das gelbe Notizbuch hervor. Er versuchte zu beschreiben, was er empfunden hatte, als er vor der Funklady gestanden hatte. Überraschung. Weil das, woran er nicht einmal gedacht hatte, Wirklichkeit wurde.

Und während er schrieb, spannte ihm beim Gedanken an ihre Bluse die Hose, und eine lodernde Geilheit vertrieb die Worte.

Gorm beschloß, man müsse auch Schriftsteller sein können, ohne daß jemand las, was man schrieb. Es hatte etwas Heroisches, ein ungelesener Dichter im verborgenen zu sein. Einer, der Aufmerksamkeit nicht nötig hatte.

Aber erst einmal mußte er hart und schnell leben und die Möglichkeit bekommen, wirklich verrückte Dinge zu erleben. Was war es wert, aufgeschrieben zu werden? War die Begebenheit das eigentlich Wichtige? Oder das Niederschreiben? War es überhaupt nötig, darüber nachzudenken, was man in Worte fassen sollte?

Warum schrieben Dichter über vergebliche Liebe und über die Zeit, die verging, ohne daß die Menschen glücklicher wurden? Weil sie nicht wußten, wie sie die wahre Liebe in Worte kleiden sollten? Vielleicht hatten sie sie einfach nie erlebt, dachte er. Vielleicht schrieben sie über die Sehnsucht, genau wie er.

Am Morgen nach der Wache versuchte er in der Kajüte darüber zu schreiben. Über seinen Menschen. Aber er war zu müde. Die Gedanken zerfielen, während er versuchte, Worte zu finden. Aber einen Namen gab er diesem Menschen. Rut.

Die Funklady und Gorm fuhren mit der Fahrradrikscha schmale, verschlungene Wege entlang. Der Mann mit dem schwarzen Schnurrbart, der in die Pedale trat, fuhr in gemächlichem Tempo auf der linken Seite. Ab und zu streckte er den Arm aus, um anzuzeigen, daß er abbiegen wollte, scheinbar ohne sich für die wütenden Autohupen zu interessieren.

Sie trug ein weißes, ärmelloses Top über einem roten BH. Die Träger waren zu sehen, und das Rot schimmerte durch. Als Sonnenschutz hatte sie ein Stirnband mit einem Schirm aus gelbem Zelluloid um. Ihre dunklen Locken standen im Wind hoch. Unter dem Verdeck war es drückend heiß. An einem rieselnden Bach befahl sie anzuhalten, und sie kletterten aus dem Gefährt.

»Hier muß man sich abkühlen«, sagte sie und zog zwei Flaschen mit Saft hervor. Erst tranken sie, dann streifte sie ihr Top ab und hielt es unter den Wasserstrahl, der aus einer gemauerten Rinne am Hang schoß.

Er sah sie bewundernd an, als sie sich das nasse Kleidungsstück wieder über den Kopf zog. Im nächsten Augenblick hatte er es ihr mit seinem Hemd und seinem lächerlichen Sonnenhut nachgemacht.

Die Funklady betrachtete ihn und lachte. Es machte ihn jedoch nicht verlegen, im Gegenteil. Bei sicher vierzig Grad im Schatten hatte er bei ihrem Lachen auf einmal einen stehen. Er setzte sich wieder auf glühendheiße Plastikpolster und krempelte die Hosenbeine hoch.

Die Fahrradrikscha brachte sie zu einem Tempel, und Gorm überlegte unentwegt, wie er sich ihr nähern könnte. In den Kurven ließ er sich wie zufällig gegen sie fallen, aber das machte das Ganze nur noch unbefriedigender.

Sie erklärte, daß sie Seilbahn fahren wolle, und dirigierte die Fahrradrikscha dorthin. Das dauerte eine Ewigkeit. Gorm legte die Hände in den Schoß und dachte an Eisbrocken.

In der Gondel saßen sie wie gut verstaute Sardinen mit

einem Heer von Eingeborenen zusammen. Aber oben auf dem Berg wehte ein leichter Wind, so daß er sich bald wieder darauf freute, auf dem Weg nach unten ganz nah neben ihr zu sitzen.

Sie redete nicht viel, und es war unmöglich zu sagen, was sie dachte. Aber er wußte, daß sie Lust auf ihn hatte. Schließlich hatte sie ihn ausgewählt, oder etwa nicht? Ihre Bewegungen, ihr Blick, die Art, wie sie die Hände in die Seiten stemmte, wenn sie unter den Mauern und Schlingpflanzen stehenblieben, um etwas anzuschauen, verrieten es ihm.

»Ruhig! Ganz ruhig«, flüsterte sie ihm ins Ohr.

Sie kannte ein Gasthaus in Georgetown. Dort gab es genau das, was sie brauchten. Eine Dusche, Bier und ein Bett. Sie begann mit dem Entkleiden, indem sie ihm das Hemd über den Kopf zog, und als letztes nahm sie ihren Plastikschirm ab. Er hatte noch nie jemanden getroffen, der so viel Zutrauen zu seiner eigenen Nacktheit hatte.

Nach zwei Stunden war er erst wieder in der Lage, zu bemerken, daß es vor dem schmutzigen Fenster blitzte. Aus der Funklady war Gunn geworden, und sie mußten schreien, wenn sie sich bei dem Regen verständigen wollten.

»Essen! Tee! Ehe ich verhungere!« sagte sie und begann sich wieder anzuziehen.

Sie saßen auf einer halben Öltonne unter einem bescheidenen Wellblechdach. Ein Junge mit indischem Aussehen servierte Curryreis und Huhn auf einem Palmblatt und dazu heißen Tee.

Gorm protestierte erst gegen den Tee. Aber Gunn beteuerte, das sei bei der Hitze das einzig Richtige. Er trank, um ihr zu Willen zu sein, während sie sich in die Augen schauten und ihnen der Schweiß das Gesicht herunterlief. Anschließend gingen sie wieder auf das »Zimmer« und begannen noch einmal von vorn.

Eine andere Fahrradrikscha fuhr sie im Dunkeln zum Hafen. Die Bank war vom Regen klatschnaß. Die Lichter wirbelten wie Funken vorbei. Er begriff nicht, wie der Rikschafahrer überhaupt seinen Weg fand.

»Du kannst gut führen«, sagte er und umarmte sie heftig.

»Mehr nicht?«

Er war froh über die Dunkelheit, da sie so nicht sehen konnte, wie verlegen er wurde.

»Nein. Alles zusammen«, erwiderte er dreist.

»Weißt du, wie alt ich bin?«

»Nein.«

»Dreiunddreißig.«

»Oh.« Er konnte seine Überraschung nicht verbergen.

»Hast du schon mit so alten Frauen geschlafen?« fragte sie lachend.

»Nein.« Er mußte ebenfalls lachen.

»Das hat man gemerkt«, meinte sie kurz.

Er ließ den Kopf hängen. Die Minuten vergingen.

»Du siehst unglaublich gut aus. Du mußt aufpassen. Sonst fressen dich Frauen wie ich noch auf. Aber immer noch besser, als in Spelunken zu gehen.«

Er wußte nicht, wie man auf so etwas antwortete.

»Du kannst ruhig damit angeben, wenn du wieder an Bord kommst, aber damit schaffst du dir keine Freunde«, sagte sie nach einer Weile.

»Diese Gewohnheit habe ich nicht.«

»Gut. Das habe ich auch nicht geglaubt. Aber bisher hatte ich noch keinen Schiffsjungen, der seine erste Tour macht. Deswegen mußte ich das klarstellen.«

»Hör schon mit dem Unsinn auf«, sagte er wütend.

»Nur keine Aufregung«, erwiderte sie freundlich.

Es lag wohl an der Dunkelheit oder an den Sternen oder an seinem Entschluß, hart und gefährlich zu leben, um etwas zu haben, worüber er schreiben konnte, denn plötzlich kam ihm die Frage über die Lippen: »Glaubst du an Liebe?«

Er meinte ihr Seufzen durch das surrende Geräusch der Fahrradreifen auf dem nassen Asphalt zu hören.

»Ich weiß nicht. Ich heirate, wenn ich abgemustert habe.«

Den Jungs war es aufgefallen, daß Gorm mit der Funklady an Land gewesen war. Der Matrose Bubben verdrehte die Augen und machte anzügliche Bemerkungen. Die anderen stimmten ein. Durch die Malakkastraße bis nach Singapur mußte er sich ihr Gerede anhören.

Dort betrank sich Bubben in einer Bar und brüllte Gorm über den Tisch hinweg zu: »Hat unsere Funklady unseren Schiffsjungen in letzter Zeit rangelassen?«

Die Männer am Tisch sahen Gorm und Gunn abwechselnd an. Sie saß zwei Tische weiter, zusammen mit dem Zweiten Steuermann und dem Maschinisten. Es wurde still. Alle hatten gehört, was Bubben gesagt hatte. Jetzt warteten sie darauf, daß Gorm sich Respekt verschaffen würde.

Es war warm und feucht. Gunns dünne, weiße Bluse klebte auf ihrer Haut. Er erinnerte sich, wie die Welt aussah, wenn er sie ihr auszog. Die Gesichter am Tisch trugen das Ihre dazu bei, daß sich alles vor seinen Augen drehte. Vielleicht hatte er auch zuviel getrunken. Es gelang ihm nicht, den großen Wutausbruch zu bekommen, den die Jungs von ihm erwarteten, er zündete sich nur eine Zigarette an.

»Hörst du schlecht?« quengelte Bubben.

»Nein. Aber ich finde, daß du die Schnauze halten solltest«, erwiderte Gorm leise.

»Und warum sollte ich die Schnauze halten?« brüllte der Matrose.

»Deswegen!« hörte er sich sagen.

Bubben sprang auf und tänzelte mit erhobenen Fäusten vor ihm auf und ab.

»Deswegen, deswegen«, äffte er ihn nach und gab Gorm einen Stoß gegen die Brust, daß er fast vom Stuhl gefallen wäre. »Das wollen wir, verdammt noch mal, durch Armdrükken entscheiden.«

»Das ist zu ungleich. Du bist ein Scheunentor und ich ein Muttersöhnchen«, meinte Gorm.

Die Jungs lachten.

Bubben war etwas unentschlossen, dann schob er Gläser und Aschenbecher beiseite, stellte den Ellbogen auf den Tisch und sah Gorm provozierend an.

Gorm sah das Gesicht seines Vaters vor sich, die wenigen Male, als er ihm Männersitten hatte beibringen wollen. »Technik und Augenkontakt sind die Hauptsache«, hatte sein Vater gesagt. Daran erinnerte sich Gorm, als er die Ärmel seines weißen Hemds hochkrempelte. Aber sein Vater war nie betrunken gewesen und hatte auch nie mit solch rohen Gesellen wie Bubben zu tun gehabt.

Die Jungs riefen, der Verlierer müsse die nächste Runde zahlen. Sie wußten sehr gut, wer unterliegen würde. Die Offiziere und Gunn folgten dem Geschehen vom Nebentisch aus. Er spürte ihren Blick auf sich. Und plötzlich erinnerte er sich an sie, an Rut.

»Ziel nur ordentlich, dann triffst du auch!«

Er brachte den Unterarm in Position und versuchte Bubbens Blick aufzufangen. Der schwamm etwas. Der Mann war nicht nur streitlustig, er wollte auch einem Grünschnabel eine Lektion erteilen und vorführen, daß seine Faust aus Granit war. Gorm spürte, wie sie sich um seine legte, während er auf die Pupillen seines Gegners anlegte und versuchte, nicht zu blinzeln.

»Worauf starrst du, verdammt noch mal«, murmelte Bubben verächtlich und setzte sich zurecht.

Aber Gorm sah ihm nur weiterhin in die Augen. Der Blick seines Gegner wanderte, und er setzte sich noch besser zurecht. Die Männer begannen sie anzufeuern. Gorm wußte, daß er verlieren würde, wenn er einfach auf die gewaltige Kraft des anderen warten würde. Im Augenblick sehe ich vermutlich ziemlich hilflos aus, dachte er. Und mit einem Tempo, das er selbst nicht recht verstand, hatte er den Matrosen überrumpelt und seinen Arm auf den Tisch gedrückt.

Die Jungs jubelten und klopften ihm auf die Schultern. Bubben war hochrot und forderte Revanche.

»Du hast vor dem Zeichen angefangen«, meinte er sauer.

»Revanche, Revanche!« riefen die anderen und legten sich auf den Tisch, um besser sehen zu können.

Gorm dachte, daß es vielleicht eine gute Taktik und auch natürlich wäre, wenn er jetzt verlöre.

»Gib mir Stärke«, sagte der andere schon etwas undeutlich und leerte ein Glas unbekannten Inhalts auf einen Zug.

Sie setzten sich wieder in Position. Die Faust von Bubben war riesig, er schwankte jedoch bereits im Sitzen. Gorm fing erneut seinen Blick auf und hielt den Unterarm abwartend, locker in die Luft. Er versuchte sich von Bubbens gespreizten Fingern und rotierendem Handgelenk nicht ablenken zu lassen, bevor er anlegte. Der Griff erinnerte an erstarrten Zement. Gorm drückte dagegen, aber merkte, daß sein Arm sachte nachgab. Bubbens Gesicht war hochrot und verzerrt.

Plötzlich stieß Gorm einen lauten Schrei aus. Eine Sekunde

Verwirrung war alles, mehr brauchte er nicht. Mit einem Ruck legte er die Faust des anderen auf den Tisch.

Das Schulterklopfen und der Applaus wollten kein Ende nehmen. Bubben hing über den Tisch und wollte sich nicht damit abfinden.

»Wo hast du das gelernt?« fragte er.

»Von meinem Vater.«

»Vom Vater«, äffte Bubben ihn nach und fragte, was dieser Vater denn mache.

»Geschäfte.«

Dröhnendes Gelächter. Die Jungs kriegten sich nicht mehr ein. Gorm mußte ebenfalls lachen.

»Revanche gegen die Geschäftemacher!« schrie Bubben.

Gorm gab ihm seine Faust und drückte dagegen. Aber er strengte sich nicht an. Verspürte nur Sicherheit und Ausgelassenheit in allen Gliedern, als der andere mit solcher Gewalt seine Faust auf den Tisch drückte, daß ihm Gelenke und Muskeln bis in die Schulter hoch weh taten.

»Zwei zu eins! Bubben muß die Runde zahlen«, johlte einer der Matrosen.

»Wir teilen die Zeche.« Gorm lachte und atmete auf.

Im Grunde war es ganz einfach. Solange man die Regeln kannte und nur soviel trank, daß man sich noch bewegen konnte.

Wieder auf See, bekam Gorm zu hören, Bubben sei verärgert und nervös, er solle sich aber nicht darum kümmern. Er sei größenwahnsinnig geworden und habe mit Fernunterricht begonnen, meinten die anderen grinsend. In jeder Freiwache saß er in der Kajüte und rechnete. Das nannte er Mathematik. Er hatte es sich in den Kopf gesetzt, die Steuermannschule zu absolvieren.

Gorm nahm seinen Mut zusammen und klopfte an. In der Kajüte stank es nach Schweiß und Selbstgedrehten. Das Licht der Lampe über dem Tisch offenbarte aufgeschlagene Bücher und Schreibzeug.

»Ich habe gehört, daß du dich mit Mathematik beschäftigst«, sagte Gorm.

»Was kümmert das dich?«

»Ich leide wohl unter Entzug. Alte Sünden, weißt du.«

»Was für Sünden?«

»Schulsünden. Kommst du klar?«

»Überhaupt nicht!«

»Was machst du gerade?«

»Irgendwelche verdammten x und y und Schlimmeres.«

»Darf ich mal sehen?«

Mißtrauisch sah der Mann ihn an, ließ ihn dann aber eintreten. Über der Koje hing ein Bild einer Frau mit Brüsten, die wie aufgeblasene Ballons in ihren Händen lagen.

Rasch sah Gorm sich um, setzte sich auf die Koje und kratzte sich pflichtschuldig hinterm Ohr.

»Na, was ergibt das?« fragte Bubben bedrohlich.

»Darf ich's mal probieren?«

»Klar, verflucht! Aber das ist verflucht noch mal nicht leicht!«

Gorm nahm den Radiergummi, radierte die halbe Rechenaufgabe aus, schrieb dann Zahlen und Buchstaben neu und erklärte gleichzeitig, wieso. Dazwischen sah er Bubben immer wieder an, um zu sehen, ob er ihm auch folgen konnte.

Bubben bekam den Mund nicht mehr zu. Seine Zähne waren zu sehen. Die Zunge. Er fuhr sich durch das dichte, borstige Haar. Er glotzte gewissermaßen mit dem ganzen Körper. Als der letzte Strich gezogen war und die Gleichung aufging, setzte sich der Mann neben ihm auf die Koje.

»Da hattest du wirklich Glück«, meinte er gnädig. Zog aber gleich ein anderes Papier hervor, auf dem ebenfalls alles vollkommen verquer war.

Nach ein paar Minuten hatte Gorm auch diese Gleichung gelöst.

Bubben ließ seine Pranke auf Gorms Schulter fallen und sagte mit größter Andacht: »Verflucht!«

Gorm übernahm den Job des Lehrers. Zwischendurch lauschte er Anekdoten aus dem Seemannsleben und daß Frauen ein Fluch seien, aber ein notwendiger.

Gnade dem, der etwas Nachteiliges über Gorm zu sagen wagte. Einer der Matrosen nannte ihn nichtsahnend Professor und wurde dermaßen zurechtgewiesen, daß ihm Hören und Sehen verging.

»Krieg das jetzt endlich in deinen Schädel, daß dieser Bursche erstklassig ist, sonst mach ich dich platt!«

16

An dem Sonntag, an dem die Zimmerwirtin rief, sie werde am Telefon verlangt, wusch Rut sich gerade die Haare.

Die Teeküche war eben groß genug, daß man mit der gelben Plastikschüssel auf einem Hocker vor dem Ausguß stehen konnte. Sie nahm das Handtuch und wickelte es um den Seifenschaum, während sie die Treppe zur Wohnung der Zimmerwirtin hinunterlief.

Die Stimme ihrer Mutter war heiser, und sie verstand erst nicht, was sie sagte. Aber dann erfaßte sie die Bedeutung der Worte doch, ohne daß die Mutter sie noch einmal wiederholt hätte.

»Großmutter ist tot.«

Nach einer Weile ließ sich ihre Stimme erneut vernehmen.

»Bist du noch da, Rut?«

»Ja.«

»Hörst du, was ich sage?«

»Ja.«

»Hast du sonst nichts zu sagen?«

Rut bekam kein Wort heraus. Wassertropfen liefen ihr kalt den Hals herunter und in den Kragen ihrer Bluse. Sie dachte, daß sie den Teppich naß machen würde. Als sie versuchte, ihn mit dem Fuß beiseite zu schieben, riß sie dabei das Telefon fast zu Boden und mußte den Versuch abbrechen.

»Wie?«

»Sie war schließlich alt. Alle in der Familie haben ein schwaches Herz. Sie saß im Bett. Es sah aus, als hätte sie gerade die Haare für die Nacht flechten wollen. Heute morgen haben wir sie gefunden. Herrgott, Rut, kannst du nicht nach Hause kommen?«

Rut ging die Treppe hoch, während sie sich die Haare trokkenrieb. Sie waren merkwürdig klebrig, gar nicht wie ihre. Vielleicht bin ich jetzt jemand anders, dachte sie. Erst als sie wieder nach oben kam, erinnerte sie sich daran, daß sie das Shampoo nicht ausgespült hatte. Aber sie vergaß es wieder, als sie begann, darüber nachzudenken, wie sie nur so lange zurechtgekommen war, ohne zu wissen, wie es Großmutter ging.

Wie konnten die Menschen nur so seltsam zusammengesetzt sein, daß sie nicht begriffen, daß das Telefon eines Tages klingeln würde? Sogar in London klingelte das Telefon.

Seit sie in der Stadt war, hatte sie immer geantwortet, wenn jemand sie gefragt hatte. Sie hatte die ungefährlichen Antworten gelernt. Es waren ausweichende Antworten, aber keine direkten Lügen. Wenn jemand sie fragte, wann sie in den Ferien nach Hause fahren würde, antwortete sie, daß sie das noch nicht entschieden habe oder daß es darauf ankomme …

Zu Weihnachten schickte sie Mutter und dem Prediger eine Weihnachtskarte in einem Umschlag, damit Post-Peder nicht lesen konnte, was darauf stand. »Frohe Weihnachten und ein gutes neues Jahr! Viele Grüße, Rut.«

Einmal war ihre Mutter in die Stadt gekommen, ohne sich anzukündigen. Glücklicherweise sah sie sie aus dem Fenster im zweiten Stock, ohne selbst gesehen zu werden. Als es klingelte, öffnete sie nicht. Klingeln und abgeschlossene Türen waren ein Segen. Auf Øya gab es das nicht.

Überhaupt lernte sie viel in diesen Jahren. Oder, genauer gesagt, sie staunte darüber, wie wenig sie doch wußte.

Ihre Großmutter und sie hatten sich regelmäßig geschrieben. Zu Weihnachten hatte Rut einen Brief und ein gerahmtes Gemälde geschickt. Sie hatte es sorgfältig in Holzwolle, Wellpappe und blaues Weihnachtspapier mit Goldsternen verpackt. Das Gemälde hatte sie nach der Fotografie von Großmutter und Jørgen gemalt. Aber kein Entwurf von Jørgens Gesicht war gelungen. Also war nur die Großmutter auf dem Gemälde.

Rut erwachte am Morgen davon, daß ihre Großmutter sie an der Schulter berührte. Ein bleicher Mond warf sein Licht auf sie. Sie saß auf dem Nachttisch und flocht ihr Haar. Den Zopf hielt sie in einer Hand und berührte Ruts Schulter mit der anderen.

»Ja, ich weiß«, sagte Rut.

»Unsinn! Du weißt gar nichts«, erwiderte die Großmutter mit ihrem leisen, glucksenden Lachen.

»Ich kann das nicht, nach Hause fahren.«

»Meinetwegen mußt du das auch nicht. Beerdigungen haben mir noch nie gefallen. Aber dieses Mal muß ich mir wenigstens nicht diese engen, schwarzen Schuhe anziehen.«

»Großmutter, warum hast du das getan?«

»Ich habe es nicht getan. Es ist einfach passiert. Nachdem der Jørgen vorausgegangen ist, war das auch in Ordnung.«

»Bist du mir böse deswegen?«

»Nein, ganz und gar nicht. Ich bin froh, daß ich hier bin. Es ist so lange her, daß ich dich gesehen habe. Schließlich hatte ich keine andere Freude mehr, als mich mit dir zu unterhalten, weißt du. Man hat es irgendwann satt, mit den Leuten nur über Wind und Wetter zu reden.«

»Bleibst du hier?«

»Das verstehst du doch, daß ich hierbleibe. Aber ich falle niemandem zur Last. Kümmere mich um alles selbst. Kümmer du dich nur um deine Sachen. In dir stecken Dinge, von denen wir noch gar nichts wissen. Das ist nicht zu bezweifeln. Ich habe das schon immer gesagt. Denn um dein dunkles Haar war soviel Licht, als du geboren wurdest. Bei keinem von uns war soviel Licht, wo auch immer das herkam.«

»War denn beim Jørgen kein Licht?«

»Der braucht kein Licht. Der ist schon angekommen. Du bist es, die …«

Großmutter Stimme wurde undeutlich und verklang schließlich ganz. Trotzdem war sie da. Ihr Geruch. Brot, Schnupftabak und frischer Schweiß.

Rut hätte ins Seminar gehen sollen, aber daraus wurde nichts. Irgendwie war es ihr unmöglich, mit jemandem zu reden oder zuzuhören. Statt dessen zog sie Mantel und Mütze an und ging mit der leeren Milchflasche in den Laden.

Sie kam an der Telefonzelle vorbei. Wie immer. Aber heute ging sie hinein und tat so, als würde sie jemanden anrufen. Sie hatte das Bedürfnis zu weinen, weil sie so tat, als würde sie jemanden anrufen, falls sie jemand von draußen sah. Warum tat sie das?

Natürlich hätte sie irgendwen anrufen können. Sie versuchte sich auf jemanden zu besinnen. Onkel Aron? Nein. Er würde nur fragen, wann sie käme.

Sie putzte sich die Nase, nahm den Hörer ab und legte die Münzen in die Rinne.

»Ja, 21719, bei Grande«, sagte eine helle Frauenstimme.

»Kann ich … kann ich mit Gorm Grande sprechen?«

»Leider nicht, er ist nicht hier.«

»Wo ist er?« flüsterte sie.

»Gorm studiert in Bergen. Mit wem spreche ich bitte?«

Rut ließ den Hörer auf die Gabel sinken und lehnte die Stirn gegen die Fensterscheibe. Sie war kalt. Reif glitzerte auf dem Glas. Ein Laternenpfahl lehnte sich da draußen über sie. Ohne Straßenlaternen wäre es jetzt ganz dunkel, dachte sie.

Am Tag von Großmutters Begräbnis hätte sie eigentlich nicht in der Mensa sein sollen. Auch nicht in der Stadt, denn der Prediger hatte sie nach Hause beordert. Aber sie saß trotzdem in der Mensa.

Natürlich hatte sie ihn oft gesehen. Er ging in eine der anderen Klassen und mußte das Seminar nur zwei Jahre lang besuchen, weil er Abitur hatte.

Ove Kristoffersen hatte eine Elvis-Frisur und einen großen Mund. Er spielte in der Theatergruppe und war beim Sport und im Chor dabei. Er faßte einen an, wenn man mit ihm sprach, und erzählte die ganze Zeit irgendwelche Geschichten. Lustige und traurige. Er kannte eine Menge Leute, die ihm alle irgendwie nützlich waren. Turid sagte immer, es sei nett, mit ihm zusammenzusein, während ihre Augen vor Bewunderung leuchteten.

Während sich Rut mit der Kaffeetasse in der Hand umdrehte, drängte er sich in die Schlange. Da lag die Tasse schon zerbrochen in einer Kaffeepfütze auf dem Boden. Sie hatten sich beide verbrüht, sie an der Hand und er auf der Brust. Sein ganzes Hemd war verdorben.

»Verdammt!« sagte er.

»Danke gleichfalls!« erwiderte sie.

»Ich zahl dir einen neuen Kaffee«, sagte er und schummelte sich in die Schlange.

Sie nahmen die Tassen mit und setzten sich an denselben Tisch. Sie bot sich an, ihm das Hemd zu waschen. Davon wollte er nichts hören, aber wenn sie ohnehin schon …

Er sah sie mit seinem durchdringenden Blick an und sagte

ihr ohne weitere Umschweife, daß ihr die rote Strickjacke gut stehe.

»Aber du siehst nicht froh aus. Tut es sehr weh, wo du dich verbrannt hast?« meinte er noch.

»Meine Großmutter ist tot«, platzte Rut heraus.

Er stellte seinen Stuhl neben ihren und nahm ihre Hand. Es war die, die sie verbrüht hatte, aber das spielte keine Rolle.

»Mein Beileid! Meine Mutter ist auch tot. Aber das ist schon lang her. Du, sollen wir nicht heute abend ins Kino gehen? Das tut dir bestimmt gut. Sag ja! Ich lad dich ein.«

Zwei Stunden lang versuchte Rut der Handlung von *Land der tausend Abenteuer* zu folgen. John Wayne ritt, schoß und schwenkte den Hut. Nach einer Weile dachte Rut, daß sie jetzt vermutlich alle gegangen waren, alle, die nach der Beerdigung Kaffee in Großmutters Haus getrunken hatten.

Die Filmstars fuhren in Ohio die Stromschnellen herunter und kamen gerade noch einmal mit dem Leben davon. Tante Rutta und ihre Mutter hatten gespült und aufgeräumt. Die tapferen Prescott-Männer kämpften mit Indianern und Banditen.

Jetzt hält Onkel Aron vermutlich seinen Arm um Tante Rutta, die dasteht und weint. Nein, jetzt weinte sie vermutlich nicht. Zwischen den Nord- und Südstaaten herrschte ein fürchterlicher Krieg. Alles ging so schnell, und so unendlich langsam. Ove hielt ihre verbrühte Hand sehr fest.

Als sie ins Freie traten, schien der Mond, und die Sterne funkelten. Ihre Großmutter begleitete sie die Straße entlang. Sie hatte wieder ihre engen schwarzen Schuhe an. Erst als sie sich auf Oves Bude in Svenskebyen schlichen, blieb die Großmutter stehen und wollte nicht weiter mitgehen.

Ove fegte Bücher, Skiwachs und, man stelle sich vor, ein Glas Milch vom ungemachten Bett und legte die Beatles auf.

Gin aus Wassergläsern und »She's a woman« machten ihren Kopf so leicht wie Wollgras im Wind.

Sie fror und begann zu weinen, aber er hatte warme Hände. Machte das Licht aus und wühlte in der Nachttischschublade, während er murmelte, daß er »du weißt schon was« habe.

Mit Knöpfen und Reißverschlüssen war er flink und geschickt. Einmal, gerade bevor er in sie eindrang, dachte sie daran, daß ihre Großmutter irgendwo draußen in der Kälte stand, weil sie ihnen nicht zur Last fallen wollte.

»I should have known better« sangen die Beatles. Sie meinte, den Geruch von Terpentin in der Nase zu haben.

Mehrere Mädchen im Seminar schliefen mit Jungen, von denen sie glaubten, daß sie sie heiraten würden. Sie glaubte nicht, daß sie Ove heiraten wollte. Aber auf einmal, als sie beim Tanzen gewesen waren und sie bemerkt hatte, wie beliebt er war, sagte er es, während sie im Gegenwind durch den alten Schnee stapften.

»Wenn es Sommer wird, heiraten wir!«

Sie freute sich nicht, obwohl das zu erwarten gewesen wäre. Sie verspürte nur so etwas wie Müdigkeit.

»Wir können doch warten, bis wir mit dem Lehrerseminar fertig sind, oder?« meinte sie vorsichtig.

Er begann schnell zu gehen, viel zu schnell. Er wollte auch gar nicht, daß sie Schritt halten konnte.

»Sei nicht wütend«, hörte sie sich sagen.

»Ich bin nicht wütend. Ich gehe hier nur und gewöhne mich an den Gedanken, daß ich dir nichts bedeute.«

Es half nichts, daß sie sagte, er bedeute ihr sehr viel. Einer Frau, die ihn nicht heiraten wollte, bedeutete er nichts. Das war einfache Logik.

Eine ganze Woche lang sah sie sich an, wieviel er den anderen Mädchen bedeutete.

Als würde eine spitze Nadel durch ihr Blut schwimmen und die dünnen Wände der Adern einritzen. Jedesmal, wenn sie ihn zu einem Mädchen herabgebeugt dastehen oder lachen sah, ohne daß er in ihre Richtung schaute, passierte diese Nadel nacheinander alle vier Herzkammern. Ihr kam es vor, als hätte sie vier Tage lang die Luft angehalten. Sie konnte keinen einzigen Strich zeichnen und schon gar nicht lernen.

Wenn sie auf ihrem Zimmer war, fragte sie sich, was er wohl gerade tat, und wenn sie ihn im Seminar sah, versuchte sie nicht daran zu denken, was sich ihren Augen darbot. Eine Rastlosigkeit war in ihr, die sie an sich selbst gar nicht kannte. Eine wachsame Müdigkeit hinderte sie daran, logisch zu denken. War sie draußen, sehnte sie sich nach drinnen. Und war sie drinnen, mußte sie nach draußen. Sie vergaß ganz zu essen.

Samstag vormittag steckte sie ihm, als sie auf dem Weg zur letzten Stunde aneinander vorbeigingen, einen Zettel zu. »Kann ich mit dir reden?« hatte sie draufgekritzelt. Er blieb nicht stehen, nahm den Zettel aber mit einem reservierten Lächeln und ging den Korridor entlang weiter.

Aber als sie aus der Stunde kam, stand er da und wartete auf sie. Hakte sie unter und lehnte sich ganz nah an sie, so daß alle es sahen.

Ove verstand gut, daß sie nicht auf Øya in derselben Kirche heiraten wollte, in der die Tragödie mit Jørgen passiert war. Rut wurde es warm ums Herz, als er sagte, er würde das verstehen.

Es sollte keine große Hochzeit werden, das war nicht nötig. Aber Oves Vater, seine Tante und sein Onkel sowie deren drei

Kinder mußten eingeladen werden, denn sie wohnten auf demselben Hof. Die Trauung sollte nicht weit von der Stadt in seinem Heimatort stattfinden.

Ihre Mutter und der Prediger sollten nicht eingeladen werden, fand sie. Das schockierte Ove so sehr, daß er sie einen Unmenschen nannte. Unmenschen waren das Schlimmste, was er sich vorstellen konnte. Sie begingen Morde oder noch fürchterlichere Dinge.

Sie versuchte ihm von der Mutter und dem Prediger zu erzählen, hörte aber selbst, daß es ihr nicht gelang. Schließlich schrieben sie zusammen einen Brief, in dem sie ihre Heirat ankündigten. Ove legte ein Bild von sich bei, »damit sie selbst sehen können«, wie er sich ausdrückte.

Die Mutter antwortete rasch und freute sich für Rut. Und der Prediger hatte Bibelworte aus dem Ersten Buch Mose abgeschrieben über Abrahams Diener, der losgeschickt wird, um eine Frau für Isaak zu holen. »Und das Mädchen war sehr schön von Angesicht, eine Jungfrau, die noch von keinem Mann wußte. Die stieg hinab zum Brunnen und füllte den Krug und stieg herauf«, schrieb er.

Ein ekliger Geschmack breitete sich in Ruts Mund aus und erinnerte sie daran, wie der Prediger sie damals im Stall beschimpft hatte.

»Er kann sich gut ausdrücken, dein Vater«, meinte Ove.

Die Eltern kamen zur Hochzeit in Oves Heimatort und benahmen sich unauffällig. Ove sprach mit ihrer Mutter, als sei sie zerbrechlich und etwas ganz Besonderes. Mit leiser, eindringlicher Stimme wandte er sich an sie. Fragte, ob der Stuhl bequem sei, ob sie friere und ob sie ihm dabei helfen könne, seinen Schlips zu binden.

Als Ove so nah vor ihrer Mutter stand, dachte Rut, daß das

ein merkwürdiger Anblick war. Ove kannte sie noch, aber ihre Mutter war ein ganz neuer Mensch.

Der Prediger war auch anders als zu Hause, fast wie bei einer Andacht. Er sprach nacheinander mit allen, gab ihnen die Hand und sah ihnen in die Augen. Aber er versuchte nicht, sie zu bekehren.

Alle bekamen zu hören, daß Rut immer sein Liebling gewesen sei und wie froh er sei, daß sie in eine so ehrbare und gute Familie einheirate. Trotzdem verstummte Oves Vater allmählich immer mehr.

Nur zwei Tage und Nächte dauerte es, dann war die Hochzeit vorbei. Die Mutter und der Prediger reisten nach Hause und Ove und sie in die Stadt.

Ove wollte als Vertreter einer Buchhandlung arbeiten und das Prachtwerk *Sitten und Gebräuche* verkaufen. Das sollte sehr viel einbringen.

Er kannte die Werbung dafür auswendig. »Ein beeindrukkendes Buch, das in Text und Bild alles enthält, was im weitesten Sinne mit Sitten und Gebräuchen zu tun hat – ein Hauptwerk über die Verkehrsregeln des Lebens in Umgang und Beisammensein – für Alltag und Fest – daheim und unterwegs. Es ist der unentbehrliche Ratgeber für die Familie und für die Kinder ein Schlüssel zum Erfolg. Nur 18 Kronen bar, danach monatliche Ratenzahlungen von 20 Kronen.«

Rut besorgte sich eine Arbeit im Café. Das war in Ordnung. Sie fühlte sich in der Stadt wohl. Oder, genauer gesagt, wo sonst hätte sie sich wohlfühlen sollen?

Als Ove im Herbst zurückkam, wurde es in ihrem Zimmer eng. Für sich und seine Sachen brauchte er viel Platz. Der Verkauf von *Sitten und Gebräuchen* war doch nicht so glänzend gegangen, und sie hatten nicht das Geld, das Zimmer auf der anderen Seite des Flurs dazuzumieten, um es als Arbeits- und Schlafzimmer zu verwenden.

Rut hatte nicht vorhergesehen, daß der Unterschied zwischen allein und zu zweit sein so groß war. Ove war zwar viel unterwegs, aber seine Sachen waren trotzdem da. Kleider, Bücher und Papiere. Irgendwie war es ihre Aufgabe, Ordnung zu halten. Ihre Großmutter hätte vermutlich gesagt, das sei doch selbstverständlich. Aber sie war verschwunden und nicht wieder aufzutreiben.

Rut konnte nicht malen, wenn Ove unterwegs war, selbst wenn sie seine Sachen wegräumte, um ihre Malsachen ausbreiten zu können. Sie dachte die ganze Zeit daran, daß er vermutlich bald zurückkommen würde.

An Michael schrieb sie einen kurzen Brief und erzählte, daß sie geheiratet habe. Bis zu seiner Antwort vergingen zwei Monate. Er gratulierte ihr und wünschte ihr alles erdenkliche Glück. Vergiß nicht, daß du Künstlerin bist, schrieb er zum Schluß. Und gerade das war so weit weg.

Wenn Ove zu Hause war, schliefen sie oft miteinander. Seine Haut war warm und verbreitete das ganze Jahr über den Geruch von Heidekraut. Sie wußte, Gott gefiel es nicht, daß sie sich ab und zu wünschte, Ove wäre ein anderer. Hatte der Prediger recht, würde sie dafür bestraft werden. Aber sie sehnte sich nicht nach Michael. Oder nach den Gesprächen mit ihm. Oder danach, daß er malte.

In regelmäßigen Abständen wollte Ove nach Øya und die Mutter und den Prediger besuchen. Dazu sagte sie weder ja noch nein. Aber sie ließ sich einiges einfallen, damit es immer wieder verschoben werden mußte.

»Ich muß einfach was zu tun haben«, meinte er beleidigt.

Dieses »zu tun haben« bedeutete, daß etwas geschehen

mußte. Fand er, daß zu wenig geschah, ging er aus. Da er schnell und konzentriert lernte, wollte er oft ausgehen.

Sie war es bald leid, immer von der Klingel geweckt zu werden, weil er seinen Schlüssel vergessen hatte. Aber irgendwie freute sie sich auch darüber. Schließlich kam er zurück. So konnte sie stets auf ihn zählen, auch wenn er gar nicht da war.

Wenn er da war, hatte es den Anschein, als gefalle es ihm in ihrem Zimmer besser als ihr selbst. Er stellte den Plattenspieler auf den Schreibtisch und schmiß seine Trainingsklamotten einfach irgendwohin. Auf gewisse Art wurde ihr Zimmer so zu Oves Zimmer. Er schraubte und reparierte Sachen, bei denen es ihr nie eingefallen wäre, sie zu verändern.

Es beeindruckte sie, daß er im Seminar so gute Noten bekam, und das sagte sie ihm auch. Was er über sie dachte, wußte sie nicht. Aber sie beklagte sich nicht.

Anfänglich war ihr nicht bewußt, was es für einen Mann bedeutete, bei Mädchen so beliebt zu sein. Erst allmählich wurde es ihr klar. Immer häufiger ging sie allein von Festen nach Hause. Bei den ersten Malen hatte sie noch das Gefühl, jemand hätte ihr Herz und ihren Unterleib mit Stacheldraht umwickelt. Aber sie gewöhnte sich daran.

»Du solltest besser auf Ove aufpassen«, sagte Anne aus ihrer Klasse, als sie zusammen vom Seminar nach Hause gingen.

Rut blieb stehen, wußte aber nicht, was sie fragen sollte.

»Nicht, daß ich konkret was weiß. Aber es wird geredet. Alle Mädchen reden.«

Und Rut wußte plötzlich, worum es ging. Der Zettel, auf dem »Neun Uhr?« gestanden hatte und der aus seinem Notizheft gefallen war, als sie aufgeräumt hatte. Und alle anderen Kleinigkeiten, die merkwürdig hätten wirken können, wären sie nicht verheiratet gewesen.

Er lag gerne auf dem Dalmatinerfell und rauchte Frisco. Jetzt rollte sie es zusammen und legte es in die Abstellkammer unter dem Schrägdach. Als er sie danach fragte, brach sie in Tränen aus und machte ihm eine Szene. Es kam ganz überraschend. Er leugnete alles, und sie waren nicht weiter als zuvor.

»Du siehst mitten am hellichten Tag Gespenster!« sagte er verächtlich.

Nach einer halben Stunde lagen sie mitten am Tag im Bett. Sonst lasse sich kaum was machen, um diesen Unsinn aus der Welt zu schaffen, meinte er.

Sie fanden in einer Gegend Arbeit, in der Rut noch nie gewesen war, aber Ove meinte, etwas Besseres gebe es nicht.

Die erste Zeit ging alles gut. Ove war damit beschäftigt, in der neuen Wohnung, die der Gemeinde gehörte, alles anzuschrauben und in Ordnung zu bringen. Die Wände waren gerade erst in Pastellfarben gestrichen worden.

Der Wohnblock lag in einem Wäldchen. Dahinter kam man zur Straße und zum Meer. Bei Sturm waren die Brecher zu hören. Darin lag ein gewisser Trost. Wofür, wußte sie nicht recht.

Im Haus wohnten fast nur Lehrer. Rut merkte, daß sie die anderen auf einen Kaffee einladen mußte, um akzeptiert zu werden. Eine Weile lang trank sie sehr viel Kaffee. Es kam sogar vor, daß sie für die anderen einen Rührkuchen backte. Trotzdem gelang es ihr nur selten, zu den Unterhaltungen etwas beizutragen.

Aber das Unterrichten gefiel ihr. Gelegentlich meinte sie, Jørgen vor sich zu sehen, wenn sie einem der Jungen aus der vierten Klasse half.

Im Winter bekam Ove Mumps. Der Bezirksarzt erklärte, daß ihn das möglicherweise steril gemacht habe, die Krankheit hätte nämlich richtig eingeschlagen, wie er sich ausdrückte.

Ove lag mehrere Tage lang mit einem Kissen zwischen den Oberschenkeln da und jammerte. Als er wieder gesund war, begann er sich Sorgen um die Fortpflanzung zu machen. Nichts dürfe unversucht bleiben, erklärte er düster.

Rut wurde bewußt, daß sie nicht sonderlich gut darauf vorbereitet war, Mutter zu werden. Sie nahm sich zusammen und sagte es ihm. Hätte sie ihn besser gekannt, hätte sie ihm auch sagen können, daß sie vorher gerne ein paar Bilder malen würde.

»Ich bin so erschöpft, wenn ich aus der Schule komme und den ganzen Tag auf die Kinder anderer Leute aufgepaßt habe!« sagte sie, und er sah sie mit verletztem männlichem Stolz an.

»Du wirst auch nicht erschöpfter sein als ich. Aber wenn du es so haben willst ...« Er zog sich Hemd und Hose über. Einen Augenblick später hörte sie, wie die Wohnungstür hinter ihm zufiel.

Sie sah ihn erst am nächsten Tag in der Schule wieder. Er war bleich und stank nach Selbstgebranntem. In der Pause half er einer jungen Lehrerin am Vervielfältigungsapparat. Sie hielten sich lange im Lager auf, wo das Gerät stand.

Als sie nach Hause kamen, hörte sie, wie sie Ove mit Mutters Stimme anschrie. Das war ihr so unheimlich, daß sie sofort die Lippen zusammenpreßte. In den folgenden Tagen schrie sie kein einziges Mal. Es gelang ihr sogar, nicht daran zu denken.

An dem Morgen, an dem sie sich übergeben mußte, dämmerte es ihr, daß sie schwanger war. Nun gut, dachte sie, da muß ich mich wenigstens nicht mehr ums Verhüten kümmern.

Mehrere Tage war Ove wirklich froh und umgänglich. Er übernahm in dieser Woche für sie sogar die Aufsicht auf dem Pausenhof, damit an sie »nichts drankäme«, wie er sagte.

Mehrere Wochen lang übergab sie sich nur und konnte nichts essen. Ove war bereits eine wichtige Person im Ort. Immer unterwegs. Er hatte so viele Verpflichtungen, daß ihm die Abende nicht reichten.

Da Rut immer müde war, mußte sie früh ins Bett, um auch am nächsten Morgen rechtzeitig genug zur Arbeit aus den Federn zu kommen. Deswegen konnte er genausogut ausgehen und sich nützlich machen.

Der Schrei löste alles aus. Sprengte alles in Stücke. Den Kopf. Den Körper. Jørgens Schrei. Nein, ihrer. Sie stürzte mit ihm zusammen. Fjell und Dächer falsch herum. Die Ufer – falsch herum. Jørgen mit dem Kopf zuerst. Stürzte und stürzte.

Außer sich vor Angst, stürzte sie auf die Eisenplatte. Sie weinte. Nicht viel, eher wie ein Rinnsal in einem ausgetrockneten Bach.

Der Dalmatiner sprang in Kreisen um sie herum. Nein, der Dalmatiner kam, eine lange, blutige Schnur hinter sich herschleppend, aus ihr heraus.

Nach knapp sieben Stunden im Kindbett sah sie den Jungen zum ersten Mal. Gelb, da er Gelbsucht hatte, und mit schwarzen, nassen Locken, die an seinem Kopf klebten.

»Ist mit ihm was nicht in Ordnung?« schluchzte sie.

»Nein, ganz im Gegenteil, jetzt müssen wir ihn nur noch abnabeln«, erwiderte die Hebamme milde.

Nach ein paar Stunden kam Ove, der Schiedsrichter bei einem Fußballspiel gewesen war. Er lächelte breit und versicherte ihr, daß sie die Blumen am nächsten Tag bekommen würde. Dann aß er zu Abend. Sie bekam nichts runter. Eine Scheibe Brot mit Sülze und roter Beete und eine Scheibe mit Gouda. Anschließend winkte er ihr von der Tür aus zu. Er müsse nach Hause, duschen und alle anrufen.

Der süßliche Geruch, den sie selbst und das Kind verströmten, würde sie ab jetzt lange verfolgen. Er war im Krankenhaus da, und er folgte ihr nach Hause. Als hätte ihnen jemand diesen Geruch umgelegt, damit kein Zweifel daran aufkommen konnte, daß sie zusammengehörten.

Ihr Körper war der einer anderen, aber so war es schon seit langem gewesen. Ehe sie vom Krankenhaus nach Hause fuhr, wog sie sich auf einer rostigen Waage im Gemeinschaftsbad. Mit etwas gutem Willen wog sie 46 Kilo. Schlimmer war es, daß sie sich wegen der Stiche weder ganz aufrichten noch sitzen konnte. Die Hebamme sagte, das sei normal, ein vollkommen normales Frauendasein.

Sie versuchte auswendig zu lernen, was sie sagen würde, wenn die Mutter und der Prediger ernst machten und zu Besuch kamen. Aber es ging nicht. Die Worte änderten sich mit ihren Stimmungen.

Mühsam kochte sie alles aus, was das Kind anziehen sollte oder in den Mund stecken könnte, denn das hatte sie gelesen. Wenn der Junge schlief, legte sie sich ebenfalls hin. Aber es gelang ihr nur selten, einzuschlafen, denn sie rechnete ständig damit, daß Ove nach Hause kommen würde.

Nach einigen Tagen begann sie trotzdem wieder klar zu denken. Und die Sehnsucht nach der Stadt, der Staffelei und der sorglosen Traurigkeit in ihrem Zimmer wurde so stark, daß sie das Gefühl hatte, jemand, der ihr sehr nahestand, sei eben erst gestorben.

Oves Vater kam, um den Jungen zu sehen. Er blieb mehrere Tage und mußte bekocht werden, denn er war Witwer.

Rut verlor die Milch, und der Junge schrie die ganze Zeit. Oves Vater fand, daß sie sich das selbst zuzuschreiben habe.

»Eine Frau, die nicht mehr ißt, muß schließlich die Milch verlieren. So ist das einfach. Du darfst nicht so modern sein, du mußt essen!«

»Papa, erzähl keinen Unsinn, sie ißt, was sie nur kann. Das hat damit nichts zu tun«, sagte Ove, um sie zu verteidigen.

Jedesmal, wenn das Kind schrie, gab es dieselbe Diskussion, ohne daß Rut etwas zu ihrer Verteidigung eingefallen wäre. Aber zwischendurch sah sie immer Mutters verdorbenen Mantel vor sich, nachdem sie sie nach einer Fehlgeburt nach Hause geschafft hatten. So weit war es mit ihr immerhin noch nicht gekommen, dachte sie.

Dann war da auf einmal dieser kalte, dunkle Morgen, an dem sie über ihr standen. Sie sprachen über sie und hoben sie hoch, als wäre sie tot. Die Feuchtigkeit, die ihren Körper umgab, der Reif auf den Fenstern. Fieber. Schläfrigkeit. Wasserdampf.

Der Bezirksarzt war gekommen, um sich das Resultat von Oves Kinderkrankheit anzusehen. Er schrieb Rut krank, aber da sie im Mutterschutz war und ihren normalen Aufgaben trotzdem nicht entkommen konnte, machte das kaum einen Unterschied.

Rut empfand eine gewisse Mattigkeit, als ihre Mutter in der Tür des Schlafzimmers stand. Sie breitete sich vom Gesicht zum ganzen Körper aus. Der Schweiß lief ihr herunter. Es dämmerte ihr, daß Ove sie angerufen haben mußte.

»Ich hätte schon früher kommen können, wenn ich gewußt

hätte, daß du mich brauchst«, sagte die Mutter leise und begann systematisch, sich einen Weg zum Bett freizuräumen.

Rut versuchte zu überlegen, was sie sagen könnte, aber der Junge begann zu schreien, und die Mutter nahm ihn hoch und sah ihn an, als käme er von einem anderen Planeten.

Das hatte auf ihn dieselbe Wirkung wie früher auf sie und Jørgen. Er verstummte.

Die Vorwürfe, mit denen sie gerechnet hatte, oder das Gerede über den Zusammenhang von Essen und Milchmenge blieben aus. Mutter wickelte den Jungen, wärmte Fläschchen und machte sich mit gedämpften Geräuschen in der Wohnung zu schaffen. Sie wusch Oves Trainingsanzug mit derselben Selbstverständlichkeit, mit der sie auch die Kinderkleider wusch. Mit der Hand. Sie hatten keine Waschmaschine, denn Oves Boot war so teuer gewesen.

Am Abend hörte Rut ihre Mutter und Ove durch die offene Schlafzimmertür.

»Warum habt ihr euch keine Waschmaschine gekauft, wenn ihr ein Kind bekommt?«

»Wir hatten so viele Ausgaben für Möbel und alles, weißt du.«

»Ihr hättet euch eine Waschmaschine kaufen sollen, ehe ihr euch ein Boot zulegt.«

»Aber meine Liebe, du kommst doch selbst von einer Insel und weißt, was ein Boot bedeutet. Raus in die Natur und raus aufs Meer, frei sein.«

»Du bist Lehrer, nicht Fischer. Du mußt eine Waschmaschine kaufen.«

»Das tun wir auch, wenn wir mehr Geld haben.«

»Wann ist das?«

»Vielleicht schon im nächsten Monat.«

Rut wußte, wie hoch die monatlichen Raten für das Boot waren und daß es länger dauern würde. Aber irgendwie ging es sie nichts an. Auch nicht, daß Ove ausging.

Er kam erst sehr spät nach Hause. Der durchdringende Geruch von Zigarettenrauch und Alkohol erfüllte das Zimmer.

Als er merkte, daß sie wach war, umarmte er sie und versuchte sie zu küssen.

»Sei nicht sauer«, sagte er mit schwerer Zunge.

»Ich bin nicht sauer.«

»Tüchtiges Mädchen«, sagte er und war einen Augenblick später eingeschlafen.

Am nächsten Morgen weckte die Mutter Ove, damit er rechtzeitig in die Schule kam. Aus der Küche duftete es nach Kaffee. Als ihre Mutter mit einem Tablett mit Kaffee und Broten eintrat, begann Rut zu weinen.

»Danke, daß du so lieb bist. Das habe ich nicht verdient.«

»Sag so was nicht«, erwiderte die Mutter milde, nahm den schreienden Jungen mit und machte die Tür hinter sich zu.

Die Wirklichkeit wand sich wie eine Schlange in den Schlaf hinein. Aus der Bettwärme in die Kälte.

»Nein, er soll nicht Jørgen heißen, sondern Tor. Er soll er selbst sein.«

Rut sprach mit dem Prediger, der zur Taufe gekommen war. Die Mutter und er machten ihr Vorwürfe, weil sie ihn nicht nach Jørgen nennen wollte. Aber Ove stand ihr bei.

Taufe. Eis auf der Haut. Sie fütterte den Jungen, während sich Ove um den Hammelbraten kümmerte. Sie sah auf ihre Münder. Den Silberlöffel und die Silberkanne.

Der Prediger sprach über die kleinen Kinder, die in den Himmel sollten, und daß niemand sie daran hindern könne. Oves Vater sah nachdenklich auf seinen Teller. Die Mutter sagte nichts, und von ihrem Gesicht war nichts zu sehen, während sie aß.

Am nächsten Morgen begleitete Ove die Eltern zum Bus. Rut stand mit Tor auf dem Arm am Fenster im zweiten Stock. Eine verwachsene, alte Eberesche klammerte sich dort unten an ihre eigenen steifgefrorenen Beeren, und der Wind zeichnete Muster in den Neuschnee, so daß die Eiskruste zum Vorschein kam.

Sie hob Tor hoch, damit ihre Mutter ihn vom Hof aus sehen konnte. Die Mutter hob die Hand und winkte. Das Bündel aus Kind und Ruts Händen wurde Teil des blauen Winterlichts. Die Blutgefäße auf den Handrücken traten hervor und wollten ins Freie.

Sie legte den Jungen in die Armbeuge und hob die andere Hand. Drehte sie um. Die Pulsader wollte ebenfalls ins Freie. Sie hatte die Form einer Wünschelrute.

In diesem Augenblick öffnete Tor zwei dunkle Augen. Sie schienen sich an ihr festhalten zu wollen.

Ich halte einen lebenden Menschen in meinen Händen, dachte sie.

17

Heiligabend waren sie auf See, einen Tag und eine Nacht von Victoria entfernt.

Gorm erwachte am Vormittag. Er hatte nach der Hundewache ausgeschlafen. Das Schiff krängte gewaltig, und der Jung hing halb aus seiner Koje und kotzte in einen Eimer.

Das Leben hatte lange aus riesigen, trägen Wogen oder heftigem Seegang bestanden, dem Auf- und Untergehen der Sonne und ein einziges Mal auch aus starken Regenfällen.

Aus einem unklaren und verworrenen Traum erinnerte er sich am besten an die Stimme seines Vaters, obwohl der Traum gar nicht von seinem Vater handelte. Im Salon wurde Heiligabend gefeiert, und die Offiziere trugen Uniform. Mit Ausnahme von Gunn. Sie trug das rote Samtkleid seiner Mutter. Es war viel zu eng, und deswegen hingen ihre Brüste heraus. Aber keiner der Jungs reagierte darauf.

Ein unbekannter Mann in kariertem Anzug und mit zu üppigem Schnurrbart las das Weihnachtsevangelium in einer Sprache, die an eine Mischung aus Englisch und dem Dialekt von Sunnmøre erinnerte.

Während er zuhörte, erinnerte er sich daran, daß die Stimme seines Vaters immer angenehm gewesen war, besonders dann, wenn er das Weihnachtsevangelium gelesen hatte. Es klang immer so, als würde er im Radio sprechen. Ein tiefer, beherrschter Bariton. Nie ein unbeherrschtes Poltern. Gleichmäßig glitten die Worte hervor. Er formte sie in der Mundhöhle und mit den Lippen, wobei er Luftstrom und Laut vollkommen in Einklang brachte. Eine Muskelbeherrschung, um die ihn Redner oder Rezitatoren nur beneiden konnten.

Es gab sicher viele, die seinen Vater um alles mögliche beneideten. Aber um seine Stimme war er wirklich zu beneiden.

Jetzt lag er da und dachte daran, daß sein Vater vermutlich noch nicht bis zum Weihnachtsevangelium gekommen war. Oder hatte er es bereits vorgelesen? Er erinnerte sich nicht, ob sie mit der Uhr voraus waren oder hinterherhinkten.

Eine Weile lag er da und hörte dem Jung zu, dann stand er auf und half ihm, den Eimer zu leeren. Der Jung warf ihm zum Dank ein klägliches und verzerrtes Lächeln zu. Meist stand er es ganz gut durch, aber wurde ihm erst einmal übel, dann schien es kein Ende zu nehmen.

Seine Mutter hatte mehrere Male geschrieben, und er hatte pflichtschuldig geantwortet. Auf der zweiten Tour nach Los Angeles hatte Gunn ihm erzählt, daß der Kapitän durch die Reederei ein Schreiben von seinem Vater erhalten habe, in dem er darum bat, Gorm nach Hause zu schicken.

Ganz richtig wurde er auch zum Kapitän zitiert und mußte klarstellen, daß er nicht an Land wollte.

Der Mann sah ihn eine Weile mit einem Pokergesicht an und erklärte dann energisch, er sei hiermit zum Leichtmatrosen befördert.

»Wieso das?«

»Gute Führung. Vernünftig mit Idioten zurechtgekommen. Gute Arbeitsmoral. Und nicht zuletzt die Empfehlung der Offiziere. Bei der nächsten Überfahrt bekommst du eine Kajüte für dich und ab nächsten Monat einen Zuschlag zur Heuer. Sonst noch was?«

Gorm dankte. Er hatte keinen Grund zur Widerrede.

Die Welt der Funklady war das Brückendeck und die Offiziersmesse. Er sah sie nur selten, beispielsweise, wenn er an der Reihe war, den Kaffee auf der Brücke zu servieren. Wenn sie sich begegneten, achteten sie streng darauf, daß die Formen gewahrt blieben.

Unter vier Augen nahm Bubben ihn auf den Arm, aber Gorm wußte, daß er ansonsten unter seinem Schutz stand.

»Einen Mathematiklehrer sollte man um jeden Preis am Leben erhalten«, pflegte Bubben zu sagen.

Jedenfalls hatte er von den anderen nur noch mit vielsagenden Blicken und häßlichem Grinsen zu rechnen.

Gorm goß dem Jung Trinkwasser in ein Glas, bevor er sich ankleidete und in die Messe ging. Es roch bereits nach Rippchen. Das war bei solchem Seegang eine Leistung.

Aber die Stimmung war seltsam gedämpft. Er erinnerte sich an das letzte Weihnachtsfest auf See. Erwachsene Kerle wurden zu kleinen Jungen. Heimweh glättete ihre grimmigen Züge und ließ ihren Blick weich werden.

Gegen vier war er allein auf Deck, um ein paar Vertäuungen zu kontrollieren, die sich gelockert hatten, und sich zu überzeugen, daß sich die Ladung nicht verschoben hatte. Der Seegang war stark, und der Wind hatte zugenommen.

So gut es ging, klammerte er sich im Windschatten fest und hielt nach einer Sturzsee Ausschau. Er hatte schon von Seeleuten gehört, die von Wellen über Bord gespült worden waren, und das erschien ihm nicht sonderlich verlockend.

Das Salzwasser hatte keine Zeit, auf seinem Gesicht zu trocknen, bevor ihm der Wind erneut Gischt in die Augen blies. Er stand auf der Back und hatte gerade den letzten Spanner nachgezogen, als oben von der Brücke gepfiffen wurde. War etwa er gemeint?

Er kletterte nach oben.

»Du sollst dich in der Kapitänskajüte melden.« Gunn streckte den Kopf aus der Funkkabine.

»Jetzt? In Ölzeug? Ich muß das erst ausziehen.«

»Häng es einfach bei mir rein«, sagte sie und sah dabei etwas seltsam aus.

Sie hat Heimweh, weil Weihnachten ist. Aber wenigstens sehe ich sie um sechs im Salon, dachte er und ging zur Kapitänskajüte.

Als er das Gesicht des Kapitäns sah und das Papier, das er in Händen hielt, begriff er, daß etwas nicht in Ordnung war.

»Setz dich bitte!« sagte er ernst.

Aber Gorm ergriff nur eine Stuhllehne und blieb stehen.

»Du hast ein Telegramm von zu Hause bekommen. Ich weiß natürlich, was drin steht ... Willst du es selbst lesen, oder soll ich es dir vorlesen? Es ist traurig. Du mußt stark sein.«

Gorm streckte die Hand aus, und der Kapitän gab ihm das Telegramm.

Die Worte verschwammen. Und in dem Augenblick, in dem er sie einigermaßen entziffert hatte, verschwammen sie wieder. Plötzlich verschwand das Schiff in einem Wellental. Das Meer türmte sich vor ihm auf und schnappte nach ihm. Er wurde in den Stuhl geworfen.

»Vater ist tot. Ich flehe dich an, komm heim. Mutter.«

Der Kapitän goß zwei Gläser ein, stellte sich dann breitbeinig hin und drückte ihm eines in die Hand.

»Medizin. Mein Beileid«, sagte er und versuchte, aufrecht stehen zu bleiben.

Gorm hatte keine Wahl, der Inhalt des Glases war bereits zum Fußboden unterwegs. Automatisch leerte er es auf einen Zug.

»Wir tun, was wir können«, sagte der Kapitän. »Sag nur Bescheid. Es ist gut, daß wir bald im Hafen sind. Du willst doch abmustern, oder?«

Er nahm das Telegramm mit auf die Toilette. Las es mehrere Male, während er sich festklammerte, abwechselnd am Handgriff des Schotts und am Türgriff. Stemmte den einen Fuß gegen die Kloschüssel, den anderen gegen die Schwelle. Gab auf und klammerte sich statt dessen, den Zettel zwischen die Finger geklemmt, an der Kloschüssel fest.

Las die Worte mit fast tauben Lippen und einem Gefühl, als stünden sie in einer alten Zeitung. Zufällig erfuhr er es jetzt nach anderthalb Jahren. Mutter hatte es ihm nicht erzählt.

Vielleicht hatte es jeder zu Hause gewußt, seit er auf See war. Daß Vaters Tod nur eine logische Folge seiner Entscheidung war.

Er versuchte sich in die Kloschüssel zu erbrechen. Das war nicht ganz leicht, aber er verwendete all seine Energie darauf.

Nach einer Weile klopfte es an der Klotür, und Gunn sagte seinen Namen. Er öffnete und schwankte nach draußen.

»Komm«, sagte sie und nahm ihn beim Arm.

Sie führte ihn die Treppen hoch und in die Funkkabine.

Das Sendegerät hieß M.P. Pedersen, war in Dänemark hergestellt und füllte eine ganze Wand aus. Wenn sie an Land gewesen waren, hatte sie immer gesagt, sie müsse jetzt zu Pedersen zurück oder zum alten Dänen.

Am nächsten Schott standen der Schreibtisch und zwei Empfänger. Die Uhr an der Wand zeigte Greenwich Mean Time. Er versuchte von ihr abzuleiten, wie spät es zu Hause war, aber es gelang ihm nicht. Das spielte auch keine Rolle, denn Vater würde kaum rechtzeitig zum Weihnachtsevangelium kommen.

Rogaland Radio sendete jede halbe und volle Stunde die Schiffsliste auf Kurzwelle. Er erinnerte sich, daß sie ihm das mal erzählt hatte. Und das Rufsignal der *MS Bonneville* hatte sie ihm ebenfalls genannt, falls Rogaland Radio etwas von ihnen wollte. LKFQ. So war Vater gestorben. Die Funklady hatte ihn empfangen.

»Was ist das da?« fragte er und deutete auf etwas.

»Der automatische Alarm«, entgegnete sie und sah ihn etwas seltsam an.

»Der hilft jetzt auch nicht mehr.«

Sie antwortete nicht, schob ihm nur eine Tasse Kaffee hin.

»Du hast es vor mir erfahren?«

»Ja.«

»Du hast nichts gesagt. Kennen wir uns etwa nicht?«

»Das ist Vorschrift. Solche Nachrichten überbringt der Kapitän.«

Er nickte. Sie setzte sich auf die Tischkante und legte die Hand auf seine Schulter.

»Ich hätte es trotzdem sagen sollen«

»Das muß ein Fehler sein«, sagte er. »Sonst ist doch Mutter immer krank.«

Vor den Bullaugen hingen helle Gardinen mit Spitze und Querbehang, die ihm kraftlos zuwinkten, wenn sie in ein Wellental kamen.

»Würdest du dir wünschen, es hätte sie getroffen?« fragte sie leise.

Er versuchte zu verstehen, was sie da sagte, aber es war unmöglich. Er fingerte etwas am Morseschlüssel und Funklogbuch herum.

»Willst du ein Telegramm nach Hause schicken?« fragte sie nach einer Weile.

»Hast du das ins Logbuch eingetragen?« wollte er wissen.

»Was?«

»Was im Telegramm stand.«

»Nein, nur daß ein Telegramm für dich gekommen ist und von wem.«

Ihm fiel auf, daß er sich nicht daran erinnerte, wie sein Vater aussah. Es war, als müsse er sich an eine Fotografie aus seiner Kindheit erinnern. Er versuchte sich vorzustellen, wie er ihn das letzte Mal im Büro gesehen hatte. Dafür waren die Worte, die er gesagt hatte, deutlicher. »Sag, daß ich Montag zurück bin.« Und daß sie sich nicht verabschiedet hatten.

Und warum hatten sie sich nicht verabschiedet? Weil er sich nicht herablassen wollte, Vater daran zu erinnern, daß er abreisen würde.

Ehe er noch darüber nachdenken konnte, wie sie es aufnehmen würde, lag er auf ihrem Schreibtisch und weinte.

Er rief an, sobald er an Land war. Edels Stimme schlug ihm in Wellen entgegen.

»Was ist passiert?« fragte er.

»Sie haben ihn in Indrefjord gefunden, dort, wo das Boot vertäut liegt.«

»Ist er gestürzt?«

»Ich kann nicht darüber sprechen«, schluchzte sie.

»Edel! Bitte!«

»Sie haben ihn … in fünf Meter Tiefe gefunden.« Sie versuchte sich zusammenzunehmen, um den Rest auch noch sagen zu können. »Mit einem schweren Stein in einem Sack … den er sich mit einem Tau um den Bauch gebunden hat.«

Das hatte sie sich nur einfallen lassen, um ihn nach Hause zu bekommen. Gleich würde sie zu lachen anfangen und sagen, das Ganze sei ein Scherz. Er wußte schließlich, daß sein Vater nie so etwas Sinnloses tun würde.

Und trotzdem. Gorm sah seinen Vater vor sich, wie er mit ausgebreiteten Armen durch Wasser und Tang wirbelt und sein Mantel flattert. Vaters ernste, aufgerissene Augen bei der kreisförmigen Bewegung zum Grund hinunter, während Edel auf einem anderen Erdteil weinte.

Er wußte nicht recht, wie es ihm gelang, das Gespräch zu beenden, er wußte nur, daß er versprach, nach Hause zu kommen, wahrscheinlich noch vor Neujahr.

Anschließend saß er auf einer Bank im Park. Der Sturm hatte einen Baum entwurzelt. Aber es rauschte in den Bäumen, die stehengeblieben waren.

Drei Jungen, sieben oder acht Jahre alt, spielten Ball. Der eine fiel hin, schlug sich das Knie auf und begann zu weinen. Die beiden anderen hörten auf zu spielen und sahen ratlos auf sein blutendes Knie. Eine Frau kam angelaufen und half ihm auf die Beine.

Da sah Gorm sie im Kies liegen, Blut in Gesicht und Haar. Rut.

Dann verwandelte sie sich und wurde so, wie er sie in Vaters Büro gesehen hatte. Dunkle Augen und ein unbewegliches Gesicht. Verzweifelt.

Die Sehnsucht nach ihr war so stark, daß alles um ihn herum verschwand. Er wünschte sich so sehr, daß sie jetzt neben ihm säße.

Die Stadt war eingeschneit. Weiß. Einige Felsen ragten wie schwarze Krater aus dem Weiß hervor. Als sie landeten, wurde alles ganz klein. Die Stadt war geschrumpft. Wie ein Kohlkopf auf einem Küchenbrett. Blatt um Blatt. Sie hatte keinen Kern.

Aber sie gab trotzdem Geräusche von sich. Als er aus dem Taxi stieg, hörte er das leise Klagen von Autos, Schiffskränen und Schiffssirenen. Schlurfende Füße auf schadhaftem Asphalt und schmutzigem Kies.

Er war in eine Schwarzweißfotografie geraten. Sogar der

Widerhall seiner amerikanischen Stiefel wirkte tot, als er zum Kofferraum ging, um seinen Seesack zu holen.

Das große weiße Haus mit dem Lattenzaun schien eingefroren. Die Hecken ebenfalls. Die Gardinen zur Straße waren zugezogen. Niemand sollte hineinsehen.

Edel war sofort da, als er klingelte. Als hätte sie ihm anderthalb Jahre aufgelauert, nur um ihn mit Großmutters kritischem Blick anzustarren. Aber ihr Gesicht war rotfleckig.

Als er ihr die Hand gab, überkam ihn eine leichte Übelkeit. Nicht übermäßig, eher so ein Rumoren. Ein Widerwillen. Ihm fiel auf, daß sie sich noch nie gegenübergestanden hatten. So waren sie erzogen.

Er hätte um sie herumgehen können, statt ihr die Hand zu geben. Hätte sagen können, es sei gut, sie zu sehen, auch wenn der Anlaß traurig sei. Zumindest hätte er sagen können, er sei so schnell wie möglich gekommen.

»Die anderen haben sich hingelegt«, sagte sie ruhig. Ganz anders als die Stimme über den Atlantik.

»Wie geht's?« fragte er, hängte die Lederjacke auf und wandte sich ihr wieder zu.

»Die Beerdigung war gestern. Wir wußten schließlich nicht genau, wann du kommen würdest.«

Er setzte sich auf die Treppe und zog die Stiefel aus. Er hatte das Gefühl, sie wochenlang getragen zu haben.

»Ich habe doch gesagt, daß ich vor Neujahr wieder hier bin.«

»Mutter wollte dich schonen.« Die Stimme klang nicht höhnisch, wie er es hätte erwarten können. Aber sie hatte ganz deutlich etwas Herablassendes. Oder war es Resignation? Ihr Gesicht nahm die Farbe von Sauermilch an. Er erinnerte sich an diese Haut aus der Zeit, als sie noch Kinder gewesen waren und die Schwestern solche Sachen gesagt hatten.

Sie hatten ihn nie direkt gehänselt. Es war mehr die Art gewesen, wie sie sich zurückzogen, wenn sie ihre Pflicht getan hatten. Auf ihn aufpaßten oder ihm halfen, weil man sie dazu verpflichtet hatte. Da hatten sie dann immer ihre Köpfe zusammengesteckt und waren durch das Gartentor hinaus- und die Straße hinuntergegangen.

Wie irgendwelche Vögel mit langen Hälsen waren sie davongeflogen. Wie alt war er gewesen, als es ihm gelungen war, sich zwischen sie zu drängen? Damals in Indrefjord?

»Mich schonen? Merkwürdiger Einfall«, sagte er, und dieses Mal sah er weg.

Sie machte die Tür zum Wohnzimmer auf. Christbaum. Weihnachtsschmuck. Licht fiel in die Halle. Die Kindheit blendete ihn.

»Es war kein sonderliches Vergnügen«, meinte sie reserviert.

Einen Augenblick blieb er in der Tür stehen, um diesen Satz auf sich wirken zu lassen, dann ging er eilig durch die Zimmer, vorbei an Vaters Stuhl und zum Fenster. Dort blieb er mit den Händen auf dem Rücken stehen und sah ins Freie.

»So stand er auch immer da«, hörte er Edel mit verzagter Stimme sagen.

Er empfand ein Unbehagen. Als hätte er dort in Vaters Anzug gestanden, mit Vaters Händen auf dem Rücken und hätte außerdem noch Vaters Augenbrauen gerunzelt. Ohne Erlaubnis.

Er räusperte sich. Zu spät hörte er, daß das Vaters Räuspern war.

Etwas arbeitete sich von seinem Kopf nach unten, langsam durch den Hals und in den Magen hinunter. Wenig später merkte er, daß seine Beine zitterten. Er setzte sich. Nur um festzustellen, daß er auf Vaters Stuhl saß und die Hand nach Vaters Zigarrenkiste ausstreckte. Er knallte sie zu.

»Du kommst gerade noch rechtzeitig zum Abendessen. Ich frage Olga, ob das Essen fertig ist, dann kann ich die anderen wecken.«

Da kam er wieder zu sich, sprang auf und hatte sie in der Tür wieder eingeholt. Er umarmte sie und preßte sie an sich.

»Er fehlt mir so!« schluchzte sie und lehnte sich schwer an ihn.

So blieben sie stehen. Er konnte sich nicht erinnern, ihr je so nahe gewesen zu sein.

Im selben Augenblick umschlossen ihn Mutters Arme, Mutters Parfüm, Mutters Stimme und Mutters Weinen.

Edel wandte ihnen den Rücken zu und ging nach draußen.

»Wie braun du bist, mein Junge! Warum hast du kein Telegramm geschickt, wann genau du kommst?« sagte sie, während sie gleichzeitig lachte und weinte, ihn umarmte, ihn etwas von sich weg hielt, ihn schüttelte und ihn erneut umarmte.

»Ich habe nur noch ein Stand-by-Ticket bekommen«, sagte er und blieb stehen, bis sie fertig war.

»Hast du nicht gesagt, daß es um einen Todesfall geht?«

»Das hätte nichts geholfen, alle verreisen über Weihnachten und Neujahr.«

Marianne kam aus der Halle. Zögernd reichte er ihr beide Hände.

»Gorm!« rief sie und warf sich um seinen Hals.

Er wiegte sie hin und her, und es tropfte in ihr Haar. Aber er wußte nicht, was er sagen sollte.

»Ist er nicht braun geworden? Also wirklich, jetzt müssen wir essen«, sagte seine Mutter und zog ihn hinter sich her.

Seine Mutter und er saßen sich gegenüber. Für ihn war an Vaters Platz gedeckt. Die Mutter hatte nur Augen für ihn, wandte sich nur an ihn, richtete ihre Klagen nur an ihn.

Sie wollte alles über die große Welt wissen. Ob es dort die ganze Zeit Sommer sei? Ob er seekrank gewesen sei? Jedesmal, wenn Edel und Marianne versuchten, etwas zu ihm zu sagen, unterbrach sie sie und kam mit neuen Fragen.

Nach einiger Zeit krochen die Schwestern immer näher zusammen. Zumindest sah es so aus. Als führten sie Gespräche, die die Mutter und er nicht hören sollten.

»Und Jan?« fragte er, als Marianne an Edel gewandt erzählte, sie habe eine feste Stelle in Trondheim gefunden.

»Er ist heute morgen gefahren«, antwortete sie und senkte den Blick.

»Du solltest mit dieser schmutzigen und anstrengenden Arbeit im Krankenhaus einfach aufhören. Und das in deinem Zustand«, warf die Mutter ein.

Marianne errötete, sagte aber nichts. Gorm versuchte ihren Blick aufzufangen, doch sie wich ihm aus.

»Marianne erwartet ein Kind, verstehst du«, sagte Edel. Dann überwältigten sie ihre Gefühle, und sie verbarg ihr Gesicht in den Händen.

»Vater wird es nie sehen«, schluchzte sie.

Gorm fingerte an seiner Serviette.

»Das ist schön – daß du ein Kind bekommst. Wann denn?«

»Ende Juni.«

»Schade nur, daß es Haut und Haare so in Mitleidenschaft zieht. Ich finde, daß dein Haar jetzt schon ganz brüchig aussieht. Und erst die Zähne! Sie sind ganz gelb. Sieh nur!«

Marianne machte den Mund zu, und Gorm schluckte. Seine Mutter war eifersüchtig auf Marianne. Das war sie immer gewesen.

Sie ist nicht in der Lage, uns alle drei zu lieben, und wir beschützen sie und tun so, als wäre nichts, dachte er.

»Ich finde, Marianne sieht ganz großartig aus! Das habe ich immer schon gefunden. Aber die Situation nimmt uns wahrscheinlich ziemlich mit, und zwar alle, vermute ich.«

»Ich meinte das nicht so, das versteht ihr doch. Überhaupt nicht. Es ist nur eben eine Tatsache, daß wir Frauen ...«

»Wieso trinken wir zu dem guten Essen keinen Wein?« unterbrach er sie.

»Das gehört sich nicht, wenn Vater gerade ...«

»Gerade jetzt brauchen wir ein Glas«, sagte er und stand auf, um Wein aus der Anrichte zu holen.

Es war still, während er die Flasche öffnete und eingoß. Beleidigt hielt seine Mutter die Hand über das Glas, das er ihr hingestellt hatte. Beim Anblick des Pepitamusters ihres Kleides begann alles zu kreisen. Daran merkte er, wie wütend er war.

»Auf das Baby«, sagte er und hob das Glas.

Die Schwestern hoben ebenfalls ihre Gläser und murmelten: »Skål.« Er bemerkte Mariannes dankbare Miene. Allein dafür hatte sich die Heimreise schon gelohnt.

Seine Mutter warf ihm immer wieder kurze Blicke zu. Wie eine Warnung. Vergiß mich nicht! Du bist der einzige, den ich habe.

Er aß den Braten, fast ohne zu kauen, während sich das Schwindelgefühl allmählich verlor.

Das Licht der Deckenlampe glitzerte im Anhänger von Mariannes Halskette. Er hatte ihn ihr zur Konfirmation geschenkt. Es rührte ihn, daß sie ihn immer noch trug. Ein kindliches kleines Herz aus Gold. Nicht einmal massiv. Es war innen hohl. Er erinnerte sich, daß er lange darauf gespart hatte.

Im nächsten Jahr war Edel konfirmiert worden. Für sie hatte er nicht gespart.

»Warum hat er das getan?« Gorm beugte sich vor und sah sie nacheinander an.

»Wir sind noch bei Tisch«, flüsterte die Mutter.

»Wir sind mit dem Essen fertig, und irgendwann müssen wir schließlich darüber sprechen.«

Seine Mutter zog ein Taschentuch aus dem Ärmel. Aber sie weinte nicht, strich es nur glatt und ließ es wieder vorsichtig in der Manschette verschwinden.

Edel suchte nach irgend etwas im Zimmer, worauf sie ihren Blick heften konnte, fand aber nichts.

»In der letzten Zeit hat er kaum noch mit uns gesprochen«, sagte Marianne hart.

»Marianne!« sagte die Mutter hilflos.

»Das hast du selbst gesagt. Ich habe es auch bemerkt. Das halbe Jahr, das ich hier gewohnt habe, bis ich wieder bei Jan eingezogen bin.«

»Ist das Geschäft bankrott?« fragte Gorm.

»Bankrott ... Nein ... Wie kommst du darauf?« Mutters Hals wurde feuerrot. »Der Anwalt und der Revisor wollen dich zwar treffen, aber das ist schließlich nur natürlich.«

»Man tut so etwas doch nicht ohne Grund!« meinte Gorm.

»Er war deprimiert«, sagte Edel. »Ich habe ihn im Herbst ein paarmal in Oslo getroffen. Er sah nicht gut aus.«

»Aber warum?« fragte Gorm.

»Und das fragst du? Du!« Edels Stimme war rauh.

Es wurde still. Sogar die Mutter schwieg.

»Willst du sagen, daß er so deprimiert darüber war, daß ich zur See gefahren bin, daß er einfach Schluß gemacht hat?«

»Aber Kinder«, sagte die Mutter. »Wir müssen jetzt nett zueinander sein.«

»Antworte!« sagte Gorm.

»Ich weiß nicht«, erwiderte Edel gellend. »Ich weiß überhaupt nichts!« rief sie noch einmal und lief aus dem Zimmer.

»Ihr könntet auch mehr Rücksicht nehmen«, sagte die Mutter zitternd.

Marianne schob ihre Hand über das Tischtuch. Zart und weiß gegen seine. Das war jedoch kühn.

»Jetzt reden wir über die guten Zeiten, nicht wahr?« sagte die Mutter flehend.

»Entschuldige«, sagte Gorm und erhob sich.

Edel saß mit dem Kopf in den Händen auf dem Bett. Sie hatte nicht geantwortet, als er angeklopft hatte. Ohne etwas zu sagen, setzte er sich neben sie.

»Was willst du?« flüsterte sie.

»Ich weiß nicht. Ich weiß überhaupt nichts«, antwortete er und wurde sich klar darüber, daß er ihre Worte verwendete.

Er war erleichtert darüber, daß sie nicht weinte.

»Wie geht es in Oslo und mit dem Studium?«

»Gut. Ich bin bisher nur einmal durchgefallen.«

Die Nachttischlampe brannte. Sie hatte die Form einer Elfe. Die Flügel waren aus Stoff und bildeten den Schirm. Braune Brandflecken entstellten einen Flügel, und die Hand der Elfe war zerbrochen.

»Ich war draußen, als sie ihn gefunden haben«, sagte sie.

»Du bist mutig.« Vorsichtig legte er seinen Arm um ihre Schultern, als hätte er Angst, daß sie ihm dafür eine Ohrfeige geben könnte. Statt dessen ließ sie ihren Kopf an seine Brust sinken, und er spürte, daß sich ihre Finger in seine Oberarme bohrten.

»Sie mußten ihn von dem Stein losschneiden ... er war zu schwer. Sie sagten, daß ich gehen solle, aber das war unmöglich. Man kann nicht einfach gehen, nicht wahr?«

Er wiegte sie hin und her. Legte seine Wange auf ihre Schulter und versuchte mehrere Male etwas zu sagen. Versuchte die Worte zu finden, die sie nötig hatte. Aber alles, was er gelernt hatte, war leer und ohne Sinn.

»Vergib mir, Gorm! Ich meinte nicht, daß es deine Schuld war. Aber letztes Mal, als ich ihn gesehen habe, dachte ich, daß ... daß er der einsamste Mensch ist, der mir je begegnet ist. Und trotzdem tat ich nichts.«

Das Mahagoni im Büro war blank poliert. Auf dem Schreibtisch stand ein Bild seines Vaters, in Silberrahmen und mit Trauerflor. Advokat Vang sollte das Testament eröffnen. Sie waren alle vier da.

Die Großmutter war krank, seit sie die Nachricht von Vaters Tod erreicht hatte. Vang teilte ihnen mit, daß sie der Meinung sei, ihren Anteil bereits, als sie Witwe geworden sei, bekommen zu haben. Sie wünsche nichts darüber hinaus, ungeachtet, was im Testament stehe.

Falls Gerhard sie gegen alle Erwartung bedacht habe, so wolle sie dieses Erbe sofort unter ihren drei Enkeln verteilen. Offenbar zitierte Vang sie wörtlich.

Die Aktien der Grande & Co AG besaß Gerhard Grande vollständig, seit er vor ein paar Jahren ein paar kleinere Aktionäre ausbezahlt hatte.

Gorm würde siebzig Prozent der Aktien erben, falls er das Geschäft weiterführte. Die Schwestern und die Mutter erbten je zehn Prozent. Falls Gorm das Geschäft nicht weiterführen wollte, sollte er wie die anderen zehn Prozent bekommen. Die Mutter erhielt in diesem Fall das Recht, über einen Verkauf zu entscheiden. Der Gewinn eines eventuellen Verkaufs würde ihr zufallen, ausgenommen das, was den Kindern als gesetzlicher Pflichtteil zustand.

Über den privaten Teil des Erbes sollte Mutter verfügen. Ausgenommen war der Besitz in Indrefjord einschließlich Boot, den Gorm ebenfalls bekommen sollte. Mutter sollte, so lange sie lebte, im Haus der Familie wohnen dürfen, aber dieses wurde ebenfalls Gorms Eigentum, ob er die Geschäfte weiterführte oder nicht.

Edel saß unbeweglich und den Blick zu Boden gerichtet da. Als die Worte »zehn Prozent« vorgelesen wurden, legte sie jedoch eine Hand über die andere. Und als Indrefjord an Gorm ging, wurde sie weiß um den Mund.

Marianne sah mit abwesendem Blick und mit vorgeschobenem Kinn geradeaus und ließ nicht erkennen, wie ihre Gefühle aussahen.

Die Mutter seufzte, wirkte aber im übrigen recht unberührt.

Nach einiger Zeit schauten alle auf Gorm. Er hatte eine idiotische kleine Tätowierung neben der rechten Brustwarze, aber die sahen sie nicht. Das Symbol für Glaube, Liebe und Hoffnung. Er hatte sie sich für seine erste Heuer machen lassen. In Singapur. Gerade jetzt erinnerte er sich daran, daß es weh getan und daß sich die Wunde entzündet hatte. Aber es war rasch vorbeigewesen.

Er vermied es, die anderen anzusehen. Statt dessen ließ er den Blick schweifen und auf Vaters Schützenpokalen ruhen. Warum hatte Vater sich nicht erschossen? Das wäre heroischer gewesen, als zu ertrinken. Wollte er Mutter die Schweinerei ersparen?

Links von der Tür hing Großvaters Schneiderdiplom. Sein Vater hatte keinen Gesellenbrief gemacht. Er war nur auf die Handelshochschule gegangen, und zwar zusammen mit Agnar Mykle, um würdig zu sein, einen Schneidereibetrieb zu erben, den sein Vater in einen Großhandel für Trikotagen,

Aussteuer und Herren- und Damenkonfektion ausgeweitet hatte.

Der Vater hatte gesagt, er habe auch nicht viel gewußt, als er als Junior angefangen habe. Aber nach fünfundzwanzig Jahren war Grande & Co AG einer der größten privaten Betriebe in ihrem Teil des Landes.

Jetzt stand er, Gorm, da. Ohne zu wissen, was von ihm verlangt wurde, einmal abgesehen von der Tatsache, daß er, wenn er das Geschäft nicht übernehmen wollte, mit Vaters knapp bemessenen Mädchenprozenten abgespeist werden würde. Und das war Vaters Letzter Wille.

Gorm schloß einen Augenblick lang die Augen und sah den Stoß gelber Notizbücher vor sich, die noch, von einem stabilen Gummiband zusammengehalten, in seinem Seesack lagen. Dann zupfte er etwas gedankenverloren am Ärmel und erhob sich langsam von seinem Stuhl.

»Dann heißt es wohl anfangen.«

Vaters Worte kamen ihm leicht über die Lippen, als hätten sie ihm immer auf der Zunge gelegen.

Advokat Vang reichte ihm die Hand.

Die Mutter fiel ihm um den Hals. Sie war ein nasses, aber sauberes Laken. Auf je einem geradlehnigen Stuhl saßen Kormoran und Schwan mit in sich gekehrter Miene.

Wenn sie mich früher nicht gehaßt haben, dann tun sie es jetzt, dachte er, ohne entscheiden zu können, was das für ihn bedeutete.

Jeder gab Gorm die Hand und kondolierte ihm, als sie einer nach dem anderen eintraten und am Vorstandstisch Platz nahmen.

Henriksen, der Bürovorsteher, hielt eine kurze, gefühlvolle Rede auf den Verstorbenen. Sprach von einem großen Verlust und einem großen Menschen. Er sollte Grüße von Saltens Dampskipsselskap, Norsk Jernverk, Kongsberg Våpenfabrikk und einer Reihe anderer Unternehmen überbringen, die mit ihm ein Mitglied des Aufsichtsrats oder eine Stütze verloren hatten.

Dann legten sie dem neuen Direktor die Zahlen vor. Sie gingen davon aus, daß Gorm den Titel Direktor und nicht Kaufmann gebrauchen würde, da dieser etwas altmodisch war. Grande habe ebenfalls vor einigen Jahren den Titel gewechselt.

»Ich finde, Kaufmann paßt genausogut. Aber ich muß erst noch darüber nachdenken«, sagte er.

Der Finanzbuchhalter deutete mit einem nikotinverfärbten Finger auf eine Reihe von Zahlen. Erklärte sie mit schnarrender, aber deutlicher Stimme. Alles sei in bester Ordnung, der Vorstand habe seine Pflicht getan, und die Bilanz entspreche den Gesetzen und guten buchhalterischen Prinzipien.

Henriksen meinte, die Stellung des Unternehmens sei solide, sie expandierten jedoch nicht. Der Streit mit der Gemeinde über den Baugrund sei bisher nicht beigelegt worden, und das habe zu einigen Provisorien geführt, was Geschäftsräume, Werkstätten und Lager angehe. Unter anderem die Schneiderei. Der Großhandel leide darunter, daß so viele Kunden Konkurs anmeldeten oder aufgäben. Die Rendite sinke, aber nicht ernsthaft. In den letzten zwei Jahren sei viel von der Verantwortung auf Untergebene übergegangen, die vielleicht nicht dasselbe Pflichtbewußtsein hätten.

Es wurde nicht ausgesprochen, aber Gorm hatte das Gefühl, sie wollten ihm erklären, daß Vater müde geworden sei. Zwei-, dreimal gebrauchte der Verkaufsleiter Haugan Wendungen wie: »Wenn ich mir die Freiheit nehmen darf, würde ich gerne sagen …«

»Aber das kann verbessert werden!« fügte er dann mit gewaltigem Eifer hinzu.

Sie sahen sich an, dann Gorm und nickten schließlich gleichzeitig.

»Selbstverständlich. Der Betrieb ist schließlich alt und solide.«

»Welcher Teil ist am schwächsten?« fragte Gorm.

Sie sahen sich ein weiteres Mal an. Henriksen räusperte sich und zog unter seinem blanken Schädel die Brauen hoch.

»Engros und Werbung«, meinte Haugan. »Zwei der drei Vertreter sind nicht à jour, oder wie man das ausdrücken soll.«

»Wieso gibt es sie dann noch?«

Die Vorstandsmitglieder sahen sich an.

»Grande hat nie Leute entlassen, die älter als fünfundfünfzig waren«, antwortete Henriksen mit einem kleinen Lächeln.

»Dann müssen wir halt einen zusätzlich einstellen, der à jour ist, und ihn zu den wichtigsten Kunden schicken.«

»Dann haben wir einen mehr auf der Lohnliste«, meinte Henriksen. Sein Doppelkinn zitterte widerwillig, aber trotzdem erinnerte er an ein freundliches Walroß.

»Das sind Details, die wir nach und nach ins Auge fassen müssen«, meinte Haugan versöhnlich. »Junior ... ich meine Grande, muß sich erst mit vielem vertraut machen. Und wir wollen ihm, wo es geht, helfen und ihn unterstützen. Nicht wahr?«

Aber sicher. Gerührt fielen alle in der Runde ein.

Gorm empfand eine Art Erleichterung. Wieso hatte er geglaubt, die Männer, mit denen sich sein Vater umgab, seien auch so wie sein Vater? Er sah auf seine Hosen und seine Jacke aus der Studentenzeit, dann lehnte er sich etwas im Stuhl zurück.

»Ich muß mir wohl erst einmal einen Anzug kaufen, damit ihr euch nicht für mich zu schämen braucht«, sagte er und sah sie einen nach dem andern an.

Ein leises Lachen, denn sie waren schließlich in Trauer, nahm bei Haugan seinen Anfang und breitete sich um den Tisch herum aus.

Edel wollte zurück nach Oslo und Marianne nach Trondheim. Wegen all der Verpflichtungen im Büro sah er sie kaum, bis er sie in Vaters neuem Volvo Amazon zum Flugplatz fuhr.

»Gehört das Auto dir oder Mutter?« fragte Edel vom Rücksitz.

»Ich erinnere mich nicht. Aber wenn es mir gehört, dann kann es genausogut dir gehören.«

»Laß den Unsinn!«

»Kein Problem. Aber sag Bescheid, wenn du Vorbehalte wegen des Erbes hast«, sagte er und drehte sich rasch zu ihr um.

»So einfach ist das nicht.«

»Nimm dir Zeit.«

»Ich kann nur froh sein, daß ich keinen Führerschein habe«, meinte Marianne mit einem Seufzer.

Marianne graute es vor dem Flug. Ihr werde es leicht übel, sagte sie. Als sie in der Wartehalle stand, wirkte sie ganz verloren.

»Willst du es dir anders überlegen? Du kannst schließlich auch die Hurtigrute nehmen«, meinte Gorm.

»Vom Regen in die Traufe.« Sie lächelte schwach.

Er wartete, bis die Maschine abgehoben hatte. Dann ging ihm auf, daß ihm davor graute, nach Hause zu kommen.

Gorm stürzte sich in die Arbeit. Die gelben Notizbücher nahm er zwar mit ins Büro und schloß sie in einer Schublade ein. Aber er schrieb nicht weiter.

Um dem Gefühl der Enge zu entkommen, ließ er die Pläne für die neuen Etagen ändern. Ganz oben wollte er eine große Wohnung für sich.

Abends, wenn er durch die menschenleeren Räume ging, empfand er tatsächlich eine Art Zufriedenheit. Er bildete sich ein, daß er sich zwei Etagen weiter oben ganz frei fühlen würde. Als stünde er dort dann auf der Brücke eines großen Schiffes, das die Mannschaft an jedem Nachmittag verließe. Allein mit festem Kurs unter den Sternen.

Er hatte geglaubt, es sei schlimmer, einen Betrieb zu leiten. In Wirklichkeit wußten alle, was sie zu tun hatten. Die Entscheidungen waren das Schlimmste. Beispielsweise wurde der Architekt sauer, weil er die Entwürfe in letzter Sekunde ändern wollte. Oder er mußte einen Verkäufer entlassen. Aber der Alltag bestand nur daraus, abzuzeichnen.

Er war erstaunt, daß ihn der Aufbau der Hierarchie faszinierte und auch, wie verletzlich das System war.

Er hatte geglaubt, daß es unerträglich langweilig sein würde. Wieso hatte er das geglaubt? Weil Vaters Gesicht immer so ausgesehen hatte, wenn er nach Hause gekommen war?

Am 7. Juni kam Gorm von einer Besprechung bei der Bank, als Fräulein Ingebriktsen ihm mitteilte, es habe zwei Anrufe für ihn gegeben. Der eine sei von seinem Schwager gewesen. Marianne sei von einem gesunden Knaben entbunden worden.

»Schicken Sie ihr Blumen, Rosen! Gratulieren Sie ihr herzlich. Schreiben Sie, daß ich anrufe, wenn ich nach Hause komme. Was war das andere?«

»Ein gewisser Torstein. Die Nummer steht auf Ihrem Block.«

Es war großartig, seine Stimme wieder zu hören. Er arbeitete bei einer Bank in Bergen, aber dort gefiel es ihm nicht. Jetzt hatte er erfahren, daß Gorm der Seefahrt den Rücken gekehrt habe, wegen des Todesfalls, wie er sich etwas verlegen ausdruckte. Er wollte sich gern mit Gorm treffen, während er in der Stadt war.

Sie gingen aus und aßen und tranken. Lachten. Gorm konnte sich nicht erinnern, wann er zuletzt gelacht hatte. Das mußte zusammen mit der Funklady gewesen sein.

Nachts saßen sie dann in Vaters Salon hinter dem Büro, die Füße auf dem Tisch, mit leeren Flaschen und vollen Aschenbechern.

Gorm erfuhr, daß Torstein bei seinem letzten Besuch in der Stadt eine klasse Frau kennengelernt habe. Sie war Lehrerin an einer städtischen Schule und hieß Turid. Ihretwegen hätte er gerne eine Arbeit in der Stadt.

»Fang doch bei Grande an«, meinte Gorm und fuchtelte mit dem Arm, daß die Zigarrenasche nur so durch die Luft flog.

»Mach dich nicht lustig über mich.«

»Es ist mir ernst. Wir brauchen schon lange einen neuen Chef für die Engros-Abteilung. Ich muß zwar erst noch mit dem Vorstand sprechen, aber mein Wort gilt.«

»Und der, der die Stelle jetzt hat?«

»Wird umplaziert oder so was. Ich will dich. Die sind doch alle so verdammt alt, weißt du«, sagte er mit schwerer Zunge. »Bleiben sie stur, dann stelle ich dich einfach zusätzlich an. Du mußt dich halt unentbehrlich machen.«

»Ich glaube wirklich, daß es dir bekommen ist, zur See zu fahren. Wie sieht's mit dem Gehalt aus?«

»Was verdienst du jetzt?«

Torstein nannte eine Summe, und Gorm lachte fröhlich.

»Das überbiete ich. Das überbiete ich. Kündige morgen.«

Als Fräulein Ingebriktsen um acht Uhr erschien, hatten sie die Tür zum Büro zwar geschlossen, aber Gorm betrachtete es als einen Test, daß sie ihr lautes Lachen hören konnte und daß sicher auch im Hauptbüro die Luft vollkommen verqualmt war.

Nach einer Weile klopfte sie und sagte, die Post sei gekommen.

»Fräulein Ingebriktsen, mein Täubchen, könnten Sie so nett sein und uns was zu essen besorgen? Spiegeleier? Für jeden drei?«

»Grande hat sich immer kalten Braten, rote Beete und Kartoffelsalat aus dem Grand bringen lassen«, meinte sie.

»Wollen Sie etwa sagen, daß er morgens kalten Braten gegessen hat? Im Büro?«

»Wenn er nachts eine Besprechung hatte, dann schon«, antwortete sie und versuchte ernst zu bleiben.

Sie lachten laut.

Als sie weg war, schüttelte Torstein den Kopf.

»Ich muß sagen, dir geht's hier wie einem echten Kaufmann. Aber ich glaube trotzdem, daß es dir nicht geschadet hat, auf See auszubüxen.«

»Du hast wirklich keine Ahnung! Das hier spiele ich dir doch nur vor. Merkst du das gar nicht?« erwiderte Gorm lachend und trank den Kaffee, den Fräulein Ingebriktsen ihnen hereingebracht hatte.

Im August veranstaltete Torstein ein Sommerfest. Er wohnte in der Souterrainwohnung im Reihenhaus seiner Eltern. Die

Gäste nahmen bald die ausladende Veranda in Beschlag, und die Stimmung war bereits sehr ausgelassen.

»Was für ein klasse Wetter! Sonne und Mücken. Und abends immer noch knallheiß«, brummte Torstein und winkte Gorm mit der Gitarre zu.

Turid beugte sich über den Campingtisch und reichte Gorm ein Glas. Sie war Torsteins Freundin und hatte ihm erzählt, daß sie Handball spiele. Ihre Wadenmuskeln waren wirklich gut trainiert. Die Naht ihrer Strümpfe verschob sich beim Gehen. Sie hatte mondblondes, langes Haar, und Gorm fand sie spaßig.

An diesem Abend spielte Torstein mit hochgekrempelten Ärmeln Gitarre. Er wußte, daß Gorm den Vorstand davon unterrichtet hatte, daß er seinen Freund probeweise in der Großhandelsabteilung anstellen wollte. Dabei hatte er Vaters Stimme benutzt. Niemand hatte Einwände dagegen, einmal abgesehen davon, daß sie dann einen Mann zuviel hatten.

Eine Meute von zehn, zwölf Leuten bewegte sich zwischen Haus und Veranda hin und her. Die Verandatür stand offen. Zwei der Gäste arbeiteten an derselben Schule wie Turid, zwei waren Piloten aus der Gegend von Oslo, und einige gehörten zu Torsteins alter Clique aus dem Gymnasium und hatten ihre Freundinnen mitgebracht.

Gorm stellte sich denen vor, die er nicht kannte, und Torstein zog ihn auf, weil er so faul war, daß er mit dem Auto zum Fest gekommen war. Turid wollte wissen, was für ein Auto er habe.

»Einen Volvo Amazon«, meinte Torstein bewundernd.

»Oh, darf ich den probefahren?« fragte Turid und hakte sich bei ihm und Torstein unter.

»Na klar«, antwortete Gorm. »Hast du einen Führerschein?«

»Nein, bist du wahnsinnig!« erwiderte sie, und alle lachten.

Einer der Piloten zog sie auf seinen Schoß und erzählte ihr etwas über die Sicherheit in der Luft, während er ihr in den Ausschnitt starrte.

Torstein sagte: »Hör verdammt noch mal damit auf«, sah aber nicht sonderlich kampflustig aus. Er wollte den Grill anzünden, konnte jedoch den Spiritus nicht finden.

Gorm sah sich um, wie er ihm helfen könnte.

Ein braunhaariges Mädchen in rotem Kleid mit einer Jacke über dem Arm kam durch das Gartentor auf sie zu. Das war sie!

»Rut!« rief Turid und lief zu ihr.

»Das ist Gorm Grande, und das hier ist Rut Nesset. Sie hat Urlaub von der Familie. Heißt du übrigens immer noch Nesset?« Turid lachte und schob sie in seine Richtung.

Eine plötzliche Benommenheit machte es ihm unmöglich, etwas zu sagen. Als er ihre Hand in seiner spürte, verschwanden die Stimmen um ihn herum.

Er verbeugte sich leicht, und ihre Augen begegneten sich. Ihre waren genauso dunkel, wie er sie in Erinnerung hatte. Langsam zog sie ihre Hand wieder zurück, und die Geräusche um ihn herum waren wieder zu hören.

Als sie sich umdrehte, um das Glas zu nehmen, das Torstein ihr reichte, zeichnete sich ihre Taille durch den Stoff ihres Kleides ab. Sie war so schmal. Er dachte sich, daß er die Taille vermutlich mit beiden Händen umfassen konnte. Auf einmal hatte er ein solches Bedürfnis danach, daß er die Hände in die Hosentaschen stecken mußte.

Gleichzeitig legte jemand im Wohnzimmer eine Platte auf.

»Willst du tanzen?« fragte er hastig.

Vermutlich kam das etwas überstürzt, denn sie war schließlich gerade erst eingetroffen und wollte sich bestimmt mit dem einen oder anderen unterhalten. Aber sie nickte. Er spürte ihre Haut unter den Fingerspitzen, als er vorsichtig ihren Arm nahm.

Als sie ins Wohnzimmer gegangen waren und sich gegenüberstanden, gelang es ihm nicht, ihr in die Augen zu sehen. Sie war ihm so nahe. Ein idiotisches Zittern in den Armen sorgte dafür, daß er sich ganz elend fühlte. Da schaute sie auf einmal zu ihm hoch und lächelte.

»Es ist so lange her, daß ich getanzt habe. Wahrscheinlich mache ich die falschen Schritte«, meinte sie verlegen.

Das veränderte alles. Es gelang ihm, ihr in die Augen zu sehen, und er empfand eine plötzliche Freude, die sich von seiner Brust aus auf sämtliche Glieder ausbreitete.

Erst hielt er sie etwas von sich weg, um ihr auch ja in die Augen sehen zu können. Sie glänzten schwarz und waren auf ihn gerichtet. Auf der Nase hatte sie kleine, helle Sommersprossen, und wenn sie den Kopf zur Seite wandte, kam unter den Haaren ein weißes Ohrläppchen zum Vorschein.

Er wünschte sich, daß sie den Kopf zur Seite wandte, damit ihr Ohr zum Vorschein kam, und gleichzeitig, daß sie ihn ansehen würde. Und sie tat beides, als wüßte sie, was er dachte.

Er legte seinen Arm enger um sie und spreizte die Finger auf ihrer Taille. Eine bebende Erwartung stieg in ihm hoch. Er wollte es ihr sagen. Daß er vermutlich ihre Taille mit beiden Händen umfassen könnte. Er konnte es ihr zuflüstern. Später. Jetzt wollte er sie einfach nur halten, damit sie nicht verschwand.

»Kennst du die Musik?« fragte er.

»Pussycats, ›Let me stay with you‹«, antwortete sie ernst, ehe sie mit einem raschen Lächeln zu ihm hochsah.

»›Let me stay with you‹«, wiederholte er und merkte, daß

er errötete. »Du hast kein Problem mit den Schritten«, fuhr er fort und mußte sich vorbeugen, um es ihr zuflüstern zu können.

Er spürte, daß sie ihm entgegenkam. Wir sind zusammen, dachte er. Das bildete er sich nicht nur ein. Ihr Haar war offen und duftete nach Blumen. Eine dunkle, bewegliche Fläche. Der Gedanke, daß er mit der Hand hindurchfahren könnte, machte ihn schwindlig.

Seit der Begegnung im Büro hatte er ihren Mund von einer deutlichen Linie umgeben vor sich gesehen. Heute trug sie Lippenstift. Inzwischen tanzten sie in den hinteren Teil des Wohnzimmers. Ihr Mund kam ihm dabei näher.

Er drückte sie fester an sich, ohne daß sie sich ihm entzogen hätte. Er konnte sie nicht mehr sehen, dafür aber spüren.

Sie war überraschend stark. Die Bewegungen gingen gewissermaßen von ihr aus, obwohl sie denselben Takt hielten. Sie hatte eine überlegte Nachgiebigkeit oder, besser gesagt, eine gewisse Wachsamkeit, als könnte sie es sich jeden Augenblick anders überlegen und verschwinden. Irgendwie erinnerte sie ihn an ein Hermelin.

Die Hand, die in seiner lag, hatte gewissermaßen dort gelegen, seit er denken konnte. Oder seit sie damals auf dem Flugplatz den Koffergriff genommen hatte. Er wollte sie fragen, was sie damals in London gemacht habe. Später.

»Ich bin so froh!« hörte er sich sagen.

Die Musik verstummte, und Gelächter und Unterhaltungen drangen zu ihnen herein. Unschlüssig blieb er stehen und hielt sie weiterhin in den Armen.

»Warum bist du so froh?« flüsterte sie.

»Na, was glaubst du denn? Mir ist es vollkommen unbegreiflich.«

Er versuchte zu lachen, und sie stimmte in sein Lachen ein. Ihr Lachen klang ganz neu. Als würde sie sonst nie lachen.

»Gott, diese Mücken! Jetzt gehen wir aber rein«, sagte Turid hinter ihm. Fünf, sechs Leute drängten sich im winzigen Wohnzimmer, und der Geruch von gegrillten Koteletts zog herein. Rut wich etwas von ihm zurück, aber er ließ ihre Hand nicht los.

»Erzählt bloß, daß ihr euch auf Anhieb gefunden habt? Wie schön, daß du von zu Hause weg konntest«, sagte Turid und hakte Rut unter.

»Nicht für lang, ich muß mit jemandem mit, der heute abend noch nach Hause fährt.«

»Wie dumm! Kannst du nicht über Nacht bleiben? Torsteins Eltern sind nicht da, also ist genug Platz.«

»Nein, das geht nicht. Ich muß nach Hause, weil Tor sonst morgen allein ist.«

»Du bist so modern und hast deinen Nachnamen behalten, als du geheiratet hast, und sitzt trotzdem in der Tinte.« Turid lachte gutmütig.

Ihre Finger verkrampften sich in seiner Hand. Ihr Kleid war so rot.

Er wußte nicht, warum er das nicht als Möglichkeit in Betracht gezogen hatte. Verheiratet?

»Wer ist Tor?« fragte jemand.

»Mein Sohn«, sagte sie und zog ihre Hand an sich, ohne ihn anzusehen.

Gorm bekam nicht mit, was vor sich ging, gesagt wurde oder wie die Zeit verstrich, er dachte nur darüber nach, wie er mit ihr allein bleiben könnte. Verheiratet? Das spielte keine Rolle. Er mußte mit ihr sprechen. Mußte wissen, was sie dachte.

Er folgte ihr mit den Blicken. Solange sie mit jemandem

tanzte, fühlte er sich sicher. Während er auf der Toilette war, überkam ihn plötzlich das entsetzliche Gefühl, sie könnte gegangen sein.

Aber als er nach draußen kam, saß sie allein auf der Verandatreppe und trank mit schnellen Schlucken ein Glas Rotwein. Mitunter lehnte sie den Kopf gegen das Geländer und sah aus, als gehörte sie nicht dazu. Auf den Knien hatte sie ein Fotoalbum, in dem sie blätterte, ohne etwas zu sehen.

Nach einer Weile ging er zu ihr und setzte sich neben sie. Aus dem Album grinste ihn Torstein zahnlos von einem Lammfell aus an.

»Du betrachtest unseren Helden«, sagte er und versuchte lustig zu sein.

Sie wandte ihm ihr Gesicht zu.

»So einen habe ich zu Hause«, sagte sie.

»Der auf dich wartet?«

»Ja.«

»Ich hab ein Auto, ich kann dich nach Hause fahren, wenn du es willst.«

Sie sah aus, als würde sie gleich zu weinen anfangen. Er tat so, als wollte er etwas von ihr abrücken, hatte dabei aber nicht bedacht, daß es so eng war. So kam er ihr noch näher.

»Nein, das ist zu weit. Lieber nicht … Du kannst mich zum Marktplatz fahren. Da treffe ich die, bei denen ich mitfahren kann«, sagte sie.

»Wann seid ihr verabredet?«

»Um eins.«

Er sah auf die Uhr. Es war elf.

»Komm«, flüsterte er und reichte ihr die Hand.

»Jetzt?«

»Bitte!«

Er fuhr durch die Stadt und ans Meer. Sie sagte nichts, bevor er nah am Wasser hielt und sich ihr zuwandte.

»Du hast gehört, daß ich verheiratet bin.«

Er legte beide Hände aufs Lenkrad. Ein leuchtendvioletter Abendhimmel lag über dem Meer und ließ die dünne Staubschicht auf dem Armaturenbrett sichtbar werden. Das Gras im Straßengraben war von der Sonne verbrannt, und die Glockenblumen waren vertrocknet.

»Irgendwie spielt das keine Rolle. Ich mußte einfach herausfinden ... was du denkst.«

»Gorm?« sagte sie vorsichtig.

Es war so seltsam, daß sie seinen Namen sagte.

»Ja«, erwiderte er atemlos.

»Ich schäme mich so ... der Rock, das war so ...«

»Dir blieb doch nichts anderes übrig. Außerdem sind wir uns dadurch wieder begegnet. Hast du ihn schon aufgetragen?«

»Nein, er ist mir inzwischen zu groß.«

»Komm doch wieder mit ... ins Büro. Da ist jetzt niemand. Nur wir.«

Er spürte ein leichtes Beben und wußte nicht, wo es begonnen hatte. Bei ihr oder bei ihm. Ein Seufzer. Sie hatten denselben Atem.

»Nein, das kann ich nicht.«

»Wir können anrufen und sagen, es sei was dazwischengekommen ...«

Sie schüttelte den Kopf. Eine Weile saßen sie da, ohne etwas zu sagen. Er wußte nicht, was er mit seinen Armen machen sollte. Er setzte sich auf dem Sitz gerade und streckte sie über das Lenkrad. Umklammerte es und zwang sich so auf seinen Platz.

»Du hast damals nicht angerufen?«

»Ich habe es zweimal versucht«, murmelte sie, von ihm abgewandt. »Sie hat gesagt, du seist nicht zu Hause.«

»Sie?« Eine plötzliche Wut stieg in ihm auf.

»Ja.«

»Alt oder jung?«

»Ich habe sie doch nicht gesehen.«

War das alles so willkürlich? So verdammt willkürlich? dachte er. Er schlug mit den Fingern gegen das Lenkrad und wandte sich ihr zu.

»Was für ein Dialekt?«

»Ich glaube, einer aus dem Süden – und einer von hier.«

»Was haben sie gesagt?«

»Daran erinnere ich mich nicht. Ich habe mich so fürchterlich geschämt.«

Die kleine Bewegung, als sie sich auf die Unterlippe biß. Es gelang ihm nicht, sich zurückzuhalten.

Als er ihren Mund fand, saß sie erst ganz still. Dann merkte er, daß sie ihm entgegenkam. Eine unbezwingbare, bebende Lust brachte ihn dazu, sich mit ihr fallen zu lassen. Mit beiden Händen strich er ihr durchs Haar. Hielt ihren Kopf, während sie eins wurden.

Ihre Hand in seinem Nacken, unter seinem Hemdkragen. Die Berührung machte ihn unbesiegbar. Ehe er noch nachdenken konnte, waren seine Hände bereits überall, er mußte einfach wissen, wie sie war. Die nackte Haut an Hals und Armen.

Er küßte sie auf den Hals. Spürte ihren Herzschlag mit den Lippen. Sah auf ihre Brüste unter dem Stoff ihres Kleides. Lehnte sein Gesicht gegen sie. Fest und warm. Er konnte mit ihnen vermutlich gerade seine Hände ausfüllen. Aber er tat es nicht.

»Darf ich dich treffen? Wenn du in der Stadt bist?«

»Ich glaube nicht, daß das für irgend jemanden gut wäre«, flüsterte sie an seinem Hals.

Er hielt sie von sich weg, hob die Hand und strich ihr mit den Fingerspitzen um den Mund. Lange saß sie ganz still mit geschlossenen Augen da. Die Wimpern hingen dicht über ihrer zarten, matten Haut.

Als sie weg war, packte ihn die Wut. Er wußte immer noch nicht, was sie dachte. Er hätte sie fragen sollen, warum zum Teufel sie geheiratet habe.

Der Gedanke, daß sie einen Mann hatte, der sie vielleicht in diesem Augenblick in den Armen hielt, überrollte ihn. Schwarze Wogen der Erbitterung, dazu unerträgliche Leere.

Er hätte sie zwingen sollen mitzukommen. Sie beide gehörten zusammen. Verstand sie das denn nicht?

Wütend gab er Gas und fuhr zurück zu Torsteins Fest. Er brauchte einen Schnaps. Mußte lachen. Egal, was!

Turid kam auf ihn zugelaufen und lag ihm damit in den Ohren, den Volvo probefahren zu dürfen.

»Hast du sie ganz bis nach Hause gefahren? Du warst so lang weg!«

Sie war goldbraun und hatte glänzende Augen. Stimmen und Gelächter waren wie ein Summen bis zu ihnen zu hören.

Gorm antwortete nicht. Es fiel ihm ein, daß er etwas hatte mitbringen wollen, und er ging zurück, um die Tüte mit der Flasche zu holen.

Turid hing an seinem Arm. Ihr Parfüm legte sich um ihn. Es blieb ihm nichts anderes übrig, als es sich gefallen zu lassen. Die anderen sahen ihnen vermutlich nach. Er wußte das, ohne sich umdrehen zu müssen.

Als er den Kofferraum aufmachte, merkte er, daß es dort

immer noch leicht nach Pulver und Pfeifentabak roch. Vaters Jagdstiefel und Windjacke lagen ebenfalls noch drin. Die Pfeife war aus der Jackentasche gefallen. Er legte sie zurück und schloß mit einer hastigen Bewegung den Reißverschluß.

»Bitte! Dem Wirt zu treuen Händen«, sagte Gorm, als er mit Turid die Verandatreppe heraufkam.

Torstein nahm die Flasche und lachte zufrieden. Dann schenkte er zwei randvolle Gläser Whisky ein und knallte Gorm seine Hand auf die Schulter. Sie stießen miteinander an, tranken hastig und hektisch. Der Whisky brannte. Torstein verbreitete sich über seine Pläne für die Großhandelsabteilung.

Es gelang Gorm nicht, ihm zu folgen, er wollte ihn aber auch nicht verletzen, deswegen erklärte er ausweichend, daß er jetzt mit allen Frauen tanzen müsse. Alle lachten wohlwollend.

Es waren ziemlich viele. Damit konnte er sicher die ganze Nacht herumbringen. Sie hatten nur alle kein Gesicht. Keine von ihnen hatte etwas, was auch nur entfernt an ein Gesicht erinnert hätte. Sie bestanden nur aus Haut, Zähnen und Parfüm. Ja, und Haaren natürlich. Die Stimmen gellten wie Schneidbrenner, die sich durch leere Öltonnen fressen.

»Er will mir sein Auto nicht leihen«, beklagte sich Turid und knuffte ihn in die Brust, als er mit einer der Lehrerinnen seine Kreise drehte.

Torstein hielt inne und wollte unbedingt, daß er Turid den Volvo zeigte.

»Das kannst du doch tun, oder nicht?« sagte Torstein mit schwerer Zunge.

Er wußte, daß es verrückt war. Er war auch nicht mehr ganz sicher auf den Beinen. Sie fuhren über menschenleere Schotterstraßen, bis sie aussteigen wollte, um sich die Natur anzuschauen. Daraus wurde sehr viel Natur. Aber zumindest begehrte ihn jemand.

Danach waren sie etwas schüchtern. Ihre Brüste waren nackt, und der Rock war ihr zerknittert über die Taille hochgerutscht. Ihm hing die Hose um die Knöchel, und vom Hemd war ein Knopf abgerissen.

Als sie zum Auto zurückgingen, legte er ihr seine Jacke um die Schultern. Es wurde langsam Morgen. Sie hatte einen Pickel am Mund, den er vorher nicht bemerkt hatte. Das machte nichts. Aber er begehrte sie nicht mehr. Sie war wie ein Kinoplakat, nachdem er den Film gesehen hatte. So war es nun mal.

Außerdem war sie Torsteins Freundin. Auf See hätten sie ihn dafür wahrscheinlich grün und blau geschlagen. Wie das an Land war, wußte er nicht so genau. Torstein und er waren sicher gleich stark. Aber die Freundschaft, oder wie er das nun nennen sollte, war bestimmt vorbei. Wenn sie ihm davon erzählten. Gorm hatte das Gefühl, nicht der Richtige dafür zu sein. Nicht heute abend jedenfalls.

Im Wagen klappte sie die Sonnenblende herunter, die einen Spiegel auf der Rückseite hatte. Erneuerte ihren Lippenstift und puderte Nase und Wangen. Er sah weg. Übers Meer. Dort gab es nicht viel zu sehen.

Er dachte, daß er fragen sollte, ob sie es bereue. Aber so sah sie nicht aus, also fragte er statt dessen, ob sie zurück wolle. Er hätte fast gefragt, ob sie zurück zu Torstein wolle, beherrschte sich aber. Sie wolle nach Hause, sagte sie.

Zu Hause war ein grünes Haus von der Art, wie es sie in dieser vom Krieg zerstörten Stadt oft gab. Sein Zuhause war stehengeblieben. Wie durch ein Wunder, sagte Mutter immer. Man sagte nicht viel über die Häßlichkeit dieser schuhkartonähnlichen Häuser, die in Reih und Glied dastanden. Irgendwie hatten sie etwas Heroisches. Jedenfalls für die, die ein Geschichtsbewußtsein hatten. Wenn Leute zu erkennen gaben, daß sie keine Ahnung hatten, verhöhnte man sie. Wißt ihr das etwa nicht? Diese Stadt wurde von den Deutschen vollkommen zusammengebombt!

Sie wohnte unterm Dach und zeigte ihm das Fenster. Es stand offen und war nicht festgehakt. Das war dem Hauswirt sicher nicht recht. Aber er sagte nichts.

Sie stieg aus und lächelte fragend. Er wußte nicht, was er sagen sollte.

»Sehe ich dich wieder?« fragte sie.

»Zusammen mit Torstein?«

Sie wurde rot.

»Nein, ich kläre das mit ihm.«

»Was soll das heißen?«

»Zwischen Torstein und mir war nie was Ernstes.«

Gorm fiel ein, daß Torstein ihretwegen in die Stadt zurückgekommen war, aber er sagte nichts.

»Morgen? Kino?« fuhr sie fort.

»Tja ...« Er zog das Wort in die Länge.

»Um acht? Mit dem Volvo?«

»Mit dem Volvo.«

Sie lächelte breit, drehte sich um und ging ins Haus. Er gab Gas.

Eigentlich wollte er direkt nach Hause, aber er fuhr vorher noch bei Torstein vorbei, um Bescheid zu sagen, wo Turid war. Einer der Piloten stand in der Küche und briet die restlichen Koteletts. Er war ziemlich betrunken und erklärte, daß sie den Gastgeber bereits ins Bett gebracht hätten.

Gorm schrieb einen Zettel und legte ihn auf den Tisch in der Diele. »Vielen Dank! Habe Turid nach Hause verfrachtet. Gorm.«

Das war vermutlich die größte Niedertracht, die er je begangen hatte. Aber Torstein hätte es sich denken können, auch wenn er nie zur See gefahren war, daß seine Gitarre es nicht mit einem Volvo aufnehmen konnte. Jedenfalls nicht bei Turid an diesem Abend.

18

Das Fenster war weit oben in der Wand, und die Lichtverhältnisse waren hoffnungslos, als sollte sie dafür bestraft werden, daß sie im Schlafzimmer etwas anderes tat, als nur zu schlafen.

Wenigstens hatte sie das Bett nicht im Blick. Es stand hinter ihr.

Der Arbeitstisch bestand aus einer zwei Meter langen Spanplatte, die mit einem blauen Wachstuch bedeckt war. Hier hatte sie Stapel mit Aufsatzheften, Skizzenblock, Zeichensachen und die Nähmaschine.

Ove fuhr früh am Morgen los. Sie hörte, daß er im Schrank nach seinen Sachen suchte, tat aber so, als schliefe sie. So sparte sie Kräfte. Es hatte ihm nicht gefallen, daß sie allein mit Turid auf ein Fest gegangen war. Aber er hatte keine Einwände erhoben, weil er selbst mehrere Tage lang nicht zu Hause sein würde.

Tor weckte sie um neun Uhr. Er kroch zu ihr unter die Decke und wollte, daß sie ihm aus dem Buch vorlas, das er dabeihatte. Sie öffnete die Augen und sagte, daß sie erst einmal aufwachen müßte.

Als sie sich gewaschen und angezogen hatten, half sie ihm, seine Spielsachen ins Schlafzimmer zu tragen.

»Mama muß arbeiten«, sagte sie.

Das Schlafzimmer war kühl und das Bett ungemacht. Sie drehte den elektrischen Heizkörper ganz hoch, machte das Bett und holte den Koffer mit den Ölfarben, den Pinseln und der Leinwand.

Einige Farben waren eingetrocknet, und die alte Palette war

verstaubt. Sie warf die verdorbenen Farben in den Mülleimer und verschaffte sich einen Überblick darüber, was ihr geblieben war. Es reichte.

Sie stieg auf einen Stuhl und holte ganz oben aus dem Schrank die Mappe mit den alten Skizzen. Als sie sie auf dem Bett ausbreitete, sah sie, daß einige von ihnen gar nicht so übel waren. Sie zog einen Pullover über und blieb mit verschränkten Armen stehen und betrachtete sie.

Schließlich hob sie die beste Skizze hoch, die vom Dalmatiner. Sie hielt sie vors Fenster und erlebte noch einmal das Gefühl der Verzweiflung und Leere, das sie beim Zeichnen empfunden hatte.

Hatte sie aufgehört, weil es zu gefährlich geworden war? Sie erinnerte sich, daß sie auf die Mole gegangen war und auf die Steine geschaut hatte. Glatte, vom Salzwasser abgewaschene Steine mit zufälligen Mustern und Farben, das Funkeln der Gischt. Jørgens langen Schrei in den Ohren. Irgendwann hatte sie es nicht mehr ausgehalten und sowohl die Skizzen als auch das Fell weggeräumt.

Später glaubte sie, es sei wegen Ove gewesen. Daß Ove an ihrer Müdigkeit schuld sei. Heute merkte sie plötzlich, daß es nur an ihr lag.

Die Trauer. Sie hatte sich eine Technik angewöhnt, ihr zu entfliehen. Das hieß, sie dachte zwar an ihn, wich aber dem Zentrum des Schmerzes aus. Wie er sterben mußte. So wurde es ungefährlich.

Jeder konnte Jørgen erwähnen, sie begann nicht zu weinen. Ihre Stimme blieb ganz neutral. Sie hatte alles darangesetzt, diese Lektion zu lernen. Sie dachte daran, warum sie das jetzt so klar sah. Heute. Als hätte sich alles verändert.

Der Abend in der Stadt war ganz anders verlaufen, als sie sich das vorgestellt hatte. Im Auto auf dem Heimweg zusammen mit den Kollegen hatte sie so getan, als würde sie schlafen, um sich nicht unterhalten zu müssen.

Sie hatte sich gleichzeitig froh, dumm und traurig gefühlt. Froh, als hätte sie ein kostbares Geschenk bekommen, mit dem sie nicht gerechnet hatte. Dumm, denn was würde er jetzt von ihr halten? Letztes Mal Ladendiebstahl, und gestern hatte sie sich einfach küssen lassen, nachdem sie vorher erklärt hatte, sie sei verheiratet.

Aber sie bereute es nicht. Sie wollte davon zehren. Wenn Turid sie deswegen verspottete oder Ove gegenüber andeutete, es sei etwas gewesen, dann mußte sie eben sagen, wie es sich verhielt. Er, mehr als jeder andere, mußte das doch verstehen, oder? Aber sie war sich nicht sicher.

Gorm! Sie merkte, daß sie mitten im Zimmer stand und lächelte. Der Dalmatiner! Sie sah einen Zusammenhang. Obwohl sie kaum geschlafen hatte, war sie voller Unternehmungslust.

Das Fell lag zusammengerollt im Kleiderschrank. Sie holte es hervor und rollte es auf dem Bett aus. Es war so schön wie früher. Mit beiden Händen strich sie darüber. Aber sie dachte nicht an Jørgen, als sie die weichen Haare unter den Fingern spürte. Auch nicht an Michael. Sie dachte an ihn, an Gorm.

Sie hatte ihn sofort wiedererkannt, als sie durch das Gartentor gekommen war. Dort auf der Verandatreppe mit weißem Hemd und halblangem, lockigem Haar. Jetzt legte sie ihre Hände auf seine Hüften, ließ sich auf die Bettkante sinken, schloß die Augen und spürte seinen Mund auf dem ihren. Seine Fingerspitzen streichelten ihren Hals.

Tor war auf den Stuhl geklettert, ohne daß sie es gemerkt hatte. Jetzt fiel er gegen die Bettkante und begann zu weinen. Sie setzte sich neben ihn und blies ihm vorsichtig ins Gesicht. Das war ein Spiel, dem er nur selten widerstehen konnte. Erst hörte er auf zu weinen, dann saß er ganz still da und spürte ihren Atem auf seiner Haut, schließlich begannen seine Wimpern zu zittern. Da wußte sie dann immer, daß sie gewonnen hatte.

Sie gingen in die Küche, und sie machte etwas zu essen. Brote mit Leberpastete und Käse. Während Tor aß und in seiner Kindersprache plapperte, fiel ihr auf, wie sehr er Jørgen glich. Aber er war nicht Jørgen. Er war ein Glücksfall, ein fehlerloses Geschöpf, das sie zur Welt gebracht hatte. Und er war Oves Sohn. Oves Trophäe und Oves ganzer Stolz.

Nachdem sie gegessen hatten, nahm sie ihre Malsachen mit ins Wohnzimmer. Dort war mehr Platz und mehr Licht. Sie half Tor, eine Brücke für seine Autos über den Wohnzimmerfußboden zu bauen.

Er führte laute Selbstgespräche und machte Motorengeräusche, während er mit den Autos zwischen den Bauklötzen entlangfuhr. Der Feuerwehrwagen kam nicht durch, weil ein dummer Lastwagen im Weg stand. Er imitierte Oves Stimme, forderte das Lastauto auf, abzuhauen, zu verschwinden, und rammte es dann seitlich.

Sie spannte ein Stück Leinwand auf einen Rahmen. Viel zu groß. Das Format erstickt alles, dachte sie. Trotzdem bereitete sie sich vor. Das war Handwerk. Michael hatte sie gelehrt, genau zu sein.

Während sie so dastand und das Bild bereits in Farben vor sich sah, überkam sie plötzlich eine große Sicherheit. Als ginge es um ihr Gesellenstück. Es war eine Art Rausch, in dem Gorm bei ihr war, ohne sie zu behindern. Sie ließ ihn über die Haut gleiten. Ganz frei. Seine Hände. Eine Stunde verging, ohne daß sie es gemerkt hätte.

Was hatte er noch gesagt? Daß sie mit ihm mitkommen solle? Hatte er es ernst gemeint? Oder hatte er es einfach nur so gesagt? Vielleicht konnte sie Tor mitnehmen und zu ihm nach Hause fahren. »Hier bin ich«, könnte sie sagen. Wie würde er wohl reagieren?

Nein. Sie hatte in der Zeitung gelesen, daß er jetzt, da sein Vater tot war, das Geschäft übernommen hatte. So jemand wie er sagte das sicher zu allen und hatte es am nächsten Tag schon wieder vergessen. Vermutlich bekam er immer, was er wollte.

Aber wenig später war jener Augenblick wieder da, als sie getanzt hatten, er die Brille abgenommen und in die Brusttasche gesteckt hatte. Dann hatte er sie an sich gedrückt. Sie tanzte im Kreis, und Tor lachte, weil seine Mama froh war. Sie drehte sich im Kreis, und er dankte ihr mit seinem hellen Lachen. Aber Gorms Arme waren stark, und sie spürte seinen harten Körper so deutlich, daß ihr die Luft wegblieb.

Sie nahm das rote Kleid aus dem Schrank und hielt es an die Nase. Er hatte sie berührt. Sein Geruch hing noch ganz schwach im Gewebe. Sie mußte an ihre Großmutter denken. Aber das hier war etwas anderes. Etwas Unverdientes. Wie ein heimliches Geschenk.

Als Tor sich abends ins Bett gelegt hatte, machte sie eine Flasche Wein auf und ging wieder an die Staffelei.

Es war ziemlich hell, trotzdem holte sie die Stehlampe aus der Sofaecke. Das Licht warf milchblaue Schatten auf Wände und Decke. Das war nicht gut. Aber damit mußte sie sich abfinden.

Eigentlich hätte sie die Leinwand grundieren sollen, aber es mußte ausnahmsweise auch so gehen. Das Bild konnte jederzeit wieder verschwinden. Oder die Arbeitslust. Sie konnte zum Beispiel annehmen, daß Gorm gar nicht meinte, was er sagte, und dann würde sie seine Nähe nicht mehr spüren.

Sie drückte etwas Zinkweiß auf die Palette neben das Schwarz und Permanentrosa.

Im Verlauf des Abends wuchs das Motiv aus dem Hintergrund. Sie bemerkte nicht, wie die Zeit verging. Der Dalmatiner flog direkt auf sie zu und hielt die Vorderpfoten ausgestreckt. Der große Rachen mit den gefährlichen Zähnen lächelte sie von der Leinwand aus an. Wo war er? Luft oder Erde?

Sie nahm die Tube mit Coelinblau und drückte eine große Menge davon auf die Palette neben das Weiß. Dann machte sie sich an die Begegnung mit dem Dalmatiner.

In der Nacht kam er zu ihr. Ein warmes, großes Tier. War über ihr und bedeckte sie ganz. Goldweiß, weich und hart, mit schwarzen Schatten auf dem Körper.

Eng aneinandergepreßt lagen sie unter dem Himmel, während er über ihrer Kehle seinen Rachen aufriß. Sein Atem war beruhigend und nahe, als er sie vorsichtig hochhob und mit ihr davonflog.

Die Wolken rasten vorbei, die Luft explodierte in Farben. Grelles, leuchtendes Rosa ging in warmes Alizarinrot über. Genau das hatte ihr gefehlt, dachte sie.

Sie klammerte sich mit den Schenkeln fest, während sie davonflogen. Vorsichtig nahm sie ihm die Brille ab und hielt sie hoch über den Kopf. Dann fanden sie ihren Rhythmus. Ein ungestümer, weißer Taumel.

Als sie erwachte, spürte sie immer noch das Spiel seiner Muskeln auf ihrer Haut. Es war fünf Uhr. Sie stand auf, ging ins Wohnzimmer zur Staffelei, machte Licht und blieb dort.

Viel später, als sie hörte, daß Tor aufgewacht war, hob ihr das Tier seinen Kopf entgegen. Es öffnete das Maul und streckte die feuchte Zunge heraus. Die grünen Augen glühten. Es war größer geworden und nahm die halbe Leinwand ein.

Jetzt machte es einen Satz. Von oben kam es direkt auf sie zu. Sie konnte ihm nicht mehr entkommen. Es hob leicht und lautlos die Pfoten, aber mit gewaltiger Kraft. Sie spürte, wie ihr der Atem wegblieb, als sie zusammenstießen, und schnappte nach Luft.

Als sie ihren schmerzenden Rücken streckte, bemerkte sie erst, daß sie dastand und weinte.

Schon oft hatte sie sich gesagt, daß sie das Malen wieder aufnehmen sollte. Jetzt hatte sie es wirklich getan.

Die Staffelei konnte im Wohnzimmer stehenbleiben. Tagsüber war sie im Laufstall sicher. Sie würde zu Tor sagen, er sei jetzt schon so groß, daß er ihn seiner Mama leihen könne.

Es ist nicht die Zeit, die mich verändert, sondern das, was ich mit dieser Zeit anfange, dachte sie.

Es war der erste Sonntag im Oktober, und die Sonne wärmte, als wäre es immer noch Sommer. Ove hatte Tor mitgenommen und war vorangegangen, um das Boot klarzumachen. Sie wollten fischen. Rut ging gerade mit ihrem Rucksack die Treppe herunter, als der Postbote kam.

»Ein Brief«, sagte er und reichte ihr einen hellblauen gefütterten Umschlag.

Sie erkannte Turids Schrift sofort und wurde neugierig. Sie schrieben sich nur selten. Ihr Verhältnis war herzlich, wenn es sich ergab, daß sie sich trafen, aber das geschah meist zufällig. Rut war sich nicht ganz sicher, ob sie es bedauerte. In den vier Jahren auf dem Lehrerseminar waren sie schließlich Freundinnen gewesen. Turid hatte Humor und stellte keine großen Ansprüche. Aber sie war frei und hatte andere Interessen, als Rut sie sich gestatten konnte.

Sie setzte den Rucksack auf der Treppe ab und öffnete den Brief. Er begann mit ihrem letzten Treffen. Turid bedauere es, daß Rut an dem Abend des Festes nicht habe übernachten können. Nächstes Mal. Dahinter standen vier Ausrufezeichen.

Während sie weiterlas, sah sie ganz unten auf dem Bogen einen Namen. Sie richtete ihren Blick auf ihn, ohne zu verstehen, warum er dort stand. Es gab keinen Grund, warum der Name dort stehen sollte. Gorm.

Turid schrieb, die Sache mit Torstein und ihr sei ohnehin nie ganz ernst gewesen, deswegen werde sie ihn auch nicht mehr treffen. Hingegen habe sie jetzt schon einige Male Gorm Grande getroffen. Sie glaube ihn an der Angel zu haben, das waren ihre Worte.

Ruts Stiefel war an einem Zeh geflickt. Sie war einmal gegen eine Sense getreten, die jemand einfach ins hohe Gras geworfen hatte. Plötzlich hatte sie das Gefühl, diese Verletzung würde sich wieder öffnen, und zwar hoch bis zur Brust. Ihre Wut machte das Ganze nicht besser. Eilig und ohne weitergelesen zu haben, faltete sie den Brief zusammen und steckte ihn in die Tasche ihres Anoraks.

Während sie zum Ufer ging, breitete es sich wie Gift in ihrem ganzen Körper aus. Sie kannte das Gefühl von früher. Wenn Ove nicht nach Hause kam oder zu eng mit einer anderen tanzte. Aber nicht so stark. Sie schlug nach verblühten Weidenröschen und Grashalmen, während sie schwer atmend den Pfad hinabging. Sie trat gegen alle Steine, die sie zwischen den Wurzeln und Zweigen ausmachen konnte. Bestrafte die verdammte, elende, schlammige Erde. So! Amen!

Sie sah Gorm vor sich, wie er seine Arme um Turid legte. Wie er mit Turid tanzte. Sich über sie beugte und sie mit demselben Blick ansah, mit dem er sie angesehen hatte, als sie getanzt hatten. Und im Auto. Seine Hände. Auf Turid.

Aber dann, auf einmal, hielt sie inne und blieb stehen. Die Erkenntnis überwältigte sie. Das hier war viel schlimmer als die Male, die Ove von einem Fest nicht nach Hause gekommen war. Es zeigte nicht nur, daß ihr Ove nicht soviel bedeutete, wie er sollte, es bewies, daß sie eine dumme Pute war, die ihr Herz an Gorm Grande verloren hatte.

Ihr ging auf, daß sie geglaubt hatte, Gorm laufe allein in der Stadt herum oder sitze in seinem Büro, nur damit sie jemanden hatte, an den sie denken konnte. Damit sie ein heimliches Geschenk hatte, von dem niemand etwas wußte.

Sie marschierte weiter, und die Sonne brannte wie Stockschläge durch ihren Anorak und Pullover. Als sie ans Ufer kam, warf sie den Rucksack zu Boden und riß sich ein Kleidungsstück nach dem anderen vom Körper, bis sie ganz nackt dastand.

Dann lief sie über Tang und glatte Steine, fiel, richtete sich wieder auf, schwankte und sprang. Als es endlich tief genug war, warf sie sich nach vorn und ließ sich in die eiskalte Umarmung fallen. Sank hinunter, immer weiter.

Als sie nach Luft schnappend wieder an die Oberfläche kam, sah sie Oves und Tors entsetzte Mienen an Bord des Fischerboots, das an einer Boje vertäut war. Ove hatte das Beiboot herangezogen, um loszurudern und sie zu holen.

Voller Wut schwamm sie auf das Fischerboot zu. Bei jedem Zug sah sie ihre Köpfe auftauchen und wieder verschwinden. Ove, Tor. Tor, Ove. Schultern und Kopf. Kopf und Schultern. Atemholen. Nur ruhig jetzt. Die beiden, das ist das, was du hast! Sieh zu, daß du dich danach richtest! Atemholen. So, ja!

Sie kletterte in die rote Plastikjolle.

»Bist du ganz übergeschnappt, man kann dich von der Straße aus sehen«, rief Ove und sah nicht gerade froh aus.

»Das ist mir wirklich scheißegal«, sagte sie, kletterte ins

Fischerboot und schüttelte das Seewasser ab, daß es nur so spritzte.

»Und die Kleider?« klagte Ove.

»Begreifst du nicht, daß die an Land liegen?«

»Aber, mein Gott, Rut.«

»Soll ich an Land schwimmen und ans Ufer waten, um sie zu holen, während mich alle vom Weg aus sehen können? Willst du das?« fauchte sie.

Ove stieg in das Beiboot und ruderte an Land. Sie zog sich seinen Isländerpullover über den Kopf und ließ sich schlotternd auf die Bank sinken.

»Mama kann gut im Meer schwimmen«, meinte Tor mit ängstlicher Stimme.

Sie legte die Arme um ihn, hob ihn hoch und wirbelte ihn durch die Luft. Er sollte lachen. Sie sollten beide lachen. Aber er lachte nicht, starrte sie nur unsicher an.

»Mama böse auf uns?«

Sie setzte ihn wieder hin und betrachtete ihre blaugefrorenen Zehen. Beugte sich vor und zog den Pullover ganz herunter bis zu den Planken des Bootes.

»Nein«, sagte sie, an seine Wange gelehnt. »Mama ist ein Schaf, und jetzt sitzt sie hier im Wollpullover und friert.«

»Schafe wollen nicht schwimmen«, meinte er altklug.

»Wenn sie müssen, tun sie es doch.«

»Mußt du?«

»Ja.«

»Warum?«

»Das Herz. Der Mama tat das Herz so weh, deswegen mußte sie ein Stück schwimmen.«

»Ist es vorbei?«

»Das weiß ich noch nicht.«

19

Wenn er erwachte und im Körper die Bewegung des Schiffes spürte, dachte er immer: Warum?«

Gorm hatte wieder begonnen, Aufzeichnungen in dem gelben Buch zu machen. Was er schrieb, hatte nur selten einen Zusammenhang, aber trotzdem schrieb er. Nicht, was ihm wirklich Qualen bereitete oder ihn unruhig machte. Eher, was hätte passieren können, wenn die Umstände andere gewesen wären.

Wenn er zurückblätterte, konnte er sehen, daß er dreimal die folgenden vier Worte geschrieben hatte: »Er beschloß zu reisen.« Er schrieb von sich nie in der ersten Person. Und er erwähnte nie seine Mutter. Das war undenkbar. Alles, was er schrieb, sollte frisch und mutig sein. Das Alltägliche sollte in etwas Größerem verankert werden. Mit seiner Mutter und allem, was sie anging, ließ sich das nicht machen. Theoretisch bestand auch die Gefahr, daß sie das gelbe Buch finden könnte.

Es machte sicher nicht soviel aus, wenn sie herausfand, daß es mit seiner Moral nicht weit her war. Aber er konnte es nicht riskieren, daß sie von seinem Widerwillen gegen sie erfuhr. Das würde sie verletzen.

Es gab natürlich Möglichkeiten, seine innersten Gedanken zu umschreiben. Viele Dichter taten das. Persönliche Dinge wurden entweder in einen größeren Zusammenhang gestellt, oder das Eklige, Kleinliche und Demütigende wurde zugunsten des Edleren entfernt.

Wie Ask Burlefot mit Frauen, die er nicht liebte, umsprang, wurde auf diese Weise nachvollziehbar. Nur so konnte er dem

Leser die Entwicklung der Hauptperson auf allen Ebenen demonstrieren. Sozusagen die Entwicklung des Mannes.

Gorm verstand das alles, es gelang ihm jedoch nur selten, Sätze zu formulieren, die es rechtfertigten, daß er mit Turid schlief, weil er nicht mit der schlafen konnte, die ihm etwas bedeutete.

Um diesem Problem auszuweichen, beschrieb er auf mehreren Seiten, wie sehr es ihn erstaunte, daß Menschen zu einer so gemeinen Tat fähig waren. Als er nach ein paar Tagen das Ganze noch einmal las, wirkte es eher schwammig als mutig.

Er reiste nicht ab. Statt dessen ging er mit Turid zusammen aus. Und sie bat ihn auf ihr Zimmer. Die Zimmerwirtin sollte ihn nicht sehen. Sie ging also als erste ins Haus und ließ die Tür für ihn offenstehen.

Er konnte zwar nicht garantieren, daß die Zimmerwirtin ihn nicht gesehen hatte, aber Turid ließ sich beruhigen, als er meinte, es sei äußerst unwahrscheinlich.

Das war weder eine Lüge noch eine klare Aussage. Sondern eine elegante Art, sich aus der Affäre zu ziehen. Eigentlich hatte er die Idee von Verkaufsleiter Haugan übernommen. Gorm beobachtete ständig, daß Haugan die Angestellten mit ähnlichen Sätzen beruhigte. Es wirkte immer. Auf diese Art brachte er alle dazu, mehr zu arbeiten.

Bei Turid lagen überall bestickte Deckchen herum. Ihr Zimmer hatte etwas Ängstliches, was nicht zu ihrer eleganten Erscheinung und ihren sicheren Bewegungen paßte. Oder zu der frechen Art, mit der sie redete.

Das ist verrückt, dachte er. Trotzdem landete er auf der Couch mit dem geblümten Bettbezug, der nach Deo roch.

An dem Tag, an dem Torstein bei der Engros-Abteilung anfangen sollte, wurden die anderen Abteilungsleiter und Vorgesetzten zu einem zweiten Frühstück in Gorms Büro gerufen, um ihn kennenzulernen.

Keinen Augenblick ließ Torstein erkennen, daß er etwas über Turid und ihn wußte. Er gab sich freundlich, humorvoll und interessiert. Er entwickelte Pläne, wie er der neuen Zeit begegnen wolle, wie er sich ausdrückte. Es sei wichtig, die richtigen Waren für die richtigen Kunden bereitzuhalten. Bikinis am Nordkap verkaufen zu wollen nütze beispielsweise nichts.

Henriksen und Haugan waren offenbar zufrieden. Henriksen schlug Torstein jovial auf die Schulter und sagte zweimal: »Prächtiger Bursche!«, ehe alle wieder an ihre Arbeit gingen.

Als Torstein und er allein waren, sagten sie gleichzeitig: »Turid.« Dann begannen sie zu lachen.

»Das hatte ohnehin keine Zukunft, war aber okay, solange es dauerte«, meinte Torstein.

»Gut«, erwiderte Gorm kurz.

»Gehen wir heute abend ein Bier trinken?«

»Das tun wir«, stimmte Gorm erleichtert zu.

Im selben Augenblick erhielt er den Bescheid, eine Dame sei am Telefon. Gorm nahm den Hörer, und Torstein, schon in der Tür, winkte ihm zu und ging.

Es war Turid. Sie müsse ihn sehen. Heute. In dem Augenblick, in dem er ihre Stimme hörte, wußte er, daß etwas nicht in Ordnung war.

»Ich habe dich so lange nicht gesehen«, fuhr sie fort.

»Viel zu tun.«

»Ich muß mit dir reden.«

»Ich warte um vier vor deinem Haus auf dich«, meinte er zögernd.

»Mit dem Volvo?« fragte sie mit schwacher Stimme.

»Mit dem Volvo«, bestätigte er.

Sie war sehr schön und wirkte fast feierlich. Ihr blondes Haar funkelte. Er betrachtete sie von der Seite, während sie aus der Stadt fuhren. Sie saß schweigend da und sah auf ihre Hände.

»Du wolltest mit mir reden?«

»Warte, bis wir irgendwo halten können«, meinte sie.

Er bog auf einen Waldweg ab und parkte an einem See. Ein weißer Punkt leuchtete in seinem Hinterkopf, und als sie es sagte, war es nur wie ein Echo.

»Wir bekommen ein Kind«, sagte sie und sah ihn hilflos an.

Die Kondome. Das war wirklich zu dumm, dachte er eiskalt. Er hatte beim ersten Mal, am Abend von Torsteins Fest, keine dabeigehabt.

»Bist du dir sicher?«

»Ja«, sagte sie und sah ihm direkt in die Augen.

Sein einziger Trost war, daß es ihr vermutlich schlechter ging als ihm. Ihr muß es wirklich fürchterlich gehen, dachte er. Er wußte, daß der Mann bei solchen Anlässen sagen sollte: »Wir heiraten.« Aber er sagte es nicht. Immerhin legte er ihr einen Arm um die Schultern und zog sie zu sich heran. Doch das tröstete nicht einmal ihn selbst.

»Wir müssen dann wohl heiraten?« hörte er sie sagen.

In Vaters Volvo Amazon entstand ein gewaltiges Vakuum. Es erfaßte auch die Außenseite der Windschutzscheibe und lag dann klebrig und leer weit über dem Meer. Der Himmel war rot und hatte im Westen gallengelbe Flecken. Im Schilf schaukelten eine Colaflasche und eine Blechdose, jedoch nicht im gleichen Takt.

»Wir kennen uns doch nicht einmal, Turid.«

»Wenn du das sagst.«

»Wir werden sehen. Ich fahre dich nach Hause. Dann können wir nachdenken.«

Er ließ den Motor an und fuhr rückwärts aus dem Gebüsch.

Sie weinte nicht. Verbissenheit lag um ihren großen rosa Mund. Er fand, daß er einen gierigen Zug hatte, der ihm bisher nicht aufgefallen war.

»Du kannst mich auf dem Markt absetzen«, sagte sie hart.

»Hast du dort was zu erledigen?«

»Das kann doch dir egal sein, du Bock!«

»Wir wollten es doch beide, oder etwa nicht?« Er mußte einem Motorrad ausweichen.

»Ich habe gedacht, daß ich dir was bedeute. So wie du mich angesehen hast. Torstein fand das auch. ›Gorm frißt dich förmlich mit den Augen‹, hat er mal gesagt.«

Sie lachte ein hartes Lachen und sah ihn herausfordernd an.

»Könntest du so freundlich sein, Torstein nicht in diese Sache hineinzuziehen. Jedenfalls, wenn er nicht auch darin verwickelt ist«, sagte er.

Im nächsten Augenblick hatte sie ihm so fest eine geknallt, daß er fast im Straßengraben gelandet wäre. Er bog in eine Seitenstraße ein und blieb stehen. Seine Wut wurde immer größer und drohte ihm den Kopf zu sprengen.

»Warum hast du das getan?« fragte er, lehnte sich im Sitz zurück und klammerte sich am Lenkrad fest. Er streckte die Füße so weit vor, wie es ging. Streckte die Arme aus. Es war keine große Anstrengung. Ein Auto war ein begrenzter Raum.

»Du hast das so gesagt, als könnte auch der Torstein der …«

Als sie das sagte, merkte er, daß er unbewußt auf diese rettende Möglichkeit gehofft hatte. Er erlaubte sich ein kurzes Lachen.

Da hob sie beide Hände und ließ die Schläge auf ihn niederhageln. Sie war stark.

Erst saß er nur da und ließ sie über sich ergehen, denn das Ganze war so unglaublich. Dann packte er ihre Handgelenke und preßte sie gegen seine Brust.

»Hör auf! Begreifst du nicht, daß ich mich nicht wehren kann?«

Sie ließ sich zurückfallen und atmete allmählich wieder ruhiger. Zögernd legte er den Arm um sie. So saßen sie eine Weile da. Ein Auto wurde beim Vorbeifahren langsamer, und ein Mann glotzte sie durchs Seitenfenster an.

Seine Mutter wartete in der Halle auf ihn.

»Du mußt Bescheid sagen. Dein Vater hat immer Bescheid gesagt, wenn er nicht zum Abendessen kommen konnte. Immer!«

»Kann ich mit dir reden?« fragte Gorm, führte sie ins Wohnzimmer und machte die Tür zur Anrichte zu. Er drückte sie in einen der Ohrensessel und blieb mit den Händen auf dem Rücken vor ihr stehen.

»Es ist so, daß ich eine unverzeihliche Dummheit begangen habe, verstehst du.«

»Dummheit?« flüsterte sie, und er konnte in ihrem Gesicht lesen, wie gut sie ihn kannte. Jetzt erzählt mir Gorm von einer Katastrophe, dachte sie.

Sie kennt mich besser, als ich mich selbst kenne! Das ist entwürdigend und nicht zum Aushalten. Ich muß mich vor meiner Mutter verteidigen, die immer alles schon vorher weiß.

»Aber Gorm, Lieber, sag es endlich«, fuhr sie fort.

»Ich habe ein Mädchen … geschwängert.«

Langsam wurde Mutters Gesicht grau, und ein rosa Fleck zeichnete sich oben auf den Wangenknochen ab.

»Das wird Großmutter nicht gefallen«, meinte sie mit schwacher Stimme.

»Großmutter? Ich erzähle das dir.«

»Du hast mir noch gar nicht von ihr erzählt. Wie lange hattest du was mit ihr?«

»Nicht sehr lange. Es war nichts Ernstes.«

»Nichts Ernstes? Und dann ist sie trotzdem schwanger geworden? Wer ist es?«

»Turid ist Lehrerin«, sagte er und begann zwischen dem Fenster und Vaters Stuhl auf und ab zu gehen.

Seine Mutter saß eine Weile da und rang die Hände, während sie geradeaus starrte. Dann sah sie ihn direkt an.

»Ihr müßt sofort heiraten«, sagte sie entschlossen.

Gorm riß die Augen auf.

»Du kannst nicht einfach vor der Verantwortung davonlaufen, mein Junge. Du mußt daran denken, wie es ihr dabei geht. Was sie seelisch und körperlich durchmacht. Ein Mann kann das nicht verstehen, aber er kann sich seiner Verantwortung stellen.«

»Aber Herrgott, Mutter!«

»Sag mir jetzt nicht, daß du sie nicht liebst. Geschwätz! Niemand liebt den anderen. Liebe muß erst gelernt werden, verstehst du. Vater und ich mußten das auch. Lad sie morgen zum Abendessen ein. Ich will sie mir anschauen. Olga und ich werden was Gutes kochen. Was ißt sie gern? Braten? Wo kommt sie her? Hast du ein Bild von ihr? Zum Nachtisch gibt es Karamelpudding. Das wird sicher nett. Lehrerin, das ist ja großartig. Du weißt, daß Lehrerinnen keine unehelichen Kinder bekommen dürfen? Das macht sich nicht so gut. Ist sie hübsch? Gebildet? Wo kam sie noch gleich her?«

Abends rief er Torstein an und sagte, ihm gehe es nicht gut und sie müßten das Biertrinken aufschieben.

Turids Mutter war Witwe. Sie stand in ihrem neuen Kleid da, die Hände um eine Handtasche von vor dem Krieg gefaltet. Sie war am Vortag gekommen, voll der Dankbarkeit, weil Gorm Turid heiraten wollte, als hätte er sich einer Gestrauchelten erbarmt.

Turid strahlte in ihrem weißen Brautkleid von Grande & Co. Das teuerste und beste. Allerdings war der Schleier zu kurz. Aber Tante Klara hatte es folgendermaßen ausgedrückt: »Eine so schöne Braut braucht keine dummen Verzierungen.«

Als Gorm die Braut an der Bank vorbeiführte, in der seine Mutter saß, trocknete diese sich diskret die Augen. Nur die Großmutter sah etwas mürrisch aus. Sie wurde von der Tante und dem Onkel gestützt.

Torstein stand vorn mit einer Schulfreundin von Turid. Die beiden waren die Trauzeugen. Torstein hatte bereits eine andere Freundin und willigte ohne Bedenken ein, die Aufgabe zu übernehmen.

Die ganze Nacht hatte Gorm an diesen Augenblick gedacht. Eigentlich hatte er die Entscheidung schon schriftlich in seinem Notizbuch festgehalten, ehe er sich hingelegt hatte. Und als die Orgel brauste, wie man zu sagen pflegte, und sie den roten Läufer entlanggingen, wußte Gorm, daß noch Zeit war. Aber nicht mehr viel.

Er führte Turid zum Brautstuhl, und der Augenblick war gekommen. Mit einer leichten Verbeugung zum Pfarrer, dann zur Braut wandte er dem Altar den Rücken und verbeugte sich vor der gesamten Gemeinde. Einen Augenblick sah er über sie hinweg und rückte dabei in aller Ruhe Vaters goldene Manschettenknöpfe zurecht, dann spazierte er durch die ganze Kirche, während sich aller Augen wie unbehagliche, aber vollkommen ungefährliche Reißnägel auf ihn hefteten.

Mit männlicher Stärke und Autorität schritt er aus, als wäre alles, jedenfalls soweit er sich erinnern konnte, gekauft und bezahlt, so daß er es hinter sich lassen konnte. Der Blumenschmuck im Mittelgang war in Zusammenarbeit der beiden führenden Blumengeschäfte der Stadt entstanden. Gelb und rot. Nächstes Mal wollte er sie wirklich bitten, zusätzlich noch tiefblaue Blumen zu beschaffen, weil sie ihn an den Pazifik erinnerten.

Er ließ das Kirchenportal hinter sich offen und ging zu den letzten Tönen von Mendelssohn die Treppe hinunter. Dann schritt er in der Sonne aus und direkt zu Vaters Volvo Amazon. Es war so leicht. Er brauchte es einfach nur zu tun.

Er fuhr direkt zum Büro und bat Fräulein Ingebriktsen, ihm eine Kanne Kaffee und einen Flugplan zu bringen. Die Auslandsflüge, denn er wolle eine längere, private Reise unternehmen.

Zum Schluß zog er die Schublade mit den vollgeschriebenen gelben Notizbüchern heraus. Eilig steckte er sie in seine Aktentasche. Nichts hatte er vergessen. Alles war klar.

In diesem Augenblick fragte ihn der Pfarrer etwas, und er antwortete, wie er es gelernt hatte.

»Ja.«

Turid war entzückt, in die Villa der Familie mit dem großen Garten einzuziehen, und wollte nichts davon hören, daß sie auch woanders wohnen konnten. Darin waren Mutter und sie sich vollkommen einig.

»Aber es ist das beste, wenn trotzdem jeder noch ein eigenes Zimmer hat. Gorm ist es gewöhnt, sich zurückzuziehen, weißt du. So war er immer«, sagte Mutter leise und nahm vertraulich Turids Arm.

Turid legte sich einen Kaffeekocher zu und verwahrte Kekse und Knäckebrot in einer Schublade in Mariannes Zimmer, als privates Nachtessen und zeitiges Frühstück. Sie ging zur Schule und mit ihren Freundinnen aus. Ab und zu saß sie in ihrem Zimmer, korrigierte Hefte und bereitete sich vor.

Gorm war meist im Büro. Es gab Pläne für eine größere Zusammenarbeit mit einer der führenden Ketten, und das bedeutete, daß Haugan und Henriksen ihn ständig informieren und verschiedenes mit ihm besprechen mußten. Gorm hatte das Gefühl, langsam einen besseren Überblick zu gewinnen. Die Alten waren regelrecht zufrieden mit ihm. Jeden Samstag nach der Arbeitszeit trank er mit ihnen in seinem Büro ein Glas Cognac und rauchte eine Zigarre. Haugan hatte immer wenig Zeit, nur eine Viertelstunde oder zur Not zwanzig Minuten, weil er nach Hause zum Essen mußte.

Für Vaters langjährigen Kampf mit der Gemeinde um einen Baugrund für den Anbau war immer noch keine Lösung in Sicht, und so mußte auch darüber gesprochen werden. Sie wollten das Geschäftshaus im Frühjahr um zwei Etagen aufstocken, aber das war nicht genug.

Unter vier Augen waren sich Gorm und Haugan einig, daß sie einen guten Juristen brauchten, um sich gegen die Gemeinde durchzusetzen. Vang war in Ordnung, aber er besaß nicht mehr genügend Kampfgeist und hatte auch bald die Pensionsgrenze erreicht. Außerdem hatte er im Stadtrat ein paar Parteifreunde, mit denen er sich nicht anlegen wollte. Haugan riet Gorm davon ab, den Mann einfach zu übergehen. Er solle es statt dessen mit einer List versuchen. Gorm war ungeduldig, nahm sich aber bis auf weiteres zusammen.

Er merkte, daß es keine Strafe war, zur Arbeit zu gehen, daß er im Gegenteil mehr und mehr Energie darauf verwendete.

Mehrere Male hörte er, daß Turid und Mutter zusammen lachten, als er nach Hause kam. Es erfüllte ihn mit einer Art Dankbarkeit. Gorm dachte oft, daß das Ganze rührend sei, ihn aber irgendwie nichts angehe. Es gelang ihm nicht, Turids Bauch als etwas anderes zu sehen als eben Turids Bauch, der ihr vermutlich sogar eher lästig war.

Nachdem sie geheiratet hatten, nahm er das gelbe Notizbuch nicht mehr mit nach Hause. Er schloß es im Büro in einer Schublade ein. An einem Samstag, nach dem Cognac mit den Alten, holte er es hervor und schrieb: »Als er sein Kind zum ersten Mal sah, wurde ihm klar, daß er seinem Freund einen Gefallen getan hatte.«

An dem Tag, an dem Siri geboren wurde, hatten Turid und er ihre erste ernsthafte Auseinandersetzung. Sie wollte, daß beide Mütter sie in den Sommerferien ins Ausland begleiteten. So hätten sie gleich Babysitter dabei.

Er meinte, so etwas könne man nicht planen, ehe das Kind überhaupt zur Welt gekommen sei. Sie wurde wütend und beschuldigte ihn, er würde sich gar kein Kind wünschen. Dagegen konnte er sich wirklich nicht verteidigen.

Ein paar Stunden danach setzten die Wehen ein, und obwohl Turid bereits über der Zeit war, hatte er das Gefühl, es sei seine Schuld und wäre vermeidbar gewesen, wenn er sie nicht so wütend gemacht hätte.

Als er sie zum Krankenhaus fuhr, versuchte er, Ruhe zu bewahren. Sie stöhnte und klammerte sich an ihn. Er fühlte sich sehr hilflos dabei, denn er konnte schließlich nichts tun, um ihre Schmerzen zu lindern.

Man ließ ihn auf dem Korridor warten.

»Wir versorgen Herrn Grande schon mit Kaffee, solange es dauert«, meinte eine Schwester lächelnd und wollte Turid mitnehmen.

Sie suchte in seinen Armen Schutz. Eine neue Wehe war im Anzug.

»Hier entlang, Frau Grande«, sagte die Schwester.

Turid sah ihn flehend an und schnappte nach Luft.

Er hatte das Gefühl, sie noch nie gesehen zu haben. Trotzdem war sie seine Verantwortung. Seine Frau. Es war seine Schuld, daß sie hier in einem Krankenhauskorridor stand und sich vor Schmerzen krümmte. Und sie offenbarte ihm etwas, was ihm während ihrer Schwangerschaft nie in den Sinn gekommen war. Turid hatte Angst. Sie hatte Todesangst.

Neun Monate lang hatte er ihren Zustand als einen beklagenswerten, aber natürlichen Vorgang betrachtet, mit dem sie schon allein fertig werden würde. Sein Beitrag bestand darin, daß er sie geheiratet hatte.

Er legte die Arme um sie und ging mit ihr den Korridor entlang. Als die Schwester sie trennen und ihm die Tür vor der Nase zuschlagen wollte, begann Turid zu weinen.

»Ich geh mit rein«, sagte Gorm.

»Die Hebamme will keine Männer da drinnen sehen.«

Er tat so, als hätte er es gar nicht gehört, und trat in ein furchterregendes Zimmer voller Stahlrohre, Nickel und Glas. Auf dem Fußboden stand ein Bottich mit Gerätschaften, die aussahen wie Folterwerkzeuge in Blutwasser.

»Sie können sich hier ausziehen«, sagte die Schwester und stützte Turid hinter einem Wandschirm.

Nach einer Weile kam sie stöhnend in einem riesigen Krankenhausnachthemd wieder zum Vorschein.

Er wollte ihr schon in den eigentlichen Kreißsaal folgen, als ihn eine strenge Stimme dazu brachte, sich umzudrehen.

»Hier können Sie nicht bleiben!«

Die Frau hatte offenbar das Sagen. Irgendwie erinnerte sie ihn an Bubben von der *Bonneville*. Vermutlich ist es gar nicht so schlimm, sie will nur ihre Macht demonstrieren, dachte er, während er Turids Stöhnen folgte.

»Hören Sie nicht, was ich gesagt habe?« sagte die Hebamme und packte ihn am Arm.

Er schwitzte und begriff, daß er seinen Verstand gebrauchen mußte. Das war wie beim Armdrücken, Taktik war alles. Es kam mehr auf den Augenkontakt an als auf rohe Gewalt.

»Aber meine Liebe, ich muß bei meiner Frau bleiben, sie braucht mich!«

»Bester Herr Grande, damit kennen Sie sich nicht aus«, sagte sie barsch. Aber er entdeckte eine leichte Unsicherheit in ihrer Stimme.

Bei Turids Schrei brach ihm am ganzen Körper der Schweiß aus. Er schluckte.

»Nein. Aber es ist ein Trost für sie, wenn ich bei ihr bin.«

»Und was sollen wir machen, wenn Sie plötzlich ohnmächtig am Boden liegen?«

»Dann lassen Sie mich halt liegen, bis ich von allein wieder aufstehe«, entgegnete er und versuchte zu lächeln, während er ihr weiterhin in die Augen sah.

»Und wenn Sie im Weg liegen?« Jetzt klang sie sehr barsch.

»Ich verspreche, nicht im Weg zu sein, wenn ich umfalle«, sagte er und nahm die Türklinke.

Bubbens weibliche Entsprechung betrachtete ihn eingehend. Dann ging sie eine Runde, schnappte sich etwas Weißes von einem Bord und warf es ihm zu. Sie hatte die Hände in die Seiten gestemmt, als sie sagte: »Herr Grande, Sie sind wirklich unausstehlich! Waschen Sie sich die Hände, und ziehen Sie sich den weißen Kittel über!«

Ein paar Stunden später, als die Hebamme sein Kind an den Füßen festhielt und der erste Schrei kam, schämte er sich, daß er je gedacht hatte, es könnte von Torstein sein.

Und als man ihm seine Tochter in ein Handtuch gewickelt in die Arme legte, begriff er, daß er bei etwas dabeigewesen war, worüber er in seinem gelben Buch kaum ironische Bemerkungen würde machen können. Die Tränen liefen ihm über die Wangen, und zwar schon lange.

Turid lächelte ihn ermattet vom Bett aus an. Die Hebamme und die Schwestern machten ein Getue, als hätten sie gerade die neueste Kollektion ausgepackt. Und er weinte. Zum Schluß fragte er, ob es richtig sei, daß sie so klein und krank aussehe.

»Aber mein lieber Herr Grande, das Mädchen ist groß und kerngesund!« sagte die Hebamme und lächelte nachsichtig.

Vorsichtig steckte er seinen Zeigefinger zwischen die winzigen Finger und spürte die Wärme hinter der dünnen Haut und das Kratzen der klitzekleinen, perfekten Nägel.

Er erinnerte sich an einen Vorfall aus einer Zeit, als er noch ein Junge gewesen war. In Indrefjord. Er war auf einen Baum geklettert und hatte ein Vogeljunges aus einem Nest genommen. Lange hatte er mit ihm in der Hand auf einem Ast gesessen. Es war warm und seltsam gewesen. Während er die dünne Haut mit Blutgefäßen und Poren untersucht hatte, war ihm klargeworden, daß er noch nie so etwas Hilfloses gesehen hatte. Vorsichtig hatte er es wieder zurückgelegt. Aber am Abend hatte es tot unter dem Baum gelegen. Den ganzen Sommer über hatte er daran gedacht, daß es seine Schuld war. Weil er es in die Hand genommen hatte.

Jetzt wurde es ernst. Es war seine Verantwortung, daß niemand diesem Menschenkind etwas antat.

Sie öffnete zwei dunkle Augen. Es sah so aus, als würden sie ihn aus dem Dunkel der Gebärmutter heraus ansehen. Als wäre sie noch nicht ganz auf der Welt.

Ich bin der erste Mensch, den sie sieht, dachte er und hatte ganz vergessen, daß er in einem Buch gelesen hatte, kleine Kinder könnten kaum etwas sehen.

»Wo hat sie die dunklen Augen her?« fragte er verlegen und legte sie Turid auf die Brust.

»Alle Neugeborenen haben dunkle Augen. Das ändert sich erst später«, meinte die Hebamme.

»Willkommen, Siri!« sagte Turid und lachte leise.

Er sah in die weit offenen Pupillen des Kindes und lachte ebenfalls.

Da drängte sich ein anderes Bild ganz stark in sein Bewußtsein. Es dauerte nur einen Augenblick. Ruts Augen.

Seine Mutter veränderte sich vollkommen, nachdem Siri geboren war. Gorm hörte nie mehr, daß sie über Schmerzen oder Unwohlsein klagte. Alles drehte sich ums Kind. Von Mariannes Jungen sprach sie nicht mehr.

Während Turid von der Schule beurlaubt war, versuchte seine Mutter in einem langwierigen Prozeß, eine Dame aus ihr zu machen. Sie wollte ihre Kleidung, ihre Frisur und ihren Dialekt verändern.

Sie kritisierte nicht, kam aber mit begründeten Vorschlägen. Als Turid sich bei Gorm beklagte, meinte er, sie müsse die Grenzen schon selber setzen.

Als Siri fast zwei Jahre alt war, begann Turid wieder mit ihren sogenannten Freundinnen von früher auszugehen.

Eines Abends, als er von einer Reise zurückkam, war Turid nicht zu Hause. Seine Mutter erwartete ihn mit der Bemerkung, seine Frau gehe ins Restaurant und tanze mit anderen

Männern. Sie tanze zu eng, und zwar in Abendkleidern von Grande & Co. In den teuersten. Das habe ihr eine Freundin aus ihrem Lesekränzchen erzählt.

Er wies die Sache als unsinniges Geschwätz von sich.

»Und warum ist sie sonst ständig unterwegs?«

»Ich bin auch ständig unterwegs.«

»Du arbeitest schließlich.«

»Turid hat auch wieder angefangen zu arbeiten«, erwiderte er scharf.

»Abends arbeitet sie, soweit ich weiß, nicht. Aber es stimmt schon, die kleine Siri hat keine Eltern, die tagsüber zu Hause sind. Sie hat nur mich!«

»Das ist das erste Mal, daß du dich darüber beklagst. Freut es dich denn nicht? Es war dein Vorschlag, daß wir alle in einem Haus wohnen.«

Sie bekam einen Weinkrampf, und es endete damit, daß er sich mit ihr versöhnte. Aber er entschloß sich, die Episode Turid gegenüber nicht zu erwähnen.

Am Samstag nach dem Cognac mit den Alten schrieb er in sein Notizbuch: »Seine Mutter mußte für unvorhergesehene Dinge büßen, ohne eine Begabung zur Buße zu haben. Das überließ sie lieber anderen. Er ertappte sich dabei, daß er ihr ähnlich war, obwohl es ihm nicht gefiel. Es war eine Tatsache, daß er mehrere Tage lang Groll gegen seine Mutter hegte, weil seine Frau mit anderen Männern tanzte.«

Es war das erste Mal, daß Gorm das Wort »Mutter« in seinem gelben Buch gebrauchte.

Ihm gegenüber war Turid wie früher. Aber die Besuche im Büro, wo sie alle Angestellten becircte, wurden seltener. Wenn er versuchte, sich ihr zu nähern, war sie oft müde, oder sie mußte Hefte korrigieren, während Siri schlief.

An einem Samstagabend im September, während seine Mutter ihren jährlichen Kuraufenthalt absolvierte, kam er spät aus dem Büro und fand Siri in der Obhut eines Babysitters.

»Wo ist sie denn hingegangen?« fragte er etwas beschämt, weil er es nicht wußte.

»Ich weiß nicht. Aber sie hat eine Telefonnummer dagelassen.«

Er kannte die Nummer und bat den Babysitter, noch etwas zu bleiben. Dann ging er in das Restaurant, in dem sie ihre Freundinnen hatte treffen wollen, nur um bestätigt zu sehen, daß sie in den Armen eines großen, dunkelhaarigen Mannes über das Parkett schwebte. Jedenfalls nicht Torstein, konstatierte er und drehte sich in der Tür um.

Er kehrte nach Hause zurück und schickte den Babysitter weg. Dann ging er zu der schlafenden Siri hoch. Sie schwitzte, und das blonde Haar klebte ihr an der Stirn. Er zog die Decke etwas zur Seite und strich ihr das Haar nach hinten.

Kurz wurde sie wach und sagte »Papa«, dann war sie auch schon wieder eingeschlafen. Er blieb eine Weile im spärlichen Licht von Edels Elfenlampe sitzen. Warum hatte nie jemand diese Lampe weggeworfen? Schließlich war der Schirm beschädigt.

Seine Eifersucht, als er Turid mit dem anderen Mann sah, hatte ihn erstaunt. Er vermißte sein Notizbuch, das im Büro lag, denn er hätte gern ein Zugeständnis gemacht: »Eifersucht ist infantil, dunkel und notwendig. Sie wirkt im schlimmsten Fall lähmend und im besten Fall reinigend.«

Er war sich nicht sicher, wie er reagieren würde. Die Stunden vergingen, ohne daß sie nach Hause gekommen wäre, aber merkwürdigerweise schlief er trotzdem ein.

Er stand mit Siri auf dem Arm auf der Treppe, als Turid unten die Tür aufschloß. Es war halb acht Uhr morgens.

Sie sah strahlend aus. Wunderschön. Sie schlug die Augen nieder, als sie ihn sah.

»Es steht dir, Hausmann zu sein«, sagte sie und hängte den Mantel auf.

Er antwortete nicht, sondern ging einfach wieder nach oben.

Als sie ins Zimmer kam, saß er in der Hocke neben Siri, die die Finger in die Augenhöhlen ihrer Puppe gesteckt hatte. Der eine Puppenarm hatte Abdrücke von kleinen Zähnen.

»Es tut mir leid. Ich habe zuviel getrunken. Hab bei einer Freundin übernachtet.«

»War er gut im Bett?«

Er versuchte ihren Blick aufzufangen, aber sie drehte sich um und ließ ihre Handtasche auf den Boden fallen. Während sie durch den Flur ins Bad ging, schlüpfte sie aus den Schuhen. Sie ging mit den Zehen nach innen. Das hatte ihn immer gerührt. Früher.

Eines Tages kam für Turid ein Brief in einem braunen Umschlag mit dem Wappen der Stadt Trondheim. Sie hatte eine Lehrerstelle bekommen. Er hatte gar nicht gewußt, daß sie sich um den Posten beworben hatte.

Als sie ihm den Brief zeigte, sagten sie kein böses Wort zueinander. Allerdings fragte er sie, ob es unbedingt nötig sei, so weit wegzuziehen. Als sie bejahte, nickte er. Wenn sie das so sehe.

Ehe es soweit kam, hatte sie sich natürlich beklagt. Daß er nicht mehr zu Hause sei, daß er seine Mutter in ihrem Zuhause nach Belieben wüten lasse und daß er sich nicht um die kleine Siri kümmere.

Mit Ausnahme der letzten gab er ihr in allen Anschuldigungen recht. Er ergänzte sie sogar noch, falls es ihr im Affekt nicht gelang, die richtigen Worte zu finden.

Als sie ihm ins Gesicht schleuderte, seine Mutter sei herrschsüchtig und müsse immer alle Aufmerksamkeit haben, ergänzte er, daß sie außerdem noch überempfindlich sei, und das sei sie, seit er sich erinnern könne.

Aber nachdem die Entscheidung gefallen war, warf sie ihm nichts mehr vor. Sie trafen sich bei den Mahlzeiten und bildeten eine gemeinsame Front gegen die unverhohlenen Sticheleien seiner Mutter und überhörten die Kommentare, die ihnen als Eltern und Paar galten. Einige Male widersprach ihr Gorm, aber meist ließ er es bleiben.

Während aus den Wochen Monate wurden, fragte er sich, warum er seiner Mutter nicht von Anfang an klargemacht hatte, daß Turid und er eine unangreifbare Gemeinschaft darstellten. Hatte er sich vielleicht in seinem Innersten gewünscht, daß es dafür eines Tages zu spät sein könnte?

Eines Abends schrieb er nach der Arbeitszeit in das gelbe Buch: »Er hatte sie nie gewählt. Es war sie, die in ihrer Unvernunft den Volvo gewählt hatte.«

Trotzdem entstand eine große Leere in seiner Brust, als er sah, wie sie ihre Habseligkeiten in drei große Koffer packte.

Er bestellte einen Container und half ihr, Kinderbett, Schreibtisch und diverse Möbel zu verstauen, ohne die sie seiner Meinung nach nicht auskommen konnte.

Am letzten Abend ging er in ihr Zimmer. Während sie vollständig angezogen auf der Bettdecke lagen, ohne sich zu berühren, fiel ihm endlich etwas ein, was er sagen konnte.

»Ich glaube, du hast den richtigen Entschluß gefaßt. Du bist mutig. Ich weiß nicht, was du damals in mir gesehen hast, aber offenbar glaubst du jetzt, daß du dich geirrt hast.«

»Du lebst in einer anderen Welt. Ich verstehe dich nicht. Du läßt mich nie an dich ran. Und dabei komme ich mir dumm und vollkommen allein gelassen vor.«

Er stützte sich auf einen Arm und betrachtete sie.

»Du bist der Sonnenschein, Turid. Wie sollst du mit einem wie mir leben können, wenn du selbst nur der warme Sonnenschein bist?«

Sie begann zu weinen und schlang die Arme um seinen Hals. Das verdrängte die Leere etwas. Er strich ihr über den Rücken, um ihr etwas zu geben. Aber das Ganze erinnerte ihn an eine wichtige geschäftliche Verbindung, die aus verschiedenen Gründen beendet werden mußte.

Am Morgen war der Himmel über der Mole lila, als er sie zur Hurtigrute fuhr und sie an Bord begleitete. Turid und er verabschiedeten sich voneinander wie wohlerzogene Bekannte.

Er nahm die schläfrige Siri in die Arme und drückte sie, ehe er sie auf die Koje legte. Sie war drei Jahre alt und wußte nicht, daß sie ihn verlassen würde.

Als er die Treppen zum Büro hinaufging, fiel ihm auf, daß es bald Herbst war. Er hatte es gar nicht bemerkt.

Als Fräulein Ingebriktsen kam, brachte sie ihm Kaffee und die Zeitung. Es war jeden Morgen dasselbe. Wie alles andere hatte er auch sie geerbt. Als Fräulein Ingebriktsen wieder gehen wollte, sagte er mit Vaters Stimme: »Gefällt es Ihnen hier bei uns, Fräulein Ingebriktsen?«

Sie drehte sich um und sah ihn entsetzt an.

»Gefallen? Habe ich Anlaß dazu gegeben, etwas anderes anzunehmen?«

»Nein, es fiel mir nur gerade ein.«

Ihr Gesichtsausdruck verwandelte sich von Skepsis zu freundlichem Ärger.

»Soll ich die Post sofort holen, oder wollen Sie zuerst die Zeitung lesen?«

Er saß da und sah sie an.

»Meine Frau hat mich heute morgen verlassen«, sagte er so freundlich, wie er konnte.

Fräulein Ingebriktsen blieb der Mund offenstehen. Ein klebriges Entsetzen kam aus ihren kugelrunden Augen. Er konnte ihr Entsetzen auf den Schläfen spüren.

»Das finde ich entsetzlich, und es tut mir sehr leid«, sagte sie mit kraftlosen Lippen. Sie hatte diese kraftlosen Lippen vermutlich schon immer, ohne daß es ihm je aufgefallen wäre.

»Können Sie dafür sorgen, daß das bei den Angestellten bekannt wird? Bei allen! Auf allen Ebenen!« sagte er.

Die Klebrigkeit wurde jetzt noch qualvoller.

»Nie im Leben«, erwiderte sie und hatte einen Augenblick später das Zimmer verlassen.

Am Nachmittag, nachdem alle gegangen waren, schrieb Gorm in das Buch: »Mit einem Menschen, der erst dann bemerkt, daß es einen Sommer gegeben hat, wenn ihm auffällt, daß es Herbst ist, muß etwas nicht in Ordnung sein. Und der unter so vielen Angestellten keinen hat, der wichtige, menschliche Nachrichten für ihn weitergeben könnte.«

Er blieb im Büro und ging von dort direkt ins Kino. Es war ein Film über die Liebe. Banale Dinge, von denen er nichts begriff. Aber im Kino war es behaglich und dunkel.

Anschließend trank er ein Glas in dem Lokal, in dem Turid mit dem großen Dunkelhaarigen getanzt hatte. Er traf ein paar Bekannte. Einer war Lehrer.

Offenbar waren alle informiert. Die Stadt war eben und überschaubar und hatte rechtwinklige Straßen. Gerüchte machten schnell die Runde. Wahrscheinlich wußte jeder immer schon alles, ehe er selbst es erfuhr. Das machte nichts. Jedenfalls nicht jetzt.

Als er durch die menschenleeren Straßen ging, sah er seinen Vater vor sich. Ernst. Immer unterwegs. Aber Augenkontakt, das hatten sie gehabt. Ab und zu. Jetzt sah er Vaters Gesicht ganz deutlich in einem Schaufenster. Der Vater nickte. Ihm ging auf, daß sein Vater das Leben unerträglich gefunden hatte.

Als er sich ins Haus schlich und in Siris Zimmer, sah er den kleinen Mund mit den winzigen Zähnen vor sich.

Auf dem Tisch neben dem Bett lagen Turids Schlüssel. Er hatte ihr den Schlüsselring mit der giftiggelben Bernsteinkugel an einer Silberschnur einmal aus Kopenhagen mitgebracht. Einen Augenblick wog er den Schlüsselbund in der Hand, dann legte er ihn wieder auf den Tisch und machte das Licht aus.

Das Zimmer hatte eine merkwürdige Leere. Sie kam gewiß von innen. Von ihm selbst. Der Mond warf den Schatten des Sprossenfensters auf das Linoleum. Auf dem Boden vor ihm lag ein deutliches gelbes Gitter.

20

Hatte sie Angst davor, allein im Hotel zu wohnen?

Sie tastete nach dem Lichtschalter, und ihr eigener vielköpfiger Schatten an den Wänden erschreckte sie. Die Dame an der Rezeption hatte gemeint, sie habe Glück, denn es seien nur noch frisch renovierte Zimmer frei. Aber sie bekomme ihres zum normalen Preis.

Einen Augenblick lang kam sie sich in dem riesigen Zimmer ganz verloren vor. Dann fiel ihr ein, daß Ove es vermutlich ganz fabelhaft gefunden hätte.

Nachdem sie ihre wenigen Kleidungsstücke ausgepackt hatte, wußte sie nicht so recht, was sie anfangen sollte. Sie stellte den Wecker auf den Nachttisch und begann sich ernsthaft Sorgen zu machen, daß sie am nächsten Morgen womöglich verschlafen könnte. Oder daß sie das Haus nicht finden würde, wo die Tagung stattfinden sollte.

Da bemerkte sie erst, wie hungrig sie war. Die Küche war wahrscheinlich schon geschlossen, aber irgendwo in der Stadt ließ sich sicher etwas zu essen auftreiben. Hatte sie nicht ein paar Straßen weiter eine Würstchenbude gesehen? Sie konnte doch einfach da hingehen. Eigentlich wäre es das einfachste. Aber mußte sie dann den Schlüssel abgeben? Oder nahm man den in der Handtasche mit?

In dem Zimmer gab es drei Telefone. Sie hob den Hörer des am nächsten stehenden ab. Die Küche schließe gerade, aber ein belegtes Brot könne sie bekommen. Sie hätte gern ein überbackenes gehabt, gehe das? Und Wein. Roten. Nein, keine spezielle Sorte. Eine Flasche? Nein, eine halbe.

Als sie aufgelegt hatte, wurde es so still, daß sie ihr eigenes Herzklopfen hörte. Der Lärm der Straße war fast nicht wahrzunehmen. Sie setzte sich an den Schreibtisch und machte die Lampe an, um die Tagungsunterlagen noch einmal zu lesen.

Sie hatte sich in der Lehrergewerkschaft engagiert. Erst hatte sie sich geweigert, als sie gefragt wurde, ob sie sich für die Lokalliste aufstellen lassen würde. Aber allmählich hatte sie erkannt, daß es eine Gelegenheit wäre, Menschen zu treffen, die nicht nur an Rotstifte und Regeln für das Kaugummikauen dachten, wenn sie auf Gewerkschaftsversammlungen waren.

Ich brauche ja nicht viel zu sagen, dachte sie. Es sind sicher genügend Leute da, die zeigen wollen, daß sie ihre Hausaufgaben gemacht haben. Trotzdem befürchtete sie, die in sie gesetzten Erwartungen nicht erfüllen zu können.

Als sie das Brot bekommen hatte, schloß sie die Tür ab und setzte sich feierlich zum Essen hin. Es kam ihr in den Sinn, daß sie noch nie in ihrem Leben in einem Hotelzimmer gesessen und gegessen hatte. Sie konnte sich nicht entscheiden, ob es ihr gefiel oder nicht.

Mehrere Male kam ihr der Gedanke, daß sie trotzdem noch auf die Straße gehen sollte, vielleicht spazieren unter den großen Bäumen, die sie von ihrem Fenster aus sehen konnte. Aber sie entschied sich dagegen. Da draußen kannte sie niemanden. Keine Seele.

Den Wein trank sie in großen Schlucken, und eine Unruhe überkam sie, die ihr den Schweiß auf die Stirn trieb. Eigentlich war diese Unruhe die ganze Zeit über dagewesen. Vielleicht wurde sie ja beobachtet? Aber als sie nachschaute, konnte sie nichts Lebendiges oder Totes entdecken, weder unter den Betten noch im Kleiderschrank.

Sie stellte Teller und Glas auf das Tablett, wischte den Tisch mit einem Lappen aus dem Badezimmer ab, machte das Licht aus und legte sich hin. Die Nachttischlampe ließ sie brennen.

Nachdem sie eine Weile dagelegen hatte, kam sie darauf, daß sie die Gardinen vorziehen mußte. Niemand konnte bei diesem Neonlicht schlafen, ein ewiger Tanz der Farben. Sie stand auf und ging zum Fenster.

Da draußen liefen und standen Menschen herum. In Gruppen und zu zweit. Fast niemand war allein. Gelächter und Musik schallten zu ihr herauf. Mächtige Baumkronen beschatteten den Bürgersteig und warfen Schatten. Sie öffnete das Fenster einen Spalt, und alles wurde deutlicher. Als wäre sie ein Teil davon. Sie blieb stehen. Die dunklen Bäume waren gleichzeitig furchterregend und schön. Wie lange hatten sie wohl schon dort gestanden und waren gewachsen, ganz gemächlich, ohne daß es jemand gemerkt hatte? Jedenfalls nicht, bis sie kam.

Sie merkte, daß ihr eiskalt wurde, schloß das Fenster und zog die Gardine vor. Als sie wieder im Bett lag, tauchte der Gedanke auf, daß es schön gewesen wäre, wenn sie jemanden im Hotel gekannt hätte. Nicht, daß sie ihn so spät noch angerufen oder ihn anderweitig gestört hätte. Sie hätte nur gerne gewußt, daß er hier irgendwo war. Jetzt spürte sie ihn neben sich. Er breitete die Decke über sie beide. Ihr wurde warm, und sie fühlte sich geborgen.

Nach der Vormittagsversammlung tat sie sich mit Birger zusammen, der in ihrer Nachbargemeinde unterrichtete. Sie kannte ihn schon ein wenig von früher und hatte ihn bereits bei der Bezirksversammlung gehört. Er hatte engagiert gesprochen, ohne die Zuhörer bekehren zu wollen.

Es gab zu viele, die das versuchten. Männer in ihrem Alter mit Strickjacken und karierten Hemden, an denen mindestens ein Knopf offenstand. Entweder in Jeans oder in Cordhosen.

Birger sah mit seinem blonden Vollbart und den gescheiten Augen gutmütig aus. Als sie beim Mittagessen zusammensaßen, fragte er, ob sie schon Pläne für den Abend habe.

»Ich war noch nie bei der Herbstausstellung. Aber dann muß ich heute nachmittag schwänzen, denn abends ist geschlossen.«

»Das machen wir«, sagte er mit einem breiten Lächeln.

»Interessiert dich das auch?« fragte sie froh.

»Ich versuche sie jedes Jahr anzusehen, wenn es geht. Das ist so eine Tradition seit meiner Studienzeit.«

Während sie durch das raschelnde Laub des Schloßparks spazierten, erzählte er ihr, daß er zwei Jahre lang jeden Tag durch den Park gegangen sei. Er sehne sich zurück nach dem Studentenleben, sagte er. Ein kleiner Ort im Norden mit Frau, zwei Kindern und einer Lehrerstelle sei schön und gut, aber das Studentenleben in Oslo sei eben doch die Freiheit.

»Man glaubt vorher immer, daß alles anders kommt«, murmelte er.

»Ja«, erwiderte sie nur.

Im Künstlerhaus stellte er sich an und kaufte für sie beide Eintrittskarten. Das rührte sie, und ehe sie es sich anders überlegen konnte, hatte sie ihm zweimal gedankt.

Beide kauften einen Katalog, und trotzdem gingen sie gemeinsam durch die Ausstellung. Sie redeten nicht viel. Aber es war ein gutes Gefühl, ihn neben sich zu haben. Einige Male deutete er auf etwas und lächelte oder schüttelte den Kopf. Aber er war kein Schwätzer.

An der Treppe zum ersten Stock trafen sie eine Frau mit roten Haaren. Sie freute sich sehr, ihn zu treffen, und übersah Rut vollständig.

Er wirkte bedrückt. Schließlich nickte er der Roten zu, sagte, es sei nett, sie wieder einmal getroffen zu haben, und wünschte ihr viel Glück.

Anschließend sah Rut ihn mit anderen Augen. Ein großer, gut gebauter Teddybär mit Sinn für Kunst.

Erst als sie die Treppe hinaufgingen, sagte er erklärend: »Das war eine aus meiner Studentenzeit. Es kommt vor, daß ich sie treffe, wenn ich in der Stadt bin. Hätte ich dich vielleicht vorstellen sollen? War das unhöflich?«

Sie sah ihn spöttisch an.

»Nein, ich hab schon verstanden, daß es dir ganz recht ist, wenn sie mich für deine Frau hält, damit du dich loseisen kannst.«

Er lachte so laut, daß die Leute sich nach ihnen umdrehten. Es machte sie froh, so als seien sie gerade Freunde geworden.

Im Café tranken sie ein Glas Wein und sprachen über die Bilder. Er war nicht so beeindruckt wie sie.

»Das Handwerk ist in den letzten Jahren unter die Räder gekommen. Da gibt es viel zuviel Schmiererei. Manche machen es sich zu einfach. Viel Leerlauf und Schlamperei.«

Sie fragte nach Beispielen, und als er ein ausdrucksvolles Gemälde in der ersten Etage erwähnte, das ihr gut gefallen hatte, widersprach sie ihm.

»Handwerk ist sicher wichtig. Aber für mich ist es wichtiger, daß etwas in mir so stark angesprochen wird, daß ich es mitnehmen muß«, meinte sie.

Er hörte ihr zu und argumentierte heftig dagegen. Aber das machte nichts. Es war ganz anders, als wenn sie sich mit Ove stritt. Sie vertraute ihm an, daß sie ebenfalls malte.

»Ohne es zu können. Nur weil es mir eine Art Bedürfnis ist«, meinte sie beschämt.

Während sie sich unterhielten, wurde ihr klar, daß sie ein Gespräch mit jemandem führte, der verstand, was sie sagte. Jemandem, der etwas Ähnliches gedacht hatte und es wagte, sich auszuliefern.

Sie spürte seinen Blick auf sich, und ein Motiv tauchte vor ihrem inneren Auge auf: Die fremde, rothaarige Frau, die die Treppe herunterkam und froh war, Birger zu treffen. Wie sie sich ansahen. Das, was sie einmal verbunden hatte. Ihre Eifersucht. Die Stofflichkeit ihrer Haut, als sie ihren Arm kurz um seinen Hals gelegt hatte. Die zögernde Berührung, das hoffnungslose Innehalten. Und die Tatsache, daß sie selbst, Rut, im Hintergrund stand, wie in einem Dreieck.

In Gedanken füllte sie die ganze Leinwand und gab dem Motiv ein Gleichgewicht. Die scheinbar herzliche Begegnung negierte sie mit dunklen Pinselstrichen. Und doch war irgendwie Birgers Blick, der von der Rothaarigen wegstrebt, das eigentliche Zentrum. Das zentrale Motiv.

»Fährst du morgen nach der Versammlung direkt nach Hause?« fragte er zögernd.

»Ja. Und du?«

»Ich bleibe noch einen Tag länger, bis Sonntag. Ich will, wenn ich schon einmal in der Stadt bin, noch weitere Ausstellungen sehen.«

»Oh! Das hört sich gut an.«

»Bleib doch auch noch!«

»Ich glaub eher nicht«, erwiderte sie zögernd.

»Nein, natürlich. Das war dreist von mir.«

Das Licht spiegelte sich in den großen Glasflächen zur Straße hinaus. Ein Gefühl der Hoffnungslosigkeit machte sie wütend.

»Doch! Ich bleibe noch einen Tag!« hörte sie sich sagen.

»Das freut mich wirklich. Wir lassen den gemeinsamen

Lunch ausfallen und gehen nach der Tagung direkt zum Künstlerbund. Hast du das Munch-Museum schon gesehen und die Nationalgalerie?«

Das hatte sie nicht. Er begann eifrig zu erzählen, und sie ließ sich bereitwillig von seiner Begeisterung mitreißen.

Als sie wieder ins Freie kamen, suchte sie eine Telefonzelle. Ove und sie hatten kein Telefon. Sie rief also bei den Nachbarn an und bat diese, Ove Bescheid zu geben, daß sie erst Sonntag mit der Nachmittagsmaschine zurückkommen würde. Das war feige und unkompliziert, und sie dachte nicht weiter darüber nach.

Die Gerüche waren schwer von Herbst und Stadt. Das war also die Freiheit. Als die letzte Galerie schloß, legte sich eine blaue Dämmerung über die Straßen, aber der Himmel war noch hell.

Birger hakte sie unter und verkündete, daß sie versuchen sollten, einen Tisch im Theatercafé zu ergattern. Sie ließ ihn entscheiden und sich führen. Er kannte die Stadt, und sie war fremd. Sie sagte es ihm: Welches Glück er habe.

»Du hattest doch wohl auch eine Jugend«, meinte er.

»Nicht, daß ich mich erinnern könnte.« Sie lachte.

»Erzähl keinen Unsinn, Mädchen! Du bist doch noch nicht einmal dreißig«, meinte er und drückte ihren Arm.

Und später im Theatercafé nahm er ihre Hand und bestellte Wein.

Sie sah auf die Kronleuchter an der Decke, versuchte die Leute auf den Porträts zu identifizieren und betrachtete die Menschen, die kamen und gingen. Ove hätte sicher gesagt, das alles sei ganz fabelhaft. Vielleicht hätte es ihm aber auch nicht gefallen. Vielleicht wäre er einfach gegangen, weil er noch irgendwelche Kumpels hätte treffen wollen.

»Glaubst du, jemand hat das Motiv mit den Musikern auf der Galerie schon einmal verwendet?« fragte sie.

Birger wußte es nicht, nahm es aber an.

»Aber du kannst es doch auf deine Art malen«, meinte er.

Schon, aber da sei etwas, wonach sie die ganze Zeit auf der Suche sei. Nach dem Motiv, das noch niemand gesehen habe. Und er verstand sie und drückte ihre Hand. Doch, gewiß verstehe er das.

Sie sah auf ihren Teller und zog ihre Hand zurück.

Zwei Männer wurden an den freien Tisch neben ihnen geführt. Der eine verdeckte den anderen mit seinem ziemlich korpulenten Körper. Er trug einen Anzug. Er keuchte und versuchte seine Körperfülle und einen Aktenkoffer zwischen den Tischen hindurch auf die Bank zu bugsieren, gleichzeitig sagte er, daß er sich immer davor hüte, große Partien aus Japan zu beziehen.

»Ich habe ohnehin keine Lust auf diesen Unsinn mit Samtex und Barntex.«

»Man kann sich schließlich überall das Beste herauspicken«, meinte eine bekannte Stimme.

Im nächsten Augenblick sah sie direkt in Gorm Grandes weit offene Augen.

Sie sind wirklich grün! Das habe ich mir nicht nur eingebildet, dachte sie.

»Habe ich was falsch gemacht?« Birger war weit, weit weg.

»Nein«, sagte sie auf gut Glück und schaute auf die nächste Säule. Ganz oben war ein Kranz mit Wichtelköpfen, oder was immer das sein sollte. Sie hatten enorme Bärte.

Sie schaute an der Säule nach unten und dann langsam den Fußboden entlang und wieder auf Birger, während sie dachte, daß ein Entkommen vollkommen unmöglich war. Sie saß da und wartete auf ihr Herzklopfen, aber alles war erstarrt. Ihr Blutkreislauf war zum Stillstand gekommen.

Wie im Nebel sah sie die blonden Haare über den dunklen Schultern. Die leuchtende, weiße Hemdbrust. Jetzt öffnete er den Mund und sagte etwas. Es zuckte hastig im rechten Mundwinkel, und tiefe Grübchen zeichneten sich zu beiden Seiten des Mundes ab. Die Lippen rundeten sich um Worte, die sie nicht verstand. Dann senkte er den Blick, und sie konnte ihn beobachten.

Auf einmal richtete er seine grünen Augen auf sie, während er sich langsam erhob und ihr die Hand hinhielt.

Damit werde ich nicht fertig, dachte sie, erhob sich aber trotzdem von der Bank. Seine Hand. Sie hielt sie fest. Spürte seine Haut.

»Guten Tag, Rut.«

»Guten Tag«, brachte sie mit Mühe über die Lippen.

»Ich will nicht stören, ich mußte dich nur begrüßen. Was für eine Überraschung, dich hier zu treffen, aber vielleicht bist du oft in Oslo?«

Er redete leise und hielt ihre Hand immer noch fest.

»Nein«, sagte sie und verstummte wieder.

Er sah auf ihre beiden Hände, dann ließ er die ihre los, und sie setzten sich gleichzeitig. Sie konzentrierte sich auf Birgers Bart. Er kräuselte sich an den Seiten und erschien in diesem Licht fast rosa.

Sie drehte sich etwas zur Seite, um Gorms Blick auszuweichen. Aber so wurde es auch schwierig, weiter Augenkontakt mit Birger zu halten. Sie versuchte sich so weit in die Wandnische zurückzulehnen, daß Gorm sie nicht sehen konnte, aber der saß, ihr zugewandt, nur einen Meter von ihr entfernt.

Sie nahm ihre Handtasche hoch, um zu kontrollieren, ob

sie Brieftasche, Schlüssel und Taschentuch dabeihatte. Es war alles da.

Birger begann von Egon Schiele zu reden, von dem sie ihm erzählt hatte, als sie aus dem Munch-Museum kamen. Er hätte gern einige seiner Bilder gesehen, und wenn es nur Postkarten seien.

Sie nickte und wollte schon sagen, sie könne das nächste Mal ja ihr Schiele-Buch mitbringen, verlor dann aber den Faden.

Gorms Hand lag auf der Armlehne. Ein glatter Goldreif teilte den Ringfinger. Der Korpulente bestellte Whisky und fügte hinzu, das sei alles, sie hätten bereits woanders gegessen. Gorm hob die Hand und korrigierte die Bestellung in ein großes Bier und einen Whisky.

»Ich habe ganz vergessen, daß du Biertrinker bist«, polterte der Korpulente.

»Das ist vielleicht eine Übertreibung, aber lange Besprechungen machen mich durstig.«

»Wie gesagt, ich mag diese Ketten nicht. Wir müssen im Ausland produzieren. Dort liegt die Zukunft. Du mußt aufhören, dich hier in Norwegen zu verzetteln, Gorm. Das wirft zuwenig ab.«

Birger versuchte ihre Aufmerksamkeit zu gewinnen. Hatte sie etwas gefragt, aber sie erinnerte sich nicht, was.

»Entschuldigung?« sagte sie.

»Kennst du ihn gut?« fragte er leise und beugte sich näher zu ihr hinüber.

»Wen?«

Er nickte diskret zum Nachbartisch.

»Nein, eigentlich nicht«, murmelte sie.

»Es sah nur gerade so aus.«

Sie bekamen ihr Essen. Gebeizten Lachs mit Senfsauce und

Kartoffelgemüse. Jetzt sieht er mich essen, dachte sie und wußte nicht, wohin mit sich.

Der Kellner kam mit Bier und Whisky zum Nachbartisch, schenkte Birger und ihr Weißwein nach und ging wieder.

»Es ist phantastisch, hier mit jemandem sitzen und über das reden zu können, was man erlebt hat, mit jemandem, der einen versteht«, sagte Birger leise und beugte sich ganz über den Tisch.

»Danke, ja«, erwiderte sie und kaute, den Blick auf die Tischplatte gerichtet.

»Was mir von Munch am besten gefällt, ist ›Eifersucht‹«, sagte er.

»Eifersucht?«

In diesem Augenblick sagte der Korpulente in seiner Nische Turids Namen.

»Ja, das Gemälde. Man erkennt darin seine eigenen schlimmsten Seiten«, sagte Birger und sah sie durchdringend an.

»Ja«, erwiderte sie und versuchte, Birger anzusehen.

»Was hat dich denn am meisten beeindruckt?«

Sie versuchte nachzudenken. Gorm hielt sein Bierglas. Etwas Schaum lief über den Rand und zwischen seinem Daumen und Zeigefinger herunter, ohne daß es ihn zu stören schien. Rut spürte, wie sich eine seltsame Wärme in ihrem Unterleib ausbreitete. Jetzt hob er das Glas und senkte den Blick, während er trank. Etwas an seiner Nasenwurzel und seinen Lidern wirkte hilflos.

»Ich glaube, das war ein Bild, das ›Modell in Morgenmantel‹ hieß. Das würde ich gern …«, murmelte sie.

Der Korpulente redete ununterbrochen, und sie hörte die Worte »deine Frau Turid«. Und Gorm nickte zustimmend. Rut richtete ihren Blick auf einen Frauenkopf aus Messing an der Lehne der Bank.

»Danke, das werde ich ausrichten«, sagte Gorm.

Sie sah ihn hastig an. Wirkten Lächeln und Stimme nicht etwas gezwungen?

»Das Bild hat mich an Schiele erinnert, es ist so nackt«, sagte Rut und klappte eine Ecke ihrer Serviette unter dem Tisch hoch. Sie erinnerte sich an den Tag, an dem sie Turid und Gorm als Hochzeitspaar in der Zeitung gesehen hatte. An die bittere, kalte Gewißheit.

»Warum bringst du sie nie in mein Sommerhaus an der Südküste mit? Meine Frau würde sich sicher auch gut mit ihr verstehen«, meinte der Korpulente und streckte seinen Kopf aus der Nische.

Gorm antwortete etwas, was sie nicht verstand, und ein düsteres Gefühl der Hoffnungslosigkeit ergriff von ihr Besitz.

»Entschuldige mich einen Augenblick«, sagte sie an Birger gewandt, nahm ihre Tasche und stand auf.

Sie spürte Gorms Augen auf ihrem Körper, als sie an ihm vorbei wollte. Es war eng. Er stand auf und zog mit einer leichten Verbeugung seinen Stuhl zurück.

»Danke«, sagte sie hastig, und erst an der Tür zum Gang fiel ihr auf, daß sie die Luft anhielt.

Als sie die Treppe von der Toilette heraufkam, stand er bei den Schwingtüren und sah sie direkt an. Sie blieb stehen, und er lächelte vorsichtig.

»Ist das dein Mann, mit dem du hier bist?«

»Nein, ein Kollege. Ich bin auf einer Tagung.«

»Ach, du auch. Bist du noch lange hier?«

»Bis morgen.«

»Kann ich dich treffen? Anschließend?«

Ein Gefühl der Benommenheit ergriff von ihr Besitz, als

würde sie schweben, und sie stand da, als hätte sie nichts gehört.

»Ja, du findest das vielleicht unhöflich, wenn du bereits Gesellschaft hast, in der du dich wohl fühlst, aber ...«

Sie schluckte und sah ihn an. Sie hatte das Gefühl, als würden seine gesenkten Wimpern ihre Wange berühren.

»Ich gehe bald zurück ins Hotel. Das ist ganz in der Nähe. Du kannst mich dort anrufen.«

»Hotel?«

Als sie den Namen nannte, lächelte er wie ein kleiner Junge. Seine Grübchen wurden noch tiefer.

»Gut! Ich ruf an«, sagte er und öffnete ihr die Tür, ohne selbst hindurchzugehen.

Als sie sich umsah, stand er bereits mit dem Dicken da und ließ sich den Mantel geben.

Sie bestand darauf, die Zeche zu teilen, obwohl Birger galant sein wollte.

»Eine zusätzliche Übernachtung in Oslo ist schon teuer genug. Es ist nicht nötig, daß du auch noch für mich zahlst«, stellte sie fest.

»Es war ein schöner Tag. Ein schöner Abend. Und das Essen war auch gut«, sagte er.

»Danke, daß du mir alles gezeigt hast. Es war sehr wichtig für mich.«

»Der Abend ist doch noch nicht zu Ende. Es ist erst zehn. Wir trinken noch eine Flasche Wein.«

»Aber wir haben schon gezahlt«, wandte sie matt ein.

»Woanders.«

»Nein, lieber nicht«, murmelte sie.

»Ich habe eine Flasche Wein auf dem Zimmer«, sagte er leise.

»Nein, danke. Die müssen wir uns für ein andermal aufheben.«

Er fuchtelte mit der Hand vor den Augen herum, als versuchte er, ein unsichtbares Insekt loszuwerden.

Einen Augenblick lang fühlte sie sich schuldig. Gleichzeitig empfand sie große Zärtlichkeit für ihn. Hatte Lust, ihm über den Bart zu streichen, weil sie so froh war, keinen Wein mit ihm trinken zu müssen.

Als das Telefon klingelte, hatte sie sich noch nicht überlegt, was sie sagen wollte.

»Hallo, ich rufe unten vom Empfang an.«

»Hallo«, sagte sie atemlos, während sie sich panisch im Zimmer umsah.

»Können wir uns in der Bar treffen? Hier im Hotel?«

Sie dachte nach. Birger? Er saß vielleicht in der Bar.

»Nein, das ist ungünstig … mein Kollege. Ich habe es abgelehnt, noch ein Glas Wein mit ihm zu trinken. Ich habe gesagt, ich würde mich hinlegen.«

»Ich verstehe. Wir finden schon ein anderes Lokal. Soll ich vor dem Eingang auf dich warten?«

»Nein, komm einfach hoch«, hörte sie sich sagen.

Es wurde still. Sie spürte, wie ihr die Schamröte ins Gesicht stieg.

»Gut! Welche Zimmernummer?«

Hörte sich seine Stimme froh an? Oder nur überrascht? Sie gab ihm die Zimmernummer und hatte dabei ein merkwürdiges Gefühl. Was tue ich da, dachte sie, als sie auflegte.

Dann drehte sie sich rasch um und hob ihren Pullover und ihre Haarbürste auf. Legte beides in den Koffer und knallte den Deckel zu. Jetzt muß ich mir nur merken, wo ich die Bürste hingelegt habe, dachte sie, machte die Deckenlampe aus und statt dessen die beiden Wandleuchten an.

Dann blieb sie stehen und sah sich um. Das Bad? Vielleicht mußte er ja aufs Klo, während er bei ihr war.

Sie rannte ins Bad und warf alle ihre Sachen in den Toilettenbeutel. Einen schmutzigen Slip nahm sie mit zu ihrem Koffer, während ihr durch den Kopf ging, daß er eigentlich schon dasein müßte. So lange dauerte das nicht, wenn er nicht die Treppe benutzte. Vielleicht hatte er es sich anders überlegt?

Als sie einen Blick in den Spiegel warf, fielen ihre Augen auf eine Frau mit zerzaustem Haar und stierem Blick. Lippenstift! Haarbürste! dachte sie verzweifelt. Da klopfte es.

Gorm Grande hielt eine weiße Orchidee und eine Flasche Wein in den Händen. Verblüfft fragte sie ihn, wie das möglich sei.

»Die Orchidee stammt von einem Gesteck aus einem der Bankettsäle, der Wein aus der Bar«, sagte er gutgelaunt und zog den Mantel aus. Sie hängte ihn in den Kleiderschrank. Er blieb mitten im Zimmer stehen und sah sich um.

»Viel Platz.«

»Ja, sie haben offenbar einen Fehler gemacht. Es war nichts anderes mehr frei. Setz dich«, sagte sie und deutete auf einen Stuhl.

In diesem Augenblick wurde ihr erst richtig klar, daß sie allein in einem Hotelzimmer waren. Ihr schlug das Herz bis zum Hals, während sie dachte, daß es ihm im gleichen Maße bewußt sein mußte.

Er ging ein paar Schritte hin und her, ehe er Orchidee und Flasche auf einem Tisch plazierte und sich setzte. Etwas ratlos sah sie sich nach einem Gefäß um, in das sie die Orchidee stellen konnte.

Da stand er auf und schob sie lächelnd zum Sofa.

»Laß mich …«, sagte er und zog sich die Jacke aus.

Es gelang ihr nicht, die Augen von seinen Hüften loszureißen, als er zur Minibar ging. Er bewegte sich für sie. Rasch. Entspannt. Wußte er, daß sie oft an seine Hüften dachte?

Er nahm den Flaschenöffner und eine Flasche Selters aus der Minibar. Das Mineralwasser verteilte er auf zwei Gläser, leerte die Flasche aber nicht ganz. Dann stellte er die Orchidee hinein und machte die Weinflasche auf.

Seine Hand, als er kräftig zupackte, seine Finger auf dem Flaschenhals, das Handgelenk – einen Augenblick lang schloß sie langsam die Augen. Dann setzte er sich, und sie schluckte und straffte die Schultern.

Aber als er sie anschaute, ergriff sie so etwas wie Panik. Sie konnte nicht denken, konnte nichts sagen, wußte nicht, was sie mit ihren Händen anfangen sollte.

»Damals, das hat doch geklappt. Ich meine – du bist nach Hause gekommen?«

Sie sah ihn entgeistert an, bis sie begriff, wovon er sprach.

»O ja. Ja, das hat geklappt.«

»Ich dachte erst, daß das dein Mann ist«, sagte er und biß sich dann auf die Unterlippe.

»Nein, der ist zu Hause. Ich meine, ich sollte eigentlich auch schon zu Hause sein. Aber ich war in ein paar Ausstellungen. Wir waren zusammen in den Ausstellungen, Birger und ich.«

Sie beugten sich gleichzeitig zu der Flasche vor, und als sie sich wieder in die Augen sahen, begannen sie zu lachen.

Er schenkte ein. Etwas Wein schwappte auf den Tisch. Darüber lachten sie ausgelassen. Er zog die Finger durch die rote Lache. Als er die Lippen öffnete, um die Fingerspitzen abzulecken, spürte sie eine unruhige Erwartung. Ihre Sehnsucht nach ihm war so stark, daß sie sich etwas einfallen lassen mußte. Etwas sagen mußte. Aber er war es, der schließlich anfing.

»Ich habe mir gedacht, daß ich dich besser kennenlernen sollte. Das hört sich vielleicht dumm an …«

»Nein«, erwiderte sie.

Er hob sein Glas. Seine Augen funkelten. Zwei sandige Untiefen bei der Boje, wo die kleinen Flundern zwischen den Felsen wohnten. Sie sah ihre Schatten über den hellen Grund huschen.

»Ich habe mich entschlossen, es dir zu erzählen, egal, was inzwischen alles geschehen ist. Daß ich oft an dich gedacht habe, daran, wie es dir wohl geht …«

»Das wußte ich nicht«, flüsterte sie.

»Nein, das konntest du nicht wissen. Deswegen sage ich es jetzt auch.«

Als sie aufsah, umschloß er sie ganz. Jetzt konnte sie loslassen. Ehe sie noch verstand, warum, liefen ihr die Tränen herunter.

Er kam zu ihr. Jetzt saß er ganz nahe und hatte eine Hand auf ihrer Schulter.

»Ich habe dich zum Weinen gebracht. Verzeih«, flüsterte er.

Sie wußte nicht, wer von ihnen beiden zuerst den Arm hob. Vielleicht war sie es. Jetzt waren sie ineinander verschlungen. Eng, so eng.

Das will ich, dachte sie. Das ist es, was ich will! Sie lehnte sich an ihn. Gab sich hin. Und spürte, wie seine Muskeln zitterten, als er sie umfing. Eine Weile lang atmeten sie nur. Dann hielt er sie etwas von sich weg und lächelte. Ein ernstes, fast trauriges Lächeln.

»Ich habe an dich gedacht, seit ich neun Jahre alt war und diesen Stein da geworfen habe«, hörte sie ihn sagen. »Ich weiß nicht, warum sich alles so entwickelt hat, wie es jetzt ist, aber ich hatte mir schon lange vorgenommen, es dir zu sagen. Nicht, um die Dinge schwieriger zu machen, sondern weil du ein Recht darauf hast, es zu erfahren. Als du ›Komm einfach hoch‹ gesagt hast, begriff ich, daß das vielleicht die einzige Chance ist, die ich je bekommen werde. Ich glaube, daß du mein Mensch bist, Rut. Nicht weil ich dich besitzen will, sondern weil dich meine Gedanken durch alles tragen sollen. Auch durch die Trauer. Darf ich das?«

Es gelang ihr nicht sofort, etwas zu sagen, sie küßte ihn nur vorsichtig auf den Mund.

Da umfing er sie wieder. Die Zeit hörte auf, zu sein. Es war so seltsam, seine Haut auf ihrer. Hatte sie noch nie die Haut eines anderen Menschen gespürt? Was hatte er da gesagt? »Ich glaube, du bist mein Mensch, Rut.«

Nach einer Weile merkte sie, daß er sie hochhob und durchs Zimmer trug.

»Wie soll ich das glauben?« schluchzte sie gegen seine Brust.

»Ich zeige es dir«, sagte er und legte sie vorsichtig aufs Bett. Dann machte er alle Lampen aus, mit Ausnahme der beim Fenster.

Vor dem Bett blieb er stehen und schaute ihr in die Augen. Dann löste er den Krawattenknoten und streifte ihn über den Kopf. Das Hemd fiel. Ein Kleidungsstück nach dem anderen, bis er nackt vor ihr stand.

Sie sah ihn, atmete ihn ein, trank ihn. Versuchte alle Linien in ihren Körper aufzunehmen, mit einem Hunger, den sie bisher nicht gekannt hatte.

Sie sah, daß er verlegen war, also setzte sie sich auf und streckte die Arme nach ihm aus. Seufzend ließ er sich mit gespreizten Beinen vor ihr nieder und zog sie ganz an sich.

Sein Glied richtete sich in einem kräftigen, schönen Bogen zu ihr auf.

Gorms Glied ist Gottes vollkommenste Waffe gegen mich, dachte sie, und ich, die ich ebenfalls Gottes Schöpfung bin, will mich nicht verteidigen.

Es dauerte eine Weile, bis sie begriff, daß da etwas in ihr Bewußtsein drang. Ein Geräusch. Irgendwo klingelte ein Telefon. An vielen Orten. Ganz innen in ihrem Ohr.

Sie hörten auf, sich zu bewegen, und hörten teilweise auf zu atmen.

Das Klingeln verstummte nur, um im nächsten Augenblick von neuem loszuschrillen, nur noch wütender. Bis sie ihm ein Ende bereiten mußte.

Er ließ sie sofort los, als er merkte, daß sie ans Telefon gehen wollte.

»Ja, hallo?« sagte sie.

»Warum gehst du nicht ans Telefon?« Oves Stimme klang fremd und wütend.

»Bin ich das nicht?« sagte sie ins Blaue hinein.

»Das mußt du schon selber wissen. Ich habe es eine Ewigkeit klingeln lassen. Auch schon vor einer Weile mal. Die von der Rezeption haben gesagt, daß du auf deinem Zimmer bist. Warum gehst du dann nicht ans Telefon?«

»Ove, hör schon auf!« sagte sie, während sich die Wände vor ihren Augen auflösten.

Sie drehte sich um. Gorm lag mit geschlossenen Augen und leicht geöffneten Lippen da. Als würde er schlafen. Aber das stimmte nicht. Er hörte alles. Er hörte Oves wütende Stimme. Alles wurde in Stücke geschlagen. Zerstört. Nicht weil Ove wütend war, sondern weil Gorm gezwungen war, Zeuge zu werden.

»Ist da jemand bei dir?« fragte Ove hart. »Gehst du deswegen nicht ans Telefon?«

»Ove. Du, ich komm doch morgen nach Hause.«

»Ich weiß, daß du jemanden auf dem Zimmer hast. Wer ist es?«

Sie wollte ihn anschreien, daß es ihn nichts angehe, wen sie auf dem Zimmer hatte. Aber sie konnte nicht zerstören, was noch übrig war. Sie hatte nicht die Kraft. Deswegen wiederholte sie mit beherrschter Stimme, sie werde am nächsten Tag nach Hause kommen. Sie wolle jetzt schlafen, und deswegen sei es das beste, wenn sie beide jetzt auflegten.

Er schimpfte noch ein bißchen weiter. Seine Stimme klang zunächst noch ängstlich, dann beruhigte er sich soweit, daß sie gute Nacht sagen und auflegen konnte.

Sie blieb mit dem Rücken zu ihm sitzen. Da stand er auf und drehte sie zu sich herum.

»Rut«, sagte er nur und wiegte sie in den Armen. »Rut ...«

Sie wollte ihn nicht anschauen. Etwas war zerstört, beschmutzt, schändlich.

»Glaubst du mir? Kann ich mich darauf verlassen, daß du mir glaubst?« fragte er nach einer Weile.

»Ja«, sagte sie mit erstickter Stimme und drückte ihren Kopf gegen seine Brust. Ihm war kalt geworden, und er hatte eine Gänsehaut. Aber er blieb sitzen und hielt sie in den Armen, während sie spürte, wie er ihr mit einer Hand durchs Haar strich.

Als sie sich beide wieder beruhigt hatten, stand er auf und begann sich anzukleiden. Die Verzweiflung war wie eine große Gefahr, gegen die sie nichts unternehmen konnte.

Und als er ihr wie einem kleinen Kind den Pullover über Kopf und Arme zog, bemerkte sie, daß sie bald anfangen würde zu weinen.

»Willst du, daß ich sofort gehe?« fragte er.

»Nein, ich will, daß du hierbleibst!«

»Das wollte ich hören«, flüsterte er. Und nach einer Weile

sagte er: »Kannst du mir einen Gefallen tun, damit ich erwachsener Mann nicht zu heulen anfange?«

»Ja?«

»Geh ins Bad und bleib dort, bis ich gegangen bin. Ich kann nicht gehen, solange ich dich sehe, obwohl ich weiß, daß du damals im Auto recht hattest. Du hast gesagt, daß so etwas für niemanden gut ist. Aber du hast mich auf jeden Fall so gesehen, wie ich bin«, sagte er und versuchte zu lächeln.

Sie saß dort drinnen, bis sie hörte, daß die Tür hinter ihm zufiel. Als sie öffnete, sah sie das leere Bett vor sich. Die Flasche, der Fleck auf dem Tisch und die Orchidee waren noch da. Aber er war fort.

Sie ging zum Schrank. Nur noch ihre eigene Jacke hing dort. Aufschluchzend stolperte sie zum Fenster und öffnete es. Die Menschen strömten vorbei. In Gruppen oder zu zweit. Fast niemand war allein. Ihn konnte sie nirgends entdecken.

In der Stadt bekam sie gerade noch den letzten Bus, mußte ihren Koffer aber dann von der Haltestelle nach Hause tragen, weil kein Taxi aufzutreiben war. Es regnete sowohl waagerecht als auch senkrecht, und ihre Liebe zu diesem nördlichen Landesteil befand sich auf Sparflamme.

Die Wohnung war leer, aber sie fand einen Zettel von ihrer Mutter. Sie war auf Besuch gewesen und hatte Tor auf die Insel mitgenommen. Fisch, selbstgebackenes Brot und Multebeeren lagen in der Gefriertruhe.

Nichts deutete darauf hin, daß Ove weiter weg wäre, denn das Auto stand vor dem Haus. Während sie ihre nassen Kleider auszog und Teewasser aufsetzte, dachte sie darüber nach, wo er sein könnte.

Ein durchdringender Geruch verriet ihr, daß der Mülleimer voll war, also zog sie ihre Stiefel an, um noch einmal nach draußen zu gehen. Gerade als sie den Deckel der Mülltonne zuknallen wollte, sah sie einen Schatten hinter der Gardine der Einzimmerwohnung im Parterre. Drinnen war es schummrig.

Eine Uhr begann einer Art mentalen Eiszeit entgegenzuticken. Es war nicht richtig, daß die Beleuchtung dort so schummrig war. Entweder sollte es ganz dunkel sein, oder die Lampe über dem Schreibtisch sollte brennen. Ove hatte sich erboten, in der Wohnung die Decken zu streichen, ehe die neue Lehrerin, die die Vertretungen übernehmen sollte, eingezogen war.

Vorsichtig legte sie den Deckel wieder auf die Mülltonne und ging zurück ins Haus. Die Tür der Einzimmerwohnung war nicht abgeschlossen. Verkrafte ich das? fragte sie sich und trat in die Diele.

Dort brannte Licht, und die Tür zum Zimmer war nur angelehnt. Sie hörte sie bereits, ehe sie ganz eintrat. Sie waren mittendrin. Sie kannte die Geräusche und wußte, daß er jetzt gleich kommen würde.

Irgendwie schaffte sie es, ihre Kräfte zu mobilisieren. Sie hob den Arm, erwischte mit dem Zeigefinger erstaunlicherweise den Lichtschalter und ließ die Deckenlampe über ihnen erstrahlen.

Von allen Erdenklichen war es ausgerechnet Berit, die Frau des Rektors, die da auf der Matratze in der Ecke des Zimmers lag. Über einem riesigen Kübel Mattweiß hing ihr Slip, ein bequemer Sloggy ohne Schnickschnack. Im übrigen lagen die Kleider herum, als wäre ein Sturmwind durchs Zimmer gefahren.

Ihr faltiger Bauch wurde sichtbar, als sie sich halb aufrichtete, um sich zuzudecken. Ove sah leidend aus, offenbar war er doch noch nicht gekommen.

Rut verspürte ein dummes Zittern, das in ihrem Magen begann und sich auf Arme und Beine ausbreitete. Stabile Stiefel hatten doch einen Vorteil. Sie schwankte ein paar Schritte auf die beiden zu und trat versehentlich auf Berits BH. In dem grellen Licht schimmerte er gräulich, und er sah ziemlich ausgeleiert aus.

Rut blieb stehen, als sie mit ihrem Stiefel Oves Wade streifte. Am Knöchel hatte er eine weiße Narbe. Jetzt lag er halb auf Berit, stützte sich mit Armen und Knien ab und schielte zu ihr hoch. Man sah deutlich die geplatzten Blutgefäße in seinen Augen. Er muß sich dringend rasieren, dachte sie.

Sie wußte nicht, ob es an seinem Blick lag oder an ihrer großen Müdigkeit, aber sie mußte dem ein Ende bereiten. Als sie diesen Entschluß gefaßt hatte, konnte sie endlich auch wieder atmen. Es war höchste Zeit, sich zurückzuziehen.

»Ich wollte nur fragen, ob ich den Kaffee hier unten servieren soll oder ob ihr raufkommen wollt«, sagte sie und stellte fest, daß die Worte verständlich waren, auch wenn ihre Stimme etwas groggy klang.

Sie mußte sich beim Treppensteigen aufs Geländer stützen und dachte, daß das Teewasser vermutlich bereits überkochte. In der Küche schlug ihr der Wasserdampf entgegen. Sie schaltete die Herdplatte aus, zog den Kessel zur Seite, schüttelte die Stiefel herunter und ließ sich auf einen Küchenstuhl fallen.

Armer Ove! Aber schließlich hatte sie es die ganze Zeit gewußt. Warum regte sie sich dann so auf? Oder regte sie sich gar nicht auf? War das womöglich Erleichterung?

Undeutlich erinnerte sie sich an ein diffuses Unbehagen. Vielleicht eine leichte Schlaflosigkeit, leichte Melancholie, leichte Unlust oder ein leichter Widerwillen gegen Ove. Aber sie konnte sich nicht mehr an die Symptome erinnern, nur noch an ihre Schatten. Jetzt wünschte sie sich, daß alles vorbei wäre. Wie eine Eiterbeule, die aufgeschnitten werden mußte.

Immer hatte sie nur aushalten wollen und deshalb nicht gesehen, daß sie sich retten mußte. Und es war nicht der Vorfall in der Einzimmerwohnung gewesen, der sie aufweckte. Er machte es nur deutlicher. Das Zusammentreffen mit Gorm hatte ihr die Augen geöffnet.

Sie hatte im Flugzeug gesessen und überlegt, wie sie es rechtfertigen konnte, daß sie einen Tag zu spät nach Hause kam.

»Ich ersticke hier. Ich brauche Zeit für mich. Ich will in die Herbstausstellung und in Galerien gehen, ob es dir nun gefällt oder nicht«, wollte sie sagen.

Sie schrieb es sich auf den Rand der Tagungspapiere, als handelte es sich um ihre persönlichen Schlußsätze aus der Diskussion der Norwegischen Lehrergewerkschaft über die Strategie für die Gehaltsverhandlungen.

Und als säße sie vor der Staffelei, hatte sie plötzlich eine Assoziation, jedoch noch nicht auf der Leinwand. Immer deutlicher sah sie einen Fremdkörper in weißer Nylonspitze vor dem Altar. Sie selbst. Der Stoff des Kleides war hart und kratzte an den Nähten. Sie konnte es immer noch spüren.

Wieso hatte sie das zugelassen? Sie wußte doch, daß es falsch war.

Früher war der Gedanke an die Kunstakademie immer ein gefährlicher Traum gewesen. Jetzt stellte er endlich eine Möglichkeit dar. Sie rief dort an, und eine warme Frauenstimme beantwortete ihr klar und deutlich alle Fragen.

Sie erfuhr, welche Arbeiten sie mit der Bewerbung zusammen einreichen mußte, und falls sie überhaupt in Betracht kam, mußte sie außerdem noch eine Aufnahmeprüfung machen. Die Bewerbungsfrist mußte sie ebenfalls einhalten. Aber sie hatte reichlich Zeit, denn für dieses Jahr war es bereits zu spät. Wurde sie erst einmal angenommen, dann bekam sie auch ein Stipendium.

Die Dame bat um ihre Adresse, damit sie ihr Bewerbungsunterlagen und Informationen zusenden konnte.

Rut hatte nie bemerkt, daß die Form des Telefonhörers so vollendet war. Abgerundet und schwarz. Gut zum Anfassen. Gut ans Ohr zu legen.

»Wenn Sie Gemälde einreichen wollen, ist es das beste, wenn Sie sie persönlich vorbeibringen. Verpackung und Transport sind teuer und riskant. Falls Sie irgendwann in Oslo sind, können wir die Arbeiten jederzeit entgegennehmen. Wir haben Räume im Künstlerhaus. Sie können die Bilder einfach dort beim Hausmeister abgeben. An der großen Treppe vorbei und in den Keller«, meinte die Dame freundlich.

»Ja!« jubelte Rut, während sie im stillen die Norwegische Lehrergewerkschaft segnete, die ihr sicher irgendwann eine Gelegenheit verschaffen würde, die Gemälde beim Hausmeister des Künstlerhauses abzugeben.

Eine Art Rausch erfaßte sie. Er glich in allem einem Weinrausch, abgesehen davon, daß sie vollkommen klar im Kopf war.

Sie rief bei den Veranstaltern der Staatlichen Herbstausstellung an und erfuhr dort ebenfalls genauestens, was sie einreichen mußte, auch wenn der Ton am anderen Ende etwas skeptischer war als bei der Dame von der Akademie.

An einem Sonntag im April stand Rut am großen Fenster im Wohnzimmer und sah hinaus. Sie war allein. Die Sonne schien über das Dach des Nachbarn. Pastellrosa Farbstreifen zeichneten sich schräg unter einer Wolkenbank ab. Daneben war der Himmel düster und unruhig. Wie so viele Male vorher war die Schönheit ein Hohn, ohne daß sie es hätte erklären können.

Sie war auf einer Tagung in Oslo gewesen. Die Bilder waren beim Hausmeister im Künstlerhaus abgegeben. Die Angst vor dem noch ausstehenden Urteil bereitete ihr Übelkeit, und so versuchte sie, nicht daran zu denken.

Ihr Blick wanderte wieder ins Zimmer. Auf eine auf der Fensterbank vergessene Karaffe mit Essig. Sie hatte einen runden Glasstöpsel. Die Aussicht aus dem Fenster spiegelte sich in diesem Stöpsel. Ein Miniaturbild in Farben. Verkehrt herum.

Da draußen war die Welt ein Bild, das höhnte und provozierte. Es trug die Möglichkeit der Veränderung und Zerstörung in sich. Und es konnte sie, Rut, in ein Miniaturbild in einem Glasstöpsel verwandeln.

Sie nahm die Essigkaraffe mit in die Küche und stellte sie auf den Tisch in den Schatten. Ohne die Reflexion des Sonnenlichts war sie leer und matt.

Nachdem sie die Malsachen vorbereitet hatte, um ein Bild fertigzustellen, an dem sie gerade arbeitete, trat ihr immer wieder das umgekehrte Bild im Glasstöpsel vor Augen.

Als sie gegen vier in die Küche ging, um sich eine Tasse Tee zu kochen, konnte sie der Versuchung nicht widerstehen, die Karaffe erneut ins Fenster zu stellen. Wie eine Fotografie der Terrasse des Nachbarn, auf den Kopf gestellt. Der eingeschneite Blumenkasten mit den Blumenleichen und alles andere.

Sie beugte sich vor und sah im Glasstöpsel ihr eigenes Auge. Rund wie ein aufgestauter Teich. Fast tot, wenn sie nicht blinzelte. Ein starrender Punkt im Glas.

Mit ein paar kräftigen Pinselstrichen malte sie ihr Auge auf die Leinwand. Holte einen Spiegel und malte, während sie in ihre eigene Pupille starrte. Sie zitterte wie ein Insekt, das zwischen Glaswänden eingeschlossen ist. Das Motiv mit dem eingestürzten Kirchturm wollte sie zwar beibehalten, aber allmählich wurde das Auge wichtiger.

Sie hatte das Gefühl, als gäbe es ihr an diesem Tag Geborgenheit, ihre eigene Pupille in einem eingestürzten Kirchturm zu einem Insekt zusammenzudrücken.

Sie hatte Tor bei der Tagesmutter geholt, und die Beine seines Ölzeugs knarrten und sangen, während sie ihn an der Hand sämtliche Treppen hinaufführte.

Als sie in die Wohnung kamen, saß Ove mit einem maschinengeschriebenen Brief in der Hand da.

»Was soll das?« fragte er verärgert und reichte ihr das Blatt. Er hatte den Brief gelesen. Ihre Arbeiten gefielen ihnen und sie könne an der Aufnahmeprüfung für die Staatliche Kunstakademie teilnehmen.

Rut setzte sich auf den Fußboden und zog Tor an sich. Zitternd begann sie ihm das Ölzeug auszuziehen.

»Das bedeutet, daß ich an der Kunstakademie anfange, wenn ich die Aufnahmeprüfung schaffe.«

»Aber die ist doch in Oslo!«

»Ja, wir ziehen um«, sagte sie ruhig.

»Wir – ich, nach Oslo umziehen? Nie im Leben!«

»Du kannst tun, was du willst, aber ich ziehe um. Und jetzt koche ich Heringe.«

»Ich habe keinen Hunger«, sagte er und verschwand aus der Tür.

Aber sie war vorbereitet. Hatte sich alles genau überlegt, als sie sich entschlossen hatte, ihm nichts von der Bewerbung zu erzählen. Niemand sollte das zerstören, weder Ove noch der Prediger, noch ihre Mutter. Nicht einmal Gott.

Ove kam nach Hause, nachdem Tor bereits ins Bett gegangen war. Er war offenbar enttäuscht und wirkte wie ein gebrochener Mann, was sie nicht weiter rührte.

»Du bist früh dran«, sagte sie nur und wußte, daß jetzt Krieg war. Und daß sie nicht verlieren durfte.

Er ließ sich schwer aufs Sofa fallen und bedeutete ihr, sich zu ihm zu setzen, was sie aber nicht tat. Statt dessen blieb sie in der Mitte des Zimmers und räumte Tors Spielsachen auf.

»Rut«, sagte er bittend, aber sie antwortete nicht.

»Du kannst doch noch ein paar Jahre warten, bis Tor größer ist, dann ziehen wir um. Ich verspreche es.«

»Erst muß ich die Aufnahmeprüfung machen. Aber wenn ich bestehe, dann nehme ich Tor mit.«

Mit Oves Reaktion hatte sie nicht gerechnet. Er wurde vor Wut hochrot und rang nach Worten, machte ihr aber klar, daß Tor bei ihm bleiben würde, egal, wo in der Welt sich seine launenhafte Mutter gerade herumtrieb.

»Gut! Dann bleibt er eben bei dir. Das ist sicher auch das Beste für ihn.«

»Du bist verrückt«, sagte er, aber es klang, als glaubte er nicht, daß sie es ernst meinte.

In der Zeit, bevor sie nach Oslo fuhr, um die Aufnahmeprüfung zu absolvieren, gab sie sich Mühe, alles zu vermeiden, was einen Streit auslösen konnte. Sie mußte ihre Kräfte einfach schonen.

Dazwischen dachte sie immer wieder, daß es unmöglich war, das Leben mit Ove fortzusetzen, auch wenn sie nicht auf die

Akademie kam, und daß sie sich parallel eine Stelle woanders hätte suchen sollen.

Als Ove begriff, daß sie wirklich die Absicht hatte, die Prüfung zu machen, gab er nach. Als könnte er sich nicht vorstellen, daß sie bestehen würde. Er gab ihr sogar Geld und besorgte ihr für die eine Woche, in der sie mit Kohle Akte zeichnen sollte, ein Quartier bei einer Verwandten.

Jeden Tag dachte sie an Michael und versuchte sich an die Ratschläge zu erinnern, die er ihr gegeben hatte. Abends ging sie ohne sonderliche Angst vor der Großstadt in den Straßen spazieren. Sie kam sich wie eine Seiltänzerin vor, die gerade erst entdeckt hat, daß es ihr wirklich gelingt, das Gleichgewicht zu halten.

Einige ihrer Mitbewerber waren auf eine Kunst- oder Kunsthandwerksschule gegangen oder bei einem Maler in die Lehre. Alle kannten sich in der Stadt aus und verschwanden nach dem Zeichnen sofort von der Bildfläche.

Wenn sie die Arbeiten der anderen betrachtete, war sie abwechselnd optimistisch und niedergeschlagen, was ihre eigenen Aussichten anging. Am ersten Tag erschienen ihr sogar die Modelle in all ihrer Nacktheit furchterregend.

Sie lief zwischen dem Künstlerhaus und dem Stadtteil Majorstuen hin und her. Oves Cousine, Nina, hatte eine enge Zweizimmerwohnung mit Stockbetten im einzigen Schlafzimmer. Sie freundeten sich zwar nicht gerade an, aber Nina hatte eine zurückhaltende Art, die beruhigend wirkte.

Sie arbeitete bei der Post und verließ zeitig das Haus, so daß Rut einen eigenen Schlüssel bekam. Der Morgenkaffee allein in der winzigen Küche mit den verschrammten Schranktüren, dem tropfenden Wasserhahn und dem brausenden Verkehr vor dem Fenster erfüllte Rut mit einer heftigen und unerklärlichen Freude.

Abends, wenn sie sich in das obere Bett legte, faltete sie die Hände und dachte an Michael und Großmutter. Großmutter und Michael. Sie war ein kleines, trotziges Mädchen, das seine allzu großen Träume in ihre Obhut gab.

Aber im Nachtzug nach Hause war es Gorm. Der freie Rhythmus, der Gesang der Schienen. Er zog sich nackt für sie aus. Vor allem die Augen.

An dem Tag, an dem sie den Brief öffnete und las, daß sie einen Platz an der Akademie bekommen hatte, legte sie die übrige Post in den Kühlschrank und nahm die Leberpastete heraus. Sie hatte eine Kruste, und Rut verwendete einen Eßlöffel, um sie zu durchstoßen.

Als der Becher leer war, öffnete sie eine Dose Makrelen in Tomatensauce. Oves Leibgericht. Als diese leer war, machte sie sich über den braunen Ziegenkäse her. Der schmeckte nach nichts, brannte aber auf der Zunge. Als sie ihn zur Hälfte gegessen hatte, bemerkte sie die Abdrücke ihrer Zähne und begann zu lachen.

Sie legte den Käse zurück in den Kühlschrank und entdeckte die beiden Rechnungen, die sie nicht geöffnet hatte. Da begann sie laut schluchzend zu weinen.

An den restlichen Tag erinnerte sie sich nicht so genau, aber vermutlich war er wie alle anderen Tage. Abends im Bad bemerkte sie, daß ihre Nägel lang geworden waren, seit sie sie zuletzt betrachtet hatte. Sie holte eine Schere und schnitt sie ganz kurz.

Jetzt schneide ich sie nicht mehr, bis ich in Oslo bin, dachte sie.

21

Ilse Berg stellte sich ihnen in korrektem, dunkelblauem Kostüm mit Schal vor.

In ihrem Büro servierte man ihnen Kaffee und Schokoladenkonfekt, während sie ihnen entspannt und selbstsicher ihre Referenzen vorlegte. Gorm rechnete mit Hilfe des Geburtsdatums auf den Papieren aus, daß sie achtunddreißig Jahre alt war.

Sie wolle gern als ersten Fall in ihrer Heimatstadt den Streit von Grande & Co mit der Gemeinde übernehmen. Mitte November wolle sie in den Norden umziehen. Das dunkle Haar war an den Ohren gerade geschnitten, und jedesmal, wenn sie die Papiere anschaute, die Gorm mitgebracht hatte, setzte sie eine große Brille mit dunklem Gestell auf. Das machte sie älter und irgendwie auch unnahbar.

Gorm fiel auf, daß sie Torsteins leichten Ton, der fast schon ans Flirten grenzte, ignorierte, sie wies ihn aber auch nicht zurecht. Immer wandte sie sich an den von ihnen, der gerade etwas gesagt hatte, antwortete und stellte dann ihre Frage.

»Sie hatten doch einmal einen Ferienjob bei uns, als Sie Studentin waren, oder?« fragte Gorm.

»Das stimmt. Sind wir uns damals nicht ein paarmal begegnet?«

»Ja, ich erinnere mich auch«, erwiderte er rasch.

Torstein fragte, warum sie nach so vielen Jahren in Oslo wieder in den Norden ziehen wolle. Sie antwortete sachlich, sie wolle auf eigenen Füßen stehen und sie habe gehört, daß in ihrer Heimatstadt Bedarf an einer weiteren Rechtsanwaltskanzlei bestehe.

»Also keine privaten Gründe?« fragte Torstein neugierig.

»Wenn Leute freiwillig Arbeitsplatz und Wohnort aufgeben, ist davon auszugehen, daß auch private Gründe vorliegen. In meinem Fall ist das Private jedoch für meinen Auftrag für Grande & Co nicht weiter relevant.«

Gorm warf Torstein einen warnenden Blick zu.

»Es wäre uns recht, wenn Sie sich so schnell wie möglich mit der Sache vertraut machen könnten«, sagte Gorm. »Wir wollen im Frühjahr anfangen. Der Bauunternehmer ist bereits ungeduldig, und wir riskieren, ihn an einen anderen Auftraggeber zu verlieren. Wir haben das alte Gebäude bereits um zwei Stockwerke aufgestockt, aber trotzdem bestehen noch einige unglückliche Provisorien. Ursprünglich glaubten wir ja, daß der Pavillon zur Strandpromenade gleichzeitig fertig werden würde.«

»Nach den Angaben, die ich jetzt erhalten habe, und nach den öffentlichen Unterlagen, die ich bereits eingesehen habe, finde ich nicht, daß es hoffnungslos aussieht. Daß Grande & Co den Baugrund bereits besitzt, halte ich für entscheidend. Ich nehme an, Sie wollen, daß die Sache einvernehmlich geregelt und nicht vor Gericht verhandelt wird?«

»Natürlich wollen wir einen Prozeß vermeiden«, sagte Gorm.

»Als ich mich Anfang der Woche mit Advokat Vang unterhalten habe, hat er angedeutet, daß die Firma sehr weit gehen würde, um zu gewinnen.«

»Das ist richtig. Aber ein Prozeß dauert, und wir müssen erweitern. Die Gemeinde will, wie Sie gesehen haben, enteignen, um die Straße auf der Seeseite zu verbreitern. Und wenn sie das tut, läßt sich ein Prozeß nicht vermeiden.«

»Ich glaube nicht, daß den Politikern klar ist, welche negativen Folgen eine Verbreiterung der Sjøgate auf die Umwelt hat. Dadurch verdoppelt sich der Schwerverkehr neben der Strandpromenade. Es gibt eine Alternative auf der Ostseite, von der der Stadtkern nicht berührt wird. Ich weiß, daß sich bereits einige Interessenten, die parteipolitisch nicht festgelegt sind, dafür stark machen, das näher zu untersuchen«, sagte sie, nahm die Brille ab und fragte, ob sie noch Kaffee wollten.

Torstein hielt ihr seine Tasse hin, da er einen Vorwand witterte, noch sitzenzubleiben.

Auf Ilse Bergs Schreibtisch lag nicht viel Überflüssiges. Jetzt legte sie die Papiere weg, die sie für die Besprechung benötigt hatte. Ein kleiner Ausstellungskatalog blieb neben dem Telefon liegen. *Statens Kunstutstilling.* Gorm streckte fragend seine Hand aus, und sie reichte ihm die Broschüre.

»Ja, die habe ich mir gerade angesehen, gelegentlich brauche ich was anderes als nur Paragraphen«, sagte sie leichthin.

Gorm blätterte etwas geistesabwesend, während Torstein versuchte herauszufinden, was sie in ihrer Freizeit sonst noch alles in der gefährlichen Großstadt anstellte.

Als Gorm flüchtig auf die erste Seite sah, die er zufällig aufgeschlagen hatte, entdeckte er ihren Namen.

»Nesset, Rut, geb. 1943. ›Begegnung‹. Original 131×71 cm. 3000 Kr.«

Konnte es noch jemanden mit diesem Namen geben? Er schlug das Namensregister auf der letzten Seite auf. Die Adresse war dieselbe, die sie genannt hatte, als sie sich bei Torstein begegnet waren. Sie war es.

»Na, was denkst du?« fragte Torstein, als sie auf die Straße traten.

»Ich glaube, sie ist die Richtige. Aber es würde nichts schaden, wenn du diesen privaten Ton unterlassen würdest.«

»Wie meinst du das?«

»Geschäft und Anmache ist eine unerlaubte Kombination.«

»Das Leben ist auch so schon langweilig genug, man muß schließlich nicht alles so verbissen sehen.«

»Sie ist ein Profi. Wir wollen, daß sie eine wichtige Aufgabe für uns übernimmt.«

»Herr Direktor haben wohl heute Ihren belehrenden Tag«, murmelte Torstein säuerlich.

Gorm antwortete nicht.

Als sie zur Karl Johan Gate kamen, wollte Torstein auf Kosten der Firma zu Mittag essen, für gute Arbeit, wie er sich ausdrückte.

»Ich habe noch etwas zu erledigen. Du kannst essen gehen und die Rechnung aufheben«, erwiderte Gorm kurz.

»Was denn?«

»Eine Kunstausstellung. Wir sehen uns auf dem Flugplatz.«

»Gehst du immer auf Gemäldeausstellungen, wenn du in Oslo bist?« fragte Torstein beleidigt.

»Noch schlimmer. Ich gehe auch in die Oper und ins Theater. In Konzerte. Wenn es sich ergibt.«

»Darüber verlierst du nie ein Wort.«

»Das erspart mir alle dummen Fragen, oder etwa nicht?«

Gorm winkte und ging durch den Schloßpark, an den Löwenskulpturen neben dem Eingang vorbei und hinein ins Künstlerhaus. Besorgte sich einen Katalog und fand das Gemälde im ersten Stock. Das Motiv war etwas ganz anderes, als er sich unter dem Titel »Begegnung« vorgestellt hatte. Er blieb davor stehen.

Zunächst kam ihm der weiße Hund mit den dunklen Flekken fast bedrohlich vor. Mit offener Schnauze und weit offenen Augen raste er auf ihn zu und wirkte seltsam lebendig, obwohl er nicht ganz wirklichkeitsgetreu war.

Es war ein Hund und auch wieder kein Hund. Ein merkwürdiges Motiv für einen solchen Titel. Fast hatte es den Anschein, als lächelte der Hund, obwohl sein Rachen ziemlich gefährlich war. Es sah aus, als versuchte er langsamer zu werden, ohne daß es ihm gelingen wollte. Die Perspektive ließ den vorderen Teil seines Körpers überdimensioniert erscheinen, und die ausgestreckten Pfoten mit ihren scharfen Krallen konnten jeden um seinen Nachtschlaf bringen. Trotzdem hatte das ganze Bild etwas Weiches, fast Versöhnliches.

Nach einer Weile kam er darauf, woran es lag. Der Hund hatte grüne Menschenaugen. Ziemlich realistische. Aber der Rest des Bildes war anders gemalt. Grobe Pinselstriche vor einem dunkelblauen Hintergrund.

Er wußte nicht, was er davon halten sollte. Aber das spielte keine Rolle. Er ging ins Büro in der ersten Etage und sagte, er wolle Rut Nessets »Begegnung« kaufen.

»Ein gutes Geschäft. Das Bild hat den Preis des *Morgenblad* bekommen«, sagte der Mann und machte ihn darauf aufmerksam, daß die Ausstellung auch noch in anderen Städten zu sehen sein würde, er könne also erst am Ende des Jahres damit rechnen, das Bild zu bekommen.

»Damit muß ich mich wohl abfinden«, meinte Gorm und unterschrieb den Kaufvertrag.

»Sie haben Glück, daß Sie so bald gekommen sind. Heute waren schon mehrere Interessenten hier. Nach dem Artikel in der Zeitung.«

Gorm erinnerte sich dankbar an Ilse Bergs Kunstinteresse und wanderte noch einmal durch die Ausstellung. Aber die ganze Zeit sah er die Augen aus der ersten Etage vor sich, also ging er wieder nach oben.

Der gesprenkelte Hund sah ihn mit seinem Menschenblick direkt an, und plötzlich war ihm, als sähe er einen Freund. Jetzt gehörte er ihm.

Seit sie sich das letzte Mal begegnet waren, war sie ein Teil seines Lebens geworden. Auch wenn er sich ihr nicht nähern konnte, wollte er weiterhin an sie denken.

In seinen schwarzen Stunden hatte er bereut, daß er nicht geblieben war, obwohl ihr Mann angerufen hatte. Aber eigentlich wußte er, daß er damit alles zerstört hätte. Als sie den Telefonhörer abgehoben und versucht hatte, ihrem Mann zu antworten, ohne zu lügen, hatte er das begriffen. Er konnte sie dem nicht aussetzen.

Bevor er an Bord des Flugzeugs ging, kaufte er die Zeitung mit dem Interview mit der Preisträgerin. Darüber ein Bild von Rut in einem Halbrund von Menschen.

Dort stand, daß sie sich über die Auszeichnung freue. Sie hatte etwas Verletzliches und Fragendes, das ihn rührte. Eine ernste junge Frau, die sagte, sie freue sich. Seine Rut, wie er sich an sie erinnerte.

Als sie abhoben, verspürte er Sehnsucht nach ihr. Wollte sie in seiner Nähe haben. Sie vielleicht zum Lachen bringen. Lauthals. Egal, über was.

Torstein hatte sich zum Schlafen ans Fenster gesetzt, und so konnte er ungestört in das gelbe Buch schreiben: »Nachdem er sich vor ihren Augen buchstäblich nackt ausgezogen hatte, kaufte er ein Stück ihrer Seele. Das Gemälde würde ihm jeden Tag Zugang zu ihr verschaffen, weit über das hinaus, was das Bild eigentlich ausdrückte. Da der Gedanke die Kunst formt und erschafft, kommt man der Seele des Künstlers durch ein Bild am nächsten. Egal, wo ihr Körper gerade war oder wem er gerade gehörte, er hatte sie bei sich in einer heimlichen Wirklichkeit, die niemand zerstören konnte. Die Gewißheit, daß sie existierte – machte sie für ihn lebendig.«

Am Abend, nachdem er aus Oslo gekommen war, ging er hoch in die neue Wohnung. Sie hatte große Fenster mit Blick über das Meer und die Stadt. Aber sie war nicht richtig möbliert und hatte keine Gardinen. Er blieb stehen und sah hinaus. Meer und Himmel wurden eins mit bleichen Sternen und einer Mondsichel. Die Bogenlampen im Hafen und die Straßenlaternen in der Stadt brannten bereits. Ein wilder Gedanke kam ihm: Hier könnte man gut malen. Sogar nachts.

Das Gemälde sollte im neuen Büro hängen, gegenüber vom Schreibtisch. Vaters Pokale und Diplome mußten Platz machen. Es war ein ausgezeichneter Anlaß, sie endlich loszuwerden.

Er könnte einfach eine Gerhard-Grande-Ecke in dem geplanten Pavillon an der Strandpromenade einrichten. Mit Vitrinen und allem Drum und Dran.

Wenn das Gemälde kam, wollte er seinen Vater aus dem Büro verbannen!

Ilse Berg brauchte zwei Monate dazu, Politiker und Gegner davon zu überzeugen, daß es wahnsinnig wäre, die Straße zwischen der Hafenpromenade und Grande & Co zu verbreitern.

Von Enteignung war nicht mehr die Rede, und das Bauamt genehmigte den Ausbau des Geschäftshauses zum Hafen hin. Auch deswegen, weil Grande die Kosten für die Anlage eines Parks übernahm, der vor dem Eingangsbereich am Wasser liegen sollte.

Sie brachte die Gemeinde dazu, einen Architektenwettbewerb zur Gestaltung der Anlage mitzufinanzieren, und nach sieben Jahren Unsicherheit konnte der Bau endlich in Angriff genommen werden.

Gorm lud seine nächsten Mitarbeiter in ein Restaurant ein, um den Sieg zu feiern. Torstein war in seinem Element und kommentierte den Kläffer, den der Chef in seinem Büro aufgehängt hatte.

»Du meinst das Gemälde?« fragte Ilse.

»Ja, man kann schon vor viel harmloseren Sachen Angst bekommen«, meinte Torstein.

»Ich finde, es ist eine gute Arbeit. Vielleicht sollte sich Grande & Co in Zukunft im Bereich der Kunst mehr profilieren. Ist im Budget für den Neubau ein Posten für den Einkauf von Kunst vorgesehen?«

»Ich fürchte, nicht in ausreichendem Umfang. Vaters Erwerbungen passen wahrscheinlich eher in die alten Gebäudeteile.«

»Er hat sich aber wirklich für Kunst interessiert«, erwiderte sie scharf.

Gorm sah sie verblüfft an. Sie konnte sehr abweisend aussehen. So wie jetzt. Sie appellierte nicht gerade an irgendwelche Beschützerinstinkte. Er mußte sich eingestehen, daß er sie auf gewisse Art mochte. Und nicht nur ihre Gabe, Konflikte zu lösen.

»Ich habe eines seiner Bilder ins neue Büro mitgenommen. Den Espolin Johnson. Das war als Kind meine erste Begegnung mit der Kunst«, meinte er noch.

»Ja, ich erinnere mich daran. Das war das erste, was mir auffiel, damals als …«, sagte sie und verstummte unvermittelt, als hätte sie die Fortsetzung des Satzes vergessen.

Nach dem Essen, als alle bis auf Torstein gegangen waren, gingen sie noch auf ein letztes Glas in die Bar. Während Torstein auf der Toilette war, fragte Gorm, was er tun könne, um ihr zu beweisen, daß er ihren Einsatz wirklich zu schätzen wisse.

»Ich habe doch das Honorar bekommen, das ich verlangt habe«, erwiderte sie und betrachtete ihn.

Er hatte das Gefühl, daß sie die Oberhand hatte. Warum, wußte er nicht.

Sie saß eine Weile da, ohne etwas zu sagen, dann zündete sie sich eine Zigarette an und betrachtete ihn durch die Rauchringe.

»Doch, da gibt es etwas, was ich mir vorstellen könnte, und wenn du schon fragst ...«

»Ja?«

»Ich würde gern in dem Haus in Indrefjord ab und zu ein Wochenende verbringen. Wenn es möglich ist?«

Er war sich nicht sicher, ob es ihm gelang zu verbergen, wie verblüfft er war.

»Du kannst jederzeit den Schlüssel haben. Das ist nur gut für das Haus. Ich meine – Mutter ist nie dort. Und auch sonst niemand aus der Familie. Ich bin der einzige.«

Sie nickte.

»Dort hat er sich ...«

»Ich weiß«, sagte sie.

Ilse rief am nächsten Tag an und fragte, ob sie das Haus bereits am kommenden Wochenende benutzen könne. Sie einigten sich darauf, daß sie den Schlüssel in seinem Büro abholen würde.

Als erstes kommentierte sie die Plazierung des Gemäldes. Sie drehte ihm den Rücken zu und legte den Kopf zur Seite.

»Du kannst es vom Schreibtisch aus sehen, wann du willst,

aber deine Besucher sehen es erst, wenn sie sich umdrehen, um zu gehen. Ist das Absicht?«

»Daß ich das Bild sehen kann, allerdings.«

»Ich weiß nicht, woran es liegt, aber dieses Bild provoziert«, sagte sie nachdenklich. Dann drehte sie sich rasch um und sah ihn durchdringend an.

»Geh da rüber und stell dich neben das Bild«, kommandierte sie.

Er lachte unsicher.

»Warum denn das?«

»Mach schon!«

Etwas unwillig kam er um seinen Schreibtisch herum und ließ sich gegen die Wand drücken.

»Ich hätte bei der Kriminalpolizei anfangen sollen«, sagte sie.

»Und?«

»Weißt du, daß der Dalmatiner genau deine Augen hat?«

Gorm drehte sich zu dem Bild um und sah in die grünen Augen.

»Ich finde auch, daß der Hund Menschenaugen hat, aber sind das meine ...?« murmelte er.

»Ich meine den ganzen Ausdruck.«

»Das ist nett, daß dir der Hundeblick aufgefallen ist«, erwiderte er trocken und reichte ihr den Schlüssel für das Haus in Indrefjord.

»Danke! Es geht nicht um einen Hundeblick. Das sollte keine Beleidigung sein.«

»Gut!« sagte er und mußte dann doch noch einen Blick auf das Gemälde werfen.

Da fiel ihm ein, daß er ihr vielleicht noch ein paar praktische Dinge erklären mußte, damit sie nicht in Verlegenheit geriet. Daß die Wasserpumpe etwas träge sei und daß man im Kamin vorsichtig einheizen müsse, weil es sonst nur qualmt.

»Warst du schon mal da draußen?« fragte er aus einer plötzlichen Eingebung heraus.

»Ja, ein paarmal. Er hat mir den Schlüssel geliehen. Er war immer sehr großzügig.«

In der kleinen Pause, als er merkte, daß sie die Luft anhielt, ehe sie antwortete, fiel endlich der Groschen bei ihm. Vater und Ilse Berg! Hatte er eigentlich damals daran gedacht, als sie ihnen im Büro den Kaffee serviert hatte? Und es dann als einen gemeinen Gedanken verworfen?

»Hast du ihn gut gekannt?« fragte er, ohne sie anzusehen.

»Nein!« Die Antwort war kurz, etwas zu kurz.

Wenn sie gesagt hätte: »Eigentlich nicht« oder etwas in der Art, dann hätte es wahrscheinlicher geklungen als dieses kurze Nein. Er versuchte ihren Blick aufzufangen, ohne daß es ihm gelang.

»Ich habe dich mal da draußen gesehen«, sagte sie langsam und sah ihn an.

»Ach?«

»Ich war in der Bucht hinter dem Haus vor Anker gegangen, was natürlich nicht erlaubt ist.«

»Das macht nichts. Warum hast du dich nicht zu erkennen gegeben?«

»Weil es so aussah, als würdest du auf dem Felsen vor dem Haus sitzen und weinen.«

Er sah sie erstaunt an.

»Hast du ein Fernglas benutzt?« Er versuchte witzig zu sein.

»Ja, das habe ich.«

Ein Gefühl der Spannung erfüllte ihn. Es kribbelte unter seiner Haut.

»Wann war das?«

»Im Frühjahr.«

Er schüttelte den Kopf.

»Ich kann dir da nicht widersprechen.«

»Widersprechen? Weil du tatsächlich dagesessen und geweint hast?«

»Weil ich mich nicht erinnere. – Hast du ein Boot?« fiel ihm plötzlich ein.

»Ja, ein neues, starkes Motorboot, fünfundzwanzig Fuß. Ich muß das Gefühl haben, schnell wieder an Land kommen zu können, wenn ich allein bin.«

Er half ihr in den Mantel, und sie nahm ihre Aktentasche und ging zur Tür.

»Wir haben am Montag eine Besprechung wegen des Vertrags mit der Gemeinde«, sagte er.

Sie nickte und war fort.

Er ging so weit, daß er sich einen Spiegel aus dem Kaufhaus holte. Nach der Arbeitszeit verglich er sein eigenes Spiegelbild mit dem Gemälde.

Er spürte Rut neben sich. Sah sie mit dem Pinsel in der Hand dastehen und ihn in den Dalmatiner hineinmalen. Ein ungewohnter Stolz stieg in ihm auf, und er lachte laut, obwohl er ganz allein im Büro war.

Dann legte er den Spiegel in die Schreibtischschublade und saß zusammen mit den Augen an der Wand eine Weile da.

Erst am Abend tauchte Ilses Interesse an Indrefjord wieder in seinen Gedanken auf. Sein Vater und sie. Wußte sie, was sein Vater in der letzten Zeit seines Lebens gedacht hatte?

Einige Male im Jahr pflegte Gorm seine Mutter zum Grab zu begleiten. Allerheiligen. Heiligabend. Silvester. Im Sommer.

Sie redete häufig davon, wie das Grab aussah, ob es trocken oder feucht war. Bat ihn, dafür zu sorgen, daß dort etwas Hübsches gepflanzt werde, damit es adrett aussehe, wie sie sich ausdrückte.

Sie verweilte immer nur kurz und ließ weder Trauer erkennen, noch daß sie dazugehörte. Nur selten sprach sie von seinem Vater oder von dem Leben, das die beiden geführt hatten. Offenbar war trocken oder feucht wichtiger oder daß man »etwas Schönes, aber nicht zu Auffälliges« pflanzte.

Und er selbst? Was tat er, wenn sie vor Vaters Grab standen? Er nickte, reichte ihr den Arm. Fragte sie nichts, sprach weder über den Vater noch über die Schwestern. Erwähnte die Vergangenheit nicht und quälte sie auch nicht mit der Zukunft.

Wenn sie dann nach Hause kamen, war sie oft unruhig und weinte. Das machte es ihm schwer, sie zu verlassen. Aber war das Trauer um seinen Vater? Oder um sich selbst? Konnte es sein, daß seine Mutter im Grunde erleichtert darüber war, daß sein Vater fort war?

Waren die Leben von seinen Eltern zwei parallele Spiele gewesen, bei denen sie ihre Gefühle hatten verbergen müssen, um einer äußeren Notwendigkeit zu gehorchen?

Er versuchte sich zu erinnern, bei welcher Gelegenheit Ilse ihn vor dem Haus in Indrefjord gesehen haben könnte. Er hatte nie auf dem Felsen vor dem Haus gesessen und geweint. Jedenfalls nicht mehr, seit er ein Kind gewesen war.

Hatte sie das nur gesagt, um zu bemänteln, daß sie ihm hinterherspioniert hatte, ohne sich erkennen zu geben? Oder warum hatte sie es ihm erzählt? Er hätte doch nie davon erfahren.

Am Samstag nachmittag hingen ihm diese Gedanken immer noch nach. Warum hatte sie ihm eine offensichtliche Lüge aufgetischt? Weil sie eigentlich etwas ganz anderes hatte erzählen wollen?

Eine Szene wurde vor seinem inneren Auge immer deutlicher: sein Vater und Ilse Berg im Bug des alten Motorboots in Indrefjord. Der Felsbrocken lag in einem Sack, der mit einem Tau zugeschnürt war. Sie half ihm, das andere Tauende um den Bauch zu binden. Gorm sah, wie sie seinen Vater über Bord stieß, dort, wo die Reling fehlte. Vorher hatten sie zusammen das Ende des langen Taus an der Ankerkette befestigt, damit die Leiche auch gefunden werden würde.

Er nahm den Telefonhörer und rief zu Hause an. Olga war am Apparat. Er bat sie, seiner Mutter auszurichten, daß er einen Ausflug nach Indrefjord machen und erst Montag nach der Arbeit wieder zu Hause sein würde.

Dann ging er in die Wohnung hoch und zog sich Jeans, Flanellhemd, Pullover und Windjacke an.

Ehe er die Wohnung verließ, sah er sich noch einmal um und beschloß, endgültig umzuziehen. Seine Mutter mußte da einfach durch.

Als er am Fjord entlangfuhr, sagte er sich, daß es selbstverständlich ganz abwegig sei, Ilse hinterherzufahren. Aber der Gedanke an seinen Vater und sie und außerdem noch die Geschichte, daß er dagesessen und geweint haben sollte, ließen ihn nicht mehr los. Er mußte sie einfach in der Umgebung sehen, in der sein Vater und sie sich wahrscheinlich oft getroffen hatten.

Er parkte auf halbem Weg auf der grasbewachsenen Zufahrt und ging das letzte Stück durch das Wäldchen zu Fuß. Einen Vorwand hatte er sich bereits zurechtgelegt.

Von oben sah er ihr Boot. Es lag mit dem Bug zu den Felsen vertäut. Der Achtersteven wurde von einem Anker in Position gehalten. Es herrschte Augustdämmerung, und er ging um das Haus herum, um zu sehen, ob vielleicht jemand im Wohnzimmer war. Das Licht überm Tisch brannte, aber er sah niemanden, sie war also vermutlich allein.

Es roch schwach nach Gegrilltem. Vor dem Haus stand ein altes, abgeschnittenes Ölfaß mit einem Rost. Er erinnerte sich an die Sommer seiner Kindheit mit gegrillten Würsten und Koteletts. Im Winter roch der Grill nach rostigem Wasser und Fäulnis. Es mußte einige Arbeit gewesen sein, den Grill zu säubern, um ihn überhaupt anzünden zu können.

Ihr Schatten bewegte sich hinter dem Küchenfenster. Sie trug eine Schirmmütze. Das Radio war an. Der Wetterbericht. Als er an die Tür des Windfangs klopfte, schaltete sie das Radio aus. Die Stille verriet ihm, daß sie dachte: Was jetzt? Oder: Wer kann das sein? Dann hörte er ihre deutliche Stimme: »Herein.«

Sie stand am Arbeitstisch, filetierte einen kleinen Dorsch und war nicht überrascht, ihn zu sehen. Ob es das Licht oder die Schirmmütze war, jedenfalls sah sie jung aus. Ihre Wangen glühten. Wahrscheinlich war sie den ganzen Tag auf dem Wasser gewesen.

»Mir fiel ein, daß ich Gas und Brennholz im Schuppen weggeschlossen hatte. Ich habe vergessen, dir den Schlüssel zu geben«, sagte er.

»Ach, das habe ich noch gar nicht gemerkt.« Sie legte das Messer weg und spülte sich die Hände unter dem Wasserhahn ab.

»Dann ist es ja gut«, meinte er und blieb in der Tür stehen.

»Aber komm doch rein, es ist schließlich dein Haus«, sagte sie lächelnd und breitete die Hände aus.

Er machte ein paar Schritte auf sie zu und reichte ihr den Schlüssel.

Er hätte ihn natürlich auch auf den Tisch legen oder an den Haken neben der Tür hängen können, an dem er seinen festen Platz hatte. Aber er tat es nicht.

»Danke, daß du daran gedacht hast! Ißt du mit? Ich habe während der Fahrt mit der Schleppangel Dorsch gefangen.«

Erst wollte er schon ablehnen, aber dann fiel ihm wieder ein, warum er gekommen war.

»Danke, das klingt großartig!«

Auf Besuch bei sich und bei Ilse Berg gleichzeitig fühlte er sich etwas merkwürdig.

»Kann ich helfen?« fragte er.

»Du kannst den Tisch decken.«

Er zog den Pullover aus und wusch sich die Hände.

»Du bist gut erzogen«, spottete sie und warf ihm ein Handtuch zu.

»Findest du«, erwiderte er und mußte lachen.

»Nein, im Wohnzimmer«, wies sie ihn an, als er auf dem Küchentisch decken wollte. »Ich habe Weißwein. Oder Bier, falls dir das lieber ist.«

»Ich trinke Wein. Von beidem gibt es noch mehr im Keller.«

»Gut! Gibt es irgendwo vielleicht auch Weingläser?«

Als wüßte sie das nicht, dachte er. Sein Vater hatte ihr sicher in den alten grünen Gläsern Wein eingeschenkt. Er nahm zwei aus dem Schrank und hielt sie gegen die Lampe.

»Nicht übel, oder was meinst du?«

»Ausgezeichnet«, sagte sie, ohne sie anzusehen.

Sie hatte den Fisch in Alufolie eingeschlagen, und er ging damit zum Grill hinaus. Er hörte sie summen. Eine unbestimmbare Melodie. Sonderlich musikalisch war sie nicht.

Als sie sich zum Essen hingesetzt hatten, bemerkte er, daß

sie nicht so manierlich aß wie in der Stadt. Überhaupt war sie eine andere. Sie leuchtete. Wenn sie sich über den Teller beugte, konnte er den oberen Teil ihrer Brüste im Ausschnitt ihres Pullovers sehen.

»Das war gut. Du kannst wirklich Fisch kochen«, meinte er anerkennend.

»Und du hast dafür gesorgt, daß er nicht anbrennt.« Sie hatte tiefe Grübchen, wenn sie lächelte. Er versuchte sich vorzustellen, wie diese Grübchen auf seinen Vater gewirkt hatten.

Als sie nach dem Essen eine Zigarette rauchten, sagte er leichthin: »Ich sollte vielleicht daran denken, den Rückzug anzutreten.«

»Mit mehr als einer halben Flasche Wein im Blut?« meinte sie provokant.

»Das sind doch fast alles nur Feldwege, und die Kontrolle ist gleich null«, meinte er.

»Leben und Gesundheit sind doch wohl nicht proportional zu null Kontrolle. Auch nicht der gute Ruf des Herrn Direktor, kann ich mir vorstellen.« Ihre Stimme klang spöttisch.

Am Halsausschnitt ihres Pullovers war die Naht aufgegangen. Ein roter Faden lag auf ihrer bloßen Haut. Sie hob die Weinflasche und goß den Rest in sein Glas. Er ließ es geschehen, und davon, daß er fahren würde, war nicht mehr die Rede.

Sie setzte Kaffeewasser auf und meinte, es sei etwas kühl.

»Ich hole Brennholz«, sagte er und stand auf.

Sie hatte den Schlüssel zum Schuppen dort aufgehängt, wo er immer hing. Versuchte nicht, so zu tun, als würde sie sich nicht auskennen.

Er machte Feuer im Kamin, während sie den Kaffee eingoß. In der eingetretenen Stille wurde ihm etwas unwohl. Nachdem sie sich mit ihren Tassen hingesetzt hatten, fragte er sie, wie sie sich in ihrer Heimatstadt eingelebt habe.

»Ach, danke, es geht. Und du?« Sie streckte ihre nackten Füße auf dem Flickenteppich aus und lehnte sich im Stuhl zurück.

»Ich reise ziemlich viel.«

»Du hast doch eine kleine Tochter, oder?« fragte sie plötzlich.

»Siri, ja, sie wohnt mit Turid in Trondheim.« Er hörte selbst, daß seine Stimme viel zu froh klang. Aber er fand es gut, daß sie ihn danach gefragt hatte. »Und du?« wollte er wissen.

»Ich habe bisher noch keinen Vater gefunden. Außerdem habe ich wohl etwas zu schnell gelebt, um zu heiraten.«

»Dann hast du dich auch nie scheiden lassen müssen.«

»Nein.«

Es entstand eine Pause, die beide nicht nutzten.

»Du bist doch noch jung, du findest schon noch eine andere«, meinte sie endlich aufmunternd.

Der Augenblick war gekommen. Der Ball lag jetzt bei ihm.

»Hast du einen anderen gefunden?«

»Wie meinst du das?«

»Vielleicht hatten Turid und du dieselbe Gegnerin?« Er sah sie freimütig an.

Sie starrte zurück. Er sah, daß sie die Luft anhielt, der Faden am Hals lag ganz still.

»Mutter ist eine formidable Gegnerin«, meinte er.

Fast unmerklich rieb sie Daumen und Zeigefinger der rechten Hand gegeneinander.

»Bist du hierhergekommen, um mir den Schlüssel zu bringen oder um mir das zu erzählen?«

»Beides.«

»Und was erwartest du von mir?«

»Die Wahrheit. Es ist nicht gefährlich, sie mich hören zu lassen.«

»Die Wahrheit verändert sich, je nachdem, wer sie ausspricht.«

»Ich will deine Wahrheit hören.«

»Du hast kein Recht, mich darum zu bitten.«

»Nein. Aber diese Antwort ist auch eine Antwort«, meinte er und hielt ihrem Blick stand.

Sie lächelte. Ihre Ruhe irritierte ihn.

»Bist du auch auf diese sogenannte Wahrheit vorbereitet?« fragte sie und blies den Rauch ihrer Zigarette gegen die Decke.

»Ich glaube, ja«, antwortete er und drückte seine Zigarette gründlich aus.

Er hörte seinen eigenen Atem und spürte, wie sich seine Kiefermuskeln anspannten, während er nach einem Punkt suchte, auf dem er seinen Blick ruhen lassen konnte. Auf der Vertiefung zwischen Ilse Bergs Nase und Mund.

»Hast du ihm mit dem Stein geholfen?« fragte er.

Die Stille pochte gegen seine Schläfen. Dann hörte er, daß sie sich räusperte.

»Das ist eine Theorie, die ich auch hatte«, erwiderte sie heiser. »Aber ich weiß es nicht. Falls es so war, könnte ein Gericht mich aber nicht dafür verurteilen.«

Sie war nicht mehr rot. Als sie aufstand und die qualmende Zigarette in den Aschenbecher legte, dachte er schon, daß sie das Zimmer verlassen würde. Sie nahm die Schirmmütze, die auf einem Stuhl lag, und ließ sie langsam in ihren Händen kreisen, während sie ihn herausfordernd ansah.

»Warst du hier?« fragte er.

»Nein, genau da nicht. Aber am Tag vorher.«

»Was geschah, während du hier warst?«

Sie sah sich im Zimmer um, ehe sie antwortete.

»Er erzählte, daß er sich scheiden lassen wolle.«

Im Kamin loderte es auf. Aber nur einen Augenblick lang, dann leckten die Flammen wieder wie vorher über die Birkenscheite.

»War es das erste Mal?«

»Nein. Aber auch dieses Mal wollte ich es nicht.«

Gorm wollte schon sagen, er stelle sich vor, daß solche wie sie doch genau davon träumten, aber er sagte es nicht.

»Ich habe nicht die Nerven für so was«, meinte sie.

»Aber das andere? Dazu hattest du die Nerven?«

Er spürte mehr, als daß er es sah, wie wütend sie wurde.

»Ich merke, daß es schwierig ist, hier drinnen darüber zu reden. Sollen wir einen Spaziergang machen?« Ihre Stimme war nicht ganz fest.

Die Möwen empfingen sie, als sie mit den Essensresten an den Strand kamen. Sie zeigte ihm ihr Boot.

Es war hervorragend in Schuß, und alles glänzte und war blank poliert. Er setzte sich in den Salon und sah sich ein Buch über die Seezeichen an den Schiffahrtswegen an, während sie die Vertäuung kontrollierte.

»Schönes Boot«, meinte er anerkennend, als sie wieder nach unten kam. Er strich mit der Hand über das Mahagoni und betrachtete die Messingbeschläge. Er war sich bewußt, daß sie seinen Bewegungen mit den Augen folgte.

»War er auch hier?« fragte er mit dem Rücken zu ihr.

»Nein. Das Boot ist neu.« Ihre Stimme war wachsam.

Sie hatten den Tisch zwischen sich. Vor dem Fenster hing zwischen Wolkenbänken ein bleicher Vollmond. Draußen kreischten immer noch die Möwen. In seinem Kopf tauchten

Bilder aus seiner Kindheit auf. Grünschimmernde Untiefen mit dunklen Flecken, wo es tiefer wurde.

Mit den Augen auf den Seezeichen in der engen Fahrrinne purzelten ihm die Worte schließlich über die Lippen.

»Kam man euch nie auf die Schliche?«

Sie legte den Kopf in den Nacken, und im Halbdunkel konnte er sehen, daß sie die Augen schloß.

»Ich weiß nicht. Sie muß es doch kapiert haben, glaubst du nicht?« Sie öffnete die Augen und sah ihn hilflos an, als müßte er darauf eine Antwort wissen.

Er erinnerte sich an Bruchstücke von Unterhaltungen seiner Eltern. Vaters wichtige Besprechungen, seine Arbeit. Vaters Milde, mit der er nichts an sich herankommen ließ. Kurze Erklärungen, die keinen Widerspruch duldeten. Sein Rücken auf dem Weg zur Haustür. Mutters Blick auf diesem Rücken. Als würde sie eine Leine werfen, die ihn immer verfehlte. Und anschließend: die Nörgelei, das Zwanghafte, die Fürsorge. Die immer ihn, Gorm, mit voller Macht erwischte. Eine Macht, gegen die er sich nicht verteidigen konnte.

»Wie lange hat es gedauert?« fragte er.

»Angefangen hat es, als ich achtzehn war, bis zum Tag, bevor er starb, abgesehen einmal von ein paar halbherzigen Trennungsversuchen meinerseits.«

»Achtzehn. Da war ich neun und hatte gerade mein Fahrrad bekommen.«

Er sah sie vor sich. Rut. Mit der Hand auf der Klingel. Und das Gefühl, das er gehabt hatte, als die Jungen sie auf dem Fahrrad mitgenommen hatten.

»Worüber habt ihr euch unterhalten?« fragte er.

Sie dachte nach.

»Über die Natur. Ferien. Meist haben wir vermutlich nur gespielt. Gelacht.«

»Gelacht? Mit Vater? Ich würde gern wissen, welche Spiele ihr gespielt habt«, sagte er.

»Meinst du das ironisch?«

»Nein, ich bin nur eifersüchtig. Er und ich, wir haben nur ganz selten gespielt. Eigentlich habe ich ihn nie gekannt.«

»Glaubst du, daß ich ihn besser gekannt habe?«

»Das ist zu befürchten.«

Die Bugwelle von einem großen Schiff weit draußen ließ ihr Boot schaukeln. Die Fender knarrten leise. Ihre Körper wurden in einen langsamen Rhythmus gezwungen, der sich nach einer Weile wieder verlor.

»Das tut mir leid«, meinte sie.

»Es braucht dir nicht leid zu tun, das ist eine andere Geschichte.«

Forschend sah sie ihn an, ehe sie fortfuhr: »Er war ziemlich erfinderisch. Ließ sich immer was einfallen. Zum Beispiel, wenn wir verreisten. Er wußte so viel. Über die Städte, in denen wir waren. Er war wirklich weltgewandt. Ich habe ihn absolut bewundert. Besonders zu Anfang. Und er war so ungewöhnlich verständnisvoll. So zärtlich.«

Einen Augenblick hatte es den Anschein, als würde sie anfangen zu weinen. Statt dessen begann sie zu lachen. Leise und glucksend, aber sie war sehr bleich.

Auf den Bootsplanken lag eine Haarklammer. Ein kleines Gänseblümchen aus Plastik. Sie paßte nicht zu Ilse Berg. Oder vielleicht gerade?

»Er hat mir das mit der Dünung beigebracht, wie man mit dem Boot dagegen ansteuert«, sagte sie. »Wir fuhren mit dem alten … Wo ist das Boot übrigens?«

»Verkauft«, erwiderte er kurz angebunden.

Sie holte ein paarmal tief Luft, als wollte sie noch etwas sagen, blieb dann aber stumm.

»Wie hast du erfahren, daß er tot ist?« fragte er nach einer Weile.

»Ich habe es in der Zeitung gelesen. Und du?«

»Ich bekam Heiligabend auf dem Stillen Ozean ein Telegramm.«

»Wie hast du es aufgenommen?« fragte sie leise.

»Ich glaube nicht, daß ich es recht begriffen habe. Aber ich fühlte mich schuldig.«

»Du? Warum?«

»Wahrscheinlich nahm ich mich zu wichtig«, sagte er und lachte hart, »aber ich war schließlich einfach irgendwie abgehauen.«

Sie saß da und sah ihn eine Weile nur an.

»Ich war vor Schuldgefühlen außer mir vor Angst«, sagte sie endlich.

»Du hast ihn zurückgewiesen?«

»Ja. Hast du das nie erlebt? Daß alles unmöglich wird, wenn ein Mensch, bei dem du dich frei gefühlt hast, plötzlich Forderungen an dich stellt. Was du tun und wer du sein sollst. Forderungen für den Rest deines Lebens.«

»So was Ähnliches«, gab er zu.

Er sah durchs Fenster auf die äußersten Fjellformationen. Sie waren fast schwarz und hatten graue Streifen. Ab und zu sah er die Positionslampen von Schiffen am Horizont aufleuchten.

»Er war kein Verlierer. Man kann ihn sich nur schwer in der Rolle des Zurückgewiesenen vorstellen«, meinte er.

»Ja. Und ich habe nicht verstanden, daß er sich vielleicht so fühlte. Er hatte die Gabe, sich verstecken zu können. Seine Verletzlichkeit. Kam einfach mit einer praktischen Lösung, als ich sagte, daß ich Zeit für mich brauche. Oder den Sommer, bevor er ... als ich sagte, daß ich einen Mann getroffen hätte.

›Nimm dir Zeit‹, sagte er. Von seinen Gefühlen sprach er nie. Ich habe nie verstanden, wie einsam er war.«

Sie versuchte ein Lächeln, aber es gelang ihr nicht ganz.

»Er ließ mir alle meine Verliebtheiten durchgehen. Meine Verhältnisse. Nie versuchte er, mich zu kontrollieren. Immer konnte ich zu ihm kommen, wenn es schiefging. Und das tat es immer. Und dann war er da.«

Gorm merkte, daß er dasaß und sie ungläubig anstarrte. Sie sprach über seinen Vater!

»Er hatte aber auch eine dunkle Seite. Eine Verzweiflung, die er wegschloß. Als würde er ein Leben leben, das gar nicht sein eigenes war. Der einzige Protest, zu dem er sich aufraffte, war das Verhältnis mit mir. Und der Selbstmord.«

Sie unterbrach sich einen Augenblick, dann fuhr sie mit schwacher Stimme fort.

»Am Abend vor meiner Abreise sprachen wir über die Zukunft. Ich sagte, daß ich ihn nie heiraten würde, deswegen brauche er sich meinetwegen auch nie scheiden lassen. Er nahm es gut auf. Scherzte und meinte, aus mir würde eine gute Anwältin werden. Am nächsten Morgen mußte ich ihn suchen, nachdem ich aufgestanden war. Er saß am Strand und starrte vor sich hin. Sobald er mich sah, tat er so, als wäre nichts gewesen. Ich habe mir überlegt, ob er nicht bereits da seinen Entschluß gefaßt hatte. Und daß ich es vielleicht hätte begreifen können.«

»Niemand hat das begriffen, Ilse.«

»Du warst doch gar nicht da, wie hättest du also verhindern wollen, daß …?«

»Nein, und da habe ich versagt. Vielleicht muß man ein guter Verlierer sein, um am Leben zu bleiben«, sagte er und streckte seine Hand zu ihr aus.

Sie sahen sich in die Augen.

»Danke für dieses Gespräch!« flüsterte sie.

Er dachte, daß sie jetzt weinen würde. Sie tat es aber nicht.

»Laß uns rausfahren. Durch die Fahrrinne und an den äußeren Holmen vorbei«, sagte er.

»Ja!« antwortete sie, und ihr Gesicht strahlte auf.

Der Motor brummte leise, und er ging an Deck, um die Leinen loszumachen.

»Klar!« rief er ihr zu, und sie wendete das Boot, und sie glitten in die Fahrrinne hinaus.

Sie machte die Positionslichter an, und die dunkle Wasserfläche funkelte rot und grün. Vor dem Bug schäumte und sprudelte es, und er genoß den Luftzug einige Augenblicke lang, ehe er zu ihr hineinging.

Sie waren bis zur Fjordmündung gekommen. Die schwache Dünung von Backbord machte das Manövrieren schwieriger. Sie konzentrierte sich. Gab Gas und änderte den Kurs, um die Dünung vor den Bug zu bekommen.

Vor den Holmen ergriff ein langsamer, kräftiger Rhythmus den Rumpf des Bootes. Er genoß es.

Als sie an den Untiefen und Schären vorbei waren, gab sie Vollgas und sah ihn im schwachen Licht der Kartenlampe herausfordernd an. Der Bug hob sich, und sie sausten in der Augustdunkelheit dahin.

Sie stellt mich auf die Probe, dachte er. Der Mond und die Sterne funkelten durch die Gischt. Er stellte sich breitbeinig hin und ließ sie eine Weile gewähren. Schließlich rief er ihr durch das Dröhnen des Motors zu: »Immer mit der Ruhe, ich bin schreckhaft. Ich bin nicht so wie er, weißt du.«

Er sah, wie sie den Gashebel zurücklegte, war aber trotzdem vollkommen unvorbereitet. Im nächsten Augenblick fiel er über den Kartentisch und klammerte sich fest, wo es nur ging. Sie hatte zu hastig gebremst. Jetzt stellte sie den Motor ab.

»War das nötig?« fragte er, als er sich wieder gefaßt hatte.

Sie ging runter in den Salon. Die Tür ließ sie offen. Sie schlug auf und zu. Die Dünung traf das Boot von der Seite, und es krängte ein paarmal gefährlich. Alles, was herumlag, geriet in Bewegung. Er rettete einen Kaffeebecher davor, auf die Bodenplanken zu fallen.

Als sich das Schaukeln etwas beruhigte, folgte er ihr langsam unter Deck. Immer noch hatte er das Röhren des Motors in den Ohren. Aber es war vielleicht nur die gewaltige Stille, das Brausen, die Bewegung. Das Meer.

Sie saß mit dem Kopf in den Händen da. Ohne nachzudenken setzte er sich neben sie. Sie roch nach frischem Schweiß. Salz.

»Ich habe ihn benutzt«, sagte sie hart. »Habe alles aus ihm rausgeholt, was in ihm steckte. Er war das Unerlaubte, Verbotene, der Erfahrene. Er war das eigentliche Verbrechen. Mein Verbrechen. Während ich das juristische Examen machte, um andere verurteilen zu können.«

Ihre Stimme hatte fast etwas Trotziges.

Als er sie umarmte, legte sie ihren Kopf an seine Brust. Jetzt, in diesem Augenblick, brauchen wir uns gegenseitig, dachte er. So ist es vermutlich oft. Ist das Zufall? Jemand ist einfach da. Oder eben nicht.

Er sah, wie sich das Licht der grünen Schiffslaterne auf der Wasserfläche spiegelte. Wenn jetzt ein Schiff ohne Wache auf der Brücke ihren Weg kreuzte, dann war das hier ihre letzte Reise. Er umarmte sie fester. Er war drauf und dran, die Kontrolle zu verlieren.

Hastig stand er auf und ging an Deck. Es waren keine Schiffe zu sehen. Sie trieben allein dahin. Er startete den Motor und nahm wieder Kurs auf Indrefjord.

Etwas später kam sie hoch.

Vereinzelte, weit verstreute Lichter schimmerten an Land. Er schaltete den Scheinwerfer ein, um die Stangenseezeichen nicht zu verfehlen. Ein paarmal sah er sie an. Sie merkte es.

»Wenn du dir nach diesem Ausflug eine andere Ratgeberin suchen willst, so steht dir das frei«, sagte sie.

»Nein! Im Gegenteil!« Er verlangsamte die Fahrt und starrte geradeaus zwischen die Seezeichen. Kein Boot, kein einziges Hindernis war zu sehen.

22

Ungeachtet des Genres, des Alters der Künstlerin und ihres übrigen Hintergrunds ist die Qualität des Werkes entscheidend.«

Das stand ganz unten auf einem Bogen, der Oves Sporturkunden glich. Ganz oben stand: »Der Preis des *Morgenblad* wird der Malerin Rut Nesset zuerkannt.«

Sie war im Künstlerhaus auf einer Veranstaltung, die als einfache Feierstunde angekündigt worden war. In der Hand hielt sie einen Scheck über fünftausend Kronen.

Ein Mann hatte gerade eine Rede auf sie gehalten, als sei sie etwas Einzigartiges. Sie nannten ihre Arbeit ein markantes Werk. Das mit Malerin war schmeichelhaft, aber so recht Verlaß war nicht darauf.

Ganz unten auf der Urkunde stand auch, daß der Sinn des Preises sei, das künstlerische Leben Norwegens zu stimulieren. Die freundlichen Menschen, die unterschrieben hatten, standen um sie herum. Ihr fiel auf, daß alle vor ihnen Respekt hatten. Das hatte sie natürlich auch, obwohl sie nicht so genau wußte, wo sie sie einordnen sollte.

Sie hatte den alten Rock von Gorm enger genäht und angezogen. Es gab ihr eine gewisse Sicherheit, denn er hatte ihr schließlich versprochen, an sie zu denken. Dazu trug sie eine schwarze Jacke. Daß beides eigentlich nicht zusammengehörte, machte nicht viel aus.

Während sie dastand und fotografiert wurde, kam es ihr in den Sinn, daß sie gern ein Foto von ihm gehabt hätte. Eines, auf dem die Rundung seiner Wangen zu sehen war mit den tiefen Grübchen, die er selbst dann hatte, wenn er nicht lächelte.

Als alles vorbei war, ging sie ins Theatercafé. Da sie sich reich und ordentlich gekleidet vorkam, konnte sie es wagen, allein dorthin zu gehen.

Sie wurde zu einem Tisch am Eingang geführt. So hatte sie sich das nicht vorgestellt. Als sie ein Glas Wein und ein Krabbenbrot bestellt hatte, ging sie durchs Lokal, um den Tisch vom vorigen Mal zu sehen. Er war frei. Natürlich saß er nicht dort. Aber das Orchester spielte. Vermutlich hatte sie deswegen solche Lust, in Tränen auszubrechen.

Als das Essen und der Wein kamen, versuchte sie sich an die schmeichelhaften Worte zu erinnern, die die Menschen über ihr Bild gesagt hatten. Aber es war ihr nicht möglich. Gorms Gesicht war in den Lederbezug der Bank gegenüber geprägt.

Ehe ihr Glas noch ganz geleert war, hatte sie es so genau studiert, daß sie meinte, ihn zeichnen zu können.

In den ersten Wochen in Oslo war sie auf einer Schaumstoffmatratze mit dem Dalmatiner als Kopfkissen aufgewacht. Die Freiheit war nicht so einzigartig gewesen, wie sie geglaubt hatte. Und niemand, falls nicht Gott sich immer noch mit so etwas befaßte, konnte Liebe und Licht erschaffen, indem er einfach nur die Worte aussprach.

Daß sie diese großen Worte nicht aussprach, bedeutete nicht, daß sie sie nicht dachte. Nach ihrer letzten Begegnung mit Gorm hatten sie zeitweilig ihre ganze Gedankenwelt ausgefüllt. Aber sie hatte niemanden, mit dem sie sich darüber austauschen konnte.

Als sie von der Sekretärin des Künstlerhauses erfuhr, daß er auf der Herbstausstellung war und ihr Bild gekauft hatte, ohne daß sie davon wußte, hatte sie das Gefühl, etwas verloren zu haben. Eigentlich hätte sie froh sein sollen, daß er das Bild gekauft hatte. Aber sie hätte es gern rückgängig gemacht.

Lieber würde sie ihn treffen. Doch niemand konnte ständig alles bekommen.

Sie verfaßte ein neutrales Dankschreiben, das er auch Turid zeigen konnte, wenn er wollte, brachte es dann aber nicht über sich, es abzuschicken. Aus dem Briefkastenschlitz wachte Turids Blick über sie.

Es gab keinen Krieg mit Ove, als sie einen Platz an der Akademie bekam. Rut hatte den Verdacht, daß er erst, als er sie zum Bus fuhr, so richtig begriff, was sie tat. Tor ließ sie auf Mutters Schoß zurück. Ove würde die Verantwortung haben, aber ihre Mutter hatte versprochen, oft zu Besuch zu kommen oder den Jungen zu sich auf die Insel zu holen.

Über die Kollegen und Nachbarn sollte Ove sich den Kopf zerbrechen, nicht sie. Sie hatte gekündigt und alles hinter sich gelassen.

Sie war bereits in Oslo, als ihr Bild an der Wand des Künstlerhauses aufgehängt wurde. Ove war der einzige, der wußte, daß sie ein Bild für die Herbstausstellung eingereicht hatte.

Sie konnte ihm viel vorwerfen, aber daß er nicht verstand, warum ihr Bild angenommen wurde, gehörte nicht dazu. Sie verstand es ja selbst kaum.

Wie er es aufnahm, daß sie den Preis bekam und über sie in der Zeitung geschrieben wurde, mußte sie glücklicherweise nicht miterleben. Aber er schrieb ihr eine Karte und gratulierte. Auf derselben Karte schrieb er, er habe sich entschlossen, sein Fischerboot über den Winter im Wasser zu lassen, und Tor habe ein Loch im Kopf gehabt, das mit zwei Stichen habe genäht werden müssen.

Ihre Mutter schrieb, der Prediger habe ausgeschnitten, was über sie in der Zeitung gestanden habe, und es auf den Tisch in der Stube gelegt. Auf dem Bild sehe man, wie Rut dem Redakteur die Hand gab und für den Preis dankte. Ihre Mutter finde nicht, daß sie sich ähnlich sehe. Und das sei auch gut so.

Aber mit dem Künstlerstipendium, dem Preis und dem Geld von Gorm fühlte sie sich unermeßlich reich. Sie kaufte sich eine rote Schlafcouch und ließ sie alle Treppen hinauftragen bis in die Ecke unter der Dachschräge.

Im Herbst kaufte sie einige Säcke Brennholz, die sie hinter der Couch lagerte. Es roch gut und erinnerte sie an Jørgen. Und an Tor.

Einige Male wachte sie nachts auf und meinte, er sei bei ihr, oder sie bildete sich ein, er würde irgendwo liegen und weinen.

Doch es genügte nicht. Leute mit weniger Verstand als sie hätten es vermutlich als unnatürlich bezeichnet, daß sie mehr an einen fremden, verheirateten Mann dachte als an das eigene Kind. Wenn sie es je erfahren hätten.

Aber nichts von dem, womit sie sich tagsüber umgab, konnte ihr Tor näher bringen. Kein Kind auf den Straßen oder in den Parks erinnerte an ihn. Als existierte er nur in ihren Träumen. Er war in so hohem Grad ein Teil des Schlafs, daß sie Angst davor bekam einzuschlafen.

An Gorm hingegen konnte sie denken, wenn sie in der Akademie war oder die Straßen entlangging. Es machte ihr Freude und gab ihr ein Freiheitsgefühl. Natürlich war das eine Illusion, weil er Turid gehörte. Aber trotzdem.

Das Zimmer hatte sie auf eine Anzeige hin bekommen, und Oves Cousine meinte, sie habe wirklich enormes Glück mit der Gegend gehabt. Hier wurde die Straße von Bäumen und Vorgärten gesäumt, und die Häuser erinnerten an Schlösser.

Ihr Zimmer lag unter dem Dach und erhielt durch drei Dachfenster genügend Licht. Sie konnte weder die Bäume noch die Straße sehen, aber das machte nichts.

Unter eins der Fenster stellte sie die Staffelei und fühlte sich wie eine richtige Künstlerin. Auf der einen Seite sah sie den Himmel und den Schornstein. Auf der anderen Seite ebenfalls den Himmel und das viereckige Türmchen des Nachbarhauses. Ganz oben hatte es ein Geländer aus Schmiedeeisen. Man konnte sich nicht daran festhalten, es war reine Kulisse. In der Inkognitagate gab es viele Kulissen.

Hinter einem Vorhang verbarg sich ein Waschbecken. Dusche und Toilette waren im Gang. Zwei Kochplatten und einen Kühlschrank besaß sie ebenfalls. Aber sie durfte nichts braten, und Kochen war auf Eier, Kaffee und Tee beschränkt.

Die Zimmerwirtin war eine energische Dame mit weißem, onduliertem Haar und vielen Armreifen und Ringen. Wenn sie im Anmarsch war, rasselte es immer.

Der Mann war gebeugt und sagte fast nichts, aber der Zigarettenqualm war dick, wo immer er sich gerade aufhielt. Meist im Parterre. Die Zimmerwirtin befand sich in der Regel im ersten Stock. Rut kannte kein Ehepaar, das soviel Platz hatte. Das war wohl auch der Grund, daß sie die beiden nie ein böses Wort wechseln hörte.

Bald wurde Rut klargemacht, daß die beiden eine gute Tat getan hätten, als sie sie bei sich aufnahmen. Schließlich komme sie aus dem Norden. Dieses »aus dem Norden« war bestimmt gleichbedeutend mit dem Sündenregister des Predigers.

Daß sie Miete zahlte und Schnee schaufeln und einmal die Woche in zwei Etagen putzen mußte, betrachteten sie offenbar als reines Vergnügen.

Aber irgendwie wußte Rut, daß sie sie mochten. Bereits in der dritten Woche hörten sie auf, davon zu reden, daß sie aus dem Norden kam. Dagegen war die Zimmerwirtin sehr beeindruckt, als ein Bild von ihr in der Zeitung abgebildet war, und nannte sie nur noch »unsere Künstlerin unterm Dach«.

Jeden Sonntagvormittag, wenn es nicht zu kalt war, machte sie Feuer im Ofen, ehe sie richtig aufstand. Dann legte sie sich wieder hin und las oder blätterte in Kunstbüchern aus der Bibliothek.

Während sie darauf wartete, daß es im Zimmer warm wurde, stach es am schlimmsten. Die knisternde Wärme schlug ihr in Wellen entgegen, und Tor stieß ihr seinen winzigen Finger ins Auge, egal, was sie ansah. Stieß. Bis sie nachgab und weinte.

Die schwarzen Öfen ihrer Kindheit hatten nach Ruß, Torf und Birkenreisig gerochen. Sie erinnerte sich an den ewigen Kreislauf, Asche, die ausgeleert werden mußte, und Glut, die nicht verlöschen durfte. Hier konnte sie einfach gehen, ohne sich darum zu kümmern, daß das Feuer ausgehen könnte.

Der Kamin war modern und mit Terrakottafliesen verkleidet, auch die Ofentür. Wenn sie ihn ausgehen ließ, war das ganz allein ihre Sache. Dann war es ihre Haut, die fror. Ihr Unbehagen.

Auf dem Weg zum Künstlerhaus ging sie unter den großen Bäumen des Schloßparks entlang. Sie verströmten eine wunderbare Ruhe. Skulpturen, die mit dem Licht ihren Ausdruck veränderten. Zu ihnen sprach sie. Einige Male kam es ihr so vor, als würden sie ihr antworten. Gelassene Antworten, die bereits vor über hundert Jahren formuliert worden waren.

Noch ehe sie sich selbst gekannt hatte, hatten die Bäume gewußt, daß sie dort entlanggehen würde. Sie beugten sich über sie und ermahnten sie: »Rut Nesset, du magst einen markanten Ausdruck haben, aber du brauchst mehr Übung und Wissen.«

Ihren Mitstudenten erzählte sie nicht viel über sich. Es ergab sich einfach nicht. Und sie war sich klar darüber, daß sie nicht zählte, auch wenn sie das Glück gehabt hatte, einige Aufmerksamkeit für ihr Gemälde zu erhalten. Nur »die Großen« konnten Autodidakten sein, ohne lächerlich zu wirken.

In der ersten Zeit hatte sie vor ihnen allen Angst. Als wären sie eine unsichtbare Allianz gegen sie eingegangen. Hätten sich untereinander abgesprochen, ohne daß sie davon wußte.

Sie hatte nicht nur außerhalb der künstlerischen Zivilisation gelebt, sie ließ sich auch nicht irgendeinem Ismus oder Trend zuordnen. Sie war weder rabiat noch politisch aufwieglerisch, und es gelang ihr nicht einmal, wütend zu werden, wenn sich Leute offen für den gemeinsamen Markt aussprachen.

Allmählich fand sie sich auf der Akademie zurecht. Redete mit den anderen und trank ein Glas Wein im Café. Aber sie knüpfte keine Bande.

Wenn sie Künstler traf, die einen Namen hatten, war sie oft verblüfft, wie wichtig sie ihre Wirkung auf die Umwelt nahmen. Als würden sie mit ihren Bildern darum wetteifern, wahrgenommen zu werden. Oft waren es die Vorkämpfer, die am überempfindlichsten auf jede Kränkung reagierten.

Im Café des Künstlerhauses oder im Krølle fanden Diskussionen statt, die sie an die Vorträge des Predigers erinnerten. Besonders zwei Maler legten eine fast religiöse Verachtung für alle an den Tag, die anders malten als sie selbst.

Als sie das zum ersten Mal hörte, genierte sie sich für sie, denn die beiden waren keine unbedeutenden Künstler. Sie wurde sich klar darüber, daß künstlerische Begabung nicht gleichbedeutend mit Klugheit und Intelligenz war.

Hätte sie den Prediger nicht so gut gekannt, wäre ihre Enttäuschung vermutlich groß gewesen. Aber sie wußte schließlich, daß Frömmigkeit Leute daran hindern konnte zu begreifen, daß auch andere Bibelworte als ihre eigenen zur Seligkeit führen konnten.

Sie kam darauf, daß es mühsam sein mußte, sich selbst zum Propheten der einzigen wahren Kunst zu erklären, wenn man damit nicht geradezu seine eigene Auffassung verehren wollte. Genau wie der Prediger, der sein eigenes Ich leuchtend auf der Stirn trug, wo er ging und stand.

Die Auffälligsten, um nicht zu sagen die Lautesten, glaubten vermutlich, daß man das Wort Kunst nur oft genug sagen mußte, um Kunst zu schaffen.

Rut hatte den Verdacht, daß es nicht so einfach, so rein, so richtig war. Selbst fühlte sie sich losgerissen von ihren Bildern, von dem winzigen Funken, der sich auf der Leinwand finden mußte.

Das Ich war im Fluß und ohne richtige Substanz. Aber das Bild *war*. Das Ich ließ sich nicht mit Hilfe des Werkes definieren. Das wurde nur lächerlich und falsch.

Ihr fiel es nicht schwer, Kunst anzuerkennen, die sich von dem, was sie auszudrücken suchte, unterschied. Im Gegenteil. Das gab ihr ein Recht auf das Eigene und die Freiheit zum Eigenen. Außerdem konnte es inspirierend sein.

Das behielt sie natürlich für sich. Rut diskutierte nicht, sie hörte zu, sah und arbeitete. Außerdem war sie voller Dankbarkeit, daß andere, sogar die, denen nicht gefiel, was sie tat, sie als Studentin der Akademie akzeptierten.

Das war so verblüffend, daß sie allmählich glaubte, es habe mit ihrer Kündigung bei der Schulbehörde, mit der örtlichen Veränderung oder mit der Trennung von Ove zu tun.

Die Modelle verdienten zwanzig Kronen in der Stunde und waren sehr unterschiedlich. Zusammen bildeten sie ein Meer aus Hautfalten und Hohlräumen. Rut mochte den Geruch und die Atmosphäre. Die Gemeinschaft, deren Ziel es war, auszudrücken, was man sah. Wie durch ein Wunder wurde jede Arbeit einzigartig.

Ein- oder zweimal die Woche kam der Professor und korrigierte. Ein freundlicher Mann in grauer Tweedjacke, farbigen Oberhemden und Schlipsen aus Wolle. Rut war sich nicht sicher, aber sie hatte das Gefühl, sie könne tun, was sie wolle, solange sie es nur gut mache.

Ein Typ, der an einen Teddybären erinnerte und der vor ihr saß, meinte, das alles sei doch stockkonservativ und man könne es gleich begraben. Als Rut ihn fragte, was er denn begraben wolle, wurde er laut und hielt eine lange Rede, daß die Kunst in der Gesellschaft eine Rolle spielen solle. Rut widersprach ihm nicht.

Er konnte ebenso schnell einen Akt zeichnen wie ein halbes Knäckebrot essen. Wenn er jedoch fertig war, sah sein Bild einem Krähennest zum Verwechseln ähnlich. Nicht eine Hautfalte war wiederzuerkennen.

Das imponierte ihr und machte ihr gute Laune. Balder, wie er sich nannte, hatte einen roten Vollbart, trug riesige Pullover und hatte blitzende, gekränkte Augen.

Das erste Mal, als sie ihm die Hand gab, hatte sie das Gefühl, daß er solche wie sie zum Frühstück aß. Und sie schämte sich, weil sie nicht wußte, wer er war, denn er benahm sich so, als wäre er bereits berühmt. Allmählich begriff sie, daß er über die Zukunft sprach.

An einem Freitag, als er im Café besonders wütend war, fragte sie, ob sie nicht irgendwo anders eine Flasche Wein trinken könnten. Er veränderte sich so schlagartig, daß es kaum zu glauben war. »Wir gehen!« sagte er und raffte seine Habseligkeiten zusammen.

Im Restaurant Casino wurden aus der halben Flasche viele halbe, jedenfalls, was ihn anging. Er war zum Schluß ziemlich betrunken, und deswegen betrachtete sie es als einen Freundschaftsdienst, ihn zu seiner Bude in einer abbruchreifen Mietskaserne in der Akersgate zu begleiten. Dort wollte er dann, daß sie mit raufkam, damit er sie ficken konnte.

Sie lachte ihn nicht aus, sondern meinte nur, sie sei verheiratet. Er schimpfte zwar etwas darüber, daß sie nicht mehr zu haben sei, betrat das Haus aber dann doch ohne ihre Hilfe.

Am folgenden Montag schämte er sich etwas und fragte, ob er seine Zeche bezahlt habe.

»Den Wein hast du bezahlt«, meinte sie.

»Und mehr war nicht«, erwiderte er grinsend.

»Davon weißt du nichts«, antwortete sie spottend.

Anschließend benahm er sich wie eine Leibwache, sowohl im Künstlerhaus als auch in der Stadt. Wenn er nicht betrunken war. Und er gebrauchte auch nie mehr das Wort ficken, wenn sie allein waren.

Rut erfuhr, daß Tor viel Zeit auf der Insel verbrachte. Die Mutter und der Prediger hatten Telefon bekommen, und sie rief an, um ihrer Mutter zu danken. Als sie aus ihren Worten heraushörte, daß sie mit der ganzen Familie Weihnachten feiern wollte, mußte sie das abwenden.

»Ich glaube, ich muß Tor etwas für mich haben«, meinte sie vorsichtig.

»Von uns hat niemand je sein Kind so verlassen, wie du es getan hast«, sagte ihre Mutter barsch.

»Mama, versuch mich doch zu verstehen.«

»Soviel verstehe ich, daß es zwischen Ove und dir nicht wieder so wird wie früher, so weit weg, wie du bist.«

Irgendwie gelang es ihr, das Gespräch auf etwas anderes zu bringen, ehe sie auflegte.

Als Tor an der Bushaltestelle auf sie zurannte, spürte sie einen Schmerz im Bauch. Die ganze Zeit, die sie zu Hause verbrachte, hielt er an. Am stärksten war er, wenn sie dasaß und Tor beim Schlafen zusah. Ohne Tor ging sie nirgendwohin. Das führte dazu, daß sie meistens allein waren.

An einem Abend begann sie zu weinen, als sie ihm aus *Der Hut des Zauberers* vorlas. Er wies sie zurecht und sagte, nicht dieses Buch sei traurig, sondern ein anderes.

Eines Abends kam Ove früher als erwartet von einer Party nach Hause. Er hatte getrunken. Mit einer Art hilfloser Besitzermiene griff er nach ihr. Sie stand in Unterwäsche im Bad, und er kam herein. Als er sie etwas unbeholfen in die Arme nahm, ließ sie es einfach geschehen und bemerkte erstaunt, daß ihr Körper wie tot war. Aber als er sie zum Gästebett ziehen wollte, in dem er schlief, solange sie zu Hause war, weigerte sie sich.

»Wir sind verheiratet!« fauchte er, wütend und verbissen.

»Das sind wir schon die ganze Zeit, ohne daß es eine Rolle dabei gespielt hätte, mit wem du geschlafen hast!« fauchte sie zurück.

Er ließ sie los und ging. Danach war die Kälte ein Faktum.

An dem Tag, an dem Tor begriff, daß sie wirklich wieder fahren würde, packte er sie am Haar und hielt sie fest, aber er weinte nicht. Sie schon.

Ove sah sie an, versuchte aber nicht, ihr zu helfen. Sie hatten fast nichts miteinander gesprochen, und es hatte ihr auch nicht gefehlt. Jedenfalls bis jetzt nicht.

»Papa und du, ihr könnt doch nach Oslo kommen und mich besuchen«, sagte sie unbesonnen.

»Wann?« wollte Tor mißtrauisch wissen.

»Ostern.«

»Ich fahre Ostern aufs Fjell«, sagte Ove vom Sofa aus.

»Könnt ihr nicht vorher kommen?«

»Nur solche wie du haben das ganze Jahr Ferien«, murmelte Ove und verließ das Zimmer.

»Dann komme ich eben her. Bis dahin ist es nicht mehr lang«, flüsterte sie und versuchte seine Faust aus ihren Haaren loszumachen. Sie war feucht und zitterte.

Die letzte halbe Stunde schimpfte er mit ihr, weil es ihr nicht gelang, die Bauklötze richtig auf das Auto zu legen, mit dem er zwischen Eßtisch und Sofa hin und her fuhr. Sie hörte ihm ratlos zu, betrachtete seine geschwungene Oberlippe und putzte ihm die ständig laufende Nase.

Im Januar begann es auf die Dachfenster zu schneien. Die Sonne verwandelte den Schnee der grauweißen Fläche in Wassertropfen. Wie Perlen auf altem Filz. Sie funkelten zu ihr herunter. Warfen ihr winzige Blicke zu.

Ove schrieb ihr einen kurzen Brief und erzählte, es gelinge ihnen nicht, Tor zum Essen zu überreden. Sie fehle ihm.

Sie gewöhnte es sich an, um Punkt drei Uhr jede Nacht aufzuwachen und sich zu überlegen, wie sie Tor dazu überreden könnten zu essen. Sie bat den Gott des Predigers um Hilfe.

Die ersten Tage folgten ihr diese Gedanken an die Akademie und stahlen ihr jede Konzentration. Die Freude darüber, daß es in Oslo keine Polarnacht gab, war wie weggeblasen. Januar war und blieb Januar.

Der Staub der Großstadt, der Lärm und der graue Schnee

machten ihr rote Augen. Sobald sie allein war, liefen ihr die Tränen über die Wangen, egal, wo sie stand oder ging. Das war lästig, wenn sie es bemerkte.

Eines Tages lieh ihr der Professor ein Buch über Frida Kahlo, eine Malerin, von der sie noch nie gehört hatte. Seltsamerweise war es ein Trost, sich diese Bilder anzusehen.

Sie kam darauf, daß man in Norwegen so nicht malen konnte. Hier sollte der Schmerz immer intellektuell und diffus sein. Nur für Eingeweihte. Nicht zu deutlich und nicht zuviel. Das machte sich nicht gut. In Norwegen war es lächerlich, seinen Schmerz zur Schau zu stellen.

Irgendwie glich Tor dem Selbstporträt von Frida Kahlo. Das lag an den Brauen. Dem Blick. Den Wangenknochen. Und dann natürlich auch noch daran, daß er Jørgen ähnelte. Äußerlich. Das hatte nichts mit Frida Kahlo zu tun.

Gelegentlich glaubte sie, daß Tor auch ihr ähnelte. Aber das war schwer zu sagen, denn sie hatte kaum Vergleichsmöglichkeiten. Schließlich glich sie kaum noch sich selbst, seit sie in den Sommerferien bei der Stadtgärtnerei gearbeitet hatte.

Sie nahm ihren Skizzenblock und zeichnete Karikaturen ihrer Eltern, ließ dabei ihrem Unmut freien Lauf. Und während sie dem Prediger groteske Hauer in den Mund zeichnete und der Mutter Tropfen unter die Nase, merkte sie, daß das die Reaktion eines Kindes war. Sie war ihr eigenes Kind, das sich an den Eltern rächte, weil sie selbst nicht damit zurechtkam, Mutter zu sein.

Sie riß die Zeichnung aus dem Spiralblock, knüllte sie zusammen und schob sie in die Flammen. Einen Augenblick später war sie verschwunden.

Ihr Schmerz erinnerte nicht an die Messer und Nägel der Kahlo, es war eher ein diffuses Strahlen von tief innen. Deswegen konnte sie Frida Kahlos Kunst vermutlich auch nur Selbstmitleid entgegensetzen.

Das Porträt von Gorm gelang ebenfalls nicht. Phasenweise zeichnete sie mehrere Skizzen in der Woche. Aber sie idealisierte ihn immer, und deswegen lebte er nicht. Sie war abwechselnd wütend und verzweifelt.

An einem Nachmittag, als sie aus der Akademie kam, begann sie mit der Frau auf dem Sprungbrett über dem leeren Schwimmbecken. Gelegentlich befand sie sich auch im freien Fall, minzgrünen Fliesen und flach liegenden, toten Fischen entgegen.

Erst zeichnete sie viele Skizzen, dann einige Entwürfe in Pastell. Schließlich begann sie zu malen. Es war merkwürdig, aber diese Frau nahm ihr viel von ihrem Gefühl der Unzulänglichkeit ab.

Als sie in den Osterferien nach Hause kam, zwang sie sich, Ove zu loben, weil Tor es so gut hatte. Er reagierte nur mit einem Achselzucken. Wann immer er konnte, demonstrierte er ihr, daß sie nicht das Recht hatte, über Tor oder ihn irgendwelche Ansichten zu haben. Es kostete sie keine Überwindung, ihn zu verstehen.

Er fragte sie nie, was sie tat oder mit wem sie ihre Zeit verbrachte. Das Wort Akademie hatte sie ihn nie aussprechen hören. Aber sie wußte, daß er eifersüchtig war, weil sie ein Leben führte, das er nicht kontrollieren konnte.

Er konnte auch verärgert reagieren, wenn ihm aufging, daß sie sich nicht kränken ließ. Beispielsweise als Tor erzählte, daß einmal morgens beim Aufstehen eine gewisse Merete dagewesen sei. Glücklicherweise fuhr Ove ins Fjell und blieb fast die ganze Osterzeit dort.

Nachdem sie wieder in Oslo war, war sie mehrere Male drauf und dran, ganz nach Hause zurückzukehren. Tor hatte ebenso stark auf ihre Abreise reagiert wie nach Weihnachten.

Es gelang ihr, Ove dazu zu überreden, sich einen Telefonanschluß legen zu lassen, so daß sie jetzt mehrmals in der Woche direkt zu Hause anrufen konnte. Zuerst wurde alles nur noch schlimmer. Aber allmählich verstand sie, daß die Stimme wichtig war. Für sie beide. Nach einigen Wochen hatte es den Anschein, als würde er akzeptieren, daß Mama in Oslo wohnte, weil sie Malerin wurde.

Er vertraute ihr Kleinigkeiten an, die wie Perlen in ihrem Kopf herumrollten.

Beispielsweise, daß er ein Flugzeug kaufen und schnell durch die Luft fliegen wollte. Und daß das Feuerwehrauto auf drei Rädern genauso gut fuhr.

In den Sommerferien nahm Rut Tor auf eine Hütte an der Helgelandsküste mit, die sie gemietet hatte. Sie hatte lange versucht, Zugang zu neuen Motiven zu finden. Aber die Frau auf dem Sprungbrett bahnte sich ihren Weg. Sie hatte angefangen, auf Wasser zu gehen. Sie war immer in Gefahr, im nächsten Augenblick unterzugehen.

An einem Abend sah sie sie auf dem Berg hinter der Hütte, nachdem Tor ins Bett gegangen war. Sie trug einen roten Badeanzug und einen Schwimmreifen, wie ihn Kinder benutzen.

Als Rut begann, Skizzen zu zeichnen, veränderte sie sich zu einem nackten Körper mit Nierengürtel. Sie hatte eingeseiftes Haar, das stachlig hochstand. Rut sah sie besonders gut spät am Abend und früh am Morgen. Oder sie tauchte in ihren Träumen auf. Sie wurde zu einer Besessenheit.

Aber es regnete viel, und Tor fehlten seine Spielkameraden. Sie sah ein, daß sie Ove darum bitten mußte, die Wohnung für sich zu bekommen, damit Tor nach Hause zurückkehren konnte.

Er war gut gelaunt, als sie anrief, und meinte, das passe gut, da er eine längere Fjellwanderung plane.

Als sie kamen, war er noch nicht losgefahren, also wartete sie noch damit, sich häuslich einzurichten. Sie räumte nur auf und hörte Tors fröhliches Geschrei durchs Fenster. Er hatte seinen Freund getroffen.

Als sie Ove aus dem Schlafzimmer rufen hörte, ging sie zu ihm. Er stand mit nacktem Oberkörper da und packte seinen Rucksack. Es war ihr aufgefallen, daß er sich immer noch gern für sie in Positur warf, als würde er denken: Laß sie nur sehen, was sie sich entgehen läßt.

»Es gibt etwas, was ich dir sagen muß.«

Sie stand abwartend da, aber er sah nicht auf.

»Ich will mich scheiden lassen«, sagte er mit dem Gesicht zum Schrank.

Es entstand eine Pause, und sie war verblüfft, daß sie so unvorbereitet war.

»Du hast eine andere, wenn ich das richtig sehe?« fragte sie, während sie sich überlegte, ob es überhaupt ging, einen so schwerwiegenden Satz auszusprechen, während man seinen Rucksack packte.

»Ja, Merete und ich wollen heiraten. Ich will ein ordentliches Leben.«

»Soll sie hier einziehen?«

»Ja, wenn sie will.«

»Hast du sie nicht gefragt?«

Da sah er endlich hoch, und eine leichte Unsicherheit huschte über sein Gesicht.

»Gewissermaßen«, erwiderte er ausweichend.

»Sie weiß, daß Tor auch hier wohnt?«

»Wie hätte ihr das entgehen sollen?« erwiderte er bissig und pfefferte T-Shirts und Socken in seinen Rucksack.

Seine Muskeln spielten unter der braunen Haut. Er war so stolz auf seinen Bizeps.

»Ist sie auf der Wanderung dabei?« fragte sie.

»Ja. Wir zelten. Wir wandern bis zur schwedischen Grenze.«

»Eine Frau nach deinem Herzen, wenn ich es recht verstehe. Gibt es sie schon lange?«

Er richtete sich auf und lächelte breit, ohne zu antworten.

Sie wußte selbst nicht, welche Mechanismen sich da in Gang setzten. Aber plötzlich hatte sie dieselbe Freiheit wie er. Die Freiheit, sich einzugestehen, daß Ove ein begehrenswerter Mann war. Und außerdem war er nicht mehr ihre Verantwortung, sondern Freiwild. Für sie auch.

Ohne nachzudenken, legte sie ihre Hände auf seine nackten Schultern und genoß seine Überraschung. Genoß die gewaltige Bewegung der Oberarmmuskeln, als er sie heftig umarmte. Als er die Augen schloß und sie küßte, empfand sie eine ekstatische Freiheit. Und als er sich mit ihr aufs Bett fallen ließ, wimmerte sie leise und gab sich ihm vollkommen hin. Endlich war sie ein Teil von Oves heimlichen Abenteuern. Sie genoß es und zeigte ihm das auch.

Er war zärtlicher und feinfühliger, als sie ihn in Erinnerung hatte. Und egal, was ihm von ihr sonst noch in Erinnerung blieb, sie wollte auf jeden Fall, daß er sich daran erinnerte.

Wieder in Oslo, hatte sie das Gefühl, neben sich die Straßen entlangzugehen. Sie wachte im Bett neben sich auf. Es gelang ihr nicht, mit jemandem im Künstlerhaus Kontakt aufzunehmen oder jemanden zu finden, auf den sie sich freuen konnte.

Nicht einmal, als zwei ihrer Gemälde für die Herbstausstellung angenommen worden waren, dauerte ihre Freude länger als der Augenblick, den sie die Lektüre des Briefes kostete. Wie immer trottete sie durch Galerien und Museen, ohne daß es sonderlich geholfen hätte.

An einem feuchtkalten Tag sah sie eine große Gestalt in offenem Mantel in der Nationalgalerie. Er stand halb von ihr abgewandt. Der Nacken. Das Kinn. War das er?

Die Sternschnuppe kam aus dem All mit einem Schweif leuchtender Gegenstände hinter sich. Weißer und blauer Sternennebel brannte ihr im Gesicht und hinderte sie am Atmen. Ohne daß sie es wollte, wurde ihr die Luft in einem zitternden Strom aus der Lunge gepreßt. Einen Augenblick stand sie einfach da, dann trat sie entschlossen näher.

Er drehte sich um. Es war nicht Gorm.

Hastig verließ sie das Museum und ging eine Weile aufs Geratewohl durch die Straßen. Nach einer Weile zog es sie zum Künstlerhaus. Sie wollte die Bilder, die für die Herbstausstellung angenommen worden waren, noch ein letztes Mal sehen, ehe sie abgehängt wurden.

Sie hatte die Hoffnung, daß jemand sie kaufen würde, aber inzwischen aufgegeben. Jetzt klebte an »Frau in trockenem Schwimmbecken« ein roter Punkt. Mit klopfendem Herzen ging sie ins Büro, um zu fragen, wer das Bild gekauft habe.

»Ein deutscher Galerist. Eigentlich hat er Ferien. Jetzt hat er zwei Bilder gekauft und will die Künstlerin kennenlernen«, meinte die erstaunte Sekretärin.

»Welches andere Bild hat er denn gekauft?«

»Ihre beiden.«

»Er hat meine beiden Bilder gekauft?«

»Ja.«

»Dann müssen Sie doch einen roten Punkt auf beide Bilder kleben«, sagte Rut und holte tief Luft.

Die Sekretärin entschuldigte sich, aber Rut hörte gar nicht richtig hin.

»Wo ist er? Der Galerist.«

»Ich glaube, er sitzt unten im Café. Sprechen Sie Deutsch?«

»Wenn es sein muß, auch Italienisch.«

Sein Kamelhaarmantel lag neben ihm auf dem Stuhl. Davon abgesehen, waren seine durchdringenden Augen das einzige, was ihr besonders auffiel. Er stand auf, als sie das Café betraten, beugte sich vor und hob ihre Hand an den Mund, als gehörte sie zum Königshaus.

»August Gabe. Aber sagen Sie doch einfach A. G.«

Als die Sekretärin gegangen war, wollte er wissen, ob sie Deutsch spreche. Es gelang ihr zu erklären, daß sie sich lieber auf norwegisch oder englisch unterhalte.

Mit arroganter Liebenswürdigkeit präsentierte er ihr seine blendendweißen Zähne. In abgehacktem Englisch meinte er dann, ihre Bilder seien interessant, aber unfertig, gleichzeitig winkte er die Bedienung heran, die Rut Weißwein einschenkte.

Während er sie eingehend betrachtete, als wäre sie eine Tuschezeichnung, erzählte er ihr, er wisse bereits, daß sie im zweiten Jahr die Akademie besuche und einen unbedeutenden norwegischen Preis für ein Gemälde auf der Herbstausstellung des vergangenen Jahres erhalten habe. Schließlich ließ er eine Pause entstehen und wartete darauf, ob sie noch etwas zu ergänzen hatte.

Als sie nichts sagte, fuhr er fort, er meine, daß sie über ein gewisses Potential verfüge, das sie durch harte Schulung und noch härtere Arbeit weiterentwickeln könne.

Rut spürte, daß ihr der Schweiß ausbrach, und sie fragte ihn erstaunt, warum er dann ihre Bilder gekauft habe.

»Ich kaufe immer Souvenirs, wenn ich auf Reisen bin«, sagte er und legte seine Hand leicht auf ihre, so als würde er sie nur unabsichtlich streifen.

Er fragte, ob er weitere Arbeiten von ihr sehen könne. Sie antwortete, sie seien etwas verstreut, in Nordnorwegen, auf dem Zimmer, das sie bewohne, und in der Akademie.

Er wollte sie am nächsten Tag besuchen und sich ansehen, was sie zu Hause hatte. Um sechs Uhr, wenn ihr das recht sei? Er schrieb ihre Adresse auf und gab ihr seine Karte, ehe er weitereilte und sie mit dem Rest in der Weinflasche zurückließ.

Sie las die Karte. Er war wirklich Galerist. Mit Galerien in Berlin und New York.

Rut ging direkt nach Hause und sah sich in ihrem Zimmer um. Sie konnte nicht viel tun, außer die Arbeiten, mit denen sie nicht zufrieden war, in der Abstellkammer zu verstecken. Dann bereitete sie ihre Vermieter darauf vor, daß sie Besuch von einem deutschen Galeristen bekommen würde. Das war notwendig, denn Herrenbesuch verstieß gegen die Regeln.

Die Frau schlug die Hände über dem Kopf zusammen, und der Mann lächelte geistesabwesend.

Eine Fassung des Dalmatiners ließ sie direkt gegenüber der Tür auf dem Fußboden stehen. Sie hatte versucht, das Bild zu rekonstruieren, das Gorm gekauft hatte, weil es ihr fehlte. Aber es war nicht dasselbe. Nicht mißlungen, nur anders. Die Augen, der Ausdruck, die Farben. Nicht so klar, mehr verzweifelt. Der Hintergrund war rosa und kaltes Türkis. Der Hund trug eine Leine, die rechts von seinem Körper abstand wie eine Peitsche.

Das letzte Bild, das sie gemalt hatte, stellte sie ebenfalls auf. Es war eine Version der Frau auf dem Sprungbrett, von der Seite. Arme und Kopf befanden sich in Sprungposition. Sie hatte sehr viel Zeit auf den Rücken verwendet, ohne jedoch ganz zufrieden zu sein.

Zum Schluß hatte sie etwas Rissiges und Gesprungenes wie eine lebende Statue.

Das Bassin war mit schwarzen und weißen Fliesen ausgekleidet, die ein unsymmetrisches Muster bildeten wie ein zerschlagenes Schachbrett. Im halben Bassin, dem unter dem Sprungbrett, war kein Wasser, die andere Hälfte war randvoll. Ein roter Schwimmreifen schaukelte am Beckenrand.

Auf dem Beckenboden lag ein Hund, der alle viere von sich gestreckt hatte, als wäre er auf den Fliesen platt gewalzt worden.

Das dritte Bild, das sie zeigen wollte, stellte nach außen hin eine Gestalt dar, die mit einem Kirchturm in den Händen durch die Luft flog. Die Farben waren klar und gaben dem Bild einen durchsichtigen, einfachen Ausdruck.

Er hatte weiße Rosen dabei. Das verwirrte sie und machte sie verlegen. Sie hatte keine Vase, die groß genug war, und nahm eines der großen Marmeladengläser, in denen sie ihre Pinsel aufbewahrte. Die Pinsel fielen zu Boden, als sie sie aus dem Glas nehmen wollte.

A. G. warf seinen Mantel auf einen Stuhl und kniete sich hin, um die Pinsel aufzuheben. Er hatte blonde Locken, die sich im Nacken teilten, wenn er den Kopf vorbeugte. Am Hinterkopf war das Haar schütter, und darunter war ein kräftiger Wirbel. Irgendwie wirkte das auf sie elektrisierend.

Durch den dünnen Stoff seines Jacketts konnte sie die Linien seines Rückens ahnen. Vermutlich war dieser Stoff sehr teuer. Er hatte eine matte Oberfläche, die zur Berührung einlud. Als er die Pinsel auf den Tisch legte, verzog sich sein Mund zu einem Lächeln. Seine Lippen hatten etwas Gieriges. Wie alt er wohl sein mochte? Vierzig?

Als sie zum Waschbecken ging, um Wasser zu holen, folgte er jeder ihrer Bewegungen, als hätte er Angst, sie könnte auf einmal verschwinden. Sie wurde unruhig, und ihr brach der Schweiß aus. Aber als sie ihn bat, sich doch auf die Schlafcouch zu setzen, begann er endlich damit, sich die Bilder anzusehen.

Er drehte auch die um, die falsch herum standen. Schließlich lehnte er sich gegen den Türrahmen und fragte, ob er rauchen dürfe. Sie nickte und stellte ihm einen Aschenbecher hin.

Während er durchs Zimmer ging und die vierunddreißig Bilder ein weiteres Mal betrachtete, stellte er den Aschenbecher auf die Handfläche, als wäre er eine Kostbarkeit, und sah sie kein einziges Mal an. Hätte sie eine Zeitung zur Hand gehabt, hätte sie ungestört einen langen Artikel lesen können.

Er bat um ihre Erlaubnis, sich die Jacke ausziehen zu dürfen, und sie nickte. Als er mit dem Rücken zu ihr dastand und ein Gemälde vor sich hinhielt, bemerkte sie, daß sie ihn anstarrte. Sie senkte den Blick und schluckte.

Er lehnte das Bild der nackten Frau mit dem Nierengurt wieder gegen die Wand und machte die Lampe an der Decke an. Dann schob er mehrere Bilder hin und her und benahm sich überhaupt so, als wäre er allein im Zimmer.

Sie versuchte ganz ruhig im Korbstuhl zu sitzen und so zu tun, als wäre nichts. In dem grellen Licht der Deckenlampe sah sie eine große Kreuzspinne, die sich vom Balken bis zum Schrägdach ein Netz baute.

Endlich drehte er sich zu ihr um und begann zu sprechen.

Sie hatte nicht erwartet, daß er so direkt sein würde, so unbarmherzig. Er kritisierte die einseitige Motivwahl und etwas, was er manierierte Naivität nannte, aber er lobte ihre Kühnheit, die Komposition und die Farben.

Er stellte zwölf oder dreizehn Bilder zusammen und hielt jedes einzelne hoch, während er über Grundierung, Pinsel, Farben, Komposition und Motiv jedes Gemäldes sprach.

Nach einer Weile merkte sie, daß sie einfach wollte, er würde immer so weitermachen. Die Stimme. Sein Hemd beulte auf der einen Seite mehr aus als auf der anderen. Es warf unter der grellen Deckenlampe einen grünschimmernden Schatten.

Auf einmal wandte er sich überraschend von den Bildern ab. Seine Augen funkelten sie an. Er nickte, um etwas zu bekräftigen, was sie nicht verstanden hatte. Es war unmöglich, etwas zu verstehen, wenn er sie so ansah.

»Doch! So ist das«, unterstrich er noch einmal mit seinem harten, schnarrenden Englisch.

Dann warf er einen hastigen Blick auf die Uhr, und sie wußte, daß es vorbei war.

Die Vermieterin stand auf der Treppe, als er gehen wollte. Sie grüßte und sagte hektisch etwas auf norwegisch. A. G. grüßte ebenfalls, jedoch ziemlich reserviert.

Als er gegangen war, meinte die Vermieterin begeistert: »Meine Güte! Wie maskulin. Dafür muß man wirklich ein ganzer Mann sein, um mit halblangem, lockigem Haar herumzulaufen.«

Drei Wochen später bekam sie einen Brief, in dem er ihr einen Atelierplatz in Berlin ab August des nächsten Jahres anbot und die Möglichkeit, fünf der vorhandenen Bilder auszustellen plus eventuelle neue.

Sie nahm ihren Mut zusammen und rief ihn an, um zuzusagen. Beim Klang seiner Stimme überfiel sie auf einmal die Angst, er könnte auflegen, bevor sie bestätigt hatte, daß sie kommen würde. Sie war geschäftlich und melodiös.

Rut brachte ihr Anliegen vor, vergaß aber die Fragen, die sie sich aufgeschrieben hatte. Als sie begann, zu stottern und nach Worten zu suchen, war es, als verstehe er sie. Seine Stimme wurde wärmer und war überhaupt nicht mehr arrogant. Er dankte ihr noch einmal, daß er ihre Bilder habe sehen dürfen, und sagte, er freue sich bereits auf die Zusammenarbeit. Er habe vor, ihr eine Wohnung neben dem Atelier zu besorgen. Sie werde das alles noch schriftlich bekommen.

Das Atelier war groß und hell, und man sah über die Mauer auf die grauen Fassaden und Schornsteine Ostberlins. Ihr Zimmer ging auf einen Park und war so spartanisch möbliert wie eine Zelle. Alles war weiß gestrichen. Sogar der Fußboden. Vor dem hohen Fenster war nichts, nur ein staubiges Springrollo, das nicht herabgelassen war.

Der Herbst 1974 war ein Balanceakt. Sie nahm bei zwei Professoren Unterricht, um das Grundlegendste zu lernen, wie A. G. sich ausdrückte. Für selbständige Arbeit blieb ihr nur wenig Zeit, und das frustrierte sie. Gleichzeitig wurde ihr aber klar, daß sie ihre eigene Arbeit ernst nehmen mußte.

»Erst muß man alles einreißen, um neu anfangen zu können«, meinte A. G., wenn sie sich darüber beklagte, daß sie keine Zeit mehr habe, zu malen. Er nahm sie auf Vernissagen und in Ausstellungen und Museen mit. Gelegentlich bekam sie nur die Adresse und mußte sehen, wie sie selbst dorthin kam.

Sie trafen sich nie privat, ohne daß es mit Kunst zu tun hatte. Jedesmal, wenn sie glaubte, daß so etwas wie Freundschaft oder Kameradschaft zwischen ihnen aufgekommen war, wies er sie nachdrücklich zurecht, indem er sie vollkommen übersah.

Kurz vor Weihnachten kam er unangemeldet in ihr Atelier und ging von Bild zu Bild, um sie zu begutachten.

Sie ging in ihr Zimmer, um ihn nicht zu stören. Das hatte sie sich angewöhnt, um sich nicht gedemütigt zu fühlen.

Plötzlich stand er mit einem ernsten, fast wütenden Gesichtsausdruck in der Tür.

»Das Bild des grünen Narren ist gut! Endlich hast du etwas auf die Leinwand gebannt. Es ist dir gelungen, das Konkrete mit dem Abstrakten zu vereinen. Die Situation, die Stimmung. Es ist dir geglückt, den Körper in einer einzigen großen Bewegung von innen nach außen zu kehren, die Verzweiflung und Wut spiegelt. Du deutest etwas an, was außerhalb des Bildes liegt. Dieses Gemälde hat ein Promille von dem, was einen Ausdruck zu Kunst macht. Jetzt hörst du mit dem ganzen Unterricht auf und fängst an zu malen!«

Sie setzte sich auf einen Küchenstuhl und vergaß ganz, etwas zu erwidern. Im nächsten Augenblick war er weg. Ihr fiel ein, daß sie ihn hätte fragen sollen, ob er ihr Geld leihen könne, damit sie über Weihnachten nach Hause zu Tor fahren könne. Sie mußte Fahrkarten reservieren, ehe alles ausgebucht war.

Vermutlich war es das, was ihre Wut auslöste. Sie rief im Büro der Galerie an und bat die Sekretärin, A. G. mitzuteilen, daß sie nicht wünsche, irgend jemanden von der Galerie zu sehen, bis die Bilder fertig seien. Sie werde Bescheid geben, wann sie abgeholt werden könnten.

Am nächsten Tag stürzte er in ihr Atelier, während die beiden anderen Maler, Josef und Birte, ebenfalls dort waren. Er war außer sich und verbat sich, daß sie ihm irgendwas durch seine Sekretärin ausrichten lasse. Es interessiere ihn nicht, welche Wünsche sie habe. Die beiden anderen zogen sich verlegen zurück, während A. G. ihr im besten Predigerstil eine Standpauke hielt.

Das Fenster stand auf, und als er eine Pause machte, hörte sie das Schreien einer Krähe. Es hörte sich an, als würde jemand ein Stück Leinwand entzweireißen. Sie legte Pinsel und Palette weg und baute sich vor ihm auf.

»Du kannst mit deiner unverschämten Art zum Teufel gehen«, sagte sie verbissen auf norwegisch, ging in ihr Zimmer und schloß die Tür hinter sich ab.

Nach einer Weile wurden zwanzig rote Rosen mit seiner Visitenkarte bei ihr abgegeben. Sie stellte sie im Atelier in einen Eimer.

Anschließend rief sie ihre Vermieter in der Inkognitagate an und bat auf Knien darum, über Weihnachten wieder das Dachzimmer mieten zu dürfen. Glücklicherweise hatten sie es gerade nicht vermietet, so daß das kein Problem darstellte.

Tor hatte mit der Schule angefangen und war schon einmal allein nach Oslo gefahren. Aber sein Gesicht war bleich und verheult, als er neben einer Stewardeß, die seine Tasche trug, auf sie zukam. Er sagte kein Wort zu ihr, bis sie allein waren, und wollte sich auch nicht umarmen lassen.

»Ist es dir während des Flugs übel geworden?« fragte sie, hockte sich hin und küßte ihn auf die Nasenspitze.

»Die Ohren«, sagte er schniefend.

Sie sah ihm in die Ohren, konnte aber nichts entdecken. Vermutlich war es das Trommelfell. Sie wollte ihn in die Arme nehmen, aber er sah sich scheu um und wich ihr aus, und sie gab auf.

Nachdem sie seine Tasche zu Hause abgestellt hatten, brachte sie ihn zum diensthabenden Arzt des Roten Kreuzes. Dort entdeckte sie, daß Tor nasse Füße hatte. Sie wollte ihm die Schuhe ausziehen, aber er weigerte sich. Keiner von denen, die hier saßen und warteten, hatte sich die Schuhe ausgezogen.

Der Arzt schaute ihm in die Ohren und stellte fest, daß eines der Trommelfelle geplatzt sei. Es sei leider nichts zu machen, man könne nur hoffen, daß es wieder zuwachsen würde. Sie bekam Tropfen mit, die sie Tor in die Nase spritzen sollte, ehe er nach Hause flog. Außerdem wünschte er ihnen frohe Weihnachten. Dann marschierten sie wieder zu ihrem Zimmer.

Nachdem sie Feuer im Ofen gemacht und Kakao gekocht hatten, begann er zu reden.

»Der Papa und die Merete haben einen großen Weihnachtsbaum gefällt. Ich war dabei. Er soll oben einen elektrischen Stern bekommen«, sagte er und schaute sich im Zimmer um.

»Wir kaufen uns morgen auch einen Baum«, sagte sie eilig.

»Groß?«

»So groß, wie du willst.«

»Hast du Christbaumschmuck?«

»Wir können einen Engel malen oder einen aus Glanzpapier ausschneiden.«

Er sah sie entsetzt an.

»Erzähl keinen Unsinn, Mama.«

»Das meine ich ernst. Aber wir können auch was kaufen. Wir können uns den Schmuck auf der Karl Johan Gate und im Bogstadvei ansehen.«

»Ist der schön?«

»Ganz unglaublich!«

»Was gibt es da?«

»Das wirst du dann schon sehen. Das ist eine Überraschung.«

Während sie ihm aus *Weihnachten in Bullerbü* vorlas, sah sie das Zimmer mit seinen Augen. Es erstaunte sie, daß keiner von ihnen weinte.

Ihre Vermieter wollten über Weihnachten wegfahren und boten ihr an, die Küche zu benutzen. So konnte sie sogar etwas kochen.

Am nächsten Tag gab sie ein Vermögen für Christbaumschmuck und einen großen Weihnachtsbaum aus. Als sie ihn nach Hause geschleppt hatten, stellte sie fest, daß sie auch noch einen Ständer brauchten, und sie mußten noch einmal hinaus. Tor lief vor ihr her und wollte immer über alle roten Ampeln gehen. Als sie endlich einen schweren Weihnachtsbaumständer aus Schmiedeeisen aufgetrieben hatten, konnten sie ihn nur mit dem Taxi nach Hause bekommen.

Nachdem sie im Theater gewesen waren und sich *Die Reise zum Weihnachtsstern* angesehen hatten, zeigte Tor zum ersten Mal so etwas wie Anhänglichkeit, aber sie war sich da nicht ganz sicher. Zumindest nahm er ihre Hand, als sie aus dem Theater hinaus in die Nacht gingen.

Nach zehn Tagen mußten sie sich voneinander trennen, und alles, was sie sich aufgebaut hatten, ging wieder zu Bruch, als sie ihn am Check-In in Fornebu abgab. Sie zerstörte alles, indem sie zu weinen begann.

»Mama, du darfst jetzt nicht weinen, sonst müssen es die anderen auch tun, verstehst du das denn nicht?«

»Ich kann es nicht lassen«, schniefte sie an seinem Hals.

»Du sollst nicht nach Berlin fahren, du kannst doch nach Hause kommen!« Er weinte und wollte sie nicht loslassen.

Die Dame, die ihn zum Flugzeug bringen sollte, schüttelte resigniert den Kopf und meinte, sie müßten jetzt gehen. Zum Schluß mußte sie ihn zum Ausgang zerren, während er sich die ganze Zeit weinend umdrehte.

Die Leute, die vorbeikamen, blieben stehen und sahen sie seltsam an. Als hätten sie noch nie jemanden weinen sehen.

»Mama, komm nach Hause und heirate den Papa! Mama, verdammt, komm endlich nach Hause!« rief er, ehe die Türen sie trennten.

Als sie den Bus zurück in die Stadt nahm, ging ihr auf, daß sie nie etwas anderes werden würde als eine mißratene drittklassige Künstlerin. Ein Preis und ein Atelierplatz in Berlin bedeuteten nicht, daß sie jemand war. In Wirklichkeit war sie eine Egoistin, die ihr Kind für eine sogenannte Karriere verriet.

Was war eigentlich so schwer daran, in diesem kleinen Ort am Fjordarm zu malen, in dem Tor wohnte und in dem er auch mit seinem Vater zusammensein konnte? Viele Maler hatten an Fjordarmen gewohnt und dort gemalt.

Munch war beispielsweise in Åsgårdstrand gewesen und hatte dort seine Familie gemalt. Seine Trauer. Natürlich hatte er damals bereits in Kristiania gewohnt, und man hatte ihm geholfen, ins Ausland zu kommen. Er war unverheiratet und kinderlos gewesen, fiel ihr dann ein. Frauen, die Künstlerinnen spielen wollten, sollten auf jeden Fall kinderlos sein.

Sie rollte Tors Matratze zusammen und stellte sie in die Abstellkammer. Aber die Packpapierrolle, die sie mit Reißnägeln an den Dielen befestigt hatte, damit sie jeden Tag ein Weihnachtsbild malen konnten, ließ sie liegen.

Dann stellte sie den größten Skizzenblock auf die Staffelei und nahm einen Kohlestift. Ehe sie sich's recht versah, hatte sie bereits Tors markantes und trotziges Profil auf die weiße Fläche gezeichnet. Die Knie unterm Kinn. Die Arme um die Knie gelegt. Die alte Matratze. Wie ein bleischwerer fliegender Teppich, der nie abheben würde.

Als ihr klar wurde, was die Striche erzählten, erkannte sie in ihnen ihre eigene Kindheit. Ihre Sehnsucht nach etwas, was sie noch gar nicht kannte.

Sie bat darum, das Telefon ihrer Vermieter benutzen zu dürfen, und rief Ove an, um sich zu vergewissern, daß Tor zu Hause angekommen war.

»Natürlich ist er angekommen. Das Ohr? Nein, mit den Ohren ist alles in Ordnung«, sagte Ove.

Sie erklärte, daß das Trommelfell geplatzt sei, aber er behauptete, daß so was bei Kindern dauernd passiere.

»Er hat fürchterlich damit angegeben, wie gut ihr es hattet, und sich darüber beklagt, daß Merete und ich nur so einen kleinen Weihnachtsbaum haben verglichen mit denen, die es in Oslo gibt. Er ist wohl bei der Universität gewesen, und da soll es einen gegeben haben, der bis in den Himmel wächst«, sagte Ove und lachte.

»Danke, daß du mir das erzählst«, erwiderte sie mit belegter Stimme.

»Rut, bist du noch da?« fragte er nach einer Weile.

»Ja.«

»Wie geht es dir? In Berlin?«

»Es ist gar nicht so schlimm. Aber auch nicht so, daß man es überall herumerzählen will«, gab sie zu.

»Brauchst du Hilfe? Ich meine – ruf ruhig an, wenn was ist.«

»Danke. Paß nur gut auf Tor auf, das ist das Beste, was du für mich tun kannst, so wie die Dinge nun einmal liegen.«

»Natürlich, zerbrich dir darüber nicht den Kopf. Und du – du fehlst nicht nur dem Tor.«

»Danke! Grüß alle von mir.«

»Du fehlst mir.«

Sie lehnte sich gegen die eiskalte Wand der Diele. Ein Wandleuchter aus Kristall funkelte ihr von der Wand über dem Telefon entgegen.

»Sag so was nicht«, flüsterte sie.

»Es ist mir Ernst.«

»Das würde Merete nicht gefallen …«

»Es war ein Fehler. Wir passen nicht zusammen. Nur gut, daß wir nicht geheiratet haben.«

»Natürlich paßt ihr zusammen. Jetzt hör schon auf.«

Er gab nach. Und sie dankte ihm, ohne weiter auszuführen, warum sie ihm dankte. Vermutlich wegen Tor.

Etwas später an diesem Tag nahm sie die Pastellfarben hervor. Sie brauchte kein Modell. Sie hatte ihn die ganze Zeit auf der Netzhaut.

In der Nacht träumte sie, daß sie ihn zur Insel trug. Sie ging auf dem Meeresboden zwischen Steinen und Tangwäldern. Kleine Fische schwammen aus seinem blutenden Ohr. Es waren so viele. Ein Schwarm in Form eines Pflugs. Als sie sich umsah, waren es Millionen.

23

Im Jahr 1980 schrieb Gorm in das gelbe Buch: »Nichts kann so starkes seelisches Nagelkauen hervorrufen wie die Mitternachtssonne im Mai.«

Der nächste Tag war bereits angebrochen, und er saß oben in seiner Wohnung mit dem Notizbuch auf den Knien vor dem Fenster. Hier saß er immer und schrieb.

Ilse wollte ihn nicht privat im Geschäftshaus treffen. So wurde die Wohnung zu einem menschenleeren Zufluchtsort. Zumindest hatte er versucht, sie zu möblieren. Ein paar gute Stühle und einen Tisch. Einen Schreibtisch. Ein Bett, in dem er selten schlief und immer allein.

Die letzten Wochen war er nur tagsüber von seiner Mutter getrennt gewesen. Heute abend hatte er gesagt, daß es spät werde, weil er zu arbeiten habe.

Sie lief inzwischen nachts herum. Sie schlurfte mit ihren Pantoffeln, wenn sie an seiner Tür vorbeikam und die Treppe hinunterging. Sie weckte ihn nie, und trotzdem wachte er auf. Als hätte er eine Warnglocke in seinem Kopf, die reagierte, wenn sie wach war. So war das bereits gewesen, als er ein Junge war. Die Glocke schrillte, wenn seine Mutter unglücklich war oder unglücklicher als sonst.

Aber jetzt war es anders, jetzt war es ernst. Sie hatten die Geschwulst nicht entfernen können. Im Winter war das gewesen. Sie gaben ihr noch bis zum Frühjahr, möglicherweise bis zum Sommer. Falls es irgendwie gehe, solle er mit ihr verreisen. Sie hatte von Rom gesprochen. Aber sie mußte sich nach der Chemotherapie natürlich erst erholen, kräftiger werden.

Sie kam nach Hause, wurde aber nicht kräftig genug, um zu reisen. Statt dessen stand er auf und war bei ihr, wenn er hörte, daß sie die Treppe hinunterhuschte. Sie klagte nicht viel, aber er wußte, daß sie starke Schmerzen hatte. Die nächtlichen Gespräche waren ganz anders als die bei Tageslicht. Klarer, einfacher.

»Geht es dir schlechter?« fragte er beispielsweise.

Sie antwortete, ohne sonderlich Gefühle zu zeigen. Es erinnerte fast an den Kommentar eines Beobachters.

»Es sieht etwas besser aus.« Oder: »Nein, es ist noch genauso schlimm.« Oder: »Wenn ich das nur wüßte.« Oder: «Ich habe nicht die Kraft, darüber zu sprechen. Erzähl mir lieber was aus dem Geschäft. Oder aus der Stadt. Du weißt sicher was Lustiges.«

Er sorgte dafür, daß sie immer eine Telefonnummer hatte, unter der sie ihn erreichen konnte, wenn er nicht zu Hause war. Auch nach Indrefjord hatte er sich einen Telefonanschluß legen lassen, damit sie ihn erreichen konnte.

Aber sie rief nie dort an. Sie hatte aufgehört, ihn zu fragen, mit wem er zusammen war. Falls sie von Ilse wußte, deutete sie es mit keinem Wort an.

Sie fragte auch nicht, wie es in Indrefjord war oder was er dort unternommen hatte. Als wisse sie das alles bereits. Früher hatte sie ihn immer gefragt, ob er daran gedacht habe, den Kaffeekessel zu spülen und ihn umgedreht in den Ausguß zu stellen. Oder ob er auch ja Sägespäne ins Trockenklosett gestreut habe. Das war ihm immer auf die Nerven gegangen.

Genau in diesem Augenblick klingelte das Telefon. Olga war hektisch, er müsse sofort kommen. Frau Grande wolle nicht mir ihr reden.

Als er nach Hause kam, war sie bewußtlos. Im Krankenhaus kam sie wieder zu sich, und sie gaben ihr Morphium. Stundenlang saß er neben ihrem Bett, ohne zu wissen, was er sagen sollte. Er hatte das Gefühl, es sei notwendig, daß er etwas sagte, konnte sich aber einfach nicht entscheiden, was das Richtige wäre. Zeitweilig war er sich nicht sicher, ob sie überhaupt wußte, daß er da saß.

Die Gardinen waren zugezogen. Der Atem, der die eingesunkene Brust dazu brachte, sich zu heben und zu senken, war das einzig Lebendige im Zimmer. Er selbst fühlte sich wie eine Puppe aus Papier, die jemand in der Mitte gefaltet und auf einen Stuhl gesetzt hatte.

Er wollte ihr Zimmer nicht verlassen und bat deswegen die Schwester, Edel und Marianne Bescheid zu geben, daß es kritisch sei. Beide wollten so schnell wie möglich kommen. Er war froh, daß sie noch nicht da waren. Dann hätte er sich noch hilfloser gefühlt.

Die Hände, die auf der Bettdecke lagen, waren bläulich, durchsichtig. Der Infusionsständer mit der Nährlösung und der Beutel an der Bettkante mit der braungelben Flüssigkeit gaben ihm das Gefühl, jemand versuchte aus Bösartigkeit, sie zu erniedrigen und sie lächerlich zu machen. Es half auch nicht, daß er sich sagte, dieser Gedanke sei kindisch. Er wurde wütend. Er holte ein Handtuch und deckte damit den Beutel ab.

Der Körper unter der Bettdecke war so klein geworden. Es hatte den Anschein, als läge der Kopf oberhalb der Bettdecke, ohne irgendwo befestigt zu sein. Das Gesicht leuchtete ihm mit seinen glatten Wangenknochen weiß entgegen. Als wäre das Fleisch schon ganz verschwunden. Der Mund hatte keine Konturen und war noch bleicher als das Gesicht. Das machte ihn noch wütender.

Er suchte in der Tasche, die immer fertig gepackt war und die sie mitgenommen hatten, und fand den Schminkbeutel. Auf einmal schrumpfte er zusammen, groß wie er war, und war wieder sieben Jahre alt. Er schminkte seine Mutter. Seine Hand zitterte leicht. Aber er konzentrierte sich, und es ging gut.

Einen Augenblick lang öffnete sie die Augen. Ihre Lippen formten Worte, die er nicht verstehen konnte.

Aber er wußte ja, was seine Mutter von ihm verlangt hätte. Sie hatte doch nur ihn. Trotzdem weinte er.

Während er noch einmal die Oberlippe nachzog, zuckte es in den Lidern, und der angestrengte Atem blieb mit einem Seufzer stehen. Er brauchte ihr nicht die Augen zu schließen, denn das hatte sie bereits selbst getan. Aber er faltete ihr die Hände. Sie waren kühl. Das waren sie immer gewesen.

Großmutter war sehr beleidigt, weil sie die Mutter überlebt hatte. Das sei nicht natürlich, meinte sie. Sie hielt sich betont aufrecht, obwohl sie während der gesamten Trauerfeier sitzen mußte. Als sie danach zusammen Kaffee tranken, sagte sie unentwegt, Gudrun habe nie an andere und nur an sich gedacht.

»Ich sag dir eins«, sagte sie zu Gorm und drohte ihm mit dem Zeigefinger, »wäre Gudrun nicht gewesen, dann wäre dein Vater heute noch am Leben. Aber er mußte sich natürlich um sie kümmern. Wo ist deine schöne Braut, Gorm? Warum ist sie nicht da?«

Da einige der Gäste, die Mutter die letzte Ehre erwiesen hatten, immer noch in der Halle standen, fand Gorm, daß er dem Ganzen ein Ende bereiten müsse, also beugte er sich vor und küßte sie auf den Mund. Sie roch schwach nach Erbrochenem und Pfefferminz.

»Das nenne ich einen Tiefschlag«, sagte Großmutter und

wischte sich über den Mund, während die Umstehenden lächelten oder diskret lachten.

»Was für eine Beerdigung. Die Leute stehen da und amüsieren sich. Nächstes Mal bin ich an der Reihe. Und das sage ich euch: Da will ich keine sauren Mienen sehen. Das vertrage ich nicht, daß jemand Tränen vergießt, nur weil er meint, er muß. Gorm! Schaff mich nach Hause, ich muß die Nachrichten sehen.«

Marianne und Edel schlugen vor, daß sie sich um die Teilung des Erbes später kümmern sollten. Gorm hatte nichts dagegen. Marianne sorgte dafür, daß Olga zu irgendwelchen Verwandten fuhr, um wieder zu sich zu kommen, wie sie sagte. Dagegen hatte er ebenfalls keine Einwände. Aber er war verblüfft, als sie sagte, sie wolle noch einige Tage ohne Mann und Kind bleiben, um Mutters Sachen aufzuräumen. Edel war eingeschnappt, hielt aber trotzdem daran fest, so schnell wie möglich wieder nach Oslo zurückzufahren.

Gorm, der das Geschäft vernachlässigt hatte, machte Überstunden im Büro, nachdem alle gefahren waren. Als er nach Hause kam, war Marianne in Mutters Zimmer beschäftigt. Die Tür stand auf, und er streckte den Kopf hinein.

»Sollen wir irgendwo essen gehen?« fragte er.

Sie stand vor Mutters Sekretär und betrachtete ein paar alte Briefe. Als sie den Kopf hob, sah er, daß sie weinte. Er kam näher und versuchte, sich ein paar tröstende Worte einfallen zu lassen.

Da spürte er ihre Arme um seinen Hals.

»Sie war so fürchterlich unglücklich … ihr ganzes Leben. Deswegen sind wir auch so geworden. Hast du einmal daran gedacht? Und jetzt bin ich an der Reihe.«

»Sollen wir uns nicht setzen?« murmelte er.

Sie klammerte sich an ihn. Drückte ihn und war mit ihren Händen überall. Ließ sich auf die Knie fallen und umklammerte seine Beine.

Sie spricht von Mutter, und dabei meint sie sich selbst, dachte er matt.

Er beugte sich über sie. Wollte er sie hochziehen? Er tat es nicht. Er ließ sich mit ihr auf den Teppich sinken. Vergrub sein Gesicht zwischen ihren Brüsten und blieb halb auf ihr liegen, während er schwer atmete.

»Tröste mich, spiel mit mir«, flüsterte sie.

Eine seltsame Erinnerung aus der Kindheit geriet ihm in die Nase. Er starrte in ihr verstörtes Gesicht. Sie hatten beide Augen und Mund geöffnet.

»Komm!« sagte er heiser und zog ihr das Gummiband aus dem Haar. Ein kleines violettes Gummiband.

Sie ließ sich führen. Sie waren wieder klein und spielten Verstecken. Irgendwo suchte jemand nach ihnen. Mutter oder Edel. Vater. Aber sie versteckten sich in der Kammer unter der Treppe zum ersten Stock. Dort hatte er sich immer versteckt. Oder war sie es gewesen? Aber wenn Edel mit Suchen an der Reihe war, durfte er immer in die Dunkelheit kommen und sich mit ihr dort verstecken. Das wollte er auch. Und sie wußte es.

Heute waren dort nicht mehr so viele Schuhe wie früher. Aber der staubige, kalte Geruch von Schuhcreme, Wachs und abgelegten Mänteln war da. Sie drückten sich eng aneinander und legten die Arme umeinander. Zusammengekrümmt in ihren erwachsenen Körpern. Immer weiter zusammengekrümmt, bis sie miteinander zu Boden sanken.

»Du darfst nicht sterben«, flüsterte sie und strich ihm über Hals und Gesicht.

Die Dunkelheit machte alles unwirklich. Nichts war gefährlich, denn es war alles nicht wahr. Nicht einmal der Gedanke.

»Wir können irgendwann zusammen sterben«, hörte er jemanden sagen.

Die Dunkelheit um sie herum war geräuschlos. Sie waren ganz allein in den merkwürdigen Körpern der Kindheit.

An einem Tag im September erwachte Gorm im Grand Hotel in Oslo und konnte sich nicht daran erinnern, was er geträumt hatte, nur daß es irgendwie mit dem Tod zu tun gehabt hatte und ihm das Gefühl gegeben hatte, daß nichts mehr eine Rolle spielte. Alles war bereits entschieden. Er brauchte sich keine Sorgen zu machen, denn das war Zeitverschwendung.

Möglicherweise hatte er dieses Gefühl von zu Hause mitgenommen, da ihn Ilse nicht auf die Reise hatte begleiten wollen. Sie hatte nicht sofort nein gesagt, sondern ihn am Abend vor der Abreise angerufen und erklärt, sie habe keine Zeit. Er hatte nicht versucht, sie zu überreden, sondern nur gesagt, daß sie die Reise dann eben irgendwann nachholen müßten.

Hatten sie sich das Leben so vorgestellt? Vielleicht war er es ja, der mit einem engeren Verhältnis nicht fertig wurde? In vielerlei Hinsicht war es unkompliziert. Trotzdem hatte er das Gefühl, das Leben gehe an ihm vorbei, während er allein dastehe und friere.

Er duschte und rief dann Turid an, daß er heute gern Siri sehen würde, falls es passe. Dieses »falls es passe« sagte er immer mit der Stimme seines Vaters. Er hatte oft beobachtet, wie unterschiedliche Menschen in unterschiedlichen Situationen auf diese Stimme reagierten. Auf diese Studien verstand er sich am besten.

Gelegentlich verachtete er sich, weil er diese Rolle spielte. Aber meist dachte er gar nicht daran. Denn diese Autorität, die er sich aus praktischen Gründen lieh, überzeugte.

Siri war am Telefon. Ihre Stimme klang froh.

»Du nimmst ein Taxi zum Grand Hotel, und ich warte vor der Tür und bezahle. In Ordnung?«

»In Ordnung! Ich komme!«

Er war gerührt, als er sie sah. Sie war elf Jahre alt und hatte sich seinetwegen feingemacht. Er wollte ihr sagen, daß Rot ihr stehe, schob es aber auf, bis sie sich im Hotel zwischen die Palmen des Wintergartens gesetzt hatten. Schob es auf, bis sie Bier und Cola bestellt hatten. Wie sollte ein Vater so etwas sagen?

Statt dessen fragte er sie, wie es in der Schule gehe und ob sie in den Weihnachtsferien in den Norden kommen wolle. Nach einer Weile fiel ihm auf, daß er jedesmal dieselben Fragen stellte und daß sie sie mehr oder minder geduldig beantwortete.

»Ich muß mit Mama feiern«, sagte sie und seufzte.

Turid hatte einen Studienrat geheiratet, und Siri und sie waren vor einigen Jahren nach Bærum gezogen, eine Nachbargemeinde von Oslo. Vermutlich kannte der Stiefvater Siri inzwischen besser als er.

»Du siehst traurig aus«, meinte sie beiläufig.

»Das will ich aber gar nicht. Ich bin froh, daß du kommen konntest.«

»So geht es mir auch. Wenn du traurig bist, dann bist du eben traurig.«

»Und du?«

»Auf und ab.« Ihre Augen blitzten. »Ich dachte, ich hätte eine Freundin, aber sie erzählt hinter meinem Rücken gemeine Sachen über mich.«

»Dann ist sie eben nicht dein Mensch, versuch die Finger von ihr zu lassen.«

Als er diese Worte sagte, spürte er einen alten Schmerz. Rut.

»Hast du einen Menschen, Papa?« fragte sie, als würden sich ihre Gedanken berühren.

»Ich bin zu beschäftigt«, meinte er leichthin.

Den Kopf zur Seite gelehnt, betrachtete sie ihn.

»Jetzt hast du schließlich nicht einmal mehr Großmutter.«

»Nein. Aber irgendwas ergibt sich schon.«

»Mama hat gesagt, sie war eine Hexe.«

»Traurig, daß Turid sie so in Erinnerung hat. Aber das alles ist lange her. Vermutlich war es mein Fehler.«

»Warum nimmst du immer alle Schuld auf dich? Vielleicht, weil du willst, daß ich dich am meisten mag?«

Einen Augenblick war er vollkommen sprachlos, dann lachte er.

»Da hast du sicher recht. Schließlich will ich, daß du mich magst, wenn du mich nur so selten zu Gesicht bekommst.«

»Warum bist du Mama gegenüber immer so höflich? Warum fragst du immer, ob es ihr auch paßt oder ob sie was dagegen hat und so?«

»Warum soll ich unhöflich sein? Sie hat sicher genug um die Ohren.«

»Mich, das meinst du doch?«

»Vielleicht auch das.«

»Wer steht dir näher, Mama oder ich?«

»Du.«

»Ich verabscheue Mama! Aber gleichzeitig mag ich sie auch«, sagte sie nach einer kleinen Pause.

»Kam das plötzlich?«

»Nein, seit wir bei diesem Typen eingezogen sind. Nicht

nur dir hat deine Mutter leid getan und nicht nur du hattest Angst vor deinem Vater.«

Das traf ihn wie ein Blitz. Aber in diesem Augenblick kam die Serviererin mit dem Omelett und dem Brot. Er wartete, bis sie sich wieder entfernt hatte.

»Wer sagt, daß ich Angst hatte und daß sie mir leid tat?«

»Mama«, entgegnete Siri und begann mit großem Appetit zu essen.

»Hast du Angst vor mir, Siri?«

»Nein.«

»Warum sagst du so was dann?«

Sie saß da und sah auf ihren Teller, ehe sie Anlauf nahm, ihn anklagend anschaute und sagte: »Du bist doch nie da. Wenn ich heule und so. Du bist nie für mich da!« sagte sie wütend.

»Ich bin für dich da, Siri. Und wenn du Turid verabscheust, dann haben wir ein Problem, das wir lösen müssen.«

»Wie?«

»Du mußt mit ihr reden.«

»Nein. Solange wir bei diesem Typen wohnen, begreift sie gar nichts.«

»Was ist denn gegen ihn einzuwenden?«

Resigniert breitete sie die Arme aus.

»Er glaubt, daß er Weltmeister ist und der Klügste und daß er überhaupt alles weiß. Ich sitze in meinem Zimmer und sie im Wohnzimmer und ... verdammt!«

Sie warf den Kopf in den Nacken und erinnerte dabei an Turid. Aber sie war ganz und gar sie selbst. Das rührte ihn.

»Habt ihr schon mal darüber geredet, daß du vielleicht in den Norden kommen und bei mir wohnen könntest?« fragte er.

Sie nickte energisch.

»Da rastet Mama immer aus, das kannst du mir glauben.«

»Was meinst du denn dazu? In den Norden zu kommen?«

»Ich hab das zu ihr gesagt. Ich zieh zu Papa, sag ich. Aber dort kenn ich doch niemanden«, sagte sie wütend. »Außerdem fragst du so selten.«

»Sollte ich dich jedesmal fragen, wenn wir uns sehen?«

»Hätte es dich interessiert, hättest du mich vermutlich gefragt«, sagte sie und spitzte die Lippen.

»Mühsame Väter sind wohl auch nicht so toll, wie?«

»Du bist nicht mühsam. Du bist irgendwie … du bist einfach nicht so wie alle anderen.«

»Ich will deutlicher werden. Willst du bei mir wohnen? Das braucht nicht endgültig zu sein. Du kannst es dir auch irgendwann anders überlegen und wieder zu Turid zurückziehen.«

»Traust du dich, ihr das zu sagen, wenn ich es will?« Sie fingerte etwas unschlüssig an ihrer Serviette.

»Ja, kein Problem«, log er.

»Mama würde dich dafür hassen.«

»Das läßt sich nicht ändern.«

»Du könntest sie zum Essen einladen.«

Er dachte nach.

»Vielleicht. Willst du das?«

»Ja!«

»Glaubst du, ihrem Mann würde das gefallen?«

»Nein!« sagte sie triumphierend.

Er unterschrieb die Rechnung und legte Trinkgeld auf das Tellerchen mit der Rechnung.

»Ich bin irgendwie nur was, wofür du bezahlst. Das ist eklig.«

»Väter, die mit ihren Kindern zusammenwohnen, bezahlen auch. Turid bezahlt, ohne daß du daran denkst.«

Er legte seine Hand auf ihre und versuchte ihren Blick aufzufangen.

»Ich mag dich sehr, Siri. Verstehst du das?«

Verlegen sah sie zu ihm hoch und nickte.

»Und was machen wir jetzt?« fragte er gut gelaunt. »Kino?«

»Ich muß noch Hausaufgaben machen, bevor ich meine Freundin treffe.«

»Ich dachte, ihr wärt verfeindet?«

»Das schon. Aber wir haben schließlich eine Verabredung!« erwiderte sie entrüstet.

Nachdem er ihr das Geld für das Taxi gegeben hatte und sie sich in die Taxischlange gestellt hatten und warteten, umarmte er sie. Sie lehnte sich gegen ihn und erwiderte rasch seine Umarmung.

»Sagst du mir Bescheid, wenn du in den Norden ziehen willst? Ja?« sagte er.

»Ich will ernsthaft darüber nachdenken«, antwortete sie.

Er kaufte sich eine Zeitung und setzte sich vor einem Café an einen Tisch. Als er die Seiten des Kulturteils aufschlug, begegneten ihm Ruts Augen. Sie lächelte und trug das Haar lang und offen. Nach einer Weile gelang es ihm zu lesen, was unter der Schlagzeile stand: »Norwegische Künstlerin hat Erfolg in New York und Berlin.«

Mit zitternden Händen breitete er die Zeitung aus und begann zu lesen: »Rut Nesset ist norwegischen Kunstliebhabern relativ unbekannt, hat sich aber in den letzten Jahren einen Namen in Deutschland und den USA gemacht. Sie wohnt und arbeitet in Berlin, hält sich aber auch in Paris und New York auf. Letzten Mittwoch war ein anonymer Käufer bereit, 250 000 Kronen für eines ihrer Gemälde in der Galerie A. G. in New York zu bezahlen.«

Die Zeitung gab das Bild einer verdrehten Gestalt wieder, die an einem Fuß eine Fahnenstange hochgezogen wird. Das Banner, mehr Stoffetzen ähnlich, kam aus dem Unterleib der Gestalt und bildete ein Kreuz.

Über die Zeitung flog ein Nachtfalter. Seine grauen Flügel breiteten sich aus und falteten sich in einer lautlosen, fast unwirklichen Bewegung wieder zusammen, ehe er nach links segelte und verschwand.

Und er hatte gedacht, daß sie zusammen mit Mann und Kind in diesem winzigen Ort lebte, daß sie Lehrerin war und nur nach Feierabend malte. Er war darauf vorbereitet gewesen, sie irgendwann einmal auf der Straße zu treffen, wenn sie in der Stadt zu tun hatte. Wenn es soweit war, hatte er sie festhalten und um ein Gespräch bitten wollen, egal, worüber.

Sie war also draußen in der großen, freien Welt! Die Freude erfaßte sein ganzes Nervensystem und ließ ihn lächeln. Er gab dem Kellner ein Zeichen und bestellte ein Bier. Gleichzeitig erlebte er, wie die intensiv gelbe Herbstsonne die Bäume des Studenterlund verfärbte und Straßenmusikanten eine russische Volksmelodie spielten.

Während er bemerkte, daß der Nachtfalter ihn immer noch nicht verlassen hatte, sondern ständig zurückkam und die Zeitung und das Bierglas heimsuchte, holte er das gelbe Notizbuch hervor.

Gorm gab Fräulein Sørvik den Zeitungsartikel über Rut und erzählte, das sei dieselbe Künstlerin, die das Bild an seiner Wand gemalt habe. Er wolle sie gern ausfindig machen und sie bitten, das Glasfoyer zur Strandpromenade auszuschmükken. Er nannte als mögliche Anhaltspunkte ihre bisherigen Wohnorte in Nordnordwegen. Vielleicht könne ihr auch der Journalist, der den Zeitungsartikel geschrieben habe, weiterhelfen. Möglicherweise finde sich auch etwas in dem Nachschlagewerk *Norske Bildende Kunstnere*. Im Artikel werde schließlich erwähnt, daß sie die Akademie besucht habe.

»Wir versuchen es erst mit ihrer Heimatgemeinde, in der sie unterrichtet hat. Bei der Meldebehörde wissen sie sicher, wie man jemanden ausfindig macht«, meinte Fräulein Sørvik gut gelaunt.

Das Gemälde hing vor ihm. Die Wand war gewissermaßen für dieses Bild gebaut worden. Er sah es jeden Tag, wenn er den Blick vom Schreibtisch hob. Ein Komplize mit grünen Augen.

Er hatte es noch nie für die Darstellung eines Tieres gehalten. Mehr für ein Symbol für Bewegung, Aufruhr und Kampf. Ein Körper, der die Schwerkraft herausforderte. Sogar die dunklen Flecken kämpften. Plötzlich konnte ihm ein Fleck ins Auge fallen, den er bisher nicht bemerkt hatte. Als hätte er sich über Nacht einen Platz in seinem Gesichtsfeld erkämpft.

Dieses Geschöpf an der Wand sagte ihm, daß es keinen Sinn hatte, Klauen zu haben, wo kein Halten war. Der Körper bewegte sich außerhalb des Rudels in Elementen, die es eigentlich nicht geben konnte.

Er hatte gelesen, daß Dalmatiner keine Rudeltiere waren und ursprünglich auch keine Kettenhunde. Dalmatiner liefen voran, um den Weg freizumachen, so daß der Wagen vorwärtskam. Allerdings hatte sie jemand unter Kontrolle.

Rut ließ ihn jedoch laufen oder fallen, durch Wasser und Luft. Ein freier, unabhängiger Verbündeter. Das war er selbst, und das waren ihre Pinselstriche. Sie hatte viele Stunden ihres Lebens darauf verwendet.

24

Ich muß ihm zeigen, daß ich mich nicht so herumkommandieren lasse, dachte sie und starrte auf den Mann mit den klassischen Gesichtszügen und den schönen Händen.

Rut war über zwei Jahre in Berlin gewesen, als A. G. endlich fand, daß eine Einzelausstellung für sie in Frage komme. Jetzt hatte sie gerade dagegen protestiert, daß er, ohne sie zu fragen, die Preise der Bilder so hoch angesetzt hatte.

»Tut mir leid, aber so etwas diskutiere ich nicht«, meinte er gespielt höflich.

»Das sind meine Bilder! Glaubst du, die Leute kaufen so teure Bilder von einer vollkommen unbekannten Malerin? Bist du dumm?«

Seine Miene verdüsterte sich. Er legte den Katalog beiseite und machte eine Handbewegung Richtung Tür.

»Ich würde es zu schätzen wissen, wenn du die Galerie jetzt verlassen und morgen pünktlich zur Ausstellungseröffnung wieder hier sein könntest.«

Er hob den Telefonhörer ab und wählte eine Nummer. Dann begann er ganz seelenruhig mit jemandem Französisch zu reden. Sein Gesichtsausdruck veränderte sich vollkommen, als er seinen Namen sagte. Er redete freundlich, ohne Rut noch eines Blickes zu würdigen.

Als sie wieder auf die Straße trat, taumelte sie, als hätte sie keinen festen Boden mehr unter den Füßen. Den ganzen Tag war sie beim Hängen der Ausstellung dabeigewesen, ohne genau zu wissen, wie sie ihre Arbeiten einschätzen sollte. Sie fühlte sich entkräftet und wie durchsichtig, als hätte sie monatelang in einem Fieber gelegen.

Das Vernünftigste, was sie tun konnte, war, zu schlafen. Trotzdem ging sie in ein Café und bestellte Wein.

»Skål, Rut, danke für die Arbeit!« sagte sie laut zu sich selbst und stieß mit dem Aschenbecher an.

Als das dritte Glas geleert war, schwirrten ihr die Bilder immer noch im Kopf herum. Sie wußte nicht, was sie am meisten haßte, die Bilder oder A. G. Weder ohne ihn noch ohne die Bilder konnte sie leben.

Als sie daran dachte, daß sie selbst es so gewollt hatte, hörte sie Gorms Stimme: »Ich glaube, daß du mein Mensch bist, Rut. Nicht weil ich dich besitzen will, sondern weil meine Gedanken dich durch alles tragen sollen. Auch durch die Trauer.«

Jetzt verstand sie es. Danach hatte sie begonnen, Entscheidungen zu treffen. Viel zu spät. Deswegen mußte sie jetzt auch durchhalten.

Am nächsten Tag kam sie zu spät zu ihrer eigenen Vernissage und war schon darauf vorbereitet, daß A. G. sie wie Luft behandeln würde. Aber als er sie sah, kam er lächelnd auf sie zu und nahm ihren Mantel. Dann führte er sie am Arm zu einem korpulenten Mann, der Amerikanisch redete. Er lobte ihre Bilder so überschwenglich, daß sie vermutete, er wolle A. G. schmeicheln, um irgend etwas zu erreichen.

Während sie zuhörte, streifte ihr Blick die Bilder in ihrer Nähe. Der Clown hatte einen roten Punkt! Alle Bilder, die sie sehen konnte, hatten einen roten Punkt. Rote Punkte leuchteten ihr entgegen.

Sie drehte sich zu A. G. um und gab sich alle Mühe, ihre Tränen zurückzudrängen. Sie sollten wieder in den Kopf zurückfließen, um reinigend auf ihr terpentingeschädigtes Hirn zu wirken. Es lindern und milde stimmen, sozusagen erlösen.

War das wirklich wahr? Gab es so viele, die ihre Bilder haben wollten?

A. G. führte sie zwischen den Blumensträußen hindurch und stellte sie Leuten vor, die ihre Begeisterung kaum zügeln konnten. Er schob sie lächelnd vor sich her, während er sich gleichzeitig in alle Richtungen unterhielt.

Ab und zu sah er ihr in die Augen. Kurz. Aber doch so lange, daß sie sich wichtig vorkam. Und seine Mundwinkel? Wie hatte sie nur so gemein sein können, sie grausam zu finden?

A. G. lud sie zum Essen ein. Nur sie beide. Er sprach leise und eindringlich. Erst jetzt verstand sie, was alles unternommen worden war, um ihren Bildern Öffentlichkeit zu verschaffen. Auf die Ausstellungseröffnung war in mehreren Zeitungen hingewiesen worden, Kataloge und Einladungen waren an viele Journalisten verschickt worden. Die Vernissage war sogar besser besucht gewesen, als es bei manchen bekannten Künstlern üblich war.

Er bot ihr an, ihren Vertrag zu erneuern, und meinte, daß sich vielleicht eine Ausstellung in New York planen lasse. Als sie vollkommen überwältigt fragte, wann diese stattfinden könne, antwortete er, sie müsse schließlich erst die Bilder malen.

An diesem Abend sprach er auf eine Art mit ihr über Kunst und Literatur, die sie vergessen ließ, wie wenig sie wußte. Dabei erfuhr sie auch, daß er einen deutschen Vater und eine französische Mutter hatte. Er erzählte von ihnen, als wären sie Figuren in einem Buch. Mit einer lustigen und distanzierten Ironie.

Rut erwähnte ihre Familie nicht. Es war ihr unmöglich. Und als sie todmüde und nicht mehr ganz nüchtern erklärte, sie müsse nach Hause und schlafen, brach er galant auf.

Im Taxi lud er sie für den nächsten Tag zum Sektfrühstück ein. Sie lachte und meinte, sie könne nicht versprechen, rechtzeitig aus dem Bett zu kommen.

»Dann wäre es vielleicht ganz praktisch, wenn du in meinem Gästezimmer übernachten würdest. Ich werde der Haushälterin Bescheid sagen, daß sie dich um zwölf Uhr weckt«, meinte er unbeschwert.

Rut sah keinen Grund, das Angebot auszuschlagen. Ganz im Gegenteil. Sie lehnte sich gegen ihn und nickte ein.

A. G. hatte eine riesige Wohnung, die die ganze obere Etage des Hauses einnahm. Der Aufzug führte direkt in eine enorme Diele. Die Zimmer waren mit kostbaren Möbeln, mit Gemälden und Skulpturen angefüllt. Nachdem er ihr Bad und Schlafzimmer gezeigt hatte, zog er sich in sein Büro zurück. Sie hörte ihn dort auf deutsch und französisch telefonieren.

Die Bettwäsche war aus schwarzer Seide. Das Bett war riesig. Sie zog den Reißverschluß ihres Kleids herunter und machte einen großen Schritt, um es auszuziehen, dann ließ sie ihre Unterwäsche zu Boden fallen und kroch unter die behaglichste Decke, unter der sie je gelegen hatte. A. G.s melodische Telefonstimme war das letzte, was sie wahrnahm, bevor der Schlaf sie übermannte.

Rut wußte nicht, daß zuviel Getriebe ihr das Leben stehlen konnte, ohne daß sie es merkte. In den nächsten zwei Jahren wurden bereits die Ausstellungstermine für die nächsten sieben Jahre festgelegt. Melbourne, Helsinki, São Paulo, New York, Tokio, Paris und Berlin – ein weiteres Mal.

Für die großen Leinwände, mit denen sie arbeitete, war ein Jahr zwischen jeder Ausstellung zu wenig. Aber als sie ängstlich darauf hinwies, sagte A. G. energisch: »Es ist richtig, daß du nicht lange herumprobieren kannst. Aber du sollst auch nicht jedesmal viele Bilder ausstellen. Dafür sollst du dich jedesmal selbst übertreffen.«

Wie er das sagte und wie er sie ansah, ehe er sie umarmte, hätte jeden Widerspruch lächerlich erscheinen lassen. Wenn ein Mann wie A. G. an sie glaubte, dann war alles möglich. Er fuhr damit fort, ihre Bilder in den höchsten Tönen zu loben.

Sie legte sich eine Wohnung in der Nähe des Ateliers zu und mietete außerdem noch das Dachzimmer in Oslo, damit sie in den Ferien einen Ort für sich und Tor hatte.

A. G. und die Galerie kümmerten sich stets um alles Praktische. Das war ein gutes Gefühl. Sie brauchte nie an den nächsten Tag zu denken oder sich zu fragen, wovon sie leben sollte. Wochenlang malte sie einfach und hörte einzig und allein Tors Stimme am Telefon. Josef und Birte, mit denen sie das Atelier teilte, hatten keine großen Ansprüche.

Ab und zu stürmte A. G. ins Atelier, befreite sie von den Farbtuben und zeigte ihr die Welt, wie er es nannte. Aber er war dann auch wieder wochenlang mit anderen Künstlern und nicht mit ihr beschäftigt. Soweit Rut das beurteilen konnte, veränderte sich sein Bekanntenkreis mit jeder Ausstellung.

Allmählich entdeckte sie, daß er ein leidenschaftliches Verhältnis sowohl zur Kunst als auch zu Geschäften hatte. Aber nach außen hin hatte er sich immer unter Kontrolle. Über Geld oder Gefühle sprach er fast nie. Das paßte ihr eigentlich ganz gut.

Rut fiel auf, daß diejenigen, die sie durch A. G. kennenlernte, immer schon ein klares Bild von ihr hatten. Sie war nicht nur ein vielversprechendes Talent, sondern eine Größe. Das gab ihr das Gefühl, eine Fremde zu sein, nicht nur den anderen, sondern auch sich selbst gegenüber.

Ziemlich oft empfand sie einen intensiven Widerwillen

gegen die Menschen, die ihre Bilder kauften, konnte aber keinen vernünftigen Grund dafür finden. Sie verdrängte es in dem Augenblick, in dem sie mit einer neuen Arbeit im Atelier stand.

Nach jeder Vernissage schien die Welt neue Farben bekommen zu haben, ohne daß sie es bemerkt hatte. Das war dann immer ein Schock. Und es zeigte ihr, daß die Arbeit und das Atelier ihr eigentliches Leben geworden waren.

Mit A. G. in der Nähe wirkte es wie eine Bagatelle, daß sie diese Bilder gemalt hatte. Als sie ihm einmal dankte, daß er sie nach Berlin eingeladen hatte, warf er ihr sein schiefes Lächeln zu und sagte: »Manchmal geht es gut. Es hätte auch vollkommen danebengehen können. Die Bilder in Oslo waren noch überhaupt nichts, sie haben damals nur meine Neugier geweckt. Ich mußte einfach herausfinden, ob etwas daraus werden kann, wenn man dir Widerstand entgegensetzt.«

»Ich glaube, du kannst jahrelang auf der Lauer liegen, um die richtige Beute zu finden. Dann belagerst du sie oder schießt sie an. Nicht, um sie zu töten, obwohl ich mich unmittelbar vor meiner ersten Ausstellung so gefühlt habe«, erwiderte sie und betrachtete ihn.

Als sie seinen Gesichtsausdruck sah, wurde ihr klar, daß er sie nach kurzer Zeit wieder nach Hause geschickt hätte, wenn sie nicht erfolgreich gewesen wäre.

Ihre Wirklichkeit bestand daraus, daß sie freiwillig Tag um Tag dastand und malte und zwischendurch schlief. In einer Art Fieber oder einem dauernden Ausnahmezustand, der etwa einmal im Jahr mit einer Ausstellung und mit Champagner gefeiert wurde.

Das war es doch, was sie wollte, oder etwa nicht? Dafür hatte sie ihr Kind verlassen.

Während sie die Bilder für die Ausstellung in Melbourne malte, schickte ihr A. G. ein Buch. *Das Bildnis des Dorian Gray* von Oscar Wilde. Auf der beiliegenden Karte schrieb er, es sei gut für ihre Bildung und stelle eine Weiterführung ihrer Faszination für kompromißlose Ehrlichkeit wie die von Egon Schiele dar. »Kunst soll zu Nacktheit zwingen, sowohl bei dem, der gibt, als auch bei dem, der empfängt«, schrieb er auf der nächsten Karte.

Als sie ein paar Wochen später in die Galerie kam, empfing er sie freundlich, aber etwas zerstreut.

»Was hältst du von unseren gemeinsamen Freunden Dorian Gray und Lord Henry?« fragte er. »*A* grande passion *is the privilege of people who have nothing to do.*«

»Willst du mir erzählen, daß es unmöglich ist, die große Liebe zu erleben und gleichzeitig so hart zu arbeiten, wie ich es tue?« fragte sie, um ihn zu provozieren.

»Das sind nicht meine Worte, sondern die von Lord Henry. Ich wollte wissen, was du von dem Buch hältst.«

»Ich verstehe durchaus, warum du mir ein Buch über die Magie der Malerei geschenkt hast. Und sehe auch ein, daß du Lord Henry bewunderst.« Sie betrachtete A. G.s arrogante Miene, während sie fortfuhr: »Oscar Wildes Witz ist eine Gabe. Aber mir tut er trotzdem leid. Nach seinem Tod ist schließlich seine Lebensgeschichte wichtiger geworden als seine Bücher. Während man Schiele für seine Kunst ins Gefängnis warf, sperrte man Wilde für seine Lebensführung ein.«

»Hast du etwas über ihn gelesen? Wegen des Buches? Nicht schlecht. Du bist gelehrig.« Er nickte gnädig und preßte die Fingerspitzen gegeneinander. »Ist er nicht in Paris gestorben?« fuhr er fort.

»Doch. In einem kleinen Hotel im Quartier Latin.«

»Das erinnert mich an was. Ich will, daß du auf Kosten der Galerie nach Paris fährst. Mach eine Pause und sieh dir Kunst an. Leider muß ich selber nach New York. Aber du kannst in Oscar Wildes Hotel wohnen.«

Er hatte die Ärmel seines Hemds hochgekrempelt. Seine Handgelenke hatten tiefe Falten.

Während eines intensiven Arbeitsaufenthalts in New York rief sie einige Künstler an, die sie kennengelernt hatte. Sie hatte zwar noch viel zu tun, aber nach einem Abend mit Wein, gutem Essen und Gelächter konnte sie ihr Leben wieder mit ganz anderen Augen sehen.

Sie sagte sich, daß sie nach der Ausstellung nach Oslo fahren sollte. Vielleicht würde auch Tor kommen. Es waren mehrere Monate vergangen, seit sie ihn gesehen hatte.

Am Vormittag darauf stürzte A.G. unangemeldet in ihr Atelier. Sie hatte geglaubt, er sei damit beschäftigt, die Ausstellung eines anderen Künstlers vorzubereiten, und hatte nicht an ihn gedacht. Jetzt hielt er ihr vor, daß sie am Vorabend nicht ans Telefon gegangen war.

»Ich war aus«, sagte sie mehr nebenbei.

»Hast du vergessen, daß du für eine große Ausstellung arbeitest? Du hast keine Zeit dazu, auszugehen und dich mit Nichtigkeiten abzugeben.«

»Ich bin alt genug, um auf mich selbst aufzupassen«, erwiderte sie.

Seine Miene verdüsterte sich.

Es ist wirklich an der Zeit, von ihm wegzukommen, dachte sie. Aber sie hatte nicht die Kraft für eine Konfrontation. Außerdem war da die Ausstellung. Sie war von ihm abhängig.

In den folgenden Wochen registrierte sie ihre schwankenden Stimmungen. Abwechselnd ängstlich und euphorisch. Es machte ihr angst, und deswegen flüchtete sie sich in die Arbeit. Vergrub sich ganz und kam nicht mehr heraus.

Nachdem sie wieder in Berlin waren, saß sie eines Tages in der Galerie und wartete darauf, daß A. G. ein Telefongespräch beendete. Als die Sekretärin nach draußen ging, fiel ihr Blick auf die Mappe mit Vereinbarungen und Verträgen, die sie betrafen. Sie öffnete sie und blätterte, ohne nach etwas Bestimmtem zu suchen.

Plötzlich fand sie die Einladung, in einer der bekanntesten Galerien in Oslo auszustellen. Der Brief war drei Monate alt. Sie hatte ein seltsames Gefühl. Keine Wut, eher Unruhe. Oder vielleicht doch etwas Stärkeres. Mit klopfendem Herzen zeigte sie A. G. den Brief, als er mit dem Telefonat fertig war.

»Warum hast du mir nicht von dieser Einladung aus Oslo erzählt?«

»Die ist nicht wichtig«, meinte er zerstreut und ohne sie anzusehen.

»Für mich ist sie sehr wichtig«, erwiderte sie wütend.

»Setz dich!« befahl er herablassend.

»Du wirst ihnen antworten, daß ich die Einladung annehme!«

»Du schaffst in einem Jahr nicht zwei Ausstellungen, und die Ausstellung in Paris im Herbst 84 ist wichtig.«

»Aber wie kannst du es wagen, mir so etwas vorzuenthalten? Einfach für mich zu entscheiden? Du weißt, daß ich viel dafür geben würde, in Oslo auszustellen«, fauchte sie ihn auf norwegisch an, ehe sie zum Telefon griff und die Nummer wählte, die auf dem Brief stand.

Seltsamerweise versuchte er nicht, sie daran zu hindern. Er drehte sich einfach um und zog etwas aus dem Regal hinter sich.

Das Gespräch war kurz und unmißverständlich. Sie nahm an und bedauerte, nicht eher geantwortet zu haben.

»Das war sehr unklug, und es bedeutet, daß du nur noch Zeit zum Arbeiten hast, nicht mehr zum Leben«, sagte er ruhig.

Darauf antwortete sie nicht, sie verabschiedete sich nur und ging.

Die nächsten vierzehn Tage sah sie ihn nicht. Dann rief er bei ihr an und sagte, es sei möglich, die Ausstellung in Paris bis zum Februar des Folgejahres zu verschieben.

Offenbar hatte er die ganze Meinungsverschiedenheit vergessen, und wenig später war alles wieder so wie vorher.

An einem schwülen Augustabend 1984 zog sich Rut ein Kleid an, um mit A. G. in die Oper zu gehen. Sie wollten feiern, daß sie jetzt zehn Jahre in Berlin lebte.

Da klingelte das Telefon.

Erst erkannte sie Meretes Stimme nicht, sie war hektisch und schrill. Es dauerte einige Sekunden, bis Rut verstanden hatte, was sie sagte.

»Tor ist mit dem Motorboot aufs felsige Ufer gerast. Ove ist auf dem Weg ins Krankenhaus. Ja, schwer verletzt. Rausgeschleudert.«

Sie rief bei A. G. an, aber dann fiel ihr ein, daß er bereits auf dem Weg zu ihr war, um sie abzuholen. Mit zitternder Hand schrieb sie einen Zettel, den sie an die Haustür hängte, dann lief sie an die nächste Kreuzung und hielt ein Taxi an. Erst beim Einchecken fiel ihr auf, daß sie kein Gepäck hatte. Glücklicherweise hatte sie ihren Paß nicht aus der Umhängetasche genommen, nachdem sie aus Paris zurückgekommen waren.

In der Maschine nach Oslo begann sie nachzudenken. Tor

hätte jetzt bei ihr in Berlin sein sollen. Aber weil sie gerade ein großes Bild fertigstellte, hatten sie seinen Besuch um eine Woche verschoben.

Sie versuchte sich das kleine Motorboot mit dem Siebzehnjährigen in halsbrecherischer Geschwindigkeit auf dem Meer vorzustellen. Und wie es dann noch schneller über die Ufersteine flog. Sie versuchte sich eine Vorstellung von den Kopfverletzungen zu machen. Aber wie ein barmherziger Film legte sich ihre Erinnerung an seine Einschulung darüber. Damals hatten ihm beide Schneidezähne gefehlt. Heutzutage gab es sehr gute Zahnärzte. So schlimm brauchte es also gar nicht zu sein. Überhaupt nicht. Im nächsten Augenblick wurde ihr übel, und sie stürzte auf die Toilette.

Das Telefon hat geklingelt, dachte sie, während sie noch einige Zeit unschlüssig auf der Toilette verweilte. Das Telefon wird immer klingeln, wenn ich irgendwo anders bin. Wäre ich dortgewesen, dann wäre bestimmt nichts Schlimmes passiert.

Als sie wieder auf ihrem Platz saß, faltete sie ihre Hände um das Bordmagazin und bat Gott, Tor nicht für etwas zu bestrafen, was sie getan hatte. Es war lange her, daß sie gebetet hatte.

Ove saß neben dem Krankenbett und stand auf, als er sie sah. Mit einer hilflosen Bewegung streckte er ihr seine Hand halb entgegen, aber es kam nie zum Händedruck. Einen Augenblick lang blieben sie dicht beieinander stehen, dann überließ er ihr seinen Stuhl und ging aus dem Zimmer.

Man hatte sie vorbereitet, ehe sie zu ihm gegangen war. Tor sei noch nicht wieder bei Bewußtsein. Die Operation der Brüche sei gut verlaufen. Jetzt könne man nur abwarten, bis er aufwachte, und dann weitersehen.

Der Kopf sah unverletzt aus. Das war unglaublich. Aber sie konnten für nichts garantieren. Der linke Arm und Fuß waren eingegipst. Das Gesicht war blau geschlagen und verschrammt. Ein Arzt trat ein, um ihr alles zu erklären. Tor habe einen kräftigen Stoß gegen die Brust bekommen und sich mehrere Rippen gebrochen. Abgesehen von dem, was sie operiert hätten, könne es auch noch innere Blutungen geben.

Seine Brust war bandagiert. Der ungleichmäßige, röchelnde Atem verriet ihr, daß da drin etwas nicht in Ordnung war. Sie wollen uns nicht sagen, wie schlimm es ist, dachte sie und griff mit beiden Händen nach dem Arm des Arztes.

»Es wird schon gutgehen«, sagte er und wich ihrem Blick aus.

»Die Lunge? Wie schlimm ist es?« brachte sie mit Mühe über die Lippen.

»Ernst, aber wir glauben nicht, daß es lebensgefährlich ist. Solange die Kopfverletzungen nicht größer sind, als wir bisher festgestellt haben. Es handelt sich vermutlich nur um eine kräftige Gehirnerschütterung.«

Ove kam mit einer Tasse Kaffee wieder herein und reichte sie ihr. Lange saß sie da und sah sie einfach nur an, bis sie sie auf den Nachttisch stellte.

»Trink, solang er warm ist«, sagte er leise.

»Ja«, erwiderte sie nur und hielt Tors rechte Hand mit ihren beiden. Sie hatte eine Schramme. Vom Zeigefinger zur Handwurzel. Sie war nicht tief, trotzdem wurde sie wütend, weil sie sie nicht verbunden hatten.

Im Verlauf der Nacht wachte er auf und stöhnte leise. Als er die Augen öffnete, sah sie, daß er sie erkannte. Dann schlief er wieder ein. Man hatte ihnen gesagt, daß sie nicht versuchen sollten, ihn zu wecken. Er brauche Ruhe.

Ove ging hinaus, um zu schlafen. Sie wußte nicht, wo. Die nächsten Stunden saß sie in dem Modellkleid, das sie von A. G. bekommen hatte, neben dem Bett. Hier wirkt es wirklich idiotisch, dachte sie und schämte sich.

Das verschwitzte Kleid scheuerte auf der Haut, und Bilder tauchten vor ihrem inneren Auge auf. Aus der Zeit, als Tor noch klein gewesen war. Dinge, die er gesagt hatte. Sein Gesichtsausdruck, als er seine erste Armbanduhr zu Weihnachten bekommen hatte. Sein Wutausbruch, als er nicht auf der Straße hatte radfahren dürfen. Wie er aussah, als er einmal die Regenrinne hochgeklettert war, zwei Stockwerke über der Erde gehangen hatte und gerufen hatte: »Mama, schau!« War er damals sechs gewesen?

Die Abschiedsszenen auf den Flugplätzen. Jetzt waren sie gelassener als damals, als er noch klein gewesen war. Etwas hatte sich verändert, als er zehn geworden war. Er war härter geworden. Entwickelte einen verletzlichen Stolz, an den sie nicht zu rühren wagte. Gelegentlich war es ihr so vorgekommen, als versuche er sie dadurch zu trösten, daß er Witze machte und tapfer war. Oder nachsichtig. Als hätte er sie bereits abgeschrieben. Oft hatte sie versucht, ihm näherzukommen. Hatte wissen wollen, wie es ihm ging, wie es war, mit Ove und Merete zusammenzuwohnen. Dann hatte er nur mit den Achseln gezuckt und sein »Schon okay!« geantwortet.

Sie erinnerte sich an ein Abendessen in ihrer Wohnung in Berlin. Er sollte im selben Herbst auf dem Gymnasium anfangen, und sie hatte ihn gefragt, ob er sich vorstellen könne, in Berlin zur Schule zu gehen.

»Hier in die Schule gehen? Hier kenne ich doch keine Menschenseele. Hier wohnen?«

Er hatte sich schaudernd in dem großen weißen Zimmer umgesehen, das sie zu Hause als Atelier benutzte. In seinem

Blick hatte eine brutale Antwort gelegen: Das hier ist kein Zuhause.

Während sie die Spaghetti aßen, die sie gekocht hatte, sagte er, ohne sie anzusehen und mit einem Blick wie ein alter Mann: »Ich begreife nicht, warum ihr überhaupt geheiratet habt.«

Rut schluckte und fand keine Antwort.

»Wir waren verliebt, weißt du«, meinte sie schließlich und versuchte es mit einem Lächeln.

Er schnaubte.

»Vielleicht gefällt es dir ja in Oslo, wenn du schon nicht hier wohnen willst. Irgendwann mußt du dieses Nest schließlich verlassen.«

»Schon, aber im Augenblick wohnst du doch in Berlin, wenn ich die Sache richtig verstehe«, meinte er nüchtern und schaute auf seinen Teller.

»Aber wenn ich nach Oslo umziehen würde?«

»Ich weiß nicht ...«, murmelte er.

Sie erinnerte sich daran, daß sie die Hände ausgestreckt hatte, aber er war zurückgewichen und hatte angefangen darüber zu reden, daß er in einem Laden eine klasse Lederjacke gesehen hätte.

Wenn er nach Berlin gekommen war, hatte sie stets dafür gesorgt, daß sie keine Verabredungen mit A.G. hatte. Als wollte sie Tor in diesen Teil ihres Lebens nicht verwickeln. Aber sie nahm ihn in die Galerie und ins Atelier mit. Stellte ihn den wenigen Menschen vor, mit denen sie Umgang pflegte. Im übrigen machten sie Sachen, an denen Jungen in seinem Alter Spaß hatten. Zuletzt waren sie in einem Rockkonzert.

Sie plante immer alles lange, bevor er kam. Während sie am Krankenbett saß, wurde ihr klar, daß sie einen wesentlichen

Teil ihres Lebens vor ihm verborgen hielt. Wollte sie ihn schonen? Oder sich selbst?

Wenn sie sich in Oslo trafen, war alles einfacher. Besonders nachdem sie das Haus ihrer Vermieterin gekauft hatte, als diese Witwe geworden war. Sie hatte ihr anschließend das Erdgeschoß vermietet.

Am dritten Tag hatte sich Tors Zustand so weit verbessert, daß sich Ove und Rut optimistische Blicke zuwarfen. Er hatte ihr ein Hemd geliehen, und sie hatten gelacht, als sie ihm anvertraut hatte, sie trage die Unterwäsche des Krankenhauses.

»Jetzt mußt du dir saubere Kleider kaufen, damit du uns keine Schande machst«, meinte er gutmütig, als sie ging.

Die Glastüren zur Hafenpromenade öffneten sich automatisch. Es fiel ihr auf, daß alles verändert war, neu und modern. Sie nahm die Sachen mit, von denen sie glaubte, daß sie passen würden. Dann bat sie die Verkäuferin, ihr die Umkleidekabinen zu zeigen. Sie legte die Kleider vor sie auf den Verkaufstisch, während ihr auffiel, daß ihr bei der Erinnerung an die alte Geschichte mit dem Rock immer noch ganz mulmig wurde.

Nachdem sie die neuen Sachen angezogen und bezahlt hatte, sowohl für das, was sie trug, als auch für das, was sie in Tüten mitnahm, fragte sie nach den Toiletten.

»Hinter dem Aufzug«, antwortete die Verkäuferin und eilte zur nächsten Kundin.

Als Rut vor dem Lift stand, zögerte sie einen Augenblick, dann trat sie in die Kabine und drückte auf den Knopf neben dem Schild »Büro«.

Ein Gang mit Kleiderständern, Kochecke und vielen geschlossenen Türen. Vermutlich saß er hinter einer von ihnen. Vielleicht hatte er auch ein Vorzimmer mit Sekretärin?

War es jetzt vierzehn Jahre her? Es ist lächerlich, hier zu stehen, dachte sie. Im selben Augenblick öffnete sich die Tür ganz hinten. Rasch trat sie einen Schritt zurück und hinter ein großes palmenähnliches Gewächs neben dem Aufzug.

Ihre merkwürdige Benommenheit war wohl daran schuld, daß sie ihn nicht sofort erkannte. Zusammen mit einer Frau mit dunklem Haar und Pagenschnitt kam er auf sie zu. Sie waren in ein Gespräch vertieft. Mit jedem Schritt, den er machte, sandte er elektrische Wellen in ihre Richtung. Der Rhythmus seiner Hand- und Fußbewegungen. Sein Profil, als er die Frau ansah. Der Stoff seines Anzugs. Als er ihr so nahe war, daß sie hörte, was er sagte, beugte er sich leicht in Richtung der Dunkelhaarigen.

»Aber dazu besteht doch keine Veranlassung.«

Die Stimme war genau so, wie sie sich an sie erinnerte. Leise. Ruhig. Mit einem dunklen Timbre. Rut schluckte und versuchte alles in sich aufzunehmen. Den Mund. Das Grübchen in der Wange. Das kräftige Kinn. Er war dünner geworden, oder vielleicht waren seine Gesichtszüge auch nur markanter.

Die Frau sah sie zuerst, als sie vor dem Aufzug stand. Dann ruhte plötzlich sein intensiver Blick auf ihr. Es zuckte etwas in seinem Mundwinkel, als er direkt vor ihr stehenblieb. Keine Sekunde war vergangen, seit er sie durch das Hotelzimmer getragen hatte. Sie spürte seine Arme auf ihrem Körper und seinen Atem auf der Wange.

»Guten Tag!« sagte er mit einer fremden Stimme.

»Guten Tag!«

»Suchen Sie jemanden?« fragte die Frau und drückte auf den Knopf des Aufzugs.

Rut schüttelte den Kopf und steckte die Hände in die Jakkentaschen. Sie war wieder neunzehn und hatte außerdem eine Heidenangst, wegen Diebstahls angezeigt zu werden.

»Nein, tut mir leid. Ich habe geglaubt, hier oben seien auch noch Verkaufsräume.«

Er starrte sie die ganze Zeit an. Die Wand neben dem Aufzug war dekoriert. Eine Kohlezeichnung, ein einzelner Strich, der einen Kranz bildete, hinter Plexiglas. Rut wußte, wie der Künstler hieß, im Moment fiel ihr sein Name jedoch nicht ein. Die Strichführung war gar nicht übel.

Sie schaute nach unten. Es bereitete ihr körperliche Schmerzen, ihm in die Augen zu sehen. Sie befand sich in seinem Reich. Dadurch kompromittierte sie sie beide. Sie empfand es als eine Demütigung. Als der Fahrstuhl kam, sah sie ihn trotzdem an. Er starrte zurück und wies mit einer Hand in den Aufzug. Aber Rut machte hastig einen Schritt zurück, und die Dunkelhaarige trat in die Kabine. Es klapperte, ihre hohen Absätze auf Metall.

Da kam er hinter ihr her und reichte ihr die Hand.

»Bist du in heimischen Gefilden?«

»Ja«, erwiderte sie nur.

»Ich hatte einmal eine Anfrage, aber das war vielleicht nicht interessant, oder?« sagte er schnell.

»Anfrage?«

»Wir hatten Kontakt mit deinem Agenten. Wegen der Ausschmückung des Foyers. Das ist jetzt ein paar Jahre her. Eine Kleinigkeit. Du hattest wohl keine Zeit für so was.«

»Das habe ich nie bekommen«, erwiderte sie atemlos.

»Entschuldige, Gorm, aber wir kommen zu spät zu der Besprechung«, sagte die Dunkelhaarige aus dem Aufzug. Sie stand in der Tür, um sie aufzuhalten.

Er ließ ihre Hand los. Zögerte er? Oder bildete sie sich das nur ein, weil sie es sich wünschte?

»Zum Geschäft geht es da entlang!« sagte die Dunkelhaarige und deutete die Treppe hinunter.

»Danke«, sagte Rut und drehte sich um.

Bereits im Flugzeug bereute sie, was sie Tor versprochen hatte. Aber sie war so froh gewesen, weil die Ärzte gesagt hatten, er würde wieder ganz gesund werden. Es werde nur dauern. Eines Abends hatte sie ihn gefragt, ob er wolle, daß sie zusammen verreisten, wenn er gesund wäre.

»Ich habe mir immer gewünscht, daß du mal zu Großmutter und Großvater mitkommst. Nach Øya. Sie sagen, daß du schon lange, bevor ich zur Welt gekommen bin, nicht mehr dort gewesen bist. Das ist seltsam.«

»Ich habe dir doch von Jørgen erzählt.«

»Mama, das ist hundert Jahre her! Du kannst deswegen doch nicht einfach eine ganze Insel mit deinem Haß verfolgen.«

Als sie nicht antwortete, hatte er sich eingekapselt. Nach einer Weile hatte sie dann versucht, es ihm zu erklären. Was es mit den Leuten in kleinen Orten auf sich habe. Dem Klatsch.

»Aber okay«, hatte sie schließlich gesagt. »Wir fahren. Ich male nur erst noch die Bilder fertig, die im November nach Oslo sollen. Und du mußt gesund werden. Dann fahren wir eben im Oktober.«

Er hatte sie mißtrauisch angesehen, aber gelächelt. Eine halbe Stunde später hatte er gejammert, als der Verbandswechsel fällig war. Sie hatte sich umgedreht und den Pfleger machen lassen. Ich tauge ohnehin zu nichts, hatte sie gedacht. Aber jetzt hatte sie ihm auf jeden Fall versprochen, mit ihm auf die Insel zu fahren.

Am Tag nach ihrer Rückkehr konfrontierte sie A.G. mit der Anfrage von Grande & Co. Er konnte sich angeblich an keinen Kontakt erinnern, war aber so verärgert, daß ihr klarwurde, daß er sich durchaus erinnern konnte.

»Es ist lange her. Und du hast mich nicht informiert«, sagte sie und versuchte, nicht die Selbstbeherrschung zu verlieren.

»Vermutlich habe ich angenommen, es würde nur deine Konzentration stören. Du warst wahrscheinlich gerade mit größeren Aufgaben beschäftigt.«

»So was entscheide ich gern selbst. Kannst du also Gorm Grande benachrichtigen, daß ich ihn gern treffen würde, um diese Sache zu besprechen?«

Er zuckte mit den Achseln und bat seine Sekretärin, den Brief herauszusuchen und eine Antwort zu schicken, so wie Rut sie vorgeschlagen hatte.

Später, als sie beim Abendessen saßen, war er voller Anteilnahme für Tor. Er war froh, daß er wieder ganz gesund werden würde. Dann begann er darüber zu reden, was für die Ausstellungen in Paris und Oslo noch alles zu tun sei. Die Reise nach Norwegen habe sie in Zeitdruck gebracht. Einige der Bilder müßten deswegen an beiden Orten gezeigt werden, auch wenn sie in Oslo bereits Käufer gefunden hätten.

»Nur gut, daß ich dein französischer Galerist bin, denn niemand sonst hätte sich bereit erklärt, bereits verkaufte Bilder auf einer Einzelausstellung zu zeigen.«

»Du hast doch soviel Sinn für das Exklusive, wäre es nicht eine Idee, ausschließlich Bilder zu zeigen, die nicht zu verkaufen sind? Eine Ausstellung, in der alle Bilder den Vermerk ›In Privatbesitz‹ haben?«

»Das mache ich gern, wenn du erst einmal ganz groß bist«, erwiderte er und verzog die Mundwinkel.

Sie beantwortete das Lächeln nicht. Es war schwül, und sie war zu warm gekleidet.

»Laß uns bei mir noch was trinken. Es ist so lange her«, sagte er mit funkelnden Augen.

Sie sagte, was die Wahrheit war: Sie sei müde und wolle nach Hause.

Mit Tor telefonierte sie täglich. Es ging ihm besser, aber er war noch nicht ganz wiederhergestellt und langweilte sich. Ove ließ Bemerkungen darüber fallen, daß er anstrengend sei. Sie versuchte eine gewisse Begeisterung dafür aufzubringen, im November nach Øya zu fahren.

»Du hast Oktober gesagt.«

»Ich muß erst die Bilder fertig malen, die ich in Oslo zeigen will. Ich will frei sein«, sagte sie und schämte sich.

»Okay. November. Aber dann ist doch schon Winter«, erwiderte er sauer.

Rut versuchte, nicht an ihren Widerwillen gegen A. G. zu denken. Etwas sagte ihr, daß er gerade jetzt die einzige Möglichkeit war. Die Arbeit forderte ihr alles ab, und sie war auch eine gute Entschuldigung, nicht in seiner Nähe sein zu müssen. Aber als er nach New York fuhr, um die Ausstellung von einem seiner angesehensten Maler zu betreuen, konnte sie endlich aufatmen und anfangen zu planen.

Sie tat so, als wäre es mit A. G. vereinbart, daß sie runter ins Lager ging, um die Bilder für die Ausstellung in Norwegen zu holen. Dort lagen zehn große Acrylgemälde und sechzehn Ölgemälde. Ein Porträt von A. G. ließ sie stehen. Sie bat die Leute aus der Galerie, die Bilder zu verpacken und in die Inkognitagate zu schicken.

Dann suchte sie ihren Anwalt auf und ließ ihn prüfen, welche Rechte und Pflichten sich aus ihrem Vertrag mit A. G. ergaben. Es zeigte sich, daß sie keine andere Verpflichtung mehr hatte als die Ausstellung im Februar in Paris. Sie mußte zugeben, daß sie nicht wußte, ob A. G. über ihre Bankkonten verfügen konnte.

»Die Galerie kümmert sich schließlich um meine gesamten Finanzen«, murmelte sie beschämt.

Es zeigte sich, daß A. G. das Recht dazu hatte und daß sie es selbst unterschrieben hatte. Der Anwalt half ihr dabei, die Vollmacht zu annullieren.

Sie heuerte ein paar Männer an, ihr Atelier auszuräumen, damit sie alles nach Oslo schicken konnte. Die sieben Gemälde, die sie in New York gemalt hatte und die dort immer noch in A. G.s Wohnung standen, schrieb sie ab.

Bis sich die Tür des Flugzeugs hinter ihr schloß, wartete sie darauf, daß A. G. den Mittelgang entlangkommen und sie zurückholen würde. Und als sie schließlich in der Luft waren, kam die Reaktion. Erschöpfung. Sie lehnte sich zurück und schloß die Augen. Eine verwirrte Erleichterung ergriff von ihr Besitz.

Als der Kirchturm aus dem Dunst über dem Meer auftauchte, begann sie zu zittern. Es war nur gut, daß der Motor den alten Schiffsrumpf zum Beben brachte, denn viele auf Deck starrten sie ungeniert an.

Einige erkannte sie, sie schienen schlechte Kopien ihres einstigen Selbst zu sein. Andere waren so deutlich in ihrer gegenwärtigen Gestalt, daß es sie Mühe kostete, sie wiederzuerkennen. Mit den wenigen, die sie ansprachen, redete sie und versuchte sich so zu geben, als wäre die letzte Begegnung erst gestern gewesen. Es war gar nicht so schwer, wie sie es sich vorgestellt hatte. Sie sprachen immer noch nur über das Wetter oder die Jahreszeiten, während sie sie unverhohlen oder verstohlen anstarrten.

Tor wirkte wie ein Magnet und ein Fender zugleich. Es ging ihm bedeutend besser als an dem Tag, an dem sie ihn im Krankenhaus zurückgelassen hatte. Er ging immer noch an Krükken, war aber im übrigen topfit, das behauptete er zumindest selbst. Er hatte ihr kurz auseinandergesetzt, wie es sich mit Verwandten und Nachbarn auf der Insel verhielt. Wer miteinander befreundet war und wer nicht miteinander sprach. Rut fiel auf, daß er solche Unterhaltungen mit ihr bisher vermieden hatte.

Sie hatte ihre Eltern nicht mehr gesehen, seit sie nach Berlin gezogen war. Im Bus hatte sie Tor anvertraut, daß sie sich nicht sicher sei, wie sie empfangen werde oder ob ihre Eltern überhaupt wollten, daß sie komme. Da hatte er nur verächtlich den Kopf geschüttelt.

»Man könnte meinen, daß du sie überhaupt nicht kennst. Sie sind so stolz auf dich. Es ist schon fast peinlich.«

Beide warteten auf dem Kai. Sie standen dicht nebeneinander unter dem alten Emailschild mit der Aufschrift *Tiedemanns Tobak*. Rut konnte sich nicht erinnern, daß sie sie je abgeholt hatten. Sie schluckte und ging an Land.

Die Kaiplanken waren glatt. Es hatte gerade geregnet. Jetzt lag Frost in der Luft. Der Atem stand den Leuten vor dem Mund. Alles war so, wie sie sich erinnerte, und trotzdem ganz anders.

Ihre Mutter war gebeugter, sie hatte tiefere Falten, sonst war sie dieselbe. Nur etwas rissiger, wie ein Porträt der alten Meister. Es fiel ihr auf, daß sie ihre Mutter nie richtig angeschaut hatte. Die Stimme klang milder, fast weich.

Der Prediger war ein alter Mann geworden. Ein zitternder Schatten seines früheren Selbst. Das Haar mit ausgeprägten

Geheimratsecken war fast weiß. Er sah aus wie einer der Patriarchen, über die er immer gepredigt hatte. Aber die herrische, dominierende Miene war verschwunden. Dafür wirkten die Augen immer noch sehr lebendig und direkt.

Sich vorzustellen, daß sie ihn wie alle anderen in der Gegend immer nur »den Prediger« genannt hatte! Sie hatte ihn zwar nicht so angesprochen, aber immer »der Prediger« gesagt, wenn sie über ihn geredet hatte. Vielleicht war es an der Zeit, den richtigen Augenblick zu finden und ihn »Papa« zu nennen, ehe es dafür zu spät war? Tor zuliebe.

Ein Mann stieg aus einem alten Lieferwagen, der mitten auf dem Kai parkte. Es war Paul. Ihr war, als stünde sie jemandem gegenüber, der sein Vater hätte sein können, wenn sie Onkel Aron nicht gekannt hätte. Also war es doch nur die Zeit, die Menschen so verwandelte.

Er gab Rut die Hand und hieß sie willkommen. Sie erinnerte sich, wie er sich immer geniert hatte und allen mit dem Blick ausgewichen war. Jetzt rührte es sie. Immer hatten sich die Leute aus dem Dorf Pauls bedient, wenn sie Großmutters Familie in die Schranken weisen wollten. Es gelang ihr nicht, die Abneigung, die sie gegen ihn empfunden hatte, wiederzufinden. Er hatte hier draußen überlebt. Allein das war eine Heldentat.

»Danke, daß du uns mit dem Wagen abholst!«

»Das ist doch selbstverständlich. Tor hat mir mehr als einmal geholfen. Ich kann ihn schließlich nicht mit Krücken den steilen Berg hochgehen lassen. Und du gehst vermutlich auch nicht mehr soviel zu Fuß?«

»Nein, da kannst du recht haben«, pflichtete sie ihm bei.

Es waren nicht so viele Leute wie früher gekommen, um auf die Fähre zu warten. Als sie eine Bemerkung darüber machte, meinte der Prediger mit einem Seufzer: »Die Leute hier draußen werden immer weniger. Sie sind tot oder weggezogen. Das Schlimmste war, daß Aron heimgegangen ist.«

»Und Rutta. Sie auch viel zu früh«, sagte die Mutter leise.

Tor hatte für alle, die herumstanden, ein freundliches Wort, und sie für ihn. Merkwürdig, dachte sie. Er fühlt sich hier zu Hause und ist einer von ihnen.

»Kannst du mit dem Bein auf die Jagd gehen, Tor?« rief einer in seinem Alter, der am Kran stand und Kisten löschte.

»Sieht schlecht aus«, rief Tor zurück.

»Du solltest diesen Unfug lassen und nicht glauben, daß Boote genausogut auf Land wie auf Wasser fahren«, meinte der Junge.

Die Männer auf dem Kai lachten.

»Ja, ich glaube, einmal reicht.« Tor grinste gutmütig und drohte dem anderen mit der einen Krücke.

Jemand gab Rut die Hand. Ella war leicht wiederzuerkennen. Das Gesicht glich einer rissigen Eierschale. Das rote Haar und das Lächeln waren jedoch wie früher.

»Ich habe gehört, daß du kommst, und bin deswegen heruntergekommen.«

»Wohnst du hier?« fragte Rut.

»Nein. Ich habe auf dem Festland einen Mann und drei erwachsene Kinder. Wir haben dort einen Laden, jedenfalls solange es geht.« Sie lachte.

Jørgen hätte Ella jetzt sehen sollen. Sie hat es geschafft, dachte Rut und blieb einen Augenblick mit Ellas Hand in der ihren stehen.

Als sie den Hügel hinauffuhren, breitete sich die Landschaft unter ihnen aus und war auf gewisse Art so, wie sie sich an sie erinnern konnte. Sie erkannte die Kurven und die nackten Bäume wieder, als sie sie sah. Und trotzdem war alles verändert.

Der Winter hatte sich bereits der Luft und der Gipfel des Fjells bemächtigt. Das Scharfe und Weiße war ein Faktum. Die Häuser hätten einen neuen Anstrich vertragen können. Sogar die neuen, die sie noch nicht gesehen hatte. Die Winter waren hart. Ein seltsames Gefühl ließ sie ein paarmal schlucken.

Die Mutter wollte nur wissen, wie es Tor ging, und wandte sich dauernd an ihn. Der Prediger war erst sehr einsilbig, dann unterhielt er sich mit Rut wie mit einer alten Bekannten. Fast freundlich. Auf der ganzen Fahrt erwähnte er »unseren Herrgott« mit keinem Wort.

Tor fragte Paul, wie der Fang sei. Sie hatte ihn noch nie so reden hören. Plötzlich ging ihr auf, daß ihr Tor alles, was mit der Insel zu tun hatte, vorenthalten hatte, weil er wußte, daß sie es nicht hören wollte.

Das erste, was Rut sah, als sie ins Wohnzimmer kam, war das Porträt, das sie einmal von ihrer Großmutter gemalt hatte. Es hing zwischen den Fenstern und bekam Licht von beiden Seiten. Als sie die unreife Pinselführung sah und ihren Willen, ihre Großmutter zur schönsten Großmutter der Welt zu machen, begann sie zu weinen.

Erst wurde es um sie herum ganz still. Dann sagte ihre Mutter etwas unsicher: »Wir haben es hier heraufgeholt, als Brit und ihr Mann ins Haus von Großmutter eingezogen sind. Wir wußten ja nicht, wo du es hängen haben willst. Aber genau da, finde ich, sieht es richtig feierlich aus.«

»Das hängt gut da, Mama. Ich hatte nur vergessen, daß es das Bild gibt. Ich war schließlich nicht mehr hier, seit der Jørgen …« Es gelang ihr nicht, den Satz zu beenden.

»Willst du es mitnehmen, wenn du fährst?«

»Nein, es soll bei euch hängen.«

In diesem Augenblick fiel ihr auf, daß sie ihre Eltern nie gefragt hatte, ob sie eines von ihren Bildern haben wollten. Und sie selbst hatten auch nie gefragt. Jetzt begriff sie, daß sie sich geniert oder das Gefühl gehabt hatten, nicht zu verstehen, womit sie sich da beschäftigte. Eines dieser typischen Mißverständnisse, die zwischen Menschen entstehen, die sich nahestehen, aber am Leben des anderen nicht teilnehmen, dachte sie.

»Ich habe ein paar schöne Porträts von Tor. Wollt ihr eins davon haben?«

Die Eltern sahen sich an und lächelten dann breit.

»Das ist doch klar, daß wir von denen eins haben wollen! Sei gesegnet, Rut, das wäre wirklich großartig«, sagte der Prediger und räusperte sich verlegen, ehe er ihr voller Ungeduld vorschlug, sie solle sich ansehen, wofür sie das Geld ausgegeben hätten.

»Welches Geld?« fragte Rut.

»Alle die Tausende, die du uns geschickt hast, nachdem du in Amerika warst. Wir haben ein Bad eingerichtet und die Küche umgebaut. Komm, sieh's dir an!«

Später, als sie im Wohnzimmer saßen und aßen und Mutters ganze Aufmerksamkeit auf Tor gerichtet war, erinnerte sie sich daran, daß ihre Großmutter die Erwachsenen auch immer übersehen und nur die Kinder wahrgenommen hatte. Ja, sie hatte mit ihnen gesprochen wie mit ihresgleichen und hatte wohl immer das Gefühl gehabt, nicht auf ihre erwachsenen Kinder zählen zu können.

»Hat Brit das Haus von Großmutter gekauft?« fragte Rut vorsichtig.

»Nein, das ist nur vorläufig und damit es nicht leer steht. Brit und die Ihren, die ziehen wohl auch aufs Festland wie alle anderen. Die beiden Großen sind ja schon aus dem Haus, und die Jüngste, die Kari, zieht auch bald aus. Tor soll das Haus bekommen«, sagte der Prediger bestimmt.

»Was sagen die anderen dazu?«

»Gar nichts. Alle wissen, daß es so sein soll. Der Tor ist schließlich der, den Ragna und ich jetzt haben«, sagte er und klopfte Tor auf die Schulter. Dann fiel ihm plötzlich auf, daß er da vielleicht etwas Falsches gesagt hatte, denn er brauste auf: »Daß du jetzt endlich nach Hause gekommen bist, Rut. Nach über zwanzig Jahren!«

»Darüber reden wir nicht«, sagte die Mutter scharf und sah ängstlich von Rut zu Tor.

»Das finde ich auch. Es war wirklich an der Zeit«, sagte Rut und mußte lachen.

Tor und sie warfen sich einen Blick zu. Er lächelte, sagte aber nichts davon, daß er sie überredet hatte. Im Gegenteil. In seinem Blick lag eine Warnung, die sie beherzigte. Und während sie ihn so am Tisch der Eltern sitzen sah, wurde ihr klar, daß Tor der perfekte Ersatz für Jørgen war.

Es war etwas mit der Luft. Dem Licht. Sie hatte offenbar vergessen, wie das war. Oder hatte sie es nie gesehen? War es wirklich so, daß man sich vom Nahen entfernen mußte, um es richtig sehen zu können? Als sie an Deck gestanden hatte und die Insel auf sie zugekommen war, hatte sie sich an Michaels Faszination für das Licht und die Landschaft erinnert.

Damals hatte sie es nicht verstanden. Sie war so jung gewesen und hatte nie etwas anderes gesehen. Das Alltägliche konnte sie nicht wahrnehmen. Außerdem hatten Menschen und Gefühle all ihre Aufmerksamkeit beansprucht. Und so war es bis zu einem gewissen Grad immer noch.

Sie war keine Landschaftsmalerin. Aber möglicherweise konnte sie ein bißchen mehr von der Kraft, die hier oben im Licht lag, mitnehmen. Sie konnte es zumindest versuchen. Vielleicht konnte sie auch das Staunen, das sie hier in einigen

Gesichtern sah, abstrahieren und die zarten, fast durchsichtigen Farben, ohne sich an die Natur gebunden zu fühlen.

Als sie vor Großmutters Haus stand und übers Meer schaute, verstand sie, daß sie die Farben ihrer Bilder von zu Hause hatte. Aber sie sah auch, daß sich alles noch besser machen ließ. Viel besser.

Brit stand in der offenen Tür. Ein Sinnbild der Weiblichkeit ihrer Familie. Das Abenddunkel versuchte sie zu überwältigen. Aber das Licht aus der Diele gab ihrem Körper Konturen und schob sie vor. Dieselbe Brit, mit der sie ihre Kindheit verbracht hatte. Gleichzeitig war sie eine andere. Eine reife Frau mit Sorgen und Geheimnissen. Beide hatten sie sich verändert.

Das Gesicht eines Mädchens tauchte hinter Brits Rücken auf. Und dann noch eins. Rut hatte sie noch nie gesehen. Trotzdem sah sie, daß sie zur Familie gehörten.

»Ach, Rut! Wenn du wüßtest, wie wir uns gefreut haben, daß du kommst! Großmutters Mondscheinlampe hat auf dich gewartet. Ich habe im Glasschirm einen Zettel mit deinem Namen gefunden, als wir eingezogen sind.«

Rut wartete auf ihren Flug, als sie jemanden ihren Namen rufen hörte. Als sie sich umdrehte, war eine Frau von einem der Cafétische halb aufgestanden. Das konnte nur Turid sein! Das dicke, blonde Haar und die Augen waren wie früher. Sie war nur fülliger geworden. Aber es stand ihr.

Vielleicht muß ich jetzt zusammen mit Gorm und seiner Frau nach Oslo fliegen, dachte sie matt.

Turid umarmte sie und wollte, daß sie sich zu ihr setzte. Sie plapperte drauflos, als hätten sie sich vor wenigen Tagen zuletzt gesehen.

»Stell dir vor, daß du mal so berühmt werden würdest. Ehrlich gesagt hätte ich das damals auf dem Lehrerseminar nicht geglaubt«, sagte Turid, während sie ihr Krabbenbrot aß.

Da es darauf nichts weiter zu antworten gab, beschloß Rut, das Thema zu wechseln.

»Fährst du nach Oslo?«

»Ja, jetzt fahre ich nach Hause. Ich habe mich etwas um Mutter gekümmert. Sie wird langsam alt, weißt du. Ich wohne jetzt in Bærum. Ich habe den Mann meines Lebens gefunden. Einen Studienrat. Wir wohnen richtig nett, ländlich und alles. Eigenes Haus.« Sie war nicht zu bremsen.

Rut sah, wie schön Turids Mund diese Worte formte. War das wirklich?

»Bist du geschieden?« brachte sie mit Mühe über die Lippen.

»Aber meine Güte, Rut! Haben wir uns so lange nicht mehr gesehen? Gorm und ich sind schon vor einer Ewigkeit auseinandergegangen. Natürlich haben wir wegen Siri noch Kontakt. Er ist inzwischen ein richtiger Sonderling, weißt du. Hat nicht mehr geheiratet, seit ich meine Koffer gepackt habe, hat nur für das Geschäft gelebt. Es funktionierte nicht mit uns beiden. – Aber meine Güte, hier sitze ich und rede die ganze Zeit! Erzähl mir, was du erlebt hast. Ich habe gerade etwas über dich gelesen. Nicht, daß ich solche Blätter kaufe, aber ich hab es beim Zahnarzt gesehen. Daß du reich bist und so ein Jet-set-Leben führst. Du wohnst doch noch in Berlin, oder?«

Rut merkte, daß sie Durst hatte. Fürchterlichen Durst.

»Ich hole mir was zu trinken«, murmelte sie.

Als sie zurückkam, hatte Turid bereits vergessen, was sie gefragt hatte.

»Hast du wieder geheiratet?« wollte sie wissen.

»Nein.«

»Wie kann denn das sein? Du bist doch sicher vielen Männern begegnet?«

»Es hat sich nicht so ergeben«, antwortete sie und mußte lächeln.

»Na ja, es ist schon so, alles hat zwei Seiten. Das Leben ist nicht einfach, ich meine, nicht ohne Konflikte. Gorm drohte einmal, Siri zu sich in den Norden zu holen, als mein Mann und ich Probleme hatten.«

»Ja?«

»Damit konnte ich nicht leben.«

»Warum nicht?«

»Eine Tochter muß bei ihrer Mutter sein. Ich hätte keine Ruhe gehabt. Daran wäre ich gestorben!«

»Wäre Siri daran gestorben?« fragte Rut vorsichtig.

»Du meine Güte! Was für eine Mutter bist du nur?« Turid war entrüstet.

»Das ist eine gute Frage.«

»Entschuldige, ich habe geglaubt, du hättest den Jungen mitgenommen, als du ausgezogen bist, um berühmt zu werden«, erwiderte Turid verlegen. Einen Augenblick lang sah es aus, als würde sie zu weinen anfangen.

Sie legte Turid eine Hand auf den Arm und murmelte, es sei schon in Ordnung.

»Ich bin vielleicht gerade an diesem Punkt etwas empfindlich«, sagte sie.

Turid wechselte das Thema und begann über etwas zu reden, was sie Ruts Jet-set-Leben nannte.

»Du triffst vermutlich viele Leute, die deine Bilder bewundern? Das muß phantastisch sein.«

»Ja«, sagte Rut und wußte nicht, was sie sonst sagen sollte. Einen Augenblick lang erwog sie, von Tors Unfall zu erzählen. Aber das hätte nur unterstrichen, was für eine schlechte Mutter sie war, und deswegen schwieg sie.

»Ich habe übrigens eine vom Lehrerseminar getroffen, die

Berit. Sie hat dir einen Brief geschrieben. Sie hat behauptet, daß du es jetzt nicht einmal mehr nötig hättest, Briefe zu beantworten. Aber dann habe ich ihr ordentlich die Meinung gesagt. Ich habe gesagt, daß du mir schließlich auch nicht schreibst. Sie müsse verstehen, daß du Wichtigeres zu tun hättest. Du hättest so viele wichtige Freunde.«

»Berit?«

»Ja, die, die immer diese auffälligen Gürtel hatte. Sie hat sich damals auf diesem Fest an den Torstein rangemacht, erinnerst du dich? Und an Gorm. Mehrmals sogar. Wir mochten sie nie sonderlich, jedenfalls wir Mädchen. Sie war auch auf dem Fest. Erinnerst du dich? Gorm hat dich zum Bus gefahren oder so. Hast du noch Kontakt zu jemandem vom Lehrerseminar?«

»Nein, es ergab sich nie. Ich schreibe zu wenig«, erwiderte Rut und versuchte es so zu entschuldigen.

»Du bist wirklich noch schlimmer als Gorm! Ich kann jedenfalls nicht ohne meine alten Freunde leben.« Turid seufzte.

Rut antwortete nicht, statt dessen fragte sie plötzlich: »Siehst du ihn oft? Gorm? Ich meine, fährst du oft in den Norden?«

»Nein, er ... ist so distanziert. Ich habe ihn damals nicht gekannt, und ich kenne ihn immer noch nicht. Aber er ruft an, wenn er in der Stadt ist. Dann will er Siri treffen. Er ist jedesmal fürchterlich reserviert. Fast noch schlimmer als damals, als wir jung waren. Man weiß nie, was er gerade denkt. Da ist etwas mit ihm. Als bräuchte er niemanden. Verstehst du?«

»Ich kenn ihn ja gar nicht«, murmelte Rut.

»Aber du hast ihn doch gekannt, als wir aufs Lehrerseminar gegangen sind.«

»Nein, ich bin ihm nur ein paarmal begegnet.«

»Er ist etwas arrogant. Aber sonst ganz nett. Er kauft übrigens Gemälde. Kunst. Ja, das hat mir die Siri erzählt. Ich habe einmal, schon lange her, eines deiner Bilder in der Zeitung gesehen. Es hat mir fast angst gemacht. Jedenfalls hat es nicht froh gemacht.«

»Ich male auch nicht, um Leute froh zu machen«, entgegnete Rut ziemlich förmlich.

»Warum malst du dann?« Turid sah aufrichtig erstaunt aus.

»Um mich selbst an etwas zu erinnern, was ich noch nicht ganz verstehe, aber was ich auch nicht vergessen will. Und weil ich muß«, sagte Rut und versuchte zu lächeln.

»Du willst dich doch nur über mich lustig machen.« Turid lachte.

»Überhaupt nicht.« Rut sah auf die Uhr.

Als ihr Flug aufgerufen wurde, standen sie gleichzeitig auf.

»Bist du gelegentlich in Oslo?« fragte Turid eilig, als sie zum Flugsteig gingen.

»Es kommt vor.«

»Ruf mich an, wir könnten doch mal ausgehen, oder? Du könntest mir deine Telefonnummer geben. In Berlin«, meinte Turid gut gelaunt.

»In Berlin? Ich ziehe gerade um, ich habe gerade keine Telefonnummer, die ich dir geben könnte.« Als sie das sagte, überkam sie eine große Ruhe. Sie würde nicht nach Berlin zurückkehren.

Eingeschlossen in ein gewaltiges Dröhnen, waren sie auf dem Weg in den Himmel, Turid und sie.

Aber sie fanden nur zwei Einzelplätze und konnten deswegen nicht nebeneinandersitzen.

Es raschelte, als der Mann neben Rut in seiner Zeitung

blätterte. Sie hatten ihre Flughöhe erreicht, und der Kapitän hieß sie auf dänisch an Bord willkommen. Rut nahm ihre Zeitung hervor, erinnerte sich aber dann daran, daß ihre Brille in der Jacke steckte, die oben im Gepäckfach lag. Also lehnte sie sich zurück und schloß die Augen.

Als sie zur Seite schaute, um den Knopf zu suchen, mit dem sich der Sitz nach hinten neigen ließ, legte ihr Nebenmann seine Hand auf die Armlehne. Kurze, ungleichmäßige Fingernägel. Der Daumen war kräftig, aber lang. Seine Hautfarbe verriet, daß er im Freien arbeitete. Blaue Adern und deutliche Sehnen waren neben der Pulsader zu sehen.

Rut spürte einen Sog, als der Pilot die Flughöhe änderte und sie endlich mit geschlossenen Augen Gorms offenem Blick begegnen konnte.

Die Zeitung neben ihr raschelte lautstark. Als sie aufschaute, sah sie gerade noch ihr eigenes Porträt. Der Mann hatte es ebenfalls bemerkt. Er schloß die Augen und tat so, als hätte er sie nicht erkannt.

Gorms Gesicht wurde deutlicher. Er reichte ihr die Hand. Sie spürte seinen Puls an ihrem.

»Ich habe immer davon geträumt, mit dir zusammen zu fliegen«, sagte er, und ein verlegenes Lächeln veränderte sein markantes Gesicht völlig. »Ich habe mir immer vorgestellt, daß wir uns einmal ohne alle diese Hindernisse begegnen würden. Daß wir fliegen könnten.«

Eine kräftige Turbulenz ließ das Flugzeug erzittern und etliche Fuß fallen. Dem Piloten gefiel das offenbar nicht, denn er drückte die Maschine sofort wieder nach oben.

»Jemand anders trifft für uns die ganze Zeit die Entscheidungen, und wir wissen es gar nicht. Oder wir lassen uns nichts anmerken. Oder wir lassen sie einfach gewähren. Ganz selten reißen wir auch mal aus«, flüsterte sie ihm zu.

Wieder fielen sie durch die Wolken. Rut klammerte sich an die Armlehnen. Rechts spürte sie den weichen Wollstoff eines Jackenärmels.

»Sind Sie auf dem Weg, Ihre Bilder auszustellen?« hörte sie eine Stimme neben sich.

»Nein.«

»Ich höre, daß man dich sehr rühmt und daß du gut verkaufst. Aber ansonsten sind nicht alle so gnädig.« Er lachte neben ihr.

»Ich bin hauptsächlich weg, um zu arbeiten«, sagte sie unhörbar zu Gorm.

»Ich weiß«, erwiderte er.

»Vor vielen Jahren hat mich mal ein Journalist gefragt, warum ich Dalmatiner male.«

»Und was hast du geantwortet?«

»Daß ich das Fell eines Dalmatiners geerbt hätte.«

»War das die Wahrheit?«

»Teilweise. Aber vor allem wollte ich deine Augen malen.«

»Das würdest du aber wohl keinem Journalisten erzählen, oder?«

»Nein, nie.«

Er sah sie mit seinem raschen Lächeln an.

Sie legte ihren Mund an sein Ohr und flüsterte: »Fährst du mit mir nach Paris?«

»Ja! Wo sollen wir wohnen?«

»Zimmer 46. L'Hotel, 13 Rue des Beaux-Arts. Man muß sich hinknien, um die Zimmertür aufzuschließen. Aber daran gewöhnt man sich. Dort hängt ein altes, erotisches Bild.«

Das Telefon klingelte bereits, noch ehe sie die Tür in der Inkognitagate aufgeschlossen hatte. A. G. sei aus New York nach

Hause gekommen und habe sofort erfahren, daß sie Berlin verlassen habe. Sie rechnete damit, daß er wußte, daß sie im Lager gewesen war und ihre Bilder mitgenommen hatte, aber er erwähnte es nicht.

»Wie war die Vernissage?« fragte sie vorsichtig.

»Großartig. Gut die Hälfte der Bilder war verkauft, bevor ich wieder zurückgefahren bin. Meine Liebe, ich komme nach Oslo, um auf der Vernissage bei dir zu sein.«

»Nein, das hat keinen Sinn.« Das Herz schlug ihr bis zum Hals.

Es entstand eine Pause. Sein Atem war eine Warnung.

»Du hast mich verlassen, soll ich das so verstehen?« Seine Stimme klang erstaunt, aber ruhig.

»Ich bin nach Oslo gefahren. Ich will hier arbeiten.«

»Aber Liebes, warum denn?«

»Ich will näher bei Tor sein.«

»Das hatten wir nicht vereinbart.« Er war sehr von oben herab, als würde er mit einem Kind sprechen.

So hat er sicher auch früher schon mit mir geredet, ohne daß ich es gemerkt habe, dachte sie.

»Ich finde mich nicht damit ab, daß du über mein Leben bestimmst.«

»Das kannst du mir nicht antun. Ich liebe dich, Rut!«

»Du liebst nicht mich, sondern die Bilder, die du verkaufen kannst.«

»Hör zu, das Telefon ist nicht das richtige für solche Gespräche. Ich komme nach Oslo. Wenn du mich auf der Eröffnung nicht dabeihaben willst, komme ich eben danach. Ich werde dich schon davon überzeugen, was das Beste für dich ist. Glaube mir. Du brauchst mich, Rut.«

»Ich laß dich hier nicht rein.«

»Hast du einen Liebhaber, mein Schatz?« fragte er mit seiner tiefen und leisen Stimme, die er immer dann gebrauchte, wenn er etwas in Erfahrung bringen wollte.

»Das geht dich nichts an«, stellte sie fest.

»Also hast du einen Liebhaber.« Er lachte.

Das Lachen war so unerfreulich, daß sie nach Luft schnappen mußte.

»Es ist vorbei. Ich brauche deine Hilfe nicht.«

»Nicht? Du bist schon vor der Ausstellung in Norwegen eine Berühmtheit, du solltest also keine Dummheiten machen. Die Skandalblätter haben bereits angefangen, sich für dich zu interessieren. Das würde dir sicher nicht gefallen, meine Liebe, oder? In meinem Archiv gibt es ein paar Bilder von dir. Nicht die, die du gemalt hast, sondern welche, auf denen du abgebildet bist.«

Sie versuchte sich vorzustellen, womit er ihr da drohte. Was er hatte. Private Fotos von ihr in verschiedenen Situationen. Beispielsweise nackt vor einem Hotelfenster in Rom? Glücklich und ziemlich betrunken in A. G.s Bett nach der ersten Ausstellung in New York. Zusammen mit A. G. Mit Selbstauslöser.

Als er auf einmal ziemlich laut anfing, Französisch zu sprechen, legte sie auf.

Eine Weile blieb sie wie betäubt vor dem Telefon sitzen. Dann fiel ihr ein, daß er ernst machen und kommen könnte. Ohne an die Zeit zu denken, die auch ein Mann wie A. G. von Berlin bis zur Inkognitagate brauchte, sprang sie auf, um sich zu vergewissern, daß sowohl Schloß als auch Sicherheitsschloß ordentlich verriegelt waren. Ihre ehemalige Vermieterin im Erdgeschoß war verreist, er konnte also gar nicht erst versuchen, sie zu beschwatzen.

In diesem Augenblick klingelte es an der Tür. Sie versteckte sich im hintersten Winkel der Wohnung, auf der Toilette, und sagte sich, das könne unmöglich er sein. Trotzdem blieb sie sitzen, bis alles wieder ruhig war.

Jedenfalls kann ich aufs Klo gehen, dachte sie. Aber die Bedrohung setzte sich in den Wänden fest, den Möbeln, den Fenstern. Sie nahm ihre Bettdecke und ihr Kopfkissen mit hinauf ins Atelier, in dem man sie von der Straße aus nicht sehen konnte. Erst in der Nacht wagte sie es, in die Küche hinunterzugehen, um etwas zu essen.

Während sie auf einer Scheibe altem Knäckebrot kaute und Rotwein dazu trank, fiel ihr Blick auf die italienischen Fliesen über der Arbeitsplatte. Sie hatte sie gekauft, als A. G. sie zum ersten Mal nach Rom mitgenommen hatte. Sie war so froh gewesen. Hatte sich an seinem Anblick erfreut und ihn mit einem griechischen Gott verglichen. Wahrscheinlich hatte sie damals bereits gewußt, daß sie ihn um den kleinen Finger wickeln konnte.

An einem Abend hatten sie an der Spanischen Treppe gesessen und waren unfreiwillig Zeugen geworden, wie sich zwei wütende Männer stritten. Sie hatten gestikuliert, sich laut auf italienisch beschimpft und sich die Fäuste ins Gesicht geschlagen. A. G. und sie hatten über die beiden gelacht und waren sich einig gewesen, daß Menschen, die so die Beherrschung verlören, lächerlich seien.

»Die wische ich doch nachher mit einem Putzlumpen vom Fußboden auf«, hatte er gesagt. »Gefährlich sind die, die sich nicht aufregen.«

Jetzt hatte sie ihn am Telefon angeschrien, und A. G. hatte bestimmt bessere Abwehrmechanismen gegen die Angst als sie. Seit der warmen, weichen Sternennacht war viel Zeit vergangen. Aber die Fliesen klebten immer noch an der Wand. Menschen und Gespräche werden stets Spuren hinterlassen, dachte sie. Ich kann mich nicht unentwegt davor schützen.

Während sie das letzte Stück Knäckebrot kaute und in großen Schlucken den Wein trank, sagte sie sich, daß nicht A. G. ihr Feind war, sondern die Angst.

Zehn Jahre lang hatte sie nach A. G.s Regeln gelebt, weil sie geglaubt hatte, nur so malen zu können. Sie hatte sogar geglaubt, frei zu sein.

Aber vielleicht war das ja gar nicht freier, als sich in einem Lehrerzimmer eingesperrt zu fühlen. Mit Regeln für Kaugummi, Vergehen, Schimpfwörter und Rechtschreibfehler.

Und als bestünde eine direkte Verbindung zwischen ihrem Bruch mit A. G. und jener Zeit, erinnerte sie sich daran, wie oft sie das Gefühl gehabt hatte, das eigentliche Ziel des Lebens sei die Orthographie. Die Kommunikation der Menschen sei davon abhängig, daß die Worte nach absoluten Regeln auf Linien geschrieben wurden.

Als ließen sich die herausragenden Eigenschaften der Menschen im Schatten von roten Strichen in Aufsatzheften fördern! Als hätten Gespräche, Redegewandtheit, Bilder und Träume irgend etwas mit doppelten Konsonanten oder A. G.s Kunstauffassung zu tun!

Als wären die Kunstbücher der Schulbibliothek dazu da, Rücken an Rücken im Regal zu stehen! Als wären die menschlichen Individuen dazu auf der Welt, bei jedem Klingeln zu springen und in Reih und Glied zu marschieren! Eine heimtückische Ausbildung in der Kunst des Gleichschritts. Direkt in die Galerie von A. G. Ins Nichts, ins Gefängnis, in den Krieg. Peng!

Die Flasche war mehr als halb leer, und vieles in der norwegischen Schule war grundlegend falsch. Und jetzt ließ sie sich von einem deutsch-französischen Rassekater mit Seidenbettwäsche jagen. Nur weil er glaubte, ein Patent auf sie zu besitzen. Als wäre es ein Naturgesetz, daß sie ohne sein Patent nicht malen könne!

Außer sich vor Wut, stand sie auf, ging von Zimmer zu Zimmer und machte alle Lampen an. Sie baute sich vor den Fenstern auf und bereitete sich darauf vor, A. G. ins Gesicht zu sagen, daß sie keine roten Striche in ihrem Buch mehr sehen wolle. Auf seine Erziehung und seine Noten könne sie verzichten.

Als die Flasche leer war, erkannte sie, daß es sie viel Kraft gekostet hatte, A. G.s persönliche Schwächen aufzudecken. Sie zog Bilanz und stellte fest, daß er einmal für sie die Welt und das Abenteuer verkörpert hatte. An beidem hatte sie teilhaben wollen. Kein einziges Mal hatte sie sich ernsthaft gefragt, was sie eigentlich für ihn empfand. Bei der Begegnung mit einem Gott wurden solche Fragen unwichtig.

Erst als sie begriff, daß ihr dieser Gott einen Auftrag vorenthalten hatte, eben den von Gorm, hatte sie reagiert.

25

Gorm konzentrierte sich paradoxerweise auf Ilse, um wieder einen klaren Kopf zu bekommen.

»War das nicht sie?« fragte sie, als sie zum Parkplatz gingen. »War das nicht Rut Nesset?«

Etwas an ihrer Stimme irritierte Gorm so sehr, daß er sich zusammennehmen mußte. »Ich habe meine Zigaretten vergessen, ich hol sie schnell. Es dauert nur einen Augenblick.«

»Wir sind jetzt schon zu spät dran. Hast du sie nicht in die Tasche gesteckt?«

»Nein. Wir sehen uns beim Auto.«

Er rannte fast zum Eingang und überlegte, was er tun sollte. Sie war nicht da. Wahrscheinlich schlenderte sie noch durchs Kaufhaus. Aber wo? Er eilte durch die Abteilungen im Erdgeschoß. Ging die Treppe hoch. Suchte in der ersten und zweiten Etage. Aber sie war nirgends. Flüchtig spürte er die verblüfften Blicke der Bedienungen im Rücken, als er an ihnen vorbeihetzte, ohne zu grüßen.

Konnte sie in einer Umkleidekabine sein? Er war schon drauf und dran, auch in den Umkleidekabinen zu suchen, als er sich sagte, daß er ein Idiot sei. Er nahm den Aufzug nach unten und ging um das Gebäude herum. Sie war fort.

Ilse stand auf dem Parkplatz im Wind. Sie schlotterte, und er sah, daß sie verärgert war.

»Und, hast du sie gefunden?«

Gorm nahm den vielsagenden Ton kaum wahr.

»Nein.«

»Die Besprechung hätte jetzt anfangen sollen, und mit dem Auto sind es zehn Minuten.«

Er antwortete nicht, öffnete ihr nur die Beifahrertür und nickte.

Während der Mieter sein Angebot unterbreitete, konnte Gorm an nichts anderes denken, als daß er diese Besprechung zu einem Ende bringen mußte. Ein paarmal sah ihn Ilse fragend an, offenbar hätte er mit Ja oder Nein antworten oder zumindest sagen sollen, daß er sich die Sache überlege. Schließlich ergriff Ilse das Wort.

»Wir brauchen noch etwas Zeit. Es ist möglich, daß wir einen höheren Quadratmeterpreis verlangen müssen. Schließlich liegen die Räume direkt am Eingang.«

Der potentielle Mieter war offenbar sauer, taute aber trotzdem allmählich auf, was Ilse zu verdanken war. Nach weiteren zehn Minuten hatten sie sich auf eine höhere Summe für die ersten fünf Jahre geeinigt, dafür würde der Vertrag sieben und nicht fünf Jahre gelten.

»Ich muß gehen«, sagte Gorm abrupt und sah auf die Uhr, gab dem Mann die Hand, nickte Ilse zu und eilte aus dem Restaurant.

Erst hatte er vor, direkt zum Hotel zu gehen. Er vermutete, daß sie im SAS-Hotel wohnte. Aber das wäre zu übereilt. Wieder im Büro, schloß er die Tür zum Vorzimmer und rief dort an.

»Nein, hier hat sie nicht gewohnt.«

Er rief überall an, wo sie abgestiegen sein könnte. Aber niemand wollte sich dazu bekennen, sie zu beherbergen. Als er auch von einer trostlosen kleinen Pension am Stadtrand ein Nein erhalten hatte, legte er den Hörer auf und gab sich geschlagen. Und als er überlegte, zum Flugplatz hinauszufahren, kam er sich endgültig verrückt vor. Also ging er langsam zum Fenster, legte die Hände auf den Rücken und atmete einige Male tief durch, ehe er die Auskunft anrief.

Es gab mehrere Nessets, aber keine Rut.

»Es könnte auch sein, daß sie eine Geheimnummer hat«, meinte er ungeduldig.

»In diesem Fall haben wir keine Angaben.«

»Natürlich haben Sie Angaben!« Er versuchte seine Wut im Zaum zu halten.

»Leider nicht.«

»Was soll ich denn machen? Es geht um Leben und Tod.«

»Tut mir leid«, sagte die Dame knapp.

Sie wohnt privat, aber wo, dachte er. Wo wohnte ihr Mann? In Nordnorwegen? Natürlich, sonst wäre sie nie in diese Gegend gekommen. Wie hatte sie ihn damals angesprochen? Im Hotelbett, als alles unmöglich geworden war? Ove!

Sein Gehirn arbeitete unter Hochspannung. Der Mann hieß also nicht Nesset. Soviel wußte er. Plötzlich kam er auf die Lösung. Der Name des Ortes, in dem sie wohnten! Gab es dort einen Ove?

»Einen Augenblick«, sagte die Dame von der Auskunft.

Die Zeit verging. Aber schließlich teilte sie ihm mit, daß sie einen Ove gefunden habe und gab ihm die Nummer.

Er sah auf die Uhr. Rut könnte bereits angekommen sein, wenn sie mit dem Auto unterwegs war. Dann holte er tief Luft und überlegte sich, was er eventuell zu Ruts Mann sagen könnte.

Die Frau am Apparat hatte eine helle Frauenstimme. Es war nicht Rut. Er sagte seinen Namen und fragte, ob er unter dieser Nummer Rut Nesset erreichen könne. Nach einer Pause hörte er ein unsicheres Lachen.

»Nein, hier wohnt sie nicht.«

»Kann ich mit ihrem Mann sprechen, mit Ove?«

»Er ist im Krankenhaus in der Stadt.« Die Stimme klang abweisend.

»Das tut mir leid. Sie wissen nicht zufällig, wo Rut Nesset wohnt, wenn sie in Norwegen ist?«

»Sie hat eine Wohnung in Oslo.«

»Könnten Sie mir Adresse und Telefonnummer geben?«

»Nein. Sind Sie Journalist?«

»Nein, ein alter Freund. Ich hätte gern mit ihr gesprochen.«

»Das ändert auch nichts. Ich kann Ihnen nicht helfen. Auf Wiedersehen!«

Er legte auf und begann auf und ab zu gehen. Dann rief er Ilse an.

Als sie hörte, wer es war, wurde es auf ihrer Seite still.

»Kannst du mir einen Gefallen tun?«

»Ich habe dir bereits einen Gefallen getan. Was bildest du dir eigentlich ein, einfach so von einer wichtigen Besprechung zu verschwinden und mich wie eine Idiotin sitzen zu lassen? Worum geht's?«

»Erinnerst du dich, daß du dich vor einigen Jahren darum gekümmert hast, einen Kontakt zum Agenten von Rut Nesset herzustellen? Die Ausschmückung des Neubaus? Hast du die Adresse des Agenten noch?«

Er hörte nur ihren Atem.

»Ilse?«

»Das weiß ich wirklich nicht. Warum hast du sie nicht gefragt, als sie vor dir stand?«

»Gute Frage.«

»Gib mir eine halbe Stunde«, sagte sie seufzend und legte auf.

Er versuchte sich auf die Papiere zu konzentrieren, die ihm Fräulein Sørvik zur Durchsicht und Unterschrift hingelegt hatte. Es ging nicht. Dann nahm er die Zeitung und versuchte zu lesen. Nachrichten und Informationen wirbelten durch seinen Kopf. Nichts ergab einen Sinn.

Es verging eine Stunde, bis sie wieder anrief. Ihre Stimme war kalt und geschäftsmäßig.

»Das Kürzel A. G. in Berlin war sehr arrogant. Es half auch nicht, daß ich gesagt habe, mein Klient habe einmal ein Gemälde gekauft und daß wir uns wegen eines Ausschmückungsauftrags an ihn gewandt hätten. Er wollte keine Telefonnummer herausrücken. Hingegen war er so liebenswürdig, mein Deutsch zu verbessern. Immerhin bekam ich den Namen einer Galerie in Oslo, in der am 30. November eine Einzelausstellung von Rut Nesset eröffnet wird. Wenn es dir nicht gelingt, sie ausfindig zu machen, mußt du wohl im November nach Oslo fahren. Sie ist bei der Eröffnung anwesend.«

Es war nicht länger zu leugnen. Er war ein Schwein! Ilse gegenüber. Bestimmt hatte sie begriffen, daß es nicht nur um einen Auftrag ging. Natürlich hatte sie es begriffen.

»Ilse? Es tut mir leid.«

»Ja, er war wirklich verdammt unzugänglich!«

»Ich meine uns.«

Der Telefonhörer am anderen Ende stieß mit etwas zusammen. Er hörte ein verhaltenes Klirren. Vielleicht die Perle an ihrem Ohrläppchen?

»Schon in Ordnung. Ich mußte den Mieter dann noch beruhigen. Hast du die Zigaretten gefunden?«

»Ich hatte etwas anderes vergessen – etwas Wichtigeres.«

»Na, dann vergiß mal nicht, den Wein zu kaufen. Wir sehen uns heute abend.«

»Ilse. Ich glaube nicht, daß du noch Lust hast, nach Indrefjord zu fahren, wenn du hörst, was ich dir zu sagen habe.«

»Ach ja. Darf ich fragen, warum?«

»Ich bin darauf gekommen, daß Schluß sein muß.«

Eine Weile wurde es still. Dann sagte sie:

»Was meine Hilfe als Rechtsanwältin angeht oder die andere Hilfe?« Ihre Stimme klang unbekümmert. Meine Güte, was für eine Selbstbeherrschung!

»Die andere Hilfe, wenn du diese Bezeichnung vorziehst.«

»Willst du mir sagen, warum?«

»Ja, aber nicht am Telefon.«

»Du hast kein Problem damit, am Telefon Abschied zu nehmen, aber es nimmt dich gefühlsmäßig zu sehr mit, Gründe zu nennen?«

Eine Fliege kroch über den Schreibtisch. Sie wackelte schläfrig über Briefe der Gemeinde, die die gemeinsamen Maßnahmen für das Grundstück am Hafen betrafen. Die Gemeinde ging davon aus, daß Grande & Co sich finanziell stärker an der Schneeräumung im Winter beteiligen würde. Ein Teil des Geländes sollte als Gewerbegebiet ausgewiesen werden.

Plötzlich fühlte sich Gorm viele Jahre zurückversetzt. Vor seinem inneren Auge sah er eine Fliege an der Wand in Indrefjord. Er sah Ilse mit seinem Vater am Tisch sitzen und hörte sie sagen, daß Schluß sein müsse. Hatte sie dieselben Worte verwendet wie er? »Ich bin darauf gekommen, daß Schluß sein muß.«

Und sein Vater hatte vielleicht etwas mißtrauisch gefragt, spöttisch, weil er es nicht recht begriff: »Was deine Hilfe als Rechtsanwältin angeht? Oder die andere Hilfe?«

War es vielleicht so abgelaufen? Oder schlimmer, am Telefon, genau wie jetzt? Hatte sich sein Vater durch ihn, Gorm, nun endlich bei ihr bedankt? War die ganze Geschichte zwischen ihm und Ilse von Anfang an nichts anderes als die Rache seines Vaters?

Die Fliege setzte ihren Weg zur Tischkante und dann ganz gegen die Regeln der Schwerkraft unter der Glasplatte fort.

»Es war gefühllos von mir, das einfach am Telefon zu sagen. Wir sollten uns wirklich zusammensetzen und darüber sprechen. Kommst du zu mir? Oder soll ich zu dir kommen?«

»Nein. Ich erspare mir lieber eine neue Beweisaufnahme in einer Sache, die bereits verloren ist. Ich bin nicht der Meinung, daß ich zu diesem Prozeß noch etwas beizutragen habe.«

Die Fliege war jetzt gänzlich verschwunden.

»Wie geht es dir dabei?«

»Gorm, nimm dich zusammen! Ich habe gerade versucht, für dich ein privates Problem zu lösen. Ich stelle dir eine Stunde in Rechnung, wenn dir das die Sache leichter macht.«

Er fing an zu lachen, hörte dann aber auf, da sie nicht mitlachte.

»Schönes Wochenende!« sagte sie.

»Schönes Wochenende! Und danke!«

»Und übrigens noch einen Rat«, meinte sie. »Nächstes Mal, wenn Rut Nesset vor dir steht, bin ich nicht mehr da, um dir die heißen Kartoffeln aus dem Feuer zu holen.«

Dann klickte es. Sie hatte aufgelegt.

Eine Weile saß er mit dem Kopf in den Händen da und fühlte sich, als drückte er direkt auf seine schwammige Gehirnmasse. Irgendwann nahm er sein Notizbuch und schrieb: »Rut, als ich dich heute wiedergesehen habe, nach vierzehn Jahren, wurde mir klar, daß wir immer noch zusammengehören. Egal, welche Verpflichtungen du hast, ich werde dich nie mehr loslassen.«

Er fuhr in sein leeres Haus zurück und schaltete den Fernseher ein. Machte sich ein Bier auf und saß da, ohne mitzubekommen, was auf dem Bildschirm geschah. Aber im Vergleich zu den vierzehn Jahren, seit er sie zuletzt in den Armen gehalten hatte, war die Zeit bis zum 30. November überhaupt nichts. Nach drei Bier spürte er irgendwo einen Funken. Zwischen diesem Funken und der Vernunft gab es noch eine andere Stimme, die ihn inständig vor der Nemesis des Lebens warnte.

Nach vier Bier, vier Scheiben Brot mit Dauerwurst und drei großen Aquavit wurde er so übermütig, daß er beinahe Ilse angerufen und ihr von seinen Plänen erzählt hätte, damit sie ihn loben konnte.

Um Mitternacht, lange nachdem er den Fernseher abgestellt hatte, fing er an, sich selbst zu bemitleiden. Beispielsweise, weil es ihm nicht gelungen war, seinem sogenannten Zuhause einen persönlichen Charakter zu geben. Er war gewissermaßen nie dort eingezogen. Wenn er das Versteck seiner Kindheit, die Kammer unter der Treppe in der Halle, einmal ausnahm – und in vereinzelten guten Stunden sein Knabenzimmer –, dann hatte er hier nie gewohnt.

Er sah sich in dem stattlich möblierten Wohnzimmer um. Ein tragisches Manifest von Vaters Flucht und Mutters Sammelleidenschaft. Er malte sich aus, wie es wäre, Rut hierher einzuladen. Sie würde sich ihm gegenüber auf einen Stuhl setzen und sich entsetzt umschauen. Die Wände? Was zum Teufel sollte er mit den Gemälden an den Wänden machen? Den altertümlichen Schiffs- und Fjellmotiven. In Farben, die sicher zu Mutters Service und Damasttischdecken paßten. Ein Meer wie im Poesiealbum unter einem Himmel aus verblichener Baumwolle. Über der Rokokoanrichte im Eßzimmer hingen die Vorfahren in schwarzen, ovalen Rahmen. Diese lächerlichen Mienen. Diese falschen Augen. Diese gierigen Münder. Diese verfluchten Stirnen. Breit und leer wie aufgeräumte Schreibtische. Grande junior und senior in mehrfacher Ausfertigung. Töchter, Söhne und Ehefrauen. Mit erschrockenem oder selbstzufriedenem Gesichtsausdruck und dressierten Frisuren. Als hingen sie dort, damit die Leute, die zu Tisch saßen, eine schlechte Verdauung bekamen.

Und er selbst? Er war ein merkwürdiger Blinddarm seines Vaters. Ein Appendix, den sein Vater hinterlassen hatte, damit alles weitergeführt wurde.

Gorm merkte, daß er, das Kinn auf der Brust, auf den Stuhl zurücksank. Niemals konnte er Rut das Haus oder das, was er war, zeigen.

Nach einer Weile dachte er ernsthaft darüber nach, die Treppe hinaufzugehen und sich hinzulegen. Aber irgendwie war es nach dort oben sehr weit. Mittendrin dachte er dankbar an Turid. Turid war gesund. Sie war noch rechtzeitig weggekommen. Zwischendurch verwechselte er immer wieder einmal Turid mit Ilse. Beide waren hier gewesen. In diesem Zimmer. Aber nicht gleichzeitig. Ilse, nachdem Mutter gestorben war. Sie hatte erst überredet werden müssen, was begreiflich war. Und sie war auch nur einmal gekommen. Er hatte verstanden, wie sehr sie dieses Haus verabscheute, ohne darüber nachzudenken, daß es ihm genauso ging.

Offenbar war er eingenickt, denn er hatte ganz deutlich Ilses kühle Haut auf seiner gespürt. Nein, sie war naß und eiskalt gewesen. Sie hatte den Stein festgebunden und war bereits auf dem Weg durch die Tangbüschel. Vater und sie sanken zusammen geradewegs ins Dunkel. Vater klammerte sich an sie. Hielt sie ganz fest.

Da war er auf einmal hellwach. Die Mattscheibe flimmerte ihm blauviolett entgegen. Er war überzeugt, daß er den Fernseher ausgemacht hatte. Offenbar erinnerte er sich nicht daran, ihn wieder angemacht zu haben, ohne sich um die Sendezeiten des norwegischen Staatsfernsehens, des NRK, zu kümmern. Es war drei Uhr. Nacht. Schwere Regentropfen schlugen gegen die Scheibe. Sie spritzten durch die Scheibe und ihm auf den Schoß. Es regnete quer durch ihn hindurch.

Er ging im Erdgeschoß von Zimmer zu Zimmer. Es wurde ein richtiger Spaziergang. In der Küche nahm er sich Milch aus dem Kühlschrank und trank direkt aus der Verpackung. Einiges lief daneben. Er spürte, wie ihm die Milch in den Kragen rann und die Brust herunter. Hatte nicht Kleopatra in Milch gebadet? Aber vermutlich war die nicht so kalt gewesen, oder?

Vielleicht badete ja Rut ebenfalls in Milch. Sie trieb nach oben, so daß er die Milchtropfen auf ihrem Nabel und ihrer Brust sehen konnte. Es dauerte nur einen Augenblick.

Er stellte die Milch auf den Tisch und seufzte.

Am Montag morgen rief er bei Edel an, um ihr zu sagen, daß er gern das ganze Inventar des Hauses los wäre. Ob Marianne und sie sich vorstellen könnten, sich auszusuchen, was sie haben wollten. Sofort hatte sie eine lange Wunschliste parat, aber sie könne das alles nicht sofort holen. Außerdem müsse erst noch Marianne ihre Wünsche äußern. Er schlug vor, sie sollten sich einigen. Bis dahin lasse er alles einlagern.

»Aber die Sachen können doch dort stehenbleiben, bis wir kommen«, meinte Edel verärgert.

»Nein, sie müssen weg. Ich will endlich mit meinem eigenen Leben anfangen«, erwiderte er und lachte.

»Willst du das Haus verkaufen?«

»Nein, ich will die Handwerker kommen lassen. Sie sollen alles weiß streichen.«

»Weiß? So plötzlich?«

»Schließlich hat es ein paar Jahre gedauert, bis ich draufgekommen bin.«

Jetzt begann sie ebenfalls zu lachen.

»Willst du nicht auch irgendwas haben?«

»Nein, nicht mal eine Gabel.«

»Wann hast du dich dazu entschlossen?«

»In der Nacht auf Samstag.«

»Wer war denn bei dir, daß du dir so etwas Unglaubliches hast einfallen lassen?«

»Niemand«, antwortete er fröhlich.

»Du warst wirklich schon immer ein Sonderling. Erzähl!«

»Nein. Und dann ist da noch was: Willst du Indrefjord haben mit allem Drum und Dran?«

»Gorm, bist du krank?«

»Nein. Ich glaube, wenn Vater dich gesehen hätte, wie du so allein dagestanden und zugesehen hast, wie sie ihn aus dem Wasser ziehen, dann hätte er sein Testament geändert.«

Ein ersticktes Geräusch gab ihm zu verstehen, daß er sie zum Weinen gebracht hatte.

»Wieso kommst du jetzt damit, nach so vielen Jahren?« flüsterte sie.

»Tja, ich muß zugeben, daß das ungewöhnlich lahm wirken muß. Aber jetzt bin ich endlich soweit. Was sagst du?«

»Ich sage ja!« erwiderte sie schniefend und lachte.

Sie kamen beide. Marianne wollte sich scheiden lassen und brauchte Möbel und Geld. Was das Inventar des Hauses anging, konnte er es ihnen überlassen, sich zu einigen. Marianne wollte außerdem, daß Gorm ihr ihren Anteil an der Firma auszahlte.

Ilse warnte sie.

»Anteile von Grande & Co können in ein paar Jahren viel mehr wert sein. Im Augenblick sind sie wegen des Baudarlehens und der Zinsen kaum etwas wert.«

»Wir setzen für Indrefjord, das Edel bekommen soll, einen Schätzwert an. Dann zahle ich dieselbe Summe an Marianne aus«, meinte Gorm.

»Hast du nach all den Jahren auf einmal ein schlechtes Gewissen?« Edel lachte.

»Ja. Und es wurde auch langsam Zeit. Ich hätte mich Vater schon früher widersetzen sollen. Ich glaube sogar, daß ihm das gefallen hätte.«

Edel wollte das Haus ihrer Kindheit, nachdem alles gefleddert und ausgeräumt war, nicht mehr sehen, Marianne jedoch ging mit ihm durch die leeren Zimmer, in denen bereits die Handwerker beschäftigt waren. Sie sagte wenig, aber er sah, daß sie den Tränen nahe war.

»Warum tust du das?« fragte sie, als sie wieder auf der Straße standen.

»Ich mußte alles Alte loswerden.«

»War es so schlimm?« Ihre Stimme klang etwas kläglich.

»Ich muß mein eigenes Leben leben.«

Sie sah ihn erstaunt an.

»Du und Vater, ihr hattet doch immer euer eigenes Leben.«

»So sah das vielleicht aus. Vielleicht drücke ich mich deutlicher aus, wenn ich sage, daß ich nicht sein Leben leben will.«

Als er sie ansah, meinte er, in ihrer Miene zu lesen, daß sie ihn verstand, aber er war sich nicht sicher.

»Und du? Bald bist du doch frei?«

»Frei? Niemand aus unserer Familie kommt mit der Liebe zurecht«, sagte sie bitter.

»Ich bin mir gar nicht so sicher, daß wir damit schlechter zurechtkommen als andere«, meinte er und drückte ihren Arm. »Es gibt genügend Gelegenheiten. Wir müssen sie nur ergreifen, wenn sie sich bieten. Das Schlimmste hast du doch jetzt hinter dir.«

»Ich bin aber für zwei Kinder verantwortlich«, sagte sie und seufzte.

»Schick sie doch ab und zu zu mir.«

»Besuchst du mich?« fragte sie.

»Ja, wenn ich im Hotel wohnen und euch zum Essen ausführen darf.«

»Warum sagst du das?« Sie sah ihn unsicher an.

Er legte ihr einen Arm um die Schultern und zog sie an sich, während sie die Straße entlanggingen.

»Habe ich dir schon mal erzählt, daß du einer der Angelpunkte meines Lebens warst? Ich will dein Bruder sein, egal, was kommt. Ich mag dich, Marianne!«

Sie fing an zu lachen, zunächst verlegen. Dann stimmte er mit ein. Sie gingen durch den ersten Schnee und lachten.

Als er den Umschlag von der Galerie in der Hand hielt, wußte er sofort, daß es der Katalog war.

Mehrere Gemälde waren farbig abgebildet. Auf dem Titel war eine männerähnliche Gestalt, die mit einer kleinen menschlichen Figur in den Armen von einem Kirchturm herabstürzte. Er konnte die Entwicklung vom Dalmatiner an der Wand seines Büros bis zu diesem Bild nachvollziehen. Wahrscheinlich lag es daran, daß sie noch immer Gestalten in Bewegung malte. Sie sträubten sich und schwebten doch. Sie nahmen Anlauf, schwebten oder sprangen.

Mehrere Bilder zeigten, daß Figuren oder Motive nicht mehr so einfach waren wie auf seinem Gemälde. Sie bot jetzt mehr. Vielleicht versuchte sie auch nur vom eigentlichen Hauptmotiv abzulenken. Körper, die keine Kontrolle hatten oder von Kräften kontrolliert wurden, über die die Bilder keine Auskunft gaben. Sie balancierte das Gefährliche oder gab einem das Gefühl, daß den Figuren die Flucht oder das Schweben nicht gelingen würde. Auf gewisse Weise wurde das durch die klaren, harmonischen Farben verstärkt. Das Motiv fragmentarisierte sozusagen die Farben. Auf das Schöne im Bild war kein Verlaß, obwohl es die Figuren durch die Luft trug, über Abgründe und Häuserdächer hinweg, sogar durch Mauern hindurch.

Eines der Bilder stellte eine Frau dar, die auf Wasser ging. Unter der Wasseroberfläche schwammen menschenähnliche Fische. Mit Gliedern, die weder Arme noch Flossen waren, trug jeder Fisch ein anderes Requisit. Zeitung, Zigarre, Pistole, Weinglas, Messer. Über dem Bauch und Unterleib der Frau war ein schwarzer Schild oder ein ausgespartes Feld. Als Ganzes drückte das Bild ein bedrohliches Gefühl aus, trotz seiner märchenhaften Übertreibung. Als würde sie davor warnen, in das Bild einzutreten.

Er las die Liste, wer im In- und Ausland ihre Gemälde gekauft hatte. Die meisten Bilder befanden sich in Deutschland und in den USA. Ausstellungen in Berlin, Venedig, Helsinki, Tokio, São Paulo, Kopenhagen, Budapest, New York und Melbourne.

In den letzten Wochen hatte er in den Zeitungen mehrere Artikel über sie gelesen, die unbekannte norwegische Malerin, die von den Amerikanern so geliebt wurde. Das hieß im Klartext: Was Amerikanern gefalle, sei nichts für Norweger. Vielsagend wurden auch immer die Preise genannt. In Dollar und Kronen.

Er hatte lange darauf gewartet, endlich einzuchecken. Sowohl der Straßen- als auch der Luftverkehr waren von einem Schneesturm lahmgelegt worden, und den größten Teil des Tages waren sämtliche Flüge ausgefallen. Mit knapper Not hatte er einen Platz im letzten Flugzeug ergattert.

Während er darauf wartete, daß seine Maschine aufgerufen wurde, kaufte er die Zeitungen aus Oslo. Als er sich vom Verkaufstisch abwandte, leuchtete ihm Ruts Bild von der ersten Seite eines Skandalblatts entgegen. Mit trockenem Mund trat er auf den Zeitungsständer zu und schlug den Artikel auf.

Ein Bild bedeckte die halbe Seite. Sie lag leicht bekleidet auf einem riesigen Himmelbett zusammen mit einem Mann, der wie ein eitles Modell mittleren Alters in einer Shampooreklame aussah. Darunter stand: »Die norwegische Rut malt für ihren deutschen Liebhaber.«

Warum zum Teufel läßt sie das zu? dachte er verzweifelt.

Der Artikel war angeblich ein Interview, aber es wäre ihm lieber gewesen, wenn es sich nur um eine Klatschgeschichte gehandelt hätte. Bei hastiger Lektüre entstand der Eindruck, als sei der Verfasser mit dem Galeristen identisch. Fast wörtlich konnte man da lesen, Rut Nesset habe es ihrer nahen Bekanntschaft mit diesem Galeristen zu verdanken, daß sie überhaupt einen Namen habe. Er sei es gewesen, der sie »entdeckt« habe, und er habe sie buchstäblich nach Berlin geschleift.

Einen Augenblick lang erwog er, das Blatt zu kaufen. Aber eine heftige Übelkeit hinderte ihn daran. Er stellte eine Frauenzeitschrift vor den Stapel mit Ruts Porträt und ging.

Die Kleider klebten ihm am Körper. Er zog seinen Mantel aus, während er dem Menschenstrom zum Flugsteig folgte.

Endlich auf seinem Platz, lehnte er den Kopf zurück und hoffte, daß die meisten diesen Artikel erst nach der Ausstellung lesen würden. Und während das Flugzeug gegen die Böen ankämpfte, sagte er sich, daß Rut überhaupt nichts mit diesem verdammten Artikel zu tun habe.

Nach einer Weile nahm er den Katalog aus seiner Aktentasche und studierte ihn, bis er wieder ruhig wurde. Und als die Stewardeß mit dem Pappmaché-Essen kam, hatte er bereits wieder Appetit.

26

Rut kroch in einer eiskalten, hangarähnlichen Welt herum und versuchte die Bilder mit sich zu tragen.

Aber die ganze Zeit fielen sie ihr aus den Armen. Es waren zu viele, und außerdem waren sie zu schwer. Ein Schmerz verriet ihr, daß sie allein war. Und als sie das begriff, verwandelte sie sich in einen Karren mit Gummireifen, den jemand sehr schnell einen Korridor entlangschob. Abwechselnd war sie sie selbst und dieser Karren.

Endlich fand sie eine Öffnung, durch die sie in einen roten, mit Samt gepolsterten Kanal kam. Dann war sie in Oscar Wildes Hotel in Paris. Das Zimmer schrumpfte, während sie die Wände entlangkroch. Sie befand sich in einem pulsierenden, warmen Fluß. Da bemerkte sie, daß sie in ihrem eigenen Herzen herumkroch. Es hämmerte gegen die Rippen.

Ein eiskalter Schmerz explodierte rot, und alles wurde quälend eng. Eine kleine Gestalt kam mit ausgestreckten Armen auf sie zu. Tor, dachte sie. Aber als die Gestalt näher kam, sah sie, daß der Junge die Gesichtszüge von Oscar Wilde hatte.

In dem Augenblick, in dem er vor ihr stand, schrumpfte er zusammen und begann zu weinen. Denn er hatte endlich verstanden, wie gefährlich es war, sichtbarer zu sein als das Bild, über das er schrieb. Sie kniete hin und nahm ihn in die Arme. Wiegte ihn hin und her und gebrauchte Großmutters Art zu trösten.

»Ist ja gut, ist ja gut, nicht weinen. Ist ja gut, wein nur. Ist ja gut.«

Der Raum wurde größer und der pochende Rhythmus fast angenehm, während sie mit ihm in den Herzkammern herumlief. Behaglich, rot und weich. Ich tröste Oscar Wilde, dachte sie.

Da begann er aus ihren Armen herauszuwachsen, und schließlich stand er lächelnd vor ihr. Er war so groß, daß die Decke der Herzkammer eine Beule bekam. Dann fing er an zu sprechen. Seine Stimme erinnerte sie an einen, den sie vergessen hatte.

»Du brauchst nie Angst vor deiner Nacktheit zu haben. Sie können dich nicht auf Dauer einsperren oder demütigen! Denn die Zeit ist stärker als sie«, sagte er und war fort.

Dann wurde sie von einem fürchterlichen Licht umschlossen, und vier Schneemänner standen im Zimmer.

Sie versuchte herauszufinden, wo sie war. Zwei der Schneemänner trugen Uniform, also mußte sie noch am Leben sein. In Norwegen. Nirgendwo sonst liefen, soweit sie wußte, Schneemänner in Uniform herum.

Ihr Körper befand sich in Auflösung. Sie hatte das Gefühl, ihr Kopf würde allein über eine Metallplatte rollen. Alles in dem Licht dröhnte. Einige Male öffnete und schloß sie die Augen. Die Dachfenster irgendwo hinter dem Licht waren ein schwarzes Meer. An den Wänden lehnten fast keine Gemälde mehr. Einen Fußboden gab es wohl auch nicht. Sie versuchte sich vorzutasten. Sich aufzusetzen. Aber mit ihrem Magen war etwas nicht in Ordnung. Es ging nicht. Ein lautes, klirrendes Geräusch wie von Glas, das auf einem Fließband immer wieder zerschlagen wird, wollte kein Ende nehmen.

Sie war im Atelier, und das Geräusch kam von leeren Weinflaschen, die umgestürzt waren. Da erinnerte sie sich. Die Vernissage. Das Fernsehinterview. Die Schlagzeilen. A. G.

Die Umrisse der beiden Uniformierten kamen bedrohlich näher. Sie richteten sie auf. Der eine roch nach Abgasen. Er schüttelte sie etwas. Sie wollte ihn bitten zu gehen, aber ihre Stimme gehorchte ihr nicht.

Ein anderer Schneemann kam ebenfalls auf sie zu. Sein Kopf wurde über ihr immer größer. Riesig. Sie schloß die Augen und öffnete sie langsam wieder. Das war er! Von allen Schneemännern, mit denen es Gott sich einfallen lassen konnte, sie zu erschrecken, war es ausgerechnet er.

Sollte diese verdammte Demütigung denn gar kein Ende nehmen? In der Hölle des Predigers? Hatte A. G. Gorm hereingelassen, um die Schande komplett zu machen? Jetzt beugte er sich über sie. Eine verzweifelte, elende Übelkeit überkam sie.

»Die Flaschen sind leer. Aber vielleicht hat sie auch noch Tabletten oder so was genommen?« meinte einer der Uniformierten.

»Sollen wir einen Arzt rufen?« fragte der andere.

»Rut? Liebe Rut, kannst du mir nicht sagen, was du geschluckt hast?« Wie eine beschützende Decke legte sich die Stimme über sie.

Sie öffnete den Mund, um ihm zu sagen, daß er sie nicht ansehen dürfe, aber es gelang ihr nicht.

»Du darfst mich nicht verlassen. Verlaß mich nicht! Sag mir, was du genommen hast!« hörte sie ihn sagen und spürte seine Hände auf ihrer Haut.

Inmitten des Ganzen ist Gorm hier, dachte sie erstaunt, während sich eine wilde Freude in ihrem ganzen erbärmlichen Körper ausbreitete.

»Nur Wein«, sagte sie endlich.

»Dieser Herr hier dachte, es sei ein Unglück geschehen. Entschuldigen Sie bitte.«

Die Uniformierten zeigten ihre Ausweise und zogen sich gemeinsam mit dem Schneemann ohne Uniform zurück.

Sie wollte so etwas wie Würde aufbringen, aber das Zimmer schaukelte. Die Dachfenster waren irgendwo weit hinten im Schneegestöber. Es breitete sich über Gorms Hände und Arme aus. Der Schnee wirbelte über das Seidenkleid aus Malaysia und den Kelim vom Teppichhändler in der Bygdøy-Allee.

Die beiden Uniformierten waren keine Schneemänner mehr, sie waren geschmolzen. Sie hörte, wie sie sagten, das gehe sie nichts an. Eine Betrunkene sei weder Sache der Securitas noch der Polizei. Aber einer von ihnen kam trotzdem mit Eimer und Lappen zurück. Sie hatte den Eindruck, daß er versuchte, etwas aufzuwischen. Gorm hielt sie, obwohl sie nach Erbrochenem stank. Jetzt fehlte nur noch, daß sie anfing zu weinen.

»Wir wünschen gute Besserung. Wollen Sie, daß dieser Mann hierbleibt?« hörte sie.

»Ja«, sagte sie, so deutlich sie nur konnte.

Gorm! Sie spürte, daß er sie hochhob und sie auf die alte Couch aus ihrer Akademiezeit legte. Mit einem nassen Handtuch wischte er ihr etwas unbeholfen über Gesicht und Hals, ehe er ihr wieder über den Eimer half.

»Hast du irgendwo ein Bett? Es ist sicher besser für dich, wenn du dich ins Bett legst«, sagte er leise.

Irgendwie kam es nicht dazu, daß sie antwortete. Sie blieb einfach mit geschlossenen Augen auf dem Rücken liegen. Alles war so still. Sie hörte seine Schritte im Zimmer. Dann wurde das Licht angenehm gedämpft.

Sie wußte nicht, ob viel oder wenig Zeit verstrichen war. Jetzt kam er wieder zu ihr und hatte die Jacke ausgezogen. Sein Gesicht wurde über ihr immer größer.

Die Augen! Sie konnte in ihnen schwimmen. Ruhiges Meerwasser über weißem Sand. Wenn es ihr gelänge, die Arme auszustrecken, dann könnte sie sich vermutlich treiben lassen.

»Geht es besser?«

Sie nickte und schluckte. Sie konnte es nicht zulassen, daß diese Demütigung alles zerstörte. Denn jetzt ist er hier, dachte sie und trieb unter den flachen Dachfenstern davon. Auf die konnte sie sich nicht verlassen. Vielleicht würden sie herabfallen und sie beide zermalmen. Sie waren viel zu groß. Das hatte der Tischler auch gemeint. »Die Denkmalschutzbehörde wird so große Fenster nie genehmigen«, hatte er gesagt.

Sie versuchte ihm zu sagen, daß er sie wieder einsetzen sollte. Die Fenster. Ob er anrufen und jemanden kommen lassen könne, um sie wieder einzusetzen.

»Man sieht sie von der Straße aus nicht, außerdem waren sie vorher schon da.«

»Natürlich«, sagte Gorm und krempelte die Ärmel hoch.

Wenig später oder viel später merkte sie, daß er sie stützte und ihr Milch einflößte. Dann mußte sie sich wieder übergeben.

»Das ist Medizin. Ein Gegengift«, sagte er, als wäre er Arzt.

Sollte er etwa Tor ein weiteres Mal operieren? Nein, er trug ein weißes Hemd. Die damals hatten grüne gehabt. Minzgrüne.

Sie trank gehorsam. Langsam. Winzige Schlucke. Anschließend lag sie reglos da, um die Milch bei sich zu behalten.

Sie hörte ihn irgendwo anders hantieren. Dann kam er mit Großmutter herein. Großmutter und Gorm rochen nach Schmierseife. Sie klapperte mit den Zähnen. Sie spürte seine Hände auf sich. Warm. Und das schwarze Plaid. Nach einer Weile roch es nach feuchter Wolle. Aber da konnte man nichts machen. Später bekam sie dann Wasser. Coca-Cola. Wieder Wasser.

Sie erwachte in unbarmherzigem Tageslicht. Sie versuchte ihren schmerzenden Kopf zur Seite zu drehen. Er war nicht da! Angst befiel sie. Mit Mühe setzte sie sich auf, zwang sich, in die Diele zu schlurfen. Seine Schuhe! Sie standen da. Schwache Geräusche aus der Küche? Es duftete nach Kaffee. Mit einem tiefen Seufzer tastete sie sich zur Toilette vor und vermied es, in den Spiegel zu sehen. Alles ging langsam, aber gut. Er war immer noch da.

Sie legte den Kopf ins Waschbecken und drehte das Wasser auf. Während sie so dastand, wurde ihr klar, daß sie sich nicht erinnern konnte, ob sie sich selbst entkleidet und das Nachthemd angezogen hatte. Wie sie ins Bett gekommen war, wußte sie ebenfalls nicht.

Ich glaube, daß ich mich jetzt etwas besser fühle, dachte sie, ging schwankend wieder ins Schlafzimmer und kroch unter die Decke. Wenig später bemerkte sie, daß er im Zimmer stand.

»Willst du hier essen oder in die Küche kommen?«

»Ich glaube, das schaffe ich nicht.«

Sie richtete den Blick auf den Türrahmen, weil sie es nicht wagte, ihn anzusehen.

»Doch, doch, du mußt einen Mordshunger haben. Jemand, der so tief ins Glas geschaut hat wie du, braucht Eier mit Speck. Und Kaffee. Unmengen Kaffee!«

Sie hob vorsichtig den Blick. Dort waren seine Hosenbeine. Die Gürtelschnalle. Die Brust. Das Hemd hatte Flecken. Er war also auch nicht mehr ganz sauber.

»Vielleicht ein wenig«, murmelte sie und schloß die Augen.

Er geht einfach in ein anderes Zimmer, er verschwindet nicht, dachte sie.

Im Bad, im Spiegel, sah sie, daß es schlimmer war, als sie geglaubt hatte. Er sieht so verdammt gesund aus, fiel ihr ein.

Sie duschte und zog sich an. Es dauerte eine Ewigkeit. Als sie sich an den Küchentisch setzten, um zu essen, wagte sie es kaum, ihn anzusehen. Er sieht mich, wie ich bin, dachte sie und schämte sich.

Es duftete nach Kaffee. Sie sollte sich zusammenreißen und ihm erzählen, wie froh sie war, daß er da war. Da klingelte das Telefon.

»Soll ich rangehen?« fragte er.

Abwehrend hob sie die Hände. Es klingelte lange. Als es aufgehört hatte, fragte er noch einmal.

»Hätte ich rangehen sollen?«

»Nein, nein. Es ist in Ordnung. Sehr in Ordnung«, sagte sie und blieb eine Weile sitzen.

Da begann es erneut zu klingeln.

»Sieht so aus, als würde immer jemand anrufen, wenn wir uns begegnen«, sagte sie lächelnd.

Sie stand auf und ging zum Telefon. Sie war fest entschlossen und räusperte sich. Als sie zu Gorm hinübersah, war er schon aufgestanden und auf dem Weg ins Wohnzimmer.

»Rut! Gratuliere! Wie war die Eröffnung?« A. G.s Stimme war voller Enthusiasmus. Sie konnte hören, daß er sich auf jedes einzelne Wort, auf den Tonfall, die Fragen und die Antworten vorbereitet hatte.

»Ausgezeichnet.«

»Hast du die Blumen bekommen? Und die Kiste Wein?«

»Den wichtigsten Gruß hast du mir ja durch die Presse zukommen lassen. Du machst dich gut. Besonders auf dem Bild mit dem Bett.«

»Was meinst du?« Seine Stimme klang unbekümmert.

»Die Schlagzeilen, der Skandal und die privaten Bilder. Du bist wirklich großzügig. Aber du kannst mich nicht gefangenhalten oder demütigen. Nicht auf Dauer. Verstehst du, A. G., es ist einfach so, daß meine Bilder bedeutender sind als ich. Deswegen habe ich auch keine Angst mehr vor dir. Und ich warne dich. Versuche nicht, mich zu zerstören. Das ist Zeitverschwendung. Du hast mir viele Tricks beigebracht. Dafür danke ich dir. Aber jetzt muß ich weiter. Wünsch mir viel Glück. Adieu!«

Sie hörte ihn etwas sagen, nahm sich aber nicht die Zeit, ihn anzuhören, sondern legte auf. Eine Haube aus Eisen hob sich langsam von ihrem Schädel und verschwand.

Gorm stand in der Tür.

»War er das? Aus Berlin?«

»Ja.« Sie setzte sich. Die Sonne schrammte über den Fußboden. »Eine Weile hatte ich vor ihm Angst, aber das ist jetzt vorbei«, sagte sie staunend.

»Hast du geglaubt, daß er es war, der gestern ständig bei dir geklingelt hat?«

Sie starrte ihn an.

»Warst du das?«

»Ja. Ich wußte nicht mehr aus noch ein. Ich hatte Angst, daß du Schluß gemacht haben könntest. Du hättest mich hören sollen, als ich die Securitas und die Polizei angefleht habe, mich ins Haus zu lassen. Nur gut, daß ich solche Angst um dich hatte. Ich dachte gar nicht daran, daß er hiersein und mich rauswerfen könnte.«

Er hatte etwas in der Hand gehalten, das er ihr jetzt reichte. Ein Notizbuch. Wie das, in dem ihre Großmutter immer aufgeschrieben hatte, wie viele Eimer Kartoffeln sie gesetzt hatte und alles andere, was sie nicht vergessen wollte.

»Ich will, daß du meine Gedanken erfährst. Wenn du mich nicht haben willst, dann gehe ich. Aber dieses Buch gehört dir.«

Sie hatte das Gefühl, als seien diese Worte und diese Stimme schon immer in ihr gewesen. Sie lehnte das aufgeschlagene Buch gegen die Brust, dann ließ sie ihre Finger über seine Stirn gleiten.

»Du bist ein Teil von mir.«

»Darf ich?« flüsterte er heiser und beugte sich zu ihr vor.

Dann spürte sie seine warme Hand auf der Stirn.

»Das ist doch nicht so schlimm, oder?« sagte er und räusperte sich. »Die Haare verdecken sie ja.«

Eine Weile saß sie einfach nur nach vorn gebeugt da. Aber als sie den Kopf wieder hob, sah sie draußen die Ulme glitzern. Die Äste waren schneebedeckt. Die Hecke war ebenfalls weiß. Und noch etwas anderes: Der ganze Vorgarten war voll von abgebrannten Fackeln.

»Hast du das gemacht? Ein Auge, das sieht?« flüsterte sie und sah ihn an.

»Ja, ist das nicht unglaublich, wie kindisch erwachsene Männer werden können?« Er lachte.

Im selben Augenblick kam der Junge aus der Stadt mit seinem Fahrrad angerast. Dieses Mal sah er sie sofort, und sie hatte keine Angst, daß er sie anfahren könnte. Sie hob einfach nur seine Brille auf, damit sie nicht kaputtging. Seine furchtlosen Augen versuchten immer noch zu verbergen, wie einsam er war.

Aber als sie sein Handgelenk berührte, gab er auf und ließ sich ihr mit offenen Armen entgegenfallen. Die Kraft löste ein Farbflimmern aus wie von einem Bild, das sie noch nicht gemalt hatte.

HERBJØRG WASSMO

Dinas Vermächtnis

Roman
1999, gebunden, 648 Seiten, € (D) 25,50

In der rauhen Küstenlandschaft Nordnorwegens wächst am Ende des 19. Jahrhunderts ein Mädchen heran, das den Teufelskreis aus Gewalt, Verschweigen und Lügen durchbricht, in den sich die älteren Generationen verstrickt haben: Karna, uneheliche Tochter von Benjamin Grønelv, dem Sohn Dinas. Mit diesem lange erwarteten grandiosen Epos beschließt Herbjørg Wassmo ihre Trilogie über Dina Grønelv von Reinsnes.

»*Herbjørg Wassmo hat eine jener großen Familiensagas geschrieben, für die Skandinavien seit dem 19. Jahrhundert berühmt ist.*« Die literarische Welt

»*Satte, unterhaltsame Literatur für lange Winter- und kurze Sommernächte.*« Süddeutsche Zeitung

»*Eine Geschichte von fast biblischen Ausmaßen.*«
Kieler Nachrichten

HERBJØRG WASSMO

Auf der Reise

Vier Erzählungen
1996, gebunden, 176 Seiten, € (D) 16,40

Auf der Reise erzählt vier Geschichten von Frauen, die am Rande des Zusammenbruchs stehen, aber nicht zusammenbrechen. Erfahrungen, die viele von uns machen und die doch unendlich schwer zu bewältigen sind, Erfahrungen wie Verrat, Einsamkeit und Tod stehen im Mittelpunkt dieser eindringlichen Lebensgeschichten. Herbjørg Wassmo hat vier kleine psychologische Meisterwerke geschaffen.

»Auf der Reise *ist Wassmos bisher kühnstes Buch, in Form und Inhalt.*« Klassekampen, Oslo

»*Wassmo ist eine reife, verhaltene Erzählerin, die pointiert die Höhen und Tiefen eines Frauenschicksals erkennt und einfühlsam beschreibt – immer mit Blick in die Zukunft und nie, ohne die Hoffnung zu verlieren.*« Neue Westfälische

»*Herbjørg Wassmo besticht durch ungewöhnliche und vor allem klug eingesetzte Sprachkraft, die nie Selbstzweck wird, und einen tief in die Psyche forschenden Blick – unsentimental und sehr bewegend.*« Münchner Merkur